Breno Accioly

OBRAS REUNIDAS

escrituras
SÃO PAULO
2000

Escrituras Editora
Rua Cubatão, 436 - cj. 12 - 04013-001 São Paulo, SP
Tel.: (11) 885-3677 Telefax: (11) 887-2816

Coordenação editorial
Raimundo Gadelha

Projeto gráfico
Cristiano Leão
Raimundo Gadelha

Capa
Denise Zinetti Bitencourt
(a partir das capas originais)

Fotolitos
Binhos

Impressão
Bartira Gráfica

Dados Internacionais de Catalogação na Publicação (CIP)
(Câmara Brasileira do Livro, SP, Brasil)

Accioly, Breno, 1921-1966.
Breno Accioly: Obras Reunidas. — São Paulo: Escrituras Editora, 1999.

1. Contos brasileiros I. Título.

99-4951 CDD-869.935

Índices para catálogo sistemático:

1. Contos: Século 20: Literatura Brasileira 869.935

2. Século 20: Contos: Literatura Brasileira 869.935

Agradecimento especial à BCD-União de Editoras S.A. (Bertrand, Civilização Brasileira e Difel), que detém os direitos da obra *João Urso,* por nos permitir a sua inclusão em *Breno Accioly - Obras Reunidas.*

2000
Impresso no Brasil
Printed in Brazil

Apresentação

BRENO ACCIOLY, SENHOR DO CONDADO DE GREEN

(por Tadeu Rocha)

Em nenhum dos modernos contistas brasileiros, a própria infância refletiu-se tão fortemente na sua obra de ficção como em Breno Accioly. Os nove primeiros anos de sua vida, passados em Santana do Ipanema (Alagoas), impregnaram de tal maneira a sua memória que mais de metade dos seus contos enfeixados nos livros João Urso e Cogumelos possui cenários sertanejos ou personagens de nomes bem conhecidos em sua cidade natal. O resto da infância e a adolescência na capital da província permitiram-lhe também tirar de algumas impressões belos contos de intensidade psicológica ou sentido poético. O menino matuto, que só conheceu o mar aos nove anos, guardou vivíssimas imagens da baía de Jaraguá, que mais de dez anos após surgiram recriadas nas embarcações, nas luzes e nos habitantes do "Condado de Green", de onde fugiu Yana, em que desapareceu Cíntia e em cujo porto ancoraram os barcos "Andaluza", "Alone" e "Capricórnio". O Recife e o Rio de Janeiro também contribuíram para os seus contos porém com os fatores propriamente literários que revestem a sua obra de ficção. Os elementos psicológicos ainda são os da infância e da juventude no sertão e no litoral da sua província. A vocação de Breno Accioly para retratar estados psíquicos entre a loucura e a sanidade pode ser compreendida por qualquer pessoa que se transporte a Santana de Ipanema e ali conheça algumas personagens e muitos cenários dos seus contos.

O SOBRADO

Breno Accioly nasceu em 22 de março de 1921, num grande sobrado da praça principal da cidade. O seu avô materno, o "coronel" Manuel Rodrigues, descendente direto de um sertanista pernambucano – João Rodrigues Cardoso, o fundador de Águas Belas –, não usava armas de qualquer espécie, nem tinha cangaceiros. Mas possuía espírito de iniciativa e capacidade de trabalho, de modo que os seus negócios industriais e comerciais eram prósperos e a sua casa muito bem arranjada: uma farta despensa completava-se com finos talheres, cristais e porcelanas, e o sobrado todo iluminado a bicos de acetileno ostentava um piano "Pleyel" e um enorme gramofone inglês. Na parte térrea do sobrado de grossas paredes de pedra, ficavam armazéns e depósitos. No primeiro andar e no sótão residia a família do "coronel", verdadeira autoridade social no município; ele era banco, caixa econômica, cooperativa, sociedade beneficente, hospedaria e santa casa de misericórdia, tudo isto ao mesmo tempo.

Quando Breno Accioly nasceu, o "coronel" tinha falecido há menos de um ano, mas o prestígio do sobrado era o mesmo. A viúva assumia a direção dos negócios e seu primeiro genro levara para a família a autoridade de Promotor Público, que três anos depois se converteu na de Juiz de Direito da Comarca.

Não era em vão que a gente do sobrado tinha parentesco com o jurista Sérgio Loreto, Governador de Pernambuco. A casa do "coronel" continuava sendo como ele quis em vida – "o seio de Abraão" – hospedando governadores ou aventureiros, bispos ou vagabundos. A enorme sala de visitas "fim do império", com cinco portas envidraçadas, no primeiro andar, abria-se para receber o governador Costa Rêgo e o industrial Lionello Iona, da mesma forma que antes acolhera os governadores Euclides Malta ou Manuel Borba, o pioneiro Delmiro Gouveia e os arcebispos D. Sebastião Leme e D. Duarte Leopoldo. Mas também os humildes clubes carnavalescos da cidade, com fantasias de "morcego", subiam as escadas do sobrado e dançavam livremente na ampla sala de visitas, desde a parede onde ainda estava entronizado o quadro do Coração de Jesus até outra de que pendia um belo espelho oval "biseauté".

Como toda casa velha que se preze, o sobrado também possui os seus fantasmas. Os parentes e amigos da família contam muitas histórias de assombração que ali se passaram na infância de Breno Accioly. Durante alguns meses, quando a família rezava em conjunto uma das novenas do seu calendário litúrgico – São Sebastião, São José, o mês de Maio, Santo Antônio, N. S. do Carmo, Senhora Sant'Ana, o mês do Rosário e a novena de Natal – uma voz misteriosa respondia à ladainha de Nossa Senhora: – "Rogai por Nós". O Juiz de Direito atestou que ouvia esta voz grave e compassada. Nos dois quartos e na escada do sótão comumente se ouviam pisadas estranhas: ia-se ver, mas a porta da escada continuava fechada, ninguém de casa subia ou descia. E quando a família deixava o sobrado para viajar, muitas pessoas da cidade aglomeravam-se de noite na praça fronteira para ver as luzes que se deslocavam por trás das cinco portas envidraçadas do primeiro andar.E havia discussão sobre a alma penada que aproveitava a ausência da família para povoar a sala deserta, fazer vibrar as cordas do velho piano ou acionar o veio do gramofone para que tocasse a "Serenata de Braga" ou a valsa "Nid d' Amour", em antigas "peças" da Casa Edson Rio de Janeiro.

EXPERIÊNCIA DE MENINO

Foi entre as paredes desse sobrado que Breno Accioly viveu os seus primeiros sete anos, num ambiente de misticismo religioso, transações comerciais e formalismo jurídico. Porém na praça fronteira ele completou sua experiência de menino, entrando em contato com a cidade: no outro lado da praça, ficava a matriz da paróquia, dirigida pelo seu padrinho, o Vigário José Bulhões (que veio a falecer no dia 17 de outubro de 1952); no lado esquerdo do logradouro, ainda não ajardinado, via-se do sobrado a escola pública da professora Zefinha (d. Josefa Lima), sua madrinha de São João, que lhe ensinou as primeiras letras, juntamente com a devoção obrigatória a São José; nas duas casas à direita do sobrado residiam a avó e os pais de Agissé, Poni e Berenice Feitosa, cuja insanidade lhe inspirou as figuras de João Urso, Poni e Cíntia e na segunda casa à esquerda morava o insuperável Hermídio Firmo (falecido em meados de 1951), que não saía nunca de casa e passava o ano todo executando encomendas de "mané gostoso" ou imagens de santos, para na época da "Festa" armar o seu sortido presépio. Foram estes vizinhos de Breno Accioly, tão inocentes como esquisitos que melhor ficaram retratados nos seus contos. Foram como que superados numa recriação, em que o modelo é convertido numa personagem mais densa, mais humana, mais poética.

O CIRCO

Ele tinha quase sete anos, no início de 1928, quando os seus pais tomaram casa noutra praça de Santana do Ipanema. Foi ali que o menino descobriu novas faces da cidade, com o mundo real da política (o governador Álvaro Paes era hóspede do Juiz Manuel Xavier Accioly) e o mundo mágico do circo sem cavalinhos. Foi numa tarde de carnaval: os artistas do circo armado defronte do sobrado confraternizavam com a população em festa.

Uma "troça" improvisada quis homenagear o dr. Juiz de Direito, a fim de dançar na única sala de tacos encerados que Santana do Ipanema possuía. O enorme palhaço, o mesmo que andava de pernas de pau e montava de costas no jumento do circo, agradou o menino gordo fantasiado de marinheiro e tomou conta do novo piano "Essenfeld" que o Juiz presenteara à sua esposa. A ousadia do palhaço teve um êxito maior do que as músicas: aquele piano, que só se abria para que as leves mãos da sua dona tirassem melodias suaves ou acompanhassem o sopro da flauta do seu marido, recebeu percussões fortíssimas, que pareciam vir de um mundo bárbaro, em que havia sambas, marchas e fox-trots. Era, sim, mundo diferente aquele do hábil palhaço: o próprio piano se transformou ao seu contato. Dentro de pouco tempo, o sopro da flauta do Juiz começou a ter novas ressonâncias: esposa e filho acompanhavam-no a quatro mãos.

A matriz com o Senhor Morto na Sexta-Feira Santa, o antigo cemitério do Monumento, as bandas de música "Carapeba" e "Aratanha" (Breno era partidário da "Carapeba"), as sessões do Júri presididas por seu pai, o Juiz Manuel Xavier Accioly, as evoluções da polícia, comandada pelo tenente José Lucena, alpercatas e chapéu de couro, as visitas de Lampião ao município (em janeiro de 1927, Breno foi mandado para a casa do Pe. Francisco Macedo, em Palmeiras dos Índios, por causa de Lampião), os enterros de defuntos pobres carregados em redes, as festas de Senhora Santana, com a zabumba recolhendo esmolas para o leilão de cada noite de novena, o teatro da "Agremiação Literária, Dramática e Beneficente", enfim, toda a vida municipal de Santana do Ipanema no terceiro decênio do século ficou gravada na memória do menino gordo e treloso. Quando em meados de 1930 seu pai foi promovido para a capital, a população da cidade, que homenageava seu antigo Juiz, não podia imaginar que o menino carregasse no subconsciente uma parte da vida de Santana do Ipanema, que iria mais tarde ressurgir numa criação literária, de repercussão nacional.

NASCE O ESCRITOR

Em Maceió, Breno Accioly residiu sucessivamente na Pajuçara, em Jaraguá e na primeira ladeira do Farol, atrás da Catedral. Seus horizontes geográficos dilataram-se pelas águas da baía de Jaraguá, ao mesmo tempo que sua vida se enriquecia com as novas convivências no Colégio Diocesano, nos clubes elegantes e nas rodas literárias da capital. Ao concluir o curso fundamental, em 1937, já escrevia contos no diário católico "O Semeador" e foi com uma pequena bagagem literária de adolescente que no ano imediato se matriculou no curso pré-médico do Ginásio Pernambucano. Os cinco anos passados em Maceió e no Recife foram decisivos na sua carreira literária. José Otávio de Freitas, João Cabral de Melo Neto, José Vieira Coelho, Rui Belo, Evaldo Coutinho, Gilberto Freyre, Esmaragdo Marroquim e Mauro Mota foram os seus grandes amigos do Recife, que nunca lhe negaram um copo d'água, para usar uma expressão sua na dedicatória do Cogumelos a este último. E não pode ser esquecida a sua correspondência de então com Mário de Andrade, que sempre animou o jovem contista alagoano a prosseguir na sua obra literária, em que logo percebeu uma grande força criadora. Deixando a província em 1943, já no ano seguinte encontrou editor para o seu primeiro livro de contos – João Urso – cinco anos depois seguido de Cogumelos.

É nos contos "João Urso" e "O Natal do seu Hermídio", do seu primeiro livro, e em "A Valsa", "Dois enterros", "Cíntia" e "Noiva", de Cogumelos, que repontam as memórias da infância de Breno Accioly em Santana do Ipanema. Não são fotografias que ele nos expõe, mas verdadeiros quadros, onde o pintor se inspirou em modelos para recriar personagens e sondar verticalmente as suas almas nas fonteiras da loucura. Agissé não é o mesmo idiota que reza na matriz da Paróquia, faz propaganda nas ruas da cidade ou repousa nu em pêlo debaixo de sua cama: ele está metido na pele de "João Urso", olhando a trovoada por uma das janelas do sobrado do "Coronel" Manuel Rodrigues, vendo os copos a as taças da cristaleira se encherem de vinho ao clarão dos relâmpagos e soltando estridentes gargalhadas que assombram a cidade toda. Seu Hermídio, agora morto, continua a ser "tão vasto como um rio, tão sozinho como um caramujo", para quem a vida só reservou uma alegria: o seu presépio, que armou 26 vezes, desde a "Festa" em que Breno Accioly tinha apenas quatro anos, até o Natal de 1950.

O "Condado de Green" possui as lanternas, os faróis, os botes, os veleiros e os vapores da baía de Jaraguá, antes das obras do porto, nos tempos da ponte de desembarque, dos trapiches e da luz do farol brilhando por cima da Catedral. "Os navios passavam no tempo de lua e, nas noites de ancorar, com lanternas e faróis acesos, a ilha presenciava o 'Condado de Green' sair da solidão." Nessas mesmas noites, a baía de Jaraguá se povoava de embarcações, luzes, marinheiros e vagabundos. Entretanto, o "Condado de Green" poderia ser uma ilha do mar de Java, estar no Arquipélago de Salomão, ser uma insignificância no Pacífico, mas por se ancorar no "Condado de Green" sem rota, nem bússola, é que se sente uma grande paz, esse alívio de se ficar num lugar – num paraíso sem ninguém supor que tal existe. O caminho do Condado é o roteiro dos bem-aventurados, dos que se sentem cansados das estradas de pecados, dos que não podem mais divisar miragens imprevistas e que ancoram nessa enseada como necessitam de ancorar todos os navios de hélices partidas. Porém é possível fugir do Condado: "Yana procurou o mar como estrada de salvação". E Cíntia não atendeu às vozes que chamavam pelo seu nome, "subindo e descendo dunas, correndo por toda a ilha, despertando cães, como todos vão ficar despertos no último dia do mundo." No "Condado de Green" não há lógica, nem moral. Ali é o próprio reino da Poesia.

Este texto foi publicado no Jornal do Comércio *de Recife (PE), em 27 de março de 1966 – duas semanas após a morte de Breno Accioly. Tadeu Rocha era escritor e jornalista (e tio materno de Breno).*

JOÃO
URSO
PÁEZ TORRES

Na página anterior, está a capa da primeira e segunda edições de *João Urso* (1949), feita por Páez Torres.
Além dessas, houve mais duas edições: 1963 (com capa de Eugênio Hirsh) e 1995 (com capa de Felipe Taborda, a partir de desenho de Cândido Portinari).

João Urso

Para José Lins do Rego

OS MORROS SÃO FARDOS rompidos. Por lá saltam ecos de fortíssimas vozes, mas a cidade é um enorme silêncio de pesado sono, de um sono estremecido pelas bocas das serras. E parece que a noite das serras é diferente da que mergulha a cidade.

Naquela, sãos as cores vermelhas dos relâmpagos, trovões arrebentando em gritos enormes, árvores tingindo-se rapidamente e rapidamente voltando ao verde de suas folhas.

E nenhuma estrela arde sobre os morros. Todas elas estão velando distantes.

Ao longe ficaram os ventos, as nuvens raivosas, cores incendiadas. Dir-se-ia que a cidade fosse uma pessoa assistindo a um espetáculo e que, por estar nas últimas cadeiras, manejasse binóculo.

João Urso talvez nunca tenha visto binóculo. Mas parece defender os olhos, fazendo das mãos um anteparo aquela claridade agressiva.

Debruçado à janela, João Urso vê os seculares mortos lutando contra a fúria dos elementos, e até se esqueceu daquela tristeza que sempre o acompanha.

O motor adormeceu as luzes. Somente os vultos brancos das torres da matriz se salientam, nítidos – cones suspensos, imóveis, ferindo a noite.

O muro do hospital e seus pavilhões também são manchas visíveis, embora mais fracas, e se não tivessem pintado a cadeira de vermelho, seria outra mancha a se destacar, um ponto gordo, de velho telhado, dormindo com suas castigadas paixões.

João Urso suspende a gola do pijama, esfrega as mãos.

Os gameleiros, as caraiberas, todas as árvores da cidade, da beira do rio, estão quietas, sem vento algum a sacudir ramos, a girar o pequeno cata-vento do posto de meteorologia.

Canoas presas em forquilhões, como se estivessem sobrecarregadas e não pudesse rumorejar. São enormes abandonados tamancões.

As ruas sem bêbados, sem notívagos, nenhum cachorro uivando.

O espetáculo das serras, somente João Urso a ele assiste. Quando os relâmpagos, mais fortes, entram com um vermelhidão pela janela, fazem doer-lhe os olhos; por um instante mostram pedaços da sala de jantar: cadeiras retratadas num espelho oval, um metro de parede preenchido por um quadro do Sagrado Coração de Jesus, um Deus de manto azul e vermelho, sustentando na mão esquerda o globo do mundo, a direita repousando sobre o peito como se estivesse aliviando uma profunda dor. E quantos retratos dos antepassados de João Urso ficam tingidos, sangrando na luz dos relâmpagos!

Como o velho piano pareceu ensangüentado!

Quando os relâmpagos avançam pelo lado do rio, a cristaleira parece ficar com as taças cheias de vinho, de vinho de uma estranha festa, que ninguém quis beber.

João Urso suspira. Baixa o rosto para a cidade, suspende os olhos para ver as torres, as estrelas ardendo. Sim! Aquelas torres, aqueles sinos! Solta outro suspiro.

Quanto tempo, quanta lembrança!

E fixa os olhos como se de verdade estivesse vendo os sinos dentro dos cones das torres, os sinos repicando, acordando a cidade, anunciando uma tromba d'água.

Desde pequeno gostava de pensar em coisas desse jeito. Coisas que alarmassem, fizessem correr pela sua espinha arrepios de medo. E como seria bom se uma tromba d'água caísse, fizesse um buraco no chão que para se ver o fundo fosse precico lanterna!

Uma tromba d'água que arrancasse telhados, decepasse pelo meio a estátua do Imperador, quebrasse as correntes da cadeia, as barras de ferro que retalham os rostos dos presos quando vão ver a rua! João Urso chegou a rir. A rir como rira toda a infância , um riso que ninguém compreendia, que fez muita gente chamar-lhe de maluco.

Ele mesmo nem sabia explicar. Quando via, era a mãe gritando-lhe aos ouvidos, contrariada, aborrecida por querer saber a origem daqueles esparsos, inexplicáveis risos.

João Urso começava a chorar. E horas inteiras ficava de castigo, trepando num tamborete de pernas altas.

As horas corriam lentas, lentas. De castigo, as mãos de João Urso sustentavam um livro de sonetos, e quantas vezes João Urso decorou versos de amor, postou-se diante da mãe para recitar o castigo!

Às vezes, antes de terminar o soneto a voz de João Ursos parecia ter fugido: a boca se lhe rasgava mostrando aqueles dentes cheios de limo, as bochechas se arredondavam e cheias espremiam os olhos, transformavam o rosto de João Urso, enquanto ele ria aquela oculta e misteriosa satisfação.

– Volte já para o banco, seu maluquinho. Mais três, ouviu?

João Urso sabia que "mais três" significavam mais três sonetos a decorar.

Trepava novamente e voltava à realidade muito tempo depois, as pernas pendendo do tamborete alto.

De repente os ecos dos risos de João Urso atravessavam os corredores, enchiam o quarto, venciam a monotonia do imenso sobrado, toda de pedra, de largas paredes, avançando para as bandas do rio um enorme quintal. Como dormisse no quarto vizinho, noites acordou ouvindo alguém chorar. Certificou-se de que era a mãe.

Encostou o ouvido, mas a parede de compactos blocos somente deixava ouvir tudo longe, muito distante.

Mas, mesmo sem ter certeza, João Urso ficou acreditando que o choro noturno de sua mãe era por causa de seus risos que tanto ele amava. João Urso ficava radiante, tremia de prazer, sentindo aquele friozinho descer e subir pela linha da espinha dorsal antes de invadir-lhe o corpo de repetidos choques.

Certa vez, apareceu uma visita acompanhada de crianças. Foram brincar no sótão. Debaixo ouviam gritos alegres de uma matinada, mas de repente uma longa gargalhada sufocou todos os ruídos, estremeceu as crianças que dantes pulavam arcas, brincavam de esconder atrás de armários, de esteiras, ocultando-se em vãos de portas, na escada de estreitos e sombrios degraus.

As crianças começaram a chorar como se estivessem a pedir socorro.

Ao meio do corredor, João Urso era um vulto rindo nervosamente, rindo às gargalhadas, enchendo de pavor as crianças que continuavam a chorar, chamando pelos pais, pedindo o socorro de alguém.

Eram crianças chorando como se ouvissem vozes do outro mundo, gargalhadas de uma assombração terrível.

Pensou ser castigado, ficar uma tarde inteira trepando no tamborete, ter de decorar muitos sonetos, de agüentar puxavantes, gritos de mãe.

Desceu muito triste, e tristemente olhou da janela a rua escaldando no calçamento de lajes enormes, subindo como se quisesse alcançar os morros, donde voltavam os jumentos que iam roubar água do rio.

E João Urso sentiu o coração disparar, encher-se de ódio e ao mesmo tempo de cobardia.

E se em vez de ser castigado fosse à igreja, disputasse uma lanterna que caminhava devagar na via-sacra, iluminando? Era impossível. Mesmo que pudesse ir à igreja, não poderia segurar nenhuma lanterna. O padre proibira. As beatas se encheram de jaculatórias, de sinais-da-cruz, e soltaram muita vezes a palavra "excomungado".

João Urso, de lanterna em punho, ria à solta, tremia numa convulsão de estranho riso, como se suas mãos tivessem transformado a lanterna num globo, girando a bola do globo qual um menino de circo, um acrobata de poderosas mãos.

A via-sacra fora interrompida.

Todos se afastaram, o padre de breviário aberto, os olhos pesados de espanto, o terço abandonado no braço direito como uma força inútil.

As roupas brancas das filhas de Maria guardavam virgindades perplexas, aterrorizadas ante as gargalhadas de João Urso girando a lanterna, as colunas da nave respondendo aos gritos nuns ecos abafados, ecos que se sumiam por trás de altares, púlpitos, subiam para o alçapão do coro pela caixa da escada.

E no meio daquela satisfação misteriosa de João Urso, aspergiram água-benta, enquanto o padre, de longe – todos de longe –, rezava em latim. João Urso bem se lembra daquela tarde, daquela água-benta que secou nos punhos azuis de seu marinheiro, na gola de belbutina bordada de âncoras. Ele não havia esquecido tampouco o padre, as beatas, toda a cidade.

Sant'Anna do Ipanema era uma voz que tudo transmitia, que não sabia guardar o mais sério dos segredos. Gente da redondeza soube dessa história. E nas feiras, no açougue, na Prefeitura, nas casas das mulheres da Rua do Sebo, falavam da doença do João Urso. Imitavam-lhe as gargalhadas, rasgavam o silêncio das noites arremedando-lhe os risos. Era moda rir como ria João Urso.

Pensou no castigo, e logo tirou da cabeça a idéia da via-sacra. Tinha certeza, absoluta certeza, de que a mãe iria castigá-lo, prendê-lo no tamborete de pernas altas, encher-lhe as mãos de sonetos – de ternos sonetos que deveria recitar sem nenhum erro.

Esperava pela punição. E como se fosse um condenado de poucos instantes de vida, deixou-se ficar à janela, os olhos subindo com a rua, descendo pelo lado oposto, perdendo-se nas viagens de carros de boi chiando nas estradas. As lajes espelhavam e o rio de águas mortas como se tivessem estagnado se transformava num pântano onde canos apodreciam.

João Urso pressentiu os passos da mãe. Como procurasse defender as orelhas, enrodilhou os braços, afundando a cabeça. E esperou. Esperou tanto tempo que se volveu.

E com espanto viu a mãe, chorando, avançar os braços, estreitá-lo num longo e maternal abraço, chorando sempre, umedecendo-lhe os cabelos num pranto, procurando-lhe a boca, os olhos, para cobri-los de repetidos beijos.

No canto da sala o tamborete tornava-se uma sombra amiga como as dos móveis. Terminava o sofrimento do tamborete, de decorar sonetos.

Mas, em vez de João Urso chorar, acompanhar os soluços da mãe, encheu de gargalhadas todo o sobrado, rindo nervosamente como rira na igreja, como rira espantando no sótão as crianças, qual se estivesse a despedir-se de um castigo, a afastar-se de uma odiosa prisão.

E nas escolas, professoras diziam assim quando pegavam alguém rindo sem razão, sem ver por quê:

– Será que está com a doença do João Urso?

E nenhuma escola quis ensinar-lhe.

* * *

Parece que por lá tudo se incendiou. Relâmpagos retalhando serras, ensangüentando árvores, debruçando manchas sobre a cidade, manchas de amplos reflexos que são nódoas de sangue nas torres da Matriz, nos poucos sobrados, nos muros do cemitério. Dir-se-iam lanternas, estranhas lanternas que atormentassem a cidade com seus olhos vermelhos, apagando, acendendo, rapidamente apagando.

E o peito atrofiado, as mãos pequenas, a cabeça descomunal, o João Urso, que o parapeito da janela não pode ocultar, também é uma nódoa.

As serras devem ter aprisionado os trovões. João Urso não ouve mais bocas se arrebentando como se quisessem rasgar o céu, explodir todos os segredos dos morros.

Agora, ele é somente tingido pelos relâmpagos, assanhado pelo vento, embalado pela cantiga da chuva que começou a cair. E ouve nas sarjetas a chuva marulhar, descer pelas lajes o canto de um pequeno rio, a força do vento inclinar cabeleiras e árvores chorarem o pranto de cabeleiras revoltadas, desalinhadas.

João Urso solta outro suspiro.

Desce a vidraça. E fica vendo a chuva lavar o vidro, rolar rápidos pingos, que se perdem nos caixilhos da janela.

Agora, ele mal percebe a cantiga da chuva. A vidraça só permite que ele veja os relâmpagos, ouça longes sussurros de árvores agitadas, uma chuva de pingos enormes martelar os telhados, descer pelas lajes vertiginosamente.

João Urso está a ouvir tudo a distância, tudo pela metade, como se o silêncio do sobrado o houvesse envolvido, aprisionando-lhe os sentidos dos gavetões de cômodas, nos armários de tábuas escuras; passa as mãos nos cabelos, modela a cabeça disforme de um corpo franzino. Quanto tempo!

Um relâmpago mais forte atravessa a vidraça, enrubescendo o retrato da mãe de João Urso. E o retrato pareceu avivar a mãe de João Urso nas tardes de março, naquelas silenciosas tardes de repouso em que subiam os morros, João Urso aspirando docemente. O médico recomendara aspirar mui leve, e assim João Urso fazia. A mãe descansava numa sombra, as mãos inúteis, os dedos sem rebolarem as agulhas de crochê. E quando percebia João Urso largar o canivete, aborrecido de escrever seu nome nos caules, ela enxugava o rosto, umedecia a manga da blusa balançando a cabeça.

Isso fora depois dos castigos, depois de João Urso decorar muitos sonetos, ficar horas perdidas trepado no tamborete. Ela pensava que os risos de João Urso fossem insubordinação, desobediência. E somente depois do escândalo da igreja, de as crianças chorarem amedrontadas no sótão, depois de toda a cidade arremedar João Urso, de escolas negarem-lhe matrícula – só depois disso tudo lembrou-se de chamar um médico. E a receita foi respirar o ar puro das serras, respirar bem de manso, "como se estivesse dormindo"- e quantas vezes João Urso viu a mãe alheia a tudo, falando sozinha, balbuciando irreverentemente: "Como se estivesse dormindo...como se estivesse dormindo!"

Quantas vezes a mãe, rezando as matinas, encaixava, sem perceber, aquela frase do médico! Quantas vezes! E João Urso respirava como se estivesse dormindo, obediente, chegando mesmo a se deitar sobre as folhas, fingir adormecer. Como João Urso não deixasse de rir, uma viagem de cavalo, depois de trem, afastou-o das serras, dos comentários, da mãe, que ficou acenando, cheia de lágrimas, acenando até os cavalos se perderem.

Os especialistas se espantaram, consultavam-se em junta médica. Nunca tinham visto aquilo, nunca nenhum tratado revelara tal doença. E João Urso continuava rindo, soltando enormes gargalhadas, gritos agudos que corriam pelos pavilhões como gritos de estranho pássaro ferido.

Proibiram João Urso de ler as cartas da mãe. Nada de emotividade, nada de sentimento. Os médicos viam em João Urso um doente precioso.

Escreveram para Europa consultando sumidades; multiplicavam-se remédios e um armário se encheu de frascos rotulados:

– "Tratamento de João Urso."

E ficavam desolados, completamente perdidos, quando, depois de um novo remédio, João Urso ria-se como se estivesse junto da mãe, subindo as serras para respirar mais puro.

Um, dois, cinco anos, João Urso ficou no sanatório, cinco anos de Natal despercebido, ausente das vésperas de São João, que ele as esperava ansioso, contando os dias. Voltou sorrindo pior, muito pior do que quando fora, galopando, varando o mundo das caatingas, viajando no trem de Quebrângulo.

Recife é do lado de lá.

O braço do pai abria uma curva, como se quisesse abraçar os serrotes, filhotes de dromedários nos morros verdes.

Tal gesto parecia dizer: - Estamos longe. – Metiam a chibata, esporeavam, e os cavalos alargavam as passadas, relinchavam, as ancas molhadas de suor como se tivessem acabado de atravessar um rio. Depois, o trem de Recife correndo léguas inteiras de canavial, mostrando usinas de compridos bueiros. João Urso deslumbrava-se. O calor e a poeira eram-lhe indiferentes. O pai ia dizendo-lhe os nomes das terras, contando histórias daquelas usinas. João Urso suspendia a cabeça disforme e encontrava nos olhos do pai o brilho dos aventureiros. Quando conheceu o pai já sabia falar, todos os dentes já lhe haviam nascido. E, às vezes, via a mãe, debruçada à janela, esquecer-se na varanda a olhar as estradas, com o olhar distante procurando aquele vulto que ela tanto sabe distinguir.

E um dia, ao acordar, viu a mãe dizer para um homem alto, de ombros fortes, cheio de sangue:

– Este é João Urso, seu filho!

E sentiu que as mãos daquele estranho, daquele homem que sua mãe dizia, eram duras como pedra, encrespadas de calos.

Depois o pai levou-o para o quarto, abriu as malas de couro, canastras entupidas de riqueza. E pela primeira vez João Urso ouviu falar em diamantes, em pedras preciosas, que o pai dizia valerem uma fortuna.

De repente partia, sem avisar, deixando no olhar da mãe de João Urso aquela saudade tão repetida, uma saudade que se normalizava pelas repetições.

Agora, João Urso voltava. Viu a mãe trinta anos mais velha, escutou quase silencioso aquele coração que dantes batia forte. Sentiu comoção, uma vontade imperiosa de chorar, de abraçar a mãe num violento aperto, e começou a rir-se, a rir-se como nunca havia rido, um riso doente, entrecortado de gritos profundos, de alucinantes gargalhadas.

O médico que trouxera João Urso sentiu-se mal, por um momento viu-se insignificante, arruinado. Mas, em seguida, avançou, fez um gesto de separar os braços de João Urso, afastá-lo do peito da mãe.

Os braços de João Urso lembravam os membros de ferro, inflexíveis numa grande força momentânea. João Urso rasgava a garganta, abria fortemente o talho da boca. E quando João Urso terminou de rir-se, as paredes devolviam-lhe os risos nuns ecos distantes como se outros Joões Ursos estivessem escondidos e a ele respondessem.

A mãe perdera os sentidos. E desfalecida, dormindo sob a ação da morfina, tinha sobressaltos, tremiam-lhe as pernas em convulsões, bracejava, soltava tristes grunhidos.

E nunca mais João Urso viu canastras cheias de riqueza, aquelas canastras de couro...Nunca mais sentiu as mãos calosas do pai, nunca mais ouviu falar em diamantes como seu pai falara.

A cidade lembrava o pai de João Urso como quem relembra uma morte poderosa:

Ele morreu catando ouro nas margens do Rio Prata... Era o homem mais rico de lá. Acendia cigarro com notas de Cr$ 500,00. Tinha um verdadeiro exército de garimpeiros. E era tão rico que foi ser padrinho do filho do Governador.

Outras histórias corriam na boca do povo. Histórias quais contos de fada, inadmissíveis à época.

A mulher que andava com ele passava um ano sem aceitar ninguém. Ia descansar, refazer-se.

E outra história contava de uma mulher que fora correr mundo, visitar todos os cabarés, viver em Paris como uma princesa, porque o pai de João Urso gostava dela e quisera que ela se fosse distrair.

A vidraça não livra João Urso de ficar tingido numa nódoa de sangue. Os morros são traços vermelhos que trouxeram chuva, uma copiosa chuva martelando os telhados, aumentando o volume do rio. E as águas do rio ficam turvas, cada vez mais encardidas.

Quantas lembranças a memória de João Urso foi buscar, quantas recomendações interrompidas! Pedaços de seu triste passado, quantos João Urso reviveu, quantos!

Nem as pêndulas ferem o silêncio do sobrado. Os relógios estão como mapas atrasados apontando horas de outro tempo. Tudo a distância.

E como se estivesse a lançar um derradeiro olhar sobre sua vida, João Urso se vê órfão de mãe, esquecido do pai que há tanto não dava notícia, talvez morto, ou morrendo naquela riqueza de que o povo falava.

Vê-se afastado do mundo, sem mesmo saber se os seus risos eram contagiosos (até no sanatório os médicos tomavam cautela). Vivendo como um bicho que ama as madrugadas, o ermo das ruas adormecidas. E João Urso sentia-se feliz quando algum tresnoitado dava-lhe boa noite, pedia-lhe fósforo. E era com o olhar cheio de saudade que ele via o vulto se afastar. E também João Urso se agastava, temendo ser reconhecido, medroso de ver o tresnoitado fugir às carreiras, distanciar-se cheio de pavor ao descobrir que ele era João Urso.

Gostava de subir para os lados do cemitério, procurar o posto de meteorologia; e ficava muitas horas ouvindo o cata-vento girar, marcar a direção do vento naquelas quatro letras que olhavam para os quatro cantos. E uma vez João Urso viu aberta a casa dos aparelhos.

Maravilhou-se diante dos termômetros, dos tubos de mercúrio oscilando magicamente, de manso. Apalpou, encantado, redomas de alumínio. Seus olhos se fixavam aquilo tudo, aquele mundo defendido por tábuas brancas, riscadas de persianas. E sentiu-se dono de um mundo que somente ele visitava às madrugadas. Não se cansava de ver os termômetros, a geografia das constelações traçando caminhos luminosos de cometas, de caudas brilhantes de astros longínquos.

João Urso enfrentava a chuva, o frio, o calor de noites sufocantes. E se nesta noite ele não sai pela madrugada, não é por medo dos relâmpagos, da chuva que não consegue lavar o sangue dos morros. Vontade João Urso tem de ir para junto dos tubos de mercúrio, caminhar debaixo da chuva. Mas, agora, ele é um prisioneiro.

Transformaram o velho sobrado numa prisão. Soldados batem queixo, guardam as mãos nos bolsos do capote. Praguejam. Têm ordem de não deixar entrar nem sair ninguém. Os fuzis são ferros molhados, esquecidos como os soldados dentro desta noite de tempestade. O Delegado falava enérgico na frente de João Urso:

– Se esse renegado tentar fugir, já sabem: fogo.

E atiraram pedra, partiram as vidraças da varanda, gritaram de punhos erguidos, crispados na cólera da multidão. O povo se apinhava, lutava por um lugar defronte do sobrado, querendo linchar João Urso. E lá de cima João Urso ouvia seu nome estraçalhado na boca do povo. Destino? João Urso não atinava com o móvel daquilo tudo. Sim, fora uma imprudência. Ele bem deveria lembrar-se de que todos tinham medo de seus risos. Sempre procurava esconder-se. Mas as luzes do circo pareciam chamá-lo: eram apelos. João Urso ficou indeciso.

A sombra de uma mulher equilibrando-se num trapézio manchava a coberta, desenhava movimentos difíceis.

De longe, João Urso apreciava, acompanhando a sombra, equilibrando os olhos naqueles movimentos estudados, perigosos. Outra mancha estampou na coberta o retrato de uma sombrinha. Era o fim do equilíbrio da morte. Fez-se um grande silêncio. Todos pareciam criaturas mortas, porque ninguém respirava. A bailarina ia saltar para um outro trapézio. A coberta do circo desenhando silhuetas de uma grandiosa função. Uma vez pediu mais silêncio. E todo mundo ficou suspenso, de boca aberta, esperando. O homem do bombo suspendeu o braço para tocar quando se cumprisse o salto da morte. Mas não pôde comemorá-lo efusivamente. João Urso havia-se aproximado, chegando à porta do circo. E no momento do salto, quando os pés da bailarina voavam feito duas asas de lantejoulas, de estreitas calças de cetim vermelho, de um porta-seios robustos, neste momento João Urso soltou um agudo de um riso estrangulado, cortante, talvez o maior riso de sua vida. E a bailarina pareceu um pássaro ferido, um vôo que tombava.

* * *

Mais uma vez João Urso ensangüentava os olhos nos relâmpagos. Aborrece o espetáculo dos morros, a cantiga da chuva martelando as telhas, correndo sobre as lajes.

E sente unicamente o desejo de dormir esperando uma partida para muito longe, uma viagem que nem ele próprio sabe onde terminar.

Procura a cama, fecha os olhos, guardando dentro deles geografia incomum das constelações, a matemática dos termômetros amigos, o belo vôo incerto da bailarina...

As Agulhas

BALANÇAM-SE os sinos e os carrilhões, dobrados, fazem a procissão caminhar como se ele estivesse caminhando ao som das torres.

À frente, distancia-se uma cruz de madeira e, quando já se perdem os cordões das irmandades, dos seminaristas, quando a banda de música de há muito passou – é que vem Poni.

No meio da multidão Poni é um rosto agressivo. Se seus olhos fitam injetados, pulsa-lhe no coração uma vasta ternura. E todas aquelas rugas, toda aquela harmonia metálica não é mais que um rosto cheio de máscara. Parece que Poni se defende das vicissitudes contraindo os músculos, aparentemente querendo negar a grande ternura que o envolve.

E, assim, dando uns passos estreitos, de sobrolho carregado, lá se vai Poni, sobraçando foguetes, tragando fortemente o cigarro, enquanto as torres são caixas de música. Poni sempre foi uma presença em todas as procissões. Mas agora toda a cidade o conhece, e Poni parece pertencer a todas as famílias.

Esquecera-se de continuar sendo o telegrafistas da estação. Esquecera-se de Alda, esquecera-se de prosseguir decifrando os avisos, e o seu antigo boné de listras douradas, atualmente, pertence a um aleijado. Quem passar pela estação poderá ver o boné de Poni se esmaecendo, nenhum brilho cobrir-lhe a pala. As mãos de um aleijado aleijaram aquele boné. Os frisos estão desfeitos e as iniciais G. W. deixaram em seus lugares traços esbatidos. Por que se esquecera de Alda?

Poni não saberá responder, também não saberá qual a resposta para todo o seu mundo esquecido. Esquecera-se de todas as dores, de todos os inimigos e agora vive nas igrejas, manhãs inteiras ouvindo missas, repicando os sinos dentro das tardes. E quantas léguas Poni venceu acompanhando romarias, quantas? Poni: uns braços que terminam em débeis mãos; Poni: um corpo minúsculo sempre, sempre vestido de preto.

As esquinas quebram a procissão. Colchas rendadas pendem das janelas e, cobertas de flores, as ruas anunciam que é uma tarde de Corpus Christi.

As nuvens pesadas, quietas numa pesada cor branca. Em derredor do pátio, campas de bronze assemelham-se a bocas, e é das mãos de Poni que os foguetes sobem.

Poni acende outro cigarro. A chama do fósforo revela tudo. Quase noite, a penumbra se acentua e de verdade, pode-se perceber vingança naquele rosto. Antes qualquer severidade lhe contraindo os músculos seria uma máscara, uma defesa se lhe estampando à face. Mas à luz do fósforo os olhos se revelam mastigados, a pelo ressequida, súbitas rugas desenhando nas bochechas ligeiros talhos.

Poni deixa subir mais um foguete. E. como se uma oculta força o impusesse a deter-se, Poni fica a ouvir aquela multidão distanciar-se, perderem-se dos ouvidos aquelas vozes que vibravam nas campas. Procura uma calçada e, antes que qualquer resolução o domine, Poni estende no chão os últimos foguetes. E fica a olhá-los, sugerindo aquele seu modo de olhar uma eterna lembrança de um último e querido contato. Baixa a cabeça, porém não se pode afirmar que foi devido à força das lágrimas.

E, assim, aqueles olhos que choravam sem saber por que, continuaram a chorar enquanto a noite descia, enluarada por uma claridade forte.

* * *

Clara, bem clara, a noite desceu e as estrelas também acordaram brilhando. Nuvens se modificaram, outras chegaram mesmo a fugir, e no espaço um balão teimava em viver. A lanterna havia se apagado. O vento esbofeteava os gomos de papel de seda, zombava do balão, parecia querer matá-lo lentamente, aos poucos, judiá-lo numa morte cruel.

Se Poni não estivesse vivendo noutro mundo, certamente estaria, agora, no meio das crianças, gritando como uma delas, batendo palmas. Porém, o coração de Poni pulsa carregado, opresso por uma vingança bestial. Por isso, Poni não escuta vozes de crianças gritando, nada distinguindo, de nada se apercebendo. O balão agoniza, morre se despetalando, assemelhando-se a uma enorme flor de desconhecido caule que tombasse dos ares à maneira de asas de pássaros fulminados. Poni levanta-se, pisa os foguetes (que por tanto tempo foram os seus verdadeiros amigos), e uma única e imensa vontade enche-lhe os sentidos. Levanta-se sem se aperceber que apenas a lanterna do balão obedecera à lei da gravidade.

Vem da esquina um barulho de carambolas. Poni estuga os passos e, como se um repentina pressa o invadisse, resolutamente afasta-se do bilhar, confundindo-se-lhe a roupa preta na escuridão do beco. Até poucos instantes tudo continuava esquecido. Mas a sua memória começou a soerguer-se. Mas a soerguer-se cada vez mais forte, trazendo-lhe para os sentidos todo um passado hostil.

E Poni chegou a sentir uma estranha saudade, um diferente pulsar doer-lhe pungentemente o peito.

Poni queria continuar vivendo soltando foguetes, rezando ladainhas, benzendo-se diante dos altares; transformando as torres em vozes, em apelos e, para que voltar a ser Sebastião Moreira dos Santos, o antigo telegrafista? Por que teria de abandonar o "apelido" que o povo tão acertadamente lhe jogara?

A memória voltava. Imperiosa ela voltava, os sentidos apreensivos, os nervos...oh! como estavam os nervos! E a memória lhe trouxera todas as remotas lembranças, até mesmo Sebastião Moreira dos Santos voltara, enchendo de carnes o corpo de Poni. Como um homem que somente depois de doze anos voltasse a se encontrar, a encontrar-se para procurar uma mulher chamada Alda. Se Poni continuasse a ser Poni, certamente agora ele estaria na quermesse, apregoando no leilão, procurando sempre respirar no mundo das crianças, sorrindo na noite de Corpus Christi, achando lindas as lanternas, embevecido à maneira de um órfão. Todavia, dobrando a esquina, mesmo de longe, Poni distingue a rua de Alda caminhar estreita numa interminável fila de velhos e tristes sobrados, numa linha suspensa de sombrias varandas, que de tão sombrias pareciam dormir. Parasitas avançam garras pelos ferros, e quem as olhasse certamente sentiria essa estranha sensação de quem olha ruínas, de quem vê um passado de antigo fausto, de remotas riquezas.

Mais de perto Poni pôde ver que as varandas viviam em silêncio que dantes não existia, como não existiam essas horas desgastando as paredes, essas trepadeiras de cheiro sufocante a subir pelos enferrujados varões.

Cada vez mais Poni se aproxima de Alda, aproxima-se do fim da rua que fica mais estreita. Então as trepadeiras se galgam como se quisessem construir uma ponte, abraçar os semelhantes sofrimentos e mistérios dos sobrados.

O que Alda iria lhe dizer? Como poderia apertar aquela mão depois de doze anos? Poni vence as calçadas estreitas que sustentam postes carcomidos, postes que antigamente as suas cabeças ficavam inflamadas nas luzes dos lampiões, mas que agora vivem apagados, num desprezo. Porém, em seguida, Poni se detém. Detém-se para encontrar palavras que possam explicar, convencer a sua mulher do seu atual estado de lucidez. Convencê-lo com uma frase que pudesse soterrar todos os socalcos de seu passado, sepultar todas as provocações desses seus últimos doze anos de vida.

As pernas de novo recomeçam a andar, e ninguém se lhe delineia aos olhos, aos olhos de Poni, que não encontrou nenhuma frase que pudesse revelar com precisão o estado atual de seu espírito.

Mesmo que os lampiões estivessem acesos, vozes povoassem as varandas, parasitas fossem ornamentação que houvesse nascido, vicejando no humo, mesmo que tudo isso fosse o contrário do que está sendo, a Rua do Cantagalo continuaria sempre inferior, sempre recalcada numa expansão que lhe haviam negado.

Talvez, por isso, ou por outro motivo que se desconheça, a rua transmitia o silêncio de um horrível e desconhecido crime.

Nas trepadeiras, os ramos choravam e era triste o som daquele vento.

Poni sente um vasto suor inundá-lo. As pernas param e, lá na frente, a casa de Alda são janelas iluminadas.

A Prefeitura interditara as portas, pregara dísticos de sobreaviso nas vidraças, calafetara as varandas, fizera daquela rua um êxodo.

Somente a casa de Alda sobrevivia.

Era o único telhado livre de sombras. Nos outros vicejavam bolores azuis, vermelhos, roxos, e capotes de espessa neblina desciam sobre eles. E Poni caminhando sozinho, confundindo a sua sombra na sombra da rua, também se assemelhava a um fantasma.

E se Poni caminha depressa é por temer ficar pertencendo àquele mundo.

Caminhou quase correndo, e quando seus punhos martelaram a porta da esquina, no peito de Poni batia um coração mais forte devido a uma emoção desenfreada.

A boca estorricada queima-lhe os lábios e, temendo que aquela súbita coragem desaparecesse, Poni transforma os punhos em martelos. Quis gritar pelo nome de Alda, porém os seus lábios continuam misteriosamente presos, selados.

Os ecos anulam o silêncio. E em todas as portas da Rua do Cantagalo parecem existir outros Ponis martelando, martelando em tábuas de portas velhas.

* * *

Queria era segredar a Alda a sua maior confissão. Pouco se importaria que lhe devolvessem o emprego. Queria, sim, falar desta maneira:

– Veja Alda, olhe bem para mim, Alda. Repare que estou curado. Do que eu necessitava, Alda, era de repouso. Só falta o boné. Repare bem como eu estou falando. Repare como eu me pareço com Sebastião Moreira dos Santos, com o seu marido!

Alda recuou. Assustada, quis bater a porta, mas Poni já a havia transposto.

– É verdade, Alda. – A voz prolongava-se chorosa. – Eu estou mesmo curado. Não vim para me vingar.

Sem saber como, Alda procurou uma cadeira. Branca, muito branca no rosto e nas mãos, Alda escuta Poni prosseguir.

– Vim para ser seu marido. Nunca deixei de ser seu marido. Você não teve culpa, nenhuma culpa você teve. – E adiantou:

– Onde está Samuel?

Ouvindo o nome de Samuel, os lábios de Alda querem se mover, porém, somente uma leve contração se lhe faz no rosto.

Depois, com muito esforço, Alda resmunga:

– É melhor deixar tudo como está.

– Mas...

– Sim, é melhor deixar tudo como está. Eu já sofri demais, Poni.

– E Samuel? – Poni insiste.

Alda não respondeu, mas navegou o rosto, debruçando os olhos sobre os ponteiros.

Era significativa aquela maneira de olhar o relógio. Parecia estar falando alto, dizendo mesmo que Samuel não demoraria. Por muito tempo os olhos se balançaram na pêndula. Alda parecia refletir.

Durante aqueles doze anos a sala conservara-se a mesma.

As cadeiras, o sofá de palhinha eram ainda os móveis de casamento e Poni somente deixou de olhar o piano.

Ele sabia que o seu retrato continuaria, de propósito, encimando a estante de música. Não fizera nenhuma reminiscência nem se lembrara dos anos que convivera junto de Alda.

Fizera mesmo questão de pensar unicamente no modo de agir com Samuel!

Poni estava indeciso. Matá-lo-ia ou deixá-lo-ia ferido?

Falara assim:

– "Se você é um homem, Samuel, que se defenda. Prepare-se que você vai morrer."

Essas íntimas perguntas, esse íntimo diálogo, enrubesceram Poni.

Ágil, pulou da cadeira como se Samuel houvesse repentinamente chegado.

Veio-lhe à idéia de que não estava armado.

Pensou em apoderar-se de uma faca, de qualquer coisa que pudesse ferir. Dirigiu-se a Alda jogando-lhe esta pergunta:

– Pode me dar o seu punhalzinho?

Não se esquecera dos antigos hábitos.

Fora ele mesmo quem o presenteara a Alda numa Semana Santa.

– É para você matar o Judas, Alda. Comprei-o no mercado. – Acha o cabo bonito?

Agora Poni exige aquele antigo presente. Cada vez mais Alda se convence de que Poni ficou bom. O que lhe teria acontecido? Que espécie de remédio teria sido?

– Pode me emprestar o seu punhalzinho, Alda?

Poni enraivece a voz.

– Pode ou não pode?

Alda compreendeu tudo. E antes de responder ela bruscamente arrematou:

– Você tem coragem?

A face lhe sorria nos lábios, nos olhos. Ainda sorrindo, Poni aproxima-se, aperta os braços de Alda, segreda-lhe baixinho:

– Parece que tenho, Alda. Você vai ver.

Alda convulsiona-se. Balançam-se as carnes, os seios lembrando bolas de borracha repentinamente cheias de ar.

A resposta de Alda tonteia Poni:

– Há muito tempo que Samuel anda com ele.

Aos poucos, ficam livres os braços de Alda, que mergulha as mãos nos bolsos do vestido e nega o pensamento balançando a cabeça.

– E agora?

As facas da mesa era rombudas, frágeis de lâmina. Então, Poni abre as gavetas, corre os dedos dentro das caixas, mas não encontra a tesoura. Depois, por mais que quisesse abri-los, Poni nota os dedos fechados. Haviam ficado duros, frios, como mortos.

A rua continua a avançar em silêncio, porém, Poni parece escutar Samuel vencendo as lajes, aproximarem-se uma pernas lentamente. Os dedos de Poni se fecham. Por mais que a mão tente se afrouxar, os dedos recusam, as unhas se prolongam, perfurando. Diante de Poni, a máquina de costura são gavetas abertas. Mais uma vez os dedos se recusam a obedecer, e Poni chega ao desespero de entrechocar as duas mãos, esmurrá-las de encontro à parede, agitando violentamente os braços, chorando os olhos de raiva. A rua não conduzia ninguém, mas a obsessão de Poni persistia.

E naquela fúria, uma gaveta caiu soltando carretéis que rolavam secamente. Os carretéis começaram a rolar pelo assoalho e Poni, pisando sobre um deles, estendeu-se. À queda, Poni arrancara mais duas gavetas. Peças de fitas lembravam serpentes coleando nas listras vermelhas, verdes, multicolores quais cordões de serpentinas.

Emborcou a última gaveta e retalhos de fazenda escapuliam das gavetas da máquina de costura, sugerindo lenços. Rodeado de seus próprios destroços, Poni bracejava inutilmente.

E somente depois de sentir o coração cansado, foi que as mãos se lhe abriram. Abriam-se-lhe para tremer, mesmo Poni vislumbrando duas agulhas de crochê; mas mesmo trêmulo persistiu a vislumbrá-las, enquanto as mãos pareciam dançar nervosas.

Eram duas agulhas compridas, finas, duas agulhas de osso, duas agulhas que eram dois punhais aos olhos de Poni.

Muito pálida, Alda o socorreu. Vendo-se novamente de pé, Poni deu força à voz. Impôs-se. Alda quisera achar engraçado aquilo tudo, porém, tivera que engolir o riso.

– Vá arrumar suas coisas, Alda. Vá logo. Não quero que você volte mais aqui. Faça uma trouxa, arrume tudo depressa.

A voz de Poni pedia obediência.

* * *

As mãos sustentam energicamente as agulhas. Defronte da porta, Poni postou-se, até gostaria que Samuel chegasse, enquanto Alda estivesse emalando.

– "Sabe de uma coisa, Samuel, vá dando o fora" – Diria assim.

E antes que Samuel entendesse o que se estava passando, agilmente ele cravaria as agulhas, tornaria a cravar o peito de Samuel, a cravá-lo profundamente como se o quisesse varar.

No quarto fazia-se um rumor de peças que estavam sendo dobradas. Um grande nervoso percorria-lhe todo o corpo, chegava às mãos de Alda ainda forte.

Punha dentro da mala os sapatos; em seguida tirava-os, novamente os tornava a pôr. Arrumava para em seguida desarrumar. Era Alda duas mãos confusas.

Naquela pressa, caiu um frasco e, espatifando-se o vidro, a loção começou a tresandar pelo sobrado, cheirando forte.

E, como absolutamente não se governasse, Alda chegou a despir-se, a emalar as próprias roupas que vestia.

Nua, somente calçada de meias, Alda enterrou o chapéu na cabeça.

Foi o espelho que a advertiu.

Espantada, Alda descalçou as meias, arrancou o chapéu, e buscando o vestido tornou a vesti-lo.

O suor lavava-a friamente, escorriam-lhe gotas da testa, vinham-lhe das coxas emanações de umidade.

E, pescando a braçadeira da mala como se já fosse partir, Alda procurou a porta.

As mãos de Peni queriam ferir, firmes elas sustentavam as agulhas.

Antes era Poni o homem mais popular das ruas. Das suas mãos subiam foguetes, elas faziam os sinos gemer e os seus sorrisos contaminavam as crianças.

Entrava em todas as casas, era devoto de todos os Santos. Nunca pensara em deixar de ser telegrafista, em encontrar-se abandonado por Alda. Também de voltar a viver como vivia o telegrafista Poni, um outro Poni que se tivesse ausentado e somente agora retornasse.

A sua loucura principiou mansa e mansa ela terminou.

Poni não está mais doente. Se estivesse, nas suas mãos não existiam agulhas, nem cruzaria na sua cabeça aquela vingança, pois a sua loucura sempre fora perseguida pela bondade.

– "Por que Samuel não chega logo?"

As carnes suam as agulhas, os dedos salientam os nódulos, as veias intumescidas, as mãos arroxeadas, e intumescido o corpo de Poni se encontra...

– "Por que Samuel não chega logo?"

E, como se se lembrasse para em seguida esquecer para sempre, Poni deixa que a vida de Samuel se confunda com a sua. As lembranças vêm chegando, chegando robusta, chegando cada vez mais precisas.

Apesar de ser padrasto de Alda, toda a vida de Samuel fora para Alda. A mãe de Alda morrera de desgosto. Poni foi o último a saber.

No pedido de noivado, Samuel impusera:

– A mão da menina esta dada, porém, o Sr. quando casar morará conosco.

E adiantou:

– O Sr. compreende. A mãe de Alda, minha mulher, sempre se queixa de dores e é muito justo que Alda fique perto da mãe. O Sr. não acha?

– Longe de supor o que iria acontecer, Poni ainda sorriu, agradeceu.

Nunca vira a mãe de Alda sorrir. Sorria, sim, quando Samuel não estava. Ele voltando, a mãe de Alda escaramujava-se. Cortava a alegria do rosto contraindo os músculos, ia terminar de rir dentro do quarto. E só uma vez Samuel dilatou os lábios, afrouxou aquela ferradura que era seu rosto.

Foi quando Poni avisou:

– Amanhã irei a Bom Conselho. Minha avó está muito mal. Talvez só volte daqui a uma semana.

Samuel riu gostosamente e o seus olhos ganharam luz, enquanto perversamente redargüiu:

– Por que não volta antes? Vai deixar Alda tanto tempo? Samuel queria novamente ouvir aquela resposta:

– "Não podia, tinha mesmo que se demorar uma semana."

Um mês depois morria a mãe de Alda. Samuel ficou no mesmo quarto.

E o dia todo passava em casa, caladão, torcendo as pontas do bigode.

Corria lendas a seu respeito. E o povo contava essas lendas baixinho, com medo.

– "Ele tem loucura por menina de doze, treze anos."

– "Já cumpriu pena por um crime desses.

Enfeitavam as histórias, avolumavam tudo, chegavam a dizer que Samuel desvirginara a própria irmã.

Ao vê-lo, as mocinhas apressavam os passos, e no casamento de Samuel ninguém compareceu.

Ficara, sim, por trás das enormes persianas da igreja, E, mesmo já sendo viúva, choraram grossamente pela mãe de Alda.

Sim, Samuel passava em casa o dia todo, e muito tímida Alda perturbava-se ante a força dos olhos de Samuel devorando-lhe as pernas, os braços, comendo-lhe os seios.

Alda errava o bordado. Recomeçava a bordar o que havia errado, novamente tornava a errar.

Sentado numa cadeira de balanço, Samuel era dois olhos gulosos. A cadeira balançava-se, ia, tornava a voltar, de novo chiava no seu balanço. Os olhos corriam o corpo de Alda e, enquanto corriam pelo corpo, iam-no comendo, possuindo.

De novo a máquina Singer parava. Alda enxugava o suor do rosto, o peito soltava longos suspiros.

Os olhos de Samuel perfuravam-na.

E perfuravam-na tão fortemente que Alda não podia se levantar. Teria que ficar como estava, bordando as iniciais de Poni nos guardanapos, bordando-as quase à força.

Samuel não falava. Somente os olhos falavam, agrediam.

Dores de cabeça prostravam Alda. Os ossos de sua cabeça como se estivessem perfurados. Os sonhos traziam o rangido da cadeira de balanço e, como dois fantasmas, chegavam boiando aqueles olhos, aproximavam-se aqueles olhos, os olhos de Samuel, e de momento se juntavam – juntos acendiam uma enorme chama. E aquele sonho parecia haver pegado fogo, repentinamente envolver o corpo de Alda, labaredas crepitando-lhe os cabelos, língua de fogo lhe saindo dos ouvidos, do nariz, também dos olhos.

Alda, antes de acordar, soltou um grito. Poni perguntou-lhe o que fora. Também acordara de sobressalto e seus ouvidos ainda estavam cheios daquela navalhada.

Fora um grito terrível. De fato, Alda gritara com assombro.

O suor lhe colara ao corpo a camisa de dormir e os cabelos se derramando impediam que se vissem as lágrimas de Alda. Alda arquejava, enquanto os soluços rompiam abundantes. Sentada, as pernas encruzadas obre o colchão, era Alda um saco, um enorme saco branco agitando-se no escuro do quarto.

E como Poni insistisse muito, Alda simplesmente respondeu:

– Foi um pesadelo.

Alda não tivera coragem de contar. Às vezes Poni percebia cheia a boca de Alda, chegava mesmo a pensar que Alda iria dizer-lhe qualquer coisa.

Alda parecia se engolir. Cavavam-lhe as bochechas que dantes estavam cheias, redondas.

E aquela primeira posse trouxera outras que se demoravam por toda parte.

Samuel lentamente a possuía. Como se uma oculta força a envolvesse, Alda entregava-se, passivamente se entregava a Samuel.

Samuel despia-a devagar, lentamente desabotoava-lhe o porta-seios, ficava um tempão lhe olhando as coxas. Depois as mãos de Samuel desciam para novamente subir e lá em cima se demorarem os dedos no bico dos peitos.

Era uma coisa terna, tão terna que Alda amolecia. Samuel carregava-a nos braços, estendia-a na cama. Nua, Alda adormecia, os braços de Samuel lhe enlaçando as carnes, mesmo após possuí-las com uma avidez de fome milenária.

Samuel ficou pra continuar velando outras vezes sem conta aqueles repousos de desmaios, que somente muito depois Poni viera a saber.

E tamanho conhecimento lhe trouxera aquele desequilíbrio.

Poni esquecera-se de tudo. E como estava em todas as casas, um dia chegou a entrar naquela que lhe pertencera. Entrara sorrindo e sorrindo saíra. E Samuel fora tão perverso, pois gritara assim:

– Olhe Alda, venha ver quem está aqui.

* * *

– Por que Samuel não vem logo?

A impaciência domina Poni. Os ponteiros fazem cantar as nove horas e se as mãos continuam crispadas é porque querem vingança.

E só depois de muito tempo os passos ressoam nas paredes que devolvem passos que se aproximam lentos, cadenciados.

Poni os escuta. Recua, esconde os braços nas costas, das mãos prolongam-se as agulhas. O peito inchado; o sangue quente queima-lhe as veias, as pálpebras lembram restos de equimoses.

Percebe-se que o ódio ainda mais inchou Poni. Nenhum músculo de seu corpo treme. Todo o corpo de Poni parece de aço. Duros, inflexíveis, descem os braços, as mãos sugerindo dois martelos.

Lentos, cadenciados, os passos custam a chegar. E essa demora faz mal a Poni, castiga-lhe os nervos, esmaga-o.

Por que Samuel não chega logo?

Lentos, os passos atravessam a rua, pisam lentamente sobre as lajes, livram-se da sarjeta que desce uma água escura.

Vão se aproximando antes de subirem os degraus, detêm-se os pés no "capacho", limpam, tornam a limpar uma imaginária lama.

Por que tamanha demora, por que Samuel não abre imediatamente o trinco? POR QUÊ?

No quarto, sentada sobre a mala, Alda espera.

Os olhos se lhe esbugalham, a respiração se lhe intercepta. Poni se sente adoecer naquela espera. Confusões enchem-lhe os sentidos, e, de súbito, por mais que queira reter as agulhas, Poni constata os dedos das mãos cada vez mais frouxos, moles, bambos.

Por que Samuel não entrou antes que lhe fugissem todas as forças? O tempo de um segundo, Poni o vivia como se estivesse vivendo uma eternidade. Nada de Samuel entrar. E quando Samuel entrou, o peito de Poni estava livre da vingança, brancas eram as imagens que lhe enchiam os olhos.

Alda encostou o ouvido e com ele colado à porta do quarto queria escutar algo. Mas nada pôde perceber.

Aquela demora havia adoecido Poni. Inexplicavelmente, aquela breve demora havia-lhe arrancado do peito toda aquela coragem, toda aquele decisão de se mostrar curado a si mesmo, a Alda e a Samuel. E como se tivesse vindo somente fazer visita à sua antiga casa, Poni chegou a estender a mão para Samuel, até sorriu-lhe, e, descendo os degraus, avançou alegre de rua afora com uma imensa alegria a lhe desabrochar a boca indefinidamente.

No meio da sala, as agulhas lembravam duas forças desprezadas, imóveis.

Uma Janela

CHAMARAM-NO gritando, depois de o sacudirem pelos ombros e esmurrarem as portas. Nada de Coriolano responder, de prestar sequer atenção a toda aquela gente, que berrando lhe pedia remédios, para se certificar da inutilidade de seu juízo, lhe pedia garrafadas, xaropes baratos, pó secante.

Era Coriolano dois ouvidos surdos, reclinando sobre as tábuas escuras do balcão à maneira de um fardo.

Sant'Anna do Ipanema comentava aquela nova loucura e quem fosse ou se detivesse à calçada da farmácia, encontrá-lo-ia a babar-se, a perder os olhos do farmacêutico no invisível de imagens distantes.

Babando, sempre babando, como um novilho portador de febre aftosa, Coriolano alagava as tábuas do balcão, exalando aquela sua baba de pingos grossos , uma fetidez somente encontrada nos recessos de trapiches.

Exceto as mulheres grávidas, ninguém deixou de ver aquela nova loucura, respeitada e temida pela cidade.

Dir-se-ia Coriolano babasse uma gota de saliva para cada pessoa, fosse-lhe a boca uma fonte de inesgotável veio.

Pedira Pe. Bulhões em paz o deixassem e ninguém do farmacêutico se aproximou, ficando Coriolano a babar, livremente a babar durante dois dias e duas noites, as portas escancaradas a mostrar aquele gratuito impressionante de uma inesperada tragédia.

Continuava Coriolano babando no terceiro dia, embora se lhe apresentassem amortecidos os olhos, como se o tempo a pouco e pouco fosse envolvendo o farmacêutico numa pesada sonolência.

Imóvel, ainda debruçado sobre o balcão, Coriolano parecia dormir, como se de verdade a baba o houvesse aniquilado, pois à medida que aumentavam as poças de gosmas, invadia-lhe o rosto uma maceração cadavérica.

Era o princípio do fim. Supunham. E todas as vezes que Pe. Bulhões tentou saber a causa de tamanha desagregação, Coriolano o repeliu abrindo os braços, sempre nessas ocasiões lembrando duas presas de um monstruoso caranguejo.

* * *

Dos funis caem pingos.

São pingos de xarope, de vermelhas infusões que os funis estão a filtrar.

Continuam os pingos indefinidamente caindo e, às vezes, eles tombam tão cadenciados chegando a sugerir notas de música.

Evola-se de um frasco desrolhado um cheiro de açafrão.

Dentro de uma caixa de vidro uma balança de ponteiro sensível acusa um máximo de desequilíbrio.

Toda farmácia de pernas para o ar, às avessas.

Coriolano levanta-se, olha uma prateleira, dirige o rosto em direção dos pacotes de alvaiade.

Despreza a cor dos vidros.

Volta a olhar os filtros dos enormes funis e andando sem rumo, da esquerda para a direita, enfia furiosamente as mãos nos bolsos.

Uns passos decisivos levam-no até a mesa.

As gavetas acham-se abertas mas Coriolano torna a fechá-las, para abri-las em seguida, sem saber o que procura, abrindo-as, fechando-as com fortes baques.

E, após estes barulhos, surge um breve silêncio que realça novamente a queda dos pingos, queda sistemática, alternada, mesmo musical.

De um funil uma solução esborra, originando um filete que lhe empapa os chinelos, começando a tingir-lhe os pés de vermelho, entreranto Coriolano de nada se apercebe.

Todos os seus sentidos acham-se presos a uma única imagem, positivamente a uma forte e única imagem que o tortura.

Vezes sem conta punhos martelaram as portas como estavam, violentamente sacudidas pelos socos, abaladas pelos gritos de fortes murros.

– Seu Coriolano, eu quero óleo de cravo pro meu dente.

E as portas rangiam nas dobradiças sacudidas, mais fortemente os fregueses gritavam, esmurravam as tábuas.

– Pelo amor de Deus, seu Coriolano, eu não posso mais. Abra a porta pela alma de sua mãe.

E castigavam a calçada como se a culpa fosse do cimento, batendo com os calcanhares num sinal de revolta. Esperneavam.

Seu Coriolano, abra essa porta, abra.

E as ânsias também expulsavam pragas, palavrões que os fregueses misturavam aos nomes de santos.

Não foi devido aos gritos que Coriolano se pôs de pé nem lentamente movimentou os pés, suspendendo a cabeça, além de pousar os olhos nos frascos de pastilhas, descê-los aos amarelos sais de cobre dos botijões.

Todo esses seus gestos assemelham-se a uma despedida.

De pé, os braços soltos, Coriolano insiste em olhar os filtros, em olhar a cor alva dos vidros de arsênico.

E, como se se cansasse desta posição, dirige-se pesadamente, caminhando até as portas que continuavam abaladas pelos socos, cada vez mais sacudidas na fúria de impacientes braços; tetricamente se movimenta.

O espanto silenciara a todos; e eles desceram a calçada emudecidos e atônitos como se não soubessem o que fazer. Apesar de calado, Coriolano expunha a toda aquela gente o seu sofrimento.

Eram de quem muito sofrera os olhos do farmacêutico. Lembravam aqueles olhos dois espelhos que somente tristes imagens soubessem refletir.

Sem olhar a ninguém, Coriolano bobamente afrouxava os lábios num leve sorriso, discreto sorriso à face lavada por um suor que lhe chegava aos punhos.

E como a blusa mostrasse a descoberto uma parte do seu peito, poder-se-ia ver o coração do farmacêutico sacudindo as banhas numas fortes pancadas, num intenso pulsar.

Ainda atônita, toda aquela gente media Coriolano de cima a baixo. Como se quisesse assenhorear-se daquela súbita transformação, penetrar no segredo daquele horrível sofrimento, todas aquelas pessoas se espantavam.

No espaço da porta o farmacêutico suava, era Coriolano um autêntico poço de suor; suor que lhe grudava a roupa à pele, destarte realçando-lhe a gordura mal distribuída do corpo.

Ninguém sabia a causa daquele suor, o motivo de Coriolano suar tão brutalmente.

Davam palpites, falavam, tornavam a falar.

Alguém exigiu a presença de Pe. Bulhões e como no meio deles houvesse um espírita, lembraram-no.

Coriolano continuava suando, sem tomar conhecimento que a cidade se alvoroçava por sua causa; não parava de suar.

Perto do Monumento, um telhado deixou de ficar concluído.

E, a não ser as mulheres grávidas, todos se abalaram, todos queriam constatar o suor do farmacêutico.

Era o suor de Coriolano que a cidade queria ver, eram aquelas soturnas pulsações que o povo queria escutar.

Tarde de nuvens sangüíneas, de vento morno aquecendo os frutos, levantando das estradas uma poeira vermelha.

Tarde agonizando o sol nas bocas dos morros, sacrificando a música dos sinos num enterro assexuado.

Tarde profunda, própria para se enlouquecer, para se suar despertando no meio de um intenso suor antigas paixões, remotas lembranças de pecaminoso desfecho.

Tristeza, solidão eram os únicos elementos, que sem eles a tarde não podia sobreviver.

Arados revolviam os campos e machadadas eram respondidas por outros lenhadores, por outros ecos.

Castigadas pelo vento, as folhas de quase todas as árvores eram nervuras de galhos ressequidos, esturricadas pela seca. Sobre o leito as últimas águas do rio temporário já haviam passado e apenas nalguns poços o lodo esverdeava pedras.

A loucura dominava o crepúsculo.

E os homens quase a correr, vencendo ruas, transpondo pontes, assemelhavam-se naquela pressa a um apressado êxodo.

Lojas foram fechadas. E açougueiros deixaram de sangrar um boi, de estripar um porco, e um cabrito meio esfolado ficou a pender de um forquilhão.

Todos queriam umedecer os olhos na umidade de Coriolano, ver aquela inexplicável loucura lavar um corpo que parecia se dissolver de tanto suar.

O suor de Coriolano abalava a cidade que fremia de uma curiosidade sem limites.

E, como se um cansaço o abatesse, Coriolano procurou um banco para reclinar a cabeça, unir o ouvido às tábuas do balcão.

E a boca do farmacêutico começou a soltar uma gosma, depois aquela baba, cada vez mais espessa e abundante.

Às vezes aquelas lembranças abatiam-no; carregavam-lhe os olhos e Coriolano via-se afastado do mundo, dos funis, das drogas que os frascos rotulavam venenos. Via-se andando pela beira do rio, revendo aquela manhã que Arlinda se penteava debaixo de uma árvore, refrescando o rosto com afagos do vento, repartindo os cabelos para frente.

E essa visão trazia-lhe aqueles olhos como duas lanternas verdes ardendo no rosto de Arlinda, trazia-lhe aquela bárbara beleza a recompor um penteado, beleza de corpo úmido, que o rio havia banhado; também a memória obrigava-o a rever Arlinda numa leve combinação, que lhe modelava os seios, também delineando-lhes as coxas com firmeza.

Essa visão sempre os seus olhos retiveram, e Coriolano via-se por trás de uma moita de velame, via-se de cócoras a espiar uma Arlinda que suspendia os braços, repousava as mãos nos cabelos, descia-as acompanhando os fios longos como cordas de harpa.

Sempre de cócoras, por detrás da moita de velame, Coriolano se convenceu que Arlinda era uma perfeição.

E chegou a esquecer-se que não sabia nadar, mas que devia atravessar o rio, aproximar-se daqueles olhos verdes, possuir aquele corpo numa demorada posse, ouvir mais de perto aquela cantiga.

Sentada sobre uma pedra, Arlinda começara a cantar.

Era uma cantiga de infância, conhecida pelas crianças insones, uma cantiga cheia de sono, própria para fazer dormir, a cantiga que Arlinda cantava de olhos caídos.

A voz maternalmente dizendo:

Dorme, dorme filhinho
Que a mamãe tem que fazer
Roupinha pra lavar
Camisinha pra coser.

Árvores quietas, uma pesada calma ressaltando o marulho do rio, tudo à maneira de um enorme ouvido a escutar a cantiga que a voz enveludada repetia.

Lá embaixo uma fileira de burros numa paisagem de tropeiros silenciosos.

E desde aquela manhã Coriolano começou a errar velhas fórmulas, a esquecer-se de aviar receitas urgentes.

Os seus olhos viam somente Arlinda, aquela face de olhos verdes somente Coriolano sabia distinguir dentro de sua desnorteada imaginação.

E muitas foram as vezes que se encontrou querendo dissolver sais insolúveis, pesando três, quatro vezes a mesma coisa; acompanhando erradamente as oscilações da balança, debitando contas inexistentes, manipulando drogas de efeito contrário. Compreendia por que errava, mas gostava daquele seu erro, achava mesmo bom refazer tudo.

E deixava a imaginação acariciar os seios, correr as mãos sobre as coxas; pentear os longos cabelos de Arlinda ele também fazia pensando.

Esquecia o tempo, a lembrança dos dias da semana abandonou. Dormindo sonhava Arlinda abrindo-lhe os braços, beijando-o ternamente. Era sonhando Arlinda que Coriolano queria dormir. E quando mirava as soluções as formas redondas dos frascos traziam pra sua imaginação o corpo de Arlinda, que na sensibilidade do farmacêutico era a essência do perfume mais puro.

Todas as manhãs Coriolano ia espiá-la.

Agachava-se, o coração aos pulos, aquela espera umedecendo-lhe as mãos, percorrendo-lhe um estranho frio nas costas.

Sustinha a respiração, encolhia-se por detrás dos velames e indignado ficava vendo o sol subir.

Nesses instantes pensava em doença, nalguma súbita viagem distanciando Arlinda.

Um repentino ódio espremia-lhe os olhos, encravava-lhe as unhas das mãos.

Ó! Como Coriolano se transformava – Arlinda aparecendo.

Coriolano esquecia-se, relaxava os músculos, abria os lábios num longo e amoroso sorriso, ouvindo aqueles passos que tanto ele sabia distinguir.

Amigos aconselhavam-no redargüiram-no, não, não estavam de acordo.

Coriolano nada escutava, nada via a não ser Arlinda. Surdo e cego para o mundo estava o farmacêutico, que noites acordou abraçado ao travesseiro, pensando em abraçar Arlinda, pois todos os seus sonhos traziam-na, entregavam-na.

– "É um crime o que você vai cometer."

– "No mundo existem mulheres mais bonitas, Coriolano!"

–"Repare a família, olhe que a mãe de Arlinda é uma à-toa."

– "Deve ser paixão, Coriolano, depois passa."

Coriolano uma rocha; firme.

Ele queria Arlinda, aqueles dezoito anos cheios de infantilidade, aquele corpo desabrochando Coriolano queria, e imaginava-se adormecendo naqueles braços, caindo num tranqüilo sono sempre embalado pôr aquela cantiga de ninar, ópio para a angústia de sua paixão dolorida.

* * *

A baba engosmava-lhe as feições enquanto o povo se interrogava, longe de supor que da figura de Arlinda partissem os ventos de tamanha tempestade.

Sempre a suar Coriolano via-se possuindo Arlinda, mamando aqueles seios quase dois botões, penteando aqueles cabelos numa noite clara, cheia de nuvens que se distanciavam, sugerindo enormes pássaros brancos.

Depois, Arlinda fugindo-lhe dos braços, correndo pela campina afora, enquanto ele a perseguia transpondo rochedos, vales, subindo escarpadas montanhas, possuindo-a outra vez, exausto, derrubando-a sobre uma planície de ervas rasteiras para comê-la de novo.

A princípio, uma Arlinda cheia de beleza, uma Arlinda de lábios doces, prometendo-lhe tudo, mas, em seguida, delineiam-se aqueles terríveis dias, enegrecidos por tristes lembranças de aspectos sórdidos.

Uma outra Arlinda quebrando prateleiras, rasgando páginas do contra-corrente, destruindo botijões, rompendo um mapa silencioso de duas pêndulas atrasadas.

Seria criancice, estariam-lhe os nervos abalados?

Coriolano afastava todas essas suposições.

De pé, recostado na porta, Coriolano ficava sorrindo, batendo palmas. Prejuízo era coisa secundária. Queria, sim, conservar Arlinda num amplo mundo destituído de recalques, na mesma amplidão do seu passado de animal bravio.

E pedia-lhe sorrindo, abrindo-lhe os braços:

– Quebre mais uma garrafa, minha querida.

Ele próprio entregava-lhe mais um provete.

E abraçavam-se, beijavam- se após o vidro ficar espatifado no cimento do alpendre dos fundos da farmácia.

Nenhuma daquelas depredações, nenhum daqueles prejuízos transtornar-lhe-iam a cabeça.

Arlinda podia continuar destruindo tudo, podia continuar aguando roseiras com ácido sulfúrico, alimentando o papagaio com ácido bórico, rasgando colchões, queimando toalhas de linho, cortando os punhos da rede – podia prosseguir aleijando todas as cadeiras numa de suas sedentes fúrias.

Coriolano continuaria sorrindo, batendo palmas, entregando-lhe mais um vaso de louça antiga em troca de um beijo.

Decidira-se a não contrariá-la, naquela estranha vida deixá-la viver sem freios.

Mas quando viu o que os seus olhos insistem em retratar, reconstruindo aquela traição como se estivesse relembrando o maior de todos os crimes –

quando viu o que teria negado se lho cantasse, afastou dos lábios todos os próximos e possíveis sorrisos; e sentiu o coração doer, fulminado ficar por um impacto inesperado.

Furiosos, crisparam-se-lhe os braços e outros frascos que Arlinda devia quebrar, Coriolano os quebrou, mas os quebrou como Arlinda os quebraria, sempre sorrindo naquela estranha satisfação de destruir.

Era uma antecipação de tragédia que Coriolano representava.

Não queria se convencer, negava, mas intimamente consentia, via-se traído.

Por que Arlinda não destruíra totalmente a farmácia?

Essa íntima pergunta destruíra-lhes as últimas energias de uma razão mutilada.

Coriolano esmurrou a porta da frente. Queria também destruir o mostruário, espatifar as vitrinas, aumentar as queimaduras que os ácidos já lhe haviam feito às mãos.

Exausto, sentou-se ao meio dos próprios destroços.

As imagens tomavam corpo, apresentavam-se-lhe mais fortes, pensou em muitas coisas, mas tudo se lhe afigurava irremediável. Em vingar-se desistiu, mas começou a vingar-se quebrando à maneira de Arlinda gostava de destruir.

Por que tamanho capricho da natureza? Que espécie de amor seria o daquele surdo-mudo?

Coriolano não descobria a razão daquele amor, nem podia imaginá-lo sem palavras amorosas.

Se ele não tivesse visto Arlinda pular a janela, jamais acreditaria naquela fuga. Negaria. Juraria por três vezes.

Mas os seus olhos ficaram cheios daquela visão; bem cheios como se estivessem sobrecarregados e a todo instante expulsassem os segredos daquela noite.

Chico Barriga devia ser o homem mais disforme do mundo. Todo o seu corpo uma barriga, os seus membros quatro cambitos.

Como Arlinda podia se unir àquelas banhas, abraçar aquela batata-inglesa, amar tamanho surdo-mudo?

Ele se escondeu por trás do peitoril e deixou os olhos acompanharem aquela fuga, seguirem todos os gestos de quem o traía.

A lua prateava Chico Barriga, com a sua toalha a lua lavava-lhe os ombros.

Coriolano mal podia escutar os pés de Arlinda fugindo, lembrava um sonho aquela traição.

De cabelos soltos, Arlinda assemelhava-se a uma louca perdendo-se na noite.

Antes eram aquelas quadras que enciumavam o sensível e apaixonado coração do farmacêutico.

Debaixo do sabugueiro Arlinda soltava as tranças, rimava de propósito, com intenção de magoá-lo.

Coriolano suplicava-lhe, lembrava-lhe nomes de fados, de cantigas, de rancheiras, de sambas, de valsas.

E certa vez ajoelhou-se, para pedir-lhe com uma voz moribunda, vencida:

– Cante outra coisa, minha querida Arlinda, cante aquela cantiga que eu gosto, tudo é seu, Arlinda, mas não cante isso não.

– O sortilégio da cantiga impedia Arlinda de ouvi-lo; prolongava-se cruel, sádico e matreiro:

O barco está no mar
O meu marido pra morrer

Antes morra meu marido
Que o barco se perder.

Se o barco se perder
Não tenho dinheiro pra pagar
Meu marido se morrer
Eu boto outro no lugar.

As quadras assumiam o valor de uma sentença inapelável.

Coriolano baixava a cabeça, muito depois a suspendia para novamente baixá-la , torcendo os dedos.

Arlinda indiferente aos pedidos de Coriolano prosseguia:

O barco está no mar
O meu marido pra morrer

O pente-fino escorrendo-lhe as tranças, mansamente as penteando como se naquela mansidão ritmasse a cantiga que o vento levava para longe.

O sabugueiro arqueava, ondulavam os galhos e a brisa não deixava nenhuma folha quieta.

A pentear-se Arlinda esquecia a tarde, dos pedidos de Coriolano alheia, distante Arlinda ficava.

Cheio de ciúme Coriolano interpretava a cantiga, vendo-se como aquele marido da cantiga do barco, sentido-se morrer no esquecimento de um amor indiferente, frio se enraivecia.

Por momentos temia ser enganado, Arlinda defronte da mãe sugeria-lhe a repetição daquela vida desregrada.

Mas logo Coriolano as separava, submergia todas as suspeitas e como adivinhasse todos os gostos de Arlinda propunha-lhe destruir qualquer coisa.

Mas por que tamanha traição? Se não pudesse viver sem trair, por que escolhera Chico Barriga?

Isso o revoltara. Adoecia-o.

Se Arlinda estivesse se entregando a um outro, ele seria um despojado, simplesmente um corno no meio de tantos.

Mas – ser traído por Chico Barriga, por um surdo-mudo?

Que amor encontraria Arlinda se entregando àquele sapateiro, que espécie de carícia Chico Barriga podia lhe dar? Seria diferente, por demais singular o amor daquele surdo-mudo?

Arlinda encontraria Coriolano sentando no meio dos destroços, vendo tudo a distância, qual estivesse a distinguir um outro mundo povoado por fantasmas.

– Levante-se, Coriolano.

Com os olhos a brilhar estranhamente, Coriolano a observou como se a desconhecesse.

– O que é que você está sentindo, Coriolano? Fale, meu filho, diga o que é que você tem?

A voz de Arlinda brotava mansa, nem sugeria a de uma pessoa que soubesse trair. Lembrando uma criança travessa, cercada por cacos de vidro, rodeada de almanaques rotos, de frascos a verter flor de enxofre, Coriolano continuava a ver Chico Barriga, reconstituindo os mínimos detalhes daquela traição, e de tudo se alheava.

Mas um breve instante dc lucidez levou-o até as gavetas, fê-lo espezinhar os brincos de ouro, romper nos dentes fitas de seda, partir colares, que perderam o valor se transformando em pérolas esmagadas.

Tudo isto num instante.

E voltou a sentar-se entre os destroços.

Arlinda compreendeu tudo, como se estivesse vendo nos olhos de Coriolano a imagem de Chico Barriga, também percebeu o estigma de seu crime estampado naquele rosto, apesar da mudez das faces de seu marido. À maneira de uma bailarina, atravessou o quarto e com uma rapidez de ladrão fugiu pela janela.

Ainda reclinando o ouvido sobre o balcão, Coriolano revê tudo isso musicado pela cantiga do barco, ele de flor na lapela casando-se ao escurecer, um coro de órgão enternecendo, muitas pétalas de rosa, punhados de arroz, corolas de brancos lírios repousando um ramalhete nos braços de Arlinda, vozes infantis vibrando de fé, de conforto. Depois volta a rever Chico Barriga destruindo tudo, roubando-lhe aquele beijo que ele tão carinhosamente depositara na tela da noiva. E uma outra terrível imagem mostra, continua mostrando a janela por onde Arlinda saltou, sem omitir o vermelho das persianas abertas nem a largura do peitoril galgado numa fuga célere, rapidíssima, fuga de pássaro, também de cão, porém áspera para a sua sensibilidade sempre retesada.

Agora Coriolano se imagina um jardineiro aguando uma rosa que flutua ao transpor o vão de uma enorme janela.

Depois de aguada, a rosa despetala-se e Chico Barriga surge mangando como se já estivesse a mangar de dentro das pétalas.

Coriolano, então, vê-se aos pulos, de novo querendo aguar uma outra enorme rosa que antes de desaparecer pela janela ondula tal qual os pés de Arlinda; sempre aquela Arlinda, sempre aquela sórdida Arlinda a cantar com uns lábios de prostituta aquela quadra, certamente rimada e difundida por algum cancioneiro anônimo do agreste.

Medo

FICAVA com um cigarro preso nos beiços, balançando-se na rede até tarde. Seu quarto pequeno, o assoalho rajado de manchas, o tabique e a parede lambuzados por um amarelo de cor bolorenta. No telhado, uma clarabóia coava a luz que incendiava pregos cravados na parede, durante o verão aquecia roupas surradas enforcadas em cabides toscos. Ao lado da cama de lastro imóvel levantavam-se pilhas de jornal, que à guisa de mesa equilibrava uma moringa e livros sebentos. Não deixava a empregada fazer o que ele fazia, aos sábados, enxotando do quarto com uma vassoura pontas de cigarro, pacumãs que desciam das telhas. Tipo esquisito, de esqueleto enorme e sisudez despropositaI. Nunca falava com os outros hóspedes.

– Seu Salustiano, o senhor quer tomar café?

Ele resmungava qualquer coisa e ia sentar-se à ponta da mesa. Seus olhos quase que não se moviam nas órbitas fundas, sempre fitando um ponto, qualquer coisa que o alheasse das conversas. Todos na pensão, estranhavam a atitude dele. Zezé era a única que, por não entender, ia mostrar-lhe os bonecos quebrados, puxar-lhe o paletó, salientando os dentinhos alvos, os olhos rasgados quais os de um chinês. Ele continuava mastigando o pedaço de pão, segurando a xícara com uns dedos compridos, magros. Depois, descia os quatro lances da escadaria e somente voltava à boca da noite para engolir outra xícara de café, trancar-se no quarto e ficar fumando, lendo. A rede, então, começava a ranger. Uma, três horas, até a madrugada. D. Manda nervosa, ouvindo os armadores cantarem vaivéns bem nítidos na calma da noite. D. Manda rebolava na cama, mudava de posição, ia à sala de jantar beber dois dedos d'água, perdendo a cor de suas faces cada vez mais pálidas, igualando-se às de Salustiano. Durante o dia D. Manda cochilando pelos cantos, esmurrada por um abatimento de quem fez velório. D. Manda não tinha força para reclamar, interpelar o pensionista sempre atrasado, sempre com atraso pagando o mês.

Certa noite Salustiano não quis tomar café. Chegou da rua com as feições congestionadas, os olhos vermelhos se fechando sobre umas pálpebras crescidas. Deu duas voltas na chave e caiu na rede pesadamente. Em seguida, meteu as mãos sob os cabelos e começou a olhar para o canto da parede como se estivesse vendo alguém. No banheiro, um pingo, em seguida outro, esborrachava-se no ladrilho, caindo no chuveiro, cadenciado. A penumbra, que se fazia no quarto, vinha duma luz distante. Talvez na cozinha. Apesar de ser hora de jantar, poucas falas vibravam na pensão. Salustiano pressente o horror de uma noite em claro. Isônia? Doença mais séria? Para ele, o canto da parede fotografa Constantino se lastimando, dizendo-lhe o número dos filhos, balançando a cabeça, as palavras lhe brotando de dentro dos soluços.

– "Quase dez anos, seu Salustiano. Faltavam somente vinte dias para eu ficar efetivo. Sempre cheguei na hora, mesmo morando, como ainda estou, no subúrbio. Levantava-me ainda com sono para pegar o primeiro bonde. Nem uma carta de recomendação me deram."

Salustiano ficara com os dedos suspensos no teclado da máquina querendo melhor compreender o que Constantino lhe dizia.

– "Quando o despediram"? – a voz de Salustiano saiu abafada.

– "Hoje. Indagorinha." – E Constantino continuou falando da mulher, dos nove filhos, querendo estraçalhar o gorro da Companhia com as suas mãos brutais.

Salustiano não pôde trabalhar o resto do dia. Deixou o escritório alegando doença e dirigiu-se para o cais do porto. Ficou sentado no atravancamento, as pernas dependuradas para o oceano, imaginando. O armazém 2 estava deserto; ao largo alguns vapores fumegavam. Toda a tarde ele passou fitando o oceano, parecendo ouvir os soluções de Constantino virem com a brisa. Os lábios não se lhe moveram uma só vez. Os miolos da cabeça estalavam, ferviam, assassinando o gerente, tirando a vida do homem que demitiu Constantino. Os dentes batiam como se o corpo estivesse com febre, as mãos se apertavam, as unhas encontrando resistência à epiderme endurecida. Sempre de cabeça baixa, o esqueleto emborcado, Salustiano não podia divisar as nuvens alvíssimas, o céu surgindo por debaixo delas, cristalino. A maré vazando, os arrecifes apontavam cobertos de sargaços, as águas voltavam, quebravam-se de encontro às pedras, sem forças, numa brandura de água de rio recuavam.

Salustiano persistia em ver Constantino desamparado, apertando o gorro da Tramways, frisando o número dos filhos, soluçando diante dele. A voz rouquenha lastimando-se compassada.

– "Faltavam vinte dias para eu ficar efetivo, seu Salustiano. Sempre eu fui um bom empregado. Tenho que começar outra vida". E lágrimas molhavam-lhe a face, as rugas de Constantino lembrando veios de fonte.

Salustiano continuou a movimentar aquela cena. Parecia presenciar Constantino se atirando sobre a mulher, esboroando os filhos, procurando desanuviar a mágoa aos socos e pontapés; algum vizinho tentando acalmá-lo, aconselhando a um homem que ainda ontem suava trepando nos postes altos, consertando fios elétricos. Aconselhando a um Constantino, têmporas grisalhas, beirando os quarenta, apontado como vagabundo, e como vagabundo ser recolhido a um presídio. Salustiano não sentiu a frieza que veio com a noite. A fumaça que os vapores derramavam se esgarçava, perdia-se. Um guarda das docas começou a vigiar as sombras do cais. Salustiano tinha os membros dormentes das horas que ficara sentindo a brisa, sentado no atrancamento, prevendo misérias na vida daquele homem.

As águas começaram a voltar, os arrecifes ficavam submersos, as estrelas desceram com a faixa de luz do Farol de Olinda. O guarda passeava, parando, andando de novo, sendo um vulto na noite. Os vapores fumavam para o céu.

Salustiano deixou o cais do porto passando pelos outros armazéns onde muitos homens empilhavam sacos. Ganhou a rua e veio para o segundo andar. Subiu as escadas, as feições esquisitas, e respondeu que não queria tomar café nem queria jantar.

* * *

Imóvel olhando para o canto da parede, Salustiano é um corpo engolido pela rede que não embala, não geme nos armadores cinzentos pela penumbra que vem de fora. Os pingos do banheiro continuam caindo, sistematicamente caindo sem azucrinar Salustiano que insiste em se perguntar:

– “Por que não deixaram Constantino empregado? Por que aquela demissão sem motivo, faltando apenas vinte dias para ele ficar efetivo?” Salustiano não entendia, achava tudo aquilo absurdo, nem podia responder à sua íntima pergunta.

Noite de muitas estrelas e o vento ligeiro corre lembrando um convite para uma caminhada solitária. No andar térreo, entre umas latas de cróton, um condutor de bonde chama das cordas de um violão alguma coisa que relembra. Nos pé da espreguiçadeira do condutor as duas filhas brincam. Lá fora, a rua estende-se silenciosa, mesmo quieta, como se tudo no mundo estivesse certo.

Salustiano bem que pensou numa cólica hepática. Sente a dor chegar de manso, depois todo o fígado arder em plena inflamação. Levanta-se da rede, deixa o quarto e vai até a sala. Quase não pode andar. O fígado doído força-o a dar uns passos curtos, abrir mecanicamente as pernas como se elas estivessem aleijadas. A perna esquerda arrasta-se. O rosto reflete a dor interna com a pressão dos dentes no lábio inferior.

D. Manda estava fazendo crochê e levantou-se aflita ao vê-lo como um mutilado.

– Seu Salustiano, o que é isso? – Por fim, Salustiano falou-lhe numa voz rouquenha, doente:

– D. Manda, a senhora pode me dar uma dose para o fígado? Não é nada não. Somente o fígado está doendo.

D. Manda não lhe respondeu. Levantou-se ainda trêmula e voltou da sala da copa com uma tintura avermelhada em dois dedos de água. Depois de beber a tintura de jurubeba, Salustiano largou um riso e, claudicando, parou à janela. Aquele ar puro fazia-lhe bem. Acreditava.

O condutor maltratava as cordas. As duas meninas deixaram as bonecas espalhadas sobre a esteira e foram deitar-se com o chamado da mãe. As latadas de cróton balançavam as folhas verdes, o céu enchia-se de olhos, quando do despertar de estrelas, e o vento lembrava uma mão que acariciasse Recife. Salustiano baixa os olhos e vê no terraço do andar térreo o condutor fazendo música. Com uma camiseta de algodão e a calça do trabalho, o condutor se esquecia das duas filhas, da mulher franzina que lava e engoma para as pensionistas do primeiro e segundo andares. Nas noites de folga o condutor revivia serenatas, tocando sozinho, trauteando, a voz plangendo, numa doçura evocando. O violão relembra enquanto nuvens passam e o sono lhe custa a chegar. Salustiano ouve a melodia que sobe mais fraca, mais doce. Sons ternos saltam daquelas notas e todos eles chefiam aos ouvidos de Salustiano como a própria voz de Constantino que continua queixosa, amarga, dentro de seus ouvidos se queixando maciamente. Um lamento que se dilui nas cordas do violão, dizendo coisas suaves, mas todas elas bem cheias de uma suavidade triste.

A claridade do céu cobrindo o mundo com a prata de uma luz que se arrastava, mas vazios estavam os bancos das praças, era a mudada do rio uma varanda deserta, sem namorados.

Salustiano sente outra chuçada. A região hepática sensibilíssima. Temendo uma outra crise ele volta para o quarto, e deixa-se cair na rede caminhando com dificuldade. Acende um cigarro. Os ossos da cabeça guardando caroços de milho, cheia dói-lhe a cabeça, como se todo o sangue de seu corpo só circulasse nos membros inferiores. Os olhos vidrados são as partes amarelecidas de todo o rosto. Os armadores começam a ranger. O pé direito de Salustiano ritma o embalo dos punhos. Nem o próprio Salustiano sabe quando terminará de balançar-se. Lá fora, os dedos negros do condutor continuam incansáveis. O violão se estraga rompendo a música de uma modinha antiga. Rimas cruéis, de quem encontrou a mulher com outro. Salustiano, somente muito depois, percebe que está se balançando em compasso das cordas. Também associa aquela dolência à tristeza que brotava das palavras de Constantino. Outro cigarro começa a flutuar na luz errante. Os armadores cantando cruéis – ram – ram, a música do condutor subindo mais doce, evocando, tornando a subir numa evocação ultrapassada, vencida. Salustiano não tinha nada a ver com aquilo, mas ao mesmo tempo se sentia culpado, um cúmplice. A pergunta feira-lhe os sentidos, maltratava-lhe a memória. "Por que demitiram Constantino?", Salustiano sentia as idéias fugirem, perderem-se. A rede indo e voltando nos pinhos retesos, o violão de música monocórdica se envelhecendo nos dedos do operário mulato.

Salustiano arranca da boca o cigarro que aos poucos se apaga no assoalho. A pergunta volta, avoluma-se, derrama-se-lhe de corpo afora. "Por que demitiram Constantino?" Oprimem-se-lhe os pulmões, a língua completa a boca numa grossura doente, longo o nariz duplica o canudo de carne. Aquela tara adormecida se rompe. Salustiano sente-se presa de uma vontade que nunca lhe havia aprisionado tão forte. A vontade era vingar-se, desfazer-se de todos os recalques que ressonavam em suas vísceras silenciosas e contemplativas. Vingar-se dos homens que haviam demitido Constantino, pois se vingando sentiria toda a vida reconstruída, nascida de novo. Seria uma vingança integral, isenta de paixões , de sentimentalismo, longe do mundo da infância que a memória não esquece. Conhecia Constantino como a outros empregados da fábrica, Constantino trabalhando no seu trabalho de eletricista, nenhuma amizade os ligava. Constantino poderia chamar-se Pedro, Antonio, Paulo, José. Refletia. Raciocinando refletia sem parar. Não concebia que o gerente demitisse empregados de nove anos e onze meses de alicate em punho, mutilasse uma vida que se acordava com os pássaros, que se lavava de suor, que se completava trabalhando duro, enquanto os diretores da companhia colecionavam selos, caixas de fósforo, moedas antigas. Não atinava como a Tramways podia ter gerente tão desalmado. Constantino não seria o último, não se podia dizer que morrendo o último operário de uma geração, a próxima sofresse menos. Mulheres parindo todos os segundos no mundo inteiro, todas as horas germinavam beldroegas sobre sepulturas, mas somente sobre sepulturas pobres as beldroegas germinariam com força. Outras reflexões deslizaram, encheram-no de clarões. Salustiano esquecia-se de tudo que o cercava. Num instante a figura de Constantino lhe enchia os olhos, enchia-os para desaparecer depressa, pois uma outra figura se engordava no volume do gerente da companhia. Depois, ambas se apagaram, vazios, os olhos distanciaram-se descendo os dois andares, cortando ruas, vencendo o asfalto das pontes. Recife uma cidade morta. Nem às esquinas os guardas vigiavam, nenhum vagabundo repousando ao relento. Canteiros aprisionavam flores nas corolas fechadas e, por todas as ruas que Salustiano caminhou, debruçavam-se dos sobrados enormes sombras, nadavam ao longo das sarjetas pedaços de jornal, restos de manchetes mentindo na tranqüilidade das letras. As pernas não se lhe cansavam. Salustiano não queria que elas se cansassem e cada vez mais ligeiros os sapatos pisavam outros ladrilhos. E quando eles começaram a chiar nas pedras miúdas, Salustiano os deteve. Pescou do bolso um lenço, enxugou a testa, arrancou das mãos aquele visgo que lhe untava os dedos. A dez passos, um palacete equilibrava-se na rigidez de uma das colunas de mármore. As mãos, se quisessem, podiam arrancar para Salustiano rosas abertas, ficar cheirando, e ainda mais brancas se colhessem cravos brancos; podiam se azular nos flocos das hortências, avermelhar-se colhendo boninas. Todavia Salustiano não parou para colher flores. Parou como certos homens que antes de se vingarem detêm-se sem saber por quê. Os sapatos não pisaram no mármore de todos os degraus. Rápidos, os pés fizeram-no chegar logo à porta. De dentro da sala escoava-se uma nuança de cores. Não se sabia bem a cor daquela luz. Sabia-se que ela era uma luz que somente os ricos a podiam possuir. Um mordomo introduziu Salustiano. Por um segundo ele quis recuar, reverter à pensão com o peito opresso que lhe trancava os pulmões com uma respiração de afogado. Defronte dele subiam estantes de lombadas douradas, de permeio quadros de molduras severas, num canto de parede uma menor, mostruário de pratos de louças, flechas, velharias. Salustiano tossiu, num esforço procurou a voz. Tentou outra vez. Nada. Nenhuma palavra conseguiu emitir. Defronte dele o gerente se avermelhava nas sedas do robe, que mostrava as mãos guardando borboletas. O gerente cuidava da sua coleção de lepidópteros quando Salustiano mostrou-lhe o rosto empedernido, rígido. O maxilar inferior quebrava-lhe para frente como se os ossos houvessem avançado. Mais uma vez a voz se negou. As mãos começaram a dedilhar as pontas dos dedos. Salustiano como se falasse naqueles gestos. O gerente recuou, um passos a princípio. Salustiano avançou meio metro, suando avançou até uma poltrona. O gerente recuava, aproximava-se das estantes, sentindo-se gago se deteve e interpelou sem controle:

– O que é que o Sr. deseja?

Se Salustiano houvesse lhe respondido, certamente as palavras cortar-lhe-iam surdamente a garganta. Porém, somente as pernas funcionavam, os dedos lembrando tentáculos. Trêmulo o lábio inferior, refletindo a decisão de uns olhos que cresceram em órbitas rasgadas.

– O que é que o Sr. deseja?

Salustiano deteve-se. Se as pernas avançassem, espremeria seu peito aquelas banhas, empurraria seu peito aquela barriga que o robe vermelho ensedava. Salustiano queria falar, com clareza se expressar ao dizer ao gerente como nojenta e indigna fora a demissão de Constantino.

– "Olhe, seu saco de banha, prepare-se que eu vou lhe dar uma surra. Você merece ainda muito mais."

O lábio inferior se retrai, a garganta mutilada por enferrujadas cordas que não conseguem vibrar nenhum som. A respiração ofegante, estertorosa:

– "Vou matá-lo, ouviu? Você merece mais do que isso." – Salustiano procurava-a, mas o que ele ouvia era o peito roncando nuns estertores de pantera ferida.

O gerente sugerindo um suíno que pudesse andar, vestir-se e ganhar dinheiro. Um porco de mãos repentinamente descoradas, embora de cor fossem as asas das borboletas enormes que os seus dedos acariciavam. As costas do gerente se encostaram nos vidros de um outro mostruário que alinhava paliteiros diversos. Salustiano tenta falar, mais uma vez quer dizer que vai matar o gerente, com a sua boca que se orla de espuma quer avisar a sua decisão.

E surdo, ainda, Salustiano se decide avançando as mãos que apertam o pescoço do gerente, apertando-o espremem as carnes com gozo, enchem-nas de tons que chegam a lembrar os das borboletas. Não houve barulho. Nem rumor houve quando Salustiano deslaçou o pescoço do gerente, abrindo as mãos satisfeitas a um palmo do tapete rubro.

As Três Toucas Brancas

ESCREVENDO uns artigos, talvez melhorasse a minha situação deixando de empenhar objetos, mas, quando tento escrever qualquer coisa, sinto uma inibição nos dedos, na vontade, no cérebro.

Deixo a mesa cheia de tiras de papel, procuro o alpendre e para que escrever se o vento deixa as roseiras sussurrando, roça como asas nas toalhas estendidas no arame, vibrando nos caniços sons de flautas?

Minha vida se estraga numa poesia vulgar – como a de agora comparando os caniços a flautas – porém, hoje, tenho somente vontade de fechar os olhos, de ficar ouvindo o cata-vento.

O rosto de Virgínia está queimado, mas, apesar do sol da praia tê-lo enrubescido, vê-se que a uma palidez se esconde, oculta-se-lhe debaixo da pele.

Ainda não lhe disse nada, todavia, creio que ela até irá sorrir.

Nem sei como principiar. Dizer tudo de uma vez? Fazer rodeios ou convencê-la imediatamente? Imagino desde já o rosto de Virgínia abatido pela vergonha, sem querer me olhar, ver ninguém, fitando um ponto, perdendo-o no vácuo.

– Mas, Virgínia é a coisa mais pura deste mundo!

Diria isso me traindo, porque também deveria estar no mundo de Virgínia, encontrando naquela pureza um princípio de perversão, de desterro. Ela baixaria a cabeça, seus longos cabelos cairiam com o corpo e por trás daquele véu de fios escuros se ocultaria a vergonha, estaria um sentimento ferido a esconder-se.

Depois ela abraçar-se-ia, falando-me baixinho como se estivesse como medo de se ouvir:

– Está bem, Sigismundo, farei o que você me pede.

Passa pela minha cabeça toda essa cena, chego a pensar que tal coisa sucede e sinto pavor do meu próprio pensamento.

Vejo Virgínia remendando um par de meias e, quando seu rosto se levanta para se encontrar com o meu, disfarço, largo um riso tolo e fico sem ver nada, absolutamente nada, como se um estado de suspensão me fizesse viajar por regiões longínquas.

Aquilo sucedera no último domingo.

A manhã quebrava ondas enormes e quem fosse à praia veria o oceano raivoso, espumas a desenhar as areias, aquelas areias onde se podia esquecer, dormir. Parecia que o sol transmitia a Virgínia outra vida, anulando todos os seus recalques, indo ninar um coração esmorecido, cheio de dor. Como seria bom se Virgínia passasse outras manhãs na areia, ouvindo o mar, sentindo o sol, enterrando as mãos no corpo fofo da praia. Bocejando?

E foi na volta, quando já estávamos longe do oceano, que ouvi o que agora não ouso dizer à Virgínia.

A voz daquele pintor saía mansa, pedia e ao mesmo tempo se desculpava. A princípio não entendi bem, o meu rosto deverá ter-se fechado, porque o pintor ainda mais suavizava as palavras. Polindo-as.

Virgínia chamava-me da esquina, acenando um lenço vermelho, riscado de âncoras azuis; chamava-se avisando que era tarde; e mesmo de óculos podia-se atestar que os seus olhos estavam alegres.

Faz quinze dias que isso aconteceu e sempre fico a adiar a resposta, querendo esquecer-me, sentindo uma insatisfação me invadir quando penso naquilo. E nem sequer exigi desculpas...Se minha vida prosseguisse no ritmo de outrora certamente teria me revoltado, levantando a voz. Mas ouvi tudo como não teria ouvido se fosse o homem de meses antes, a força que se perdera em inúteis conquistas.

– Sim – respondi-lhe – daria resposta à noite.

Primeiro falaria com minha mulher, precisaria ouvir Virgínia.

Sinto-me arruinado, todas as minhas forças perdidas. Constantemente a voz do telefone é a do pintor, e quantos bilhetes, quantos recados!... A última carta fala sobre uma oferta absurda, transcrevendo trechos de livros de arte, somente um artista poderia fazer isso, denunciar-se tão ansioso.

Tenho vontade de chamar Virgínia, explicar-lhe que o velho da praia é um pintor, mas um pintor que está doido para desenhar-lhe os seios. Mostrar-lhe-ia os bilhetes, as cartas, até mesmo mostrar-lhe-ia a última que salienta uma oferta incomum. Mas parece que uma força misteriosa me obriga a permanecer calado.

Num canto da sala, dentro desta sala pesada de silêncio, as mãos de Virgínia cosem.

E nem por sonho deverá chegar à cabeça de Virgínia que os seios do seu corpo chamaram a atenção de um pintor; ela seria uma mulher de seios iluminados, demasiadamente artísticos, puros. E se Virgínia consentisse?

Vejo se tal coisa acontecesse a culpa seria minha. Afasto a idéia, mas logo depois ela volve, aproxima-se e termina me subjulgando.

Como seria bom receber mil cruzeiros por uma hora que Virgínia deixasse seus seios numa tela, talvez pintados tão diferentes que de nada sugerissem os verdadeiros!

Imagino-a defronte de um cavalete, longe de sentir o cheiro oleoso das tintas, amargurada numa posição completamente imóvel.

Vejo-me acendendo um charuto, fumando como um estranho, sentindo um desejo de também possuir aqueles seios que estavam pintados, de beijar ternamente suas auréolas, as mesmas auréolas que enchiam o fundo de uma tela com a opulência de seu róseo. As janelas cerradas, tubos abertos coalhando cores esquisitas, o calor como se estivesse forçando os sorrisos que pendiam dos retratos.

E havia um retrato melancólico, fazendo uma criança chorar numas tintas escuras, dando entender fosse aquele choro devido a muita fome.

E eu visitando um atelier, frio como um capitalista, indagando preços, fumando um enorme charuto, vendo Virgínia com os peitos de fora à maneira de uma estranha prostituta que somente gostasse de prostituí-los.

E eu continuaria fumando, caminhando a passos largos, mãos nos bolsos, olhando com desprezo aquelas carnes. Mas por que não responder ao velho pintor ser impossível, ir pessoalmente esclarecê-lo que Virgínia não seria modelo, que ela me pertencia! Desculpasse-me. Fosse outra vez à praia, certamente descobriria outros seios semelhantes aos de minha mulher. Então não haveria tantas sósias no mundo? Sósias de nariz, de lábios, de voz? E por que não existiriam sósias de seios? Encaro Virgínia (não sei se é impressão) mas não tenho força de continuar a fazê-lo porque sua atitude é de quem está posando, de quem se deixa pintar. Somente os seios estão defendidos pela blusa de cambraia, os dedos rebolando, mas se rebolando a coser tão de leve que mais parecem rezar.

Sinto um suor frio lavar-me as têmporas, tamanha é a vergonha que me domina e abandono todos os sentidos, todos os membros, ficando como se estivesse num lugar que tivesse o poder de apagar todas as minha memórias. Podia recorrer a amigos, explicar-lhes a minha situação. Todavia, meu sangue circula como antigamente e a minha atitude de agora deve ser também a mesma que abatia as esperanças de meus antepassados.

A energia de Virgínia extinguiu-se. Se Virgínia não se sentisse debilitada, estaria, agora, a fazer-me carícias.

Quantas vezes Virgínia não fora mais forte que eu?

Quantas madrugadas ela assistira, animando-me trazendo-me uma toalha umedecida para afugentar aquele meu sono, inimigo cruel daquelas noites! O concurso aproximava-se e com ele vinha a incerteza, o desequilíbrio. Por fim, Virgínia sabia tanto quanto eu, podia até fazer o concurso por mim; concursar sem nada temer.

Aquele concurso já é um passado, e pareço ainda ver todas as manhãs Virgínia procurar no Diário Oficial a lista de aprovados, procurá-la com os dedos trêmulos, os olhos aflitos. E como seu rosto ficou amarelo, as mãos puladas de veias azuis que lhe desciam dos braços quando ela me disse:

– Você foi aprovado, Sigismundo, mas foi preterido na nomeação.

– Por várias vezes Virgínia tentou transmitir-me a sua resistência, mas tudo está positivamente perdido e nevoado.

E foi na tarde de hoje, o vento agonizando as hélices, fazendo o cata-vento chorar – foi na tarde de hoje que tudo se consumou, terminou de ruir.

A história dos seios de Virgínia acaba de transformar-me num visionário, apesar de sempre ter eu vivido no mundo das visões.

Mesmo no tempo em que Desembargador Olavo me aconselhava, escrevendo-me cartas enormes, eu continuava naquele mundo que me habituou a viver dentro dele. Hoje, nesse mundo não existe mais para mim, porém, aquele hábito perdura.

Às vezes Virgínia segura a minha mão e engasta no dedo o anel de formatura. Todas essas vezes sinto a sensação de estar colando grau.

É um ânimo que Virgínia tenta me transmitir, mas os hospitais estão longe, Virgínia, bem longe, bem longe de mim eles estão!

Sinto muito, Virgínia, mesmo quisesse eu voltar a clinicar não poderia.

Desembargador Olavo falava assim, quando me via datilografando páginas, escrevendo contos:

– Literatura só traz contrariedade, menino – dizia numa pausada voz grave. – Literatura é tão inimiga e traiçoeira como a política. Largue tudo isso, menino, vá se aperfeiçoar na sua Medicina.

E uma noite, como eu falasse que iria praticar num laboratório, Desembargador Olavo concluiu:

– Por que não se descobre um micróbio?

Mesmo depois de tanto tempo ainda pareço escutar o Desembargador:

– "Por que não se descobre um micróbio?" – Hoje, somente hoje sinto verdadeira falta do Desembargador Olavo. Sua morte levou conselhos que ninguém me repete, a sua ausência faz-me lembrá-lo, soerguê-lo da terra numa profunda evocação. E soerguê-lo para pedir-lhe perdão, estender-lhe os braços numa súplica de filho pródigo. "Tudo pode acontecer, menino, e você poderá descobrir um micróbio."

Ouvira histórias fabulosas e o Rio parecia somente esperar a minha chegada. Chegaria desconhecido, depois seria tratado como um príncipe. Trazia comigo todas aquelas lendas que em Recife me contavam:

"Olhe lá no Rio você não precisa se atirar. As mulheres se oferecem, chamam você, dão-lhe tudo."

Quando o navio atracou o meu coração pulsava. Naveguei os olhos para ver se descobria a mulher que iria ser a minha amante. Uma semana, um mês, e perto de um ano foi que encontrei Virgínia. Não descobrio nenhum micróbio, não sei por que me entregaram diploma de médico se mal conheço meu corpo.

A verdade é que todas as semanas desfaço-me de objetos. Não tive escrúpulos. Penhorei tudo, pus tudo no prego. Fiz Virgínia abandonar o emprego de telefonista, não encontrei nenhuma dessas mulheres que sustentam a vida dos amantes, mas Virgínia me dá mais que todas elas.

Empenhei uma caixa de música por uma ninharia e não demorará que chegue o "gringo" e leve todos os móveis. Se o Desembargador Olavo estivesse vivo bastaria um telegrama:

– "Mande tanto"...

– O fiador do apartamento, um gordo poeta, está emagrecendo as amabilidades. Ante ele não encontrava defeitos de técnica nos meus contos, nem citava contistas europeus me influenciando.

Tudo isso de nada significaria se não fosse a história do pintor. Seria um motivo para esbofeteá-lo? "Isso é uma safadeza." Minha voz rasga estas palavras que me afligiam intimamente. Virgínia levanta-se, e antes de chegar junto de mim, pergunta:

– Está sentindo alguma coisa, Sigismundo?

– É que... e a frase se anula.

A minha vergonha cortara as palavras que já estavam na língua.

Virgínia senta-se no chão e mais docemente torna a insistir:

– Fale, meu filho, diga-me o que lhe aborrece.

Quero que as minhas mãos encham as de Virgínia, chego a estender-lhe os braços, porém, eles ficam como duas forças em meio do caminho.

Nas agulhas compridas de crochê um novelo de lã toma a forma de uma touca. Assusto-me, e uma idéia repentina me esclarece tudo.

– Será possível, Virgínia? Será possível que você esteja grávida?

Virgínia envergonha-se com esta minha pergunta. Esconde o rosto, fitando o chão, e roucamente fala numa voz medrosa:

– Não foi você quem quis, Sigismundo?

E depois que se passou um minuto, tornei a ouvir Virgínia dizer-me:

– Só fiz uma touca, Sigismundo, mas ainda faltam duas.

Quis levantar-me, mas meus olhos estavam gostando de olhar a primeira das três toucas...

Açougue

O ROSTO de Frederico parece ficar ainda mais triste naquela tristeza que o espelho retrata. É uma face embaciada e vencida que o espelho devolve com todas as suas rugas, como todo o seu olhar pesaroso.

Dir-se-ia mais um antigo espelho que estivesse retratando uma antiga face, um outro espelho que, por acompanhar uma outra vida de Frederico, agora, estivesse a reproduzir tudo o que lhe aconteceu.

E dentro daqueles olhos enevoados, longínquos, estão desfilando aquelas antigas imagens, estão a caminhar vagarosamente em perfeita reprodução todas as sensações que abriram sulcos, envelheceram-lhe precocemente o rosto, fizeram de Frederico um outro. Um outro! Positivamente, depois daquilo tudo Frederico tornara-se um outro!

A imagem que o espelho devolve mais parece o retrato de volta de um filho pródigo, mas de há muito que Frederico não faz viagens, não transpõe fronteiras.

Agora as viagens de Frederico parecem caminhar no mesmo caminho de outrora, caminhar numas recordações cadenciadas, lentas. Tudo cinzento, dando a entender que vultos de pesados capotes mergulham num pesado silêncio todos os ruídos.

Nem a fonte murmurando sobre o musgo das pedras limosas se escuta. Uma misteriosa prisão fez calar o mais leve dos movimentos e tudo está morto, parado.

A penumbra inundando o quanto confunde-se na cor dos móveis, ficando, somente, a lâmina do espelho a se realçar numa sumida claridade, a devolver os sulcos que descem como nervuras pela face de Frederico.

Nenhuma nuvem a caminhar, nenhum vento a balançar os ramos das árvores. Junto de Frederico uma vela se extingue, morre lentamente numa chama azulada que terminou de desaparecer. Uma vela denunciando insônia, morrendo tão molemente que nem sequer o espelho se apercebeu.

Depois, o silêncio que a penumbra bafeja pelas paredes. O espelho, sim, nada modifica. Simples, continua a denunciar na sua simplicidade o ar de cruel que Frederico gostaria de esconder. Esconder as rugas, o passado de forte memória.

Simples, indiferente, o espelho vai recordando os antigos caminhos, as riquezas de antigas sensações, aqueles falsos tempos.

Apesar do quarto ser enorme, apesar de Frederico reviver, sentir-se um outro analisando passadas memórias de um triste fim – apesar das recordações chegarem intensas, cheias daquela mesma forma de quando se sucederam, Frederico parece acompanhar o sono de Ângela, velar aquele sono que de tão profundo trouxe-lhe a imobilidade, o repouso, a fria certeza de nunca mais amar.

Quanto tempo?

Talvez, desde o princípio da noite, ou somente a um instante Ângela estivesse morta. Morta num sono tranqüilo, diferente daquele outro repouso que a inundava de sonhos atormentados, que a fazia dormir coberta de suor, embaladas por terríveis convulsões, abrindo os braços, rasgando as mãos em violentos gestos.

Morta, bem morta, como se quisesse atestar naquela placidez a sua inexistência.

Nunca mais os dedos de Ângela curvar-se-iam, cansados, curvar-se-iam, para afinal relaxarem-se, mostrarem as mãos sangrando em talhos profundos que as unhas haviam feito.

Nunca mais Ângela soltaria grunhidos, nunca mais seria a sua boca uma válvula que soltasse palavras incompletas.

Estaria bem morta, amortalhada nas roupagens da penumbra, os seios quietos como popas de dois barcos cansados.

Os cabelos se derramando numa túnica esgarçada de ombros abaixo, a mão direita no abandono, a esquerda pendendo do leito tão expressivamente como se estivesse a engaiolar um passarinho, a reter um apressado adeus.

Nenhum traço corre pela face de Ângela. Nenhum sinal de revolta se lhe traduz dos lábios.

Parece mesmo um sono tranqüilo, uma mulher a dormir.

Se houvesse claridade notar-se-iam duas sombras aumentando o roxo das olheiras, um nariz afilado, restos de lágrimas que ficaram presas no queixo. Evaporando-se.

Mas, o que a penumbra permite ver não são os detalhes, sim a forma, o conjunto de todos os ângulos.

Frederico não consegue se libertar da oculta e misteriosa força que o prende defronte ao espelho.

Seu desejo seria de estrangular todos os outros Fredericos que desfilam com todas as suas características expressões, esbofetear cada face que o espelho devolvesse.

Abandonar a morte de Ângela, ir para a beira do rio, para qualquer lugar que não tivesse espelho, não mostrasse um braço a pender, nem revelasse uma morte que a sua vontade impusera.

Mais uma vez olha o castiçal, as lombadas vermelhas dos Tratados da Patologia também ele espia.

Todos os seus membros prisioneiros de uma inabalável sentença: os braços, as pernas, as mãos, os dedos. Todo o corpo.

Livres somente os olhos.

Mas livres para torturá-lo, para alimentar a tensão de um castigo cada vez maior.

E como se de verdade correntões aprisionassem os membros de Frederico, ele se convence da impossibilidade de fugir.

Dobra o busto, engolfa os dedos nos cabelos brancos. E principia a chorar qual a criança perdida e faminta.

Dentro do barracão deveria haver jogo, cartas imundas deveriam encher as mãos calosas, deveria haver ritmo de pandeiro, cantigas, loas, mas o que existe é o silêncio do inverno, esse triste silêncio embaciando vidraças, congelando a marulho do rio.

A dois passos está o barracão, mas Frederico não consegue vislumbrar o vermelho das telhas, o desenho da balança, equilibrando dois sacos, um de ouro, outro de dinheiro, estampado na parede.

O inverno distancia tudo, esconde detalhes. E o que Frederico vê é o que o inverno mostra. Sombra, muita sombra mergulhando a solidão que a névoa trouxe...

– "Quanto engano!"

Frederico levanta a cabeça, retira as mãos dos olhos, tenta caminhar. Sente o impossível de querer andar e não poder, de querer falar e sentir a voz distante. "Quanto engano!"

Limita-se a olhar o fundo do quarto. E os olhos pousam sobre o corpo de Ângela.

Somente os olhos de Frederico continuavam livres, livres para romper a penumbra que deveria ficar intacta. Sim! A penumbra deveria ficar intacta mas fora rompida.

A mão esquerda de Ângela ainda pendendo da cama.

Frederico ansiava um repouso, mas somente depois percebera o engano, compreendera que jamais o ato que acabara de praticar lhe podia trazer descanso, sossego.

E mesmo antes de pensar e repousar, na liberdade que somente o repouso poderia lhe trazer, Frederico começa a sentir o desequilíbrio, a morte de todos os seus planos.

Como fora enorme o sofrimento de Ângela!

Na certa Ângela recebera a morte como um alívio, como um descanso, e morrendo obtivera o repouso que ele tanto desejava.

E Frederico viu-se como um homem que acaba de ser roubado, percebeu um enorme repouso adormecendo a face de Ângela, acomodando-lhe as feições, como se tudo aquilo que ele tanto desejasse possuir Ângela estivesse possuindo, calmamente, numa eterna posse.

Sim, Ângela era quem estava a repousar no seu último sono, talvez o sono mais tranqüilo de sua vida.

E, apesar de estar debruçado sobre o cadáver, debruçado para arrancar alguma confissão, assenhorear-se de algum segredo que os lábios mortos não puderam transmitir.

O espelho era cruel. Antes, fizera, desfilar, uma por uma, todas as memórias, agora parecia reavivar Ângela, suspendê-la do lençol, tirá-la daquela imobilidade, colocá-la nos braços de Frederico.

Lá fora as sombras se condensavam; ás árvores eram tristonhos galhos, imóveis folhas.

Tudo encapotado, tudo dormindo, todos distanciados pelos sonhos, muito longe do mais leve pressentimento que Ângela estivesse morta.

Ele e o vigia deveriam ser os únicos acordados, ambos a velar, ambos a tomar contato com as diferentes sensações da noite.

A umidade aprisionava tudo. Frederico olha mais uma vez, percorre as lombadas dos Tratados de Patologia, demora-se a olhar o castiçal, as gotas de cera e novamente volve-se para os livros de medicina.

Desfizera-se de tudo que pudesse lembrar o que ele fora, mas os Tratados de Patologia ficaram e, agora, sugeriam velhos retratos.

E Frederico pareceu escutar antigas palavras de vozes amigas, pareceu distinguir a voz do seu pai salientando-se no meio de outras vozes que possuíam a mesma entonação das vozes de sua mãe, de seus avós, de seu Tibúrcio.

Eram vozes de família que Frederico parecia ouvir, vozes de sua adolescência, vozes de uma multidão cheia de ódio.

Era a voz de seu Tibúrcio, voz grave e solene, impondo respeito, silêncio. Eram palavras de seu Tibúrcio que Frederico escutava, se porventura seu Tibúrcio não houvesse morrido e Frederico permanecesse em Sant'Anna do

Ipanema, recém-formado, prestes a morrer nas mãos da turba que crispava os punhos cerrados de ódio, de vingança.

Então, foi naquela tarde que o poder de seu Tibúrcio se evidenciou, pois a sua voz fez calar centenas de vozes desenfreadas, loucas, surdas nos sons.

Foi naquela tarde de dezembro que a multidão avançou de rua acima, avançou como uma tempestade, esmagando o silêncio, chamando para as janelas cabeças curiosas, convidando-as a aumentar a cauda do enorme bicho, que parecia mesmo um bicho a urrar, a se enlamear no próprio suor.

E a turba subia a rua agitando toros, cacetes, enxadas, rodopiando chibatas, relhos que estalavam.

Quem não soubesse do que se tratava nunca suporia toda aquela multidão fosse enfrentar um homem que estava a jogar gamão.

E a multidão continuava a subir, arquejando, animadamente arquejando. À frente da multidão caminhava um homem diferente dos outros, um homem que parecia gritar mais que todos os outros homens reunidos. Gritar mais que todas aquelas bocas, apesar de conservar-se silencioso, como se estivesse a velar no seu silêncio aquela menina que repousava em seus braços.

Era uma menina morta que os braços daquele homem traziam, uma criança coberta de chagas, de abertas feridas que aqueles braços sustentavam.

E, na frente de todos, aquele homem caminhava enérgico, decisivo, ostentando a criança de cabelos louros, de olhos azuis, de braços desgovernados; a criança que morrera há pouco, mas que já começava a feder, a esconder de suas feridas gotas de pus.

Continuavam abrindo janelas, gritos anônimos juntaram-se aos da turba, e, como os sinos plangessem, mais parecia um enterro de sepultamento tardio.

Gritavam pelo nome de Frederico, enxovalhando-o, matando-o.

A menina estava morta, coberta de feridas, suporejando, começando a feder naquele improvisado berço de possantes braços. E apontavam Frederico como o causador da morte, como o assassino.

E todas as bocas começaram a berrar pelo nome do assassino, quando a turba avistou o planalto do Monumento, ainda calmo, sem saber de nada, musicado pela cantiga das lavadeiras.

Foi seu Tibúrcio quem despertou a atenção de Frederico.

Então, a turba estacou.

Fez-se um silêncio, mas logo em seguida vozes rasgaram-se mais fortes, mais cheias de ódio as vozes elevaram-se.

O homem silencioso estendeu a morta sobre as lajes e aguardava uma ocasião para falar com todas as forças, erguer os braços num ímpeto alucinado, amotinar ainda mais aqueles corações inchados, duplos.

O vento corria pelo planalto e recompunha os cabelos da criança morta.

Em derredor as árvores eram galhos se inclinando e as lavadeiras deveriam estar surdas, pois continuavam cantando loas de rimas tristes como se não tivessem ouvido aqueles gritos e vivessem somente a cantar.

E quando aquele breve silêncio se fez, as loas realçaram, adquiriam uma expressão estranhíssima como se estivessem a velar a morte da criança de olhos azuis, a velar numa carpideira distante aqueles chagas que aos poucos se abriam, sugerindo botões de rosas vermelhas.

Por que seu Tibúrcio falara naquela voz? Por quê?

Se seu Tibúrcio adivinhasse que a vida de Frederico terminaria assim, certamente não teria, gritando, dispersado aos berros a multidão.

Certamente não teria impedido que matassem Frederico, partissem-lhe o crânio, abrissem-lhe talhos profundos no corpo. Teria, sim, assistido ao crime mais justo do mundo, a punição mais merecida de um castigo.

Porém seu Tibúrcio gritara e as suas palavras ressoaram como uma ordem, dispensando aquela gente.

Bem longe da verdade se encontrava seu Tibúrcio.

Longe de supor que mais tarde o sofrimento de Frederico seria muito maior, longe de imaginar que a morte da criança nascera de um desejo mórbido, consciente, um lento desejo que Frederico alimentava de há muito. Um desejo que acompanhava Frederico desde a adolescência, desde o tempo daqueles estudos de culturas microbianas que as lentes do microscópio aumentavam mil vezes mais.

E Frederico sorria, antegozando o futuro crime, passando tardes inteiras naquela morbidez que o microscópio estampava, a mostrar o poder da morte em suas mãos, os virulentos e móveis desenhos transformados na inconsciência dos vibriões, na mobilidade dos espíritos.

E Frederico amava aqueles terríveis desenhos, aquelas terríveis cores móveis fascinavam-no.

Com que carinho Frederico olhava aquelas lâminas, aqueles provetes!

E certa vez, a satisfação de Frederico fora tão grande que as suas mãos acariciaram todo o microscópio. Como se estivessem tateando as coxas de uma adolescente de rara beleza, persistiram apalpando.

Parecia que a descoberta fosse de uma fabulosa riqueza.

Outras lâminas persistiram turvas, mas as primeiras haviam-lhe mostrado formas absorventes de flores carnívoras, verdes ramificações lembrando algas vivas. Mais parecia o fundo de um fabuloso oceano, braços de monstruosos polvos, que simples lâminas de terríveis conseqüências.

Frederico sentira um excesso de felicidade ao descobrir aquele belo-horrível.

Conhecia a intimidade de centenas de lâminas, mas a intimidade daquelas era diferente, por demais inigualável naqueles movimentos semelhantes aos de goelas, calmamente deglutindo, deglutindo incansavelmente, como se não parassem de engolir.

Parecia mesmo um enorme polvo a se mover, um esverdeado sargaço a se decompor e a se reorganizar na própria decomposição.

Frederico sorria, uma enorme satisfação abria-lhe os lábios.

Uma, duas, três vezes modelou de manso, modelou carinhosamente o microscópio e, quando os dedos cansaram-se de modelar, as mãos estavam exaustas, também cansadas.

Tardes inteiras Frederico debruçou os olhos sobre aquilo e noites acordou conservando dentro dos olhos aquelas paisagens vorazes nos movimentos.

E cobaias, muitas lebres, transformaram-se em cobaias e lebres de pus, em chagas que exalavam uma fetidez de enfermaria de leprosário.

Frederico sentava-se defronte das gaiolas e os fundos do laboratório eram sensações de cenas privadas. Era um açougue de pequenos animais, de passivos animais que se decompunham, lentamente morriam sem acusar nenhum sinal de revolta. De olhos atentos Frederico acompanhava aquelas mortes. Pressentindo o momento decisivo, descia a gaiola.

Quantas mortes naquele pequeno açougue Frederico assistiu, quantas?

Seus últimos anos de Faculdade foram tempos de profundas sensações, tempos de atentos instantes em que o êxtase do seu coração se prolongava quando ele injetava aquela "sonolência", aquele líquido carregado de ocultos botões, que espoucavam vermelhas corolas nas peles e faziam dos coelhos animais encharcados. E a vida de Frederico estava naquele ato de procurar uma veia, de apalpar um cordão venoso e de manso introduzir a agulha, bem de manso ir injetando, deixando-se seduzir por aquela lentidão, abominar a pressa dos segundos.

Quantos coelhos ficaram de olhos carcomidos, quantos cachorros morreram sem latir?

E na Faculdade todos fugiam de Frederico, olhavam-no de longe, ele sempre calado, a respirar aqueles odores, a ver gaiolas suspensas, como se os fundos do laboratório fossem um variado canteiro sempre a florir.

– "Quanto engano! "Por que seu Tibúrcio dispensara a multidão?"

Mais uma vez Frederico se interroga, uma vez mais reconstitui as feições da criança loura, morta, estendida sobre as lajes, o vento recompondo os cabelos, as loas das lavadeiras carpindo naquele breve instante de silêncio.

Desfizera-se de tudo, menos dos Tratados de Patologia, e, agora as lombadas vermelhas, que o inverno escurece, lembram-lhe vozes antigas, palavras que Frederico jamais gostaria de escutar. Relanceia o castiçal, caminha os olhos pelas tábuas escuras do armário e antes de chegar ao leito de Ângela, detém-se no quadrado da janela.

Tudo absorvido pelo inverno, aprisionado pela bruma, encapotado pela névoa.

O barracão às escuras, o rio de águas enrijecidas sem poder marulhar. Se houvesse um pouco de claridade Frederico poderia ver o retrato da balança, o saco de dinheiro equilibrado pelo saco de ouro, fotografias de garimpeiros encurvados sobre o peso de quilos de enormes pepitas, voltando ao entardecer das margens do rio, dos aluviões, das serras devastadas pela ambição.

Mas a névoa esconde tudo, distancia os desenhos de batéias, de picaretas, de enxadas, até mesmo os vultos das casas não se vislumbram.

A paisagem que Frederico percebe pelo quadrado da janela é a mais sombria visão de uma noite imperturbável.

Os olhos ainda mais cansados vão cair sobre Ângela, sobre o braço esquerdo de Ângela, sobre aqueles lábios que parecem guardar uma confissão. E os olhos começaram a chorar, umedecem as nervuras do rosto e Frederico enche de leves soluços o velório de Ângela, então sem nenhuma lágrima. Se Frederico não tivesse se volvido, a lâmina estaria devolvendo as nervuras umedecidas; agora, o espelho retrata umas costas arqueadas, uns ombros que repercutem o frêmito dos soluços.

Como a morte de Ângela é repousante, como estão calmas as suas feições!

E Frederico deixa de olhar o modelo silencioso dos seios imóveis, a túnica esgarçada da cabeleira estendida, derramada de corpo afora, quase chegando-lhe aos pés.

E foi dessa visão de turvos detalhes que Frederico se convenceu que Ângela repousava, dormia "o seu repouso", nem parecia uma mulher morta e fria, uns seios que nunca mais poderiam amamentar. Porém, uma viajante de muitos dias e de muitas noites, uma viajante que estivesse a dormir, esquecendo a paisagem que as estradas pretenderam gravar em sua mente.

Uma viajante que estivesse descansando num eterno repouso, fazendo sesta de um suculento repasto.

O braço esquerdo de Ângela parecia não mais guardar aquela picada que a injeção fizera. Estava como o corpo, bem alvo, luzidio.

Somente o braço caído fora do leito era uma denúncia (uma leve denúncia) que Ângela estava morta.

Frederico levanta-se mas torna a sentar-se. Os membros pesados. Barras de ferro. Queria suspender o braço de Ângela, colocá-lo sobre o leito, esconder aquela denúncia. Impossível. Todas as suas forças já foram gastas e uma profunda fraqueza o domina.

Sentado, a chorar, Frederico fica vendo no gesto do braço esquerdo de Ângela todos os seus recalques, todas as suas doenças.

Quanto Ângela sofrera antes de repousar, quantas humilhações precederam àquele repouso, quantas?

E Frederico viu-se defronte de outro Frederico que fazia Ângela sofrer aos pouquinhos, lentamente, daquele outro Frederico que levava caboclas para o quarto onde Ângela dormia.

Ângela acordava assustada e somente muito depois compreendia aquilo tudo.

Frederico arrancava Ângela do leito e sem dizer-lhe uma palavra, sem darlhe a menor explicação, derrubava a cabocla numa posse furiosa, que ondulava monstras silhuetas nas paredes; tornando a rebolar, desfazendo os lençóis, arrancando das molas um ranger inoportuno, inimigo, Frederico amava outra vez, enquanto Ângela procurava um longínquo ângulo de paredes. E de lá ficava ouvindo o ranger da cama, vendo a massa despida arquejar, amorosamente cansar-se, e sentia vontade de morrer.

Ângela presenciava tudo aquilo cheia de medo, vencida, um pavor percorrendo-lhe o corpo, aguçando-lhe os ouvidos, fazendo-lhe das mãos trêmulos dedos.

Quando Frederico fizera tal coisa pela primeira vez, Ângela escorregou até a porta, esmurrou-a, forçou também as tábuas escuras do armário.

Gritou, sentiu o coração pulsar doendo e, se se tivesse postado defronte ao espelho, teria visto a sua palidez, o tom de verde que a sua cor rosada contraíra.

Mas, antes, Frederico planejara tudo.

Fechara a janela, escondera as chaves do armário, fizera da fechadura da porta uma prisão.

E depois de Ângela gritar, procurar fugir pela janela, esconder-se na caixa do armário, depois que Ângela se certificou da completa crueldade de Frederico, refugiou-se num canto da parede. E ficou ouvindo aqueles beijos, vendo aquela posse que era a mais cruel de todas as fotografias, estampando-se na parede defronte, oscilando, oscilando, perversamente oscilando como andam as minhocas gigantes.

Tudo naquela noite parecia inimigo de Ângela.

Havia estrelas, nuvens brancas, havia também a claridade da lua, ventos que assanhavam galhos, enlouqueciam árvores. E a claridade era de um azul tão intenso que Ângela não podia enganar os olhos.

A luz quebrava seu azul pelas frinchas da janela cerrada e transparente se coava pelas telhas de vidro. O azul da noite inundava o quarto, clareava tudo, chamava a atenção de Ângela.

E Ângela ficou a ouvir aquele ranger de molas sobrecarregadas, a ver na parede defronte aquela silhueta de monstruoso bloco, cada vez mais cruel, ficou a ouvir como uma prisioneira que estivesse clandestinamente vendo e ouvindo um amor.

Aumentaram os soluços de Frederico.

Os sulcos do seu rosto parecem ter-se cavado e as nervuras descem rígidas, como talhos elas escorrem.

Há pouco os membros estavam pesados, barras de ferro, mas agora Frederico sente que vai andar.

Aproxima-se de Ângela mas não ousa tocá-la, sequer olhá-la num último adeus. Fica parado, os olhos sem nenhuma visão. Vazios e ao mesmo tempo cheios..

Olho de cego. Vira-se, novamente relanceia o quarto, mas os olhos parecem mesmo olhos de cego.

Não guardaram a mais simples das impressões, o mais leve dos detalhes. Guardam o que Frederico relanceou antes, retêm o que Frederico reteve antes de chorar; aquelas impressões de anos passados, aquelas tardes de microscópios, a figura de seu Tibúrcio impondo silêncio, respeito. Aquelas perversas noites os seus olhos guardam e Frederico vê-se fechando as janelas, escondendo a chave da porta do armário, entrando com uma cabocla, inutilizando o sono de Ângela que se via arrancada do leito, jogada no chão como um fardo.

Tudo isso os olhos retêm, desenvolvem, dão cor aos traços mais esbatidos. E além de tudo isso os olhos vêem diante de si a face de Ângela a dormir naquele "repouso".

A dormir como se estivesse dormindo um sono tranqüilo, profundo repouso que a morte não conseguiu sobressaltar alterando-lhe as feições.

Rápido, Frederico abre as gavetas, rapidamente as suas mãos tentam encontrar alguma ampola. Na pressa tombam os Tratados de Patologia e as mãos continuam a derrubar pilhas de revistas, que não têm caixas de injeções em seus intestinos de páginas impressas. Também revolve os bolsos de todas as roupas. Nenhuma ampola...

Olha com desprezo o tubo em pedaços da seringa inútil, à confusão amarrotou revistas, livros, nesta pressa a lâmina do espelho se transformou em outras pequenas lâminas, o castiçal emborcado, as pernas da mesa como quatro arpões – olha para os talhos que transformaram os punhos em duas mãos de sangue. Mais uma vez olha...

Tudo quieto, todos dormindo sem saber de nada. Ele e o vigia deveriam ser os únicos acordados, as únicas criaturas que podiam afirmar se a noite fora triste.

Frederico abre as portas mas não se despede de Ângela.

Os pés solapando na lentidão dos passos comprimem a lama que vacila, estufa. Cada vez mais aproxima-se do vigia, que pergunta numa voz carregada, assustadora:

– Quem vem lá?

E os pés avançando, lentamente avançando, fazem barulho de sapatos saindo dos atoleiros.

– Quem vem lá?

Repetiu o vigia numa voz mais penetrante.

Frederico deteve-se.

Por um instante, os pés ficaram afundando, mergulhados na terra preta, mole. Mas foi somente por um instante que Frederico se deteve.

A voz do vigia parecera uma bofetada, uma voz acre-doce que houvesse vindo de alguma salina.

Pela terceira vez a voz do vigia rasga o silêncio, rompe o imutável que a noite alastra.

– Quem vem lá?

E, como se não soubesse outras palavras se não essas, ainda mais uma vez Frederico escutou e ao mesmo tempo esqueceu que uma voz pedia sua identidade, queria ouvir algum nome, alguma resposta.

Frederico, face de olhos cegos, ouvidos surdos, continua solapando a terra preta.

– Quem vem lá?

Pela última vez o vigia falou.

Se a noite fosse ecos, as paredes e os morros poderiam responder às passadas de Frederico, às perguntas do vigia, mas o silêncio era profundo. Espectral. De lagoa sem sapos nem tampouco álgidas jias.

As pernas, como se de verdade estivessem calçadas por duas botas escuras, continuavam avançando, afundando-se no chão de moles entranhas, avançando para a posse daquele "repouso" que adormecia a face de Ângela numa tranqüilidade incomum.

Como um relâmpago passa pela mente de Frederico a lembrança de se encontrar em perigo, face a face com a morte.

Mas, é por demais tarde para reflexão.

Sente um arrepio descer-lhe pela linha da espinha, um frio diferente, nunca provado, umedecer-lhe as mãos, já úmidas de sangue. Tenta parar, prender as articulações. Mas as pernas desobedeceram-lhe. Continuam a subir e a descer como dois êmbolos que estivessem a se ondular numa marcha de desconhecido fim.

E as entranhas, as moles entranhas daquele chão de terra preta, assemelham-se a uma negra mucilagem, a um verdadeiro pântano, a um sorvedouro.

– Quem vem lá?

E foi essa a última vez, de verdade, que o vigia soltou a decisiva pergunta.

Depois... um estampido, um baque, um bufar que a lama não pôde esconder nas suas entranhas descompostas.

E por segundos a lama ficou tremendo, se pregueando.

Frederico, de olhos cerrados, revia o seu açougue nos fundos do laboratório, os seus coelhos, as suas lebres, as suas cobaias minando pus, as chagas como um roseiral alastrando o corpo da menina loura, o "repouso" que adormecia a face de Ângela. E chegou a entreabrir os lábios para sorrir.

Os dedos a pouco e pouco se relaxaram e o corpo de Frederico de súbito adormeceu, lavado por uma chuva de pingos grossos que começou a cair.

Ventando, a porta do quarto de Ângela deveria debater-se, mas continuou imóvel, presa nas dobradiças de ferros carcomidos, como se aquela passagem estivesse à espera de alguém...

Os Olhos

Para Vinícius de Moraes

MARIA ESCONDE as lágrimas baixando o rosto. Defronte de meus olhos Maria soluça, mas não faço nenhum gesto para impedi-la de chorar.

Se eu me levantasse da espreguiçadeira e dissesse-lhe algumas palavras acariciando-lhe os braços, passando-lhe pela nuca as pontas dos dedos, certamente, Maria deixaria de soerguer os ombros, de entortar a boca. Porém, permaneço afundando na cadeira de lona, indiferente aos arquejos do corpo de minha mulher.

Todas as vezes que Maria me vê alheado das coisas que me rodeiam, turva os olhos para enchê-los de tristeza. E essa tristeza, que amortalha os olhos de minha mulher, chega e desaparece ao mesmo tempo que chegam e se vão as visões contraídas e dissipadas pelos meus olhos.

Meus olhos pesados de visões tornam-me inválido.

Deveria visitar fazendas, esclarecer aos fazendeiros das viagens da maquinaria; deveria estar distribuindo quinino aos colonos, explicando-lhes que calçar sapatos é a mais elementar condição de vida de um homem livre. Todavia, o almoxarifado encontra-se sortido de sementes. E se não fosse Maria nenhum dos arados estaria preparando as terras para as plantações deste ano. A minha doença distancia-me de obrigações. Quando não estou afundando na cadeira de lona, debruço-me no peitoral da janela e fico quieto, como se gostasse de ouvir a roseira gemer, escutar o sopro do vento que entra pela sala de jantar, arrancando da mesa cartas de baralho, que a paciência de minha mulher, na noite passavam enfileirou.

Escuto as cartas do baralho raspando as paradas, caindo no assoalho com um trissar de asas. Não me volvo. Apenas por um instante afasto-me da gelosia. E o pijama se enchendo de vento, duplica-me, engorda-me, enquanto meu rosto magro dirige um olhar distante à direção das casas dos colonos. O vento gemendo a roseira, suspendendo as bordas da toalha da mesa; cartas de baralho rodopiando pelas paredes. Papelões malucos.

De súbito, inclino o ouvido retendo a respiração. Desaparece a minha dúvida. Ninguém toca sanfona. São do vento essas monocórdicas e repetidas escalas que brotando das hastes dos juncos ecoam longe.

Entorpeceu-me as mãos o frio de junho; de nariz afilado insisto em olhar as casas dos colonos como se pela primeira vez as estivesse olhando.

Desconheço a causa da minha sonolência. Vivo esquecido do meu dever de funcionário público – letra K – De raro em raro juro corrigir-me. Parece que uma doença alimentada por um protozoário preguiçoso invadiu meu sangue, pois, mal acabo de jurar a minha redenção, sinto nos olhos um cansaço que logo se me transmite a todo o corpo, derrubando-o num estado quase comatoso. Maria renova as perguntas, insiste em querer saber por que não possuo minha mulher há muito tempo? Quantas vezes vislumbrei-a de joelhos a rezar no quarto dos santos? Velas acesas, pétalas murchas atapetando os pés de N.S. de Perpétuo Socorro.

Não admito que Maria me fale de remédios. Atirei aqueles vidros azuis, cheios de dragas, no chiqueiro dos porcos. E nunca mais o correio de Sant'Anna do Ipanema bateu à minha casa para entregar pacotes vindos de farmácia.

Certa vez um pesadelo me ensopou de suor. Sentei-me à cama e por demais terna foi aquela interpelação de Maria, pois me volvi para abraçá-la fortemente, expulsando as toxinas daquele meu pesadelo, aos berros.

Aquele meu choro de desmamado era a mais fiel de todas as confissões da minha doença. Infelizmente, na manhã daquele mesmo dia, comecei a imaginar que Maria estava me traindo. Visões me mostravam Maria perjurando, ensopando de perfume os cabelos antes de entregar-se ao amante que bem poderia ser um meu amigo, um meu parente, até mesmo meu pai que me fitava severo numa fotografia amarelecida, dependurada na parede.

Cruéis aquelas crises que me levaram a imaginar navios trazendo amantes de Maria de toda parte do mundo – a imaginar seminaristas abandonando o sonho de um dia usarem solidéu, reprovações castigarem alunos porque em todas as horas de aula o corpo de Maria era motivo de devaneio. A minha lucidez de outrora degolada por alucinações carregadas de traições.

Ao escutar qualquer ruído acreditava estar escutando a fuga de um amante de minha mulher. Não relutei; armei-me ao acalentar pensamentos tão desmoralizadores. Tampouco dei importância a qualquer escândalo que pudesse sobrevir após eu disparar a arma de minha mão.

E à tarde (gorda de nuvens, podre de calor) ao escutar um vento mais forte farfalhar as cabeleiras dos juncos, judiar da roseira castrando-lhe botões, comecei a disparar à toa. Despedaçando lâmpadas da sala de jantar, perfurando as tábuas de cedro das portas, espatifando os cristais de cristaleira, que tombavam com estardalhaço, detonei todas as cápsulas. O cano do revólver fumegando na minha mão direita uma força sem rumo, mesmo sem poder mais destruir, ainda para uma poltrona apontava o seu buraco.

Prossegui no desabafo dando chutes nas pernas das cadeiras, acertando um pontapé na traseira de um gato que assustado tentou fugir da sala. Aos gritos mandei a criada chamar o pedreiro. Era gritando, gesticulando que eu exteriorizava a aflição.

Assustado o pedreiro me olhava, mais pálido ia ficando ao ouvir as minhas absurdas ordens.

– "É para fazer o que eu estou lhe dizendo, não me ouviu?"

Deveriam chegar ao outro lado do rio os meus gritos. De língua pastosa, de olhos pulados que se raiavam de sangue, sentia na boca um sabor amargo.

– "Vamos, comece"– novamente me dirigi ao pedreiro com uma entonação de general furioso.

E com o bico da reúna empurrei para perto dele o saco de cimento.

– "Vamos , comece logo, se não eu atiro, lhe mato."

Descia pelos meus cabelos um suor viçoso, que escorrendo pelas minhas pernas as umedecia numa nojeira.

O pedreiro começou o trabalho sepultando o guarda-roupa com uma parede de tijolos vermelhos. Antes eu havia fechado a prego todas as janelas.

Estava convencido de que dentro do guarda-roupa havia se escondido o amante de Maria. E eu gostosamente ria ao ver os tijolos vermelhos se sucederem lentamente numas alturas pra ocultar a tampa de tão singular sarcófago.

Depois do guarda-roupa ficar sepulto eu quis entrar no quarto de minha mulher. Mas, lá dentro uma voz pedia silêncio, implorava que eu me contivesse. De cabeça baixa, o pedreiro ficou ao meu lado como se sentisse vergonha de ouvir aquilo.

Maria estava abortando – dizia ela aos sussurros.

Tempos depois minha mulher me contou todos esses acidentes que eu mesmo havia criado. E, ao terminar de contá-los, Maria procurou as minhas mãos. Foi o mesmo pedreiro quem destruiu aquela parede. Mas as marcas daqueles tijolos ainda hoje estão visíveis. Não me lembrava por que o verniz do guarda-roupa havia perdido o brilho. Ao saber que fora eu mesmo o causador de semelhante coisa, baixei a cabeça e pousei os olhos no dorso das mãos. Acreditava encontrar nele vestígio daquele meu crime.

Maria procura me distrair como se eu ainda vivesse na infância.

Não faço nada nem me lembro que tenho deveres a cumprir.

Aborreci o víspora, muito antes de adoecer já detestava o pôquer, e não tardará que eu sacuda pela janela as pedras retangulares do dominó.

Os colonos deixaram de procurar-me, tratam dos empréstimos que o Ministério lhes concede através de um Banco com ajuda de minha mulher. Até mesmo a correspondência do Ministério é controlada por Maria. Apenas eu assino os relatórios, desleixadamente, com má vontade boto nos papéis o meu nome inteiro.

Talvez restabeleça-me futuramente, mas por enquanto continuo a viajar por intermináveis caminhos que as geografias desconhecem.

E quando minha mulher me vê soltar os olhos, distanciá-los como se desejasse descortinar toda uma planície, também ela solta os seus, distancia-os em seguida, à maneira de alguém que quisesse atingir terras longínquas.

Descobri, ontem, entre uns compêndios de contabilidade, um velho atlas que durante a minha infância me ensinou a traçar fronteiras, a reconhecer cidades, a saber das altitudes de montanhas.

E entre duas páginas esbatidas de uma mapa da Ásia, reconheci a cópia de uns versos copiados do quadro-negro com a minha caligrafia dos nove anos – versos de escola, próprios para serem cantados às tardes, no fim das lições.

E hoje, trinta e um anos depois, aquelas tardes de escola surgem e desfilam ante meus olhos, chegando eu a ouvir a voz de Dona Bela, a professora, tirar o solo antes das três vozes do coral responderem – chego a ouvir minha própria voz de trinta e um anos passados, predominar às vogais da canção.

Minha mulher não sabe em que se ocupam, atualmente, meus olhos. Aborrecido de jogar dominó, feliz eu me sinto de poder rever a escola, de poder escutar aquela canção de despedida entoada todas as tardes.

E chego mesmo a separar das meninas as vozes dos meninos, a ter medo que meus olhos e meus ouvidos se cansem de ver paisagem tão musical.

Quero dizer tudo isso a minha mulher, contar-lhe em que porto de diversão meus olhos ancoraram, porém um pressentimento de desgraça próxima me impede de comunicar à minha mulher tamanha Ventura.

E sempre me revendo de calças curtas, copiando do quadro-negro aquela pauta de música, sonora na harmonia das claves de sol e de fá, sempre a ouvir o singelo coral daquelas tardes de infância pode o vento continuar se lamentando nas hastes dos juncos, arrancar das roseiras folhas e botões, pois somente eu vejo uma escola, somente escuto uma canção de despedida, regida pela batuta de Dona Bela num enérgico compasso:

Um...Dois...Três...Um...Dois...Três... Um...Dois...Três...

Na Rua dos Lampiões Apagados

Para Graciliano Ramos

DEBRUÇADO NUMA JANELA do refeitório, Bioléu sente o frio da manhã. Desde madrugada uma chuva miúda lava as vidraças e os pingos descem rolando, chegam embaixo ainda rolando. O sol camuflado tenta fender as nuvens cinzentas, pelo mundo espalhar seus raios. As beatas abrem os guarda-chuvas e vêm; vêm e aproximam-se pretas nas cores das écharpes, chegam de adoremus balançando nas mãos, penetram pelo corredor que vai dar na capela.

Passos – um, dois, um, dois – perdem-se pelo calçamento – a chuva molhando as reúnas da tropa, oficial caminhando sem ritmo, pela calçada. O capelão na pessoa do Monsenhor Capitulino. A capela pontilhada de vultos se assemelha a uma caixa de véus, com muitos xales e outros véus.

Mas nenhuma das beatas reparou que debruçado no peitoril de uma janela está Bioléu de semblante carregado, pensativo, triste, lá no refeitório.

Se Bioléu estivesse vivendo como outrora, certamente admiraria a chuva caindo, em vez de sepultar as mãos entre os ossos da cabeça e os fios de cabelos, e sentir dentro do peito um mal-estar, quase uma angústia que lhe tumultua o coração.

A frieza aumenta e os pingos crescendo descem velozes pelos vidros, formando filetes nos caixilhos das janelas.

Dentro da capela as campas trissam nos cones de bronze como se possuíssem asas. Começou a missa. Monsenhor Capitulino curva-se uma vez ante o missal.

Bioléu continua a não escutar nada, continua a não sentir o frio que umedece a manhã, continua a não se lembrar que a trinta metros uma missa está sendo celebrada. Se algum Irmão Marista o encontrasse naquela posição, certamente tomar-lhe-ia o pulso, pois uma febre já lhe enrubesce a fronte, já lhe afunda os olhos, já transforma suas orelhas em dois rubros caracóis. Porém todos os Irmãos Maristas são vozes desfiando rezas. E até que termine a missa. Bioléu poderá ficar com a mesma face, que, agora, o faz sofrer as garras de uma lembrança, lembrança originada ontem. Por quase um mês deixara-se dominar pela dialética das aulas de apologética do Irmão Gabriel. Medo de pecar e pecando se afogar nas águas revoltas da perdição.

Mas, ontem, Bioléu se "resolveu". E foi. Foi para desvendar aquele "segredo", que podia ser desvendado em todas as casas daquela rua.

Foi avançando o seu vulto pelo calçamento irregular. Um guarda o olhou, chegou a querer mandá-lo embora, mas o vulto de sua sombra era de ombros largos, de espáduas de homem feito.

Antes de parar em frente à porta de uma casa de janelas verdes, Bioléu escutou murmúrios que vinham lá dos quartos, logo transformados em gritos.

Bioléu encontrou-se à porta. Tremeram-lhe os dedos das mãos alvoroçadas. Latejaram-lhe as veias dos pescoço; e o seu coração disparou num galope de quem vence altura de muros quase intransponíveis.

Gargantas coléricas continuavam se abrindo para não se queimarem de tão quentes.

E a porta daquela casa de janelas verdes foi aberta para deixar um homem que emporcalhava a rua vomitando insultos, palavrões de cais do porto, misturados a súplicas e rogos.

– "Me perdoe, me perdoe, não vá embora não." Outros berros de promessa se sucederam:

– "Não vá embora não, lhe dou o anel de platina, lhe dou até o diamante."

De outras janelas surgiram faces curiosas, cínicas. Bioléu queria "ficar". Mas ao mesmo tempo o instinto de conservação mostrava-lhe o caminho de volta.

A história daquele homem lhe desordenava a razão, carcomia-lhe os olhos, abria-lhe as veias numa sangria demorada. Ao mesmo tempo a vontade de desvendar o mistério da carne ruborizava-o e a sua aflição atingiu o máximo, quando o branco de um lenço começou a acenar-lhe. A acenar-lhe de uma janela também de cor verde. O lenço não se cansava de chamá-lo. Bioléu havia se aproximado, dele estava tão perto, que podia até ver as faces da mulher, dona daquele lenço.

Então a mulher lhe falou macio: – Entre, nego.

E ela lhe avançou os braços como se quisesse reafirmar o convite; também puxou-o pelos ombros e esmagou-lhe os beiços com um repentino beijo. Queimavam os beijos daquela mulher, apesar de frios eles queimavam Bioléu, então pernas vacilantes no corredor, roçando a saia daquela mulher cheirando a alho, emanando de seus cabelos cheios de cebola partida, cortada por faca de cozinha.

O cérebro de Bioléu rolando como rolam as pedras soltas no fundo de um rio. Trechos das aulas de apologética do Irmão Gabriel se repetiam, perversamente, em sua memória – "Meus discípulos, a questão da sexualidade é a mais importante da natureza. Haverá progresso se houver refreio aos instintos. O homem é seu espírito. Em todos os tempos o sexo esteve em conflito com o espírito.

Esses trechos afloravam à sua memória ao mesmo tempo em que seu olfato se asfixiava com o cheiro de alho, de cebola, de suor de fremente corpo.

Novamente a voz insistiu – entre, nego.

O quarto à vista, com a sua porta alta de tábuas vermelhas.

Então Bioléu mentiu: – É muito tarde, estou com sono.

– Não tem nada não. A cama foi feita pra dormir.

De novo abraçou outra mentira: – Vim apenas procurar um amigo. Só me demorei por causa daquela briga.

– O quê? – espantou-se. Aquela mulher não vivia de lembranças que contivessem tensões.

A cena de minutos antes fixada à memória de Bioléu fresca, cristalina como água de rocha.

– "Lhe dou até o diamante, não vá embora, não, eu lhe dou tudo."

Bioléu queria entrar naquela casa de janelas verdes, queria desvendar aquele "mistério", mas como poderia "ter" a primeira mulher se há poucos instantes um homem repelira uma outra?

E a voz de Bioléu se exteriorizou desdenhosa e sucumbida: – Hoje não, outro dia, amanhã, está bem? Estou com muito sono.

A chuva insiste e as campas também insistem num trissar demorado. Os pingos não se cansam de rolar pelos vidros. E os soldados continuam a marchar enquanto o Tenente vai caminhando a cômodo pela calçada. As nuvens somíticas escondendo o sol. E Bioléu debruçado na janela, continua sentindo o frio da chuva, que abate os oitizeiros com uma melancolia de galhos parados.

A cena volta a se repetir na memória de Bioléu, que escuta o convite daquela mulher e revê aquele lenço convidá-lo, de tanto chamá-lo realçar a sua cor na penumbra da rua.

Minutos que se locomovem à maneira de horas. Indecisão, ansiedade no coração de Bioléu que de chofre levanta a gola do paletó, engolfa nos bolsos as mãos. E pisando duro, de ombros cheios, ultrapassa o portão do Colégio em plena manhã chuvosa, ultrapassa-o para chegar à Rua dos Lampiões Apagados, e vencer a distância que o separa daquela mulher, dona do lenço de cambraia, numa rapidez de flecha.

Natal de Seu Hermídio

LEMBRO-ME numa memória que me conta o meu Natal de nove anos. Era um Natal possuindo todas as cores do mel, bem como todos os possíveis desenhos das nuvens, e não lhe faltavam, apesar de toda essa riqueza estratosférica e marítima, as vozes da Nau Catarineta se arrebentando na amplidão de adeuses, sempre comoventes.

O Natal do bairro da Levada da sonolenta Maceió possuía manjedoura, além dos três Reis Magos, e a ele aderiam caixeiros, gigolôs, seminaristas, mulheres de cinco cruzeiros, viúvas, investigadores, Juizes, Cônegos, Desembargadores e doidos que ficavam escavando as cavernas das ventas com lâminas de unhas emporcalhadas, quando não soltavam palavrões, faziam gestos obscenos com as mãos, os dedos, os punhos, as línguas. Isso aconteceria em Maceió, mesmo pobre apesar das riquezas de Nau Catarineta, apesar dos berros dos instrumentos de uma banda de música lembrarem furiosas gargantas de crianças em férias.

Não havia Nau Catarineta nem Banda de Música no Natal de Sant'Anna do Ipanema, tampouco aqueles cestos subindo pessoas na Roda Gigante. Havia, no entanto, o Presépio de "Seu Hermídio", um artesão que obumbrava o prestígio de Pe. Bulhões, porque era ele o maior homem do Natal. Pe. Bulhões perdia de longe para Seu Hermídio, não porque a casa de Seu Hermídio possuísse uma sala que podia ser comparada a uma nave, de tão grande, mas pelo motivo de Seu Hermídio viver de canivete nas mãos, esburacando palmos e palmos de madeira, talhando, dando formas de imagens a toros que eram trazidos dos montes nos ombros de jumentos , na cabeça de biscateiros encacha_ados e pornográficos. A matutada gostava de Seu Hermídio, outrossim as crianças, que aprendendo a falar logo balbuciavam "Sê Hermidi"– tão vasto como um rio, tão sozinho como um caramujo, tão impenetrável qual o mistério da morte.

Todos desconheciam o motivo por que Seu Hermídio não arredava o pé da casa, jamais alimentara um namoro, outrossim ninguém sabia ao certo onde ele havia nascido, nem pessoa alguma sabia precisar em que ano chegara a Sant'Anna do Ipanema aquele homem, alto, magro, à maneira de um cachorro faminto, olhando a todos de viés como se amasse a perspectiva dos ângulos; aquele homem que tinha como mundo uma casa de platibanda vermelha, coberta de telhas encardidas, bolorentas. Quando os habitantes de Sant'Anna do Ipanema abriram os olhos, era "Seu Hermídio" o mais íntimo de toda a cidade, aquele que recebia das crianças mais afeto, pois para as crianças Seu Hermídio parecia viver. Todas as vezes que o procurava, encontravam-no ou deslocando os olhos de Santa Luzia ou pintando as chagas de S. Roque, quando não colava o braço de um boneco maneta, destorcia o pescoço de um soldado de molas, aleijado às fúrias de mãos inocentes.

Mas como era suja a casa de Seu Hermídio! Aranhas bordavam redes pro seu arranhol do sono e lenços de prata que, tão leves, não conseguiram desfazer o equilíbrio da mais delicada e sensível das balanças.

E ainda existiam sapos enormes, alimentando-se de insetos que, por acaso, fossem visitar a cozinha, sapos-cururus, sapos-mijadores, capazes de cegar alguém com aqueles esguichos qual jatos de pútridos lança-perfumes venenosos. Seu Hermídio também não temia as lacraias, silêncios repelentes, abomináveis ferrões vermelhos, longe ou perto das paredes, imóveis à maneira de crocodilos que dormitassem.

Das redondezas chegava gente a procurar por Seu Hermídio, a trazer-lhe imagens desbotadas, crucifixos pubos, uma porção de coisas velhas, do tempo do onça, que pediam a atenção de mãos hábeis. E as mãos de Seu Hermídio davam jeito, descobriam um modo de amenizar aleijões, recompor traços e silhuetas devorados pela gulodice do tempo.

Somente à véspera da Noite de Natal Seu Hermídio espanava as janelas, enxotava os sapos, espantava caranguejeiras de pernas cabeludas, ao mesmo tempo que arrancava da face aquela tristeza que lhe adormecia os olhos, punha de lado aquela sua paciência, tão comum na vida dos bois. E fazia tudo isso para escancarar as portas, deixar à vista de todos o seu Presépio, onde o Menino-Deus dormia numa manjedoura do tamanho de uma banana-pão. O Presépio de Seu Hermídio era uma gama de molas invisíveis. Se se pusessem quinhentos réis no buraco de uma salva de papelão, colocada à direção do Norte, o Menino-Deus acordava e deixava-lhe o azul dos olhos sorrindo, enquanto N. Senhora balançava a cabeça, agradecendo liturgicamente, S. José levava a mão direita até as barbas (não sei por quê), enquanto os cavalos dos três Reis Magos faziam menção de galopar pela estrebaria adentro. O Presépio de Seu Hermídio estava cheio de molas invisíveis, repito. E sentado ao lado do Presépio, à direção do Sul, Seu Hermídio vigiava os matutos que se acotovelavam, praguejavam ao disputar um lugar bem próximo do sorvedouro da salva de papelão.

Toda aquela engrenagem parecia suportar o peso de todas as esmolas do mundo. E que engrenagem inteligente! Se a esmola fosse de mil réis o Menino-Deus ficava mais tempo acordado, enquanto a Estrela D'Dalva se inundava de uma luz perene. Tudo no Presépio era calculado, pois ninguém podia escurecer os dedos tocando naquele Rei Mago de cor preta. Dir-se-ia que o Presépio se assemelhasse a um mundo, cujas fronteiras fossem de arame farpado. Um parapeito impedia de ver-se mais de perto as ovelhas enfiarem a boca nos feixes de palhas; somente ao alcance da gente ficava a salva de papelão, engolindo, engolindo moedas, sem-cerimônia como um insaciável estômago uivante.

Não posso esquecer-me da pergunta que fizera à minha avó:

– Terá por aqui algum Presépio como o de Seu Hermídio?

A resposta me magoou. E por isso mesmo eu detestei o rolar amoroso da Roda Gigante do Natal de Maceió, achei sem sabor o caldo de cana, recusei, obstinado, o convite que recebera de atirar flechas num alvo de fácil alcance, porque meu pensamento me levava para perto do Presépio de Seu Hermídio; para perto de uma Véspera de Natal em Sant'Anna do Ipanema, precisamente há um ano atrás, onde eu não me cansava de admirar a sabedoria de um homem semi-analfabeto enriquecer ainda mais a riqueza dos sonhos mirabolantes de meus nove anos, com aquela N. Senhora balançando a cabeça, agradecendo as esmolas, liturgicamente, e o Menino-Deus sempre acordando para melhor ver a ingenuidade dos sertanejos.

Condado de Green

I

NAVIOS PARTIRAM presenciando o meu adeus, e enquanto as hélices se afastavam, as águas mais escuras vinham quase aos meus pés. Homens gesticulavam na varanda do tombadilho, dizendo palavras de que se haviam esquecido, acenando com lenços brancos e ramos de gitirana.

Minha vista debruçou-se na paisagem e o rio cantou aos meus ouvidos uma canção da partida, as máquinas dos navios velozmente desaparecendo da ilha.

Esperei que a canção do rio fosse perturbada nos instantes de apitos, mas as gitiranas acenadas compensaram essa minha espera, porque os navios diminuíram a marcha na primeira curva onde os lenços brancos sugeriam infinidade de gaivotas.

Entrei no Condado de Green, os olhos sensibilizados, mal distinguindo os quadros, os gobelins, além de retratos amarelecidos e, na mesa, aqueles copos, cocos verdes à maneira de taças esgotadas, ao lado, uma vitrola sem a música de grandes discos, revistas de outros anos, pilhas de livros como se fossem de mercadoria sob a fragilidade de telhas de vidro. Minha vista percorreu tudo isso novamente e foi-se perder de janela afora, onde as areias se ondulavam em montes castigados pelo vento.

No primeiro dia, Condado de Green lembrou-me um vigiado rendez-vous, tendo em vez de sentinelas elevações de dunas polimorfas. Eram dunas pequenas, lembrando seios, uma esterilidade de seios grossos, dois aqui, outro mais adiante, sempre juntos e afilados no cume.

– Por que não concebe Deus dando vida a esses seios de imaginação?

Lembro-me de que essa pergunta não me foi feita por Yana e, enquanto minha memória se esforça na tentativa de identificar o mágico, vozes caminham dentro de carros de madeira, bois perdendo a cor no lusco-fusco.

Os navios passavam no tempo de lua e, nas noites de ancorar, com lanternas e faróis acesos, a ilha presenciava Condado de Green sair da sua solidão.

Bebíamos com uma dança na beira do rio, marinheiros fugindo para os coqueiros, depois uns sussurros dulcíssimos de mulheres.

Viam-se pensar com uns olhos tristes, tristes quais duas lanternas prestes a se apagar.

As notícias chegavam com as âncoras dos navios, reproduzindo outra vida que se ia apagando em minhas recordações, lembranças sempre vermelhas do barro de minha infância.

Muitas vezes as cartas recebidas eram relidas tempos depois e aos poucos imagens fracas tomavam corpo, apresentavam-se verdadeiras, nítidas, ampliadas pela força de uma lente invisível.

Aquelas notícias reconstruíram, a pouco e pouco, histórias quase esquecidas, à maneira de uma vida doente que se restabelece devagar; e parecia que a volta dessas imagens me tornava alheio à quentura do Sol, à umidade da madrugada, pois permanecia de olhos abertos, perdido na seqüência de aspectos de uma dessas histórias, meus olhos decepando coqueiros pela base, aplainando o terreno com a remoção das dunas para outro canto, tornando o chão do Condado de Green apto para consentir às personagens andarem, correrem, gesticularem, fazerem tudo quanto minha imaginação concebesse.

Muitas vezes, o suor afogava meu rosto porque eu me esquecia de procurar uma sombra, enquanto o dia ia se tornando mais quente, as águas mais mornas. Esquecia-me do pessoal que me esperava e até a voz de Yana parecia não identificar, apesar de ela levar as mãos à boca, transformá-la em concha e gritar de dentro do mato; esquecia-me de Yana com suas olheiras como se nunca a houvesse visto de cabelos nodosos.

Yana suspendia a voz, despregando da areia os calcanhares, e eu respondia ao seu grito com um berro, para que mais depressa a sua beleza sempre inusitada pudesse me localizar.

Os olhos de Yana me embalavam com o silêncio de não fazer perguntas e ficavam amortecidos, silenciosamente me pedindo que eu saísse do Sol, abandonasse a mania de pensar nas histórias das cartas, naquelas lembranças que de nada valiam por serem grandes e densas. Yana escorregava um pano em meu rosto e por fim meus dedos se apegavam aos dela, como as garras de um abutre faminto se encravam no peito de uma indefesa gaivota.

– Que horas, Yana?

O som de minha pergunta se fazia cavo, vinha ressequido, mesmo profundo, e a impressão era de eu estar com os pulmões esponjosos, apodrecidos, sem nenhum indício de salvação.

Levantava-me, as pernas desajeitadas, quase cambaleantes, e voltava a visão para o mar, como se sobre ele navios imaginários partissem.

– Você por que não vai até as jangadas? Tá na hora delas.

Yana possuía uma beleza musical, realçada com uns gestos suavíssimos que às vezes me davam sono, vontade de esquecer se o momento era razoável para um descanso em seus braços. Eu era um prisioneiro de seus olhos rasgados e verdes, um escravo do moreno de suas carnes.

As histórias das cartas ficavam empenumbradas com a minha abstração temporária. E íamos pelos caminhos, pelas tardes passeávamos machucando os seios de areia, as flores apanhávamos, para depois seguirmos como dantes, sem escutarmos os latidos de cães.

O mar denteava uma encosta e as areias engolidas tornavam rasa aquela baía, onde as ondas eram mansas e pequenas. Homens gostavam de acariciar mulheres perto daquele mar, sempre música de um distante coro de majestosas notas de órgãos.

Em uma noite de navios ancorados, muitas lanternas foram trazidas por marinheiros, muitas mulheres do Condado de Green foram amadas. As areias ficaram ofendidas, ensangüentadas, mas as virgens não sentiam náuseas do cheiro de sangue, porque os navios iam demorar-se.

Yana mostrou-me um homem que gritava. E de onde estávamos, percebíamos aquele homem alto, de olhar vago, suspendendo os braços com uns gritos:

– Je suis millionaire, je suis millionaire!

Os olhos de Yana brilhavam como se de sua carne pudessem brotar estrelas; e de uma duna que nos servia de assento, participávamos da festa, ouvindo estalidos de beijos, sussurros de amor acalentando a noite.

Quando Yana me disse que a surpresa era a sua partida, a noite clareava todos aqueles rostos do mar, havia contaminação de estrelas brotadas inesperadamente no azul, tudo estava tão normal, que somente depois pude refletir, imaginá-la de pé num tombadilho. E essa minha imaginação foi logo perturbada em virtude de uma velha história que sem querer eu a relembrava, invadindo as minhas recomendações num crescendo musical em que tudo é terrível.

Da caixa-d'água via-se aquela multidão avançando, homens carrancudos, mulheres rasgando-se em gritos, crianças que choravam espremidas. Sentinelas apontavam fuzis, os gritos recrudesceram, soldados ficaram pastas de carne e de cáqui. O médico fora arrastado para uma campina próxima ao açougue, onde um cara patibular o esperava tendo na mão direita uma corda encardida, grossa, enrolada em si mesma por várias vezes. A paisagem que meus olhos descortinavam fuzilou meu peito com a fúria de tamanha punição.

– Olhe que o médico já foi morto! Enforcaram-no num galho da figueira. Veja-o de língua de fora.

A voz veio clara e metálica como um eco distante. O sineiro sorriu ao ver lágrimas lavarem meus olhos, afogando-os por momentos. Devia ser eu a única criatura da que não presenciara tão sinistros detalhes. Via, sim, o médico brincando de roda, meninas recebendo caixas vazias de injeção, ele subindo o caminho do Monumento todas as tardes. Depois uma resolução súbita de não consentir que nos aproximássemos da sua voz de forasteiro.

Lembro-me ainda que o levaram para a cadeia, e a menina coberta de chagas tinha uma leve pulsação e podia mui vagamente falar em soro. Puladas e intumescidas – estavam-lhe as veias do pescoço.

Agora, com a partida de Yana, percebo que o vento bate, açoita as colônias fosforescentes com o sadismo de uma chibata enfurecida.

Ouço um ruído nas vidraças, porém, na verdade, o ruído que me fez despertar foram duas mãos à maneira de dois martelos gastos, carcomidos.

Meus olhos interrogativos no escuro do quarto sem compreender a razão destas batidas, sem atinar que deve ser alguém perdido na névoa. E por isso mesmo fico ouvindo duas mãos martelarem pedindo-me licença, enquanto, sentado na cama, não me arreceio de abrir a porta, nem de continuar como estou, cercado de móveis velhos, de cortinas rotas. As mãos impacientes com a minha demora aceleram os choques repetidos. Grito, mas a vidraça continua sendo um apoio para os socos, e somente depois de suspender a placa de querosene as mãos parecem aquietar-se.

A lanterna dá uma passagem de luz e vejo as moitas, vejo as colônias fosforescentes acendendo e apagando cores frias, que lembram num reconhecimento estratégico um exército de vaga-lumes.

A porta é aberta com uma rajada mais forte; e não sei se é o vento ou uma mulher se afogando, porém uma nota angustiosa continua a ferir os meus ouvidos, a castigar-me com um satânico rondo.

O homem que gritava "je suis millionaire", vestido num blusão vermelho, entra com uns olhos voláteis, sobraçando caixas nas telas, mamando um cachimbo que lhe entorta a boca desdentada.

II

Vozes enchem a noite de cantigas alegres que me tornam ainda mais triste, escutando homens da cor de bronze amarem cantando, sorrirem cantando junto da brisa do mar, e percebo que a brisa é doce como as canções, porque nos instantes em que os homens param de cantar, a brisa continua com a doçura das vozes dos homens, qual se fosse uma poderosa boca a sussurrar por entre caniços.

Estrelas cobrem a noite com a suavidade das crianças dormindo e no céu há somente estrelas, há nuvens estreladas, há uma lua que também pode ser uma grande estrela.

Navios ancorados à margem dormem com suas velas recolhidas e os conveses estão desertos como as popas, porque os marinheiros estão cobrindo esta grande noite com beijos e carícias. As lanternas arrancam reflexos das roupas de cores vivas e o que vejo nas areias é um carnaval improvisado, onde todos cantam e bebem, onde todos amam e sofrem.

A duna de onde diviso este carnaval marítimo é fria como um seio de mulher morta, e escutando a brisa do mar abraçada com vozes destes homens também do mar, sinto-me triste como se há pouco Yana houvesse partido.

A solidão é que me conforta com a música torturante dos caniços, com as sombras dos coqueiros soluçantes e Yana deveria agora estar comigo para assistir ao concerto das sinfonias das folhas, para gravar em seus olhos rasgados e verdes as cores das lanternas acesas, boiando dentro da noite à maneira de cabeças inflamadas.

Sou o único habitante do Condado de Green que está sentando num seio de uma duna fria, a ver as mulheres da ilha se embriagarem, a ouvir as mulheres da ilha se queixarem abraçadas com os homens dos brigues, dizendo que estão desprezadas como pérolas nos abismos das águas.

Onde está o pintor? Relanceio a clareira circundada por sombras móveis, movo minha face como os holofotes identificadores para encontrá-lo sugando os lábios de uma virgem que tem os braços caídos como uma pianista exausta.

O blusão vermelho do pintor está ensopado de rum e também de lágrimas, mas as outras virgens abandonadas encontraram oficiais dos brigues murmurantes e parecem que já esqueceram de que foram ninadas pelos braços do pintor, porque procuram as sombras e nelas ficam como náufragos.

Condado de Green já me viu fantasiado num carnaval em que Yana estava presente e, como agora, navios incrementavam amor nas areias e as lanternas eram rostos bárbaros de mulheres sacrificadas. Yana preferiu a dolência dos discos e ficamos bebendo dolentemente a música como se a música fosse a mais forte de todas as bebidas, como se os maracás das congas fossem mais fortes que todos os jazz reunidos.

O corpo de Yana era um grande violino de ternura, e a paz que sentíamos era tamanha, pois somente de madrugada, quando as águas retornaram à sua cor verde, acordamos daquele sono de brincarmos como dois arlequins exaustos, porém jamais envelhecidos.

– Você não quer ir até à dança?

Yana viu que a minha resposta foi procurar seus lábios, apalpar dolorosamente seus seios, ouvir sua voz deixar escapar sons que se assemelhavam a vagidos; e Yana não me perguntou mais nada, conversando maduramente com os meus olhos que estavam dentro dos dela como se fossem dois, unicamente dois.

O carnaval de hoje me traz um lirismo de angústia com o vento passando pelos meus cabelos, passando mansamente como passavam as mãos de Yana e não tenho coragem de descer para os braços de uma virgem, porque Yana está oculta em meu pensamento; e o seu rosto demasiadamente lírico contamina todos os meus sentidos, envolve-me todos os membros de nênias dóceis. Estou livre, mas meu espírito continua abraçado à sua voz, que sussurra coisas soturnamente bem de junto de meus ouvidos.

Navios me impressionaram com suas velas enfurnadas, deslizando suavemente na tarde de hoje e, enquanto o pintor deixava seus olhos cair numa tela de tintas surrealistas, eu via os navios chegando mansamente, bem mansamente eles se aproximarem da ilha como pássaros do mar.

Respondi a todas as perguntas caminhando em direção ao Condado de Green e mais uma vez perguntaram-me por que não regressava, pois muitos desejavam abraçar-me à minha volta.

Respondi-lhes que me identificara com a solidão de ficar escutando o bambual gemer nas noites de tormenta, e para que voltar, se por baixo das frondes passava horas machucando carnes de tresloucadas virgens, se na ilha existiam quadros surrealistas, além de mulheres que a mim se entregavam sem nada exigir?

E naquelas tardes de amor esquecia-me da partida de Yana, afogando-me em seios robustos e fartos, descansando minha cabeça em ombros de virgens, em ventres de mulheres anônimas, adormecendo e sonhando sobre eles eu continuava vivendo.

A idéia de assistir a esse carnaval em cima dessa duna fria me veio, naturalmente, como no verão o Sol acompanha o dia; e fico remoendo passagens absurdas, arrancando conclusões num desespero abundante, enquanto cada vez mais triste, cada vez mais perdido vou ficando.

Yana afugentava essas minhas imaginações, passeando ao meu lado por entre colônias de coral que eram divisadas perfeitamente tremeluzindo nos dias de pouca maré.

Muito distante da praia, muito distante mesmo do Condado de Green, as águas só sabiam lamber os nossos tornozelos numa insistência mórbida e no acalanto de um bolero. A maré muito baixa, os arrecifes polvilhados de lesmas, de ostras, de caramujos... a mão de Yana enchendo a minha mão. O mar numa música de indecisos pianos...

III

Na enseada da ilha, estão navios ancorados e todos esses navios trazem seus mastros enfeitados de bandeiras, mas existe um silêncio que mais parece ser o silêncio da morte, porque os marinheiros guardam as vozes e a única coisa que eles fazem é olhar o mar.

Condado de Green recebeu todos esses navios como se recebesse filhos pródigos e, agora, marinheiros que têm tatuagens de sereias nos braços, tatuagens de corações flechados em cima do peito são homens tristes, olham o mar tristemente, como se a tristeza desse crepúsculo os envolvesse.

Toda a ilha recebeu a notícia de que os navios ficariam por muito tempo, e esperava-se que fosse haver festa, cantigas, amor – mas como os marinheiros poderão amar se os seus amores ficaram da outra banda do mar, se o mar deles os distancia?

E o que meus olhos guardam nessa hora de agonia do sol, são as tragédias que acompanharam a viagem desses navios, a dor que entristece o coração das virgens que estão pedindo amor silenciosamente e que são recusadas no mesmo silêncio em que se oferecem.

Na curva da baía as figuras do Andaluza, Alone, Capricórnio são vultos de grandes iates desertos, desguarnecidos de homens, iates que têm seus porões como ventres vazios, apresentando como único sinal de vida bandeiras de países sul-americanos unindo os topos dos mastros às adriças; e essas bandeiras parecem ser adeuses das bem-amadas dos marinheiros por se moverem como mãos aflitas...

O caminho do Condado de Green é roteiro dos bem-aventurados, dos que se sentem cansados das estradas de pecados, dos que não podem mais divisar miragens imprevistas e que ancoram nessa enseada como necessitam de ancorar todos os navios de hélices partidas.

De raro em raro os mesmos navios retornam a esse porto, e qual será o destino do Andaluza, do Alone, do Capricórnio, depois de se afastarem do Condado de Green? Naufragarão como as gaivotas que preferem a morte no mar, indo para junto das pérolas após o naufrágio? Ou morrerão de sede e de fome porque a bússola e as velas lhe negaram auxílio?

Não sei por que imagino um fim de cantochão para esses três iates, mas todas as vezes que meus olhos abraçam o molhe, pareço distinguir três lembranças, três últimos acenos, três últimas vozes oceânicas.

Esses marinheiros devem trazer dentro do peito um enorme cansaço, pois ficam como se não estivessem vendo virgens de seios túmidos, virgens de braços e coxas reluzentes, nem escutam que muitas delas ciciam convites para as sombras, para o ventre das dunas.

Condado de Green recebe as primeiras estrelas e a noite quebra mais fortemente as ondas, amena o vento nas cabeleiras dos coqueiros, arranca dos bambuais uma música de sinfonia dolente. As nuvens claras passam como lenços soltos, e apesar dessa calma, desse silêncio, o que parece haver é um prenúncio de tempestade.

As vestes brancas dos marinheiros são pontos que destoam das sombras que a noite trouxe, e todos esses homens lembram também as sombras, porque nunca meus olhos abraçaram tamanho desânimo como o de agora.

Não existe imposto, alfândega, dinheiro, não existe polícia, todos são extremamente livres no Condado de Green, mas será que as popas dos iates trouxeram clandestinos renegados, homens que antes de serem concebidos já estavam podres?

E pressinto que a tempestade não vem das nuvens, das ondas, dos ventos, porque a nebulosidade presente vive somente nos espíritos, no íntimo desses marinheiros de almas sufocadas.

– Qual será deles que traz consigo tamanha maldição?

E meus olhos transformam-se em duas lanternas que vão acendendo todas as faces, descobrindo bochechas navalhadas, cicatrizes profundas em queixos ainda jovens, sinais de luta – tudo isso nos semblantes dos marinheiros que parecem pensar, talvez, em mulheres que lhe ficaram acenando no fim de um cais distante.

– "Será aquele que traz um escorpião bordado na gola da blusa?"

E demoro-me contemplando este marujo que parece ser conhecedor do Volga e viciado na doçura do Vodka. Mas meus olhos julgam inocente o marinheiro russo e despem de seus segredos, homens do Sena, do Tâmisa, do Douro, e por que também não aquele que bem pode ser o extremo do Brasil e ter viajado pelo Mississipi?

Os nativos nunca constataram navios tão mortos como o Andaluza, Alone, Capricórnio; e eu noto que a morte de movimentos também envolve todas estas criaturas de tangas.

Quando navios apontavam, Condado de Green pulsava como um coração de recém-nascido, mas não era o aparecimento de velas e de mastros que revolucionava a ilha, pois na ilha sempre existiram lembranças como mastros e adeuses como velas.

Os que as nativas ansiavam era coisa nova, pois sempre estavam a desejar amores renovados. Nessas noites todas as mulheres tornavam a ser virgens, por que os nossos desejos eram somente pelas mulheres imaculadas, pelas mulheres nunca possuídas.

E por que tamanha solidão, por que tamanha falta de amor nas areias?

Marinheiros encontram-se estendidos como viajantes cansados, e as virgens são criaturas que velam. A música é a do vento, que mais é uma enorme boca engolindo todos os ruídos do que o vento acariciando cabeleiras de palmeiras, acariciando ramagens de flores silvestres.

Yana procurou o mar como estrada de salvação. Yana desapareceu como uma pérola que se ocultasse no recesso de uma concha invisível, mas onde se encontra Cíntia com suas mãos de cheiro estranho como o de açucenas, com os seus olhos de piedade?

– Cíntia!!!

Minha voz é um clamor de angústia... não dessa angústia comum que estremece as extremidades dos dedos, esbugalha olhos, mas de uma angústia que me torna silencioso e de olhar de aço.

– Cíntia!!!

O eco das areias responde das dunas a minha própria voz, e à medida que insisto em chamar por Cíntia, um medo de quem perdeu algo precioso me invade, me embala com sua música de tormenta, que para mim é mais perigosa que as borrascas do mar.

– Cíntia!!!

E outra vez o eco me responde como se estivesse sorrindo de mim, debochando do meu sofrimento.

Então começou o alarma. Todos pareciam conhecer Cíntia. E chamavam pelo seu nome, levando as mãos à boca, para que o som mais longe fosse. Até marinheiros sexagenários apelaram pelo aparecimento de Cíntia... archotes subindo com os punhos erguidos, manchando as areias, o mar, as dunas, todas as sombras, de círculos de luz.

Fomos aos arrecifes, e mais uma vez vimos ostras monstruosas, sargaços como autênticas flores do mar, lesmas e pequenos caramujos, peixes dourados, agulhas de lombo azul – mas Cíntia onde está, onde estão as mãos de açucena de Cíntia, onde está a piedade de seus olhos, onde está seu corpo, sempre branco, apesar do olhar afogueado do sol o namorar?

– Cíntia!!!

E as dunas respondiam ecos que se entrechocavam, sons que se atropelavam nos troncos de coqueiros também eram devolvidos como os outros tristes sons, como as outras tristes respostas.

E por toda a noite, Condado de Green sentiu-se velado por uma caravana de archotes que olhavam todos os recantos, todas as moitas, toda a visível planície do calmo mar.

Andaluza, Alone, Capricórnio saíram em busca de algum vestígio de Cíntia, derrubando caminhos de luz que se lançavam de seus pequenos holofotes, além de muitas canoas de nativos, gemendo devido à pressa dos remos.

Meus olhos tragavam a figura de Cíntia como uma boca que traga um raríssimo e último cigarro; eu descobria numa indecisão de vulto o corpo de Cíntia, aquele corpo que era mais música que carne, mais amor que luxúria, enfim toda a saúde de meu corpo.

E longe, mesmo muito longe do Condado de Green, os holofotes retalhavam o oceano, avermelhavam todas ás águas da enseada tentando descobrir Cíntia em qualquer recesso da misteriosa e inconsútil baía.

E vozes apelavam pelo nome de Cíntia, subindo e descendo dunas, correndo por toda ilha, despertando cães, como todos ficarão despertos no último dia do mundo. E eu gostaria de ter encontrado Cíntia, pois os músculos daquela mulher morta eram fios de um violino dormindo.

Breno Accioly

COGUMELOS

Contos

Ilustrações de Oswaldo Goeldi

Na página
anterior, está a capa da
primeira edição de *Cogumelos*
(1949), feita por
Luís Jardim.

Cogumelos

FOI UMA SURPRESA para Adélia não sentir nenhuma emoção ao ver a filha pela primeira vez.

Quando grávida, uma indiferença embotara-lhe os sentidos e Adélia atribuíra esse desprezo pela filha às fortes dores que lhe inchavam as pernas, ao peso do ventre que rejeitava aos vômitos qualquer comida. Era horrível! Adélia não podia se alimentar!

O estômago rejeitando tudo, deixando na boca um amargo de fel. Dias inteiros numa prostração imensa, expelindo verdes gosmas de bile, sentindo na cabeça uma desarmonia de ossos quebrados. Mal podia olhar o prato que a criada lhe levava. Ao ver a comida uma brusca vontade de vomitar abria-lhe a boca. Aconselharam-lhe a fazer exercício, andar quanto pudesse, mas os pés haviam se transformado em dois mondrongos. Fissuras escorrendo serosidade pelas goteiras dos dedos, os ossos submersos no rolo informe de uma gordura frouxa. E, para aumentar-lhe o desânimo, insidiosamente, nasceram-lhe sobre os malares escuras manchas de aspecto duvidoso.

Talvez por isso tudo não lhe assaltava o coração essa impaciente dúvida de querer saber se o filho iria parecer-se com ela ou com Lourenço. Adélia queria ver-se livre das dores, do enjôo, da inchação, do peso do ventre. Ver-se livre o quanto antes daquele martírio.

Quando a criança nascesse, então começaria a amá-la. Mas uma desconcertante surpresa a feriu. Ao ver a filha pela primeira vez Adélia sentiu-se infeliz como se Miriam não fosse sua filha.

Miriam podia sacudir os bracinhos, chupar o dedo grande do pé, urinar-lhe na saia. Adélia distante, submersa nas profundezas do indiferentismo, olhava a filha impassivelmente, como se Miriam fosse um ser de outras entranhas. A visão de um boneco causar-lhe-ia mais prazer. E momentos insuportáveis eram aqueles de dar de mamar a filha, quando Adélia guardava os seios muito antes da criança sentir-se satisfeita. A própria Adélia não vislumbrava a origem de tamanha maldade, mas deixava a filha berrar de fome, aquietar-se na agitação de um sono cruel.

Adélia ficava sobressaltada, a princípio, sentindo medo daquelas suas estranhas resoluções. Não descobria em que recanto de sua alma se originava tão sombrio ressentimento. Não podia compreender semelhante reação. Mas uma vontade sem freios lançava-a contra a filha, uma passiva vingança de magoar Miriam, sem saber por quê, acomodava-se-lhe no instinto.

Muitas vezes Adélia postava-se, cheia de remorsos, à beira do berço de Miriam como se, pela força do hábito, terminasse por querê-la. Outras vezes, tomava-a nos braços, ninando-a pelo corredor, indo, voltando, cantarolando de leve, apertando-a de encontro ao peito, cinco, dez minutos, meia hora. Mas logo que entregava a criança à empregada sentia-se menos infeliz, refeita daquele mal incompreensível. Devia cuidar da vida de Miriam mas uma dolorosa certeza advertia-lhe do contrário. Não podia escutar o choro da filha que não sentisse uma cólera encrespar-lhe os dedos, uma completa indisposição magoar-lhe os ouvidos. Adélia tapava as orelhas, de dentes cerrados sepultava os olhos nas pálpebras caídas. E, quando a criança terminava de chorar, aquele seu nervoso ainda ficava congestionando-lhe as feições por muito tempo. Não era possível suportar a vida dessa maneira! E – diga-se – Adélia fizera tudo para amar a Miriam. A criança não tinha culpa de nada. Ela, sim, devia começar a tratar-se imediatamente. Mas, nem as cápsulas de brometo, os passeios ao ar livre, os demorados repousos após as refeições, fizeram-lhe bem. Pelo contrário. Adélia começou a sentir-se pior. Começou a sentir, por Miriam, um ódio profundo, umas náuseas repugnando-lhe no nariz, na garganta um laço enforcando-lhe a respiração, desejando o mais rapidamente possível ver a filha nos braços da ama. E Adélia sabia da fraqueza de Miriam, o quanto Miriam necessitava do seu amparo! Sabia da feiúra da filha, do raquitismo que lhe ameaçava reduzir os ossos. Sabia que o seu dever era ser mamãe daquela feiúra, daquela magreza, mas não podia fazer nada. Apesar de inocente, Miriam se lhe afigurava como um pecado monstruoso, uma inimiga que procurasse destruí-la. Mas Adélia não desanimou. Sempre a reter uma esperança de, algum dia, poder abraçar Miriam sem medo, sem aquele pavor de, depois, sentir-se suja. E esse desgosto de odiar a própria filha sem saber por quê aumentava quando, aos domingos, assistindo à missa na cidade, via mães dando de mamar aos filhos, trocando cueiros. Enquanto isso Miriam crescia feia, pálida, de cabelos espichados, já começando a perceber aquela frieza da mãe, vendo nos braços da ama a única ternura de sua vida.

Por seu lado Adélia fora se desinteressando das pulseiras, dos brincos, das cores frias, uniformes das pérolas que lhe embelezavam o pescoço. Vendo os cabelos caírem à toa todas as manhãs, novas rugas rendilhando o espelho. A face se empergaminhando, na superfície dos olhos uma estranha ausência de luz. Como suportar a vida se esse amor que uma mãe deve sentir por seu filho não a tocara? Se não podia possuir a filha apesar de querê-la? Se seu peito a recusava, se seus instintos a repeliam? Adélia se impacientava, não descobria a origem de tamanho mistério. Enquanto isso, uma tristeza destruía-lhe os sonhos dos vinte anos. Em certos momentos Adélia suspeitava: "se Miriam não houvesse nascido, eu não estaria assim, manchada na face, perdendo os cabelos, sentindo medo do menor instante de escuridão. Não sentiria esse nervoso que me faz esquecer os próprios desejos, não estaria de ventre quebrado, de nádegas encolhidas, sem amor, numa idade em que todas as mulheres adoram fazê-lo". E, por não poder amá-la, Adélia começava a ver na filha o seu algoz, a única imagem que não desejaria ter conhecido. Nesses momentos Adélia sentia um arrependimento invadi-la.

Afinal Miriam devia ter se consumado num aborto. Sim. Miriam, a sua filha, desde o primeiro instante vinha-lhe destruindo a agilidade dos movimentos, cegando-lhe a clareza do espírito. Miriam, a que nascera sem amor. E muito menos sem amor encontrava-se agora. Agora que, ao acordar, podia ver os cabelos caírem numa doença sem cura, agora que a sua face era uma flor quase murcha.

E Adélia desejou odiar a filha com todo o ímpeto de uma imaginação poderosa. Mas o que lhe sobrava eram apenas restos de uma energia estéril, inquietação, ao lembrar-se que há bem pouco, antes de conhecer Lourenço, antes de Miriam nascer, era requestada. Tão requestada que não havia um baile em que não lhe pedissem a mão, não lhe furtassem dos cabelos os jasmins de cheiro. Como os homens lhe olhavam as pernas, ficavam abestalhados fitando-lhe o busto. Oh! Como tudo isso a fazia feliz! E agora, por causa da filha, nenhum dos seus antigos apaixonados poderia reconhecer em seu peito a presença berrante da paixão. Se pelo menos Miriam crescesse bonita! Mas a Miriam faltava movimento, luz, sonho.

Adélia pensou em interná-la. Talvez à distância a filha lhe transmitisse um amor que, de perto, se recusava a florescer. E Miriam partiu. Mas, bastava Adélia receber uma carta da filha para adoecer, na manhã seguinte não poder se levantar. Aquela barreira permanecendo intacta, cada vez mais fria. Insuportável. Mortal.

Então, decidiu-se. Miriam que não lhe escrevesse mais aquelas cartas falando em passar as férias na fazenda. Não queria mais vê-la, receber notícias suas. Fosse ser uma freira, arranjasse marido ou, se quisesse, podia até se perder. Mas não lhe escrevesse mais. Talvez assim pudesse sentir o trânsito livre de uma respiração fácil.

E era curioso que Adélia não guardava nenhum rancor por Lourenço, por aquele homem que não lhe prometera nada mas deixara em seu coração a marca visível de sua posse; não maldizer daquele homem que apenas lhe dera o rápido gozo de uma aventura; não procurar esquecê-lo: Lourenço, o que fugira numa noite sem Deus, perseguido por soldados que assassinavam sombras, instigavam perdigueiros a farejar pegadas. Aquele a quem Adélia ensinara o caminho por onde fugir, enquanto detonações sibilavam nas grotas, colcheteavam fumaçando sobre os rostos gretados das pedras. Era mesmo curioso! Lourenço, que merecia ser odiado, continuava a receber de seu coração toda a lembrança. Adélia não hesitaria em amá-lo novamente, novamente ensinar-lhe por onde fugir, dar-lhe tudo, até mesmo a liberdade de matá-la.

E quanto a Miriam (êxtase, energia daquele mesmo homem), Adélia queria sabê-la bem longe, a vida inteira desaparecida num inseparável silêncio de destruição.

A ausência da filha, aos poucos, restituiu-lhe aquela perdida paz de seus momento de sonhos. Adélia não ficava mais sugerindo uma pedra de contornos femininos. Os cabelos se lhe renasciam e a face, esticando-se sobre as rugas, destruindo-as todas, voltava a brilhar na cor rosada das bochechas. As pernas se arredondavam e, nos seios, uma nova seiva fazia-os desabrochar. Adélia não sentia mais aquele pavor da solidão escura de um quarto, aquela incapacidade de desejar qualquer coisa. O peito arfando, nos olhos uma ardente luz. E à medida que seu corpo recuperava aquela antiga forma de ardentes paixões, Adélia se convencia do poder que Miriam exercera sobre a sua sensibilidade.

E Adélia encortinou as janelas, mandou trocar os móveis, substituiu os tijolos por compridas tábuas de cedro. Queria tudo novo, diferente do que Miriam conhecera. A fazenda perdia aquele cheiro resinoso de velho curtume. Imutável apenas ficou o panorama serpeginoso das ramagens saprofitárias, aqueles cogumelos de chapéus cinzentos rompendo a terra. A fazenda chamava-se "Cogumelos" por isso. Em toda parte daqueles chapéus se abrindo pegajosos, moles, agrupando-se em úmidas colônias.

Adélia mandou destruí-los. Mas, na manhã seguinte, o chão se rebentava de novo, o sol derretendo aquele frio adubo. Até os retratos de olhar austero desceram das paredes. Tudo que pudesse lembrar precisava desaparecer.

À casa um chapéu novo, os ferros da varanda pintados de branco. Somente os cogumelos, os alicerces de pedras estúpidas (nem a dinamite os abalaria) sobreviveram.

De Miriam apenas uma obscura notícia que a Madre Superiora do Internato lhe enviava todo o fim de ano. Algarismos, soma de despesas de um ano de estudo. Dez anos assim, nessa separação de irreconhecível brutalidade, comprovada apenas nas bestas.

Aos sábados a fazenda se iluminava: orgias tremendas na enorme sala de divãs macios. Gozo, luxúria, depravação – tudo que, perto da filha, não se sentia capaz de fazer, nem mesmo de pensar.

Certa manhã, porém, Adélia recebeu uma carta. Uma carta de caligrafia desconhecida dizendo-lhe de um casamento. Do casamento de Miriam, sua filha, rogando consentir-lhe casar-se na fazenda. Uma carta humilde, pedindo-lhe, apenas, isso.

Antes de terminar de lê-la, Adélia se surpreendeu. A porta aberta deixou Miriam entrar, entrar como havia partido: esquisita, feia, de cabelos espichados. Se não houvesse crescido seria a mesma Miriam de dez anos antes.

Adélia não queria que Miriam voltasse à fazenda, nem mesmo para morrer, mas Miriam voltou para casar-se. Ali estava à sua frente, pálida, fria, esperando que ela lhe estendesse os braços. Ali estava para vestir-se de noiva, florir-se de grinalda e buquê. Adélia teria preferido a morte a contemplar semelhante figura! Aquele pavor, mescla de ódio e inveja, voltava a inquietá-la. A inquietá-la como nunca. Não era possível que Miriam fosse possuir tudo aquilo se o que ela possuíra não fora além de uma ilusão. Não podia ser verdade. Miriam não iria sobraçar nenhum buquê, não iria escutar os sinos, ninguém jogar-lhe-ia sobre o véu punhados de arroz. O casamento de Miriam dissipar-se-ia como uma confusa visão de um pesadelo. Ela que fora possuída, pela primeira vez, no campo, não subsistiria se visse Miriam receber do noivo a aliança.

A carta, a figura daquela mulher junto à porta, tudo devia ser sonho. Mas se Adélia abrisse as malas, desempacotasse os embrulhos, teria de acreditar naquela verdade.

Um imenso ciúme quase a prostrou, por saber que no próximo sábado Miriam iria usar uma grinalda que há 18 anos lhe devia ter florido a testa. A sua grinalda.

Enrubesceu-se, os pulsos coléricos e apertando os braços na cadeira, como se quisesse parti-los, surdamente perguntou:

– Você quer me matar?

E lançou sobre a filha uns olhos destruidores.

* * *

Adélia já se considerava vencida, teria mesmo de assistir ao casamento da filha, quando clarões de uma tragédia iluminaram-lhe os olhos, uma terrível idéia transpassou-lhe rápida a imaginação.

Até então não havia feito absolutamente nada para o casamento de Miriam mas desde aquele momento principiou a indagar de tudo.

– "Se não faltava nada, se as taças já estavam lavadas, se já haviam passado a ferro o vestido da noiva".

Desde o instante abrupto daquela idéia, Adélia era um frêmito, uma impaciência, desejando ver logo a consumação daquilo tudo numa realidade de sonho inverossímil.

E abraçava-se com a filha, radiante, beijando-lhe a face muitas vezes, chegando a bajulá-la.

Miriam, sem desconfiar da nada, na mesma silenciosa postura de um corpo inflexível fanado antes do tempo.

* * *

Tarde do casamento de Miriam; Adélia postou-se junto ao corrimão da varanda, chamou pela filha. Miriam devia ficar ali; dali podia ver-se melhor o noivo chegar. E Miriam ficou junto da mãe que era uma pompa no brilho do tafetá preto. Adélia irreconhecível, formosa, os cabelos sedosos, os braços cintilando de pulseiras. O rosto como o de uma noiva, transfigurado, ardente. Ao seu lado Miriam lembrando uma dama de honra. Era Adélia que parecia ser a noiva, mesmo de preto, sem grinalda, sem buquê, sem véu.

As varandas regorgitando, o juiz, o promotor, padre Bulhões de capa dourada, meninas, vestidas de gaze, prontas para sacudirem punhados de arroz.

Cada qual querendo ser o primeiro a divisar lá na curva a charrete do noivo.

O sol morrendo, os ventos céleres, prenúncio de uma noite apocalíptica.

– "Por que o noivo não chega logo?" – indagavam.

E suspendiam-se na pontas dos pés, como se assim pudessem divisar mais longe.

Adélia e Miriam bem defronte do caminho por onde o noivo devia surgir.

De repente alguém apontou. Já se podia perceber o poeirão que as rodas da charrete suspendiam, por enquanto apenas um ponto negro avançando numa disparada louca. O ponto negro avançando, mas o caminho era longo. A percorrer, ainda três curvas, ainda uma imensa reta de barro vermelho. Mas antes de penetrar nos domínios de Adélia havia de atravessar uma ponte.

Adélia de coração em sobressalto, desejando que a charrete corresse ainda mais depressa. Como se a noiva fosse ela, a virgindade a ser entregue fosse a sua. O rosto ardente numa felicidade incomum. Os cavalos mal tocando os cascos no chão, vencendo a segunda curva, de ventas abertas, galopando de cabeças erguidas.

Com um binóculo poder-se-ia ver o cachoeiro estalando com relho, no assento de trás, o noivo, de calças listadas, segurando com uma das mãos o cano da bengala, a outra repousando sobre o castão de ouro.

Adélia febril. Nenhuma noiva, tampouco Miriam, poderia sentir tamanha emoção. Adélia convicta do êxito de seu plano. E queria vê-lo consumado numa alarmante cena. Louca que aquilo tivesse um fim, terminasse logo de uma vez. A princípio um medo do plano fracassar a sobressaltou, mas, à medida que os cavalos se aproximavam, uma irrevogável certeza de êxito bania-lhe as dúvidas.

E Adélia apertava o braço de Miriam, engalfinhava os dedos, dava murros no corrimão da varanda.

A charrete entrando na enorme reta de barro vermelho. Agora, podia-se até ver o cravo branco na lapela do noivo, como o noivo ficara elegante de cartola.

Era somente esperar. Daqui a pouco todo o mundo ficaria horrorizado, todo o mundo cobriria o rosto com as mãos. Aquela idéia era mesmo horrível. Satânica.

Adélia havia retirado quase todo o madeiramento da ponte. A noite inteira encurvada naquele trabalho de serrar, um por um, todos os travessões. E em lugar deles entrelaçou ramos, escondeu a visão de precipício com um fofo estrado de cogumelos. Cogumelos ocultando todas as possíveis brechas, simulando aquela resistência de vigas.

A ponte como um alçapão. Tudo que sobre ela tentasse passar cairia de chofre na escuridão fria da morte. Sem compaixão pelo noivo, sem compaixão por Miriam, estava o coração de Adélia. Podre, esquecido de Deus.

Esperar, apenas, esperar. Mais um minuto e os cavalos despencar-se-iam no vácuo como dois frutos podres. Mais meio minuto e o noivo mergulharia de pernas para o ar, talvez soltando um lancinante grito. A cartola dando reviravoltas, a bengala caindo como uma lança.

O coração de Adélia sem prestar para coisa alguma. Podre. Se não estivesse podre, Adélia suspenderia os braços, mortalmente arrependida gritaria que o noivo freiasse os cavalos. Mas estava mesmo podre aquele coração. Mais um segundo e seria o fim.

A Valsa

EU VI O POVO da janela do sótão. Do sótão que, havia quinze dias, era uma janela fechada.

Desde que Hilda foi ser lápide, calafetei o quadrado da janela para não escutar o mais leve sussurro de vento, para não ouvir as buzinas dos rebocadores de carvão, para não ver as cortinas prenhes como velas no oceano.

Queria a memória para Hilda. E ficava a noite toda a me lembrar de Hilda, a chorar de face enxuta, tristezas acabrunhando meu peito dolorido. Ah! Como Hilda me animava! Eu era um operário dos sons. Todos os dias sentava-me no tamborete e, de mãos espalmadas no teclado, executava mediocremente músicas que a maioria dos fregueses dizia ouvir pela primeira vez. Era uma loja de discos, de músicas ligeiras, a que matava a minha fome. O meu trabalho era tocar a música que o freguês exigisse, mesmo aquela que, de música, nada tivesse. Abrir o piano e tocar.

Na infância, quando abria a caixa do piano, minha mãe sentava-se no lado esquerdo, atrás de nós, a flauta empretecia os lábios de meu pai. E as minhas mãos, as mãos de minha mãe, os lábios de meu pai, de momento funcionavam. Era o Dom Carlos a quatro mãos acompanhado a flauta. Era a Cavalaria Rusticana de meus onze anos.

Aos onze anos, minhas mãos eram lisas, rosadas as unhas se encaixavam na pele. Minha mãe ficava a velar meu sono até que me visse dormindo a sono solto.

Uma noite interromperam o meu sonho.

– Venha ver a sua mãe que está morrendo.

O corredor era um canudo, mas antes de atravessar a porta, pressenti o desenlace. Já acendiam os quatro círios, já trapejavam as asas das cortinas fúnebres. E meu pai, vendo que o sono da minha mãe era o último, foi buscar a flauta. Voltou do escritório já desequilibrado, a flauta nos lábios doídos a esmaecer uma mimosa barcarola. Rodou, tornou a rodar em torno do corpo de minha mãe, sempre com a flauta a lhe empretecer os lábios, a lhe desordenar a razão.

Amanhecia. Uma preta de noventa anos, a parteira da cidade, quis me consolar: carregou-me à varanda, mostrou-me a Estrela d'Alva.

Quanta coisa aconteceu depois! E, de tanto repetirem-se coisas tristes, aquelas lições de música que, na infância, eram um passatempo, muito depois me foram úteis. Minha mãe já não se sentava ao lado esquerdo, meu pai devia flautear no coro dos anjos. Das vísceras secas, para o estômago não secar de todo eu me submetia a tocar para os fregueses – a tocar piano como se estivesse a puxar a corda de um sino, o meu sino de enterro.

Foi numa noite de inverno que conheci Hilda. Em vez de conhecer uma jovem, conheci um rosto envelhecido aos vinte anos, o pavor a vidrar-lhe os olhos, toda ânsia do mundo a apavorar-lhe a vida. Recostada no fundo do divã, Hilda, sem forças, mal podia ouvir-me. Quase desfalecida, a cabeça derramava os cabelos e copiosos estendiam-se-lhe até os pés, desalinhados, remexidos, num rolo bruto, como se uma luta houvesse desfeito aquele penteado de tr anças.

– Como entrou aqui?

No meio do quarto, meu vulto enchia toda uma parede. Eu devia gesticular, aos berros; as palavras, que saíam de minha boca, deviam multiplicar-se impiedosas.

– Puxe por aqui!...

E apontava a porta aberta por onde o frio entrava mais úmido para quem não tivesse casaco, meias.

Hilda – sem forças para me lançar um sorriso.

Então vi, mais de perto, a palidez de Hilda que, mesmo de longe, já se apresentava pálida. Quis tomar-lhe o pulso, mas o ritmo era tão fraco, tão mole, que por um instante duvidei:

– Morta?

Ah! Como Hilda me assustou! Toda a noite fiquei a friccionar-lhe os pulsos, a aquecer-lhe o colo, de ouvido colado a seu peito, escutando o bater débil do coração.

Mais se assemelhava ao de uma ave o pulsar daquelas válvulas. Nem parecia que o meu ouvido se colava a um peito humano. A menor das pêndulas arrastaria, em sua oscilação, um ruído mais forte. De repente, aquele mínimo "tic" parecia desaparecer. Colava mais o ouvido, prendia a respiração, todo imóvel a espreitar. Nada! A morte silenciava tudo. O espelho, ante o nariz, nem se manchava. Já me decidia em avisar a polícia, quando Hilda fez um gesto de cobrir a face e sussurrou, moribunda:

– Quem é o senhor?

A noite em trevas. Lembro-me que, pela vidraça, fiquei olhando o rio, a rua, sem nada ver, escutando apenas a ressonância da pergunta que uma desconhecida me fizera: Quem é o senhor?

Depois, Hilda me contou tudo. E, ao terminar, falou em descer as escadas, ganhar a rua, esperar a morte como a esperam todas as prostitutas que, murchando, ficam esquecidas pelos homens.

– Não acredito em homem nenhum – repetia Hilda. – Já me desgraçaram. O que me resta é a "rua"...

E voltava aos detalhes, os gestos colorindo a sua ruína. A princípio o padrinho cobrindo-a de presentes, de agrados; depois, ameaçando-a, gelando-lhe o coração, de revólver em punho.

– Eu gritei, pedi socorro – continuou Hilda - mas meu padrinho sorriu e avisou que todos haviam saído, estavam assistindo à missa cantada da padroeira; que era besteira gritar, pedir socorro.

– "Por que não consente logo, florzinha?"

E Hilda não se esqueceu que o padrinho fremia, de olhos agateados a fitava como se já estivesse amando.

O padrinho permitiu a Hilda debruçar-se à janela, ver as ruas vazias, pela última vez sua virgindade certificar-se de que ninguém a podia socorrer. Naquela manhã, até a cadeia que ficava defronte era uma casa sem lei. A sentinela devia estar se purificando, todos purificavam-se nos evangelhos. Somente os mortos, o padrinho e Hilda não eram defumados pelo incenso dos turíbulos, não eram bentos pela água das pias sagradas.

– Então...

Na noite desse mesmo dia, Hilda fugiu. Não podia analisar a face, ver se a tristeza que a sulcava era mais forte do que a dor de suas entranhas. No último vagão do trem de carga, Hilda nem podia chorar. Tinha de conservar o silêncio de um vagão escuro, escutar em silêncio o ruído das rodas nos trilhos, em silêncio ouvir toda a viagem, o guarda-freios falar de um amor tão triste quanto o seu. E ao descer do vagão, dobrando a esquina de minha rua, um velho, tal qual o padrinho, um sósia, fizera-lhe um sinal. Um susto de morte quase a prostrou. Como nos sonhos em que a gente se vê perseguido por um touro, sem poder correr, sem poder acordar, Hilda sentia essa mesma angústia. Os pés soldados no asfalto, o corpo imóvel num gesso plástico. Da outra esquina o velho cofiando os bigodes, rindo como seu padrinho rira antes e depois de desvendar aquele mistério. Correndo, Hilda venceria qualquer escada. O terror obrigá-la-ia prostrar-se em qualquer divã, mas foi no meu divã que Hilda se prostrou. Tanto tempo, nele, Hilda ficou prostrada que, imaginando estar em seu próprio quarto, ao me vislumbrar, sussurrou:

– Quem é você?

* * *

Casamo-nos. A vida era a mesma; mas tinha Hilda nos momentos de desespero; consolava-me e como uma mãe consola um filho reprovado, dava-me amor quando não mais acreditava na sua existência.

Eu passava o dia todo a machucar os dedos, a empobrecer a vida enterrando-me, aos poucos, no cofre preto do piano, a tocar valsas para as vitalinas de olhos longos lânguidos, a tocar para mim mesmo a dolência de meu "-requiem". A casa de discos era lúgubre, frias as paredes borradas com retratos de compositores, úmido o assoalho graxento, fosco o madeirame do piano – mas Hilda me recebia sorrindo, ao voltar para casa, sentava-se à mesa ainda sorrindo e enchia o leito de sorrisos.

Eu – que não sabia mais sorrir – abri a boca e, pela primeira vez desde os meus onze anos, os lábios repuxaram os músculos e senti uma sensação de paz.

– Ainda viveremos como gente, Godofredo – dizia Hilda, a falar de uma esperança somente presente nos pecadores, nas páginas do Juízo Final, nas consciências onde, a princípio, germinou o crime.

Hilda começou a trabalhar. 50 centavos por página datilografada. Hilda datilografava 10, 20, 30, 50 páginas por dia, mas nunca pudemos comprar um cobertor.

Provamos da insônia, do medo dos telhados velhos, do frio da chaminé a varrer o sótão, a enxotar-nos para um canto como ratos apavorados, comprimidos naquele pavor de morrermos de frio, endurecidos. E lembro-me de uma madrugada em que o sótão gelava a cama, empedernia a água, pelos cantos da parede uma cortina de vapor ondulava engarçando-se úmido. O vento lavando a ferrugem da chaminé, rangendo o silêncio num sibilar. Então, abracei Hilda. Tão apertado foi o meu abraço que cheguei a escutar o meu coração no peito de Hilda. Quis perguntar-lhe se seus ossos doíam, mas Hilda pediu-me que a abraçasse mais, mais. E abracei-a o quanto minhas forças puderam.

Naquela madrugada os jornais foram emendados com palitos de fósforos, todos os trapos utilizados, e até alguns livros sebentos serviram de muralha.

A cama assemelhava-se a uma tuba. Nós, a uns escafandros de um barco de tábuas podres em gélidas marinhas. Hilda pedia que a abraçasse com mais força, que o calor de minhas vísceras aquecesse seu ventre, que o morno de minha boca suavizasse a dor de seus lábios talhados. Os braços entrelaçados fechando carnes nas garras dos dedos. Imóveis, o frio nos cortaria ao mais leve dos movimentos, como se, em derredor, alfanjes retratassem a nossa imobilidade no espelho das lâminas. Foi então que minha imaginação se enriqueceu de uma genial idéia. E se fôssemos dançar, dançar mesmo sem música? Afastei a cama, a mesa, todos os troços ficaram alinhados de encontro à parede. Começamos a dançar como se estivéssemos no inferno, a dançar uma dança nunca vista, criada naquele momento pelas circunstâncias. Suados, voltamos à tumba. Mas não demorou a se evaporar o calor. Continuando a abraçar Hilda percebia que não mo restava mais nenhum calor para o seu frio. Não podíamos voltar a dançar. Sentíamo-nos exaustos. Que fazer?

A ferrugem vertical da chaminé estalando no assoalho, o vapor navegando junto às telhas à maneira de asas de um pássaro preguiçoso, agoureiro, sinistro – e Hilda a murmurar palavras soltas, com medo, de ser abraçada por um delírio. Meu coração pulsando cavo, lento, longe de mim.

Aos poucos fui deixando de escutar o bater de meu coração como se a morte o abafasse, o congelasse aos poucos. Quis saltar da cama, livrar-me do medo de escutar o arfar de quem morre, o meu próprio arfar, mas Hilda me enlaçava, rígidos os seus músculos me prendiam num afago, talvez o mais leve e inconsciente de todos eles. Como podia continuar vivo se não escutava o coração? Se, antes, o coração ritmava tão forte que parecia escutá-lo no peito de Hilda?!

Essa ânsia fez-me adormecer. Ao acordar não havia mais névoa, a chaminé silenciosa no seu charuto de flandres. O indício do terrível frio era estarmos embrulhados em trapos, livros sebentos nos amuralhando, páginas de jornais a se desprenderem dos palitos de fósforos, atapetando os lados da cama. O sol espichando-se de sótão a dentro. Nenhum dos elementos a revelar como fora fria a madrugada. Se não fossem os trapos duvidaria de uma alucinação, de um pesadelo que enchesse de frio os sonhos.

Quis levantar-me mas Hilda ainda me enlaçava, rígidos os seus braços se acomodavam nas minhas costas.

Pensei: Hilda ainda dormia. De manso fui me esgueirando, puxando o corpo à maneira de uma mão que foge de uma luva. Suspendi a vidraça: vi ioles à flor do rio retesarem os longos remos, crianças de bolsas a tiracolo cruzarem a ponte, o sol se levantando ao mesmo tempo que operários de um edifício de aço punham a funcionar bifurcadores. E já vestido, pronto para descer, percebi que Hilda continuava imóvel, estatelada em curvas, de braços abertos, as mãos à maneira de um instantâneo coreográfico. Somente uma valsa poderia encurvar um corpo como o de Hilda se encurvara. Estaria Hilda a valsar comigo num sonho? Nem a quis tocar. Mas, no terceiro lance da escada, de repente, uma dúvida me envidrou os olhos, reteve o meu pé direito suspenso entre dois degraus. Como essa dúvida me assaltou, não sei. Era hábito meu, depois de cerrar o trinco, jogar a chave por debaixo da porta. Então vi-me a esmurrar as tábuas, a chamar por Hilda.

– Hilda... Hilda... Hilda...

Acudiram. As indagações dos vizinhos só faziam aumentar a minha ânsia, a minha cólera, a minha dúvida, todo o meu desespero.

Hilda... Hilda... Hilda...E a voz vibrando rouca ainda chegava à rua onde, da calçada, escutavam chamar por Hilda, por uma Hilda que não podia responder.

A porta tombou. Por um instante nada se podia ver. Do assoalho evolava-se o pó de todo o sótão. Hilda conservava-se serena. Somente depois de pousarem a mão em seu peito acreditaram estar morto o seu coração.

Abriram-lhe as carnes. Examinaram-lhe as vísceras, o fétido sangue já sólido. Mesmo depois de toda retalhada, para os microscópios do Necrotério, Hilda era saúde. Por não ter o que escrever no certificado de óbito, o patologista assinalou: causa mortis "avitaminose." Para mim, significava: fome, frio, muita fome.

* * *

Acabo de ver o povo da janela. Se a murada do rio fosse de borracha estaria a elastecer-se, a recuar estariam as fachadas dos sobrados mas o povo que se asfixia na rua é que se elastece, se afunila de tanto se comprimir. O seio da noite é a lua; flutuantes correm, úmidas, as águas, mas o povo não sente a gelidez que desce da luz, a gelidez que se distila do rio, não sente a cortante gelidez queimando no asfalto.

Nesse inverso de noite funda o povo sente calor. Todo esse povo que se esqueceu de calçar os pés em botas de jornal, de agasalhar o corpo nos últimos farrapos, todo ele ensaliva, conserva nos olhos um brilho morno. Dir-se-ia uma rua descera mas nem a maior avenida comportaria a massa que se avolumou nas esquinas, nas encruzilhadas, nas pontes. É capaz da murada não suportar o peso dessa tonelada humana, rachar-se, florescer no rio ilhas de cimento armado. Mas não é essa a razão do silêncio. Todos, afunilados, desconhecem a beleza dos movimentos. Aleijados, prostitutas, cegos, ferimentos, todos de alma vendida à servidão acham-se presentes. O que esse povo quer?

Quando um representante do governo assomou à varanda da chefatura, o povo rompeu a estática semelhante à dos bronzes de praças públicas e eu pude ver a mais terrível de todas as convulsões.

– Onde está o pão, onde está o trabalho? – perguntava o povo.

Era a mais simples e real das investigações. Porém, na manhã seguinte, nenhum jornal falou do comício da fome. Falou, no entanto, de uma solidariedade do povo ao governo. Ora, enquanto o povo perguntava – onde está o pão, onde está o trabalho? – fotógrafos funcionavam máquinas e, quem não houvesse assistido ao comício, podia ter a impressão, ao ler os jornais, de que o governo era benquisto.

Eu fiquei, da janela, vendo o povo gritar. Se não participei daquelas reivindicações era por reclamar uma vingança que se alimentava no rolo das minhas entranhas. Quinze dias era Hilda lápide! E, depois de acordar o sino de meu enterro tocando piano durante o dia, à noite trancava-me e a solidão do sótão enriquecia os meus sentidos, torturava a insônia até o momento de ser idealizado um plano diabólico. Se não participei daquelas reivindicações era porque achava o "meu plano" magistral. Não escrevi carta anônima, não telefonei disfarçando a voz, mas há duas segundas-feiras compro dúzias de rosas e mando-as entregar à mulher do Chefe de Polícia. As rosas vão sem nenhum cartão, sem nada que possa identificar quem as remete, mas, às segundas-feiras, à hora do jantar do Chefe de Polícia, as rosas chegam brancas, rebentando perfume. Para mim é sacrifício, às vezes, deixo até de comer, faço regime sem ser gordo, mas o Chefe de Polícia terminará arredondando as suspeitas já existentes em seu ciúme. A minha paciência é quase bíblica. Um, dois, três meses... nada! Já pensava em desistir quando o escândalo sobreveio.

Nenhum jornal comenta o suicídio. Mas a cidade sabe que o Chefe de Polícia espancou a mulher, queria o enigma das rosas e, se a mulher não morreu estrangulada, foi por aberração. Em pleno desvario o Chefe de Polícia enlouquecera. Não de uma loucura furiosa, mas de uma terna loucura que lhe subtraiu as energias, lhe inutilizou os poros, lhe transformou os olhos em duas chamas extintas.

Aos domingos, quando a tarde é primavera e pode-se atravessar o pátio sem molhar os pés, eu atravesso pavilhões, corto o Hospício da Tamarineira em diagonal e, lá nos fundos, numa cela que os enfermeiros conhecem, apenas, por 102, fico procurando esclarecer o enigma das rosas. Prisioneiro dos nervos, o antigo Chefe de Polícia solta um sorriso besta, acena sorrindo mais largo ao me aproximar das grades.

Falo, volto a falar, mas o antigo Chefe de Polícia escancara os maxilares de dentes apodrecendo, o rosto abestalhado, humilde, dando compaixão.

– Quem mandava as rosas era eu, ouviu? Olhe, sua mulher é honesta, sempre foi honesta!

O antigo Chefe de Polícia nada compreendeu. Nem mesmo a frase que minha voz divide em sílabas:

– Quem man-da-va as ro-sas e-ra eu, ou-viu?

* * *

O atual Chefe de Polícia é uma peste. Muito mais peste do que o outro que enlouqueceu de ciúmes. Não envio mais rosas, nenhum pescoço de mulher se tingirá de roxo por minha causa. Juro. Torno a jurar à N.S. do Perpétuo Socorro. Mas ainda ouço, da janela, o povo perguntar: onde está o trabalho? Onde está o pão? Onde está o trabalho?

E, se não vou me afunilar no meio do povo, ficar espremido, de pescoço fino e longo como o das girafas, é porque analiso um novo "plano" que é fel, ódio, toda a minha vingança. Um novo "plano", aparentemente simples, doce, inofensivo, cuja engrenagem tem seu dínamo numa Valsa que vou remeter à mulher do governador. Uma valsa, simplesmente uma valsa de amor. Nada mais.

Sentença

SEM PODER LIBERTAR-SE daquela visão sentia-se amortalhado. Cansou-se de esfregar os olhos, de apertar as têmporas, mas tudo continuava enegrecido como dantes.

Lá estava aquele remorso a verrumar-lhe a consciência, a roubar-lhe o sono, chupando-lhe a face antes de torná-la lívida. Defronte estava a cama, o guarda-roupa, três malas de couro cru se alinhando de encontro à parede. Estava o lavatório com a sua bacia de louça.

Estava a janela, onde tantas vezes ele ficava debruçado.

Ainda estava o relógio, mudo ornamento, quebrado pelas suas próprias mãos como se essa brutalidade impedisse o tempo de marchar. Estava tudo isso e mais uma garrafa de cachaça, jogada no meio do quarto,vazia.

Major Tiopompo não podia distinguir nenhum desses objetos, nem mesmo vislumbrar o guarda-roupa avançar para o teto tábuas envernizadas, semi-aberto, enforcando casacões.

Se os porteiros não estivessem quebrados, a pêndula poderia bater sincronicamente, emprestando um sinal de vida àquele silêncio de coisas mortas. Sim... Silêncio de coisas mortas, pois, a respiração do major Tiopompo mal aquecia o nariz. Era uma respiração fraquíssima, fria como a de um peixe, lembrando a de uma pessoa que morre de velhice sem saber que está morrendo. Atingira, o limite o sofrimento do major Tiopompo.

Não era mais aquele desespero que lhe raivava os olhos de sangue, obrigava-o a entreabrir os beiços para deixar escorrer uma baba que lhe envenenava o peito.

Não era aquela inquietação enlouquecendo-lhe os dedos, aquele suor lavando-lhe o rosto, colando a camisa aos cabelos do peito.

Começava major Tiopompo a sofrer placidamente, sem nenhum gosto que pudesse denunciar a agonia do seu coração. Silencioso, mudo como uma pedra, apenas derreando-se à mesa, o braço direito apoiando a cabeça, a mão esquerda na mesma paralisia de seu braço – jogada para trás.

No outro lado da mesa um castiçal empunhava um cotoco de vela.

As pernas do major Tiopompo jogando as botas para frente, as esporas rosetando os tijolos como se fossem eles fiascos de um cavalo.

Gradualmente deteve-se em todas as fases do desespero e, agora, seu sofrimento prostra-o numa posição de bêbado, que nem dorme, nem sonha, nem vive, nem se aproxima da morte. Tal como se quisesse detê-lo numa fronteira que delimitasse esses quatro estados d'alma, apenas atingida por aqueles que experimentam o sabor do remorso. E era o remorso que judiava major Tiopompo, obrigando-o a afastar-se da mulher, dos filhos, a esquecer-se dos negócios, como se tivesse medo que alguém pressentisse a causa daquelas três rugas que lhe desciam pela testa.

Três rugas que surgiram na mesma tarde em que toda Santana do Ipanema foi procurar Melânia.

Melânia, a morta, a desvirginada aos quatorze anos, a fétida Melânia, que ainda estava de pernas abertas como quando fora encontrada, três dias depois, no capinzal de Padre Bulhões.

Melânia, de quem os olhos serviam de pasto aos urubus, de quem o nariz era um formigueiro, entrando e saindo formigas numa labuta sem fim. A Melânia, de peitos mordidos, de ombros mordidos, de beiços mordidos como se aquele amor somente pudesse ser às dentadas. Melânia, a de vestido arregaçado até à cintura, sem poder ver o clarão dos archotes, nem escutar que chamavam pelo seu nome, procuravam seu corpo que havia três dias não era visto.

Foram os urubus quem deram a pista. Se não fossem os seus revôos em direção ao capinzal, fausto festim de carniça, ninguém teria suspeitado e nada teria alertado a curiosidade de todos.

E então foi quase toda a cidade acendendo tochas de sebo porque no inverno o dia é curto. A meia légua podia-se ver urubus revoando, agourentos, aterrissando céleres em direção ao capinzal, ganhando em seguida o espaço, nutridos de carniça, digerindo entranhas podres.

Se o povo não caminhasse depressa nada mais encontraria senão uma carcaça de ossos, uma caveira, restos de uma virgindade brutalmente deglutida.

* * *

Major Tiopompo foi uma das testemunhas. Suspeitavam de Davino, o sacristão. Encontraram no bauzinho de flandres de Melânia doze bilhetes, todos eles de amor.

Para que melhor acusação se ali estava a letra de Davino jurando amor ardente, paixão de levá-lo ao suicídio se Melânia não o aceitasse por marido? Para que melhor testemunho se o anel de Davino estava numa caixinha de prata, na gaveta de Melânia? Se foi encontrado um décimo terceiro bilhete de Davino, suplicando a Melânia que pensasse bem, que não lhe rompesse o coração com aquele a recusa? Para que mais provas?

Assim mesmo foram arrolados quatro homens que de regresso às suas fazendas, por várias vezes viram Davino trilhando o capinzal, justamente onde Melânia era carne podre.

Uma dessas quatro testemunhas foi o major Tiopompo que nem pestanejou. Foi logo contando tudo, respondendo desembaraçado, contente, feliz, às perguntas do Juiz de Direito. Naquela noite uma garrafa de vinho do Porto ferveu-lhe o sangue. Dormiu sonhando mulheres nuas, dinheiro estufando sacos de 10 arrobas, como Prefeito demitindo os inimigos, fazendo o diabo. Um grande!

Acordou ainda mais disposto. Durante seis meses podia-se ver o major Tiopompo atravessar o largo da Igreja esporeando o "russo", torcendo as pontas do bigode, arrancando do colete branco o "cebolão" que marcava as horas em algarismos arábicos.

Mas em junho uma trovoada desabou. E a terra, esturricada, virou lama. Uma lama que escorregada dos morros lambia as ruas como uma língua enorme. Uma língua que não tivesse tamanho, de um palmo de espessura, transformando toda Santana de Ipanema numa toleiro. Pingos grossos vazando telhas que, havia meio século, serviam de chapéu. A chuva e a lama aprisionando a cidade. Durante uma semana, cada casa era uma prisão.

Na fazenda, major Tiopompo começava a sentir uma tristeza amortecerlhe os nervos, torná-lo lerdo, moroso. As suas pernas não estavam inchadas nem inflamadas as suas mãos, mas ao andar major Tiopompo sentia-as chumbadas. Mesmo ao segurar a asa de uma xícara os dedos ardiam como se, em cada um deles, um panarício estivesse nascendo. E veio uma insônia que lhe tirava o apetite, prostrava-o durante todo o dia na cadeira de lona.

Nem a chuva, nem a lama tinham culpa naquela tristeza.

Longe de sua Fazenda a trovoada fazia estragos.

Apenas molhadas as suas terras se perdiam de vista, enraizando-se nas touceiras de milho, embranquecendo-se nos capuchos de algodão, dando seiva a troncos que estendiam braços para frutificar pinhas enormes.

Qual a razão daquele sofrimento? Qual o motivo que o forçava a se distanciar dos filhos, da mulher, até mesmo do retrato que o espelho da sala lhe podia oferecer? Aquela depressão aniquilou-o para sempre quando se viu forçado a trepar numa cadeira e enlutar o espelho. Agora, sim. Podia passar defronte dele, olhar, cansar-se de ficar olhando-o porque, então, sem nenhuma luz, estava empretecido naquele pedaço de pano.

E major Tiopompo sentiu os lábios se abrirem, ficarem, por um instante, adocicados. Terrível engano!

Não demorou aquele remorso a recrudescer, a atravessar de lado a lado, a cabeça, numa repetição de marteladas como se compridos pregos estivessem sendo batidos. Doloroso! Horrível! Sepulcral!

Esteve a ponto de gritar pela mulher, chamar os filhos. E no meio deles lavar aquela nódoa desabafando tudo! Desabafando sem omitir nenhum detalhe, para que todos ficassem sabendo como seu pecado era negro.

Depois, cair de joelhos diante da mulher, pedir-lhe perdão, enxugando as lágrimas em sua saia. Desfalecer. Pedir a morte!

Porém major Tiopompo estava sem forças, fraco demais para poder soltar um grito. Antes de cair tentou agarrar os ferros da cama. Tombou pesado, como um fardo, ficando durante a noite estendido no chão, lembrando um homem que houvesse recebido um tiro nas costas.

Acordou tarde. Sol alto. E, tremendo foi o seu esforço para conseguir arrastar-se até à mesa, ficar derreado na cadeira, as pernas para um lado, os braços para outro.

Naquele dia Davino iria ser julgado.

As duas horas da tarde o Juiz de Direito começaria a sortear os jurados. Tresandando a suor ficaria o salão do Júri, mesmo que do tamanho de uma praça fosse.

Quem deixaria de ver o sacristão na cadeira de réu, de ouvir o promotor reverberando numa catilinária, se em Santana do Ipanema não existia outra diversão a não ser o circo, de ano em ano? Se somente na véspera de Natal a cidade, tomava um ar tão festivo?

Um júri de um criminoso daquela espécie era a melhor diversão daquela gente.

* * *

Major Tiopompo, por sua livre e espontânea vontade, ficaria o resto da vida estendido sobre a mesa. Mas aquele remorso que lhe emagrecera os ombros, afinara-lhe os dedos, fizera-lhe desaparecer dos olhos aquela força de ímã – obrigava-o a deixar o quarto.

Dona Ingrácia, vendo-o tão pálido, indagou :

– Estás doente, homem? Por que não vais à cidade? Pede a "Seu" Coriolano um purgante!

Não se sentia bastante forte para desembuchar aquela história à sua mulher. Nem tampouco aos filhos. Certamente o amaldiçoariam, cuspiriam de nojo.

Esperou que trouxessem o cavalo para escanchar-se na cela e partir numa desabrida louca. De ventas abertas o cavalo levantara um poeirão, suando, castigado pelas esporas, pelo chicote dando lapadas nas duas ancas. De crinas ao vento vencia atalhos, pulava cercas, deixando revoltas as águas do riacho. Talvez um "fordeco" não vencesse aquela distância em menos tempo.

Que máquina de carne aquele cavalo! Agora martelando o calçamento de pedra, voando de rua acima.

Cem metros a mais, a Prefeitura (onde se realizavam as sessões de júri) estava compacta, gente se equilibrando no peitoril de janelas, trepada em caixões de cebola.

Na cadeira de réu o sacristão absorto, indiferente a tudo aquilo, de cabeça caída como se desejasse dormir.

Quando o Juiz lhe perguntou onde estava o seu advogado, se tinha alguma declaração a fazer, Davino limitou-se a abrir os olhos. Nem uma palavra em sua defesa. Nem um gesto que pudesse amainar a repulsa dos jurados.

Comum era o réu abrir a boca, cair num pranto de fazer dó; imitar carpideiras.

Davino mais sugeria um bronze que na cadeira houvesse sentado, um ornamento entre aquelas paredes bolorentas. Nem uma palavra, nenhuma contração muscular ao ouvir as tremendas acusações que o escrivão lia nos autos.

Apesar do cavalo correr muito, quando major Tiopompo se apeou, já haviam os jurados se pronunciado. Começava o Juiz a ler a sentença, citando artigos e parágrafos do Código Penal.

De pé, Davino escutava a sentença de trinta anos sem aperceber-se de nada, como se o que ouvisse fosse uma declaração de um prêmio que a municipalidade acabava de lhe conceder.

– Trinta anos – frisou o Juiz.

Nesse instante major Tiopompo empurrava, acotovelava, praguejava aquela gente que lhe interditava a passagem.

Aos berros major Tiopompo se acusou!

Conseguira chegar ao salão. E defronte do Juiz pediu que a sentença fosse para ele. Para ele que havia amado Melânia, seduzindo-a apesar dos seus sessenta anos, arrochando-lhe o pescoço no momento em que o amor era orgasmo; mantendo-a no momento supremo.

Então, Davino se enfureceu. Libertou-se daquela indiferença e protestou. Protestou como quem se vê roubado. Protestou impondo respeito à lógica. Fez ver que Melânia não se iria entregar a um velho como o major Tiopompo (e apontou para o peito arfante do velho), um velho careca que, de amor, nada sabia. Entregou-se, sim, a ele, Davino que sempre a amara, que daria a vida para obter aquele amor. E a todos convenceu alegando que no bauzinho de flandres de Melânia foram encontrados bilhetes que ele lhe escrevera. Novamente feriu o peito do velho com o dedo afirmando:

– Esse velho enlouqueceu; sim, enlouqueceu.

Aquilo não podia continuar. Era um desrespeito à justiça. O Juiz reclamou silêncio. E fez um gesto a dois soldados de Polícia. Imediatamente os soldados torceram os braços do major Tiopompo, carregando-o para fora, aos empurrões. Desrespeitosamente.

* * *

Major Tiopompo não resistiu! Impossível sobreviver àquela injustiça!

Fora Davino quem enlouquecera por não poder amar Melânia.

Davino – que se convencera ser o senhor de Melânia quando, na verdade, apenas em sonhos ele a possuíra.

E numa tarde quando todos da Fazenda colhiam espigas verdes para canjica de são João, major Tiopompo selou o cavalo. E foi-se, pela garganta de dois morros, para nunca mais voltar...

Dois Enterros

A Augusto Frederico Schmidt

HÁ QUATRO HORAS CAMINHA UM ENTERRO e o cemitério ainda está longe. Faltam três grandes curvas; a percorrer ainda falta uma imensa reta e os homens já estão cansados.

De tão cansados, as mãos repousam na terra o caixão e abrem os dedos, tornam a abri-los em leque. As unhas, a princípio pálidas, depois se azulando e uma cor vermelha se circunscrevendo em torno das falanges. O caixão se umedece, espera inclinado na ladeira – e depois que as mãos descansam, o caixão continua a subir, penosamente a subir, os tacões das botas a triturar pedregulhos que se entrechocam e rolam até em baixo.

Não conversam, não praguejam, não maldizem da umidade, nem do frio, menos ainda das larvas que metamorfosearam em mosquitos com a chuva. Também não choram e nenhum lábio deixa vincular o mais leve traço de dor. O que fazem é andar, segurar o caixão, perceber o ruído dos próprios passos se prolongar e ferir o silêncio que tão funebremente acompanha esta marcha de quatro horas.

Neste enterro hão há mulheres, exceto a defunta que morreu de parto. São em número de nove os homens calçados de botas, são também nove os capotes que se fecham no pescoço e descem até às pernas a lã cinzenta, molhada. E até os quatro que, agora, carregam o caixão, levam a tiracolo cartucheiras, rifles. E por último, andando encurvado, um homem perfuma as mãos segurando as violetas da coroa. As faces são todas máscaras pois em nenhuma se estampa a mais silenciosa e discreta saudade. O frio engelhou as árvores, engelhou as folhas e, como se não estivessem respirando, elas sugerem tecidos clorofilados de um vasto museu. Silêncio, frio, umidade que brota da terra e que desce das nuvens – mais o triturar dos solados no caminho lamacento.

Nada mais, a não ser a defunta que deve estar de lábios anêmicos, de orelhas tombadas, de pés e ventre inchados. Porém nada acerca da defunta pode-se afirmar: a tampa lacrada fez do caixão um cofre.

As botas não respeitam os poços de lama, as arestas afiadas dos pedregulhos. Avançam.

Para quem morre em Três Grotas, o cemitério é um mapa tortuoso; sobe-se morros, passa-se por baixo de baraúnas, de gameleiras e após três grandes curvas que precedem uma enorme reta o caminho ainda se prolonga.

Por isso os homens andam armados. Rifles, cartucheiras a tiracolo, garrafas de cachaça para matar o frio.

Faltam dez para as cinco.

E as pernas apertam a marcha, estimulando os músculos. Ainda falta muito a percorrer e nem se avista, mesmo de longe, o cinto branco dos paredões. Com a pressa, a defunta sacoleja as tábuas de pinho e um som surdo, abafado, evola-se da obscuridade onde os ossos se atritam. O couro rangindo no calcanhar das botas enlameadas.

* * *

Por um atalho o enterro ultrapassa toros de madeira, restos de troncos que se esfacelaram numa noite furiosa, mas ainda têm muito que andar. Nem o pára-raios da Prefeitura, nem as agulhas das torres foram vislumbrados.

Será um sino? O! É um vento, ríspido e abrupto que a uivar de muito longe assemelha a sua vibração à de um metal. E a morta, de um lado para o outro sacoleja os ossos no escuro do cofre preto, dourado de ouropel numa cruz irregular e assimétrica.

Este enterro chegava do Norte mas do Sul também um outro trazia defunta de parto.

Se houvessem sabido em Três Grotas que alguém havia morrido em Dois Riachos – a defunta não teria viajado naquela tarde. Ficaria sendo velada mais uma noite, entoariam mais ladainhas, desfiariam mais terços. Não somente por uma noite a defunta de Três Grotas esperaria. Esperaria duas, três, todas as noites, apodreceria de tanto esperar; seria enterrada no quintal como fazem com os cães. Não aconteceria o que eles tanto procuravam evitar. Mas ninguém de Três Grotas soubera que em Dois Riachos uma defunta, naquela mesma tarde, seria um corpo a caminho da paz.

E na clareira que precede as catacumbas, já depois do portão, encurralados por um ódio que se fortaleceria em cada geração – duas famílias, duas inimizades se defrontaram.

De um lado um caixão à beira de uma cova, do outro também um outro caixão que se confundia no tamanho, na cor fúnebre do primeiro.

Até num momento como aquele a dor não desfalecera uma velha rixa. O coração de todos era vingança. As consciências embotavam o presente, a elas o importante era o passado, o ódio latente apesar de anos, de muitos anos.

E à beira das covas os caixões figuravam dois fardos esquecidos. O instinto de defesa viu nos tijolos dos mausoléus sólidas trincheiras e, agachados na camuflagem das touceiras de cróton, das moitas amarelas de cravos, homens suavam apesar da umidade, ruborizavam-se-lhe as faces apesar do frio que nas lápides chegava a queimar de tamanha gelidez. Os rifles fumegavam nas pontarias certeiras e num coração mais exposto as balas se alojavam, abriam feridas borbulhantes de sangue grosso, descendo em fitas pelo abdômen, pela testa, pelas costas.

As duas famílias desobrigavam-se de um sortilégio. E avançavam para assassinar à queima-roupa; em seguida, caírem assassinados no mesmo lugar e ficarem abraçados, depois, numa morte em comum. Facões lascavam cabeças e já vermelhas as lâminas mais se avermelhavam rompendo cartilagens, aprofundando-se nos tecidos, paralisando o mecanismo funcional das células. Até as defuntas foram baleadas, mais vezes ficaram mortas, indefesamente mortas.

Depois – uma solidão caiu sobre tudo aquilo. No entanto, algo foi denunciado pela lua. Já madrugada, quando as nuvens se lavaram e pálida a lua desabrochou, aos poucos a sua claridade foi-se derramando sobre o cemitério e homens, como se estivessem a dormir, emaranhavam-se numa confusão semelhante a um rolo de cobras. E em vez de cor verde dos crótons, havia um vermelho escuro salpicando as folhas, tingindo de rubro as cabeças amarelas dos cravos, empastando as lápides de nódoas de sangue coalhado.

E a lua prateou por muito tempo o lastro de dois caixões escancarados, vazios, completamente vazios.

Os primeiros ratos começavam a sair das tocas, de olhos acesos, peludamente nojentos, farejando com apetite a atmosfera.

Dívida

NÃO ESCUTEI O CEGO BATER PALMAS nem percebi que devagar a porta se abria.

Até mesmo quando o cego já se encontrava defronte da cama teve que bater com a bengala no assoalho. Bater três vezes, bater mesmo com força para que eu acordasse.

Quase nua Bárbara se espichara de bruços, olhos semicerrados, a boca num gesto de quem visse no travesseiro uma outra boca e a desejasse morder. Desalinhados pelas minhas mãos desciam-lhe os cabelos pela nuca numa tentativa de ocultar as placas negras que, na fúria do amor, meus dedos haviam imprimido. Conservando-se numa incômoda posição, apenas uma ponta de lençol insinuava-se, discretamente, pelas suas pernas. A descoberto lá estavam os ombros, os braços, o rebordo de um seio, aquelas silenciosas curvas...

A atitude do cego me enojou. Sem poder me encarar, os outros quatro sentidos estavam, no entanto, tão aguçados que a sua cegueira parecia possuir mais força do que os meus olhos. Avançou mais um passo. Sua face se modelava numa expressão de noites mal dormidas, num perfeito retrato de quem se deixasse fotografar em plena agonia. Sentia-se irremediavelmente perdido, à maneira de quem se encontrasse cercado por um alto muro sem ao menos dispor de um porrete para afugentar famintos cães.

Sentado na beira da cama eu ouvia o cego como se ainda estivesse na infância e, perversamente, uma tia vitalina desembuchasse uma história de maldição.

O cego não poupava detalhes. A sua voz sugeria a de um imprestável gramofone que, de instante a instante, emperrasse a agulha para, em seguida, prosseguir fanhosamente a sua lenga-lenga. E, ao terminar, um ardente choro lavou-o. Aquelas lágrimas pareciam curar um reumatismo crônico das articulações, pois o cego abriu os braços em largos gestos como se pretendesse coreografar o término de uma tragédia.

Nenhum daqueles gestos me sensibilizou, nenhuma daquelas lágrimas me comoveu porém, ansiando pôr termo àquele teatro de uma única personagem (Bárbara precisava descansar, devia sentir-se moída de tanto amor!), prometi e jurei. Jurei que esqueceria a sua afilhada, que nunca mais tornaria a rever sua querida Bárbara. E afirmei positivo:

– "Pode ficar descansado! Na próxima segunda-feira irei embora".

E poderia mesmo ir embora. Aquela depressão, aquelas fúnebres feições que amortalhavam meu rosto, tudo aquilo amalgamado, era uma pálida lembrança de um homem que não existia mais em mim. Agora, sim. Poderia sentir os afagos daquele vento, a visão deserta daquele mar, a estrada daquela praia sempre reta, perdendo-se branca. Meu coração retornava à infância: estava limpo, novo. Jamais voltaria a atravessar a fronteira da sanidade, a tangenciar a minha vida numa conduta que não fosse a normal. Dava adeus àquele trapézio que balançava gostosamente, indo e vindo, mas que também poderia derrubar o acrobata de um momento para outro. Dava adeus àquele pedaço de terra que nenhuma geografia registrava.

O cego deixou o quarto sem que eu o pressentisse.

Olhava demoradamente o outro lado da cama onde Bárbara era um sono pesado que a impossibilitava de defender-se de qualquer agressão, de retribuir um carinho meu, por mais amoroso que ele fosse.

Aproximei-me dela. Beijei-lhe na testa, afaguei-lhe os cabelos. E por muito tempo colei os meus lábios na sua orelha como se quisesse dizer-lhe um segredo. Sufoquei um súbito desejo de possuí-la mais uma vez. Deixei-a repentinamente, e na janela, esperei que o vento amortecesse aquele calor, quente demais para o meu coração.

Que o cego se danasse, se desiludisse de viver quando soubesse que Bárbara fora comigo. Iria viver comigo e comigo amar muito. O cego que já havia sido traído pela mulher, que antes de ficar cego era um fogueteiro, que até à minha chegada àquele lugar sublinhava as suas dores escutando a voz de Bárbara, acariciando-lhe as pernas, as coxas, os seios, acariciando Bárbara toda, enquanto Bárbara dormia – poderia entrar de mar a dentro, enforcar-se num lençol atado num caibro, morrer estupidamente.

Não podia entregar Bárbara, novamente, ao cego, senão eu murcharia como uma árvore que perde a seiva.

Se ao cego Bárbara entregasse, tornar-se-ia um velho, apesar de meus vinte e cinco anos. Um velho, bem entendido, no que diz respeito ao amor.

E ainda na janela, não vendo o mar que estava na minha frente, não escutando o vento soprar nos meus ouvidos, resolvi emalar tudo, afivelar as malas, vestir-me. Vestir-me, para depois acordar Bárbara, contar-lhe aquele estranho amor do cego, que há dezesseis anos atrás, ao escutar prolongados vagidos de um recém-nascido na porta de sua casa, recolhera-se e cuidara dela como filha;

do seu padrinho que procurava aprender em seu corpo como se ele fosse uma acidentada cartilha do método Braille.

Em resposta ao que lhe contei, Bárbara me ofereceu a boca, enlaçou-me com frêmito e sussurrou:

– Vou com você até pro inferno!

E durante aquela viagem a pé (havia avisado a meu pai que, somente no último dia do mês, alugasse um carro e fosse me buscar) não pude dizer a Bárbara que o meu desejo era instruí-la, educar-lhe os modos, torná-la uma dona de casa, uma mulher que soubesse manter uma conversa, dar opiniões, enfim, uma boa esposa.

Nunca o cego poderia nos alcançar. Caminhávamos a passos largos, em silêncio, apenas de mãos dadas. Uma, duas, três léguas. Ao vencermos a terceira légua, avistamos o farol, as torres da Catedral. Então, instintivamente, nos olhamos como se dantes estivéssemos em perigo e, agora, a salvo de qualquer surpresa desagradável.

Sábado. Dia de feira em Bebedouro.

Uns conhecidos olharam-me com desconfiança mas não puderam satisfazer seus desejos de apertarem a minha mão, de perguntarem como eu ia, de serem apresentados à minha companheira.

Completamos a viagem de automóvel.

Somente a um quilômetro da casa de meu pai foi que, sem saber por quê, estremeci. E por um segundo, uma palidez cadavérica me desceu pelo rosto. Bárbara repousava a cabeça em meu peito. E ao perceber que eu suspirava, sem mudar de posição, indagou:

– Tá arrependido, Daniel?

Isso bastou para que eu esquecesse a severidade do desembargador meu pai, desprezasse naquele momento os princípios cristãos de minha irmã. Ah! Se minha mãe não tivesse voltado a ser pó, apaziguaria aquelas duas almas! Ah! Se minha mãe fosse viva...

* * *

Antes do jantar o desembargador meu pai fechou-se no escritório e eu permaneci sentado numa cadeira de braço, sem nenhuma força para soerguer a cabeça, atônito ante as suas palavras:

– "Cases com essa moça e receberás a minha bênção. Se quiseres, providenciarei tudo. Pedirei ao Arcebispo a dispensa dos banhos. Quanto ao civil, não haverá delongas".

E deu uma volta pela sua mesa de trabalho pousando uma mão espalmada em meu ombro. Retirou-se e entreaberta ficou a porta por onde, tantas vezes, penetrei para ser castigado com uma régua de meio metro.

Minha irmã casada havia dois anos, grávida de segundo filho, apenas me perguntou:

– Como é que ela se chama? Foi você mesmo quem a... ?

E deu as costas.

* * *

Em poucos meses Bárbara ficou sabendo o que lhe queria ensinar em dois anos.

Aparou o cabelo na altura dos ombros; foi com aquele penteado solto, sensual, que aprendeu minhas lições, às vezes interrompidas por um beijo, por um silêncio de paixão mútua...

O desembargador meu pai havia preparado meu futuro. Advogado de uma poderosa Fábrica de Motores, quando muito telefonavam-me umas cinco vezes por mês. Quase todo tempo disponível era para Bárbara, para aquela mulher que nem sobrenome possuía, para aqueles olhos que, num instante, se transmudavam de serenos em agressivos, de cruéis em amorosos.

Três, cinco anos a me embalar na doçura de um casamento feliz. Como se o berço de meus filhos, que nunca nasceram, estivesse sendo ocupado por mim, embalado para o conforto de meu corpo atlético.

Mas certa manhã, minhas pernas pareceram amputadas; haviam elas adquirido a imobilidade das coisas mortas. Não murcharam nem se rebentaram de feridas, outrossim ficaram tortas. Continuavam grossas mas incapazes de movimentar um pé, um dedo, de sustentarem o meu corpo, de me fazerem sentir o calor de uma meia de lã, de me advertirem se eu estava descalço ou calçado.

Lembro-me do dia em que dois negros musculosos entraram, de casa a dentro, empurrando uma cadeira de rodas. E não posso me esquecer das lágrimas de meu pai descendo pelos córregos de suas rugas, das lágrimas de Bárbara que se confundiam com as minhas, salgando a minha boca; do histerismo que derrubou Bárbara, daquela cena que provocou quatro dias depois o aborto do quarto filho de minha irmã.

Meu pai se empobrecendo de escrever cartas para os laboratórios de pesquisas da América do Norte, de receber caixotes e mais caixotes de remédios inúteis.

Bárbara empurrando a cadeira de rodas pelo quintal, transformando as sinuosidades do caminho numa pista de recreio; Bárbara me consolando, sofrendo de crises que a estendiam, imóvel, como morta, a chorar às escondidas, a queimar velas de promessa, a ler para mim histórias de trancoso, imaginando tudo que me pudesse consolar, distrair, suportar o peso de tamanha provação.

Mas esse excesso de carinho levara-a a um fastio de quem se certifica de que todos os seus esforços são malogrados.

Os seus olhos adquiriram uma tonalidade sombria, cada vez mais sombria à medida que a doença subia pelo meu corpo, ganhava meus braços, transformava os dedos de minhas mãos em dez pedaços de madeira, de uma madeira apenas sensível ao fogo.

Bárbara dizia-se exausta, com enxaqueca, incapaz de dar uma volta que fosse pelo quintal, empurrando a cadeira de rodas.

E os poucos, sem que nem meu pai, nem minha irmã o pressentissem, Bárbara foi me abandonando.

Agora era um caboclão de Santana do Ipanema que me dava a comida na boca, quem me limpava como se eu fosse uma criança de cueiros. E Bárbara chegou a mudar-se para outro quarto, negando-me sua presença semanas inteiras.

Nem mesmo no dia de meu aniversário Bárbara me beijou.

Como poderia ela ter me beijado se fora a Recife, naquela manhã, de trem?

Meu pai e minha irmã pensavam que Bárbara fosse dar os seus passeios por ordem minha, que fosse eu que não a quisesse, todo o tempo, ao meu lado.

– "Caprichos, certamente"– pensavam eles.

Por minha vez não queria acusar a fetidez do coração de Bárbara, apontar o negrume de sua alma a meu pai, à minha irmã, crentes da devotação daquela mulher, de sua sincera piedade para com a minha invalidez.

Nos raros momentos em que a via, meus lábios se afrouxavam para sorrir. E era ainda eu quem puxava conversa, sempre respondida aos monossílabos, com um evidente travo de desdém, de fastio.

– "Deus do céu, por que não me levas?" – era essa a minha oração.

Numa noite de insônia, quando Bárbara estava não sei onde, pedi ao caboclo que me levasse ao quarto de minha mulher.

Inacreditável! No ângulo direito da penteadeira estava o retrato de meu primo. Bárbara podia tê-lo no fundo de uma gaveta, debaixo de seu travesseiro, em qualquer outro lugar, mas preferiu mostrá-lo a qualquer pessoa que entrasse em seu quarto. A porta nem precisaria estar aberta; semi-aberta já se podia vê-lo, emoldurado em prata antiga, a lâmina de vidro protegendo uma galante dedicatória.

O caboclo perguntou, receoso:

– "Vai desmaiá, Dr. Danié?"

E levou as mãos a meus ombros como se um paralítico pudesse se levantar, para cair de bruços.

Restos de uma chama que se apagava! Severo, depois colérico, dei ordens ao caboclo:

– "Me traga Hélio de qualquer maneira: vivo ou morto! Quero ver Hélio ainda hoje".

* * *

Da mesma maneira como o cego me suplicara, anos atrás, eu supliquei a Hélio, num soluçante choro, que deixasse Bárbara para mim.

Para mim que estava morto apesar do coração ainda bater, para esse paralítico (e apontava em direção das pernas) que em breve estaria num caixão de defunto.

De "smoking" (devia estar dançando com Bárbara na Fênix) Hélio ficou petrificado; nem uma palavra, nem um gesto, a não ser dois fios que lhe brotaram dos olhos...

* * *

Uma semana depois, meu pai quase morreu apoplético. Foi preciso que se lhe sangrasse no braço esquerdo.

Bárbara me abandonara de uma vez.

As Tranças

LOURAS DESCEM AS TRANÇAS da cabeça morta. São tranças de um metro, a varrer o cimento, navegando de lá para cá – pêndulas sem ritmo de uma cabeleira anônima.

A cabeça está morta mas não parece. Parece que um interminável sono a retém numa incômoda imobilidade. Um sono de músculos distendidos, de nervos quietos, que transformou os olhos em duas caixas, a boca em dois lábios secos.

Mas, quando o vento se for, ficarão as pêndulas obedecendo à lei da gravidade, lembrarão os cabelos hirsutos cordões. E de janelas fechadas, o anfiteatro ficará parecendo um imenso túmulo.

A culpa é de Gedeão. Se Gedeão já houvesse corrido os ferrolhos, nada disso estaria acontecendo. Mas as janelas são espaços; como uma língua, deita-se o sol pelo cimento e, de lá para cá, cordões de cabelos soprados pelo vento navegam.

Onde estão os alunos? Onde está o professor? Não sei onde os alunos estão nem onde o professor está, mas se perguntais por Gedeão, podeis encontrá-lo sentado num banco, no canto do pátio, a olhar os esqueletos que secam. São esqueletos que irão ilustrar as aulas de anatomia. Uma vez por mês, Gedeão lava todas as anônimas omoplatas, tíbias, fêmures, vértebras, costelas e sobre esse monte de ossos ficam os crânios. Quem de nada souber, dirá ser o bedel um monstro, um desumano, pois Gedeão não chora nem se lamenta. Fica indiferente, às vezes pensando em seu feiúra, outras vezes absorto em pequenos nadas. Mas hoje Gedeão está pensando demais.

Está triste e eu sei como a sua tristeza lhe desordena o coração. Ainda mais lívida foge-lhe a face pelas orelhas e os lábios guardam uma expressão dolorida.

Havia duas horas a anônima morta de tranças louras chegou. E durante todo esse tempo, Gedeão está sofrendo, como nunca, provando do fantasma tristeza.

É a primeira vez que Gedeão se esquece de cerrar as vidraças. Ele já deveria estar no quarto, espichado no colchão, à espera dos "calouros" para lhes ministrar a sua aula de bedel. A sua aula de professor sem cátedra que enumerasse, precisamente, orifícios, localizasse inserções de músculos.

Esta noite, os calouros não aprenderão anatomia. Esta noite, Gedeão não será professor. Será, apenas, duas mãos doentes de reumatismo crônico enferrujando-lhe os punhos e as articulações dos dedos. Umas mãos que se escovam, que nervosamente se atritam como se esses gestos possuíssem os efeitos de um bálsamo.

O frio aumenta, a noite se avoluma. Não há lua e estrelas escondidas deixam nu o céu completamente plúmbeo.

Ainda sentado num canto do pátio, Gedeão pergunta a si mesmo "como seria o nome da Morta? De que teria morrido? A quem teria amado?" Três perguntas difíceis. Mas o que lhe importa é a beleza da face enrijecida que descansa numa mesma de pedra do anfiteatro. Nunca Gedeão admirou tanta beleza! Nunca Gedeão viu uma cor como o louro daquelas tranças.

– Ah! Se ela ainda vivesse! Por que não a conheci antes?

Sentado, com os punhos apertando as têmporas, o bedel continua a sofrer dos complexos de sua feiúra. Sem levantar os olhos admira o corpo impúbere que se mostra pela porta aberta, não se cansa de admirar aquela beleza, então morta, que vira apenas uma vez mas com o poder de forçá-lo vê-la para o resto da vida.

Nenhuma palavra os lábios borbulham. Nenhum gesto que o levasse a caminhar se lhe faz às pernas.

A poucos metros estão aquelas tranças. Que tranças! Mas Gedeão não ousa tocá-las. Nem em pensamento ele ousaria fazê-lo! Como se pedissem respeito, como se velassem a morta, estão elas enlaçadas de fita, contrastando o ambiente com o dourado de seus fios. São dois pequenos laços, já desbotados, que de fitas tomaram a forma de borboletas. E ali estão, roçando no cimento, sujando-se, encardindo-se nas asas.

Gedeão nunca amou, nunca pôde desvendar o segredo dos versos. A sua feiúra não permitia semelhante requinte.

Bóiam vísceras no formol dos frascos, tentacânulas, bisturis, museu de árvores respiratórias nas prateleiras de vidro bojudos – anfiteatro, solidão e marinhas da última viagem, numa de suas mesas de pedra, repousa, pela primeira vez, uma moça de tranças!

Será por isso que Gedeão tão feio, repudiado pela mais podre das prostitutas, aceitou a resignação que fortaleceu Job, tomou a si uma penitência que fosse a de adorar o belo? Gedeão, o homem sem amigos, o homem sozinho, o vulto das noites ermas, estaria aceitando a doutrina do Cristo? O homem que, de humano, apenas possuía uma invulgar memória, estaria sobrepondo o destino d'alma ao da carne? O homem que não tinha espelho para não se ver, o homem que se embriagava para dormir, o homem que amava um sonho insatisfeito (certa vez uma mulher desdentada, caolha, fétida, dissera-lhe: "nem que você me dê uma fortuna, eu não "andaria" com você"), estaria se salvando dos complexos, aceitando as suas horrendas feições como uma libertação?

Quantas vezes Gedeão encapuzou o rosto na gola da capa? Quantas vezes as suas pernas correram, tomaram outra direção ao pressentir alguém que iria cruzar consigo?

Em seu coração se imprimiu um remorso desde aquela noite em que, alheio a tudo, escutou, como se alguém lhe falasse dentro do ouvido, a verdade que ele sempre evitara de saber.

Breu do céu, juízo final nas ruas, madrugada de árvores quietas, Capibaribe – rio de ioles e rebocadoras de carvão mourejando barcaças. Solidão! A esperança fazendo sonhar vagabundos encolhidos nas soleiras das portas.

Nas manhãs seguintes os jornais comprometiam a vigilância noturna, clamavam enérgicas providências ao Chefe de Polícia. E um vespertino horrorizou as famílias. Bem no centro da primeira página o cadáver de uma mulher refletia a crueldade de sua morte.

Três dias depois o professor de Psiquiatria dava entrevista, citava mestres estrangeiros, resumindo capítulos que tratavam de semelhante neurose.

Gedeão também leu o jornal, ensangüentando os olhos no clichê. Ainda não se havia esquecido do menor dos detalhes. Com o jornal na mão, reconstruía a cena toda.

"Ele não ia, de cabeça baixa, pelo canto da parede? Por que ela o insultara, dissera-lhe bem dentro do ouvido: monstro!?"

Lembrava-se que continuara a andar mas, como se perdesse a razão, um suor grosso banhou-lhe a fronte, uma espuma fervendo orlou-lhe os beiços e suas pernas deram meia volta, como se fossem as de um soldado que houvesse recebido ordens para matar. Tudo rápido, muito rápido. As suas mãos pareciam espremer um pano. Não precisou fazer força. A mulher morria sem gritar, sem poder dizer sequer uma palavra. Sem perfume como uma flor que vai para o lixo. Gedeão não se esqueceu que a jogou, pelos ombros, num capinzal e a derrubou. Levantou-lhe a saia, arrancou-lhe tudo, até mesmo um jasmim que cheirava em seus cabelos. E, pela primeira e última vez, soube do mistério que as mulheres escondem.

* * *

Os jornais continuavam lançando interrogações. Quem teria estrangulado a desconhecida? De quem seriam as marcas digitais, visíveis, impressas no negrume do pescoço?

Gedeão rasgou, queimou todos os jornais que falavam daquilo. Deixou de comprá-los como se isto pudesse fazer com que o remorso se extinguisse, ficasse apagada a luz que lhe iluminava os sonhos de sono terríveis.

A polícia não chegava a um resultado satisfatório. Todas as pesquisas eram inúteis.

E Gedeão deixou de repetir as aulas do Prof. Luiz de Góis durante semanas inteiras.

A memória se enlutava naquelas recordações sempre presentes. Não podia ensinar travando tanta mágoa. Dizia-se hepático. E sozinho, procurava afastar o remorso que chegava pesado, negro, lento. Como era atroz guardar um segredo! Sua voz tornou-se um ressequido som, os olhos experimentavam a frieza das coisas ácidas. E mais de uma vez, acordou como se tivesse vendo, esgazeada, a sombra daquela mulher cobrir-lhe o corpo com um manto cinza. Era uma visão, sábia. Mas, enquanto aquele pavor perdurasse, Gedeão sentia necessidade de afastar-se e, num ângulo de parede, ficava a olhá-la, aturdido.

Defendendo-se desta maneira Gedeão ficou conhecendo a transmutação da noite em madrugada, do amanhecer em dia.

Por fim, não saía mais. Ficava esperando aquela esgazeada forma aparecer não sei donde, depois desaparecer com o mesmo mistério.

* * *

Como disse no princípio desta história, Gedeão não se atrevia a aproximar-se da morta.

Mas agora ele levantou-se, caminhou até o meio do anfiteatro. Olhou as tranças com mais intimidade, chegou a dourar os dedos no ouro daqueles fios. Logo fechou as mãos, enfiando-as nos bolsos como alguém que esconde um tesouro.

Já podia refletir. Foram-se-lhe as alucinações, foi-se-lhe o remorso, também afundou como uma pedra aquela fixa de sua feiúra. O seu dever era cortar as tranças, raspar a cabeça da morta, injetar-lhe formol na jugular. Em suma: deixar o cadáver apto aos estudos anatômicos. Cadavericamente limpo.

Mas nisto, sem que ninguém perguntasse nada, Gedeão replicou:

– Cortar as tranças? Nunca! Nunca!...

E um riso de quem desdenha se perdia pelas janelas abertas, pelos abafadores sombrios do corredor.

Novamente voltava a repetir:

– Cortar estas tranças? (e apontava para as tranças que continuavam a ir, a vir, de lá para cá, de cá para lá, sem pressa, mansas, num embalo de berço.)

Gedeão estava crente que seria amado pela mulher que estava morta, diante de seus olhos. Crentes estavam vibrando-lhe todos os sentidos, certos de que, se aquela mulher o houvesse conhecido, tê-lo-ia amado, amado como nenhuma outra, amado por todas as mulheres do mundo.

Gedeão se aproximou mais ainda para ficar bem junto da cabeça da morta, junto das tranças que não se cansavam de ir, de vir. Aproximou-se delas para ficar numa posição que assumiria o pai de uma única filha muito querida, então em convalescença, salva do cemitério por milagre.

* * *

Na manhã seguinte o Prof. Luiz de Góis pareceu aprovar as minhas palavras.

Aquele suicídio era uma autêntica natureza morta. E todos ficaram convictos de que o suicídio do bedel Gedeão, enforcando-se nas tranças louras da morta anônima, fora rápido, quase sem dor.

Cíntia

(A José Otávio de Freitas Júnior)

ANTES DE VAGIR, de desinchar o ventre por intermédio de fórceps, quando o médico, numa última tentativa, já se dispunha a recorrer a uma cesariana, o anjo que iria dirigir os destinos daquela menina pareceu ser mau.

Mau, porque nunca mais a mãe daquela criança provaria do aconchego de um colchão, de alvura dos lençóis, nunca mais sentiria o cheiro de alfazema queimado nas Maternidades. Mau, porque, então morta, ficara a pobre mulher ainda por muito tempo à espera que a outra vida fosse salva para que lhe dessem um comprido estrado à guisa de cama, para que lhe parecesse o pretume daquele cofre uma escuridão de noite.

Havia uma hora que a mãe não sentia aquelas dores, a princípio, vagas, toleráveis, depois violentas, cortantes; aqueles chutes que lhe pareciam rasgar o ventre; aqueles coices de bicho bravio, acuando numa furna estreita, haviam desaparecido por completo. Já se encontrava de peito gelado, as mãos cruzadas naquele gelo, enquanto uma vela, à cabeceira, mornamente amarelava-lhe a fronte.

De cortinas cerradas o quarto ficara completamente em silêncio como se os metros de filó pudessem amortecer o vento, também pudessem os tijolos se separar à maneira de uma boca que se abre e se fecha para engolir todos os ruídos que chegassem da rua.

Pesaroso deixou o pai aquela improvisada câmara ardente. Abatido lá se foi ele abafando os passos pelo corredor, de cabeça baixa, de corpo bambo. Mas, ao ver, pela primeira vez, aqueles gritos de carne nova, ao ouvir a sua filha chorar, esqueceu-se de que, em breve, a sua esposa iria embarcar numa singular condução que aceitava, apenas, uma passagem: a de ida. E ficou abobalhado, ansiando tomar a filha, estreitá-la nos braços e beijar muitas vezes aquele rosado corpinho, aqueles olhos que mal se abriam, aquela calva de ossos moles. Nem escutou a repreensão da enfermeira, nem sentiu que uma mão lhe batia no ombro, convidando-o a afastar-se para não contaminar a pureza do berço. Apenas o pai via e escutava aquele bolosinho vagir, se urinando de mãozinhas trancadas, fazendo caretas. À beira do berço o pai enfiou as mãos nos bolsos para não evidenciar aquela nervosa alegria. Sem sorrir, mas com uma expressão de felicidade a lavar-lhe o rosto, (a enfermeira o havia repreendido novamente) voltou para junto da esposa. Mas, desde então, ninguém mais o viu chorar, cobrir os olhos com o lenço amarrotado. Apenas uma leve contração lhe repuxava os lábios ao ver a mortalha naquele corpo de vinte e um anos.

Aquele refrão das antigas cortes da Europa era novamente proclamado naquela maternidade: – "A rainha é morta. Viva a Rainha!"– "A mãe é morta. Viva a filha!"

Consultou o calendário. Feio, muito vulgar o nome de santa daquele dia. Dorotéia? Não. Lembrou-se de que a lavadeira se chamava Dorotéia. Por que não o nome da mãe? O nome da esposa que, aos vinte e um anos, ficara de feições ainda mais tranqüilas, mais puras, mais lívidas – quando defunta?

E, no momento do Bispo lavar o pecado da carne, quando o vaso de água benta estava pronto para derramar naquela cabecinha, em resposta o padrinho disse:

– Cíntia!

E houve festa. Festa durante toda a tarde, até às tantas, regada por um bom vinho, cheirando a peru, adocicada de filhoses, excelente rebate aos cálices de vinho do Porto, aos acri-doces sanduíches de presunto sabendo a molho inglês

Cíntia já podia ver. Aqueles olhos, grudados às pestanas nos primeiros dias de vida, abriram-se obliquamente como se abrem oblíquos os olhos das crianças da China. E, se a razão de Cíntia não se conservasse tão inativa, ela poderia sentir a ternura de muitos braços que não se cansavam de niná-la. Poderia até mesmo escutar uma voz suave, a pedir-lhe sempre:

"Dorme, dorme, minha filhinha
que eu também quero dormir".

E Cíntia cresceu num corpo dessorado, de alma fugidia, alheia aos coelhos que falavam – "Bom dia, minha querida"– quando se lhes apertava o bucho, sem ao menos devolver ao urso cinzento aquele olhar que tornava bondosa a sua cara. Cresceu quebrando tudo, numa fúria de raiva indomável, esmigalhando cabeças de bonecos que se transformavam num pozinho colorido debaixo de seus pés, ensopando de álcool as roupas das bonecas, para após ficar muda, inteiramente quieta, avermelhando sua visão nas crepitantes labaredas daquele fogo. A ver tudo isso impassível, como se o seu temperamento fosse o de uma mulher da Inglaterra que assistisse à morte de um ente querido sem pestanejar.

Cíntia nem parecia ser filha de outra Cíntia. Da outra Cíntia que se sensibilizava ao ver as ondas, que de arrependimento por imaginários pecados molhava os olhos ao escutar as epístolas de S. Paulo, da outra Cíntia que sonhava de dia, sonhava de noite, como se todas as horas de usa vida fossem as da madrugada. Nem parecia ter sido gestada naquele modelado corpo de sua mãe, ter-se alimentado da seiva daquela árvores que viveu em primavera durante todas as estações. Não era possível! A filha, a segunda Cíntia estava distanciada da mãe como alguém que sobe um morro e, ao subir, não se volve, nem mesmo para responder a um apelo.

De nada valiam os cuidados da tia Nane. Depois de Nane ficar um tempão fabricando cachos, revirando, tornando a revirar o pente entre um punhado de cabelos, não demorava muito e os cachos se desfaziam, escorridos ficavam todos aqueles fios, sem nenhum brilho, como se todas as brilhantinas, todas as loções tivessem desmerecido em valor naquele penteado. E quando a empoavam, aos poucos o pó ia se gretando, se fendendo, deixando a impressão de que a face de Cíntia fosse um pântano que houvesse secado e, seca, a lama se fendesse. A voz parecia sair de um quarto escuro onde um tísico, ao pedir um copo d'água, exteriorizasse a rouquidão de sua doença. Não se desenvolveu como uma menina. Aos doze anos nenhuma ondulação arrebentou-lhe a secura do peito. Magro, enxuto, mais pareciam os seus seios duas testas, dois pedaços de mármore, qualquer objeto que fosse plano e frio. Muito pobres de carne escorregavam as ancas pelas coxas, as coxas, pelas pernas, como se tudo isso fosse um único membro de compleição raquítica. O vestido como se ocultasse o pudor de uma vassoura, mas de uma vassoura enorme, de madeira de lei, que, de tão resistente, chegasse a varrer o lixo de três gerações. E nenhuma pulseira pudera embelezar-lhe os braços, nenhuma volta, no pescoço de Cíntia, pudera reter dentro de si a frieza marinha das pérolas. Nenhum exagero nessas comparações. Quem escreve esta história não se encontra vestido de capa preta, não deixa crescer a barba, nem tampouco é um médico que fosse capaz de abandonar a sua profissão para ficar com os olhos cheios de sonhos! Nada disso.

A metamorfose da menina Cíntia em adolescente fora semelhante à de um menino que, ao se sentir rapaz, continuasse como fora dantes, fraco de peito, pobre de alegria, insatisfeito consigo próprio.

Pelas gengivas de Cíntia um dente se distanciava do outro, como se tais falhas fossem janelas para a asfixia de seu coração. Depois das refeições lá estava a língua a deter-se em tais janelas, à maneira de quem limpasse porcas vidraças. Amigos? Colegas de escola? Duas perguntas que forçarão horríveis respostas, mais uma vez podendo comprovar a esquisitice daquela razão, o retardamento daquele instinto, empacado como um burro, que se recusava a compreender as necessidades da vida, impossibilitado de diferenciar as letras do alfabeto. Como aprender as 25 letras se Cíntia, às vezes, sentia-se cadela, depois girafa, enfim, qualquer outro animal que apenas vivesse para comer e dormir? Como poderia Cíntia reconhecer as cores se, como égua, relinchava para depois correr desenfreadamente, roçando pelo muro do quintal, de cabelos ao vento, à procura de um macho para o seu cio?

Mas (bem poucas foram essas vezes) Cíntia também voltava a se sentir mulher. Uma mulher que tivesse a compreensão dos nove anos, apesar de ter completado dezoito. Uma mulher que retornasse à infância para brincar de bonecas, brincar sozinha, apenas tendo como companheiro o seu mutilado anjo da guarda.

Semanas inteiras, Cíntia, durante todo o dia, ficava sentada na sombra da gameleira, a beijar a boca cabeluda do urso cinzento, a apertar o bucho do coelhinho, sempre a responder-lhe afável:

– "Bom dia, minha querida".

E esses gestos de Cíntia pareciam abrir um clarão na tristeza do pai. Lá do sótão, abotoava os olhos em cima da filha, como se o ímã que deles partisse fosse um poderoso ingrediente que completasse a manipulação de um derradeiro remédio. E o pai chegou a acreditar na cura daquela doença! Como milionário que precisasse gastar muito, muito, para que por uns tempos pudesse deixar de sentir o peso de uma abarrotada fortuna, como um louco lá se foi de comércio a fora, comprando todas as bonecas, todos os velocípedes, tudo, toda espécie de brinquedo. E veio de Nova Jersey um pônei de pelo macio, para Cíntia aveludar as mãos quando lhe acariciasse as ancas.

Horrível surpresa! Tão funesta como se tragédia de Apocalipse surpreendesse, de repente, aquele pai! Surpreendesse-o como um raio que destruísse tudo, queimasse todas as folhas de um livro querido, único, que tivesse escrito na capa: Esperança! Como um raio que o queimasse para sempre, queimasse-o até às cinzas.

O pai derreou o corpo sobre o peitoril da janela, como se tivesse sido dividido em dois por um alfange. Lá em baixo Cíntia tocava fogo nas saias das bonecas que, amarradas umas às outras pela cintura, começavam a arder. Tocava fogo no urso, sacudia o coelhinho no meio daquelas brasas (certamente as molas daquela engrenagem, com o choque, assumiram a repetição das cordas dos relógio) e, mesmo depois de torrado, os ferros de seu bucho lembravam um estranho esqueleto que tivesse carne na boca repetisse cada segundo:

– "Bom dia, minha querida".

O pai amaldiçoou a Deus, espalhou aos quatro ventos que Deus o havia esquecido, que ele não era um Job para agüentar tamanha desgraça. E aposentaram-no aos 42 anos, deixaram-lhe de dar aquelas tarefas de medir terras, ninguém mais o viu com aquele chapéu de agrônomo, de botas, de culote, de blusão pardo, de trena na mão, subindo e descendo morros para determinar, em quilômetros quadrados, a superfície de encostas, de planaltos, de vales.

O pai não podia mais desfrutar a paisagem que a janela do sótão lhe oferecia. O resto da vida passá-lo-ia em cima de um colchão, em estado de um semi-coma que jamais lhe permitisse raciocinar. Chegou a se esquecer do próprio nome, de que era pai, viúvo, de que tinha uma filha. Uma filha que, agora, se divertia desprendendo tábuas das caixas de charuto, despregando engradados de cerveja, chegando a desnudar o piano, deixá-lo a mostrar os intestinos qual um corpo singular que tivesse cordas em vez de sangue, setenta e duas teclas em vez de dentes. Uma filha que, depois de fazer todo esse estrago, pudesse exercer o ofício de marceneiro; de marceneiro que somente soubesse serrar, bater pregos, construir caixões de defunto. Caixõezinhos para os pequenos defuntos bonecos. Caixões um pouco maiores para os restos do urso que foi enterrado com o enferrujado bucho falador do coelhinho.

A retardada Cíntia, nesses momentos, parecia libertar-se do seu estático, quase mudo raciocínio, pois era com perfeição que os caixõezinhos ficavam construídos, sem que nenhum detalhe fosse esquecido. Dois pedaços de esparadrapo se cruzavam para se pregarem em cruz sobre a tampa. E com folhas de estanho, de papel de embrulho de chocolate fino, Cíntia bordava os lados, como são bordados de ouro os esquifes dos reis. E antes de carregá-lo na palma da mão, ficava uma vela a bruxulear, a queimar o seu sebo a um palmo daquelas folhas de estanho que, gulosas, não refletiam nenhuma luz.

No galinheiro, defronte àquele canto do muro onde as galinhas, instintivamente, iam chocar, Cíntia, com os próprios dedos cavava aquele barro duro que, de tão vermelho, parecia ensangüentar-lhe as mãos.

E voltava (aquele seu rosto de pedra empedernindo-lhe as pernas, qual um autômato) para carregar, sozinha, o caixão que era deposto a uma profundidade de vinte centímetros, depois coberto de flores; de flores que as galinhas iam ciscar, fazer porqueira sobre elas, pinicarem-nas como se estivessem a comer milho.

Nane, a tia, não era uma desocupada. A direção da "Princesa Isabel" embranquecia-lhe os cabelos de trinta e um anos. E, em casa, o que podia fazer era descansar, refazer-se para, no dia seguinte, agüentar o rojão de ser diretora, professora, tia, mãe, avó daqueles órfãos que somente a ela possuíam.

Pra que cuidar de Cíntia, se a doença de Cíntia somente ficaria curada depois que o seu coração parasse? Ora! Cíntia fizesse o que bem entendesse, se divertisse a seu modo, pintasse o sete dentro da casa, dentro do quintal, sombreado por oitizeiros, por cabeleiras de árvores fruta-pão, majestosamente mais copadas do que a gameleira! Não permitiria que Cíntia transpusesse o portão. Isso não! Empregou até o Josias para ficar o tempo todo vigiando as grades. Mas se Cíntia quisesse ficar nua que ficasse, se quisesse tomar banho, que tomasse. Não iria forçá-la a se submeter a nenhuma dessas coisas. Como uma tatuagem descorada, muito antiga, ficou no lombo de sua perna esquerda a marca de uma dentada, abocanhada pelos dentes de Cíntia, num dia em que seu coração funcionava qual o de uma cadela. Não. Já lhe bastavam as ocupações do Orfanato para lhe consumir as energias, definhá-la antes do tempo.

E o que se segue aconteceu no ano de mil novecentos e quarenta. Durante toda uma noite de setembro, dia 22, em pleno rebentar da primavera, Cíntia ficou cavando um buraco. Ficou cavando-o com fúria, às pressas, como alguém que quisesse desenterrar um tesouro (sem que ninguém pudesse ver), para depois escondê-lo em outro lugar. Ficou cavando-o com uma unhas que se gastavam, deixavam de existir, sangravam as pontas dos dedos, qual biqueira. E cavando-o sozinha, reuniu todas as forças de sua doença, para descer, lá do sótão , um caixão. Um grande caixão. Descê-lo como se estivesse a descer uma mala, uma mala que apesar de grande, de pesada, ficasse equilibrada em sua cabeça. E depois de tê-la em baixo, a empurrasse como um estivador empurra um volume, até debaixo da gameleira. E sem gretar aquela pedra que era seu rosto, Cíntia com um pé foi empurrando aquele caixão que guardava o corpo de seu pai. Foi o empurrando devagar, de buraco a dentro que, ao se encher, apenas, devolveu um som distante, surdo, sem eco. Cavo.

Viagem

A Simeão Leal

AS SOMBRAS PODERIAM PERMANECER sombreando o quarto. Não era preciso que se abrisse a janela para que se pudesse ver na face de Luciana toda uma alegria, quente no curso de suas lágrimas; nem que se torcesse o comutador, para se constatar os braços de Tadeu a enlaçar Luciana com um amor de primeira noite de casamento; tampouco que se aproximasse do quarto, pois de lá da sala de jantar poder-se-ia escutar beijos espoucando, palavras soltas que se soltavam para depois se reunirem num refluxo de paixão, dando a entender que estavam se amando de pé. De pé, numa incômoda posição a se amarem como se aquele amor fosse o último, e por sê-lo demorada fosse a posse. A se amarem como sentenciados que nunca mais voltariam a se ver, fosse o homem fuzilado dentro de horas enquanto a mulher ficaria de língua de fora, olhos sangrentos, dependurada no alçapão de uma forca; como se vivessem aqueles últimos instantes a se colarem, a se justaporem desejando depois de cumpridas as sentenças as suas almas se encontrassem, se confundissem, fossem para onde fossem, mas fossem juntas qual uma única. Podia-se afirmar que, naquela massa, estava um homem por causa das calças brancas de Tadeu. Era aquele fardo um montão de carne que fremia às garras de uma paixão desoladora.

Afinal, Luciana se puxou de Tadeu como uma bainha que liberta um punhal. E caiu evidenciando sintomas de um desbragado histerismo, fotografados em todo o seu corpo; a boca a espumar como a de um caranguejo, os braços martelando no assoalho, duplicando as marteladas que faziam as pernas. Toda Luciana dominada pelos estertores de um descontrole nervoso. A se entortar na boca, a se lhe desenhar no pescoço estrias daquela espuma que lhe ferviam os beiços, já acidificados e fendidos pelas lâminas dos dentes.

Tadeu comunicara a Luciana que iria fazer uma viagem, também ela viajaria com ele. Viajariam para somente voltar dos Estados Unidos dois anos depois. Depois dele se enfronhar nos segredos e mistérios do câncer que desabrocha à maneira de uma terrível rosa, isenta de odor e afeto, sem amor algum. Desabrocha para ser temida e detestada. Se a idade de Luciana não fosse de vinte e três anos, certamente, se processaria um derrame cerebral e, então, adeus vida, adeus olhos oblíquos, adeus cabelos sedosos. Tudo isso iria apodrecer, começaria a se decompor quando ainda os outros ouvidos de Luciana estivessem cheios daquela inesperada, jubilosa, notícia. Com a rapidez do som, aquela surpresa flechou-lhe a imaginação. E Luciana, sem se lembrar se Boston ficava ao norte ou ao sul, se era um porto ou uma montanha, construiu com os poderes de uma mágica engenharia arranha-céus que agrediam o espaço, abriu avenidas, delineou parques. E chegou a se ver, de costume azul, se apoiando no braço de Tadeu, para não ficar machucada, não levar empurrões, não sentir a inesperada grosseria de um puxavante, de toda aquela gente que falava uma língua que ela sabia manejar aos tropeços, capengamente. E resoluta, Luciana cambiou os novecentos dólares para cruzeiros, vendo-se já de regresso, ao Brasil, dirigindo na Avenida Getúlio Vargas um Cadillac de luxo, de mãos enluvadas, mal tocando à direção daquela silenciosa máquina, adquirida com facilidade, sem regateio. E Luciana também se viu num apartamento de cinco quartos, num décimo andar, de um edifício da Avenida Atlântica, espichada numa "fauteille" a chamar pela empregada que lhe entregaria a revista a um metro de seu alcance; a pedir-lhe a exatidão das horas do relógio de prata, fizesse ligações telefônicas tantas vezes quantos fossem os seus caprichos.

E Luciana não era nenhuma imbecil, nenhuma medíocre sereia de Copacabana que se vestisse de homem, e fosse se rebolando de praia afora, deixando os instintos dos homens maduros em petição de miséria, provocando luxuriantes desejos, despertando de rugosos corações apaixonados suspiros.

Luciana não era uma cabeça estrumada, não transmitia no seu respirar o odor fétido de dejetos que percorreram os esgotos dos intestinos.

Luciana, a companheira, a mulher que durante todo o dia era professora, Luciana, a que somente de noite podia sentir o afago de um beijo, podia provar do contato de uma posse, ser de Tadeu, para que juntos semeassem a semente do trigo; e durante nove meses , o lavrador ficasse vendo a robustez de sua terra, como eram sadias as forças daquelas entranhas. Por ser Luciana tão sensível aquela notícia foi, para sua sensibilidade, o mesmo que um talho, num pedaço de carne viva, Luciana caíra estrebuchando, ficara a espumar uma sialoréia fria enquanto desordenado o seu coração não pudera se esvaziar. E ficou cheio, rotundo, à espera daquelas contrações o esvaziassem, daqueles espasmos semelhantes aos de uma epilepsia desaparecessem como uma nuvem prenhe de chuva, em dia de intenso verão, se rompe.

* * *

Apenas seis dias de espera e estariam subindo os degraus da escada portátil do "Lusitânia". Esvoaçariam lenços, mostrariam todos os dentes, Tadeu enlaçando a cintura de Luciana, da Luciana que seria um canteiro, de tanta rosa branca a lhe encher os braços. Ambos estariam alheios aos adeuses, aos abraços maquinalmente retribuídos momentos antes.

As malas desde então afiveladas. De nada haviam esquecido. Agora, as despedidas. Saindo de uns braços para entrar noutros, o fígado se revoltando de tanto licor, por sua vez o estômago se embrulhando de tanto açúcar. Despedidas. Projetos. Saudades. Quanta ventura!

Mas, à hora de dormir (seis dias antes do "Luzitânia" tocar em S. Salvador) Luciana, baixinho, como se uma ação vergonhosa fosse contar pousou a mão no ombro de Tadeu e docemente disse: – Estou grávida.

Tadeu continuou escovando os dentes. Mas não deixou a escova cair no chão para abraçar Luciana, não gargarejou água bicarbonatada para responder a Luciana com palavras que trouxessem êxtase em suas articulações.

A atitude de Tadeu fora a de um homem de caráter que encontra a mulher nos braços de um amante. Seus lábios que recebiam Cristo pela Páscoa se abriram para deixar passar a indignação, a cólera, o ódio, o desprezo, a revolta – deixar passar tudo, tudo que queimasse, fervesse, espoucasse bolhas numa oleosa ebulição. E avançou para segurar os braços de Luciana, apertar-lhe as carnes, gritar-lhe bem perto dos ouvidos, enquanto sacudia-lhe o busto à maneira de um médico inexperiente que tenta acordar os sentidos de um moribundo em estado cataléptico. Depois, quando a sensibilidade de Luciana era restos, Tadeu, como um namorado que pedisse perdão à bem-amada, suplicou:

– É brincadeira sua, não é, Luciana?

Tadeu não sabia que Luciana engravidara havia dois meses. E somente agora viera a saber! Viera a saber justamente nas vésperas de uma viagem, viagem que o levaria e Luciana também para uma terra desconhecida onde cozinheira é luxo, copeira é luxo, tudo é difícil. Daí o seu desespero, a sua cólera ao saber que uma outra vida já trazia a continuação da sua, da de Luciana. Contrafeito Tadeu propôs uma viagem de trem, bem como procurar em S. Salvador o "medalhão" dos obstetras e zás... tudo desfeito. Desfeito como um nós, apenas cego, aparentemente.

A! Como Tadeu pareceu pusilânime, covarde, parente de um rato ao escutar do obstetra palavras tão cristãs! "Não, não era um abortador; preferia morrer de fome a retirar o adubo de uma semente!"

E Tadeu bateu em outra porta. Outra porta para que se lhe abriu para adverti-lo:

– "Olhe! Posso abortar porém nunca mais a sua mulher terá filhos!"

Poderiam ter ficado em S. Salvador. O "Luzitânia" atracaria dentro de setenta e duas horas. Telegrafariam e as malas, toda a bagagem chegaria a S. Salvador pela estrada de ferro. Mas, havia uma mãe em Ilhéus, uma mãe que não podia andar, não podia ouvir, uma mãe apenas, podia sentir as mãos de sua filha engomando-lhe a testa, à maneira de um instrumento que fizesse desaparecer rugas. A mãe de Luciana.

Voltaram a Ilhéus. Mas voltaram por mar, como se voltassem de um piquenique, num iate. Iate de um amigo de Tadeu, colega de profissão, que reafirmava a sua amizade por Tadeu dando-lhe o ensejo de viajar sem respirar poeira, sem ouvir o estridente entrechocar de ferros velhos. Viajar confortavelmente, tendo ao lado uma cesta cheirando a sanduíches de presunto, pesada de garrafas de água mineral. E apenas o timoneiro a dirigi-lo, avançar de boreste, onde somente as cores verde e azul as vigias podiam oferecer à visão. Mar calmo semelhante àquele que molhou os pés do Messias. Uma touca azul no cabeção do céu. Mar sem ondas, nenhuma nuvem se afogando no horizonte. Apenas ventos se salgando, todavia sem molestar o mar – lisa superfície esmeraldina.

Porém, ao aproximar-se de Ilhéus, o iate pareceu piaba em vez de espadarte. Começava o mar a se revoltar, a se encher de vagas, roncando à maneira de uma besta-fera. A princípio o timoneiro ainda pudera divisar as cristas das enormes ondas a uns dez metros da cabine. Mas uma cor cinza enlutou o espaço, o céu jogou fora a touca azul e se cobriu de um negro capuz como se fosse a cabeça de um monge. A superfície daquele espelho de tom esmeralda se fragmentara. Fragmentara-se para deixar evolar um calor semelhante ao de uma fornalha, de uma singular fornalha que se acendesse sem precisar de combustível. Amputados os braços da hélice foram para o fundo. Desgovernado, sem timoneiro, sem Deus, o iate era jogado de encontro a Ilhéus. Não de encontro ao molhe que avançava de mar a dentro, uns cinqüenta metros, à maneira de uma língua de madeira . Mas de encontro aos rochedos, de encontro às pedras que, de momento, botavam cabeças de fora para logo as esconder. Ventos que dilacerariam asas de um condor, despenariam águias, de tão fortes. Rugidos de leoas que se vêem abandonadas por leões era o que se podia escutar naquela manhã de maio. As cristas das vagas à maneira de cristas de galos que brigassem, se aferrassem, quisessem mitigar a fome com as carnes do coração do adversário.

O céu conservando na cabeça o negro capuz de um monge que se penitenciasse. O iate encalhado no vão de duas pedras, quase emborcado, havia perdido o branco da pintura. Escalavrado, ferido, destroçado quase, a sua cor era suja como a daquele mar que se enfurecera de súbito, colericamente desprezara a paz, de inopino.

Tadeu deixou de ser rato. Contaminado pela intrepidez do timoneiro também transpusera a vigia. E como um náufrago de muitos dias, deixou-se ao sabor das ondas que o jogavam para cima, judiavam dos seus nervos naquela alternativa de movimentos.

O delegado mandou abrir os cadeados, dar por algumas horas liberdade a condenados que cumpriam sentenças. Dar-lhes liberdade para que fossem auxiliar aqueles outros homens livres que tudo faziam pelo salvamento de Luciana que ficara prisioneira entre os destroços. Prisioneira porque, grávida de três meses, não pudera passar pela boca da vigia. Pudera apenas ficar com a cabeça de fora qual um osso que uma garganta não permite descer.

O comércio em peso de portas cerradas. Nunca aquela praia de Ilhéus fora tão concorrida. Monsenhor Capela se crucificou dezenas de vezes, pedindo a São Pedro que fechasse as comportas daquele terrível dique.

A loucura daquele mar cada vez mais louca. Espumando, rugindo, se soerguendo à altura de montanhas, bufando como uns intestinos doentes de podres. Quilometricamente podres.

Cinco, quinze, vinte e duas horas... o mar a berrar vitória.

O iate como se fosse o complemento daquelas duas pedras, um dente que, sem razão, se implantasse ao meio de outros dois.

Tadeu parecia conformado com a retórica de Monsenhor Capela (Deus sabe o que faz, meu filho, Deus é a verdade, a vida). Mas sem ninguém pressentir, Tadeu lançou-se àquele mar. E nadou. Nadou lembrando um campeão de natação, disputando numa competição olímpica , até alcançar a vigia, aquela mesma vigia que o libertara.

E aquela vigia, agora, o estava deixando entrar para ficar junto de Luciana, morrer como mortos Luciana e seu filho estavam cadavericamente abraçados.

Noiva

NÃO DIREI A NINGUÉM. Nem a mim mesmo desejo relembrar o que raciocinando terminei deduzindo. Também não sei como possa esquecer o que há pouco deduzi se a ninguém devo dizê-lo. Reconheço o valor do desabafo, chamado de "catarsis" pelos psiquiatras, muitas vezes a minha alma fora bafejada por uma paz depois de uma confissão. Todavia não devo nem posso, de joelhos, confessar ao Padre Bulhões um pecado de outrem.

A suposição que levantei desde ontem dedilha macabra nas cordas de meus nervos, pois de instante o meu raciocínio se amplia, envolvendo, dominando a interrogação que a mim mesmo fizera ao abrir um baú de couro cru. Eu me pergunto por que vim ao sótão, por que levantei a tampa do baú, pescando do seu fundo uma fotografia desbotada, por que subi dezoito degraus de uma estacada íngreme e traiçoeira, ao invés de ficar como era hábito meu à sacada, acompanhando o sepultamento do sol nos abismos dos morros?

Quando mamãe morreu senti a sensação de estar sendo afogado de súbito, devorado no peito por uma águia como aconteceu a Prometeu. Volto agora a sentir o mesmo. A sentir, com a mesma violência, com a mesma crueldade, como se de fato um caranguejo estivesse se alimentando das carnes do meu coração.

Espalmada, levo a mão direita ao hemi-tórax esquerdo. Se eu fosse gordo poderia absorver as pulsações do miocárdio. Nada sinto, a não ser em toda a área cardíaca um ardor que possuísse a faculdade de correr em profundidade. Retiro a mão do peito por esse gesto não me trazer alívio nenhum. O caranguejo persiste voraz agulhando um feixe de músculos que eu não escuto trabalhar.

Havia reposto no fundo do baú o retrato. Mas voltei para apanhá-lo, ver se ao examiná-lo pela segunda vez poderia ressarcir a suspeita que me assaltou.

Não sei se uma mão traiçoeira, desconhecida, esbofeteou a minha face, tampouco se as minhas fontanelas foram castigadas por um látego de fibras enrijecidas ao escutar D. Izolda chamar-me.

– "Desça, Dr. Emanuel, está na hora do café."

Dir-se-ia meu pescoço fora garroteado por um laço corrediço, pois senti receio de falar, de sequer responder ao apelo da proprietária do sobrado.

Sentia-me como um ladrão que Deus castigou no momento do furto. Pediria perdão a Dona Izolda como um cachorro umedecendo de saliva as calças de um dono enfurecido, se por acaso sua face empergaminhada surgisse à minha frente. Talvez esses meus gestos de clemência ao invés de descongestionar-lhe as feições, de ira enchessem-lhe os olhos ao verificar que eu era conhecedor "daquilo" que a sua memória para a eternidade pretendia levar, sepultando-a consigo.

Não sei quanto tempo permaneci no sótão. Lembro-me, após torcer o bico de carbureto, ora esbarrando numa cadeira, ora praguejando ao meter a testa no ângulo de uma porta, ^s apalpadelas qual um cego de cegueira repentina, alcancei o corrimão da escada. E se sentisse fome teria que comer sozinho, pois Dona Izolda já se havia recolhido quando minhas pernas surradas arrastavam meu corpo embriagado pelo soalho da sala de jantar. Para os ratos deixei a comida. E muito antes de jogar-me à cama uma febre repentina, maligna, queimava-me as orelhas como se no inferno elas já estivessem.

Ao acordar na tarde do dia seguinte pressenti que Dona Izolda havia chamado o médico. Receitaram-me de 3 em 3 horas uma colher das de sopa de um líquido vinhoso, inodoro, mas de sabor podre. Ainda sentia a mesma angústia de vinte horas antes. Dir-se-ia que durante todo esse tempo minha alma estivesse vestida por uma pesada inconsútil túnica de ferro. Sem forças para mover a cabeça, fechar sequer os dedos de uma mão, aparentemente eu era um cadáver desmortalhado. Cadáver que não lhe haviam cerrado as pálpebras, por esquecimento.

Eu sabia que penteados nunca estavam os cabelos de Elvia, porém cabelos emaranhados e escorridos pelos ombros nunca foi sintoma de loucura, bem como o olhar amortecido daquela jovem que retinha nos lábios um rictos amargo, na face uma palidez monástica, jamais foi nem será um sinal patognomônico de demência.

Outrossim, a única filha da Sra. Izolda não devia ser olhada como se olha uma maluca por preferir a paisagem da noite como um morcego a escuridão prefere.

E se Elvia pouco falava era devido a uma costura que lhe requeria atenção de todos os sentidos. Costura que Elvia vinha repetindo havia quinze anos, numa penitência semelhante à de um frade que cosesse; costura que Elvia apenas concluiu quando frio seu coração lhe gelou o peito morto. Porque enquanto vida Elvia teve não abandonou a autopunição de costurar peças de um completo e invejável enxoval de noiva; de carinhosamente bordar à mão uma grinalda; de dar à saia de brocado a forma de um sino que começasse a sê-lo desde o busto, sem esquecer do véu que desceria dos ombros da eleita à maneira de um manto medieval. Peças após concluídas eram dadas de esmola juntamente com as hastes dos lírios do "bouquet – dadas de esmolas pela própria Elvia que ficava na varanda à véspera da primeira necessitada. Se não era uma mulher o primeiro pedinte Elvia não se perturbava. Esperava-a, sem refugar o vento que lhe açoitava os cabelos nem maldizer do mormaço que lhe gretava o rosto lívido. Estivessem as pedras se escaldando ou de chuva se emprenhando o rio, nenhum desses elementos perturbava a imobilidade de estátua que nesses momentos Elvia sugeria. Momentos esses sempre tranqüilos, para aquela Elvia que não ia a parte alguma nem jamais amou a alguém – segundo afirmavam –; para aquela Elvia que havia quinze anos não descia os três lances de degraus para pisar no cimento do rés-do-chão. Comum era uma mudez coser-lhe a boca. Não que uma desartria lhe dificultasse de falar, pois respondia, se lhe perguntavam algo, entreabrindo sem pressa os lábios por onde ressoava um mavioso timbre de voz. E se a Elvia indagavam – "Para quem é esse enxoval?"– tinham como resposta a mais absurda das surpresas: - "É para o meu casamento. Meu noivo chegará no fim do ano. Não sabia que eu estou noiva? Que eu vou casar-me no dia oito de dezembro?"

Mas era, precisamente, em oito de dezembro, de cada ano, que Elvia se postava à varanda, com o propósito de dar de esmola todo aquele enxoval. Enxoval que não lhe serviria mais por haver seu noivado se desfeito poucos dias antes das bodas, dizia ela. Destarte, Elvia procurava justificar aquele seu trabalho exaustivo de agulha, aquela sua incomum atitude de reclusa, aquele seu gesto filantrópico em cada primeira semana do último mês do ano; justificativa essa que a sensatez dos habitantes de Santana do Ipanema jamais aceitou nem tentou, tampouco, compreender.

A não ser Elvia ninguém sabia como o seu noivo se chamava. Noivo desconhecido por todos, apenas conhecido e amado por Elvia que fazia questão de arrematar as qualidades de seu bem-amado, acrescentando: – "O único defeito dele é de por sempre a mão sobre o estômago como se sofresse de úlcera. Ah! Como ele é forte!" E distanciava o olhar como se pretendesse atingir o término de uma estrada infinita, com esse gesto de abstração rever a masculinidade de um homem que lhe arrebatou a vontade de viver. De viver normalmente como viviam outras moças de condição semelhante à sua.

Concluído ficou ontem o inventário. Dona Izolda, quando bem entender, poderá recolher-se ao convento, participar da paz que as paredes nuas do mosteiro retêm, dormir numa cela. Sempre foi esse seu maior desejo se por acaso a morte dispusesse em cruz primeiro as mãos de Elvia. Não alimento dúvidas: receberei de Dona Izolda o que lhe cobrar. Nenhum outro advogado poderia agir com mais acerto. Depois do café, regressarei, ciente que em Recife dois braços abertos me esperam. Irene ainda não determinou o mês nem o dia do nosso casamento, porém quanto mais dinheiro ganhar, melhor.

Contudo preferia que Dona Izolda me dissesse quem é, como se chama, para onde foi, onde se encontra atualmente o personagem da fotografia, descoberta (casualmente) por mim, no baú cravado de brochas enferrujadas. Nada cobraria à Dona Izolda pelos meus serviços profissionais, de graça sairia o seu inventário se a sua boca se abrisse, a vermelhidão de suas gengivas despovoadas ficasse à mostra, sua voz trêmula me contasse a história daquele homem que posou para um fotógrafo "com a mão direita sobre o estômago como se sofresse de úlcera", não sei quando; que posou como um vitorioso, um dominador sem par.

Se por conta isso pedisse, estaria a Dona Izolda pedindo demais; pedindo-lhe o absurdo.

Sufoco mais uma vez uma das minhas incorrigíveis curiosidades. Nem me atrevo a perguntar-lhe (era propósito meu) porque às paredes da enorme sala de visitas, donde pendem tantos retratos, não diviso a austera fisionomia de seu marido, pois chegam a afirmar que o desaparecimento dele data de quinze anos.

Responderei que foi uma intoxicação alimentar se me perguntarem qual a doença que me derrubou tão violentamente. A força do meu coração sobrepujou a do caranguejo que pretendia devorá-lo. Há pouco regressei ao sótão. Se alguém abrir o baú que se encontra entre dois cestos imprestáveis, encontrá-lo-á vazio.

– Dr. Emanuel, Dr. Emanuel – grita uma voz abrutalhada.

Deve ser o "chauffeur" gritando pelo nome, da calçada. Porém antes de descer com a mala, antes de encarar pela última vez a fisionomia desgastada e torpe da viúva Antides Vieira, eu vou empurrando, empurrando para uma fenda do retangular assoalho do quarto onde fui alojado: cinzas. Cinzas que eu vi se amontoarem a meus pés, após a chama de um fósforo lamber com estalidos a cartolina de uma fotografia, revelada não sei quando...

O vento não poderá revolver essas cinzas cuidadosamente sepultadas. À janela coloquei uma tranca de ferro.

BRENO ACCIOLY

MARIA PUDIM

CONTOS

Na página anterior, está a capa de *Maria Pudim* (1955), feita por Poty.

Maria Pudim

"Muito mais se há de estimar um dente que um diamante".
Cervantes

NÃO IRIA ao baile do galpão. Em silêncio decidiu-se não ir à festa e sem transmitir a ninguém a sua pensada resolução permaneceu debruçada na janela.

Esquecida do tempo e dela mesma, a olhar desatenta os crótons que resistiam ao verão, foi assim alheia ao ambiente que Maria Pudim escutou o carrilhão da torre.

A uma quadra a torre musicava onze pancadas, todavia as marteladas das horas pareciam vir de muito longe, pois mal terminou de ouvi-las, Maria Pudim recaiu no torpor. Torpor que começou a subjugá-la no banheiro, quando descalça e sem roupa involuntariamente olhos os peitos que não cresciam.

E plantada no cimento enxuto, debaixo do chuveiro fechado, sabonete na mão entreaberta Maria Pudim era um medo que se desdobrava à maneira de talas de um leque sem fim. Medo incontido, irrefreada angústia que a empalidecia, sem motivo aniquilava-lhe as forças.

Não era a primeira vez que Maria Pudim olhava seu peito, carnes enxutas de mamelão minúsculo. Várias foram as ocasiões que Maria Pudim o apalpou e depois de compará-lo a uma fruta ressequida, apertou-o como se quisesse amadurecê-la. O "soutien" não poderia protegê-lo, por menor que fosse não poderia empiná-lo, dar-lhe vigor, sustança. O vigor de seu peito não era de mulher que se menstruasse nem desejasse macho nem dormisse pensando em homem.

Todavia, a atenção de Maria Pudim à anormalidade de sua adolescência nunca havia chegado a atormentá-la, nem jamais a havia deixado presa de uma insônia que se sucedesse, se repetisse em intervalos cada vez menores.

Secretamente Maria Pudim esperava e a sua espera de usar porta-seios guardados na cômoda não tinha limites. Sem ter sido alertada por nenhuma leitura curiosa de almanaque, tampouco por conversa de gente adulta, conversa preservada pela sua memória de um dia de fuxicaria em silêncio Maria Pudim esperava que seus peitos deixassem de ser dois mirrados mamões que jamais crescessem.

Dois pequenos frutos sempre verdes, sem leite, encruados. Dois ressequidos caroços, pedras de dureza estranha em seu peito de moça que deveria já ter ficado seivoso, desejado.

Como se o segredo não fosse seu Maria Pudim o abandonava nos recessos de sua memória. Como se a desgraça não fosse sua Maria Pudim se lembrava de sua desdita sem medo nem apreensão, indiferença contínua que não a desfigurava nem lavava suas faces com lágrimas escondidas.

Olhos sempre enxutos, boca sem laivos de dor, Maria Pudim também não era uma dissimulação perfeita nem simulacro de uma inquieta espera. Dir-se-ia fosse Maria Pudim apenas sabedora de um implacável sortilégio. Jamais a vítima, a própria condenada que não caísse em desespero outrossim temesse ser desmascarada, algum dia vir a saber que todo o mundo ficara sabendo da sua doença.

Atestava essa sua certeza a ruma de porta-seios que o gavetão guardava. Rendada pilha de filés brancos que nunca lhe sugeriu ilusão, devaneios de uma louca que sonhasse.

Havia dois anos Maria Pudim reprimia os vagos impulsos de dizer à mãe o que seus olhos viam com tanto pesar. Durante dois anos sempre esfregando os próprios peitos, amolegando-os, antes de dormir bulinando aquelas suas carnes que teimavam em ficar duras, jamais túrgidos seios de uma mulher normal.

Com intuitivas massagens, querendo despertar o que a natureza havia adormecido eternamente, Maria Pudim teimava em se enganar. E enganava também a mãe, com evasivas a deixava confundida.

Desde os treze anos usando entre as coxas panos que não se molhavam, limpas toalhinhas que era desdobradas às escondidas, tampões somente suados, por um suor de sexo morto. E apenas uma vez, foi deveras apenas uma única vez que coágulos secaram o abundante mênstruo nos panos improvisados depois de ter-lhe o sangue escorrido pernas abaixo sem dor alguma.

Magra Maria Pudim crescia e se não fossem as bochechas de sue rosto macerado nem os cachos de seus cabelos pretos, dir-se-ia fosse ela um homem que se travestisse de mulher, um desses falsos homens, que durante o carnaval escancaram a podridão de suas entranhas.

Todavia, a ninguém de Santana do Ipanema ocorreu tão acertada dedução e em vez de não lha terem dado nenhum apelido, deram-lhe o de Pudim, embora somente moles, arredondadas fossem as bochechas da filha da costureira.

Como duas excrescências que se houvessem implantado numa face esquálida eram as bochechas da sertaneja que não tinha razão.

Maria não precisava de espelho para ver o exagero balofo de suas bochechas. Sentia-o mesmo durante o sono quando ela mesma se via transplantando do rosto para o busto sobras daquelas carnes abauladas. Contudo isso não era nada. O seu problema era a mentira sistemática, mensal artimanha de mentir sem deixar transparecer à mãe a falsidade de suas respostas.

Quando Maria deixou de estudar no comprido banco de órfãs, quando se despediu Maria da escola pública no ano de livros confusos do quarto ano primário, quando Maria depois de receber um diploma foi considerada aprovada – já era tempo de ajudar a mãe, de trabalhar no bordado de bastidor, de guiar linhas coloridas no aço da agulha inoxidável. Todavia, de mãos macilentas eram os dedos de Maria Pudim que também não tinha olhos para desfiar e em seguida deixar na fazenda o relevo de um ponto-de-cruz ou seqüências de um crivo perfeito.

Sem fazer nada Maria Pudim começou a viver, quando muito abrindo a porta para as freguesas que atravessavam o corredor de desbotadas paredes, acanhadas e silenciosas se aproximavam de sua mãe, acercavam-se da costureira Marina, modista do agreste, lá num canto da sala de jantar pedalando a Singer, cara de mulata de poucos amigos que alimentasse sempre um impassível ódio no olhar duro de viúva jovem.

Maria Pudim não sabia que era filha de padre. Sua mãe sempre ocultou-lhe os amores do vigário de Águas Belas, sacerdote que depois forçou o casamento de sua mãe com um ex-sentenciado. Ex-sentenciado que havia saído da cadeia com os pulmões arrombados golfando hemoptises sem conta. Também não sabia Maria Pudim que sua mãe escondeu a gravidez de dois meses debaixo de anáguas e saias rodadas, gravidez que Padre Barros aprisionou nos desertos de sua fazenda, gravidez que depois Padre Barros obrigou a se ajoelhar de junto de um venal, sujeito zarolho sem escrúpulos, corno barato, que respondeu o sim do casamento religioso cheirando a cachaça.

Maria Pudim desconhecia ainda, que durante o tempo do zarolho vivo era Padre Barros quem pagava tudo, quem dava o dinheiro da feira de sábado era o padre de sapatos afivelados sedutor de mãos postas, político com manhas de gato de telhado; oprimindo com fria torquês do inquisidor crioulo e recorrendo ao achincalhe disfarçado por vilegiadura, Padre Barros embromava o obeso Bispo da Diocese de Garanhuns, enganava, outrossim, o povo inculto, supersticioso de Águas Belas. E dando um apoio incondicional, de sátrapa ao Governador de Pernambuco, Padre Barros se sentia inatacável, temido. Maria Pudim também desconhecia fosse o púlpito de Padre Barros uma indisfarçável propaganda que na época de eleição peronava com energias de oratória aterrorizante. Ainda desconhecia Maria, depois da missa, depois de ter intimidado os matutos com afirmações, pragas escoradas por esticões de um latim intraduzível, palhaçada de teatro sem aplausos – Padre Barros namorasse devotas do apostolado que se sentavam em bancos de confraria; bancos sem encosto, bancos compridos de peroba envernizada.

Maria Pudim não sabia Padre Barros as despisse, em trajes menores as deixasse tamanha era a cupidez de seus olhos de índio.

Irrefreável cupidez que não temesse satisfações nem dissimulasse o erotismo de suas ferventes pupilas.

Como se retivesse o destino do povo de Águas Belas era Padre Barros um singular coveiro, que jamais houvesse sujado as mãos de terra. Imperturbável carrasco que denegrisse, sadicamente menosprezasse a vítima antes de consumar a sentença. Carrasco de múltiplos golpes que sem se atormentar, sem mais nem menos conseguiu à primeira investida ver as coxas da mãe de Maria Pudim, mulata de nédias carnes equilibrando momentos antes sua silenciosa bela adolescência – equilibrando momentos antes uma pardavasca ignorância que passava ferro em ceroulas de bramante. Ignorância emudecida trabalhando de graça, trabalhando pela comida, comendo na cozinha com os dedos que machucavam bolinhos de feijão e farinha, inestéticas almôndegas de sabor imutável sempre salpicadas com pimentas de molho forte.

Passividade ilimitada, olhando para tudo com um amorfo olhar de cansados olhos que dormiam sem sonhos num remendado colchão de um quarto sem janela.

Olhos que não reagiram nem mesmo quando Padre Barros arregaçou-lhe mais tarde, na segunda investida a chita do seu vestido sem cós; e misturando uma sintaxe de um latim de incenso com a estupidez de um cassanje amolecado foi chupando-lhe os lábios. Dir-se-ia, Marina não tivesse seios em seu largo peito, tamanha havia sido a avidez da boca do sedutor.

E ali mesmo no quarto confinado, quentes paredes de um verão prolongado, porta aberta que suas esquecidas mãos escancararam sem cautela – ali mesmo naquele quarto de telhas vãs onde Marina dormia de cabelos soltos, dormia suja, vestida no mesmo vestido sujo de vários dias de trabalho – padre Barros a perdeu.

Madrugada, declarada Padre Barros ainda se espojava sobre o corpo sem soluços da desgraçada e se Marina não lho avisasse os dois ainda juntos escutariam os primeiros cantos dos galos.

Parede-meia sonhava com N. Sª da Conceição uma vitalina, solteirona irmã do conquistador contumaz, insone solteirona que somente revia santos e arcanjos em seus sonos de donzelona depois de beber uma xícara de chá de folhas de maracujá.

Era a Dondon, a nariguda Dondon que partiu no dia seguinte para Recife e em Recife se viu prisioneira sem sentença de um convento onde as freiras começaram a tratá-la com Beneditina embora não a tivessem dado missal cotidiano nem imposto obrigações ao seu andar desequilibrado, de mulher aleijada da coxa. Era a Dondon de óculos de aro de ouro, que de Águas Belas se foi de vez purificar num convento de rendeiras e contemplativas os seus veniais pecados de bebedoura de aperitivos de cachaça açucarada com suco de limão.

E a Dondon zeladora de todos os altares da igreja, a Dondon que sabia das trapalhadas do irmão se foi mesmo de vez avermelhada nos olhos inflamados na manhã seguinte, enquanto sem lenço nem choro algum a lavar-lhe a face sem risco ficava Marina à beira da porta a responder-lhe adeuses com a trêmula mão direita, que não retinha lenço nem ostentava anel.

Na boléia do mesmo caminhão Padre Barros acompanhava a irmã, apear-se-ia na primeira fazenda, devendo dar extrema-unção a um velho amigado teria de deixar Dondon comer sozinha a poeira da estrada.

Marina não se conformava, ainda sizuda remoía a sua recente desgraça mas se sentiu menos desgraçada ao pensar: – "antes com o padre que andava dentro de casa de pijama, coroa p'ra fazer, jamais com soldado de polícia, hoje aqui, amanhã acolá, gente miserável que escondia a própria miséria dando brilho nas perneiras, lustrando a pala do quépi amarelo, engraxando duas vezes por dia as reiúnas de meia sola. Nunca com gente miserável, nunca".

E sem esperar que o caminhão se perdesse na curva da primeira reta, antes de deixar de escutar o motor de oito cavalos, mesmo muito antes de deixar de ver o rendado lenço branco de Dona Dondon – Marina atravessou o corredor e como dona de casa começou a olhar o ferro de engomar, a tina de lavar roupa azulada pelo corante de anil, as cordas de secar e quando olhou o quintal ciscado pelas galinhas de pés sem raça não tinha Marina mais nenhuma dúvida:

– Algúem teria de fazer o que ela vinha fazendo.

Ela e o Padre precisavam de uma empregada. Empregada que cozinhasse, lavasse e soubesse passar a ferro.

Eram dez horas de um verão cheio de vento e se não fosse a sua inusitada felicidade, Marina não teria sentido o poder do amor invadir-lhe as carnes e despertar-lhe o coração com batidas de vergalhões de águas salgadas.

Chorou, de tão feliz começou a chorar sozinha e ainda sozinha começou a enxugar todas as suas lágrimas com as cordas macias de suas tranças ainda sem laços de fita.

No fogão uma panela esturricava punhados e mais punhados de feijão sem água. Todavia, Marina somente sentia o cheiro de seus próprios cabelos ainda enxugando os seus olhos, à maneira de um esfiapado estranho lenço seus próprios cabelos ainda enxugando seu ruborizado feliz rosto molhado.

Maria Pudim desconhecia tudo isso. E se a infelicidade de sua mãe foi uma realidade, a dela mesma ainda continua a ser uma realidade ainda mais cruel, pois a preguiça de seu desejo por homem é uma imobilidade incurável.

Nenhum namorado em toda a sua vida de sertão, nenhuma carta de amor escrita por sua caligrafia de analfabeta diplomada, nenhum inquietação devida à ausência de um inexistente apaixonado. Nada disso chegou a sentir a casmurra Maria, agora penteado os cabelos que o banho das onze horas molhou.

Último banho de sua vida porque decididamente Maria Pudim não irá ao baile do galpão nem vestirá a fantasia de gomos coloridos, arlequim que a sua mãe cortou, costurou e pespontou.

Dera-lhe a mãe uma fantasia de gomos, losangos de coloridos pequenos balões de belbutina e veludo. Dera-lhe a mãe o ensejo de pela primeira vez divertir-se no baile de aleluia, de dançar numa festa de música de cordas e de sopro.

Todavia, decididamente Maria deixou antes do banho o arlequim, os novos sapatos rasos e de arreata sobre o lençol estirado de sua cama.

E quando chegasse o momento de se vestir para o baile ela ficaria nua, inteiramente nua e nua enlaçaria seu pescoço com um laço de corda velha. Que a mãe assim a conhecesse. Nua e morta.

Maria Pudim não foi mesmo ao baile de aleluia e quando sua mãe a chamou para almoçar somente se certificou que a sua única filha insistia em comer, em comer demais. Apenas isso.

Salviano

FICA VAZIA a morgue e as rosas que murchavam em coroas, enormes coroas encostadas nas paredes não deixam mais à mostra aquelas letras que douravam as largas fitas roxas.

Automóveis levaram-nas. Levaram em seguida os castiçais enormes de velas intermináveis e não demorará que também carreguem o esquife, retirem do cadafalso o cadáver que olha para cima sem poder ver o teto.

Esqueceram-se de fechar-lhe os olhos, de passar-lhe um lenço por debaixo do queixo e atá-lo na cabeça também olvidarem. De quando em vez da boca aberta sai uma mosca e pousando sempre e sempre nos dentes que os lábios repuxados não conseguem encobrir, outras moscas, asas de pouso incerto, volteando às cavernas do nariz afilado, adejam e descansam na testa sem cor.

É um cadáver sem dono o corpo de Salviano. Se alguém velou-lhe a morte foi uma conveniência. Se alguém chorou-lhe a desgraça não foi por amor.

De tanto odiarem a morte inesperada de Salviano viram-no de longe, aceitaram o seu enterro como um sacrifício a cumprir e de comum acordo concordaram os parentes fosse o sepultamento no mesmo dia.

Há cinco horas, apenas desde o meio-dia Salviano usa uma gravata que nunca mais será enlaçada. Já mandaram retirar todas as coroas, agora nenhuma vela de chama impassível se encontra acesa.

Querem enterrar Salviano agora mesmo. Querem enterrá-lo antes que Adília chegue do engenho, antes de Adília saber que Salviano é um defunto querem vê-lo no cemitério, à beira da cova aberta às pressas querem o caixão do desgraçado, caixão sem ouropel nem alças douradas.

O coveiro gorjeteado espera e se a petição dirigida ao chefe de polícia tiver sido deferida não demorará que o coveiro trabalhe, comece a encher o buraco que ele mesmo abriu.

A tarde avança, nuvens cinzentas da noite que chega embrumam a paisagem e o crepúsculo se denunciando prematuro desfalece o sol que se afoga lá p'ras bandas da lagoa.

Nada resta a fazer. Quando receberam o deferimento do chefe de polícia fecharão o caixão com marteladas sucessivas, e depois de carregarem o esquife com pressa e com pressa entregarem ao coveiro o cadáver que será jogado numa sepultura rasa – depois de terem tudo isso com a morte súbita de Salviano voltarão para casa, como se houvessem enterrado um condenado entrarão nos automóveis e sem nenhuma crispação nos rostos embrutecidos afastar-se-ão da morgue que não escutou choro nem lamentação.

Maceió pela primeira vez assiste a tamanho despropósito.

Nem os leprosos que morrem em isolamentos, pavilhões distantes de um bairro sem condução jamais foram enterrados com tanta ânsia. Esperam um dia e uma noite, sempre esperaram vinte quatro horas para levantar a parede de tijolos do carneiro aberto.

Todavia, na casa da amante o chefe de polícia se encontra e quando a amante a afaga nem o governador tem força para interromper a carícia que se prolonga, interminável enlevo nunca interrompido.

Porta com aldraba, janelas cerradas, quintal policiado por um cão que não teme revólver nem cacete é a casa da amante do chefe de polícia, construção antiga, achalezada, sem platibanda.

De difícil acesso devido ao muro perfurado por ferros pontiagudos, cacos de vidro enterrados na argamassa antiga, o "rendes-vous" do chefe de polícia é um reduto de biqueiras. Ai de quem procurar o chefe de polícia nessa casa que nunca se tornou suspeita, casa que ninguém ousa identificar, casa desconhecida pela vizinhança, por todo mundo.

Imprevisto esse que não fora conjecturado por ninguém da família de Salviano, entrave esse que forçou o encarregado da morgue a reacender as velas de pavio longo, causa também de vexames porque nenhuma flor das coroas modestas poderia ser recuperada.

Por safadeza venderam as flores, todas as flores das coroas foram vendidas ao agente funerário, com abatimento de vinte e cinco por cento fizeram esse negócio.

E não há mais tempo de enterrar Salviano que continuava de boca aberta, dedos entrelaçados no peito imóvel.

Fechado já foi o portão do cemitério e por entre as grades que se alevantam sobre um alicerce de pedra vêem-se apenas vultos de túmulos, criptas escurecidas pela noite que tomba.

Badalou o relógio do hospital a última pancada e de seis horas já passam minutos, insuportáveis minutos para os parentes de Salviano que não vestem preto nem choram.

Num grupo eles confabulam lamentando seu passado apolítico, condenável conduta. Se fossem da situação, se ao governo pertencessem já poderiam estar em casa, e do chefe de polícia não teriam tomado conhecimento.

Embora ricos os parentes de Salviano não têm topete para abordar o Diretor dos Correios e Telégrafos, exigir-lhe telegrama algum que avise a morte de Salviano não seja expedido para Santana do Ipanema, fique retido, Adília sem poder saber da notícia cruel. Voltam a confabular e um deles que havia ido mentir à direção da rádio-difusora, dizer à Seção de Anúncios a última vontade de Salviano deveria ser divulgada, da esquina mais próxima volta ofegante, escutando a notícia do falecimento de Salviano no rádio de um botequim surge na calçada sombria enxugando da testa um suor grosso.

Dispersam-se mais reconhecendo o erro da tocaia numa rua sem árvores, rua iluminada por pontes de luzes descobertas, luzes sem globos nem protetores, voltam os parentes de Salviano à calçada e na porta da morgue se postam, à maneira de investigadores perscrutam o longínquo da rua deserta.

Não estão armados. Revólveres não esfriam coldres tampouco nenhum punhal se esconde em bainha que paletó fechado não deixa ver. Todavia, punhos não faltam para impedir a entrada de Adília na morgue, agora sem ninguém, sala acimentada onde Salviano esfria, apodrece.

Suponham chegue Adília no noturno, e acreditando Adília venha a despistar, apareça somente horas depois, madrugada adentro, em vez de descer do trem se dirigindo à morgue só apareça no fim da noite, são todos eles homens alertas.

E esses homens que não praguejam, apenas mordem os beiços nem soltam palavrões, também não se entendiam; esses homens implacáveis não querem ser surpreendidos, de modo algum iludidos.

Decidiram-se a defender os seus caprichos e por isso vigiam a rua, guardam a porta escancarada da morgue sem velório. Serão eles a noite inteira vultos sem capote que Adília vislumbrará se de longe enxergar bem. Vultos que chegaram a ficar sobressaltados quando o leiteiro da madrugada morna foi vislumbrado no princípio da rua sem cães.

E todos eles, ansiosos vultos de calma aparente também outra vez se enganaram quando em vez de Adília viram um moroso guarda noturno esgueirar-se pelas paredes, casas sem batente nem mendigos no meio-fio empenumbrado.

Outrora sadios, dantes equilibrados os quatro irmãos de Salviano não se intimidavam mas agora o menor ruído lhos sobressalta, aniquila-os depois de crispar-lhes as faces silenciosas.

Transtornou-lhes a morte de Salviano, a certeza de que Adília virá ao enterro os deprime, aniquila-os embora a resistência de todos eles não tenha sido atingida, intacta ainda se conserve a fibra dos sertanejos resolutos.

Vem correndo num carro, faróis acesos encadeando gatos na areia de rua sem árvores mas foi apenas um susto porque os passageiros são prostitutas que cantam e cantando chegarão à peixada noturna da Lagoa Manguaba.

As mulheres nem olharam os quatro homens que avançam até ao meio-fio sempre perscrutadores, sombrios, e continuando elas a cantar, como se não tivessem visto a morgue acesa insistem as decaídas em repetir estribilhos de música regional, samba de breque dengoso.

Depois, o silêncio pesado de uma noite sem vento, solidão intensa que nenhum canto de galo chega a romper.

Do outro lado o muro branco do cemitério plano, retângulos de argamassa se enterrando na areia suja, sepulturas que o vento não varre, cruzes e estraçalhadas coroas dominadas pela noite indomável.

Todo plúmbeo o céu sufoca as estrelas e o calor aumenta quanto mais fraco se escuta a marulho da lagoa lambendo as baronesas das margens.

Em Santana do Ipanema também a solidão recobre os lajedos e na casa-grande do banguê sem canavial Adília se abana, leque catando vento para o seu peito arfante. Sabe da morte de Salviano e nem por um instante sentiu vontade de ver o morto que ela empobreceu, bacharel de anel no dedo que ela ensinou a jogar, sujeito desfibrado que ela viciou na bebida, uísque encharcando-lhe as vísceras preguiçosas, sem vontade.

Se quisesse lembrar-se-ia do primeiro encontro mas Adília prefere continuar se abanando, sempre sem pensar em nada que a prenda a recordações de desfecho lamentável.

As pulseiras, os brincos, o colar com que Salviano lhe enfeitou o pescoço, todos os presentes de há muito esquecidos no escrínio marchetado, as cartas, os telegramas, as rosas que o calor murchou nas cantoneiras – nada disso perturba Adília, agora solitária e imersa na escuridão da varanda deserta. Dir-se-ia jamais houvesse conhecido Salviano, nunca tivesse escutado a sua voz doce que lhe prometia viagem e amor em clima de neve eterna. Chile, Paris depois Suíca, pouco se importando de terminar a vida na casa-grande do banguê, terminar falido depois do dinheiro ter sido gasto em cheques sem conta. De limitado horizonte Adília seria o seu mundo.

E Adília também não faz questão de rememorar a noite do rompimento, noite em que Salviano não a viu, noite de bêbado caindo nas valas da estrada enlameada. Noite em que o corrompido não pode ver Adília jogando paciência, a insensível Adília aos apelos do Salviano que não batia à porta, mas a arranhava, com unhas de gato riscava o verniz das tábuas cerradas do quarto silencioso.

Arrasou-o e não sentindo remorsos Adília abandonou Salviano numa noite de chuva pesada, de propósito ao escutar o automóvel do amante transpor a porteira foi se trancar na camarinha. E nunca mais quis vê-lo.

Repete o rádio a transmissão da morte súbita do advogado Salviano e Adília trocando o leque de mão continua a se abanar, a abanar-se com a mesma cadência, com o mesmo ritmo que de leve lhe agita as carnes dos seios fartos. E não demorará que Adília vá dormir um sono inteiro de tranqüilidade incomum.

Dormir pensando na venda dos bois de suas terras, antigas léguas de engenho, agora de fazenda onde o capim viceja e a irrigação torna fofos os alqueires.

Dormir pensando em qualquer coisa menos no amortalhado Salviano que o rádio de vez em quando enluta.

Jaguaré

AGORA, AMADEU não precisa mais de relógio. Sabe muito bem nunca mais precisará saber das horas e pouco se lhe importa seja comprida a noite.

Um sono doente impede a velha de ver Amadeu fumar, cigarro no canto da boca sem fumaçar-lhe os bigodes, cigarro lentamente se transformando em cinza, cinza que esfria e teima em não cair no peito descoberto.

Os braços enrolados por trás da cabeça, que não dói mais, os dedos sentindo as carnes do pescoço sempre tão branco. (Repousando como se pela primeira vez pudesse afugentar o sono, Amadeu pensa e raciocinando sempre a mesma coisa, esfrega as mãos; não se recorda de ter visto antes a escuridão do quarto nem o vulto do guarda-roupas como uma porta surgida não sei de onde).

Nenhuma lembrança de ter aquecido o colchão com os olhos abertos, escutado o vento da noite, visto nuvens desembestadas apavorarem madrugadas pela janela entreaberta.

Nenhuma recordação tivessem relâmpagos incendiado-lhe as pestanas, sempre volvidas para a parede onde o retrato de Jaguaré imperava numa moldura.

Procurava a cama já cheio de sono, era bocejando que Amadeu vestia o camisolão, havia tempo que a velha era para ele, velha demais. Entre eles a intimidade tinha cessado havia anos mas Catarina exigia um beijo, todas as noites entregava a Amadeu seus beiços moles e depois de benzer-se avançava até à boca de Amadeu suas gengivas murchas onde nenhum dente se implantava para mascar fumo.

Amadeu sempre dormia assim, de repente, quando descalçava os chinelos já estava sonhando, procurando a cama de ferro fazendo barulho, arrastando sem pressa os pés no corredor estreito, pequeno.

Talvez Amadeu nem sentisse o beijo de Catarina, com o sono ferrado fosse beijado pela mulher. Dormiam nos fundos da casa num quarto sem forro, paredes grossas, marretadas certa vez para abrir uma janela dias antes de Jaguaré nascer. O balcão da loja onde fora a sala de visitas, depois cercado por gavetas onde Amadeu viveu vendendo rendas, presilhas, medindo no metro amarelo de madeira ordinária braçadas de fitas, fitas largas e estreitas, fitas brancas, azuis, cor-de-rosa e vermelhas surgidas das suas mãos à maneira de serpentes.

Amadeu fizera planos, desejara sair de Santana do Ipanema, revê-la somente anos depois como um homem rico, entrando na cidade pela estrada do Monumento, buzinando alto, chispando num automóvel de cor berrante.

Queria viver em São Paulo, enriquecer no Sul, ganhar dinheiro num meio estranho, ele sozinho vencendo tudo, prosperando sempre. Sonhava com o barulho da metrópole no silêncio dos dias quentes e sempre depois do almoço folheando revistas estragadas, queria cruzar avenidas e ruas que as páginas estraçalhadas mostravam.

Embriagava-se com os pensamentos fixos, sempre repetidos, sempre os mesmos como nuvens estateladas de tardes sem vento.

E via-se despedindo-se de Tibúrcio Fogueteiro, ganhando dinheiro de Padre Bulhões quando fosse pedir-lhe benção; alcançando Maceió depois do caminhão deixar atrás de si retas vermelhas da estrada de Palmeira dos êndios; caminhão contornando os precipícios do Tabuleiro do Pinto numa marcha de aleijado, vagarosa, minutos antes da capital de Alagoas surgir nos casebres de Bebedouro.

Sem conhecer a estrada, revia-a sempre como próspero caixeiro-viajante de rota contumaz. Era escutando as pabulagens de Zé Pó que Amadeu aprendia coisas, ficava sabendo que o mar de Maceió era domado por trapiches, donde alvarengas desatracavam carregadas de fardos de açúcar, visando cargueiros e paquetes fundeados longe, bem distante da praia.

Naquelas noites de aventuras narradas no pátio da igreja, Amadeu sonhava com as histórias que o chofer de caminhão dava cunho de verdade, coloria-as com tinta forte até que a cozinheira do Hotel Ipanema descia pela escada dos fundos e abrindo o portão como quem não quisesse nada se perdesse no beco.

Nessas ocasiões Amadeu revia Catarina como um trambolho. Odiava-a quando sentia ser impossível largar-se mundo afora, viver distante de Santana do Ipanema.

Não devia ter-lhe falado, com as suas poucas falas de analfabeto ter dito a Catarina que gostava de seus modos.

Continuava Amadeu sonhando aventuras mas não era besta de fugir. Tinha medo da fome e quando via mendigo pedindo esmola sentia vergonha. Mas enquanto não se decidia, ficava vermelho ao cruzar com Catarina, detestando-a apenas quando os seus sonhos se avolumavam durante o seu trabalho de enxada no cercado de Padre Bulhões, sonhos sempre presentes quando aprendia a ler estudando na cartilha da escola noturna, depois de amansar mulas durante as tardes, animálias depois vendidas como montaria de chouto.

Mas o seu pensamento nunca deixava de fremir, estivesse Amadeu capinando ou de cabresto em punho, quando a sua imaginação inventava e via em seguida com nitidez uma cidade estranha, terra longínqua o acolhendo como a terra que ele lavrava.

Nessas ocasiões Amadeu se enternecia e murchava os olhos como se estivesse em cima de uma cabrocha... Delirava, às vezes. E, com os olhos soltos não via mais as águas sujas do rio nem escutava sequer os roncos da cheia de junho a ensurdecê-lo.

Esquecia-se de tudo, vendo somente a cidade grande que as folhas de revistas de barbeiro lho haviam, certa vez, mostrado impressionado. Vendo as ruas de São Paulo, as avenidas de São Paulo cruzadas por viadutos de cimento armado, sonhando e se esquecendo que Padre Bulhões sabia repreender, danar-se-ia se o visse de queixo apoiado no cabo da enxada.

Não era filho de pai rico, sendo pobre não poderia devanear.

Desconhecia até mesmo o pai, se fora a própria mãe quem o abandonara detrás do altar-mor. Amadeu não tinha certeza.

Durante o dia aquelas fugas para uma cidade que somente conhecia por fotografias e de noite aqueles outros sonhos que traziam Catarina com coxas de mulher feita.

Coxas vistas uma vez sem querer, coxas peludas e grossas esmagando-lhe a cabeça com pesadelos. Coxas jamais esquecidas desde uma tarde rasgada por zurros de jumentos que atropelavam no cercado da baixada, vizinho do tanque público onde lavadeiras ensaboavam sujeiras.

Já conhecia Catarina, sabia o quanto cabeludas eram suas pernas que subiam a ladeira de Camuxinga para deter-se em barracas de sábados de feira.

Era aos sábados que a feira atraía Catarina e de lá da porta da igreja Amadeu a espreitava, aguardando-a com os olhos cheios de gula, sentindo o coração atordoar seu peito largo.

Então, começava a possuí-la, era de longe que Amadeu namorava a Catarina desatenta, seguindo-a apenas com os olhos, nunca se atrevendo a barrar-lhe os passos, ver de frente a ruiva de seios túrgidos que pechinchava comprando abóbora, pimentão e jacas que vinham dos sítios em caçuás.

Amadeu continua se recordando. O cigarro seca-lhe a boca, a tosse que lhe aperta a garganta obriga-o a sentar-se e ainda na cama acende a luz.

Lá está um retrato que Amadeu detesta, à parede caiada um retrato amarelece uma antiga moldura. Não parece mas é o retrato do casamento de Amadeu, a fotografia não tem grinalda mas é um instantâneo batido na sacristia logo depois de Padre Bulhões ter tirado dos ombros a estola que manchava de escarlate a sobrepeliz.

Os anos não lhe perturbam a memória, todas as vezes que relanceia a fotografia Amadeu se recorda, como agora, dos soluços da noiva. E a Catarina amuada lhe invade a recordação com olheiras de quem velou, chorando durante a cerimônia, atravessando a nave ainda de nariz vermelho.

Uma Catarina tão diferente daquela outra, que não corou nem sequer abriu a boca, quando Amadeu lhe apalpou as carnes da bunda como quem apalpa travesseiro lá no crepúsculo dos lajedos onde desafiadores relinchos de éguas, ecoavam; uma Catarina diferente, sem choro nem venta escarlate, uma outra Catarina, decidida Catarina que voltou no dia seguinte porque quis, porque gostou de se entregar em pleno campo, ser de Amadeu que a encontrou deitada na terra cheia de sombra, tudo isso sem ninguém ver embora eles estivessem vendo a torre e vislumbrassem Davino, sacristão tangendo bronzes de sinos fúnebres. Tudo isso sem nenhum grito de dor levado pelo vento que corria manso.

Amadeu quer levantar-se, beber água, mas antes de atravessar o quarto se recorda da única violência daquela tarde: estraçalhara, sem aperceber-se, reduzira a frangalhos o porta-seios de chita de Catarina.

E a lembrança do primeiro sábado de fevereiro aviva-lhe carrancas de testemunhas que cavaram fisionomias contrafeitas nos tijolos à maneira de quem estivesse escutando decepcionante testamento.

Ninguém enfatiotado na cerimônia apressada, um leque, sequer, nas mãos da madrinha ofegante. Sem o fraque, como poderia o juiz lembrar um gafanhoto? Cochichos, Resmungos.

A sala sem cheiro de rosas, nada que lembrasse bodas nas janelas despidas. Bem diferente da cerimônia da igreja, onde havia cravos enbranquecendo o altar, e sinos, todos os sinos repicando depois de um amplo sinal-da-cruz de Padre Bulhões lhes retalhar as cabeças.

E como se esquecer do tapete onde seus pés se detiveram antes dos joelhos se dobrarem nas almofadas; como se esquecer da fala de Padre Bulhões, logo a dele, nunca escutada quando os outros se casavam!

Antes Padre Bulhões exigindo que flores de laranjeira não rebentassem perfume entre as mãos da noiva enrubescida. Que Catarina se casasse como uma amasiada que depois se torna esposa na presença do Cristo. Nada de simulacro, nada de mentiras sob o olhar morto do Cristo Crucificado. Catarina se casasse de vestido comum, exibindo qualquer cor exceto a das virgens que procuram a casa de Deus vestidas de branco, calçadas de branco, coroadas com grinaldas de jasmim. Sim, era o seu castigo. Padre Bulhões punia assim os precipitados, com essa singular exigência ele impunha penitência, constrangia.

Com a boca esturricada e sentindo uma sede desconhecida Amadeu avança, chega à cozinha ainda se lembrando da voz de Padre Bulhões vibrando no sermão de advertência, dando graças à Santíssima Virgem por não ter Catarina ido parar na Rua do Fogo, ter Catarina pecado e insistido no pecado somente com ele, Amadeu.

Os curiosos estarrecidos, surpresa para Amadeu que jurava não ser Padre Bulhões, seu pai-de-criação tão implacável e numa ocasião como aquela abrir a boca para malhar Catarina, logo ele que não gostava de subir as escadas do púlpito nem para saudar o Bispo.

Amadeu ainda quer beber água mas esquece o copo cheio no mármore das moringas e retorna ao quarto sem sentir a febre dos lábios esturricando-lhe a boca, onde dentes amarelos se enfileiram desordenados.

Catarina continua dormindo no quarto iluminado por luz forte. Uma Catarina desacordada que não escuta os chinelões arrastados por Amadeu nem se sobressalta quando o velho tropeça num tijolo frouxo. Ela dorme, sem ricto sua face ressona, sem amargura nas feições engelhadas Catarina repousa e desconhece que Amadeu está de pé se revendo na fotografia sem pose, instantâneo depois ampliado por um curioso.

Ah! se Catarina soubessse por onde anda o pensamento de Amadeu! Ah! se ela duvidasse, porventura, que Amadeu insiste em se lembrar como inexpressiva fora a sua primeira noite de casamento!

Mas Catarina não pode saber nada. Seus cabelos continuam incendiando o travesseiro de lã-de-barriguda e somente o seu nariz dá sinal de vida quando se dilata numa respiração ofegante. Catarina a tudo ignora. Talvez esteja sonhando, talvez durma num profundo sono vazio.

E Amadeu insiste em querer se lembrar da primeira noite de casamento; noite sem segredos, noite em que nada fizeram, porque tanto ele quanto Catarina já se viam, se encontravam com indiferença, como se se conhecessem de sobra, e um olhasse o outro sem enlevo, chateados se interrogassem, ambos sem sentir aquele antigo desejo, indomável desejo que os unia em descampados como animais.

Noite em que ambos maldisseram do casamento, esconjuraram-no. Noite de desilusão, porque mesmo antes da madrugada, tanto Amadeu quanto Catarina já se sentiam enfadados, pressentindo que a vida em comum os separaria.

E antes do relógio badalar na madrugada, eles não tinham mais dúvidas, sem se tocarem já eram inimigos, sem se falarem já se odiavam. E um choro arrebentou a mudez de Catarina, até então no meio do colchão, sentada sem prumo, de borco; não se falaram, nenhum deles disse, sequer, coisa alguma, mas embora emudecidos tivessem eles certeza absoluta de que haviam errado, perdidamente errado quando consentiram casar-se.

Não havia mais jeito. Brigariam, ela seria espancada depois de dizer desaforos, quebrar pratos, sacudir pires nas paredes caiadas. Ele, Amadeu, abominando Padre Bulhões, desejando tudo de ruim ao homem de batina, ao crente que o condenara depois de prendê-lo a uma mulher, que seria sempre sua, sua para toda a vida, sem precisar proclamas, certidão de nascimento, aliança.

Mesmo antes do coito, quando as promessas se avolumam e as juras fluem, jamais eles falaram em casamento, ter filhos; queriam, sim, se encontrar todas as tardes, sem ninguém saber se amarem no campo como animais. Livres, amarem-se à estrebaria abandonada que servia para isso mesmo, quando chovia eles iam para lá e escutavam a chuva depois de se beijarem como doidos e como doidos sentirem no corpo o calor de um suor intenso.

Tinham, ainda, as ribeiras do Camunxinga, a estrada sinuosa do Monumento, e o muro do cemitério sempre deserto era outro refúgio.

E devido ao padre perderam tudo isso. Nunca mais poderiam sentir o cheiro morno dos sabugos quando se escondiam no silo abandonado, tábuas podres. Nunca mais poderiam se sentir livres, despreocupados se encontrarem ouvindo o marulho do rio. Teriam que suar para viver e suados se odiariam, sentir-se-iam condenados, arrebentados como sapos que houvessem perdido o caminho da lagoa e ficassem esperando a morte longe das águas.

E Amadeu se lembra de que na véspera do casamento as estrelas daquela noite cintilavam implacáveis. Lembra-se também que não pensou em fugir, se o fizesse seria capturado, Padre Bulhões tinha força como gente grande, seria detido e de mãos amarradas voltaria a Santana do Ipanema para recomeçar a vender rendas, botões, jardas de morim, metros de cretone. Vender pasta de dente, pentes, espelhos e carretéis, arrumados em prateleiras de uma loja, a dele, aberta e sortida pelo padre punidor.

Loja idealizada pelo padre, benta pelo padre que após esse ato deixou-o sozinho, como perdido, encurralado pelo balcão, à espera do primeiro freguês.

Durante todo o mês de janeiro se habituando ao novo modo de vida, durante todas as noites prestando contas ao padre que o escutava cismarento, depois de ler o caixa diário numa folha de papel garatujada de algarismos.

O padre o experimentava. Dera a Amadeu uma loja que também tinha uma secção de víveres, a loja mista como prova dos nove; seria o seu afilhado, comerciante de armazém? ou se sairia melhor negociando artigos importados de Maceió e Recife?

Entendia padre Bulhões que o comércio prendesse Amadeu à cidade agreste e nunca mais ele quisesse viajar, viver em São Paulo, ficar rico por lá – coisas que Amadeu contou ao ver-se descoberto devido aos vômitos que empalideciam Catarina, tornando-a arredia, birrenta.

– Foi você? – A voz de Padre Bulhões trovejando, voz aos poucos se aveludando, capciosamente se tornando mansa à medida que Amadeu se obstinava em reparar o erro, não podia, não tinha dinheiro e ele, Padre Bulhões, certamente não queria ver Catarina à cozinha, no lugar de uma negra.

Catarina não era uma miserável, tinha pai, tinha mãe, mãe que todos os anos ia a Maceió tratar dos dentes. Catarina sempre tivera posição, era de outra classe. Reconhecia o erro, se morresse sem antes se arrepender estaria condenado ao inferno, mas como se casar, tornar-se marido de Catarina se nunca vestira um paletó, sempre andara em mangas de camisa?

Catarina filha de boiadeiro, o pai de Catarina possuindo açougue e dinheiro nos bancos da capital do Estado. Ele, ó!, e mostrou ao padre os remendos que cicatrizavam a sua camisa de madapolão, enquanto dizia já estar preparado para cumprir pena de defloramento.

Padre Bulhões o encarando e vendo em sua imaginação caixotes, fardos, toda uma carga de caminhão enchendo uma calçada, a calçada da loja que seria de Amadeu – todo um carregamento empoeirado à espera do novo comerciante, depois de ser trazido por léguas e léguas de estradas sem asfalto.

A imaginação de Padre Bulhões começou a ver Amadeu engordando, cinturão estufando-lhe a barriga, jogando gamão, politicando, melhorando sempre, fazendo o que nunca pensou pudesse por ele ser executado, sob os caprichos de sua vontade se esquecendo dos tempos duros de sua existência órfã.

O Amadeu que queria viver conhecendo o mundo depois de ficar rico em São Paulo, esse mesmo Amadeu iria tratar com caixeiros-viajantes, encomendar-lhes dúzias de chapéus, capotes para os invernos sem data dos sertanejos reiúnas de elástico para os majores e coronéis do município.

Amadeu, levando a vida de um comerciante que não temesse o correio nem o telégrafo, não renovasse letras-promissórias, não aceitasse hipoteca nem a hipoteca se sujeitasse.

Padre Bulhões descruzou as pernas quando em lugar da loja a sua imaginação começou a ver uma bodega onde Amadeu falsificava cachaça de litros verdes, batizando-a com água do pote. De tamancos, barba por fazer, mau hálito apodrecendo-lhe a boca onde cacos de dente restavam para ferir-lhe a língua, assim o padre viu por instantes o rapaz que à sua frente repetia estar pronto para cumprir pena de defloramento.

E Amadeu não se esquece do braço musculoso do Padre Bulhões; daquele punho que desceu sobre o seu pescoço como um martelo Amadeu se lembra de quando em vez escutando ao mesmo tempo aquelas palavras que a voz do padre rasgou como quem estraçalha um pedaço de linho: "não o havia criado para ser coisa-ruim".

A madrugada se arrasta e Amadeu esfrega o rosto sem conseguir retirar dos olhos a poeira daquela estrada, o saibro daquela única grande viagem que o levou, a ele e a Catarina até Maceió, visão logo embotada pela paisagem do Rio de Janeiro, metrópole vislumbrada das nuvens, descortinada muito antes do avião aterrizar, logo depois da noite ter-se anunciado e reclames ferirem as barrigas dos morros com letras de gás-neón.

Todo aquele feérico era inconcebível para ele e Catarina, acostumados a ver montanhas desabitadas, habituados a viver em silêncio numa Santana do Ipanema escura e deserta. Sabia que o Rio de Janeiro era grande, mas não imaginava que a grandeza da metrópole fosse estupefante.

Abriu a boca e apesar de velho se abismou como uma assustada criança. Impossível se esquecer de que apertou o braço de Catarina e deu os primeiros passos no aeroporto sentindo medo da vastidão inconcebível. Tresvairavam sem saber que delírio era aquele. Não admitia que uma metrópole pudesse amedrontá-lo, depois de ensurdecê-lo o barulho pudesse confundi-lo.

Vendo tanta gente estranha, nenhum raciocínio o acudia. Repentinamente havia se esquecido daquelas fotografias de cidade grande das esfarrapadas revistas de barreiro, embevecimento de sua adolescência miserável.

Jaguaré não os esperava, o filho nascido fora de tempo, que ele e Catarina não esperavam mais comprar berço (não vingara a primeira gravidez) filho batizado muitos anos depois do casamento ser um hábito asfixiante, esse único filho não surgia da calçada onde táxis se enfileiravam.

Jaguaré, o arqueiro do selecionado do Brasil, Jaguaré, o sertanejo arrancado de Alagoas pelo sorteio militar, o que fora obrigado a tirar certificado de reservista no corpo de Fuzileiros – esse homem de apelido selvagem não transpunha nenhuma das portas, escancaradas portas sem grades nem vidros, portas desvigiadas e abertas todo o tempo.

E ele, Amadeu, sem poder transpor nenhuma delas, sem poder fazer o que os outros estava fazendo, incapacitado de sair daquele enorme saguão borrado nas paredes por cores de tintas berrantes.

Como descobrir o hotel onde iriam ficar? Se ele já se sentia perdido, como poderia locomover-se, arrastar-se nas pernas vacilantes?

E o peito de Amadeu estrebuchou num gemido que lhe desmaiou o rosto depois de corá-lo.

Lavados pelas lágrimas que não rolavam eram seus olhos desencantos. Perto dos sapatos grosseiros a mala de couro cru esperava.

A umidade de julho suporejava-lhe a testa e um suor desconhecido alagava-lhe as mãos grossas, peludas e queimadas.

Depois, um desconhecido perguntando-lhe como era o seu nome, indivíduo que Amadeu jamais viu pedindo-lhe informações, se a viagem havia sido boa, se no avião haviam sido bem tratados.

E Amadeu custou a compreender, não atinava que o rigor de sua concentração de jogadores de futebol fosse como uma prisão. Escutava as desculpas do sujeito calvo com desconfiança.

O emissário da Confederação Brasileira de Desportos mostrando-lhe as credenciais, fazendo mesuras para Catarina, que persistia colada ao marido como se temesse aquele homem bem-falante, gesticulador. A um sinal do paredro uma fotografia foi tirada de perto, já o homem da C.B.D., abraçando Amadeu, chamando-o de você, tratando-o com uma intimidade estonteante.

Amadeu respondendo-lhe com monossílabos, gaguejando procurava palavras de frases que não se completavam. O paredro dirigindo a vida dos velhos, sem esperar por resposta avisando-lhes que depois do jantar iriam ao Maracanã, ainda era cedo, depois de trocarem de roupa poderiam ver Jaguaré, lá na concentração.

Ele, Canor, estava ali para isso mesmo, levá-los-ia ao hotel, servindo-lhes de guia lhos mostraria os recantos de turismo do Rio até à véspera do grande jogo.

Melhor teria sido se eles tivessem chegado dias antes, poderiam ver as belezas da capital do país com vagar. Todavia, garantia não terem eles perdido a viagem. Depois da derradeira vitória do selecionado brasileiro, Jaguaré estaria livre e livre ficaria com eles o dia inteiro, a noite toda, o tempo que quisesse.

Desde que Jaguaré se tornou jogador de futebol, foi ser goleiro do Botafogo, viver da pelota, já seu vício, nos exercícios de sua corporação os negócios de Amadeu prosperavam. A Amadeu pediam retrato de Jaguaré, que Jaguaré lhes mandasse autógrafos, escudos do clube, fl‰mulas do esquadrão invicto. A loja das prateleiras espanadas, brunidas, as mercadorias se escoando sempre pelo balcão novo, onde nos dias de jogo ficava um rádio sintonizando as defesas incríveis do filho de Amadeu. Herói.

Por isso Amadeu estranhou ter desembarcado do avião sem ninguém gritar-lhe pelo nome, vivar-lhe a presença, segurar-lhe os braços, atitudes contumazes em Santana do Ipanema quando nas tardes de domingo a transmissão reafirmava a potência do Botafogo, exaltava o triunfo das camisas pretas e brancas, depois de assinalar a firmeza, o arrojo e a elasticidade do craque Jaguaré.

Santana do Ipanema se travestindo num subúrbio do Rio, torcendo pelo Botafogo a cidade delirava, o município inteiro ciente das intenções do astuto Jaguaré, defendendo o gol com destreza de fera.

E Amadeu estranhou mais uma vez quando no hotel exigiram-lhe documentos, deram-lhe uma ficha para ser preenchida com tinta de caneta automática.

Não estava habituado a isso, abespinhava-se com essas coisas, se amuava com ninharias. Havia tempo Jaguaré amaciava-lhe a velhice, os sucessos do filho revigoravam a saúde de Amadeu, dilatavam a vida do velho, que depois de um pôquer, quando o baralho lhe corou a face com uma quarta dama de ouro, ficou arrastando uma perna e sentindo no braço esquerdo um peso de saco de areia.

Se Padre Bulhões não fosse musgo de uma sepultura rasa Amadeu teria recebido os santos óleos, a pulso teria o padre rabujento lhe ministrado a extrema-unção.

Amadeu não acreditava mais em nada. Também Jaguaré ainda não havia sido descoberto, ainda não era o craque que o país inteiro aplaudia. Naquela época o filho de Amadeu defendia penalties no campo do Arsenal de Marinha e como amador vestia a camisa de um quadro de juvenis. E se não fosse um olheiro do Botafogo, um desses homens que descobrem nas peladas suburbanas jogadores com estigma de futuro campeão, Jaguaré teria regressado a Alagoas numa terceira classe de navio costeiro; teria revertido a Santana do Ipanema como um crioulo miserável e seria na certa, negociante mal de vida, morreria sem deixar nada, pobre como o pai. Depois de cumprir o serviço militar, se não fosse o futebol, Jaguaré teria voltado para o sertão de Alagoas, onde nada de bom o esperava. Um balcão velho e sebento seria o seu único horizonte.

Raciocina aos pedaços, sem finalizar o que sua memória tenta reconstituir, Amadeu começa a limpar da testa o suor que lhe escorre rosto abaixo. Na madrugada morna Amadeu sua. Convence-se que suportaria viver se tivesse apenas escutado a derrota do Brasil, ouvido apenas a transmissão do jogo, daquele jogo sem vitória para o Jaguaré vaiado.

Por que fora ao Rio? Por que se alargara mundo afora, não ficara detrás do balcão, não escutara de longe aquele terrível silêncio pelo rádio, silêncio pior que um linchamento?

E Amadeu repele um soluço que lhe entala a garganta. Se não tivesse presenciado aquele jogo e visto aquele segundo gol dos estrangeiros, se não tivesse adoecido juntamente com todo o estádio depois de um inesperado gol dos uruguaios, gol fácil para o destro Jaguaré, ele, Amadeu, não estaria sentindo vontade de morrer e morto ficar boiando nas águas escuras rio abaixo. Inchado. Irreconhecível.

Várias vezes o clube de Jaguaré perdera, saindo derrotado do campo o Botafogo. Sabia Amadeu até o total desses reveses... Mas eram derrotas decentes, coisas do futebol, não uma desgraça daquela que enlutou o Maracanã, imprevisível sortilégio.

E ele das cadeiras numeradas, ele que nunca havia saído antes do Estado de Alagoas, admirando toda aquela infelicidade que fez calar torcedores fanáticos e transformou homens em aniquilados espectros.

E como aterrador fora aquele silêncio! Silêncio de duzentas mil pessoas respirando a custo; o futebol do Brasil derrotado e o povo deixando o estádio como cadáveres que deixassem o maior necrotério do mundo e pudessem andar.

Na manhã seguinte os jornais malsinando pela primeira vez o nome de Jaguaré: goleiro inexperiente, "keeper" displicente, jogador sem senso de responsabilidade, fora de forma, nervoso. O diabo.

Ele e Catarina com vergonha de voltar ao hotel depois daquele chute que Jaguaré não viu.

Às escondidas ele e Catarina como criminosos deixando o Rio, fugindo da metrópole derrotada, lembrando-se do maior estádio do mundo como uma praga.

Amadeu sem querer abraçar Jaguaré antes de subir os degraus da escada do avião, hélices paradas qual um pássaro sem rumo. Amadeu sem querer passar-se por pai, ser pai daquele jogador que preferiu fazer golpe de vista a deter um pelotaço quase rasteiro, desferido do lado direito da grama.

Sem querer ser nada, nada, sequer um peito frio de desconhecido morto. Como um renegado se sentindo o velho de ovelhas murchas. Ele que queria escutar a balbúrdia da vitória, ouvir ecos de música nas ruas apinhadas, ele que já sentia no pescoço fitas de serpentina colorindo seu jaquetão de botões escuros, ele que já se via tirando do bolso um pente para retirar dos cabelos confetes vermelhos, amarelos, azuis – mal podia olhar o asfalto deserto, de tanta vergonha temia os mais sutis sussurros.

E trancou-se no quarto para salgar as rugas de seu rosto com a pujança de um pranto incontido. Catarina também chorava. De costas eles soluçavam, com vergonha que um pudesse ver as lágrimas do outro, de cabeça baixa, derreados em poltronas opostas, eram eles olhos ardentes. Vergonha de se fitarem. Vergonha de serem pai e mãe do Jaguaré desatento, confiado demais. Durante todo o regresso como inimigos. Amadeu respondendo a Catarina com má-vontade, sem dar atenção às imprecisas indagações de Catarina, lenço no nariz enrubescido e lacrimoso. Amadeu brutíssimo.

Um automóvel correndo dentro de uma noite de Maceió, trazendo-os de volta a Santana do Ipanema num esmo de madrugada fria. Amadeu recomendando ao chofer, aos berros, dedo em riste, que queria atravessar a cidade, entrar em casa sem ver ninguém... Mais derrotado que o Jaguaré vazado.

E agora Amadeu não precisa mais de relógio algum. Pouco importa que o carrilhão da torre da igreja esteja badalando a quarta hora de um dia novo. Pouco importa que os primeiros galos cantem nesse sucumbido fim de noite.

Precisamente há uma hora ele chegou e como se tivesse se esquecido de tudo Catarina dorme e espichada no colchão inunda o travesseiro com seus cabelos outrora rubros.

Amadeu continua fumando, para matar o tempo traga, traga demais o cigarro barato e sentindo novamente sede vai mais uma vez até à cozinha, vai p'ra lá arrastando os pés com barulho.

Decidira matar-se, ainda na última noite de hotel do Rio de Janeiro pensou nisso, mas Amadeu não quer o rio temporário sabendo Catarina, apenas, modorra.

Amadeu queria Catarina submersa por um sono intangível e por isso deixou todo o tempo a luz acesa, o quarto iluminado madrugada afora enquanto pensava, sempre pensando e esperando o momento oportuno para descer as escadas do quintal empenumbrado.

Lá em baixo, p'ra lá dos lajedos o rio roncando numa cheia de julho.

E agora Amadeu caminha, continua caminhando sempre em direção aos redemoinhos e sem pressa vislumbra o sorvedouro.

E ninguém viu Amadeu, ninguém poderia vê-lo se arrastando nas sombras, porque de borrões de mortalha são as cores desta madrugada sem lua.

Camafeu

ERRANDO mais uma vez, presa de uma dúvida acerca da exatidão dos cálculos, Armia recomeça tudo. Essa é a quinta vez que Armia abre uma gaveta onde fichas arrumadas em brancos montes se encontram. Conserva intacto o ordenado, mas faz anos que a vida de Armia lembra a de uma moura.

Sempre à mesma carteira, sempre no mesmo serviço deste Banco de internas paredes azuis.

Brincos não lhe furam as orelhas nem colar enriquece-lhe o pescoço com seus ouros. Mãos níveas, ossudos são-lhe os dedos, faces descarnadas terminando num queixo que lhe ovala o rosto incendiado por olhos de um negror intenso.

Olhos pestanudos, quase imóveis, redondos, olhos sempre acesos bem diferentes dos lábios, agora mordidos, repetidamente mordidos por alvos dentes de compridas fileiras. Suporejando-lhe a testa, freme-lhe o nariz nas duas asas frias.

O relógio marcando horas de uma tarde que vence ventiladores, sombra das janelas abertas, escarnece das sombras. Tão aberto o sol que quietos galhos são árvores de robustas copas, silenciosas folhagens são as roseiras, fanadas desde o amanhecer, acordando já murchas.

Tarde de estupor, lavada, salva de nuvens, como fora a noite passada enlouquecendo gatos no vermelho de telhados ermos, como também fora a última madrugada em que Armia abriu o portão sem sentir a brisa sempre trazida pelo mar.

Desde ontem, a começar da noite de ontem o calor impera, mas se agora a testa de Armia suporeja, se pegajoso está o seu corpo, não é por causa, somente, de temperatura que transformou a bandeira da Recebedoria nuns intangíveis metros de pano.

Faz dois dias Armia não dorme e, ontem ela foi dominada por uma madrugada que debochou do barbitúrico. Dantes Armia gostava de ajeitar a boina, mirando-se via o espelho enegrecido por cabelos de longos fios, abundantes cabelos de volutuosos contornos. Espelho grande à parede do seu quarto, desde a sua infância dependurado para vê-la de olhos enxutos, rosto impassível mesmo quando carregaram a tia, única parenta, também a última, de mãos cruzadas, que se foi num caixão pela porta da sala de visitas.

Da voz do pai não se recorda. A mãe, conheceu-a num retrato, ainda sobre o piano, ar distante como se estivesse mesmo aspirando as gardênias do enorme buquê.

Conservou a cozinheira, embora a deixasse como uma cadela doente, sem tratar-lhe do lumbago, lembrada, apenas, no fim de cada mês para pagar o açougue, a padaria, o armazém. Proibira-a de interrompê-la, em hipótese alguma de ter que solucionar algo quando estivesse lendo. Não receberia a ninguém, jamais estaria em casa para perder tempo com visitas, conversar mole não era feitio seu, preferia a solidão da chácara; – chácara de janelas cerradas, jamais debruçadas, janelas sem namoro, de onde Armia nunca esboçou um gesto de adeus; chácara de casmurra, sempre a conversar consigo mesma, sempre a ler com avidez.

Fora assim toda a sua vida, desde criança preferia livros a bonecas embora persistisse analfabeta até os sete anos. Não mudou, em nada se metamorfoseou, salvo a gosto que se lhe aprimorou com uma exigente autocrítica, olhando com repugnância para brochuras de _xito efêmero.

Nos romances policiais encontrou panos para as mangas. Devorava-os. Caía no sono com um livro de lado, dormia assim mesmo, com luz acesa sonhava em sonos de noites inteiras.

Quando adolescente cortejaram-na, aproximar-se de seu corpo foi querer de muito homem. Aquele seu olhar frio era a barreira, olhar que Armia lhe dirigia impassível, os lábios cerrados a traduzir um não já declarado pelas largas passadas que a afastavam do pretendente.

Gostava de vê-los sofrer, sentia-se eufórica ao saber das lamúrias, desditas confessadas pelo telefone, pelas cartas que lhe endereçavam para o Banco.

Saias pretas e blusas brancas vestiam-na. Sapatos pretos de salto alto equilibrando suas pernas que lembravam jarras. Rica levando vida de monja, bela querendo se passar por bofe. Certa vez declarou trabalhar por não necessitar de dinheiro.

Martela o carrilhão, mas Armia não o escutou. Em plena rua, antes de atingir a outra calçada, desalinham-se-lhe os cabelos e libertos se lhe encontram os braços. A sua bolsa e a sua boina, surrada boina de feltro, encontram-se sobre a mesa em que o preto de uma máquina de calcular pareceu-lhe um enorme rato. Não gritou, ninguém percebera o amofinamento que lhe derreou os lábios sem pintura, naquele instante lívidos, gretados.

Somente à banca de jornais Armia se certifica que não trouxera dinheiro, todavia persistem-se-lhes rubras as faces. Vagueia os olhos e se dirige para o ponto de bonde levando na fechada mão esquerda a moeda que o gazeteiro ainda lhe emprestou.

Nem uma vez pensou em voltar, sentar-se na cadeira, prosseguir nos cálculos que a embaraçaram por cinco vezes; sequer por um instante induziu-lhe a razão de que ninguém faria o seu trabalho, de que ela, Armia, deveria pelo menos fechar as gavetas, encapar com o oleado a máquina de calcular, ao gerente dar uma satisfação.

Nada disso. Voltaria, sim, para a chácara que a vira nascer, trancar-se-ia e em seu quarto desdobraria o jornal; lê-lo-ia. Sim, leria a seção policial, na quarta página ela se encontrava, tinha certeza que nela um crime estaria narrado, desvendado, condenado o assassino que abrira feridas num corpo ainda impúbere, depois de violá-lo e deixá-lo desnudo, de borco, num matagal.

Certeza de que alguém estaria condenado naquela seção, de que um telegrama, não sei donde, comunicava aos leitores um infanticídio em que a criminosa estrangulava o filho cantando, umas cantigas abrindo-lhes a boca numa alegria de noite de casamento.

Não seria mais frustrada, convicta de que um uxoricídio a enternecesse, esfriasse-lhe o coração grosso, embevecesse-lhe os sentidos com a ternura de um último dia de primavera.

Havia uma semana Armia lia, lia apenas jornais. Enfastiara-se dos romances, via-os como coisas inúteis, havia, precisamente, oito dias, quando intactos deixou os volumes da última remessa. Telegrafou. A editora não lhe remetesse mais livros, livros que não mais leria, livros pisados, chutados, sacudidos nas paredes, estraçalhados, enodoando o tapete com o bando de páginas dilaceradas que lembravam asas de pássaros sem vida.

Como se desprezasse o talento, como se negasse os efeitos da imaginação. Queria o corriqueiro, o cômputo de detalhes de uma barbaridade era o que Armia vinha querendo desde a derradeira sexta-feira. Daí os jornais em pilha sobre o criado-mudo, jornais de Maceió, jornais de Recife se acumulando à destra do seu travesseiro. Jornais lidos, relidos por Armia que se sentia presa por um êxtase que lhe aveludava os olhos com regalos sucessivos. Jornais lidos, exclusivamente, às informações policiais, naquelas seções de desajustados, de impulsivos, de covardes.

Não saberia responder se lhe perguntassem por que sofria quando os jornais não publicavam notícias de novos assassínios. Ela mesma não compreendia como aquele novo prazer desabrochara em sua vontade, como aquele gozo não poderia ser substituído por nenhum dos outros antigos gozos que sempre ela tivera. Sim, sempre os tivera.

Então, não era gozo escutar um tempão o abafado som de eletrola encher-lhe os ouvidos, como uma fonte a música banhar-lhe todo o ser, convidando-a a repetir em surdina a canção do disco?

Não eram gozos aquelas suas leituras de noite adentro, aquela sua maneira de viver não era também um modo de gozar a vida? Feliz não vivera durante todos esses anos? Ela mesma não se considerava beneficiada pelo destino até há poucos dias? Intimamente não se sentia arrebatada ao dizer a si mesma que era feliz sem precisar dos homens? Feliz por não sentir a ausência de nenhum deles, feliz por conhecer meio-mundo e o conheceria todo, quando bem entendesse, pois rica, muito rica ela sempre fora? Não se gabava de sua saúde? Quantas foram as vezes que um médico a receitara? Não sabia que a sua memória sempre fora uma virtude invejada?

Contudo, faz dois dias Armia não dorme. Teria dormido, ressonado antes de sonhar se os jornais, um deles, pelo menos, registrasse uma morte em circunstâncias criminosas, uma morte que pedisse punição tamanha houvesse sido a frieza do criminoso.

Suicídio não adiantava, nada sentia após lê-lo. Não fazia questão que o crime praticado enchesse colunas, que se estampasse a fotografia do criminoso ao meio das declarações.

Contentar-se-ia com qualquer crime, com uma morte resultante das facadas, tão comum; deixaria de sentir as dores que lhe verrumavam os ossos, abriam-lhe buracos nas têmporas por onde o sangue circulava quente, veloz.

Já não fazia questão da morte imediata da vítima. Sendo o seu estado gravíssimo, deixaria de sentir as pernas pesadas, tinha certeza de que se lhe acalmariam as mãos, enxutas ficar-lhe-iam as palmas, fazia horas sempre carnes umedecidas.

Certeza absoluta de que se reencontraria, voltaria a ser a Armia de tranqüilos gestos, exemplo de eficiência na carreira que abraçara se um crime de morte viesse a ler, a lê-lo naquele jornal já umedecido pelas suas mãos, já retorcido pelos seus dedos indóceis.

Havia dois dias os jornais arrulhando quais pombas, como se o mundo fosse um imenso pombal de invejável placidez. Acontecimentos vários, inúmeros judas beneficiados pela política, epidemias de febre amarela silvestre, um país arruinado por uma borrasca, memórias de um inútil rei deposto, todavia nada, nada mesmo, do que tanto Armia queria, precisava.

O jornal enrolado entre suas mãos, preso pelos seus dedos que lhe cravavam unhadas. Jornal que lhe metia medo, induzindo-a fosse ele como aqueles dos dois últimos dias.

Não retornaria ao Banco, seria a sua primeira falta no vigésimo-quinto ano de serviço. Pouco se lhe dava que o gerente mamando o seu charuto viesse a pensar isso ou aquilo dela. Que soltasse uma gargalhada ao assentir: "é a idade, é a idade crítica, não faz mal, deixemo-la em paz, a ela não perguntemos nada".

Poderiam sorrir à vontade, pensar o que bem entendessem, que ela estava se aposentando como mulher, que dentro de poucos meses ela estaria arredondada, mesmo balofa, o canto de seus olhos riscado por pés de galinha.

O jornal como um salva-vidas, para Armia, um autêntico salva-vidas mesmo estando a tarde enlanguescida, parada.

O sol dominando os burros das carroças numa melancolia sem fim, enlutando o mar de míseras espumas, tostando as duplas lâminas de sabre dos agaves, fervendo nos canos as águas de torneiras gotejantes.

O jornal como duas vozes que se intercalassem. Não seria ele como os matutinos dos dois últimos dias. Relataria um crime de morte. Abrisse-o. Bastaria abri-lo à quarta página.

Ó! não desse crédito a tamanha inverdade, à quarta tampouco na terceira nem nenhuma outra página se encontraria avermelhada pelas feridas de um crime de morte.

O jornal como duas cores antagônicas. Acre-doce.

E Armia não divisava o amarelo do bonde, não escutava ronco de automóvel que se aproximasse da praça, um providencial carro de aluguel que a deixasse na porta de casa.

O jornal dormindo-a com um vapor de donzela tomada à força. E acabaram de esgotá-la aqueles seus solilóquios, vertiginosas suposições que a obrigaram a se amparar no poste. Reagiu, encheu o peito, iria a pé. Três quarteirões a vencer. e estugou as passadas. Deteve-se ao pisar paralelepípedos da Rua da Igreja, mas não resistiu em ter o jornal debaixo do braço. Lê-lo-ia agora mesmo. Se quisesse veria os ferros da grade de sua chácara, querendo vê-los lá protegidos pelos galhos da buganvília.

Ah! mas para Armia longe se encontrava o telhado de sua chácara, bem longe de suas mãos a maçaneta de seu quarto.

E Armia o leu. Leu-o ali mesmo no meio da rua. Nenhuma notícia de crime de morte em quaisquer das páginas do jornal retorcido.

Não titubeou a sua mão direita. Rápida, firme e precisa ela cravou o alfinete do camafeu de sua blusa, só por uma vez ela o cravou e cravado deixou-o no coração.

Uma Tia

ESTÁ SÓ. Nem o retrato do irmão que poderia olhá-la se encontra na parede. Só, sem ninguém que possa escutar seu coração batendo forte, forte como um pesado martelo castigando seu peito que nunca amou.

Jamais chegou a supor que a solidão a pudesse esmagar, nem mesmo há poucos instantes quando entrou na sala, sentando-se numa cadeira de braços envernizados, Maroquita sentia a angústia que agora lhe trava a boca, num repuxo de congestão a adoece. Súbita angústia que lhe arrasa o ânimo e enchendo-se os olhos de névoa depois os lava com um choro que brota sem força, choro tênue mas salgado como se fosse sangue.

Maroquita não repara a janela aberta. E que da calçada alguém a veja chorando um choro que não é de fome nem de miséria – não atinge o seu temperamento de mulher que nunca se casou. E se sentindo tão desventurada, pela primeira vez se vendo chorar um choro inexplicável. Maroquita sente vergonha de chamar a sobrinha, de ter ao alcance de suas mãos uma alma quase de sua altura.

Chama, sim, a si própria de estúpida e, uma vontade de chorar mais ainda não compele o seu choro de continuar minguado, cheio de sal.

Por mais que esfregue os olhos, as lágrimas não se avolumam nem se perdem lembrando gordas pérolas rolando pelas suas faces.

Dir-se-ia, fosse Maroquita uma carpideira e estivesse chorando uma encomenda de choro doce, silencioso, distante de um amortalhado.

Mas as janelas estão abertas. E o vento que bate nas árvores do parque não tem força para cerrar as persianas com um safanão.

Internos de um colégio sem prisão se detêm na calçada das janelas escancaradas e no princípio da tarde deste domingo de março uma vaia, uma tremenda vaia, acorda a rua que acabou de almoçar e modorra.

Maroquita fecha o punho, deixa a cadeira como quem vai castigar mas ao certificar-se que a vaia é para outrem, mostra seus olhos úmidos aos internos que continuam vaiando uma louca enfeitada de tiras de pano, débil mental dormindo na sombra de um fícus, com as coxas de fora.

Incendeia-lhe os cabelos o sol que lhe tosta os braços e debruçada num peitoril pintado de verde, Maroquita se deixa ficar até que a maluca jogue pedras, comece a soltar palavrões, dizendo nomes feios que se perdem na assuada que se avoluma e se distancia.

A tarde se declara firme. Ventos que varrem a rua trazem poeira do beco e é por lá que a louca e os internos se enfrentam. Ri-se, novamente Maroquita se chama de estúpida e termina aceitando o que temia.

E aperta as suas mãos úmidas, pegajosas, sempre molhadas – mãos dentro de casa ou no jardim sempre suadas, molhando e amarfanhando lenços que tentam arrancar dos dedos o suor fétido. Lenços brutalizados pela vontade de ter enxutas as mãos que querem, mas ainda não puderam ficar limpas como outras partes do corpo.

Mãos que detestam gato, cachorro ou qualquer outro bicho que se lhe enrosque nas pernas. Mãos que não agradam a ninguém nem mesmo a Ilma, sobrinha criada como filha, nem mesmo a essa Ilma, amanhã se vestindo de noiva para um casamento de segunda-feira.

Casamento mal visto, amaldiçoado pela tia que deixará as taças na cristaleira, os garfos no faqueiro de prata que vale uma fortuna. Casamento sem repiques nem testemunhas de roupa nova. Casamento como se a noiva não fosse mais virgem e somente se casasse de branco para não destoar dos lírios do seu buquê pequeno.

Maroquita não ameaçou nem espancou Ilma depois de ouvi-la. Espantou-se, apenas se mostrou surpresa, depois de ouvir, pela segunda vez, as mesmas palavras, sentenças verdadeiras, a princípio desclassificadas, tidas sem valia, quais mentira.

* * *

"Como apaixonada? " E quisera ter-se arrebentado num riso que fosse se abrindo, se abrindo e numa gargalhada terminar depois de crescer em timbre e escárnio. Era perita nisso. Maroquita sempre se utilizava dessa arma quando queria avacalhar alguém. Botava as mãos nos quartos e jogando a cabeça para trás enchia o peito com uma crueldade de riso que crescesse até sufocá-la.

"Como, apaïxonada, vai se casar?" E abriu apenas os olhos que interrogavam, abriu-os como se estivesse acordando, deixando estampado na face um espanto de pesadelo.

Espontaneamente, foi Ilma que lhe disse o nome do namorado.

E somente depois de se sentir refeita, corada e com fôlego, foi que Maroquita se externou num arrebatamento de gestos e imprecações: "case-se, nada posso fazer, você não é minha filha, case-se, pode casar-se, mas fique sabendo, desde já, que está deserdada, perdeu tudo, tudo..." – sempre repetindo as últimas palavras até chegar à cozinha, depois de atravessar o corredor com passadas de macho.

Pela primeira vez Maroquita se via desobedecida, sem forças para impor a sua vontade. Derrotada. Pela primeira vez ouvira voz tão segura afastar os lábios da sobrinha, que a encarava resoluta, impassível.

Sobrinha que não lhe pedia uma opinião. Sobrinha que não lhe contava uma bisbilhotice, essa mesma sobrinha por ela criada debaixo de cocorotes que lhe enchiam a cabeça de galos; essa mesma sobrinha toda a vida íntima, submissa, como o são todas as pobres sobrinhas criadas por tias de dinheiro – essa mesma sobrinha, agora, impunha, essa mesma sobrinha que aprendera a ler com os braços marcados, beliscões com força de alicate de repente se esquecia das equimoses, das bofetadas, dos dias longos sem almoço e jantar na rouparia – esquecia-se de tudo isso para exigir, impor, vingar-se com uma determinação que anulasse todas as suas amarguras e ainda deixasse ranço.

Ranço que de tal forma oprimisse a tia, de tal maneira a adoecesse de impotência e vergonha, mas que não a matasse, simplesmente a deixasse sofrer como uma capenga que andasse mas soubesse sempre que era aleijada, coxa.

Não compreendia a tia e depois de matutar no castigo das quatro paredes, quando saía da rouparia depois de pensar, refletir muito o porquê das reguadas que lhe ardiam as coxas, novamente Ilma caía num choro que lhe adoecia os olhos.

Mas não foi sentada num saco de roupa suja nem nas horas de punição que Ilma conheceu a tia embora investigasse sempre os mesmo indícios, visse constantemente as mesmas sombras. Inimigas. Cruéis.

Quando Ilma teve certeza que a irmã de seu pai, aquela tia de ombros estreitos e cabelos fulvos a criava por não poder viver sem bater em alguém, sem arrepiar a quem estivesse sob o seu mando, não poder viver sem xingar a quem vivesse às suas custas, nesse caso, ela própria – Ilma chorou, chorou como se estivesse apanhando de palmatória, mãos empoladas e vermelhas, depois das orelhas terem ficado ardendo de puxavantes.

E Ilma continuou chorando sabendo porque chorava, sabendo porque continuava chorando grossas lágrimas que não lhe ardiam os olhos claros. Chorando todo um pranto que tinha que ser assim mesmo, grosso e doce, imprevisto e contínuo, pranto de quem soluça de alegria.

A sala cheia, e encurvadas sobre problemas de hipotenusas e raios as alunas sorriram, desdens das colegas no decurso daquele exame da Escola Normal, toda a classe acreditando estivesse Ilma destroçada por não saber os exatos números das operações dos teoremas.

A prova de Ilma já feita, feita e ensopada de borrões que de seus olhos haviam tombado. Prova sem erros, respostas sem arrodeios, mas todos os quesitos encharcados, esmaecidos, difíceis de serem lidos, tantas haviam sido as lágrimas que amoleceram aquela folha de papel almaço.

Não, não era nada, apenas a certeza de ter acertado todas as perguntas. Simples emoção. O professor estranhou. Balançou a cabeça, duvidando. Havia coisa. Falou entre os dentes. Ilma era a primeira em trigonometria.

E Ilma foi para casa comer de tudo que não gostava no almoço silencioso e apressado. Foi para junto de Maroquita já sabendo que era a tia, conhecendo a tia que somente vestia cores escuras de vestidos fechados, gola alta, mangas compridas chegando-lhe até os pulsos, onde nenhum relógio trabalhava.

Tia sem batom nem "rouge" nas bochechas descarnadas. Tia de dedos nervosos, mais alicates que mesmo dedos quando contrariada; sempre tia arreliada, incapaz de uma carícia mesmo quando a missa-campal era anunciada pelo galo da meia-noite e seis meses antes cores incendiadas fugiam em balões de uma noite de pólvora, São João de noite de estrondos.

Para a carcereira de sua adolescência, Ilma voltou pisando no chão sem pressa nem receio, apanhando seixos que sacudiu na água do tanque com barulho.

O sol das onze horas queimando-lhe os cabelos pretos, induzindo-a a lembrar-se do mar, da praia daquele mar que afogava e trazia para as areias rendas de espumas desfeitas.

Ilma exultava, sentia-se entre os coqueiros de Atalaia, escutando gemidos que os ventos deixavam ao maltratarem copas, pendões e palmas. Gemidos que nunca escutou, praia que nunca viu, mas que a sua imaginação de prisioneira concebia com força e nitidez, como se se estivesse recordando.

Dez anos em Aracaju somente vendo o braço de um rio que se passava por mar nas horas de maré cheia; rio de águas turvas, lembrado apenas por lanchas a motor, navios de casco miúdo e por moleques que se atiravam de uma prancha à guisa de trampolim.

De areias só conhecia aquelas, quando a descoberto, perfuradas por goiamuns e caranguejos apanhados durante a noite no lodo deserto, alumiado por candeia. Também desconhecia o poder de uma amizade, eram suas simples colegas as alunas da Escola Normal, nenhuma eleita como confidente, a quem pudesse convidar e reter em casa num domingo de tarde limpa.

Por isso Ilma abominava os feriados, devido a isso tinha Ilma pelas férias horror e insônia. Ficava triste quando dias chuvosos elasteciam horas e duplicando-as obrigava-a a viver mais tempo naquela sua prisão sem grades.

Adoecia, e conhecia o abatimento. Os caminhos do parque eram os seus passeios de solitária, quando lado a lado com a tia, todas as duas mudas, sem trocarem palavra alguma, de raro em raro davam voltas pela calçada de circuito enorme, como duas condenadas viúvas de malfadado destino.

Passeios rápidos, quando muito de meia hora. Os livros esperando-a em casa. Neles Ilma se refugiava, lendo-os ou fingindo estudar, escrevendo composições quando não aproveitava a simetria das páginas de caderno para desenhar claves e notas musicais nas linhas vazias.

Enchia-as com o colorido de uma caixa de lápis, mas quem visse as cores daquelas notas, nunca as poderia classificar de alegres nem de sadias. Eram cores que não se combinavam, cores que apesar de distantes umas das outras se denunciavam inimigas.

Ilma também tricotava. Foi Maroquita que a ensinou a mover as agulhas, a dançá-las nas pontas dos dedos com presteza, comendo fios de novelos brancos e amarelos metamorfoseados em rosas de colchas pesadas.

Foi, ainda, Maroquita quem a prendeu na arte do ponto-de-cruz, relevo de suas blusas de cambraia, vestidas nos dias de missas-de-guarda, nas tardes silenciosas, constante solidão de seu infortúnio, sempre desertas ante aos seus anseios.

Dez anos de tamanha sufocação, mas sem habituar-se à vida que a tia levava e a ela impunha. Sujeitando-se como quem discordasse somente com o silêncio de seus lábios presos, já que seus olhos viviam ressentidos, opacos como vidros sujos, mesmo quando fitava a face de um vizinho, cônego Geminiano, se avermelhar de tanto ódio pelas beatas, quando a conversa se cingia aos fuxicos de sua igreja.

Conversas raras, esparsos diálogos do cônego que arrasava a sua velhice até à saleta onde Ilma acompanhava a morte da tarde pela janela aberta.

Dir-se-ia, Ilma fosse a parenta mais velha, fosse os seus dezessete anos adoecidas semanas de meses sem cura. Fanada, antes de desabrochar. Antes de amar já desiludida.

Faltando-lhe, apenas, o sofrimento de umas lições de piano, renegadas depois de aludidas pela própria Maroquita. Sofria dos ouvidos, sempre e sempre escorriam águas de suas orelhas como se surgissem de narinas doentes. Orelhas lambuzadas de pomada, todas as noites fedorentas pelo ungüento que debalde atacava o eczema rebelde. Orelhas quase tão úmidas quanto as mãos, sempre pegajosas, como se houvessem acabado de tocar no fundo limoso de um poço.

E depois do seu último exame Ilma voltou para casa chutando cascalhos, procurando no caminho seixos que eram chutados, atirados longe; Ilma voltou sentindo vontade de cantar, de abrir a boca em plena rua, de repetir estrofes de carnaval nunca dançado; não cantou nem dançou mas não se conteve ao jogar para longe a última pedra com o bico lustroso do seu sapato preto.

E como se uma liga estivesse caindo, Ilma levantou a barra da saia para mostrar uma coxa alva e nédia para quem quisesse ver.

Não apanharia mais, atinara com o caráter da tia enquanto traçava com a régua um ângulo oblíquo do último teorema. Afastar-se-ia da janela, não arrastaria mais os pés, madrugaria e imitaria até a tia nas leituras de vidas de santos, meditando-as e analisando-as antes de comentá-las. Chegaria sugerir deixar este mundo, viver num claustro como serva de Deus até seu último alento.

A tia queria era isso. Sabia-o. Agora tinha certeza de que Maroquita deixaria de atormentá-la quando descobrisse e depois viesse a saber por ela mesma o seu desejo, vontade irredutível de largar tudo, abandonar todas as seduções deste mundo por um hábito negro, marrom ou branco.

E depois de transpor o portão Ilma abafou a alegria, dissimulou o êxtase que lha arrebentava e, como se houvesse estudado arte dramática encheu de tristeza as faces, de súbito encardidas e murchas.

* * *

Deixa-se ficar Maroquita na janela que escalda sem escutar os gritos da louca perseguida. Já olhou em todas as direções, já deteve os olhos no caminho que achou o mais suspeito, mas ainda duvida, ainda não teve a devida certeza em qual deles Ilma conheceu o namorado, noivo somente de uma semana, afoito sujeito que foi obter o consentimento do pai de Ilma, bem longe de Aracaju, lá pelos sertões das Alagoas.

Namorado a quem ela desconhecia, até o momento de Ilma falar-lhe, dizer-lhe que um rapaz estava à sua procura, queria vê-la, entregar-lhe uma carta.

"Como, apaixonada?" E Maroquita de quando em vez como o faz agora ainda repete essa interrogação, repete-a para si mesma como uma incrédula que visse um milagre e teimasse em contradizê-lo. "Vai se casar?"

E Maroquita ainda não sabe como Ilma arranjou o noivo que amanhã a levará ao cartório e à Igreja. Maroquita volta a olhar todas as ruas que se estiram de parque afora. Encara as encruzilhadas, demora-se perscrutando cada esquina, retorna às frondes do parque, agora mormacento e sem ninguém. Nada. Não consegue saciar a curiosidade, insiste ainda mas nada descobre com os seus movimentos de cabeça que carregam consigo a sua face afogueada.

Sente o logro invadir-lhe a pele mas o domina antes que ele atinja as carnes de seu coração ferido.

Dá-se por vencida, mas ao fechar a janela que o sol queima, Maroquita vê Pureza, a empregada de mais de vinte anos, quase surda, só escuta aos berros – vê Pureza que acaba de descer as escadas do sótão.

E Maroquita começa a raciocinar. Ela, Maroquita, estava enganada, não se encontrava sozinha, Ilma, sim, fora quem perdera, não herdaria mais coisa alguma, a desgraçada era a sobrinha que iria casar-se amanhã com um sujeito sem eira nem beira.

Ela, Maroquita, havia lucrado, tinha a quem descompor e arreliar quase de graça. Com Ilma, despendia... ó! não sei quantas vezes mais... Pureza custava pouco.

E não era mais veladamente que Maroquita admitia somente pudesse viver maltratando alguém, menosprezando esse alguém por ninharias, denegrindo esse alguém por insignificâncias. Não consentia mais nisso em surdina, a meia-voz. Agora inflava, sentia gozo ao ter certeza dessa convicção, outrora relegada a subterrâneos da consciência.

E gritando pelo nome de Pureza, deu berros, quando soube que o retrato do irmão, pai de Ilma, até há pouco tempo dependurado na parede da sala, havia conforme ela quisera sido jogado na lata do lixo com moldura e tudo.

E Maroquita não perdeu tempo. Jogou na cabeça de Pureza um vaso de porcelana, que depois de partido feriu o pescoço da empregada com talhos de vidro ordinário.

Liquinha

O ESPELHO DEVOLVE-LHE olhos mastigados e Ângelo recomeça a ver-se abatido. Não foi essa a segunda vez que Ângelo fechou o livro, escancarou a janela para em seguida dirigir-se ao guarda-roupa, onde um espelho reveste internamente uma das portas.

A leitura obrigava-o a raciocinar, a deter-se em páginas que exigiam releitura, todavia, de súbito se lhe insinuavam dúvidas no espírito, terríveis dúvidas que o punham de pé, induzindo-o a escancarar mais uma vez o móvel.

Dir-se-ia, fosse o livro a causa deste seu cansaço, mas antes, muito antes, de Ângelo abri-lo, suas faces já se encontravam lívidas.

Ainda na rua sentira as mãos aquecidas e um morno ocupado mas sem se sentir absorto nem indiferente ao barulho dos carros ou das vozes dos transeuntes da avenida arborizada.

Instantes de tranqüilidade a que Ângelo não dava o valor merecido. Riu-se e blasonou das idéias que minutos antes teimavam em magoá-lo. Sentia-se tranqüilo. Deixara de rememorar porque quisera. E acendeu um charuto para novamente rir pela boca que tragava um Havana; rir da bobagem que a sua recordação tentara alimentar estrumando-a com saibro e pedras.

E um táxi o veio trazendo Flamengo afora, mostrando-lhe o mar, os jardins de Botafogo, numa marcha vagarosa transpondo o túnel, onde Copacabana começava a ser queimada por um sol de princípio de tarde.

Ângelo olhava as mulheres e enquanto a velocidade do táxi o permitia, ele ia vendo quem podia ver na praia esportiva, suja. Ângelo sentia afogados aqueles pensamentos, nenhum deles a unhar-lhe a sensibilidade. E pondo à prova essa sua convicção começou a lembrar-se quando bem entendia, de algum detalhe, de alguma amarga situação, para esquecê-la imediatamente. Punha à prova sua força-de-vontade, afogando um corpo depois de tê-lo salvo, relembrando para esquecer em seguida, jogando consigo mesmo e ganhando. Nada mais.

E disse ao chofer que ficasse com o troco. Comemorou a convicção de seu ótimo estado de nervos bebendo uma garrafa de vinho espanhol num almoço solitário.

Não seria uma notícia que iria avacalhá-lo. Se se sentira por momentos espezinhado, se na cidade permanecera instantes ruminando aquele desenlace, foi, simplesmente, por ter sido ele imprevisto. Disso tinha certeza. E molhou a ponta do charuto no licor da sobremesa.

No apartamento vizinho uma mãe descia punhados de cocorotes numa filha endiabrada e a dor saía pela janela nuns gritos sucessivos, escutados por Ângelo com indiferença.

Na esquina uma buzina defeituosa funcionava com o automóvel parado e já se escutava gritos de duas lavadeiras na calçada do edifício.

Ângelo alheio às pendengas, escutando o relógio dar duas marteladas surdas, para retirar da estante o livro que foi aberto sem pressa. Nem os gritos da criança nem o alarde da buzina tampouco as arengas das duas pretas, nada disso conseguiu desviar a atenção de Ângelo, então já no fim da décima página, pulando parágrafos como se seus olhos fossem cavalos e as letras cercas.

Era a quarta vez que lia aquela livro de escritor russo do século dezenove. Era, também, pela quarta vez que não lia os mesmos parágrafos, eles não o interessavam como se já os soubesse de cor e os detestasse. Mas certos capítulos depois de repelidos eram anotados, nas margens das páginas suas conclusões expostas com letra firme.

A tarde avançando barulhenta; na rua sombreada por amendoeiras novas a tarde espichando sombras nas esquinas onde operários se arreliavam, gestos obscenos e discussões acerca de umas mulatas do último baile.

Ângelo lia de pernas cruzadas, charutando sempre, atento apenas ao romance que castigava a todos os personagens, salvo a amante de um velho dipsomaníaco; lendo sempre, já de todo esquecido daquela notícia, a ele transmitida com intenções inconcebíveis; continuando a ler como sempre lia, sem prestar atenção a não ser à leitura, esquecido estivesse a tarde declinando e antes da noite Liquinha estivesse casada.

Se Menescal soubesse do casamento de Liquinha, pudesse falar, fosse um amigo ao invés de um gato que ronrona no molejo do sofá marrom, certamente interpelaria ao redor do romance russo, açodar-lhe-ia o espírito, fustigando-lhe a memória pediria provas de seus brios.

Onde estava a sua masculinidade tão reconhecida pelas mulheres? Que fora feito de sua sensibilidade? Onde ele, Ângelo, se encontrava? Num outro mundo, evidente, pois, não dava a menor importância ao véu de Liquinha, que não demoraria a roçar no tapete da igreja, passadeira entre os bancos somente nas tardes de núpcias.

No sofá onde Menescal é um gato felpudo dormindo espichado, nesse sofá onde Menescal se aquece como se estivesse sob uma réstia de sol, Liquinha nunca se sentou e jamais nele poderia deitar-se.

É no quarto de Ângelo que o sofá se encontra, é na peça onde Ângelo lê, escreve e medita que o sofá foi armado e empurrado para um canto de parede por dois portugueses de cara rapada que cheiravam a cebola, mascavam fumo, e gesticulavam com mãos enormes de unhas sujas.

Quem o inaugurou foi Menescal; antes de Ângelo recostar-se no fofo do espaldar já Menescal provava das carícias de uma fazenda que não era veludo nem damasco. Como se o gato pudesse adivinhar que o sofá fora comprado para ele, Menescal de bigodes brancos, pêlo sem brilho, bicho indolente de raça nobre foi o primeiro a refestelar-se no macio de um tecido, metade seda, metade lã.

Nem nesse sofá marrom nem no outro que ainda amarela um ângulo da sala de jantar, Liquinha derreou seu corpo pequeno de cintura fina e pés leves.

Era Liquinha quem esperava Ângelo, era à casa da morena de pele sedosa que Ângelo se esquecia das horas da noite.

Transpondo de bonde morros de Santa Teresa, saltava Ângelo no Curvelo para caminhar lépido, vencer o sombrio quarteirão de Liquinha com a serenidade de um amante que não teme.

Liquinha se passando por casada, mulher de um alemão que vivia semanas e meses sem vê-la, trabalhando na foz do Amazonas, dono de um curtume que ganhava também dinheiro vendendo dormentes para estradas de ferro.

Com os olhos pregados no chão, Liquinha, ainda, dissera-lhe da infelicidade de viver abandonada, esquecida pelo alemão que a ela dava luxo, pensando fosse o luxo tudo, tudo enfim que uma mulher jovem desejasse, quisesse.

Faltava-lhe o principal; sem amar sentia-se apodrecida como uma laranja que não é colhida e pendendo de um galho fica murcha, tostada, sem sumo.

E Ângelo subindo pelo antigo aqueduto, contorcia-se nas curvas abruptas do bonde para apalpar, sugar daqueles peitos a seiva abandonada.

Peitos enormes, desproporcionais para um corpo pequeno de pescoço diminuto. Peitos colossais, mas ainda duros, como se ao invés de pendurarem da traseira de uma vaca se conservassem ebúrneos num corpo que temia o mar de praias quentes.

Era devido ao volume desproporcional de seus peitos que Liquinha evitava os banhos de sol, fugia das praias, se encafuava na vida sem maiôs dos morros.

Liquinha replicando, torcendo os dedos pequenos e rechonchudos, voltava a repetir a Ângelo que não tinha medo de queimaduras. Se não iria às rochas do Arpoador culpasse, apenas, a insônia que a obrigava a ver madrugadas inteiras se chegasse a respirar ar salgado.

Mas os peitos enormes estavam enchendo as mãos enormes de Ângelo, que os apertava uma vez mais sem que a amante reclamasse, soltasse ais de fêmea machucada.

O complexo de Liquinha descoberto, silenciosamente apontado, constantemente aludido pelos olhos de Ângelo, matreiros e calmos, substitutos então dos tentáculos.

Liquinha irredutível, entregando-se a Ângelo, a quem ela também dissera ser a sua primeira traição, entregando-se com langor, satisfazendo-lhe os caprichos, como se não quisesse perdê-lo.

Escondendo sob os risos das bochechas redondas e covadas o mal-estar de seu espírito, a angústia de seu coração que disparava quando Ângelo, às vezes, maldosamente roçava as pontas dos dedos nas carnes de seu peito enorme.

Carnes túrgidas estufando apertados porta-seios, abotoados com esforço pela empregada, antes de Liquinha vestir a combinação e terminar de aprontar-se repuxando a saia de algum vestido preto, sua cor preferida.

Dir-se-ia Liquinha fosse outra mulher, mulher feliz, alegre quando seu peito estava domado por elásticos "soutiens" resistentes.

Quem a visse numa sorveteria ou atravessando ruas com a impassividade de mulher que se reconhece bela não poderia imaginar que tanta felicidade aparente era marcada, indelevelmente sublinhada por uma amargura constante.

Se Liquinha pudesse não tomaria banho para não ver a única deformidade de seu corpo torneado e enxuto; se não fossem as jacas de seus peitos, Liquinha não seria amante de um Ângelo que se demorava a discernir e atinar com a verdade.

Seria artista, pisaria palcos do mundo inteiro fazendo as platéias vibrarem com o morno de sua voz. Disso tinha certeza. Certeza não adquirida sob influências de algum professor de Conservatório de Música, mas certeza intrínseca, própria, dela mesma, convicção que ela tentou afogar com um pranto absurdo, jorrado sem aviso, depois desses pensamentos, certa manhã, ter-lhe flechado a imaginação.

E no meio daquele choro quente Liquinha levou as mãos ao peito, sem se aperceber pousou no peito doente suas mãos como uma prima-dona destroçada.

Encontraram-na desfalecida, do meio do tapete a empregada a levou para o colchão de cortiça, arrastando-a corredor afora, puxando-a pelos ombros como um fardo.

Ângelo vendo em Liquinha apenas uma aventura, mais uma adúltera que se lhe entregasse. Amante inexperiente qual um adolescente que não descobre o que uma mulher esconde. Saciando-se sem possuí-la, tendo-a mas nunca a retendo como Liquinha pretendia, queria.

Sendo sádico quando deveria ser simplesmente um amante que não encontrasse defeito algum à mulher que o esperava...

Acreditando na chula história de Liquinha em vez de renegá-la, ridicularizá-la e exigir da amante a verdadeira tragédia de sua existência desconhecida.

Era isso que Liquinha esperava ouvir de Ângelo; todas as vezes que Ângelo a procurava, Liquinha, depois de vê-lo partir, se entregava a uma lassidão que trazia consigo desânimo. Permanecendo abatida horas seguidas, tardes inteiras presa de um torpor, Liquinha sentia nos olhos o peso da névoa. Desiludida. Enervada com o homem que acreditou na primeira invencionice de sua imaginação cautelosa.

Jamais Ângelo trouxesse nos lábios a curiosidade. Ângelo se sentia satisfeito com o que escutara, nunca que ela, Liquinha, deixasse de ser para ele a mulher de um alemão que vendia dormentes e se tornava cada vez mais rico lá p'ras bandas da foz do Amazonas, longe do Rio durante meses.

Liquinha retendo a verdade, querendo de Ângelo apenas a revelação de seu ciúme, para contar-lhe tudo, dizer-lhe coisas que seriam novidades, acontecimentos que depois de esclarecidos, certamente, iriam modificar o viver de ambos.

E Liquinha falou, mas não falou a Ângelo o que sua vontade pedia e ansiava. Mentindo mais uma vez, Liquinha abrindo a boca no quarto sombrio, dissera-lhe sem tibieza nem arrogância que havia chegado o momento de uma decisão: "Seriam quatro meses que eram amantes, ou quase meio ano que dormiam juntos, jantavam juntos? Faltava, somente para viverem em comum, as suas roupas e os seus livros – não? E por que, ele, Ângelo, não se decidia?"

Liquinha experimentava-o. Essa seria a ocasião que arrebentaria o pudor, esmagaria as resistências possíveis do Ângelo que demonstrava amá-la, mas não se resolvia a roubá-la do alemão inexistente.

– E o seu marido?

E Liquinha pediu-lhe perdão, chorou pelos olhos aquecidos e esfregados que o alemão era seu amante, todo o conforto de sua vida provinha do alemão que a queria como a uma boneca, mas somente amante, antiga amante ou melhor quase antiga porque o alemão não a possuía, queria-a para mostrar aos amigos, expô-la qual uma companheira de "boite", teatro e restaurantes de alto preço. Deixaria o dinheiro do alemão por...

Não pode terminar a frase. Os olhos de Liquinha salgavam os soluços e toda a sua face era desesperança.

Ângelo repetindo monossílabos, pausadas interjeições desde que Liquinha começou a dar a entender que detestava o alemão, para em seguida repisar sempre a mesma negativa com voz cheia: "não posso, não posso..."

– Por quê?

– Porque você algum dia fará comigo o que está fazendo agora, com o alemão. E você bem sabe que eu não sou rico, não posso lhe dar o que o alemão sempre lhe deu.

– Mas eu não quero dinheiro, eu...

– Um momento. Deixe que complete a sua frase, posso?

– Eu sei costurar, sei costurar até roupa de homem, posso viver do meu trabalho...

A noite morna entrava pela janela com o vento de nuvens pardas. Era uma noite calma, e foi nessa noite sombria e envolvente que Ângelo se vestiu, abandonou o quarto, passou pela sala e foi deixando atrás de si a rua quieta.

Ângelo tinha nojo dos cornos, detestava as complicações e suspeitava que somente livre, sem peia alguma, poderia continuar sentindo a imensidade do amor.

Se lho privassem de mulher, adoeceria; se de todo as mulheres fossem retiradas de sua vida, morreria.

Suspeitava disso, e acabou por se convencer dessa peculiaridade de seu temperamento. Todavia, jamais se engalfinhou por causa de um rabo de saia. Retrocedia ante rivais. Não devido ao medo mas a eles deixava os amores difíceis, disputados. Gostava dos fáceis; os amores sem complicações e imediatos era os únicos que conseguiam amortecer o desejo desse Ângelo sem amigos, desconfiado, embora ardente e voluntarioso.

* * *

Liquinha não escreveu ao amante. Aguardava ser relembrada, que Ângelo tentasse a princípio uma reaproximação por telefone para depois escrever-lhe, por carta narrar-lhe toda a sua desventura. Não lha diria verbalmente.

Queria que Ângelo retivesse por escrito a sua confissão, ficasse sabendo o que frade algum dela mesma soubera.

Liquinha queria isso como sempre quisera que rosas nunca faltassem aos seus olhos. Apaixonada das rosas de pétalas miúdas, gostando das flores que coloriam o meio da sala com os seus pistilos – Liquinha, também, persistia em amar o homem que não atinou com as suas solércias, sagacidades de mulher honesta que daria tudo, para ser desejada sem interesse.

E quando não esperava mais ouvir a voz de Ângelo, mesmo por telefone responder – perdoando-o – quando já começava a aceitar as noites de solidão de seu bairro sem cinema nem praça pública, Liquinha naquela manhã de sábado foi à Rua do Passeio; foi a lojas como quem quer olhar tudo e não vê nada, gastar coisa alguma. No Largo da Carioca avistou o amante. Não contrafez suas feições serenas nem inflou seu busto domado por "soutiens" poderosos.

Liquinha voltou a mentir, mentindo uma vez mais à maneira de quem esbofeteia um sonolento ao tentar acordá-lo, chamá-lo à vida – voltou Liquinha a mentir quando disse a Ângelo que iria casar-se logo mais, sim, à tarde daquele dia.

Casar-se com o alemão que havia sido o seu protetor, agora, de uma vez no Rio. E terminou dizendo-lhe a Igreja do religioso, o civil seria em casa, aparecesse somente à Igreja se se sentisse acanhado.

Ângelo não atinou estivesse sendo mistificado, iludido grotescamente por uma mulher que o amava, mas insistia em ocultar um caso, teimava em ser instigada a revelar um acontecimento que até para ela mesma se lhe afigurava inusitado.

Sem se sentir amada, violentamente amada, Liquinha não diria a homem nenhum que era rica, umas trinta vezes milionária, toda a sua riqueza provinha de um testamento, derradeira vontade de um velho, seu padrinho de batismo, que a desvirginara com os dedos, certa madrugada rasgara-lhe as carnes das coxas com unhas mal-aparadas meses antes de morrer.

Ela, Liquinha, continuara morando na mesma casa, apenas mudara de quarto depois de comprar mobília nova. O velho não era viúvo. A mulher dele, também sua madrinha, havia morrido, mas morrido instantes depois do escrivão ter lido o testamento.

E ainda agora Liquinha espera, na varanda de sua casa Liquinha ainda alimenta a possibilidade de rever Ângelo, de reconquistar o Ângelo que tivesse ido à Igreja e depois de saber do sacristão de nenhum casamento, de nenhuma Liquinha naquele fim de tarde, procurasse a sua rua sentindo uma vontade doida de vê-la para ensurdecê-la com perguntas desconcertantes, aflitivas.

E Liquinha continua esperando Ângelo, mas agora esperando-o com raiva do prenúncio da noite que se estende pelos morros com bafio de poídos e suados capotes.

Tendo ódio da noite veloz que sem tombar com a impetuosidade de pássaro alvejado, assim mesmo empenumbra a esquina, obscurece-a antes do relógio bater seis vezes, mesmo sem escutar nada na rua triste, Liquinha ainda o espera, ainda continua esperando pelo Ângelo que certa vez escreveu um romance e agora relendo um livro russo do século dezenove se esquece de tudo.

Damião

TOCAM VIOLÃO na beira da lagoa e Damião me conta. Se estivessem cantando, apesar da noite escura, eu reconheceria os farristas pelas vozes, mas eles só sabem tocar dedilhando de manso nas cordas afinadas, enquanto Damião vai me contando uma história a princípio sem graça, insossa invenção sua, inventada no momento.

Não gosto de ouvir mentiras repetidas. De tanto ouvi-las quando mando chamar Damião, ele já sabe, tem que me contar coisa nova, história que eu nunca escutei de sua boca.

Não me imaginem um rapaz nem uma criança que somente adormecesse com os ouvidos cheios de música e com o olfato enjoado pelos doces do mundo das fadas. Sou um fazendeiro. A mulher que vive comigo está lá dentro lendo os jornais de Maceió e antes das nove horas eu não a chamarei; falta pouco para o relógio tocar e a imaginação de Damião nesta noite é excelente. Nunca a interrompo. Mesmo quando ela claudica deixo que ela se avulte, cresça e se desembeste por si mesma; afundado na rede eu sempre permaneço calado até o negro dar por finda a invenção triturada, desenxabida ou imprevista como a de agora.

Às vezes a mulher que vive comigo me recrimina, diz-me que eu fui avaro, dei pouco, gorjeta magra ao negro de pés enormes. Quando isso acontece Matilde deveria estar à janela, sem que eu a visse também deveria estar escutando sem dizer nada às potocas de Damião que imagina sem gesticular.

Não é sempre que mando chamar esse negro de língua fácil. Dias inteiros eu não o vejo e quando o procuro sempre ele está tangendo os gansos, dois enormes gansos pretos que deixam a lagoa para andar pela grama grasnando e ruflando indiferentes à vara cansada que a mão esquerda de Damião segura. Não serve, a nenhum serviço Damião se adapta; não resmunga nem torce a cara se o capataz o manda consertar uma cerca, capinar uma quadra ou amolar facões. Obedece sabendo que jamais fará direito o que lhe pedem e se eu me decidisse pela opinião alheia Damião estaria passando fome, porque eu desconheço qualquer pessoa em todo município de Santana do Ipanema que quisesse um empregado somente para tanger um casal de gansos e escutá-lo mentir, mentir de cócoras na varanda silenciosa do patrão desiludido durante noites encapuçadas.

Desafrontei-o quando o taxaram de macumbeiro, ao capataz dei carta branca e um chicote para açoitar o encrenqueiro que andou espalhando sermos nós, tanto eu como Damião, espíritas. Fosse difamar a mãe dele, não a mim que somente acredito em Deus; e deixasse a minha fazenda, mesmo assim, de costas abertas pelos talhos de relho. Fosse se queixar a quem quisesse, eu tinha testemunhas, além de uma denúncia contra ele, de estar incutindo nos trabalhadores analfabetos o pavor e a inveja. Felizmente, o medo das assombrações desapareceu, mas, ainda hoje sentem inveja do negro que tem ordenado e gorjetas, quando me conta histórias e cuida dos gansos porque quer.

Matilde estava na janela, quando a chamei depois de escutar as pancadas do relógio, soube que o chá já estava coado e sem lembrá-la fui sabendo das novidades trazidas pelas manchetes do matutino.

Todas as noites a memória de Matilde resume o jornal que eu vejo de longe jogado numa cadeira como um enorme telegrama.

Às vezes quando volto cansado das plantações eu atravesso o copiar, feições carregadas, um bezerro morreu atolado, Matilde respeita o meu mau-humor e finge tão bem que embora eu esteja prevenido e saiba de suas artimanhas, chego a crer que ela está ocupada, uma arrumação de última hora a prende bem distante de mim.

Mas se eu a chamo ela não se demora a aparecer, a aparecer sempre com um sorriso, que mostra o "bridge" de ouro, feito pelo Dr. Osvaldo a mando meu, depois que a conheci num sobrado de Jaraguá, banguela, sem querer falar, com vergonha. Na véspera haviam-lhe quebrado os incisivos inferiores, brutalmente espancando-lhe os ombros, onde equimoses eram enormes fixas nódoas.

A tarde era de fevereiro e o vento varria a rua como se em Maceió não houvesse Prefeitura nem garis. Vento vindo do mar com força de ondas se quebrando com estrondo. Vento que fez o que quis com os meus cabelos, despenteada crista de rapina quando eu passei por um espelho, lá no corredor, antes de entrar no primeiro quarto de porta entreaberta.

Matilde pensou que eu fosse o outro, o outro que já houvesse escutado a porta em vaivéns repetidos, batendo no umbral carunchoso à mercê das lufadas. O silêncio do quarto era de sombras mortas. De bruços, espichada de enviés no colchão, Matilde escutando meus sapatos ranger o assoalho sujo e queimado por pontas de cigarro, disse-me que não estava dormindo e queria as injeções. Esperava pelo outro que nunca mais lhe viu os beiços intumescidos e roxos, pensava que eu era o outro, sim, o outro que esquecera num prego de parede o seu chapéu ordinário.

Eu continuava vendo as pernas da mulher que me pedira a caixa de injeções. Pernas de bailarina em repouso, carne toda ela enxuta e branca que a combinação deixava aparecer depois de cobrir-lhe as coxas e costas inertes. Os pés encardidos como se houvessem acabado de andar pelo quarto e descansassem no colchão de lençol amarrotado.

Já me dispunha a abandonar o quarto, a procurar noutro cômodo outra mulher que não estivesse doente, quando Matilde se virou e olhou-me. Espantado fiquei eu, eu que me desiludira por tantas vezes depois de ter visto prostitutas feias, mesmo horrendas, mas de pernas bonitas, via um rosto sem pintura mostrando-me os seus olhos pardos, olhos mastigados pelos bofetões do cáften, que estragaram seu nariz de perfil arrebitado.

Os cabelos jogados para trás deixavam o suor da testa empapar-lhe as sobrancelhas tratadas. Os peitos quietos na combinação suada.

Matilde era uma bela mulher surrada e nunca mais eu a pude ver tão maltratada e sedutora como naquela tarde enxuta mas cheia de ventos, quando a conheci banguela e chorosa depois de contar-me a sua perdição.

Habituara-se a apanhar e a dar ao gigolô o que ganhava dos homens do comércio daquela rua sem família. Apanhava sempre, todos os dias levava murros nas costas frágeis, todavia sempre seus dentes ficavam incólumes, nunca havia sido atingida pelos socos sua boca carnuda e lavada com gargarejos. Matilde começava a confiar em mim e respondendo-me com a boca descoberta, suas mãos torciam o lenço encharcado com desespero; e aquelas mesmas mãos que antes tentavam estancar a hemorragia com o pano rubro de nódoas, terminaram sendo afagadas por mim.

A tarde se escurecia quando nos levantamos. Nuvens carrancudas se arrastavam e todo o céu era um raivoso cinzento que nenhuma ventania poderia aplacar, fender. Matilde mais uma vez se enroscava em mim e eu aos cochichos dizia-lhe: – "Que apareça o seu gigolô!" – E incontinenti apalpava o revólver que empretecia o coldre e pesava sobre o meu fígado.

Não voltei à fazenda; naquela noite de madrugada comprida eu fiquei naquele quarto, úmidas paredes sem forro, telhas à vista quando na cama desengonçada eu imaginava como seria a vida de Matilde numa fazenda, se ela, Matilde, chegaria a acostumar-se com a tranqüilidade e fartura, limpeza e silêncio da casa onde eu morava.

Casa de fazendeiro que não devia, casa enorme para uma única pessoa, eu, somente eu que nunca havia me formado em coisa alguma e detestava discursos quaisquer, foram eles de boa ou de má retórica. Se Matilde gostaria de meus hábitos simples, se ela não ira estranhar a quietude, achar ruim o relógio de horas quietas, nunca monótonas para mim.

E Matilde dormia, apesar do forrobodó do salão Matilde repousava num sono agitado. Seus pesadelos não me alarmavam; natural uma pessoa maltratada sonhasse aos pedaços, sofresse enquanto dormisse, não colorisse seus sonhos.

De cuecas eu bebia uísque e pensava, pensava muito em mim; na minha solidão de homem rico eu via a minha felicidade e se não fosse a distância, o tempo gasto em viagens sucessivas para apanhar mulher eu não teria sequer pensado em levar Matilde, botar na minha casa uma prostituta para me satisfazer e aos estranhos apresentá-la como minha mulher, transviada filha de família sob a minha proteção.

No salão os tangos se sucediam suando gente que se embebedava com vermute. Incansável a vitrola automática de discos enormes, às vezes me alheando dos pensamentos repetidos quando um saxofone rasgava a surdina melódica de um "blue".

Eu charutava como todo fazendeiro que se preza, e aguardando o amanhecer eu continuava bebendo, bebendo sem pressa, aos poucos, goles pequenos de uísque gelado porque uma insônia me visitaria se eu me dispusesse a dormir naquela cama de colchão remendado.

Uma semana depois Matilde mastigava com o "bridge" de ouro que eu mandei Dr. Osvaldo fazer. Mastigava a meu lado, vendo pelas janelas abertas da sala de jantar o verde de planícies aprisionando o gado leiteiro, de raça, arrobas sem berne ruminando, ruminando sempre e longe, lá na baixada.

Eu quis ela viesse logo. Queria observá-la, de perto acompanhar-lhe as reações e possivelmente notar-lhe angústia nos olhos nas vésperas de carnaval, vê-la chorando e chorando deixá-la saudosa quando voltasse sozinho a Maceió para os bailes da Fênix.

Havia-lhe exposto condições irrefutáveis. Teria tudo, tudo o que nunca tivera e o que pudesse uma pessoa normal imaginar, todavia a fazenda seria o seu mundo.

Dar-lhe-ia um alazão galopador e seu seria o lago onde eu também mergulharia para trazer do fundo punhados de limo se esborrando por entre meus dedos como polpa cinzenta de jenipapo maduro.

E Matilde veio. Veio para não sair de casa, deixar-se ver somente quando eu me encontro na varanda; Matilde sempre na sala de jantar se balançando na cadeira de vime quando não escuta rádio, faz ponto-cheio no cretone de colchas enormes ou fica soletrando alto páginas de romances sem importância.

Não quisera o culote e viu o cavalo com os arreios de prata, amarrado num mourão, sem se perturbar.

Não tinha medo de segurar rédeas, mas iria conhecer a fazenda comigo, conhecê-la aos poucos, a meu lado, conhecê-la como eu a revia, sempre a pé, caminhando léguas batidas manhãs inteiras, na hora do almoço um empregado trazendo o algorje, aberto debaixo de uma caraibeira onde eu fumava o charuto do almoço. Agüentaria o rojão. Não a forçasse a galopar nas patas de um cavalo inteiro.

E faz meses, creio que oito, Matilde se avermelha à boca somente para mim, pois quando chega gente de Maceió, a mulher que vive comigo desaparece, a contragosto meu fica na cozinha ou se tranca no quarto fechando também a janela como se eu a estivesse punindo.

Compreendo Matilde queira somente se embelezar para mim, só aparecer pintada e cheirando para o homem que vem lhe dando tudo durante todo esse tempo. E quando me encontro sozinho, às vezes, chego a rir do escrúpulo dessa mulher que já foi de todos.

Nem a Damião ela dirige a palavra, a nenhum homem a não ser eu ela interrogou desde que chegou aqui. A todos cumprimenta descolando os lábios e inclinando de leve a cabeça, só de leve, como se estivesse com vergonha de rever os seus pés de dedos enormes. Teme intimidades? Não sei.

A princípio supus fosse o retraimento de Matilde tapeação, temesse ser enxotada, ficar desamigada depois de uma desavença entre nós e ter que voltar para o sobrado de Jaraguá. Por isso se acautelasse, não quisesse conversa senão comigo que estava surpreso com o seu procedimento e começava a habituar-me com os seus modos discretos.

Dissera-lhe não querer filhos e ainda não fui importunado com a desagradável notícia de vir algum dia a ser pai. Em nada Matilde me molesta e os seus dezoito anos me satisfazem com a sua carne sempre cheirando a sabão que lavasse, lavasse bem seu corpo, agora roliço.

E não sei se é devido ao verão ou ao trabalho que me asfalta nestes dias quentes, mas agora eu não sinto mais vontade de rever Maceió, nem de trair Matilde, traí-la andando com outras como era costume meu até ao terceiro mês de nossa vida em comum.

Não disse nem direi à Matilde que a carta da semana passada é uma denúncia, conta-me a sua vida como se eu estivesse desconfiando e tivesse pago a alguém para desencavar os seus erros, dizer-me tudo de sua passada existência porca.

Guardei no cofre a carta de uma única folha de papel; carta de quem sabe dizer as coisas sem estragar palavras, carta assinada pelo seu marido, assim ele o diz; carta que eu não sei de cor embora o seu conteúdo esteja desde ontem à minha memória, embaralhado e espesso remoendo e estragando a calma de meus pensamentos. Carta assinada, carta sem falhas, com o endereço do remetente e tudo, selada e registrada, lida apenas uma vez.

Confesso o choro que me adoeceu olhos. Confesso ainda a minha desventura acreditando na Matilde que largou o marido, deixou o bodegueiro de Águas Belas para nunca mais voltar àquele município de Pernambuco onde um homem ficou desacreditado, visto como um impotente, apontado como um corno. Matilde fugindo com um fazendeiro de Ilhéus, indo furnicar com ele debaixo dos cacaueiros quando não se entregava, também, aos três filhos adolescentes do sedutor, que sabia de tudo e achava direito toda aquela safadeza. Depois, o esgotamento de Matilde, a fuga de Matilde que terminou numa rua de Maceió para não morrer golfando sangue, tísica de tanto se entregar aos quatro sujeitos.

E o marido a esclarecer-me: não a queria de volta, somente me avisava, me punha a par de tudo por ter sabido que eu tratava bem a sua mulher, dava tudo a Matilde e Matilde só gostava de homem ruim, espancador.

E junto com a carta o bilhete que lhe deixou Matilde antes de se assentar na boléia do carro do fazendeiro tarado, pai de três filhos doidos.

O correio dessa carta chegou na quarta-feira da semana passada e naquela mesma noite eu mandei o meu capataz a Águas Belas, voltasse logo se o bodegueiro houvesse dito a verdade; queria ter certeza, mais uma vez não desejava ser injusto, mas uma descarada à minha fazenda, vivendo comigo com silêncios de víbora só sendo Liquinhada. Por isso fosse logo.

E eu conheço o meu capataz. Não foi essa a primeira vez que ele me disse adeus antes de investigar, esclarecer situações antevendo tranqüilidade para o meu caráter de solitário que nunca precisou mentir e vive regalado devido aos olhos d'água das minhas trinta léguas de terra. Isso aqui é sertão e caatinga não foi feita para os dúbios.

Eu conheço muito bem o meu capataz e ele ainda não voltou. Por isso eu mandei chamar Damião e agora ainda tocam na beira da lagoa como se fosse hoje noite de festa.

Para quem não sabe de nada a incomum escuridão desta noite nem uma toada sugeria, mas mesmo sendo de breu, noite amortalhada, eu dei cachaça para quem quisesse dedilhar, fazer o violão gemer e decantar, enquanto eu estivesse na rede do copiar escutando uma história do negro Damião.

Eu conheço muito bem o meu capataz e quando ele não retorna à fazenda, fica como agora, não sei por onde, uns dias sem me ver depois que eu o mandei investigar uma intriga e desmascarar um infame, já sei: houve um assassinato, ele matou mais um.

Nessas ocasiões meu capataz nunca volta antes de uma semana. É praxe sua assistir a primeira missa do defunto; assisti-la contrito, com os olhos encarnados. Ele mesmo me disse isso.

Matilde não sabe de nada, desconhece a morte do seu pretenso marido. E eu continuo simulando, persistindo em ignorar, aparentemente desconhecer essas trapalhadas, que me induzem a escutar o negro Damião mentir quando o meu capataz faz viagem como a de agora.

Duas Mulheres

VIRGENS ERAM os seus dezessete anos e eu sabia o que estava fazendo. A madrugada morria e nós, Benita e eu cruzávamos esquinas com a atenção distante, certamente, cada um de nós pensando no que iria suceder dentro de minutos. Havíamos vencido em silêncio quarteirões inteiros e andávamos de cabeça baixa, um ao lado do outro, mãos soltas à maneira de dois amantes que estivessem brigados.

A princípio, Benita me deu o braço. Porém, quanto mais nos distanciávamos de sua calçada, os dedos de Benita afrouxaram, com moleza afrouxaram a manga de meu paletó. Todavia, eu não os retive. Queria Benita me acompanhasse sem se sentir seduzida, fosse comigo porque quisesse e naquela madrugada morna entrasse em meu apartamento sem arrependimento.

E esperei que ela falasse, no meio do caminho desistisse, com medo de si própria não quisesse saber mais daquela aventura e começasse a chorar, antes de pedir-me o lenço para os seus olhos verdes. Nunca a havia visto retroceder...

Dir-se-ia, Benita gostasse do que fizesse e não houvesse mentido a si mesma nem naquela vez quando me esperou enfrentando a chuva de uma noite triste, embrulhada numa capa que lhe azulava o corpo.

Eu havia deixado de namorar e relutei, não queria ir àquele encontro, começar a conhecer uma adolescente que queria um táxi, voltar p'ra casa com seus cabelos revoltos, suados – antes que a noite se denunciasse.

Eu estava só. E sozinho, sem ninguém me apresentar a Benita, conheci-a por acaso, afobada a conhecia, a ela, Benita que temia perder um casamento.

Flerte rápido e inconseqüente se eu não houvesse sido atrevido e conseguido saber o seu telefone naquele fim de tarde.

Segunda-feira se escurecendo rapidamente embora de ventos sem rumo fossem as rajadas que vergavam os oitizeiros de galhos enormes.

E eu estava só, esperando sozinho a minha amante num ponto de ônibus quando Benita ficou do meu lado também à espera da condução que não vinha.

Meu trabalho já havia sido feito, nada eu tinha a fazer naquele momento, porque se eu quisesse não estaria esperando a minha amante, então, num salão de beleza, que lhe tratava dos pés, enormes pés de beleza rara que andavam sem ruído.

Pés que não haviam nascido ricos, pés que trabalhavam fora de casa, pés que eu não ouvia embora durante anos os estivesse vendo todos os dias.

E era no meu apartamento que os pés de minha amante mais me fascinavam porque eu os podia ver desnudos e alvos, perfeitos e leves sustentando-lhe o corpo proporcionado, esguio.

Chamava-a de garça, na intimidade chamava de garça àquela Núbia que durante anos me amava e me suportava quando eu me aborrecia.

Trabalhava como taquígrafa, percebendo ordenado de funcionário da Câmara pelo seu trabalho de ouvir parlamentares e escrever o que ouvira se utilizando de sinais, símbolos, abreviações, trabalho que a sua capacidade executava rapidamente, sem carências nem excessos.

Conheci-a abandonada e se não houvesse sido eu ainda hoje Núbia estaria caçando homem, dormindo com machos desconhecidos, recebendo dinheiro de mãos que a despiam.

De casada apenas dois meses de recordações. Seu marido assassinado, e o criminoso ainda hoje uma incógnita para a polícia, polícia prendendo suspeitos, errando em diligências sem pista, perdendo tempo com criminosos que não tinham assassinado ninguém numa madrugada.

Núbia sem dinheiro para tingir de preto o vestido, sem ninguém que confortasse o seu luto, Núbia também não sabendo como ajudar a polícia que a interrogava, queria informes. Núbia desconhecendo as amizades do marido, impossível informar sem mentir qual o meio de vida do assassinado que enchia a geladeira de conservas, bebia vinho, comia como um rico e dormindo sem pesadelo toda a noite acordava sem pressa.

Núbia vendendo as roupas do assassinado, penhorando uma pérola de gravata do apunhalado, penhorando uma pérola de gravata do apunhalado que não deixara dinheiro.

Aos poucos vendo tudo ser carregado do seu apartamento como se estivesse se mudando, indo para outro bairro. Para comer vendendo tudo, intensa avidez por cruzeiros, antes, enchendo-lhes as mãos despreocupadas, vagabundas.

Envergonhada se entregando ao primeiro homem, ainda mais envergonhada depois de receber o dinheiro da prostituição, sentindo-se medrosa como se o marido estivesse p'ra chegar, vendo-se adúltera como se o marido ainda estivesse vivo.

Provando dessas reações todas as vezes que se dava, horas depois ainda contrafeita, na rua se presumindo visada como se todos soubessem da sua queda.

As mãos terminando em débeis dedos. As faces dois enormes tomates em bochechas doentes.

E trêmulos os seus lábios não pediam os meus beijos, beijos intempestivos de quem não queria ouvir mais nada, saber de coisa alguma, senão do corpo que meus braços enlaçavam.

Faz tempo, oito anos se passaram desde aquele nosso conhecimento, mas eu ainda me recordo daquela noite comprida, incomum; e daquela primeira noite em que dormimos juntos eu não me esqueço do cheiro de Núbia, nem de seus olhos que me olhavam verdes, pestanudos.

Noite que não me deixou dormir, noite inteira com a Núbia que me jurava ser prostituta a pulso, por necessidade ter andado com homens, recebido dinheiro de gente desconhecida para não adoecer, ficar tísica, morrer golfando sangue.

Eu não podendo ocultar o meu interesse pela Núbia de voz vagarosa, silabando em surdina, veladamente me dizendo de sua vida como se eu fosse um delegado que somente gostasse de ouvir cochichos.

Eu sem saber dissimular o ciúme que me apertava o peito, ciúme inusitado por não ter sido eu o primeiro homem a encontrá-la, de preto conhecê-la num luto recente, e dominando-a sem ferir-lhe o brio convencê-la ser eu a criatura indicada para o seu infortúnio.

Antes de nos amarmos eu já começava a sentir ciúmes. Muito antes de tê-la eu me considerava um sujeito que somente conseguisse refugo.

E querendo senti-los duros novamente, apertei-lhe os peitos mais uma vez, percebendo, então, que o meu ciúme arreferia ao ter certeza da resistência daquelas carnes de Núbia, túrgidas carnes como se ainda fossem de uma virgem sadia.

E convenci-me que não havia sido logrado, sentindo-me feliz como se eu fosse o primeiro homem de Núbia, depois de ver que os seus dois meses de casada nem os seus fregueses, velhos burgueses de potência duvidosa, não tinham estragado o seu corpo nem matado a seiva de seus lábios úmidos.

Somente uma mágoa de não ter antes conhecido Núbia me travava a língua, impedia-me de dizer-lhe que eu a desejava, queria-a. Divagava. Sim, eu devia ter antes conhecido Núbia, até mesmo antes dela ter se casado um imprevisto deveria ter me aproximado da Núbia que a mim se entregava toda e começava a chorar, chorar porque eu não era igual aos outros, não voltaria, iria embora como os velhos de quem ela tinha nojo.

E sem dar-me tempo a responder, começou a interrogar-me: – "Você pensa que eu quero explorá-lo? Pensa que eu estou fingindo? Veja, pode abrir a minha bolsa e se encontrar mais de Cr$ 20,00 pode me bater. Vá, vá ver logo." E com a cabeça enterrada no travesseiro Núbia era soluços abafados que eu escutava, desconfiado escutava, temendo vigarice, chantagem contumaz de mulher escolada.

Eu morava num hotel. Sozinho num quarto de paredes desbotadas eu ficava imaginando, com os meus pensamentos imaginando e querendo conhecer uma mulher que me amasse, me quisesse, e confortasse a minha vida de solitário sem me atazanar.

Cheguei a comprar uma revista e durante toda uma manhã de domingo, de lápis em punho, procurei nos anúncios daquele semanário especializado referências de uma fêmea que me satisfizesse. Nada. Nenhuma casadoura ou desquitada que me interessasse com os seus sucintos dados biográficos. Mentiras que não conseguiam me enganar. Embustes sem ressonâncias para o meu desejo sensato de ter uma mulher decente como companheira.

E ri-me. Terminei galhofando da minha própria burrice de querer me casar ou me amigar com mulher de anúncio. De querer encontrar nos anúncios uma mulher digna.

Tive vergonha de mim mesmo. Vergonha que se avolumou mesmo quando eu tentei ridicularizá-la. Não, ninguém iria saber da minha decadência de conquistador. Ninguém poderia comentar que me vira sublinhando anúncios de uma revista desclassificada. E temendo que a arrumadeira encontrasse a revista que havia me estragado a manhã, apesar de eu me encontrar sozinho, relanceei à esquerda, furtivamente à direita meus olhos sucumbidos antes de começar a rasgar as páginas, papéis encorpados que meus dedos mecanicamente inutilizavam.

Insatisfeito, embrulhei-os todos, jogando em seguida a bola disforme no telhado vizinho.

Naquele domingo eu me vi como um boçal e tendo ódio da minha burrice não conseguia ordenar as idéias, recuperar-me naquela manhã que me desgraçava; como se não tivesse iniciativa para mais nada eu me via abandonado e só.

Copacabana cheia de mulheres que tomavam banho, o mar salgando maiôs e eu sublinhando anúncios, lendo uma revista que publicava a idade, o peso e a cor de mulheres que eu não podia ver. Ridículo. Eu estava mesmo imbecilizado. E não podendo suportar a infelicidade da minha desesperança, tranquei o quarto querendo a rua, sim, a rua onde as mulheres gesticulavam, andavam e sorriam.

Mas somente à noite conheci Núbia. Estava resolvido a aceitar qualquer mulher, dormir com qualquer rameira que quisesse o meu dinheiro. Insuportável voltar para o hotel de quarto vazio, deitar-me sozinho, e sozinho esperar o sono que iria fazer-me mal.

E esperei a noite visando cabarés, bares de freqüência duvidosa, esquinas onde elas se postam e se deixam abordar, perguntando quanto vão ganhar, mas sempre aludindo a compromissos se o pretendente não agrada.

E naquele mesmo domingo eu conhecia Núbia, na noite daquele mesmo dia eu falava a uma mulher que me queria e chorava, contava-me a sua vida sem me conhecer; e antes de eu propor, querendo ela ser minha companheira soluçava e sofria, como se sempre eu houvesse lhe pertencido.

E fui trazendo a escova de dentes, o pijama azul, as alpercatas de couro cru do sertão de Alagoas que me calçavam os pés lembrando-me a infância de Santana do Ipanema.

Trazendo tudo isso para o apartamento de Núbia, aos poucos me despedindo do quarto do hotel, então, depósito de meus livros, livros de medicina e literatura, encadernações e brochuras de minhas adolescência.

Não queria precipitar-me, ser vítima de um arroubo, e depois ver-me obrigado a voltar para o mesmo hotel, pagando diárias mais caras como um imprevidente.

Dir-se-ia, temesse eu a constante docilidade de Núbia, enxergasse no seu comportamento discreto uma armadilha. E acautelasse-me, procurasse nos gestos e palavras de minha companheira segundas intenções, subterfúgios de mulher atilada.

E dei-lhe liberdade, saísse quando quisesse, não precisaria esperar-me, eu já estava acostumado a comer sozinho.

E fazendas vestiram-lhe o corpo esguio e sapatos novos começaram a calçar-lhe os pés, aqueles pés que eu não me cansava de admirar.

Tudo isso com o meu dinheiro de médico da Prefeitura que eu despendia temeroso de estar jogando fora, dando-o a uma mulher que viesse enganar-me, à oportunidade mais conveniente me abandonasse deixando à minha testa chifres grosseiros.

Arrependido às vezes de ter perdido a solidão daquele quarto onde meus livros se enfileiravam num soberbo mutismo, empoeirados e tristes aguardando as minhas leituras. Livros agora limpos, tresandando a querosene que se evolava de suas páginas, páginas cuidadas por Núbia, espanador na mão de todos os sábados desentranhando das lombadas uma poeira que eu não via mais.

Também livros que não me ensinavam mais coisa alguma, porque as noites eram de Núbia, da Núbia que me esperava, com seus pestanudos olhos verdes reclamando amor, pedindo-me ternura como se na véspera eu não a houvesse satisfeito.

Semanas de paixão que eu desconhecia, amor que não esmorecia nos meses rápidos, unindo-nos um ao outro sem ciúmes nem rusgas nem desconfianças.

Eu descobrindo inteligência em Núbia que escrevia errado, erros que o rol de roupa denunciava todos os sábados, sempre os mesmos solecismos a evidenciar-se como se de curso primário tivesse sido a sua única instrução.

Desde o primeiro instante eu dominava Núbia mas foi somente muito depois que eu me convencia da ascendência exercida por mim sobre a mulher que dormia comigo havia três meses.

Não era cômodo apontar-lhe as deficiências, dizer-lhe sua inteligência era aguçada, educadas também as suas maneiras, mas rasteira a sua instrução, de moça sem leitura os seus conhecimentos.

Mas foi a própria Núbia que me pediu uma professora, queria estudar, queria ser útil a si mesma e a mim sabendo de coisas que a maioria ignora.

Faltava-lhe instrução. Sabia-o. E sentia vergonha de ser tão primitiva e de se utilizar do caçanje por desconhecer o vernáculo também era outra vergonha, que a enrubescia e adoecia-lhe os nervos.

Vendo-a tão decidida tentei interrompê-la, mas continuei ouvindo as suas queixas que lhe estremeciam as mãos, adoecendo-lhe os lábios como se sua boca estivesse com febre.

Núbia exigindo que eu a satisfizesse e tão forte fora a sua determinação que eu não lhe disse mais nada. Esperei pelos seus soluços, esperei ainda que o seu cansaço procurasse meus ombros para afagar-lhe a exaltação e ficar penteando-lhe os cabelos com o improvisado pente de minha mão. Era noite avançada e eu não tinha sono.

E depois dos seus estudos de quatro anos eu via se repetir a mesma determinação de Núbia, que queria ganhar dinheiro, sem precisar trabalhar queria um emprego, garantia para o seu futuro. Impossível abalar e destruir a vontade da minha companheira que era aprovada e depois de se submeter sem recomendações a um concurso voltava para o apartamento com as mesmas atitudes de mulher tranqüila.

Sem contratempos a nossa vida em comum, nada, nada enfim que eu pudesse estranhar nos novos hábitos da Núbia, que almoçando cedo e todas as tardes taquigrafando no Parlamento, não se queixava da rotina que a emagrecia e a enrugava.

Presentes de Núbia se dependurando no guarda-roupa. E Núbia indiferente aos meus protestos me dando presentes outros de que eu só tomava conhecimento muitos meses depois, de propósito deixando-os esquecidos como mercadorias substituíveis.

Inabalável o nosso entendimento, de gente feliz as nossas fisionomias que se tostavam nos demorados banhos de mar de domingo, quando jantávamos fora terminando numa "boite" a nossa noite de dia livre.

À irrepreensível Núbia eu tendo confiança, tendo aquele mesmo amor que não se alterava, sempre o mesmo da nossa primeira noite, como se estivesse se repetindo por tanto tempo sem tédio algum.

Calmos os meus nervos sensíveis. Eu detestando sempre a humanidade, mas sem enfrentar desgraças amaiores eu me esquecia da sociedade corrompida, vendo sempre em Núbia o motivo daquela minha tranqüilidade que me deixava fumar charutos sem mastigar-lhes as pontas, nem falar sozinho quando atravessava ruas aborrecidas, magotes de cafajestes nas esquinas ferindo-me os ouvidos com palavrões de anormais.

Tendo sempre nojo dessa gente e evitando conhecer pessoas encrencadas eu continuava a ser um leprologista solitário de um suburbano posto de saúde que trabalhasse para viver e tivesse saúde para a minha companheira insaciável.

Livros de ballet induzindo a minha imaginação a colorir vôos de bailados modernos, eu aprendendo naquelas leituras de páginas ilustradas a técnica de pernas que haviam criado asas, noturnas asas de palcos amplos, passatempo e acontecimento para a burguesia ociosa. Também eu lendo teatro, romance e poesia enquanto o silêncio de Núbia a debruçava em traduções de um editor amigo. Ainda noites de página de contos escritos por mim com sacrifício, depois preservativos na datilografia sem rasuras de Núbia, inéditas produções aguardando um concurso literário que nunca se realizou. Gozando de uma felicidade inédita eu me calava e continuava a gozá-la sem alardes como se temesse a inveja dos conhecidos, a maledicência de minha família.

Juraria que se parentes meus soubessem fosse eu feliz havia quatro anos com uma viúva – juraria eles me aborrecessem, com indagações cretinas tentassem amofinar-me.

E eu continuava a ser um homem de noites amorosas, tranqüilo homem que estudava sem atropelos e insatisfeito nunca ficava depois de obrigar os personagens a sofrer nos meus contos de imprevistos desfechos.

Todavia, não foi nenhum conhecido ou parente que me separou de Núbia, afastou-me da mulher que nunca me explorou. Depois de oito anos de amigação eu largava uma viúva que nunca me havia falado em casamento, depois de todo esse tempo eu me esquecia de uma Núbia que só queria a mim.

Esquecia-a por uma Benita que também era branca, alta, olhava-me com olhos verdes de pestanas também compridas e também poderia ser chamada de garça porque pisava macio, flutuava no seu andar leve. Até mesmo a voz de Benita lembrava a de Núbia que pela última vez não me escutou tantas eram as lágrimas de seu rosto afogado.

Lembro-me que Núbia não foi desfrutável. Ao perguntar-me porque eu não ficava, não tirara da cabeça semelhante idéia, Núbia sabendo não ser eu homem que recuasse, começou a chorar porque havia me perdido, nunca como uma embusteira que recorresse ao choro para demover-me.

Núbia me amava. Disso eu tenho certeza agora e apesar de não duvidar do seu amor por mim, eu tive de ir, Benita me esperava.

E eu fui. Fui encontrar-me com Benita e a vi de longe debruçada à janela como se estivesse apreciando a noite, lá do seu sótão da Lagoa Rodrigo de Freitas olhando as nuvens à maneira de quem houvesse perdido o sono.

Com mãos trêmulas Benita acenou-me e quando as apertei ainda sentia-as frias, emoção que eu não constatei em sua face quando beijei suas bochechas sem pintura.

O vestido da fuga debaixo do peignoir que foi jogado na lata do lixo, imprudência lamentada em silêncio por mim, sempre esperando ouvir o medo daqueles dezessete anos despenteados, simulação que os seus pais então numa festa não chegaram a ver.

Havíamos previsto tudo. Fugiríamos à pé, nada de automóvel, à polícia não daríamos pista da nossa ilegal lua de mel. E foi numa madrugada declarada, às três horas de um fim de noite tranqüilo, que Benita entrou no meu apartamento e viu a cama de um único quarto se realçar à penumbra com o seu lençol branco.

Mas antes que eu acendesse as luzes já escutava um choro, choro que Benita expulsava sem motivo porque eu ainda não a havia beijado nem levantado a barra da saia de seu vestido plissado.

Não lhe disse nada, mas como suas lágrimas começavam a irritar-me, procurei-lhe as mãos, abracei-a e ainda com ternura perguntei-lhe: – "o que eu fiz com você meu bem, eu não fui grosseiro nem a machuquei e por que você chora?" A resposta que eu escutei foram sons de lágrimas abundantes, intensa surda lástima que me obrigou a deixá-la sozinha num canto de parede.

Havíamos combinado uma aventura de amantes que abominassem a sociedade, amantes sempre em fuga caso os pais de Benita tentassem me casar com os dezessete anos de sua única filha, mas eu escutando tanto arrependimento também me arrependia do trato que Benita tão confiante a mim propusera.

Temendo ser interpelado por algum polícia de esquina deserta, não querendo satisfazer curiosidade de nenhuma autoridade abelhuda, eu esperei que os olhos de Benita se enxugassem, lágrima alguma lhe salgasse a pele para levá-la em casa numa louca corrida de táxi.

E não voltei ao apartamento que eu tinha comprado, onde eu visava em seu diminuto conforto sossego e felicidade com Benita, havia dois meses minha namorada de cinema, de futebol, de banho de mar.

Eu nem pensei em terminar a noite dormindo naquela cama, ainda cheirando a peroba envernizada e no colchão que nem Benita chegou a experimentar suas resistentes e espessas molas nunca mais eu me deitei.

Voltei, sim, para o apartamento de Núbia, da Núbia a noite toda insone e prostrada, que não me recebeu como uma vitoriosa, pois naquelas poucas horas de abandono uma abrupta e marcante velhice a havia estragado.

Sortilégio

DAS GRADES DE AÇO debruçam-se sombras nesta calçada, donde diviso os arrecifes, além das figuras esbatidas dos navios, sempre fumegando fora da barra, sempre lutando contra as cristas, pois nem mesmo às proximidades da praia as águas são tranqüilas.

Todavia, mesmo que eu fotografasse os arrecifes com os olhos, mesmo que eu divisasse, agora, os rolos de fumaça do paquete solitário, longe o meu pensamento estaria, bem longe deles a minha imaginação teria lançado a sua âncora.

Relanceei há pouco a duna do sul, porém nem um gesto fiz à sentinela; pedir-lhe cigarro fere o regulamento desta ilha, onde o meu corpo sugere uma zebra.

Faz um ano, precisamente, que listas de uma fazenda ordinária me desenham a roupa. Listas cinzas de dois dedos de largura. Verticais. Listas bem diferentes do colarinho daquela camisa, que me agasalhou o peito, enrolou meus braços numa inesquecível e longínqua noite em que Valéria ficara de cabelos emaranhados, devido às repetidas carícias de minhas mãos.

Lembro-me; sem omissão recordo-me de tudo. Naquela noite Valéria consentira minha cabeça repousasse sobre o seu ventre, minha boca se alimentasse da seiva de seus lábios, após meu coração se sentir saciado daquele desejo, amplo desejo, cada vez mais sonhado de possuí-la.

A rua de Valéria era uma tristeza nos vultos dos velhos sobrados, nas lajes das calçadas abandonadas, onde ressoavam cachorros leprosos, sempre leprosos mesmo que durante a noite o plenilúnio lhes prateasse o dorso.

E era no término da senectude daquela artéria, que a chácara de Valéria se equilibrava em alicerces de grossas paredes, se recobria com um chapéu de telhas encardidas, se ventilava quando as janelas enormes eram escancaradas.

Para se chegar à chácara, para se lhe atingir o ventre, caminhava-se através de uma passagem onde os sapatos se enterravam. Contudo, de areia somente era aquele trecho, pois todas as restantes faixas eram de terra, de terra preta transformada em canteiros, sempre roubadas pelas minhas mãos.

Eram daquela terra as rosas que incendiavam os cabelos de Valéria, do negro daquele chão os cravos que rebenitavam perfume sobre as orelhas da roliça mulher de corpo enxuto. E pisando aquela terras com passadas decisivas, escravizando-a sob os meus setenta e três quilos, eu a vencia sem supor jamais, que a cor do meu futuro próximo fosse sombrio.

Certa noite D. Neomísia aventou seria menos indecente eu ficasse residindo definitivamente à chácara. Sem levantar os olhos do livro nem tomar conhecimento da resposta (eu não lha soubera dar), a tia de Valéria persistiu à mesma posição, enterrada à cadeira de balanço, como se não fora ela quem houvesse falado, indiferente por completo ante a surpresa que me emudecera.

Também eu não havia escutado o carrilhão. Foi Valéria que me disse o número das pancadas. A chuva, aquela abrupta chuva encharcando de súbito os canteiros, originando córregos na terra saibrosa do quintal, aquela chuva repentina e violenta também eu não ouvira cair.

Foi ainda Valéria que me advertiu do aguaceiro, impedindo-me naquele instante eu fosse buscar as malas.

Levou-me, sim, até à janela do seu quarto, onde o meu corpo procurou o peitoril como se um berço ele fosse. Janela que depois se tornou minha, porque era nela, baforando através de seu quadrado, que eu permanecia à espera daquela mulher de olhos verdes, todas as noites quando do seu banho antes de ir para a cama.

Relembro-me, ainda, D. Neomísia abrindo o piano. Escancaradas permaneciam todas as janelas, e aquela velha chácara, de salão iluminado, sugeria um recanto onde houvesse recepção. A música dos dedos de D. Neomísia era o reflexo do artritismo que lhe enfermava os membros. Contudo, ao término da audição aplaudíamos a mirrada velha nariguda; sem restrições elogiávamos a firmeza sutil das notas, a precisão das oitavas, o sentimento das variações.

E terminada a nossa farsa Valéria depositava sobre a enrugada testa da tia um prolongado beijo. Nunca beijei a velha, sentia asco de sua pele áspera, querantinizada, recoberta por manchas escuras de caráter duvidoso. Manchas do tamanho de um medalhão, sempre escuras, da cor de chocolate. Coloração de cobra venenosa.

E foi aos poucos que eu soube da vida de Valéria. Quando terminei de sabê-la a sensação que me invadiu foi imprevista, estonteante, como se as minhas articulações fossem as de um moribundo.

Meus olhos revendo, revendo sem cessar a história de Valéria, enquanto meu coração sofria durante aqueles fatídicos trinta minutos, em que Valéria falava devagar, sem pressa. Meia hora adredemente preparada pela fatalidade, meia hora em que os meus sentidos se esqueceram de Deus.

Doíam-me as têmporas, descarnavam-se-me as mãos, e após aqueles trinta minutos de confissão de Valéria, eu era um coração doente.

Despenteados deixei os cabelos; não suportava a advertência do espelho. E uma vontade de não deixar a chácara de mim se apoderou. Vagando por entre gameleiras de caules nodosos eu era uns olhos perdidos no espaço, uns pés que mal deixavam rastos naquele quintal de terra abandonada; Valéria acompanhando-me como se fosse a minha própria sombra, por todos os cantos me seguindo, certamente, arrependida de haver vomitado de suas entranhas tamanha podridão.

Noite de nuvens alvas deslizando através de estrelas; noite de vento morno carregando de sensualidade a atmosfera. Noite em que Valéria dormia de cabelos soltos e seus lábios entreabertos como se suplicassem amor, ficaram pálidos.

E foi à madrugada daquela noite, quando o amor ou o sono eram os fatores essenciais da existência entre os seres vivos, que os dedos da minha mão direita procuraram a aldraba de um quarto.

– Já sei de tudo, foi a própria Valéria que me pôs a par de tudo. Não precisa levantar-se nem tentar defender-se. Continue deitada. Valéria é uma vítima da sua sordidez.

Todavia, a velha levantou-se. D. Neomísia levantou-se para tombar, em seguida, no assoalho à maneira de um fardo que se desequilibrasse. Juro que não lhe apertei o pescoço. Se as minhas mãos dele se aproximaram foram levadas pelo intuito de dominarem as garras da velha, que de inopino se enterravam, enterravam-se com fúria nas pelancas do seu próprio gasnete.

Não houve troca de impropérios. Apenas luta, luta intensa de vinte dedos. Inverossímil os dedos daquele corpo encarquilhado, durante aqueles segundos, readquirissem o tono da juventude.

Não apertei o pescoço da velha. Repito. Procurei interceptar-lhe o impensado suicídio; procurei, sim, revertê-la à vida, deixá-la sofrer vivendo. E se a chama mortiça da candeia, dependurada à parede defronte ao armário, pudesse falar, claro que o calor de sua voz me defenderia com um testemunho indestrutível.

Valéria tomou o partido da tia. Falso foi o seu juramento perante às autoridades que se revezaram no inquérito; a policiais "amolecidos" eu persistia negando, crime algum havia eu praticado, não acreditassem em minha amante, teimando, sempre teimando em afirmar ser eu um cáften.

Meu advogado alegando doença passou procuração a um outro, que no sumário da culpa me fazia perguntas tendenciosas, inquiria-me como se fosse, em verdade, defensor de Valéria.

O delegado zombando dos meus lábios trêmulos, dedos nos bolsos do colete à maneira de um gerente de banco que gozasse a desdita de um hipotecado, indiferente à defesa do meu coração em febre, mas atento, todo ele amargura quando os dentes de Valéria trituravam mentira.

O escrivão só fazendo menção, descarado, sem tomar a termo o que eu declarava, correndo a caneta sobre o papel embora nele não encostasse a pena.

E já me antevendo condenado, apodrecendo por detrás de ferros engradados, ninguém por mim. Recusei-me a falar, mas antes de dizer isso ao advogado que proclamava me defender, cobri a cabeça com as mãos.

Tive medo de levar uma borrachada, na minha cabeça desnuda eu não queria apanhar, sentir dureza de cassetete. Todavia, quebravam-me o queixo, com um segundo soco deixaram meu nariz sangrando.

Era para eu aprender a respeitar autoridade. Disseram-me aos berros, enquanto a gola do meu paletó era estraçalhada, reduzida a tiras como se um cachorro doente estivesse me atacando.

E não ficou nisso. Vi minha assinatura em cheques nominais, cheques esses endossados por Valéria, talões jamais em meu poder, ordens de pagamento nunca auferidas por mim. Pela primeira vez via cheques cor-de-rosa, escutava o que nunca ouvira Valéria afirmar: ser rica. Tão rica que continuaria me dando dinheiro e se eu não houvesse estrangulado sua tia, ainda estaria recebendo todos os meses os juros de suas rendas.

E ela, Valéria, não teria procurado a polícia, até gostava que eu a intimidasse, extorquisse-lhe dinheiro com o meu habitual processo de emitir cheques sem fundos, todos eles garantidos por ela.

Impossível suportar calado tamanha perfídia. E acusei a mulher que não era mais minha. De cabeça erguida disse que Valéria havia se entregue a um velho, para quem quisesse ouvir repeti havia sido a própria tia a enredeira, a única culpada da sobrinha ter aos oito anos se perdido, ainda impúbere ter ficado durante toda uma tarde com um ancião.

Eu não estava inventando, fora a própria Valéria que me contara tudo. Contara-me tudo porque quisera, eu nem queria saber quem a havia possuído em primeiro, de quando datava a sua perdição.

À tia Neomísia o velho tinha prometido uma fortuna, promessa que se resumiu numa chácara de rua indesejável. Indagassem o açougueiro. Sim, fora eu mesmo quem havia resgatado débitos encruados, saldado dívidas no armazém que a milionária não pudera ressarcir. Farsante milionária, só de boca.

* * *

Ainda nenhum júri me condenou, somente pronunciado eu fui pelo juiz, mas em vez de me encontrar na detenção, jogaram-me neste presídio. Sou o único que chegou a esta ilha sem sentença nas costas.

A detenção superlotada, foi o que alegaram. E devido a toda essa tramóia eu fui incurso num artigo de Código Penal – não me recordo do número dele, tampouco do parágrafo – que castiga assassinos.

Ainda bem que os peritos em caligrafia constataram as falsificações de minha firma em cores singelas de talões de cheque de Valéria.

Desconheço se Valéria está vivendo com o delegado. Todavia, suspeito que o velho, o velho que a perdeu, esteja metido nessa encrenca. Que ele tem influência eu sei. Que nenhum jornal lhe complicou a vida apontando a sua tara – eu não me esqueço. E recordo-me muito bem da presença de repórteres; naquela madrugada em que eu fui inquirido havia homens da imprensa tomando nota do que eu dizia. E eu não tenho ninguém por mim. Durante todo esse tempo de minha prisão ninguém me visitou nem me escreveu.

Cartas

REMETEM-ME por três vezes durante a semana, sempre em envelopes brancos mas remetem, embora a primeira, somente a primeira eu tivesse lido. Bocejando li-a, mas não cogitei de rasgá-la ao terminar de lê-la, transformando-a, apenas, numa bola de papel, jogada à cesta, repetição de um hábito todas as vezes fosse o correio inútil mensageiro.

Nenhuma atenção dispensei àquela página de caligrafia irregular, ridículas garatujas violentando a ortografia sem piedade, investindo contra a pontuação com uma incrível desfaçatez.

Desconhecia a remetente; e aquela carta de um único período, anátema de uma analfabeta expondo a sua ignorância sem arrodeios, tempo algum fez-me perder conjecturando. Inabalável se me conservou o espírito, apesar do cansaço de meus olhos horas inteiras se ensangüentando à galeria prenhe de personagens anormais de uma condenada saga. Fechei o romance. E ao colocá-lo sobre a mesa, foi naquele instante preciso que eu vi o envelope.

Expedido no dia anterior, na manhã seguinte devera o criado tê-lo recebido, contudo foi à noite, somente naquele instante eu o vi, jogado sobre a mesa qual uma mancha.

Pouco depois, relaxando os músculos, afundei de novo às molas de uma fofa cadeira, como se uma modorra fosse o desejo de meus sentidos. Célebre fora a fuga do meu pensamento, favorecida pelo meus olhos, já quase cerrados, desde uma nuvem embranqueceu a janela e foi-se ao lerdo sabor do vento sugerindo um confortável berço.

Cálido janeiro de noite repousante, soturna madrugada do último domingo do mês.

À aurora, galopes daqueles meus sonhos através de prados sem fim, foram freados.

Despertei sem lembrar-me que horas antes havia lido a primeira carta anônima.

* * *

Encontrei-a sorridente no azul de um vestido deixando-lhe a descoberto os braços. Nada dissera-lhe da carta, mesmo ao regressarmos da missa, quando por momentos permanecemos emudecidos, alheios a tudo, presas de um hábito que vulgarizava os nossos encontros. Assim permanecemos minutos inteiros, de mãos dadas, como se todos os segredos e juras houvéssemos já proferido. Prosseguimos, a andar entre enormes canteiros amortecemos mais ainda as passadas, e forte foi o meu beijo ao queimar-lhe a boca, despedindo-me. Por duas vezes Leonor se volveu, e ao transpor o portão continuou divisando adeuses, rasgados adeuses de minhas mãos.

De pequena estatura seu corpo era uma ternura, lembrando mesmo um violino. Mas aos domingos, eu podia engolfar os dedos sob os seus cabelos; e ouvi-la meiga e descansada enternecer os lábios.

Prestes se encontrava o segundo ano de nosso conhecimento, contudo era somente após a missa, durante o percurso até a esquina de sua rua, a paisagem do nosso namoro. Não podia sair à noite. Afirmara-me da pirronice do pai, sem titubeios enchera de vigilância os olhos da mãe, apesar de paralítica.

Vida reclusa, quase confinada era o amontoado de meses daquela filha única. Constante era a minha visão de um dia libertá-la de tão pesada, obsoleta disciplina. E antegozava a posse de minhas forças libertadoras, decantando o instante, num ignoto futuro, quando bronzes tangessem de sinos repiques festivos.

Pedir-lhe-ia em casamento, no noivado não haveria empecilho de nos encontrarmos, a Leonor falei certa vez.

– É cedo, foi a sua resposta.

E pisando a areia, a pisá-la continuou, como se nada de belo eu houvesse pensado e a ela externado.

Após quinze dias novamente abordei as conveniências do nosso noivado, todavia Leonor repetiu os gestos da vez passada, deixando no caminho, então molhado, rastos de seu andar displicente, trancadas permanecendo-lhe as faces, lívidas esculturas. Despedindo-se cerrou os olhos, oferecendo-me a testa.

Beijei-a, repetidas vezes beijei-a, embora nenhuma resposta, meus ouvidos obtivessem de seus lábios afogados de beijos.

No sábado seguinte vi aquela carta em cima da mesa; foi à noite daquele sábado que eu li a primeira carta anônima.

Três meses, faz precisamente três meses que eu não mergulho no verde dos olhos de Leonor. E por não vê-la durante todo esse tempo, não ouvi-la desde aquele domingo que me encontro roncando à cadeira, como se em uma cama estivesse, obstinei-me em telefonar-lhe, diariamente telefonar-lhe em horas diversas. Jamais escutei a doçura dos lábios de Leonor. Havia saído, não estava, eram as invectivas de uma voz austera, antes de interceptar abrupto a ligação.

Às terças-feiras, às quintas e aos sábados o meu empregado deixando em cima da mesa uma carta sempre uma carta semelhante àquela, lida aos bocejos, jogada à cesta desprezivelmente.

Não as contei nem as contar preciso, pois nos dias ímpares da semana, durante esses três últimos meses, o carteiro se detém à calçada da casa onde moro.

Ainda não as abri nem as abro. Deixo-as conforme o criado as dispõe, frágil pilha de envelopes carimbados. O telefone a informar-me como sempre: Leonor havia saído, não sabia qual a hora do regresso de Leonor.

Reprimi e persisto reprimindo a ânsia desembestada de uma curiosidade mórbida.

Intactos os envelopes são as cartas problemas insolúveis, lembrando singulares fetos de gestação interminável.

Até quando remeter-me-ia cartas tão desclassificadas, desprezíveis infâmias protegidas por um anonimato? Quem mas endereçava era a mesma pessoa de caligrafia garranchosa, própria de quem cursa o segundo ano primário.

Repetiriam todas aquelas cartas, a um bote de minha mão, a mesma denúncia da primeira? Ou seriam outros os podres apontados?

Soterrei a curiosidade num profundo recesso, dispondo-me a lançar à cesta todas elas; mesmo sem as ler com um safanão as veria engolidas pela cesta.

Limparia a mesa logo a meu quarto revertesse; sim, fá-lo-ia logo após a missa das dez horas.

Decidira-me a fazê-lo quando recitava para mim mesmo o evangelho de Pentecostes, no decurso daquela missa, também assistida por Leonor em meses idos, sempre a meu lado, cabeça recoberta por uma branca mantilha de rendas filigranadas. Manhã de sol aberto esgarçando nuvens do último domingo de abril, esfarrapados véus por sopros de ventos puros.

Manhã induzindo passeios, movimento, fermentando paixões, renascendo esperanças de amores incompreendidos, manhã que tudo pedia e tudo ofertava, compatível sempre com a feérica disposição da natureza.

Regressaria a pé, botinando venceria os sete quarteirões. De narinas dilatadas, a passos largos, aspirando sem tréguas também rumaria à praia, onde cristas de ondas salgariam a encalvecida cabeça de meu corpo de trinta e um anos.

Mas divisando a casa de Leonor, atravessei a rua; fechadas eram as janelas empecilhos a ladrões, e entreaberto o portão de ferro deixava à mostra uma lata de lixo.

Uma roseira perfumava o sono de um gato. Toda a varanda, por onde tantas vezes eu vira Leonor desaparecer em silêncio.

Tive vontade de colher uma rosa, uma de pétalas bem abertas, apanhá-la e obedecê-la a Leonor, feliz adorno para o preto de suas madeixas.

Por que Leonor não adocicava as mãos, perfumadas não as tornava colhendo jasmins de compridos galhos?

Ao sol por que Leonor não deixava as faces, sempre lívidas, certa vez, lembro-me, mastigadas olheiras?

Ninguém me viu, ninguém adivinhou estivesse minha imaginação a selecionar corolas, a colher botões daquele jardim, prisioneiro de um muro de caiadas paredes.

Fanariam, todas as flores fanariam, jamais perfumando sequer um naco dos dezessete anos de Leonor. Inconsúteis elas tombariam, uma a uma seriam devoradas por formigas ou farejadas por alguma venta fria de cachorro, surgida de alhures, enxotadas por uma vassoura, ou pisadas por indiferentes calcanhares.

Divagava; naquele momento eu via no descaso por aquelas rosas uma parecença com o sumiço de Leonor. Eu havia sido abandonado, também solitário era o meu coração.

Ó! mas o gato acordando transpôs o portão e, o seu pulo revolveu restos de comida. Mostrou-me, então, a lata de lixo um envelope, também garatujado por aquela capenga letra de há muito conhecida, chantagem posta de molho. perspicaz quarentena. Inconcebível. Era a mesma incansável letra que sobrescritou todos aqueles envelopes: era a mesma infame caligrafia que ziguezagueou em toda folha daquela primeira carta, prolatando uma inenarrável sentença, expondo uma denúncia acerbamente. Sim, dúvida nenhuma eu poderia levantar. A letra era a mesma. Meus olhos voltavam a vê-la, não em cima da mesa, mas a cavaleiro do lixo, sobre imundície de gêneros deteriorados, às bordas de uma lata amassada, enferrujada.

Apanhei-o. Sôfregos meus dedos o apalparam, irreverente minha visão o devastou. O envelope nada continha.

Esbaforido empurrei a porta e ofegante lancei-me quarto adentro, depois de vencer quarteirões e correndo transformar a minha rua num beco.

Sobre a mesa as cores eram severas, nenhuma carta embranquecia a madeira.

Meus gritos amarelaram o criado, balofas carnes suadas a emitir grunhidos; de espanador em punho lembrava meu criado um surdo-mudo, que aos pinotes galgasse escadas temendo lôbregas situações.

Meus olhos eram cólera, meus dedos crispadas garras e, uma navalha era o que parecia ter entre os dentes.

Não sei como um eco começou a devolver-me os impropérios, rompendo-me os ouvidos aqueles mesmos timbres, que me ressecavam a garganta, quase estrangulada, apoplética.

Implorou-me, não o mandasse embora, desfigurado o criado umedeceu a voz com um convulso choro ao confessar. Ele mesmo as havia queimado, há cinco minutos se tanto ele tocara fogo em todas aquelas cartas. Nem retirar dos envelopes os selos, aqueles velhos carimbados selos, sempre guardados até fossem remetidos a uma missão lá no Araguaia.

Na sua confissão eu insistia, mas negava atinar a causa, o móvel do seu procedimento. O criado não sabia ler nem resolver as quatro operações. Não era gago, mas as suas palavras sempre foram arrancadas a gancho, pronunciadas num ritmo reticente.

Se não fosse um pobre-diabo teria ele me escorado à parede, posto a faca no meu peito e proferido: "renda-se, seu doutor, o senhor não tem razão. Não permaneceram fechadas todo tempo aquelas cartas, se aquelas cartas revelassem alguma coisa o senhor doutor já as havia lido, não? Não foi o senhor doutor mesmo que me disse: quero sempre a mesa limpa, não foi?"

O desgraçado insistia em ademanes, convidando-me pressuroso, misto de aflição e covardia, a ir ver as cinzas. Mornas elas ainda deviam estar, lá embaixo, nos fundos do quintal.

Despedi-o, com um gesto feio mandei-o embora, deixasse-me sozinho. E aferrolhando a porta, afundei-me à confortável cadeira, escondendo o rosto à rodilha dos braços.

Eu provava de uma vergonha por saber tão funesto segredo. Tudo era verdade. Nenhuma mentira se equilibrava nos garranchos daquela primeira carta, paroxísticas oscilações de um doloroso miocinético.

Continuo a crer tudo seja verdade. A crer à tara do pai de Leonor. A crer jamais Leonor terá coragem de namorar, muito menos de usar, mesmo em pensamento uma grinalda.

A descrer dos garranchos da mão esquerda de Leonor, sim, eu queria. Juro que eu queria desconhecer Leonor estivesse furnicando com o pai desde sua mãe ficara paralítica.

Conflito

COMPLETO SERIA o esquecimento de Queirós se um episódio da infância não insistisse em se lhe conservar na memória.

Esquecimento sempre em ascensão como degraus de uma escada sem fim; esquecimento que começou a embotar-lhe a memória sem motivo, chegando a embrutecê-la como se quisesse transformá-la em pedra, depois jogando-a no fundo de um poço.

A princípio foram objetos de uso que lhe escaparam à lembrança. Deixar o relógio em cima da cômoda, esquecer-se de encher de tinta a caneta automática, descuidar-se de abotoar a braguilha, outrossim de afivelar o cinturão.

Tudo isso se lhe afigurava como resultado de excesso de trabalho. À família alguns casos de loucura. Mas como Queirós poderia enlouquecer se os olhos continuavam refletindo a saúde do corpo; se toda a sua face, se o seu peito se conservava enfunado qual o de um pombo? Nada de tornar-se louco. Excesso de trabalho, apenas isso.

E Queirós começou a dormir cedo, também a acordar cedo como um frade. Médico de si mesmo Queirós parecia estar sendo, impondo aos vícios severa penitência, deixando de fumar aqueles charutos de um palmo, aqueles cigarros de cheiro catingoso, dantes se ajustando no canto esquerdo da boca, quase todo o dia.

Todavia, charutos e cigarros enchiam-lhe a vista. Queirós fazia questão disso. Em sua mesa de trabalho, no Banco dos Armadores, uma caixa de charutos, sempre aberta, não cessava de evolar um cheiro de tabaco. E muitas foram as vezes que Queirós se surpreendeu de charuto à boca, já aceso, baforando.

Reagia brutalmente. Jogava o charuto no chão. E a espremê-lo com o sapato de encontro ao assoalho esfrangalhado Queirós começava a triturá-lo tão bem como se o tacão de seu sapato possuísse o poder de duas fileiras de dentes.

Queirós podia chamar o servente, ordenar-lhe limpar aquela sujeira, varrer do assoalho tamanha imundície.

Mas ao olhá-la, Queirós sentia os pulmões dilatados, o coração batendo forte, adquirindo os seus olhos um brilho reluzente, de metal.

Olhos com a força de quem destruiu o inimigo.

Por isso, Queirós deixava aquela imundície a seus pés; por isso ficava aberta a caixa de charutos a cinco palmos de seu nariz. Era preciso a presença dos charutos para que a sua força de vontade ficasse comprovada.

Todavia, onde Pio morava não eram charutos que ficavam à mostra à mesa de cabeceira; mas cigarros, muitos cigarros jogados à toa, pelo chão, cigarros sobre as cadeiras como se numa noite de bebedeira houvessem sido furiosamente espalhados.

E muitas vezes Queirós se surpreendeu a fumar um daqueles cigarros, a saboreá-los filosoficamente, sem nenhuma pressa.

Reagia, nunca deixou de repudiar o vício condenado. Mas essa reação era bem diferente daquela dos charutos, talvez até mais violenta, dolorosa, porque bruscamente Queirós arrancava o cigarro da boca. E trancando-o à mão, esmagava-o de encontro às carnes que se feriam em vários lugares, se queimavam mais profundamente onde o fogo do cigarro se extinguia.

Quem de nada soubesse e visse a palma da mão direita de Queirós, poderia pensar fosse ele um desleixado prático de laboratório.

Também Queirós tornara-se abstêmio. Garrafas de licor, pela metade, alinhavam-se na cristaleira e na estante e muitos romances policiais ficaram lidos também pela metade.

Chegou até mesmo a policiar o amor, rareando as visitas à pensão de Carmelita. Idiotice.

Poupava-se à maneira de quem lutasse para conservar a saúde mesmo sabendo que dela apenas sobravam restos.

Mas a memória de Queirós se ia evaporando, lentamente se evaporando à maneira de uma nuvem em dia de verão.

Queirós se debatendo para continuar a ser o mesmo funcionário do Banco dos Armadores, o mesmo contador que provara a sua eficiência de trabalho, até há uma semana.

O serviço não o estafava, nem o martelar das máquinas de escrever adoeciam-lhe os ouvidos. Mas Queirós se esquecia do que tinha de fazer. E isso era horrível.

Queirós chegava a sentir o coração espremido, um sabor de fel salmonar-lhe os beiços, quando verificava no dia seguinte vários papéis de assunto urgente, ainda sem a sua assinatura. E temendo se esquecer de trabalhar, não despender em vão as últimas energias da memória. Queirós deixou de chamar as pessoas pelo nome.

Nem mesmo a um médico Queirós confiaria o tratamento de seu mal. Receava, numa noite de farra, o médico desabafasse tudo, contasse os segredos dos clientes às risadas, pormenorizando especialmente o seu. Então, Queirós começou a comprar remédios que a bula dizia conter fosfatos.

Ah! se soubessem que ele, Queirós, estava desmemoriado?

E quem já viu um desmemoriado desempenhar funções de contador? Quanto mais contador do Banco dos Armadores, movimento enorme, capital imenso.

E Queirós descansava à espreguiçadeira todo o tempo que não se espichava na cama.

Porém, era nesses momentos de descanso que a sua memória se reavivava, se enriquecia de detalhes. Detalhes de loucura, loucura de parentes seus. Demorando-se na daquele cuja mania era viver como um coronel da Guarda Nacional, vestindo-se tal qual um coronel se vestia, dando ordens – ordinário, marche! direita, esquerda, volver! – a invisíveis batalhões, insistindo na insânia de outro ascendente que se dizia o décimo-terceiro Apóstolo de Cristo, e pelas estradas saía sempre a pregar o Evangelho, de alpercatas, um cavanhaque chamando a atenção de todo o mundo, comprido como o de um bode.

E no emaranhado dessas reflexões Queirós chegava a desejar: "se hei de enlouquecer que a minha loucura não seja espalhafatosa. Jamais eu venha desejar a ser coronel da Guarda Nacional, tampouco um missionário que saísse pelas estradas a condenar os pecados da carne, pregando a humildade, a pobreza".

* * *

Mas à véspera de solicitar ao gerente do Banco dos Armadores três meses de licença (iria a Santana do Ipanema descansar no sobrado da avó, dormir no quarto onde nascera, enfim, desaparecer de Maceió por uns tempos) de súbito a sua testa se encheu de rugas, secos ficaram-lhe os beiços enquanto um pavor amortalhava-se a alma, inteligência sucumbida.

Nem mesmo à infância, quando um pesadelo o acordava rasgando-lhe a boca para pedir socorro, Queirós sentiu semelhante pavor.

A noite inteira a ver a cama sem forças para vencer aqueles metros, distância diminuta e jogar-se no colchão. Sem forças para correr o ferrolho, encostar a porta, caso não quisesse suportar o ranger da fechadura ao torcer a chave.

Também sem forças para estender o braço, fechar a janela a um safanão de seu braço inerte.

Começava o sol a maltratar-lhe os olhos, sol da manhã que lhe maltratava a face com insistência.

Queirós não fechou os olhos. Não os podia fechar. Deixou-os como estavam, semi-abertos, olhos de quem está morrendo em abandono.

Também Queirós não enxugou o suor que começava a lhe ensopar a testa, gotejando pelas biqueiras das sobrancelhas, espatifando-se peito abaixo. Suor morno, suor de quem agoniza, suor de quem morre com os pulmões transformados em favo de mel.

De oblíquos, os olhos pouco a pouco foram tomando a forma retangular dos caixões de defunto, como se uma operação plástica, a cru, estivesse transformando as órbitas em covas.

As mãos lembrando dedos que se houvessem grudado uns nos outros. E depois de grudados se curvassem com menção de enterrarem as unhas às palmas das mãos.

Mãos sugerindo dois corações formalizados, grotescos, dois corações nunca vistos, que em vez de se implantarem em cavidades toráxicas, houvessem se inserido em extremidades de punhos.

Queirós não se lembrava porque havia arrancado os sapatos dos pés, tampouco da pressa que tivera de desabotoar a camisa, arrancando todos os botões, não era nenhuma lembrança de sua memória sucumbida.

E se por acaso, pela porta aberta daquele quarto uma mulher entrasse, entrasse mesmo Neusa, a Neusa de seus amores entrasse despida, Queirós não poderia abraçá-la, muito menos possuí-la, porque a sua mente já começava a trabalhar qual um precário cérebro de criança de cinco anos. Criança que se sentiria feliz se lhe dessem um papagaio de papel de seda, que pudesse subir e desaparecer por trás de nuvens com a sua cor vermelha de dirigido pássaro.

Madrugada

JUROU desconhecê-lo. Contaria à avó, agarrado à sua saia dir-lhe-ia tudo, e somente soltaria as mãos da cassa azul de seu vestido, quando obtivesse o que lhe iria pedir. Pedir-lhe-ia pouco, mesmo nada a quem possuía terras, casas, sobrados, prataria, gado e um descaroçador de algodão.

Esperava a aurora se revelasse, aguardava o arrastar das chinelas da Teresa para pular da rede, escapulir-se pelo portão dos fundos. De camisolão venceria a praça, de pés no chão galgaria os dois lances da escada.

E depois de atravessar o corredor, correndo ainda entraria de quarto adentro, escancarando na carreira aquelas portas, vigias do sono da avó havia anos.

E chegou a antever o horror desmaiando a avó, as verdades de suas palavras esfriando-lhe o corpo, a avó, coitada, estendida no assoalho de tábuas largas.

Nenhuma imagem perpassou-lhe a imaginação de que não seria levado a sério; não se via levando cocorotes, os dedos da avó a beliscá-lo, a beliscar-lhe os braços, nódoas esconjurado, afastado por bofetadas que lhe encheriam as faces de um vermelho de rosas bem abertas; não supunha escutar a avó a recriminá-lo, sua voz grave, pausada a admoestá-lo também não ouvia, outrossim, nenhuma palavra que a taxasse de maluco, de cego, de mentiroso.

E o menino espera que as telhas de vidro deixem de coar tamanho plenilúnio, que a madrugada desfaleça, morram todas as claridades deste fim de noite. O menino espera deitado no branco de sua rede tersa, deitado como se estivesse dormindo um sono de mirabolantes sonhos, dormindo a sua última noite naquela casa de cumieira alta; o menino continua esperando, ouvidos atentos, (quase cerrados os olhos) que os chinelos de Teresa sejam arrastados nos ladrilhos da cozinha.

A rede imóvel, o menino dentro da rede qual um defunto. Agora, gestos, apenas gestos, de quem ressona, atitude de quem aguarda um sono de desfecho tardio.

E se por desventura o pai acordasse, antes de Teresa o pai calçasse as botas e o chamasse, ele seria uma criança dormindo. Fingiria. Não o acompanharia ao curral, sozinho ele fosse assistir à ordenha, sozinho ele voltasse trotando no baio da garupa desocupada.

O menino imóvel, como um defunto no fundo da rede o menino aguarda a madrugada, espera que galos cantem num prenúncio de aurora.

Por que tamanha claridade numa noite de prolongado desfecho? Por que os ventos do amanhecer não desnudam os vultos das árvores? Por que o relógio desta noite é tão moroso, tesouras cansadas sugerindo os ponteiros?

E o menino esfrega os olhos, encolhe uma perna e a coberta volta a cobrir-lhe o corpo. As telhas de vidro coando a prata de uma lua enorme, sombras esgarçadas num canto de parede onde um guarda-roupa enforca ternos de fazenda pesada.

Inesperadamente o silêncio é violado por um grilo músico e pinoteador. Mas depois silêncio, silêncio imenso nem uma vez interrompido por ladrar do Topsy, silêncio de lago desconhecido nem uma vez ferido por uma serenata, que sempre enraivece o cachorro de pêlo negro. Apenas o persistente vôo de ventos céleres uivando longe das telhas, apenas a claridade ininterrupta de uma noite sem fantasma.

E o menino já tem os olhos fechados, antes das duas pancadas ecoarem na única torre da matriz, seu corpo começa a suar, embora o calendário não anuncie o verão.

* * *

Acordaram-no. Depois de compressas, de centigramas de piramido de boca adentro, o menino acordou tendo, ainda, um vidro de amoníaco a arrebentar-lhe as narinas.

Como se se tratasse de um bêbado, acudiram-no. Vermelhas as orelhas de tanta febre, profundas as olheiras de intenso roxo.

Viu primeiro a avó contando gotas para o seu estômago embrulhado; ouviu depois os lábios de Teresa soltarem ternuras numa fala mansa, estirada e vislumbrou ainda sentindo náusea, o pai levantar os braços num gesto de quem vai tocar flauta.

Mas ao ver minutos depois a mãe que deixava o quarto vizinho para cobri-lo de beijos, ao se ver enlaçado, ninado por uns braços que ele supunha amortalhados, o menino de súbito compreendeu tudo.

E sem responder a ninguém, surdo para as perguntas que lhe faziam, o menino permaneceu por muito tempo a olhar a porta.

Escancarada ela devassava o quarto vizinho mostrando o tapete ao pé da cama e a alvura dos travesseiros de cortiça, qualquer pessoa poderia constatar pelo vão das maçanetas destrancadas.

Nenhuma dúvida adernava a compreensão do menino. Havia o menino compreendido tudo. Aos quatro anos ele vira o mistério ter início e ser consumado.

E encarou o pai com firmeza; dizer naquele instante o que vira era, então, um frágil desejo seu, embora a sua boca se rasgasse num enorme talho de choro convulso.

E quando os braços do pai o procuram suster, qual um enorme caranguejo o menino recuou e escondendo as faces nas mãos abertas foi dizendo aos berros:

– Não me toque, eu vi você matando mamãe, eu vi tudo – tudo sem querer...

O menino, pela primeira vez, não mentia.

Ivan

POUCO FALTA comece o Reitor a enegrecer as cabeças dos concluintes com o capelo e entregar-lhes o diploma de doutor em ciências jurídicas. Pouco falta tenha início a solenidade de formatura deste ano e não demorará que o salão nobre se empreteça de becas amarrotadas.

A acústica já devolve cochichos de senhoras que cochichando refrescam os colos com leques abertos, agitam as mãos com cadência, como se estivessem obedecendo a uma oculta batuta.

Homens já baforam nos corredores, à espera que o pano de boca se encolha, gente de posição permanece no saguão, impacientemente aguardando que o palco surja, mostre-se qual um canteiro, tantas são as flores que adormecem na enorme mesa da diretoria.

Os membros da Congregação lembrando carnavalescos corvos vão com enfado se sentando nas cadeiras de espaldares altos e brochados. O Reitor é o último a procurar uma poltrona de braços esculpidos.

Mais alguns instantes e o palco da Faculdade apresentará à platéia togas que se sucedem numa monótona cor de enterro.

Deitado Ivan olha os caibros, numa posição que lhe entorpece os membros continua Ivan contando as telhas que escapam da parede sem platibanda, biqueiras quando as nuvens se rompem em trovoadas, aguaceiros densos.

Faz tempo o corpo de Ivan esquenta a cama, ferros esmaltados unidos por porcas enferrujadas, imprestáveis varões enferrujados rangindo ao suportar qualquer peso.

Defronte, à janela por onde o vento entra, e entrando em lufadas abre jornais, derruba-os no assoalho, com ímpeto desarruma a mesa e balançando o fio da luz elétrica persiste em escancarar revistas e livros, fazer voar folhas de papéis depois de encontrar a porta trancada.

As paredes subindo numa cor bolorenta de miserável terceiro andar, repete nas ripas a miséria do sobrado, escuras dependências subdivididas por tabiques sem espessura e proteção.

A escada sem corrimão é um agouro, entulhado lembra o patamar um depósito de lixo que o tempo mofou. Não é freqüente a empregada varrer os degraus, descer o caracol das escada que fede e termina rançosa; também não é hábito da empregada olhar o patamar que se cobre de excrescências, devoradas por ratos que assombram os andares com suas carreiras.

Afirmaram a demolição do sobrado, mas enquanto os alicerces do pretenso arranha-céu persistirem, apenas poderosos na projeção horizontal de um desenho, força subterrânea de uma calculada planta – a desventura subsistirá nos corredores, respirará a penúria em cada quarto, mesmo seja ele o de frente de qualquer andar. Não faz diferença.

Água, somente a de uma torneira do rés-do-chão, água sempre sonegada por quem alugou o sobrado para retalhá-lo em compartimentos de albergue. Insensível albergue que não dá almoço, jantar nem café em qualquer hora do dia, da noite. Insensível dormitório que fornecendo lastro de arame a quem lhe pede pouco, mostra-lhe uma cama sem travesseiro, sem colcha, sem coberta, gabarito desnudo, como se a frieza dos ferros não molestasse a carne.

Dormitório para quem não conseguiu arrancar de si a miséria e da miséria ter vergonha; pouso para quem passa o dia sem fazer nada e desiludido espera que o coração se canse, de todo feneça o ânimo que ressurge, algumas vezes, da derrota com o calor de uma chama de vela.

Desse sobrado poucos são hóspedes que trabalham, e quando trabalham ganham salários tão baixos, que melhor seria não trabalhar, viver como os outros sem emprego, cotes de cigarros americanos que lhe avolumando os bolsos das calças, chegam a dar a impressão de enormes revólveres.

Também é bordel este sobrado de janelas desbotadas. Por C$ 10,00 um polaco cede a sua cama e nos fundos do corredor do primeiro andar ele espera, contando os minutos o polaco aguarda a saída do casal como se o amor fosse páreo de quadrúpedes.

É também neste sobrado que Ivan dorme e acorda para rever o rio, rio sem murmúrio passar por debaixo de pontes, rio correndo sem voz procurando o mar sem pressa.

Nesta cabeça-de-porco que somente o polaco pode explorar o lenocínio, inexplicavelmente é ele o único proxeta que a polícia não molesta – mora Ivan há mais de seis anos – mora este Ivan que agora, insiste em contar os caibros.

De propósito Ivan se atrapalha na soma e recomeça a operação acreditando que somando errado também precisamente o relógio marcará o tempo.

Mentiu Ivan ao dizer que uma imaginária Dona Elza seria a sua madrinha quando colasse grau. Voltou a mentir ao insistir por quatro convites para o baile de formatura. E mentiria ainda mais se tivesse de responder a outras perguntas.

Dantes desprezou o auxílio do Diretório Acadêmico, dizendo poder custear os estudos jamais quisera ajuda de colegas que dominavam a política situacionista da Faculdade.

Passava-se por intérprete, dizia-se tradutor e capaz de verter textos para outros idiomas com precisão.

A paisagem, o rio, o luar nos silêncios de madrugada da Rua da Aurora, a solidão de seu quarto – era tudo isso além de seu gosto pela adversidade alheia que o compelia a ficar morando naquele sobrado de varandas leprosas descascadas.

Esses esclarecimentos vertiam de seus lábios que se descolavam rápidos e rápidos voltavam a se unir como se as sílabas tivessem visgo. Retrucava. Não era poeta. Gostava somente das noites caladas, seus dedos não sabiam tanger cordas de lira. E espalmava as mãos, mostrando as salsichas de seus dedos encravando unhas roídas – Ivan ria-se, escondendo depois os polegares nos bolsos de níqueis da calça, atitudes de cafajeste que o transfiguravam. Blasonava nessas ocasiões. Insistia em menosprezar o inconveniente interlocutor com perfídias, antes tímido logo se tornava sarcástico, de humilde passava a opressor e humilhava mesmo a quem quisesse denegri-lo, com indiretas vir a saber por que o seu quarto não era noutra rua, porque o seu portão não era noutro sobrado.

E Ivan dava por finda a rusga aliviando o colete, ficando a rodar o Patec-Felipe, dando volteios na corrente que o indicador de sua mão direita sabia fazer com mestria. Assim o exibia. O chapéu, nessas ocasiões, jogado para trás deixava à mostra cabelos untados caprichosamente.

De bico fino eram seus sapatos e as calças de tão estreitas nas bocas pareciam ceroulas, davam a impressão de especiais tecidos que aquecessem friorentas e doentes pernas.

Embromava nos salões de tradicionais clubes. Sempre se fazendo passar por acreano, ser filho do Acre era o seu fraco. Os seus olhos rasgados, oblíquos ajudavam; e embevecendo recifenses de beleza acobreada com lendas do território longínquo, ficou sendo Ivan um imigrante de um território de família poderosa.

Simulava, com farsas de prestidigitador continuava a enganar filhas de usineiros e o morno de sua voz não deixava arrefecer o épico das aventuras de sua terra. Despistava como um animal que pudesse apagar os próprios rastos. Não conhecera o pai. A mãe casara-se pela segunda vez quando ele ainda engatinhava e o seu padrasto era o seu verdadeiro pai. Criara-o. Tinha-o como seu filho. Queria-o, via nele o filho que o seu casamento não lho dera.

E terminava mencionando o nome de um rico fazendeiro, que não falava nem ouvia coisa alguma, havia anos, depois de uma congestão aprisionar-lhe o corpo num quarto.

E teve o topete, chegou mesmo a convidar, certa vez martelou a resistência de um adolescente de Boa Viagem, que resistiu ao convite de gozar férias sentindo o cheiro do capim-gordura, vê-lo numa imensidão de verde suculento alimentar vacas, perder-se em quilômetros de invernadas.

O Reitor pigarreou e meteu o dedo no nariz antes de coçar a careca que os refletores lustram. O secretário-geral da Faculdade não pára, é uma carretilha que gritasse por nomes e sobrenomes, já houvesse deixado de encarar a platéia e limitando-se exclusivamente a chamar os concluintes temperasse a garganta de quando em vez com goles d'água bicarbonatada.

Ivan não viu quando o primeiro da turma recebeu o pergaminho e voltou a sentar-se sobraçando um rolo que o lacre feriu; nem escutou quando as palmas começaram a se renovar, a cada instante a se avolumarem quais pombos que somente ruflar soubessem.

Os ecos não deixam o recinto. A aristocrática colação de grau deste ano um desperdício de plumas que se levantam de chapéus de elegantes senhoras à maneira de espalhafatosas canetas de singulares tinteiros.

Também Ivan não ouviu o paraninfo discursar mão aberta gesticulando como se estivesse cumprimentando pessoas de vários tamanhos e depois, pela testa passasse a mão como se o suor fosse coisa ruim.

Depois, a ordem alfabética impondo obediência ao secretário-geral que atinge a letra "H" com voz tonitroante, como se estivesse proclamando nominalmente heróis da pátria chama cada bacharelando com ênfase. Pedante.

Mas ainda vazia a cadeira onde Ivan devia estar sentado. Dentro em breve seu nome será vociferado, numa escorreita pronúncia escutada por uma velha que não se cansa de se abanar à primeira fila.

Se o argentino, crápula que a polícia soltou ontem à tarde, procurar Ivan para pedir-lhe cigarro, se o argentino depois de contar os caibros não sei quantas vezes, se o argentino se lembrar de que nunca Ivan ressonou tão pesadamente, nunca foi dormir numa boca-de-noite, jamais seu vizinho dormiu de luz acesa – talvez no Pronto Socorro possam acordar Ivan.

Mas Ivan dorme. Não faz muito o sono o empalideceu, todavia antes dele começar a dormir não contava mais telhas nem queria saber quantas ripas corriam pelo telhado de seu quarto.

Queria, sim, esquecer-se de uma mulher do bairro do Recife, esquecer-se de uma prostituta que explorando outras decaídas podia, como sempre pôde, dar tudo a ele, Ivan; queria, sim, não se lembrar mais de que era a lavadeira, a mesma lavadeira que lavava as imundícies do meio de vida de sua mãe que todos os sábados lhe trazia dinheiro; e querendo a todo custo ser o personagem que a sua imaginação criara, querendo viver na noite de sua formatura como verdadeiro filho daquele imaginário fazendeiro do Acre – Ivan começou a mastigar dragas como quem tritura grãos de milho. Lentamente. Esmagando-as sem pressa, displicentemente as quebrando nos dentes, Ivan foi sentindo sua imaginação cada vez mais distante do território do Acre, cobrindo-lhe os olhos espessas cortinas de fumo, que sulfurosas e densas entravam, entravam sempre narinas adentro até envenenar seu coração de peito agitado; sentindo também um peso no sangue vagaroso, que grosso corresse nas artérias como um líquido de densidade pesada, qual a do chumbo.

E Ivan começou a se rever como interno do colégio dos jesuítas, a rever-se durante anos e anos sem ter para onde ir, sem poder ir a parte alguma, sempre no recreio, sempre no pátio, mesmo fossem de férias os meses.

E Ivan lutou, agarrou-se com a memória para não rememorar como havia vivido até aos sete anos; de sua vida antes de ser internado Ivan preferia não ter a mínima idéia. Em vão.

Implacável o princípio do torpor obrigava-o a lembrar-se, sem omissões a lembrar-se de situações de sua infância. Nítidas seqüências obrigando-o a ver mais uma vez gente desconhecida tomando liberdade com sua mãe, enquanto ele choramingava e agarrado numas saias sempre vermelhas se esforçava por detê-las, detê-las num corredor do bairro das meretrizes quando já supunha estivesse sua infância habituada com aquilo e vendo aquilo todo o dia inúmeras vezes ele não desse mais importância...

Eu Vou Enforcar Sônia

DESCANSADOS meus braços se encontram e desde essa paisagem delimita o horizonte de meus olhos, e o meu corpo em repouso, embora eu não queira submeter-me a nenhuma moribunda existência.

Freqüentes rajadas descabelam coqueiros e, o vento vergastando o mar com rijas chibatadas traz até à varanda sons de uma fúria que remove as areias com sopros de bocas vorazes.

Dir-se-ia a solidão elastecesse os dias dessa ilha, como se não ouvisse os estrondos das ondas teimasse o marasmo em inutilizar qualquer criatura, em amolecer-lhe o espírito, com uma indolência sem fim, inutilizá-la. Dir-se-ia ainda que a doença do sono infestou essa ilha, todo o mundo daqui já foi mordido pelo mosquito que inocula para matar.

Não adianta, quem chega a essa ilha se torna preguiçoso, sem querer nem saber por que se entrega à malandragem. Não precisa muito tempo para que o indomável vá adiando os seus planos, vá o trabalhador contumaz deixando para amanhã tudo o que a sua imaginação havia concebido e a sua força de vontade arquitetado.

Besteira reagir, se vier prevenido pior. A munheca ainda mais depressa, desiste de vez. Entrega os pontos muito antes dos outros, moleirões que nada queriam com o trabalho, confessa-se derrotado como aqueles que chegaram incrédulos, por saberem que a ilha maltrata quem sua, castiga quem gosta de suar dando duro, não arredaram uma palha, quietos esperaram que os coqueiros frutificassem.

Também não vale a pena adubar a terra que é quase toda de areia mesmo longe do mar. Perde tempo quem a revolve, joga dinheiro fora quem a enriquece com qualquer adubo químico. Até a bosta do guano se desmoralizou nas entranhas dessa ilha retalhada por cercas. Nenhum clorofosfato a amansou.

Por aqui somente coqueiros vicejam, somente deles e para eles são esses quilômetros que nenhum binóculo consegue atravessá-los, vê-los todos.

Forragem para o gado vem de fora; para os porcos chega milho do continente e os legumes que os intermediários vendem são de proibitivos preços, de tão caros perdem o sabor. Tudo é caro nessa ilha que nenhuma geografia registra. Os cocos que são armazenados em galpões recobertos por telhas vermelhas, a miúdo desencadeiam atritos e malquerenças. Os intermediários, umas pestes.

Prestam-se a tudo. Quando não conseguem que o governo force a baixa do preço da tonelada, tentam o suborno, compram um proprietário, induzem-no a vender toda a colheita de um trimestre por preço condenado, muito abaixo da tabela; tudo isso falcatrua, malandragem de escol porque na realidade aquele que vendeu coco, mais barato, recebeu por fora gorda recompensa, sem dar recibo ganhou polpuda gratificação.

E os sem-vergonhas vão-se sem deixar rabo; esperam que se lhes fale, se lhes suplique pelo radioamador que comprem a mercadoria prestes a apodrecer. Mas se alguém faz essa asneira logo fica desmoralizado, porque os intermediários replicam e replicando afirmam não quererem comprar nada, por ora nenhum negócio lhes interessa com a ilha. Salvo... e lá vem outra chantagem... se o preço for quanto e não tanto. Preço ainda mais baixo do que aquele que serviu de isca.

Em ocasiões como essa quem não tem dinheiro se arruina, por falta de capital torra tudo, por não ter crédito vende a propriedade por uma ninharia.

Depois que estou aqui ninguém fez semelhante burrice, felizmente nenhum de nós se venalizou, prestou-se a bandalheira. Contudo um alemão tentou fazer chantagem. Levou na cabeça, por uns tempos ficou sendo visto como coisa ruim.

Queria o alemão uma cooperativa, que nós criássemos uma cooperativa com presidente e tudo. Aparei-lhe as unhas. Antes da reunião ser marcada, ali na beira do cais quando esperávamos um cargueiro, contive-lhe o ímpeto. Não queríamos trapalhadas. Não éramos bestas para dar de mão beijada a nossa liberdade de iniciativa. Não queríamos discursos nem procurador de nenhum instituto vivendo às nossas custas. De cooperativa para sindicato era um pulo. Pesados os impostos já se nos afiguravam pesadelos.

E deixamos o alemão, todos demos as costas ao fanático que apostou na vitória da Alemanha; fomos para o outro lado, do cais; arrastando os pés com moleza, distanciamo-nos do homem louro de Düsseldorf e ficamos do lado esquerdo das ondas que suspendiam o navio do casco preto como se estivesse dando formidáveis socos.

Em dia incerto atraca um navio e uma vez por semana o molhe se empretece de canelas de negros que alcançam o tombadilho constantemente retesas, suadas. Descreio outra raça agüentasse semelhante trabalho, se prestasse a substituir guindastes carregando nos ombros sacos de cocos sem casca.

Por causa do guindaste o governo não teve nenhum voto, ninguém da ilha sufragou candidato de qualquer partido nas duas últimas eleições. Falei aos minguados eleitores, com poucas palavras abri-lhes os olhos, seríamos uns idiotas se continuássemos votando em indivíduos que só sabiam prometer, apenas durante a campanha eleitoral se lembravam de nós.

E demos uma boa rasteira nos demagogos, deles não recusamos as carteiras de cigarro, agradecemos sem servilismo as garrafas de cachaça e fomos ver o cinema ao ar livre depois do comício.

Naquele ano o alemão ainda não queria ser nada.

Depois num canto de página eu li num jornal independente que a justiça eleitoral devia atentar com o comportamento dos eleitores da ilha, nossa ilha que apelidaram de Madalena. E prosseguia a notícia elastecendo as nossas orelhas, incrível nenhum eleitor houvesse deixado de votar e todos os votos tivessem sido em branco. Concluindo o redator interrogava: "seríamos clarividentes por descrermos dos representantes do povo ou conjurávamos em massa o regime ou analfabetos todos nós éramos?"

Ri-me, sem Sônia ver-me de boca escancarada continuei rindo como se tivesse visto alguém cair, esborrachar-se no chão depois de escorregar. Ainda gosto de rir-me assim. Nada com a vida dos outros eu tenho, pouco me importa que o meu vizinho bata na mulher, contudo chego a asseverar que por aqui todo o mundo vive em concubinato, ajuntado como a negrada faz.

Um padre veio e voltou com as mãos abanando; em seguida desembarcou um capuchinho que falava alisando o queixo como se suas barbas fossem fios de tear.

Gracejando, disse à Sônia ontem à noite, que passasse a ferro o seu melhor vestido. No primeiro vapor chegaria o Bispo para casar a nós todos, casar-nos, batizar e crismar ao mesmo tempo os filhos pagãos de cismáticos relutantes.

E Sônia fingiu acreditar. Então, não tive outro recurso: chamei-a de besta. Mas na realidade a besta sou eu.

Sônia se fanou antes do tempo, precocemente rugas bordam-lhe as órbitas e apesar do negro de seus cabelos, terminam-lhe as faces num cansado queixo. Por mais indulgente que eu queira ser só vejo destroços na fisionomia desta mulher que vive comigo há mais de dez anos.

Não consigo mais descobrir o encantamento que os seus olhos retinham. Deixei de sentir o morno sadio de seu hálito e agora a sua boca são frouxas carnes que não contivessem sangue, recobrissem sem vida seus ossos cansados.

Da metrópole lembro-me da Rua da Alfândega, onde ainda faço transações bancárias, todavia por não sentir saudades durante todo esse tempo do continente, presumo que não estou bom, alguma doença deve fustigar-me, em recessos deve ela ter se instalado, afligindo vísceras que maltratam meu corpo com dores esparsas, reticentes indisposições. E eu começo a entortar Sônia. Quando grandes não lhe acho os pés, verifico que as duas pernas são curtas, desproporcional o nariz que avança retilíneo. Sinceramente, assusto-me com as exigências que, agora, comandam a minha consciência. Não sou o mesmo, deixei de ser aquele que induziu Sônia a fugir, sem querer o maltrato, pondo defeito em tudo que ela faz – eu a faço sofrer.

Sônia ainda não chorou, tem-me por enquanto como um arreliado que sentisse o peso da solidão. É comum por aqui dormir-se contente e se despertar com o diabo no corpo, sem se saber por que deixar-se a cama com raiva de tudo. Porém a insatisfação não perdura, dissipa-se como surgiu e antes do sol afoguear nuvens já o sujeito se encontra refeito, livre daqueles humores que lhe envenenaram o espírito.

Depois de sufocar a solidão embala. A daqui faz isso – experimentam-na, se duvidarem. Solidão que termina empurrando o mal-humorado para o coqueiral que não necessita de cuidados; e no meio daqueles troncos que não se aprofundam em areias sujas, encardidas, sombreando com seus leques ululantes léguas inteiras – não há quem resista.

Esquece-se mais uma vez da indolência que amofina, esquece-se da vida sem pressa que atrofia e, instintivamente, se recomeça a olhar cocos deformando cachos, a olhá-los com amor como se a escritura do coqueiral houvesse sido feita momentos antes.

E principiando-se a multiplicar algarismos depois da imaginação abarrotar galpões com os frutos que o vento inda balança, a avidez do lucro fácil se apodera do coração da gente.

Ganância sem travo, prudência que não aflige temor é a rotina de quem vive desse comércio de cocos, porque as transações não assustam, transmitem ao dono do coqueiral uma sensação de estáveis negócios.

A mercadoria se valoriza com a alta do câmbio, a inflação amparando uma minoria, mata de fome quem nada possui, revolta aqueles que tudo compram. Mas eu não tenho nada com isso. Se agora eu me aborreço é porque não me entendo, pela primeira vez me reconheço.

E esse meu atual estado de espírito não foi se avolumando, aos poucos se enegrecendo, ficando corroído devido a um veneno de efeito tardio. Acinzentou-se sem aviso prévio. Instalou-se de chofre. Acizentado. Nebuloso.

Pela primeira vez implico com uma pessoa sem motivo. Não compreendo porque embirro com Sônia, sem discutirmos começo a vê-la rabugenta, sem causa justa sinto aversão por essa mulher que deu as costas à civilização, por minha causa deixou tudo. Eu sempre acreditei nessa renúncia de Sônia, que ela fosse amor e amizade jamais sôfregas, nunca duvidei.

Todavia, sem eu cheirar coisa podre minha venta se envenena. Estarei doente ou tenho razão de duvidar que Sônia é uma carcereira? Que foi Sônia quem conscientemente me prendeu, durante todo esse tempo, foi ela, somente ela a causadora desse meu singular exílio. Que ela dissimulando todo o seu ciúme conseguiu me aprisionar nessa ilha, viver desse comércio que me enriqueceu, e estimulando a minha avareza, conseguiu o impossível, obteve o máximo ao ver-me sem sentir vontade de gastar depois de rico.

Que Sônia aceitou a minha proposta como prêmio, escutou as minhas amorosas promessas ocultando a íntima alegria de seus olhos ao mesclá-la de espanto!

Visando permanecer apenas meses encontro-me nessa ilha há anos; nem uma vez reverti ao Rio de Janeiro durante todo esse tempo e sequer pensei nas bebedeiras das vésperas de Natal. Telegramas? Só os de negócios. Nem cartas comerciais me preocupam.

O que eu vendo não se bitola nos trilhos da prestação. Desconfio das letras promissórias. Pode fugir, pode morrer, pode ser safado o devedor. Fiado não faço transações. Sempre negociei assim. Num banco da Rua da Alfândega o comprador deposita o dinheiro, caução exigida dias antes de receber a mercadoria. De tudo o radioamador me põe a par. Nenhuma maroteira. Inacreditável, todavia eu enriqueci sem roubar. Também incrível que uma mulher como Sônia pudesse ser tão talentosa, soubesse fingir tão bem e suportasse o fingimento durante todos esses anos, com tanta eficácia pudesse me engabelar durante todo esse tempo.

Oh! como essa Sônia soube me conhecer, melhor que eu próprio soube essa Sônia como eu me deixaria levar e aceitaria essa vida de bicho se de três em três meses os lucros do coqueiral se sucedessem, duplicassem! Oh! como essa Sônia habilmente contribuiu para a multiplicação das minhas posses; Sônia costurando, lavando e cozinhando almoços esquentados no jantar essa sonsa me cativou e cativo eu fiquei de suas manhas ao ter certeza de que somente uma Sônia me ajudaria a ficar milionário, nenhuma outra mulher se sujeitaria a viver como Sônia!

Ah! solércia de mestre, hein... Eu acreditando na renúncia de Sônia, amando a Sônia que não se empolgava com a civilização, vendo-a sempre a querer o que eu queria, a tornar-se rica como milionário eu queria ficar.

Eu jurando fosse Sônia amor e amizade – jamais sôfregos; jurando ainda Sônia houvesse nascido para me arrancar da pobreza, fosse Sônia uma mulher formiga de raça extinta. Quanta tolice, quanto engano! Confesso envergonhado ter sido eu um parvo perante Sônia.

Porém somente agora reconheço que não estou doente, atinando somente agora toda a minha frustração anterior.

E se eu fosse afeito a confissões teria até vergonha de narrar a um padre, mesmo a um frade que pela primeira vez me escutasse – vergonha de narrar a seqüência de ódios que me compelem ao assassinato. Sem dúvida tomar-se-ia por um mentiroso que até se confessando perjurasse, descaradamente mentisse.

Ter pressa nessa ilha é asneira, já disse. Mas se eu não estiver equivocado amanhã será dia de vapor. Então, encomendarei ao comandante um rolo de cordas. Quero-o novo. Só serve assim. Se estranharem a ausência de Sônia já tenho uma resposta engatilhada. Claro, desconcertante. E com prazer começo a esfregar as mãos...

Vivo esfregando as mãos. Somente agora adquiri esse hábito de esquentar os dedos esfregando uns contra os outros e continuo a fazer isso como se eles estivessem sempre molhados e toalha não houvesse ao meu alcance. Não sei porque eu não me canso de atritá-los. Isso mesmo. Desconheço a origem desse prazer que de súbito me dominou e a dominar-me durante toda a última semana vem me avermelhando as palmas. Acredito até dormindo continuo eu a fazer o que faço durante o dia, pois desperto com as mãos escalavradas qual um lenhador.

Trouxe o comandante o rolo de cordas sem atinar com o meu propósito. Essa não foi a primeira vez que a ele solicito favor. Era um presente, disse-me. E não consegui demovê-lo, de forma alguma quisera o comandante aceitar o pagamento do entrançado de fibra que, ainda, se encontra na despensa sem ser desfeito.

Sônia estranhou o meu comportamento. Com voz mansa repliquei que não estava louco. Se não parava de esfregar as mãos era devido a uma coceira que se danava quando eu deixava as mãos desunidas.

Não queria nenhum remédio, já havia sofrido dessa moléstia quando era criança. E por isso havia levado cocorotes de minha mãe que viu no esfrega-esfrega mais uma das minhas implicâncias. E a doença desaparecera como surgira, por encanto eu havia deixado de sentir aquelas comichões que me beliscavam. Não insistisse, voltasse para a cozinha com o litro de éter canforado, não queria ficar com as mãos molhadas nem sentir cheiro de coisa alguma. Era eu ou ela que esta sentindo o sangue volver ao coração sem irrigar as polpas dos dedos?

E revendo a decadência do corpo de Sônia, decadência que me enchia os olhos com a frouxidão das carnes de seus braços, sentia não poder recuar, teria mesmo de matar a mulher que engordou e gorda lembrava um ventre em gestação.

Os pés achatados pelo peso das pernas, o queixo sendo devorado por uma papada que invadia o pescoço gordurosamente dividindo-o. Outrora limpos, os olhos embaçados, tão doentes como a obesidade que lhe aleijou os seios. Seios sem firmeza, tão repugnantes quanto as coxas que mesmo estando separadas escondiam o sexo.

Joelhos inchados pela gordura que lhes tornou redondos os dedos à maneira de salsichas.

E ontem à noite constatei toda essa enxúndia, quando Sônia trocava o vestido pela camisola eu me espantei vendo toda essa disformidade que ressonava ao meu lado, sonhava na mesma cama em que eu dormia.

Levantei-me, para apalpar a gordura que me oleava a visão deixei a cama. Estaria eu doente dos olhos, seriam verdadeiras todas aquelas banhas?

Retribuiu Sônia o meu abraço e se não fosse a sua voz, voz aveludada, morna voz da época do nosso namoro, se não houvesse escutado aquela antiga voz que musicava meus ouvidos com a ternura de poucas palavras – acredito tivesse estrangulado Sônia, com as minhas mãos tivesse comprimido-lhe o pescoço, mesmo sem o auxílio da corda a tivesse deixado desacordada, bem morta.

Mas eu nada fiz, mesmo vendo-a depois dormindo eu tive vontade de possuí-la, mais uma vez morder-lhe os lábios momentos antes fedorentos parao meu enjoado nariz.

E com mão de cego apalpei-lhe as costas na escuridão do quarto procurei-lhe os cabelos que se enroscaram nos meus dedos, macios como algodão.

Sônia dormindo, insensível às minhas carícias que se detiveram em seu ventre antes de entendiá-la toda, de percorrer toda a sua epiderme como uma formiga sem rumo.

Profundo sono de quem não tem pecado, sono de quem dorme sem pensar na vida era aquela Sônia respirando sem pressa, dormindo de banda, sem pesadelos de banda, sem pesadelos nem ofegar.

Acordei com a frouxa claridade da madrugada banhando-me o rosto e revi o sono da silenciosa Sônia abandonar-lhe os membros numa placidez, somente encontrada na pureza de crianças mortas. E voltei a enterrar os dedos nos seus cabelos, sempre algodão sem caroço.

A claridade se firmava, já intensa transpunha ela as vidraças e enxotando sombras arrancava dos móveis a escuridão da noite.

Eu começava a inquietar-me. Aos poucos sentia volver a vontade de matar Sônia e já começava a querer asfixiar a mulher que desnuda tinha a coberta amarfanhada nos pés.

Desci os dedos até ao seu pescoço e comecei a apertá-lo, a apertá-lo como quem enforca sentindo prazer. Devagar, sem pressa como se eu me demorando a matá-la viesse a sentir um prazer nunca conseguido.

A manhã se anunciando firme, trazendo-me o sussurro dos coqueiros de cabeleiras enormes.

Nada de Sônia estrebuchar, nenhum gesto de quem se defendesse partia do corpo que esfriava as minhas mãos. Recuei, saltando da cama como um gato assustado eu comecei a sentir vergonha de querer matar a quem morrera dormindo. E um súbito calor me esquentou as faces como se eu estivesse sob um sol ardente.

Não me recordo do que se passou em seguida, todavia devo ter estirado a corda entre dois troncos de coqueiros, que serve agora para dependurar roupa, secá-la lá nos fundos do quintal. Roupa de mulher que dormia com o alemão, roupa da minha nova amante que ainda não sabe de nada, nem desconfia de mim, jamais chegará a induzir pudesse ser eu um assassino que não matou devido a um mero acaso. Fatalidade antecipada.

Sussurram pela ilha que o alemão se vingará, dentro em breve me dará um tiro. Não me assusto. Também não é de minha conta que presentemente esteja o alemão dormindo sozinho. E avanço coqueiral adentro multiplicando mentalmente, sem lápis nem papel, números que dentro de três meses serão somas de lucros certos. Ao cruzar uma cova rasa não me lembro de Sônia, sim, da areia que entrando pelo cano da bota me magoa no tornozelo.

Açoita o vento as areias secas e escutando ondas se quebrarem sobre os sargaços do mar de ontem – eu prossigo a caminhar olhando tudo com atenção, como se o meu coqueiral estivesse à venda, fosse eu um pretenso comprador e nunca, nunca mesmo tivesse conhecido Sônia nem passado por cima de sua sepultura rasa.

Minha Noiva Carolina

NÃO FICASSE DEITADA, olhos pousando no estuque, pensamento errando, pois não tardariam em afluir à sua cabeça coisas medonhas.

Se a sua imaginação teimasse em abrir portas excomungadas, fosse até à cozinha, puxasse conversa com a copeira, após haver abraçado amigas pelo telefone. No conforto de uma poltrona se detivesse e no silêncio da sala de leitura fosse virando, virando sem pressa páginas de revistas.

Não deixasse de fazer qualquer coisa, embora o seu pai tivesse quem lhe servisse as meias e a sua condição de filha única não exigisse de seu corpo nenhum esforço. Entretanto, enchesse as manhãs como se fosse uma dona de casa, qual uma governanta sem ajudantes se comporta ela o fosse vendo se sucederem as horas da tarde. E à noite, satisfeita consigo mesma, seria capaz de retribuir com enlevo os meus abraços, vislumbrando com interesse o meu vulto avançar da esquina pelo cimento da calçada de sua rua.

Reparara como frouxo o vestido lhe caía no corpo? Não precisava postar-se defronte a um espelho se desejasse medir o halo escuro e mastigado das olheiras que lhe encaveiravam precocemente as faces! Senti-los-ia como sente um cego as proximidades de um abismo.

Assim eu falei certa vez a Carolina, dizendo-lhe tudo isso mais ou menos assim antes de beijar-lhe os lábios afilados e trêmulos, à semana anterior diferentes, lábios grossos e rubros à maneira de suas translúcidas, singulares artérias.

E antes de despedir-me de Carolina, muito antes de engolfar os dedos nos rolos de seus cabelos, de enlaçá-la como era um hábito num forte abraço e retê-la prisioneira de minhas carícias – mesmo muito antes de ficarmos esquecidos mutuamente resmungando coisas, tornei a adverti-la da palidez que lhe afundava o peito e daquele precaríssimo estado de saúde que lhe enrugava o canto dos olhos antes do tempo – eu a alertei.

E se Carolina tivesse, naquela época, vestido mortalha teria sido uma noiva chorada, lamentada pelo meu coração que ainda não a conhecia.

Teria sido a noiva inconsolável de meus trinta anos, maturidade abandonada, sofrendo sem conforto algum porque nem mesmo Carolina a tranqüilizava embora eu acreditasse fosse seu amor todo meu.

Amor a meu ver sincero, constante mas que vacilava e se retraía toda vez que eu falava em casamento, no nosso casamento sempre adiado por Carolina sem motivo justo.

Adiado casamento havia meses de anos morosos, três anos de noivado toda a noite e tardes inteiras de sábados e domingos, quando permanecia ao seu lado mergulhando meu desejo nos seus olhos de negror intenso.

A princípio casamento protelado porque Carolina quis e ao seu pai impôs a construção de uma casa, quando enorme sempre fora a mansão da Gávea onde Carolina, seu pai, e as empregadas sempre viveram sossegadas.

Depois, um segundo motivo, enxoval que nunca ficava pronto, rendas que não chegavam nunca de além-mar, costureiras adoecendo como se os carretéis fossem venenosos; e quando os armários se entupiram de peças de trabalho manual, filigranas que eu nunca apalpei nem cheguei a sentir a delicadeza de seus fios, surgiu um novo entrave, empecilho que me perturbou, tamanha fora a desdita que adoeceu a minha Carolina, noiva de vinte e dois anos desejada em meus sonhos e insônias.

Empecilho imprevisível por Carolina não querer mais a mobília de paumarfim, detestá-la sem explicações, gratuitamente se enjoando dos móveis que ela mesma escolheu, encomendou.

Eu esperando outros móveis enegrecessem a sala, os quartos, o sótão, e com a severidade do jacarandá entrassem eles pelo jardim, transpondo a porta principal sobre ombros de portugueses fedorentos, bigodudos e suados – esperando pela noite daquele mesmo dia quando abracei Carolina, beijei-lhe os cabelos, esmaguei-lhe a boca, de dentes perolados, acreditando escutar de minha noiva a data do nosso casamento.

Todavia, naquela noite de estrelas distantes, noite de céu límpido e sereno eu escutei de Carolina, depois de forçá-la, obrigá-la a se definir, ainda era cedo, melhor para nós ambos um noivado de maior duração.

Eu ouvindo tudo aquilo da Carolina minha noiva havia três anos como se nunca a houvesse conhecido e somente há instantes com ela estivesse falando.

E em silêncio comecei a rever a casa de três quartos, aquela casa de sótão, jardim e varanda, casa mobiliada duas vezes e construída sem necessidade na Lagoa Rodrigo de Freitas porque Carolina batera o pé, e a seu pai impusera o seu querer.

Lembrando-me ainda houvesse se declarado a margem de Carolina após o enxoval ter ficado pronto e recordando-me em seguida que depois do marceneiro tê-la avisado os novos móveis estivessem lixados e envernizados, tivessem seus ossos castigado-lhe a epiderme com pontiagudas clavículas, arqueados ombros.

E a sua margem, margem de tísica sem tosse nem escarro, somente houvesse sido dominada e vencida por uma súbita disposição que se seguira à transferência do nosso casamento. Disposição repentina que lhe arredondando as bochechas à mostra deixava duas covas onde meus olhos se afundavam.

Num relance eu compreendera tudo. Mas querendo ter certeza da minha dedução, fortuitas associações de pensamentos rotos, apertei-lhe com raiva os braços como nunca havia feito, enquanto em voz alta, pouco me importando seu pai estivesse em casa, escutasse o que eu continuava exigindo, dominava minha noiva, então, pálida, trêmula, com a mesma repetida pergunta:

– Me diga a verdade, Carolina, me diga por que você não quer se casar comigo, sempre inventa uma coisa quando não falta mais nada...

E eu escutei a última recusa que não me aturdiu porque eu esperava ouvi-la:

– Eu tenho certeza que me enjoarei de você quando nos casarmos; por isso eu tenho adiado o nosso casamento que sempre você quis.

Antes de soltar as carnes de seus braços nus eu tinha certeza de que não havia imaginado em vão nem pensado por pensar fosse minha noiva Carolina uma doente, silenciosa anormal, visionária cheia de caprichos e somente depois de tanto tempo eu tivesse compreendido a sua terrível loucura de milionária filha única que envelheceria e morreria noivando, noivando comigo se assim eu quisesse.

Nunca mais eu vi Carolina. Ë semana seguinte do rompimento do nosso noivado ainda escutei sua voz me pedindo perdão, pelo telefone me pedindo que eu voltasse, desejasse-a de novo, quisesse-a ainda.

Todavia, depois daquela semana nunca mais eu vi seus olhos de breu.

Afirmar seria leviandade, abomino gente encrenqueira, mas disseram-me Carolina estava em vias de se casar, persistindo em fazer com o seu segundo noivo tudo aquilo que fizera comigo.

Tudo aquilo que eu teria logo descoberto se não estivesse apaixonado, não quisesse apenas Carolina, aquela Carolina me falando aos cochichos numa voz aveludada e ainda em surdina me dizendo coisas, coisas que eu nunca poderia escutar de uma mulher medíocre.

Uma Vizinha

NÃO VALE NADA. Perdi uma noite por sua casa. Fez trapaça comigo como se estivesse embaralhando cartas, foi desonesta ao querer convencer-me fora eu e não ela quem sorriu primeiro. Retruquei. Não insistisse em dizer semelhante coisa, não a teria procurado se ela houvesse cruzado comigo como outras mulheres que nada querem de mim. E para não humilhá-la falei da beleza que ela possuía. Isso aconteceu ontem.

E ontem mesmo eu deixei de amar devido a essa mulher que ao me rever sorriu como se já fosse minha amante.

Conhecia-a de vista, morando na minha rua havia-a visto certa noite vigiando uma horrorosa cadela que nem podia mijar nos postes, de tão velha. Somente agora sei seu nome. Chama-se Helena essa suja que mora num quarto e cruza as ruas com passadas duras, arrogante, como se fosse a verdadeira proprietária da casa de grades verdes de madeira velha.

Sabia-a mais velha que eu, as carnes do seu rosto não me enganaram, todavia procurei-a como todo homem que renova suas aventuras. E por que não telefonar para Helena? E o fiz crendo falar a uma milionária que houvesse sido impedida pela solidão a olhar-me, a olhar para as minhas cerradas sobrancelhas com um sorriso cúmplice.

E eu me animei. Não gostando de mulher que me sugira gravatá nem mandacaru, jamais suportando mulher que venha a criar empecilhos para em seguida se entregar, e devido ao nosso prévio entendimento com os olhos – soltei a imaginação.

Sem atropelos a nossa conversa, por telefone soubera que ela não se interessava por homem casado e a troca de frases terminou sem eu ter sabido o seu nome todo. E antes de dormir eu já havia soltado mais uma vez a imaginação, já queria morar na casa da mulher de cabelos castanhos e anelados.

Via-me alugando o apartamento, providenciando a mudança dos meus livros, da minha cama de colchão de novas molas para o quarto de Helena, ainda desconhecido por mim. Deixaria de ouvir a zoada do edifício do lado, barulho contumaz que me atordoava como se moleques não berrassem na área, não esperneassem no cimento do rés-do-chão, mas se esgoelassem dentro das apertadas peças do apartamento que é meu.

Sou vítima desses diabos, infâncias anormais, desde março não posso escrever meus contos durante a manhã devido aos seus berreiros; também comum é eu acordar com arrastar de móveis, passatempo de uma inquilina do terceiro andar, que ao ser possuída grita, sempre abre a boca qual estivesse perdendo a virgindade todas as noites.

É uma miséria. Eu escuto tudo. Sem querer fico sabendo que alguém a agarra pelos braços depois de ver-lhe as coxas desnudas, sem combinação; que esse alguém depois de enternecer-lhe as carnes, beija-lhe os seios, chega a mordê-los, ferindo-os com repetidas dentadas. Motivos vários sempre levam esses amantes a discordar e são essas arengas que estragam minhas noites.

Acordado eu aguardo que o silêncio adormeça os corredores, mas o sono certas vezes não me deixa escutar as intermináveis divergências e eu acabo dormindo de luz acesa tendo prejuízo.

Os sonhos, ainda, não povoaram meu repouso com repetições do que se passa lá em cima. Todavia, eu sofro, amofino-me, detesto minha vida ao verificar que estou sozinho, não tenho constantemente mulher ao meu lado, não tenho pernas nem coxas de fêmea como o sujeito que ama brigando. E uma melancolia me subjugando, molha-me os olhos para que uma inveja comece a invadir-me.

Mas essa minha inveja não tem força nem induz nenhuma mulher bater à minha porta; sozinho volto a olhar as paredes, caio na realidade, não havia combinado com qualquer adolescente, tenho mesmo que dormir sem apertar cintura de fêmea.

E dano-me. Bem poderia ter adiado o encontro da tarde passada; por que não transferi para a noite o que durante o dia meu instinto exigira? E desatento abro um livro que não consegue me arrancar do devaneio.

Levanto-me, um charuto aceso volta a furar-me a boca, e quando dou fé são quatro horas da madrugada. De há muito o edifício é silêncio, agora, são os galos que cantam, agora, são automóveis que fogem pelo asfalto, mas não tardará meu fugidio sono seja violentado pelas crianças que voltando a berrar na área do edifício do lado são à realidade desgraçadas criaturas.

Dia feito me liberto da coberta, mal-humorado abro os olhos e como se houvesse farreado sinto um amargo me adoecer a boca. Fecho o punho e faço um gesto de quem amaldiçoa. Devido a tudo isso eu queria morar no 149, donde sai Helena para trabalhar. Uma alegria começou a invadir-me e eu não podia mais frear a imaginação que tanto bem a mim proporcionava.

E comecei a ver-me, deveras, junto a Helena, possuindo-a quando eu bem entendesse, tendo-a sempre, voltando p'ra casa sem me demorar em esquinas, indiferente às outras mulheres, dirigindo-me ao trabalho despreocupado, atravessando a Rua Gonçalves Dias sem reter-me à porta de uma confeitaria conhecida. Por que deter-me, torcer o pescoço e olhar mulheres se Helena me esperava e sadia era a sua presença?

E o alumbramento me cegou. Mais tarde, noite avançada Helena mandou-me entrar. – "O que eu queria dela? "

Ri-me e Helena não gostou do meu modo de rir. Achou-o enigmático. E foi logo dizendo não interessá-la nenhuma aventura, se o telefone estivera tanto tempo desligado pior p'ra mim, azar meu, o seu chefe estivera todo esse tempo a ditar-lhe correspondência, ele sempre fazia isso, gostava de terminar o trabalho em sua casa.

Sinto-me ofendido, embora a ofensa mais houvesse sido quando Helena me chamou de estragado, andava com qualquer mulher, não sabia escolher.

Somente nós dois na casa de quartos desertos apenas eu e Helena discutindo...

A cadela de olho vazado lambia uma pata e eu escutava a cortina judiada pelo vento bater nas janelas. A voz que me maltratava eu não ouvia mais, tampouco eu via Helena defronte de minha poltrona agarrar um jarro e com o peso de todo aquele cristal me ameaçar, intimidando-me, quebrar-me-ia a cabeça se eu quisesse forçá-la, possuí-la à força. Eu não havia feito nada que induzisse Helena a pensar quisesse eu agarrá-la e sem mais nem menos – deixei-a ainda falando, sozinha mostrando os dentes que trituravam palavras ofensivas. E eu transpus o portão como havia entrado, sem ter possuído a Helena que me olhara com olhos de prostituta – mãos abanando cheguei à calçada, qual um mudo voltei p'ra rua, tudo isso num instante, pois nem um boa-noite eu dei à Helena. Ela não o merecia.

Ao acender um cigarro lembrei-me do meu intrigante riso, deboche de Helena.

Não havia espelho. Ainda me encontrando na rua, levei a mão à boca, com os dedos procurei o meu riso obscuro. Não o encontrei.

Despedida

ASSUME O BRAÇO direito de inspetor de trânsito o controle da rua, e enquanto esse seu gesto usufrui um poder somente verificado à força de um anjo da guarda, todos passam, todos atravessam o asfalto, à espera automóveis lembrando besouros de asas recolhidas. Todavia, persisto à esquina, trajando qual um enlutado, as calças chegando-me aos pés cerzidas nos joelhos, as mangas poídas no cano das bocas, deixando a descoberto duas mãos defuntas. Mãos que são minhas, mãos por enquanto pouco úteis salvo quando se espalmam às têmporas nos meandros de minha cabeça.

Uma tira de crepe, endurecida e lustrosa pelo uso empretece a minha lapela e a gravata que simula me estrangular é um esfarrapado trapo, sapatos cambados simulando proteger-me os ossos dos pés. Pés grandes detendo-se faz três dias nesta esquina, pés incansáveis de meu corpo normolíneo que a tudo é infenso nesta tarde de março, e fica vendo indiferente borbotões de funcionários, abandonar o ministério, quais touros e vacas, libertos animais de prisão de um curral.

Nesta mesma esquina, anos idos, detive-me à espera, por várias vezes, de um par de grossas pernas, carnes de um corpo branco, alicerce de uma cabeleira escorrida quais fios de violino.

Hoje a ninguém espero. Nesta tarde de azul intenso nem a minha lembrança aprisiona a visão daquela bailarina, que nos meus beijos se distanciou quando a arte a levou para um definitivo palco distante; nem chego rememorar também a voz daquele soprano, sempre emudecida, quando de nossos encontros em recessos ermos.

Tarde de esgarçadas nuvens em desembestada fuga, tarde semelhante àquelas em que uma mulher era o motivo da minha expectativa, ânsia de meus olhos.

Gente, muita gente, vem à minha direção, alguns cumprimentam-me, outros esbarram em meu corpo, mas eu não marquei encontro nem tenciono falar à pessoa alguma, gente importante inabordável onde trabalha ou reside.

Permaneço numa vulcânica imobilidade até que o último funcionário transponha a porta do Ministério, janelas cerradas, salas silenciosas, corredores desertos, escadas empenumbradas em todos os seus lances de caracol.

Todavia, não foi nenhum amor impossível que me submergiu neste caos. Chova, vente ou apenas úmido o ar acinzente as colinas uma febre não me abandona o corpo. Bacilos nas couves-flor dos meus pulmões não existem, contudo uma febre não consente que minhas mãos provem da tépida temperatura normal. Não há descanso à pele que me reveste as vísceras. Abertos, bem abertos, suporejam os poros um suor que me oleia o corpo numa impertinência suplicante, nauseabunda, fétida para as minhas dilatadas narinas. Não posso descer ao abismo em que meu coração tombou nem apunhalar a melancolia que me garroteou o sono, enchendo-o de pesadelos.

Quase eu não me escuto. Sílabas esparsas, palavras reticentes são os vestígios de vida dos meus lábios. Mesmo dormindo, meu sono continua a lutar com o inimigo que durante o dia já é uma atrocidade. Sinto-me doente desde que um médico me disse:

– Não pode tomar posse, apesar de haver sido aprovado no concurso. O senhor não pode tomar posse. O Wassermann está positivo.

Num relance principiei a somar o tempo perdido, horas sucessivas de estudo que se prolongavam madrugadas inteiras, meus olhos acompanhando o nascer de auroras quando exausto eu procurava a janela.

A um metro da obesidade diplomata, vomitando conceito, atestando ser eu portador de uma sífilis adquirida, subjugou-me um amálgama de êxtase que tinha a dor como impulso.

O médico sugerindo um saco de lona que contivesse glicerina. Era-lhe a voz pastosa, eram-lhes bambas as bochechas mesmo inertes.

O médico atazanando-me o espírito.

– Por que não se tratou quando contraiu o cancro?

E riu-se. Riu-se fotografando-me as faces ardentes com um olhar matreiro e perguntou-me:

– Ela era gostosa?

E com as mãos fez um gesto como se na atmosfera pudesse desenhar um violão.

* * *

Deram-me liberdade após haver eu me habituado à paisagem retangular do muro, que me reteve durante quinze dias, tempo suficiente para que as minhas mãos se sentissem limpas, sujas desde aquele abraço furioso, selvagem abraço de urso ferido que desacordou a flacidez debochada do médico, depois de esbofeteá-la, esmurrá-la num castigo indescritível.

Ao passar pela figura amarela do sentinela, ao sentir pela última vez a inhaca de aguardente do carcereiro, eu ainda não havia sepulto à memória o que há quinze dias fizera. Não me arrependera, mas como me utilizar da liberdade, se poderosos, ditando ordens, cumprindo leis indecentes indivíduos como aquele médico eram a última palavra?

Agora, entre os meus dedos, a fumaça do cigarro bafora-me as carnes anêmicas. Os funcionários passando, roçando-me os ombros. Interrogo-me. "Nenhum destes funcionários contraiu sífilis, nenhum deles fora marcado pelo amor? " Os funcionários descendo, atravessando a rua, da fachada do ministério se esparramando uma sombra que lembra uma enorme asa.

Reverto ao quarto onde moro, pisando firme subo as escadas de um infecto segundo andar. A fazer nada mais eu tenho, senão cerrar os olhos e, dormindo como me encontro, de roupa e tudo, sonhar sou eu um maquinista, enfastiado maquinista de obedecer horários, que de martelo em punho, fosse quebrando todos os cabos de freio.

E à locomotiva fosse puxando o cordão do apito, puxando-o com toda a força da mão, puxando-o sozinho, sempre sozinho, até divisar as areias de um rio temporário, onde meus treze anos encontraram inusitada sensação desnudo pela primeira vez uma autêntica negra de coxas enormes.

Uma Fortuna

Aproximo-me da vidraça, e o vento insiste em transpor o vão, mas as tábuas são novas, tão novas são as tábuas da janela que o cheiro da tinta tresanda, invade-me a venta, tonteando-me.

Se o fusível não houvesse se queimado, com a lâmpada acesa eu ficaria na sala, charruando numa poltrona eu esperaria a aurora e vendo a chuva rolar das telhas, vendo-a lavar o peitoril pintado ontem, talvez eu pensasse em coisas que não me aborrecessem.

Tolero a insônia pressentida durante o dia, aguardada desde ao anoitecer, sentida cada vez mais próxima à medida que as horas se sucedem e a noite se me afigura morosa, cruel.

Qual galopes de estrompados cavalos eu escutei as horas de ontem se sucederem, mas não cheguei a supor viesse a ser tão entrevada esta madrugada. Se escutasse o relógio daria no mesmo. Não seria o anúncio de um próximo amanhecer que me traria outros pensamentos, pensamentos bem diversos destes que me verrumam a memória, aprisionando-me a lembrança num único acontecimento, sempre real, cada vez mais preciso e nítido se tento desbotá-lo.

Acontecimento que me agride, faz-me sofrer, vivendo dentro de mim apenas para me perseguir, chegando a falar-me mais alto quando obstino-me a desacreditá-lo, ciciando ironicamente se tento passar por surdo ante suas intimidações.

Uma miséria, infelicidade jamais eu pensasse existir. Sempre a voz do delegado a berrar em todo o meu passado, como se esses berros fossem os únicos que eu houvesse escutado em toda minha existência.

Suspeitei fosse o delegado assim, vivesse de trapaças, de cínico sempre houvesse sido a sua conduta e mesmo sem estar embriagado ele narrasse o caso da amônia.

E a quem fosse chegando em Santana do Ipanema eu o punha a par da conduta do delegado, era isso mesmo, sim senhor, uma verdade, não acreditava, paciência, mas que o delegado havia ganho uma causa, certa vez, lá p'ras bandas do Rio de Janeiro, falsificando papéis, amarelecendo documentos, envelhecendo-os a todos eles sob vapores de amônia, não tivesse dúvida.

De que o delegado repetiria essa indecência, não deixaria de expô-la ao novo habitante da cidade, eu tinha certeza.

E também eu não duvidava de que o delegado terminaria conquistando mais uma pessoa, fazendo mais um amigo, chamando a si mais uma besta, porque antes de deixá-lo, muito antes de dar-lhe boa-noite o delegado deturpava a lengalenga, aos poucos ia passando por inteligente, hábil e esperto, dizendo-lhe somente houvesse recorrido aos vapores de amônia, somente se portara como um falsário porque a isso contingências várias o haviam compelido.

E rematava quebrando o tom, abafando-o – a enxúndia dos dedos se enterrando no pretume dos bolsos de colete, a boca se lhe abrindo como um talho sem sangue – para concluir imprecisamente, como alguém que não diz tudo; tudo isso para calar bem na pessoa ouvinte, fazê-la crer fosse sua perspicácia incomensurável, sem conta, e se ele, delegado, não a expunha toda era por modéstia.

Assim, enganou a todos; minto, a quase todos o delegado pôs no bolso. O caso da amônia deu-lhe conceito; lembra-me de padre Bulhões (vejam só! padre de jubileu nas costas) elogiando o delegado e enquanto rezavam benditos e excelências na cabeça e nos pés do defunto, a meia voz do padre-mestre me azucrinava.

Mas naquele velório fui político. Querendo deixar de escutar o quanto antes o panegírico do delegado - permaneci calado, balançando a cabeça, assentindo sempre.

Estranhava ninguém houvesse atinado com a malandragem do Dr. Henrique. Discordar não adiantava, a opinião de todos era firme, eu nada lucraria se batesse com a língua nos dentes. Tomar-me-iam por burro, certamente. E como sujeito maldoso toda a cidade principiaria a ver-me. Talvez até botassem apelido em mim. Não duvidava.

Dr. Henrique tido e havido como uma personagem de agudez desproposital, se ele tinha falsificado os documentos fora porque o advogado da causa contrária inventara uma herdeira, imaginara uma descendente, identificara uma filha do falecido, tida até então como inexistente.

Dr. Henrique patrocinando os direitos adquiridos de uma Ordem Terceira de benemerência; Dr. Henrique advogando a causa de uma irmandade, credora do comendador sem descendentes, ex-proprietários de terrenos nas proximidades da Lagoa Rodrigo de Freitas.

E Padre Bulhões exultava, aplaudiria o advogado – disse-me – mesmo tivesse ele querido os metros de terra para si – afirmava – , passando a mão no rosto, catando na barba por fazer possíveis lêndeas.

Certa vez Padre Bulhões quase me pega, mas eu consertei o erro espichando a frase: "não daria para advogado, dessa marca... sim, da marca do outro".

E deixando o pátio desci as escadas da igreja, de cabeça baixa ainda passei pela bodega do Onélio que sem nada me perguntar escutou de minha boca pastosa: – "que pena, hem Onélio, Dr. Henrique não estar advogando por aqui? Que advogado batuta, hein?" diminuindo a marcha como se quisesse escutar a aprovação por inteira do bodegueiro jogador de gamão.

Danava-me por não escutar dúvida acerca do conhecido comportamento do Henrique, adoecia vendo-me sozinho e sozinho escutar, apenas, elogios, nunca alterações, desentendimentos provenientes do excesso de aplausos ao avaro bilontra.

Desconhecia homem algum sem inimigos. Havia dois meses tomara posse o delegado e a vida do Henrique sem inimizades em Santana do Ipanema, abalava-me.

Incrível numa cidade tão cheia de fuxicos um sujeito do Sul, um tipo lá do outro lado, criatura que, talvez nem soubesse de quem era filho, recebesse logo do povo uma estima tão sólida.

Claro, eu era oposição. Aproveitei-me de ter ganho uns cobres numas transações de algodão para ficar de cara amarrada, resmungando, movendo os lábios numas conversas que ninguém escutava, suavizando os bochechos com muxoxos, falando sozinho, enfim. Repliquei. Tinha direito de estar zangado. Se havia ganho pacotes de mil cruzeiros, outros que souberam vender ganharam mais três vezes do que eu. E baixando os olhos fiquei vendo a terra um tempão.

Mas ninguém compreendeu por que quando menos se esperava eu fixava as lajes, olhava o chão como fazem certas estátuas. Cheguei a pensar se procuraria Padre Bulhões e numa confissão dizer-lhe tudo, mas antes de borboleta pousar à parede, esse meu modo de agir havia se ido, voado célere pelas janelas escancaradas. Pensamento besta.

Risquei um fósforo mas não acendi nada. Uma brasa diminuía o charuto que minha boca mamava. Pensamento idiota. Ora se Padre Bulhões iria dar-me crédito; interromperia, sim, a confissão e maldosamente a mim perguntaria – "não estará doente esse meu filho de Deus?"

Uma cólera me prendia no colchão velho e eu mordia os beiços com raiva, mesmo charutando eu achava jeito de soltar palavrões. Ninguém dava fé que eu não vendia algodão desde a safra passada se eu mentira para desmentir o tal do Henrique ninguém percebia. Gente burra, sacudindo o charuto no urinol, murmurei. Gente cega, tão cega como os cegos de feira que usando cacete, desdém calçadas com pedaços de pau. De cavalos batizados era, sim, a população de Santana do Ipanema, gente tola dando atenção a um patife, em histórias de gatuno acreditando.

Então, ninguém atinava com o meu recente vezo de olhar p'ro chão? Não hesitava em dizer todo mundo estivesse com a cabeça no ar, como presa de hipnotismo, e estranhava o silêncio do farmacêutico e do coletor federal, línguas de cornos velhos, horrorosas. Pior que beatas.

Eu emagrecia. Sentia-me ofendido com a velhacaria do delegado e como se Henrique estivesse prejudicando-me, interferindo nos meus negócios eu queria arruiná-lo, antes de ser derrotado queria aniquilá-lo de vez.

Tamanha inquietação eu provava pela primeira vez. Não havia jeito; detestava os extremos; cuspia nos chantagistas e para piedosos eu virava a cara. Tranqüilo só me sentia depois de vê-los ridicularizados, implorando um cumprimento meu, impotentes. Queria-os sempre curvados como se fossem aleijados da espinha. Arrolhados, sem opinião. Esfarrapados. Sem crédito.

* * *

Lavando a madrugada a chuva prolonga a noite, e o vento amedrontando o tempo chega a adoecer às horas, mas acordado eu espero que a aurora surja, despercebida a manhã termine pois somente à tarde eu terei de comparecer à delegacia.

Quero acabar com isso. De propósito mijei no meio da praça e a intimação que após o jantar recebi me alegrou.

A princípio me senti dono da situação, acreditando logo mais o crápula estivesse Liquinhado, mas em seguida atinei não ser tão fácil assim.

Lembrei-me da opinião pública e tive de traçar uma nova estratégia. Seus efeitos não serão imediatos, creio terei de esperar umas horas ou até mesmo uns dias. Não entendo de leis. Mas essa portaria do Henrique, desse delegado ladrão, pregada nas paredes das esquinas eu sei, sei bem que é um desaforo, uma afronta.

Sei também que a multa oscila entre cinqüenta e duzentos cruzeiros. Por isso mesmo não levarei dinheiro trocado; ansiando que o delegado se enforque no laço preparado para outrem, irei à delegacia com cédula forte na carteira.

Espero sair-me bem. Duvido que o delegado mande selar o recibo, descreio, outrossim, haja troco na delegacia. Não faz mal, no momento de pagar a multa passarei por otário, direi ao Henrique não ter cédulas senão de mil cruzeiros. Em troco nem falarei. E juro que esse miserável se esborrachará por causa do troco, devido aos meus oitocentos cruzeiros Henrique terá de renunciar, a bem do serviço público perder o cargo, porque em cada esquina eu abrirei a boca, e de boca aberta acordarei a cidade. Se o Henrique houvesse planejado roubar muito, talvez se salvasse. Enfim, chegou a minha vez.

Desnecessária a ajuda do farmacêutico e do coletor federal e como língua aposentadas, agora, eu as escuto.

Para trocar de roupa tenho muito tempo, nem a aurora ainda vislumbro, mas já sei de cor a frase que derrubará esse embusteiro, esse malandro – Dr. Henrique Silva.

Se ela não surtir o ansiado efeito, inventarei outras. Mas continuar assim, não pode. É impossível. Intolerável para mim tenha a minha cidade um falsário mandando e desmandando.

Implacável a chuva tomba e inverossímil o silêncio do galo nesta madrugada invernosa. Opresso no peito largo sente meu coração saudades de Maria Brandão; mas somente irei ver seu corpo elástico e fornido, somente nas suas terras pescarei traíras, depois de um riso rasgar-me a boca e eu sentir vontade de assobiar como se estivesse cortando cana. A sertaneja Maria Brandão gosta de mim assim mesmo. Ela sabe que eu sou teimoso.

Daniel

CHOVESSE OU VENTASSE forte a porta persistiria escancarada, presa nas carcomidas dobradiças, como se alguém não quisesse ser pressentido estivesse prestes a chegar.

Não se levantaria do catre mesmo línguas de um fogo abrupto carbonizassem caibros, e indevassáveis rolos de fumaça enegrecessem tijolos, amortalhando o sono do Barão, a um canto da cozinha, enrodilhado à própria insignificância de vira-lata.

Indiferente a tudo, provaria da dureza do catre pela última vez, tal a disposição silenciosa e resignada de seus membros.

Mesmo no quarto contíguo impropérios do padrasto dilacerassem a solidão, não desembrulharia do corpo os farrapos da encardida coberta, como por tantas vezes fizera, para de permeio ficar entre o agressor e a mãe, quando disputas intempestivas eram pródromos de um litígio no ermo das madrugadas.

Como se encontrava, poderia ver a noite varrida por ventos céleres, enxotando nuvens de destino incerto, através de um céu todo estrelas.

Acordado, até à aurora ficaria em decúbito dorsal, olhos semi-abertos, embora a resolução tomada enrijecesse-lhe as mãos cruzadas sobre o peito, hirtos treze anos de uma adolescência penosa. Refletia a testa a transpiração do corpo, todavia pancadas de um órgão sadio eram as de seu coração.

Quando a noite descambasse de todo, levantar-se-ia do catre, companheiro de anos de seus sonhos infensos a pesadelos, para descer resoluto o morro. E não volver-se-ia uma vez sequer; para a porta que o deixara nem um adeus, rápido que fosse.

Fugiria qual um singular ladrão, não levando nada, mesmo os sapatos deixá-los-ia como se fossem pequenos para os seus pés.

Sorrateiro transporia a porta sem deixar indícios de sua fuga; transpô-la-ia como se encontrava, vestindo o mesmo macacão, agora, pijama no pretume da pele.

Após o trabalho, rumando ao morro, horas antes através de um caminho tão seu conhecido, sentiu o poder daquela decisão, pela primeira vez ela invadir-lhe a vontade com força indestrutível.

Por várias vezes sentira-a anteriormente, todavia sentira-a mais como uma insinuação, pálido desejo facilmente abandonado.

No trecho crivado de pedregulhos, foi naquele trecho alagado por poças de lama, fétida terra barrenta à destra do matagal – foi precisamente no trecho onde repetia o hábito de chutar pedras, que ele sentiu o domínio avassalador daquela idéia aprisionar-lhe os sentidos.

Nem da lama se desviou. De narinas descobertas prosseguiu a passos lentos, indefeso à pestilência, desconhecendo mesmo um enorme papagaio navegando nas alturas uma berrante cor. Indiferente a tudo, salvo àquela idéia, motivo de presente desconsolo em suas faces.

Quando o chamaram não escutou; mesmo quando o seu nome fora berrado lá das fraldas, prosseguiu alheio às vozes, insistentes convites para uma diversão imediata.

Escutava, sim, a voz nasalada da mãe esconjurando a vida, continuava escutando aquela voz maldizendo o dia em que nascera, vomitando por uns lábios sempre acres toda a sua desgraça, agravada pela miséria, permanente estigma à sua existência.

E também revia os remendos dos vestidos da mãe, toda aquela pobreza acinzentando-lhe a memória, e ainda mais nítidas todas essas lembranças se lhe apresentavam quando tentou soterrá-las, para sempre destruí-las.

Decidido estava, contudo a sua resolução se avolumou ao divisar a mãe, estendendo roupa molhada na corda, lá nas alturas do morro; e uma íntima confiança o advertiu jamais seria dissuadido por outrem.

Caminhando e escutando a voz vencida da mãe, sempre aquela voz que chorar apenas sabia, a encher-lhe os ouvidos; voz que nos momentos de desespero invejava uma comadre, de súbito possuidora de uma pequena fortuna, após o atropelamento do filho, despedaçado sob o automóvel de um banqueiro.

Caminhando e escutando a mãe rememorar o acidente silabando a quantia indenizadora, invejando-a sem dúvida, por certo desejando-a com avidez.

À sua frente o desconforto de um morro onde sortilégios eram somas de vidas derrotadas.

Não vacilaria, certeza plena de que enfrentaria a resolução tomada com desassombro. Muito mais merecia a sua mãe. Pena sua morte não fosse indenizada regiamente, um polpudo cheque não a substituísse.

Certamente fariam cálculos, somariam e multiplicariam algarismos, cálculos de seus possíveis anos de vida em confronto com o seu atual ordenado de lavador de pratos. Pena sua profissão fosse tão humilde.

Sim, iria ao curso noturno da Fundação Leão XII, mastigaria o pão besuntado de margarina e bebendo um café ralo ouviria sambas cantados por vozes distantes. Se fosse uma segunda-feira pouparia a mãe, ele mesmo iria apanhar as trouxas de roupa, sujas por gente rica.

E antes de se embrulhar no encardido da coberta,

quando do curso noturno regressou, vendo a provocante nudez da lua inundar a noite, anteviu a mãe se mudando, para um bairro asfaltado levando os pertences, cacarecos vários, seu corpo vestindo roupa nova, sapatos calçando-lhe os pés, dantes no chão ou arrastando tamancos. Abandonando o padrasto. Vivendo feliz.

No bolso traseiro do macacão a carteira profissional, em que o seu retrato serviria para um clichê de seção de acidentados.

Era o seu propósito não levantar-se, no catre persistir até à aurora, mas antes da madrugada, ainda noite funda, Daniel invadiu o quarto e berros ferveram-lhe a boca, quando abraçado com a mãe repetia-lhe:

– Não posso, não posso, não posso.

O padrasto acordando, permaneceu perplexo por muito tempo, não atinando com nada daquilo.

Confissão

NO TABULEIRO de xadrez está um Rei a fugir. Foi este o oitavo xeque, sofrido nesta partida por este Rei avacalhado que se encurralou em todas as possíveis defesas sem lograr escapar. E agora um salto de um dos cavalos adversários cerceia definitivamente este Rei, pois além dos Bispos inimigos rezarem em diagonal, das torres adversárias setas são transferidas para as duas únicas estradas até então desimpedidas; terra de ninguém.

Pio não fita o adversário nem resmunga. Tamborila, sim, os dedos nas tábuas da mesa, compassando a marcha do ódio que lhe enche o coração – aos poucos, gota a gota. Todavia, logo a mão direita de Pio se aquieta e ao Rei vencido, volvem-se-lhe os olhos deste jogador de xadrez que se levanta, brutalmente afasta a cadeira onde se sentou para perder seis partidas contínuas.

A face de Pio é um visível ódio aceso no fundo das órbitas.

"Será possível? Perder seis vezes para este sujeito?" – rumina.

E ao adversário deu as costas como se não houvesse escutado o convite para uma nova partida, valendo uma garrafa de uísque.

O fim de uma tarde de verão murcha todas as rosas da praça e de tão quente o calor desce em camadas de mormaço. Morre agosto numa semana quase irrespirável.

À calçada, Pio risca outro fósforo, entretanto o cigarro não lhe fica preso entre os lábios. Cai, e na sarjeta vai apagar-se.

* * *

Pretas são as ondas dos cabelos de Alaíde e verde a cor dos olhos desta face que dorme no mesmo colchão de Pio, faz cinco anos.

Era um velho hábito de Pio tomar as mãos de Alaíde todas as vezes que regressava à casa; tomá-las para enchê-las de beijos que terminariam esmagando as polpas dos lábios dessa mulher de seios brancos e duros, dessa fêmea de alta estatura, sempre cativante e asseada. Todavia, na noite dessa última segunda-feira de agosto, Pio desconhece a mulher que o recebe abrindo-lhe a porta, toda sorrisos. O que se passa na alma de Pio? Qualquer coisa a magoou e agora a sufoca? Alaíde se engana ao pensar que o mau-humor de Pio tivesse a sua origem nalguma repentina enfermidade.

Era o suor da testa que excluía o pressentimento de uma súbita morte do jogador de xadrez, embora ainda de pé se lhe mantivesse o corpo.

Alaíde atemoriza-se, temendo semelhante silêncio. E de compassado o coração de Alaíde se acelera, reflexo de suas feições, somente tão contrafeitas à infância ao saber da morte de mãe.

– Pio, meu bem, diga à sua Alaíde o que está sentindo? – pergunta-lhe apavorada a amante, soltando as palavras com doçura.

A noite não se perturba com a desgraça do mundo. Ainda sem luxúria as estrelas despontam e lembrando lesmas as nuvens se arrastam.

O silêncio de Pio sugere a brutalidade de uma enorme pedra de contorno humano.

É Alaíde quem paga o aluguel da casa, quem compra as roupas de Pio, quem dá ao amante todo o dinheiro para as apostas do jogo de xadrez, vício que lhe dominará todos os sentidos, sem apelação até à morte. Mas, por que Alaíde não respeita o silêncio deste homem, que conserva nos olhos um calor de febre alta apesar da lividez que lhe reveste toda a face e as mãos?

Combinaram respeitar aquele segredo e o vinham respeitando havia cinco anos. Mas o rosto de Pio se pregueia como se de novas contrariedades se enchesse; e a sua cabeça vacila, enquanto uma pergunta se lhe projeta do peito numa voz pesada, rouca, visivelmente arrastada:

– De onde vêm os telegramas? Quem é que lhe dá tanto dinheiro? Diga-me. Eu quero saber quem é ele?

Esse era o segredo que haviam combinado respeitar. Havia cinco anos que em dias diferentes de todos os meses chegava para Alaíde um telegrama redigido, uma frase estranha lembrando um código adrede combinado.

Ninguém o assinava, contudo jamais o telégrafo o censurou, outrossim o reteve: DO GUARDA-CHUVA AMARELO.

Nada mais. Somente isso. E após o telegrama ser-lhe entregue, na manhã seguinte Alaíde partia, regressando, somente, depois de uma semana com um talão de cheques.

Pio submeteu-se. Queria viver acordando às tantas, enchendo o tempo numa constante indolência. Pouco se importando Alaíde fizesse isso ou aquilo. Ele não seria o único amante a viver assim; a respirar numa vagabundagem sem limites não viviam certos milionários?

E houve vezes em que o próprio Pio abriu o telegrama, leu-o em voz alta sem sentir nenhum remorso, nenhuma vergonha verrumar-lhe os sentidos, a estranha frase – DO GUARDA-CHUVA AMARELO.

Mas agora Pio quer saber de tudo. Um ódio o arreBenitará se Alaíde permanecer calada. As seis perdidas partidas de xadrez... talões de cheque... vida descansada... Alaíde... Do guarda-chuva amarelo... tudo isto emaranhado e visguento à maneira de um rolo de cobras sobre as carnes do seu coração.

Pio reclama uma confissão com uma voz de delegado:

– Vamos, sua desgraçada, me diga donde vêm os telegramas, quem é o tal do Guarda-Chuva Amarelo?

Se uma artéria houvesse se rompido, não lhe afogaria a cabeça em tanto sangue. Pio, pela primeira vez, prova em abundância um sabor salobro lhe chegar à língua, certificando-se do sepultamento da falsa lenidade de seu ceticismo por negros montões de estrume.

E com rapidez, num tempo em que uma folha de livro é aberta por uma afiada lâmina, aconteceu um imprevisto.

Mesmo Pio vencesse as seis consecutivas partidas de xadrez, nenhum telegrama houvesse sido aberto pelas mãos de Alaíde, Pio teria obedecido aos impulsos de sua alma sórdida e venal.

E por diversas outras indeléveis razões, Pio encontrar-se-ia como agora, sozinho, já distante de casa, pisando o barro de uma estrada desconhecida, sem ao menos ter o pejo de limpar as mãos, enxugá-las com o lenço, após as ter desencardido nas águas do rio.

Diminuta é a claridade da lua quarto minguante, ainda menos reveladora quando se deixa absorver pelas esponjas vorazes de nuvens monstruosas e cinzentas.

São as mãos de Pio sintomas de crime recente, fáceis de ser apontados, porque o sangue que as tinge cheira a de gente, como de gente, de mulher, são os fios de cabelos enroscados nos botões dos punhos do seu paletó, já um tanto apertado para embrulhar um tórax cada vez mais hercúleo qual o de um invicto campeão de boxe, da categoria dos pesos-pesados, que após uma bebedeira se abstivesse de cruzar com o seu empresário.

E pelo deserto de uma rua desabitada a caminhar prosseguisse, sempre de cabeça baixa à maneira de quem procura uma carteira de dinheiro, recentemente perdida.

Entretanto, nem uma cédula de cinco cruzeiros, sequer um níquel este homem traz em nenhum de seus bolsos – este homem que dando passadas curtas, sem firmeza sem comporta como um surdo-mudo, que não distinguisse nem ouvisse os faróis de um motor se aproximando – desembestadamente se aproximando de seu corpo destroçado, repugnante coração sem escrúpulos...

Uma Certa Zezé

EU LIA o ineditorial molhando os dentes com saliva grossa, engulhando mercê a um inquérito que o próprio governo solicitava para em seguida arquivá-lo. Lia-o como se eu fosse um político da oposição e intimamente gozando aquelas patifarias eu terminaria de lê-lo, se inexplicavelmente de uma lembrança eu não houvesse sido presa. E jogando o jornal para o lado, desafrouxei mais ainda o pijama azul, estirando-me no colchão de molejo duplo depois de cruzar no peito as mãos enormes.

Manhã de março, primeiro domingo lavado por nuvens se espreguiçando em desenhos brancos.

Pela janela o vento entrava sem rumor e me aquecia os pés uma brisa morna que trazia ruídos para os meus ouvidos desatentos.

Eu continuava pensando e pensando no coração indecente de uma Zezé sem escrúpulos eu me esquecia que era feliz e sofrendo cada vez mais quanto mais eu me recordava da Zezé que não via há muito tempo.

Lembrava-me que há mais de ano eu não a via e também se rugas lhe haviam cavado os olhos eu não podia afirmar no entanto eu reconstituía bem a sua face, face que sempre me odiou, embora teimasse em olhar-me com um carinho que eu sabia falso, fingido.

Eu recordava ainda que o pai de Zezé, certa vez, procurando a polícia, exagerou ao delegado a periculosidade de meu temperamento, que eu deveria ser punido, castigado aos poucos, perseguido sem tréguas, aniquilado pela morosidade constante da perseguição.

E sem razão eu me vi perseguido, capangas tentando intimidar-me com suas cataduras de mulatos, pretos e brancos servis, toda aquela guerra de nervos custeada pelo advogado e pai da virgem profissional Zezé, emputecida Zezé, durante anos inteiros assassinando claves de sol e de fá num carunchoso piano de músicas desafinadas.

Eu não me esquecia que o delegado acreditou fosse eu um degenerado, desclassificado difamador contumaz, viciado trapaceiro, porque faz tempo, eu não nego, telefonava à Zezé todo o dia inúmeras vezes perguntando-lhe pela placa, torturando-a ao aludir ao caso da placa.

Eu tinha certeza que Zezé sofria e se amofinando com os meus trotes investia contra o próprio pai, contra a própria mãe, contra o mundo todo, danada com aqueles meus telefonemas aparentemente inofensivos.

E eu insistindo, até numa madrugada chegando a acordá-la, perguntando-lhe pelo telefone onde estava a placa.

Mas o delegado desconhecia o caso da placa, ignorava houvesse Zezé retirado a placa de sua casa e a houvesse pregado na parede da casa do vizinho; não sabia o delegado das manias da Zezé e que Zezé padecia de megalomania aquela autoridade nunca chegou a supor.

O vizinho viajando, a placa do chalé do pai de Zezé no palacete do lado, imponente residência com garagem nos fundos alicerce de uma arquitetura sóbria de paredes brancas.

O delegado desconhecendo Zezé escalasse o muro, pulasse-o à maneira de uma cabra e sempre saísse pelo portão de madeira do vizinho ausente quando eu a esperava na esquina mais próxima.

Zezé querendo impressionar-me, passar-se por milionária era o seu sonho, ser moça de sociedade que estivesse à espera de um jaguar e somente andasse a pé até o dia que o seu automóvel de luxo desembarcasse de um cargueiro inglês.

Quando a namorei eu estava doente, aguilhoado por uma doença que não me permitia ver a feiúra da Zezé, pés disformes, gibosa, mãos de unhas roídas, naquela época eu era vítima de uma doença que me obrigava jogar dinheiro fora, compelindo-me a pagar jantares para Zezé que comia – horrorosa, meu Deus – na ponta do beiço, mais horrorosa ainda quando um cinto, cinto largo de verniz a transformava numa mão de pilão, empretecendo-lhe a cintura espremida, amacaqueada.

Até então eu não desconfiava de nada, porém às vezes eu a xingava, falando alto diminuía-a:

– Zezé, você não presta.

Desafogava-me naqueles raros insultos. Aborrecia-me. Mesmo doente eu me danava. Não era direito Zezé pedir, invariavelmente pedir ao garçom;

– Peru à brasileira, morangos com creme de chantilly.

Eu jantando subjugado pela despesa que teria de pagar. Descompondo-a sempre à sobremesa: – "Zezé, você não presta", e depois apertando-lhe com raiva o braço mole, descarnado, andávamos pela Avenida Atlântica numa ânsia de digestação, sempre encrencada, preguiçosa.

Desesperado eu contei a chantagem dos jantares a um campeão de xadrez, que sem titubear me convenceu a noivar com a Zezé e noivo da Zezé almoçar e jantar na casa do futuro sogro.

Continuo me lembrando que dei fim àquele noivado culinário, devido a imprevistas circunstâncias terminei-o, ou melhor, Zezé fez com que eu o desmanchasse. Lucrei. Não nego. Recuperei tudo puxando do anular da mão direita da Zezé duas alianças: a de platina e a de ouro.

Fizera tudo ao meio de uma sessão de cinema em que Ofélia era uma morta grinalda num regato shakespeareano; dissera-lhe quem me havia contado tudo, pormenorizando situações que abriam, de súbito, uma remota cicatriz.

Cabeça baixa foi naquela ocasião Zezé uma resposta sucumbida:

– Faça de mim o que quiser.

Mas eu não quis fazer nada nem sequer apertei-lhe com força o braço, costume meu quando Zezé me aborrecia.

O pai de Zezé não topou nenhuma acareação. Enxotou, sim, a empregada, cozinheira antiga que vira Zezé de fraldas, em cueiros, chupetando uma borracha vermelha; empregada que me afirmou da desvirgindade de Zezé com um tal de Newton, tenente da intendência também conhecido de Helenice, a copeira, testemunha ocasional.

Era de mais. Antes eu havia perdoado Zezé, vendo-a apenas como uma doente, irresponsável criatura alucinada que houvesse teimado até à véspera do nosso noivado em dizer, afirmar que morava no palacete vizinho, quando sem chorar nem estampar nas faces uma vergonha mesmo insincera, disse-me havia feito tudo aquilo porque queria por à prova o meu caráter.

Lembro-me dessa desclassificada resposta. Lembro-me ainda que Zezé não era a única sem-vergonha da família, porque seu pai, o advogado, certa vez contou-me ter ganho um dinheirão como intrujão, sempre em contato com ladrões, contrabandistas.

E a sua mãe não ficava atrás pois a comida do nosso tempo de noivado era um desbotado purê de batatas, purê sempre cercado por insossas salsichas, infalível prato-feito sempre me nauseando e me intrigando sempre quando minha memória revia aquela travessa surgindo da cozinha sem fumegar, fria comida de casa de pasto, intragável.

Eu não devia ter-me lembrado dessa indecência. Sabia que me lembrando de tudo isso não conseguiria divertir-me neste resto de manhã de domingo, mas desde que eu fiquei bom minha memória não vem deixando em paz gente safada.

Morena

QUE ELA DESCONHEÇA o meu alumbramento – não importa. Revê-la-ei como costumo olhar cabeleiras tesouradas ou em primitivo estado quais enormes caudas; olhar sólidas pernas de torneadas carnes ou seios lembrando popas de barcos de mornas lanternas que sugiram pupilas perscrutadoras.

Via-a faz tempo, pela primeira vez via-a em busca de uma condução que nos trouxe, a mim e a ela, morro abaixo.

Riu-se e, divisei-lhe o branco de dentes aflorando à maneira de teclas de um minúsculo piano semi-aberto. Apenas uma vez riu-se quando da conversa com um casal, pajeando-a durante todo o percurso.

Aquele riso, singelo riso por momentos desabrochando-lhe as faces ela não mo ofereceu, muito menos um discreto olhar, de inopino afogueado ante a insistência em fitá-la. Jamais a observei, sempre a fitá-la persisti, arriscando-me mesmo a ouvir recriminações, responder qual a razão daquela minha atitude, sempre a mesma, como se num estado hipnótico minhas vísceras vivessem.

Provocadora atitude de pelintra foram os meus gestos, somente agora os reconheço quando às algemas entrego os pulsos, sequiosos naquela ocasião de enternecer o oval de faces tão sedosas.

A salvo de pintura, mesmo assim, era-lhe o rosto meiga visão de inconfessável beleza. Ternura de braços que nasceram pedindo carinho. Rija estatura mediana de bem distribuídas energias.

Trespassadas orelhas por tarraxas de brinco em botão, único adorno, único ouro de sua adolescência.

Enamorava-me de uns dezesseis anos que divisava a manhã se prolongar encapotada, lavando o verde das folhas com sopros de brisas.

Mãos nos bolsos permaneci após à primeira curva desaparecer o bonde, descera antes do término da linha do bonde, saltara antes de receber a menor atenção daquela criatura, imperturbável à gula de meus olhos, à insistência provocante do meu coração completamente alheia.

Dez eram as horas daquela manhã neblinando lá pelo Silvestre, letárgico recesso de um julho moribundo.

De uma Sexta-Feira da Paixão era a lembrança daquele dia, velho ao nascer tamanha a melancolia do tempo.

Identificando dias depois o condutor, a ele indaguei se se recordava de uma moça surgida da garganta de uma ladeira, sinuosa artéria de imprevisíveis lampas, sim, a dos Guararapes, isso mesmo, devia ter-lhe dito logo; moça sem dente de ouro, sentando-se no penúltimo banco do bonde que desembestado veio vindo, sem deter-se veio fugindo dos gelados murmúrios das nascentes rochosas.

Oh! Devia lembrar-se, eram quatro, apenas quatro os passageiros daquele regresso; azul fero a lã do meu casaco, oliva a gabardine de minhas calças, de canário o amarelo da camisa que me aquecia o tórax.

Nenhuma recordação daquelas mãos, sim daquelas mãos que lhe estenderam uma cédula? Delas não se recordava? Ainda assuntando persistia? Impossível. Constatasse o meu interesse, visse o azougue de meus olhos. Desviava-se da força do meu sobrolho? Não a sentia? Por que não me encarava, sempre a olhar os lados, quando de cheio minha visão o envolvia?

Sabia, sim, sabia de tudo, de tudo que eu lhe perguntava sabia muito bem. Desconversar não podia mais. Recordasse que a ela, sim, a moça, a jovem de macios cabelos de fios negros, ele havia rematado.

Não tinha importância, pagasse-lhe as passagens à primeira oportunidade, não a conhecia havia tanto tempo? De troco para aquela cédula ele não dispunha?

E pormenorizando repeti o gesto que o condutor fizera quando da rápida conversa com os parentes ou pressupostos pais da adolescente, sempre de braços cruzados, digna da atitude sóbria de uma pose recatada.

Fizera um gesto como se a medir fosse o comprimento do meu joelho ao chão. Sim, desde a segunda infância ele a conhecia, conhecia-a desde aqueles tempos de intercorrência de corridas de velocípede com rimadas quadras de rodas festivas; desde aquela idade de salivantes lábios ante glaciais vermelhidões de sorvetes, lábios também borrados pelas amêndoas industrializadas do cacau; idade ainda adormecida pela música das histórias, trombeteadas histórias pelos gnomos de mirabolantes sonhos.

Ele, sim, ele mesmo vira-a por muitas vezes e, por muitas vezes escutara-lhe a voz das indagações indistintas.

Não mo negasse. Ele a conhecia desde a ternura do quarto aniversário, do tempo em que fitas se lhe pousavam à cabeça quais multicores borboletas. Tinha certeza. De seu nome ele sabia, mais uma vez sentenciei. Fazia menção de lhe trespassar os intestinos com a dureza do indicador, gesto de meu dedo.

Congestionadas as faces do condutor, perplexas as grosseiras feições do imigrante, afásico o lusitano por ouvir, creio, catadupas de sons, desconexos ao seu entender, queimarem-me a boca, reflexo do ingurgitamento das carótidas, da opressão do meu taurino pescoço, muitas horas depois, depois de muitas manhãs em que a aparente solidão de minha existência me induziu aspirar àquele morro, quase em brumas, precisamente havia quinze dias.

Jamais a revi, todavia se vier a revê-la uma discrição comandará as minhas atitudes. De seu nome jamais tive certeza. Como ela se chama jamais eu o soube.

Quem sabe se o condutor não era um insano, aventando naquela ocasião imaginária intimidade?

Não teria ela ido ao Silvestre como também eu o fora, sem intenções, sem destino, deambulando, num extravagante passeio de horas fanadas? Residiria num outro bairro? Quem sabe se num apartamento de Botafogo, corolas de lírios não tresandam na parede que suporta uma fotografia de anos?

Quem sabe se em verdade minha presunção se avoluma e a certa de que é mesmo no bairro do Botafogo, que uma fotografia rememore uma solenidade, estampe um flagrante em que ela, ela a esquiva morena fora numa distante manhã noiva, do Cristo?

Abraço o travesseiro, como se ofertasse carícias a uma mulher o aperto, mas enquanto o sono não chega, semicerro os olhos, um sorriso adoça-me a boca, quando mais uma vez aquela morena de minha memória se assenhoreia e, sutil me invade a alma.

Contudo, mesmo vencendo a noite com um sono indevassável, nem uma vez, sequer uma só vez, sonhando soubera eu ao certo de seu nome todo.

Quando muito cochichos, quando muito ressonâncias às trompas de meus ouvidos de vozes de fadas, exangues ecos de alguma fada de meus sustenidos sonhos, sempre a repetir Regina, a silabá-lo constantemente e a insistir em seu nome como refrão de um inefável rondó.

Sótão

ENCONTREI-A descalça, pés debaixo da cadeira, mãos sustentando um livro que seus olhos não liam.

Janela aberta e o vento desalinhava-lhe os cabelos, e eu os terminei despenteando com meus dedos que seguraram seus braços.

Estava habituada a essas carícias. Não era a primeira vez que me esperava, no quarto ficava lendo sem ter medo do silêncio que subia pelas escadas.

De meias, como se fosse procurar-me encontrei-a vestida naquela noite em que eu voltei da fábrica sozinho.

Devia ter escutado meus passos porque quentes ainda estavam seus pulsos e sem vida suas mãos não poderiam segurar um livro de duzentos páginas.

Abriram-lhe o corpo e eu pude ver como vermelho era o seu coração que eu escutava bater, bater sempre acelerado, confuso.

Pretenderam encontrar cáusticos em seu estômago mas só retiraram a acidez de restos de limonada que mal encheu o tubo de uma pipeta.

E eu sem chorar, vendo a minha mulher na morgue do Instituto Médico Legal sendo retalhada, dividida, vísceras numa bacia, como se fosse uma assassinada merecendo a perícia de autópsia, eu não podia pensar em nada, idéias desconexas, aceitando aquela morte súbita sem reagir.

Sendo eu ateu não mandei celebrar missa e a minha Nydia que apodreceu num caixão sem cruz na tampa envernizada levou consigo toda a sua beleza que nenhum retrato conseguiu reter.

Nydia foi enterrada sem que eu chorasse, desde a tarde de seu enterro nunca mais voltei ao cemitério mas os nossos meses de casados sugerem-me, ainda, anos ininterruptos.

Como eu admirava a coragem de Nydia.

Dispensei todos os pêsames e os mais fingidos, aqueles que me procuravam silenciosos, mal afastando os lábios, palavras de hipocrisia na boca estúpida tiveram de mim a pior impressão.

Não injuriei o destino nem lastimei a minha falta de sorte. Sentia a morte de Nydia em silêncio, sem lastimar-lhe a ausência – gostava de lembrar-me de sua beleza que nunca me traiu.

Minha mãe no cemitério, meu pai que eu nunca suportei também amortalhado numa sepultura que eu não visitava, nem ter irmã sem ninguém para ouvir a minha voz abatida depois do enterro de Nydia, eu fui ao cinema, à primeira noite do sepultamento de Nydia também fui a uma pensão de mulheres. Impossível dormir sem um peito de fêmea.

Se reprovaram-me não posso dizer. Nunca tive amigos, em Maceió eu respondia apenas cumprimentos de conhecidos, na maioria indesejáveis.

E sem esforço comecei a esquecer-me de Nydia embora tivesse eu sido feliz no casamento. Casamento imprevisto, casamento que eu nunca desejei. Todavia, eu casei-me com Nydia, mulher que não nasceu para ser prostituta nem amante de homem algum, como pretendiam.

Casei-me com Nydia sem nunca tê-la perseguido.

Eu gostava de festas, de quermesses, na rua também eu via mulheres que me interessavam, mas eu conheci Nydia à porta da fábrica, quando as operárias teciam, numa tarde de estupor eu soube que duas pessoas queriam ver-me.

Vestido remendado, soutiens apertando-lhe os seios, pernas de selvagem, cabeludas, sapatos velhos escondendo pés que não se mexiam era Nydia uma explorada, na oferta do velho que queria vendê-la era Nydia um penhor.

Conversa de satrapa, história que eu escutava com nojo contava-me o velho que chorava e se maldizia, mostrando-me os ossos do peito depois de desabotoar o paletó; arredada penúria. Sempre cuspindo o velho não pedia, a mim impunha o aluguel de Nydia, queria entregar-me a órfã, fixando o preço da virgindade de Nydia ansiava ganhar dinheiro, negociando a enjeitada exigia os juros por ter criado a moça que começava a se impacientar, sem molhar os olhos nem dizer nada sofria calada.

Tive vontade de machucar o velho, revidando tamanho achincalhe a um ser humano cortar-lhe a língua, mas em vez de surrá-lo abri a carteira, cinco cédulas de mil cruzeiros era o preço exigido.

Três meses depois o velho voltou e apareceria mais vezes, para extorquir-me dinheiro teria aprendido o caminho de minha rua se eu não o tivesse denunciado à polícia.

Naquela ocasião num quarto do sobrado Nydia dormia. Eu não indagara sua vida. Para acreditar em Nydia precisaria que eu a conhecesse sem provocá-la. E nunca eu acreditei em indícios de psicologia sintomática. Queria conhecê-la sem persegui-la, compreendê-la sem vigiá-la era a minha determinação, tê-la em casa como se eu não a quisesse para mim, era o que eu fazia.

E eu comecei a ver Nydia lendo romances que a minha estante enfileirava. Sua instrução primária fazia-a gaguejar, repetir vocábulos, tropeçar em palavras desconhecidas, obrigando-a a abrir o dicionário que eu lha ensinei consultar.

Às empregadas eu disse que Nydia era uma parenta, tivessem toda atenção com Nydia que iria dormir sozinha num quarto.

À Nydia não disse nada, esperei em vão que ela me desmentisse, contasse às empregas o que eu tinha contado à polícia.

Antes eu havia prevenido ao delegado a chantagem do velho, se eu dera ao velho os cinco mil cruzeiros não foi por temer que outro homem ficasse com Nydia, explorasse-a, obrigasse-a a viver num bordel, com a prostituição de Nydia ganhasse dinheiro.

Eu não era sentimental, desconhecia os impulsos, não me sentia um emotivo. Detestava a caridade, bondade fingida da burguesia. Também eu não tinha querido salvar Nydia que o velho oferecia, sem escrúpulos queria vender-me por cinco mil cruzeiros a mulher que me havia interessado.

Pediu-me o delegado que eu repetisse a denúncia tomada a termo pelo escrivão. E sem cochichar-lhe no ouvido atento, com o mesmo timbre de voz também disse-lhe que Nydia continuava virgem, dormindo num quarto como minha parenta. Nydia ainda se deitava e sonhava sozinha.

Nydia não viu o velho ser preso, agarrado por um investigador que eu mandei chamar Nydia dormindo não pôde ver o seu antigo carrasco ir para a polícia, mãos atadas, calças caindo sem o cinturão entrar num automóvel.

Nunca eu dissera a Nydia que o velho havia confessado, debaixo de borracha tinha aberto a boca na delegacia, somente apanhando bolos de palmatória reconhecera que vendera donzelas, fizera negócio com donzelas que nunca ele havia criado, donzelas que ele adotava na diretoria do orfanato, negociando-as tempo depois, vendendo as órfãs como animais.

Nydia também não soube que durante dias o velho ficou sem comer, a pão e água o velho viveu uma semana sempre se recusando a dizer a verdade, por detrás das grades da prisão o velho faminto só declarava mentiras.

Nydia morreu desconhecendo tudo isso. E no sótão onde dormíamos depois de casados Nydia morreu sem nunca dizer-me se o próprio velho, algum dia, quis ou tentou violentá-la.

Também isso a Nydia eu nunca perguntei. Mas que Nydia morreu de repente levando consigo um segredo que nem eu mesmo, seu marido, cheguei a saber, não duvido mais.

Jumelice

SÁBADO DE MADRUGADA sem ruídos porque a algazarra do salão fica dentro do sobrado, barulho que não acorda a rua nem molesta o guarda da Alfândega, vigia sem âncora na gola azul, marinheiro sem gorro nem viagens sentado num caixão de sabão.

Madrugada silenciosa à maneira de um berço deserto porque não há vento para tanger o som da orquestra, música sem piano, que fica aprisionada pelas grossas paredes como se os tijolos fossem de esponja.

As janelas cerradas, varanda de ferro clareada pelas lâmpadas que aquecem a pista de madeiras, tábuas enceradas, todavia quanto mais estrídulo se torna o trombone menos notas metálicas de instrumento de jazz se escuta na rua comprida e estreita de Jaraguá.

A música ressoando, apenas, no salão, sem força para acordar o mendigo da esquina, afugentá-lo do batente depois de ecoar pela varanda deserta; toda a música escutada unicamente pelos fregueses que a desentoam e voltam a entoá-la, apertando cinturas prostituídas com abraços intermináveis.

Como se estivessem tocando num subterrâneo nem o vigia de botinas pretas da Alfândega escuta o bombo ensurdecedor da bateria.

O vento aprisionado por nuvens estateladas não pode modificar os vaivéns da maré e o mar dos trapiches apenas lambe os pilares sem cobertura da interditada ponte de desembarque.

Nenhuma onda se arreBenitando na praia sem lua. Nenhum prenúncio de vida nas areias enxutas. Madrugada de fios telegráficos sem notícia alguma. Dizer-se-ia estivesse o bairro dos trapicheiros somente vivendo no sobrado das prostitutas, nas camas suadas de quartos sem cabide apenas se renovasse a vida em amores sem paternidade.

Marcado pela varíola o rosto de Jumelice é uma cicatriz e se não fossem os seus braços Jumelice não estaria dançando. Braços que a doença não conseguiu marcar. Braços tão sadios quanto as nádegas que suam o vestido preto como se quisessem lavá-lo.

Já a disputaram, homens de dinheiro quiseram-na, mas se neste abafado sábado Jumelice ainda dança não deve a seu passado de prostituta irresistível, sim, a um imprevisto.

É uma velha de trinta anos esta Jumelice que nunca conseguiu embotar a desgraça de seu rosto, é uma desgraçada esta Jumelice que esvazia caixas de pó, avermelha as pontas dos dedos com o rouge quando se pinta as bochechas.

Agora, seu quarto é no sótão, raramente um homem sobe com Jumelice as escadas que rangem, mas houve época em que a esperavam, pagando-lhe como se ela fosse virgem, amando-a como se ela fosse uma noiva.

Pústulas encheram de pus suas faces morenas e nunca mais ninguém pôde descobrir a beleza de seu rosto. Sem cicatrizes ficou-lhe apenas o corpo que se arredondando perdeu o jeito de donzela e foi ficando esquecido, carnes sem seiva, anteriormente mornas.

E Jumelice foi para o sótão. Sótão que para ela sempre fora o melhor, único teto forrado que não deixava ver as telhas do sobrado grande.

Suas lágrimas abundantemente salgadas teriam podido desmarcar-lhe o rosto se sal fosse remédio, choro empapando-lhe o travesseiro, umedecendo-lhe sem trégua os cabelos desgrenhados, antes acariciados, tesourados até nas pontas, mechas que os seus fregueses guardavam nas carteiras vazias.

E Jumelice também aprendeu o caminho do corredor da Seção de penhores, lúgubre porta que a deixava voltar a Jaraguá sem os ouros de suas orelhas, brincos de quilates sem defeito. Voltar com o dinheiro do mês atrasado, aluguel de sua cama de ferro, preço de seu quarto esquecido, cédulas amassadas na sua bolsa poída.

Relutou. Não iria mais à rua do Comércio, satisfaria a todos os instintos de qualquer freguês, mas no mês seguinte Jumelice era mãos lívidas no guichê da Caixa Econômica, descompassado coração a contar cédulas, cédulas que iriam se escurecer no cofre da cafetina.

Não a queriam mais, nenhuma importância deram à sua baixeza. Quando tiravam-na para dançar já se encontravam bêbedos, quando tiravam-lhe bebida, davam-lhe depois bofetadas. Bofetadas que ela apenas sentia porque Jumelice apanhava como se fosse cega e não pudesse reagir nem ver a basofia do freguês malvado.

A miséria a deprimia e cada vez mais taciturna Jumelice descia ao salão, medrosa de não pegar nenhum homem sentava-se na mesa, oferecendo-se com olheiras lúbricas sofria a se ver rejeitada, às vezes repelida quando o desespero a induzia a fazer gestos obscenos para antigos fregueses seus.

Seu quarto do sótão bolorento poucas vezes freqüentado por gente embriagada era um prejuízo permanente e se não fossem marinheiros estrangeiros de um cargueiro de outros mares, se não fosse o dinheiro forte dos gringos Jumelice não estaria mais dançando nesta madrugada.

Ganância viciada a cafetina não esperaria mais, nem um dia sequer a deixaria no sótão. À gaveta de Jumelice somente as cautelas da Caixa Econômica, cautelas vencidas, todas elas papéis coloridos de nulo valor.

O dedo em riste da cafetina ferindo o vão da porta aberta, aumentando a agressão de suas palavras cruéis. A tarde deste mesmo sábado Jumelice escutando a sua expulsão, ela que botara dinheiro no banco, ela que prendera homens numa fila de longa espera continuava escutando desaforos, estava sendo enxotada, com a roupa do corpo teria de abandonar a pensão, sair pela porta dos fundos, como uma empregada que houvesse roubado teria de fugir belo beco.

Os outros vestidos ficariam, também ficariam todos os outros sapatos e somente por ser muito condescendente a cafetina deixaria Jumelice ir para onde bem quisesse. Se não tivesse coração tão caridoso deixá-la-ia à cozinha, até pagar a última dívida seu trabalho seria o de lavar prato, cozinhar e enxaguar os panos das outras mulheres que sabiam ganhar dinheiro.

Mesmo Jumelice murmurando palavras que a cafetina escutou – "ainda tenho um broche de ouro, vou empenhá-lo, lhe pagarei quando voltar da rua" – a cólera da dona da pensão continuou a ferver-lhe os beiços, mostrando dentes que mascavam tabaco.

E Jumelice foi, pela última vez a esquecida prostituta de Jaraguá foi ao empenho da Caixa Econômica.

Não espetou o broche no vestido remontado. Levou-o no fundo da bolsa que as suas mãos agarravam. Tinha medo de perdê-lo, ser roubada era o temor de Jumelice que andava apressada, sem dinheiro sequer para pagar o bonde vencia a distância pisando lépida. E quando debaixo do sol das calçadas da avenida da Paz Jumelice era uma ânsia sem cura.

Não queria chegar tarde, sabia da inflexibilidade do avaliador. Horário de repartição pública diferia muito do horário de cinema. Trabalhavam morosamente, com má vontade atendiam o povo.

E Jumelice chegou a atravessar esquinas correndo e correndo chegou ao fim do corredor vazio da repartição usurária.

Seu relógio arrematado num leilão trabalhava antes silencioso em seu pulso, suado pulso que gesticulava sua mão vendida. O descontrole nos gestos abertos da prostituta eram trágicos.

Jumelice queria mais, a cautela do broche de ouro já visada, indiferentemente o tesoureiro teimando em não escutar as lamúrias que começavam a encher os olhos de Jumelice com lágrimas grossas.

Jumelice amassou as cédulas e rasgando na frente do funcionário a cautela, atrás de si deixou pedaços de papel que nenhum vento espalhou.

Não conseguira sequer dinheiro suficiente para amortizar a dívida de uma semana. E de três meses era a dívida que Jumelice deveria pagar, tinha certeza que a cafetina a esperava, lá de cima da escada perguntar-lhe-ia pelo pagamento.

O desespero levou-a a um bar e bebendo uma cerveja, pela primeira vez Jumelice sentiu o infortúnio afogar todas as esperanças.

Nenhuma solução para a sua vida destroçada somente a morte serviria. E ainda bebendo a cerveja que espumava, pela primeira vez Jumelice sentiu ódio, ódio daquele que a desvirginou, deflorou-a depois de uma festa e prometendo-lhe casamento deu-lhe intranqüilidade e a incerteza da vida de rapariga.

Vida explorada, roubada por um sedutor que a obrigava a dar-lhe dinheiro, muito dinheiro para os seus vícios.

Sedutor meses antes seminarista, sonso cafajeste deixando a batina para não fazer nada, viver da família, crápula que teria sido padre mesmo bispo ou até mesmo cardeal de sapatos afivelados se não houvesse sido encontrado arrombando uma caixa de esmolas, canivete aberto na mão gatuna.

Sedutor de palavra estudada que teria sido representante do mistificador Cristo de Roma se não houvesse deixado a batina porque quisesse, e farto se sentisse de escutar e ler fantasias anônimas da bíblia bem escrita, livro parabólico, sofismático, motivo de apreensão para os fracos.

Crápula que terminou secretário do governo e ao saber da varíola de Jumelice torceu a cara, abanou as mãos, fechou as ventas como se estivesse cheirando podridão de ovos.

Jumelice chegou ao meio fio e o garçon conhecendo as intimidadas da prostituta que cambaleava com uma garrafa de cerveja, sorriu, continuou sorrindo sem se esquecer da conta que não foi paga.

Um paralama rasgou um pedaço da barra da saia de Jumelice, infelicidade para a decaída que continuava vendo a morte debaixo de um automóvel como prêmio, sossego de infeliz.

E ao divisar o sobrado, ao ver a escada de sua pensão, degraus que ela pensava subir pela derradeira vez, escutou Jumelice rumores desconhecidos, vozes nunca escutadas de gente branca que bebia sem pressa.

Aqueles homens haviam alugado a pensão e nas cadeiras das mesas sentavam-se nórdicos, gente do fim da Europa que queriam um jazz, música creoula para toda uma noite.

E as portas foram fechadas, depois de trazerem barris de chope, caixas de uísque as chaves ficaram com um norueguês, embarcadiço sem tatuagem que também prestidigitava, mágico de baralho e lenços.

Uma mulher para quatro homens retardava a cobrança da cafetina, mas Jumelice sabia que seria interpelada, se não tivesse o dinheiro logo mais perderia os seus últimos vestidos, nunca mais seus últimos pares de sapatos, a cafetina ficaria, sem ser o sobrado Caixa Econômica, no sótão ela deixaria tudo.

A tarde morrendo e Jumelice se deitando na cama, subindo de novo para ganhar coroas, cédulas que nunca havia visto.

A noite descendo e Jumelice já sem calça nem soutiens dançando no salão, peignoir aberto, lá em cima sua gaveta estufando, dinheiro, dinheiro que ela nem sabia quanto valia.

Depravadas pela força do dinheiro desconhecido as mulheres faziam tudo à vista de todo mundo se entregavam, amando nas mais degradantes posições, se aporcalhavam, o jazz sem parar ensurdecendo gritos abafando vozes de palavras inteligíveis, o bombo da bateria incansável.

A desordem sem arruaças musicada por alagoanos pixains não cansava nem arrefecia os ânimos dos marinheiros de cabelo louro.

As mulheres como se estivessem em cio nunca recusavam e os convites eram renovados, amiúde dirigidos a quem estivesse ao alcance. Éguas de raça. E a madrugada chegou sem vento, estuporada num sábado de folia imprevista a madrugada ainda se prolonga sem ruídos, embora a algazarra dentro da pensão seja insuportável.

Presas de uma alegria de embarcadiços em terra firme os noruegueses gozam e bebem, suam e enxugam o suor nas suas golas numeradas enquanto lá em cima, em seu quarto de sótão com duas telhas de vidro Jumelice abre a porta para deixar sair seu último homem.

Cai o dinheiro da gaveta aberta e sem ruído Jumelice começa a contá-lo a contá-lo como se soubesse o valor exato das cédulas.

No meio da cama as chaves das portas do sobrado que o embarcadiço mágico de baralho e lenços, deixou cair no lençol amarrotado, imundo.

Bondade de cafetina é passageira. Jumelice sabe disso e por saber disso muito bem retribui os abraços que a cafetina embriagada oferece a qualquer mulher que entra no salão, depois de sair de seu quarto para pegar outro homem.

Nunca se viu tanta alegria nas banhas da cafetina, outrora espartilhadas sovinas. Nunca se viu tanto riso de ébrio rasgar a boca da dona da pensão.

E Jumelice deixa o salão, sem querer nenhum dos marinheiros sem escola naval autênticos pescadores de bacalhau – deixa Jumelice o salão como quem vai mijar, no mictório botar p'ra fora o chope que lhe avoluma a barriga.

E Jumelice entra na dispensa, onde a cafetina guarda gasolina para tirar mancha do assoalho Jumelice se oculta.

Nos bolsos de peignoir as cédulas estrangeiras amarradas, barbante atando-as em dois maços, dissimuladas pequenas fortunas que a cafetina, cordão com crucifixo de ouro no pescoço, jamais poderá descobrir.

As paredes como se ainda fossem de esponja e os tijolos maciços retângulos de cortiça que chupassem a algazarra preservassem o silêncio da esquina mais próxima.

Modorrando no seu caixão de sabão o guarda da alfândega persiste um vulto inútil, olhos que não podem ver Jumelice riscar um fósforo, de longe jogá-lo na gasolina da porta principal do sobrado.

Gasolina embebendo toda a madeira velha da escada gasta, gasolina que corre por debaixo da porta e molha a calçada como se fosse água de faxina.

Incansável a música do jazz, não pára nem pode parar a farra sem limites e nem a cafetina que continua distribuindo abraços qual uma descomunal boneca de molas ainda não sentiu o cheiro dos degraus queimados, labaredas enormes avançando sobrado adentro sem crepitar, ruído maneiro que os instrumentos abafam, estalidos sucessivos que a algazarra sufoca.

Jumelice se equilibrando em tacos vermelhos de sapato alheio, peignoir aberto que o beco escurece, caminha sem pressa, a enorme chave da porta do sobrado à sua mão direita que ainda cheira a gasolina.

E Jumelice continua andando, como se nada houvesse feito nem se vingado Jumelice ganha a liberdade de uma rua onde um cachorro sem dono tritura os ossos da cabeça de um rato devorado.

Sem volver-se uma vez sequer ganha a rua pisando nas pedras, lajes disformes, caminhando à vontade, sem medo de torcer um pé.

Breno Accioly

DUNAS

Na página
anterior, está a capa de
Dunas (1955), feita por
Arcindo Madeira.

Dunas

(Romance)

"Todo o mundo é ruim, menos o sol no poente e mamãe..."
Laforgue

Capítulo 1

O SOBRADO DE TELHAS ENCARDIDAS e algumas de vidro, sobrado onde eu nasci, ainda é o maior, o mais alto de toda a cidade. Duas varandas, uma em cada andar, equilibram-se-lhe à fachada, onde portas e janelas se sucedem num desperdício de peroba. Todavia, é dos fundos, lá da sacada de tábuas enegrecidas, que eu vejo o rio, rio de água temporárias, correr lambendo fraudas de morros que se elevam e se deprimem à maneira de dorsos de dromedários estarrecidos; morros sempre lúgubres dando a entender, houvessem suas terras sido, em época remota, de túmulos. Não fosse o rio eu não poderia constatar da sacada presença alguma de vida, pois nenhuma árvore de porte conseguiu desenvolver-se nas entranhas da cordilheira.

De caatinga são as vegetações que se disseminam pelas barrigas dessas terras negras, incapazes de sentirem o efeito do sol e da chuva. Nem mesmo as chuvas conseguem emprenhar de húmus esses ventres que tudo abortam. Os poucos troncos, que abrem braços raquíticos nessas terras, são tortuosos, cheios de aleijões.

Dir-se-ia, a fúria de um vulcão fora frustada, um vulcão que nem chegou a urrar, conservasse nas entranhas desses morros um calor latente, destruidor.

Essa é a paisagem que a sacada me oferece. Paisagem lerda, como lerdo e barrento corre o rio através do seu leito humilde, em alguns trechos calçados de pedras não se sabe por quem.

Às épocas de trovoada, todavia, o rio ronca, desembesta-se de leito afora removendo pedras, invadindo cercados, destruindo currais, derrubando cerca e tudo que se lhe opuser à histeria de seu ímpeto de libertação.

Porém, as areias não tardam em ficar a descoberto, restando de toda aquela avalanche, comumente surgida em junho, minadouros e cacimbas escavadas por lavandeiras.

Agora, relanceio morosamente os lajedos cobertos de panos, distinguindo, adiante, cabrochas e apetitosas mulatas tratando de tripas frescas, soprando-as e limpando-as com cutelo.

Bem na beira do rio, a casa de pólvora, toda de pedras, é um porto de emergência, e sempre pode-se ver uma canoa presa ao forquilhão, um bote que moureja.

Os galhos da velha pimenteira, no quintal, lá embaixo, estão fanados por um sol que vem escaldando todas as manhãs destes mês de janeiro, limpando das folhas do cróton pastas do mofo.

A trepidação do ar ofende-me os olhos. E eu retorno à sala de jantar, onde as moscas não estão quietas, e azucrinam-me os ouvidos zumbindo doidamente. Não posso sentar-me à primeira cadeira que se oferece. Veludo a ocupa, gato malandro, ventre se enchendo, ventre se esvaziando qual uma maré, alisando os bigodes com uma pata, indiferente às marteladas do carrilhão da Igreja, que começou a anunciar o meio-dia.

* * *

É a voz de Isabel que fere a amplidão deste silêncio tão do meu agrado. É esta voz mansa, pedindo, suplicando à minha filha que tome o remédio – voz aveludada, incapaz de alterar o timbre, como se somente em surdina soubesse exprimir-se, que me faz volver a cabeça, entortá-la sobre o ombro direito, ficar de pescoço retorcido e de olhos enviesados.

Em ocasiões semelhantes a esta, tenho a impressão de que somente me virando deste jeito, poderei eu escutar melhor as má-criações de Bernadete.

Não cheguei a relancear a figura angulosa de Isabel caminhando rápido em direção ao quarto de minha filha. Quando volvi o rosto, Isabel já havia penetrado no quarto para suplicar-lhe em vão: – tome o remédio, Bernadete, você precisa ficar boa.

E aumentam cada vez mais as súplicas de Isabel, pois a voz metálica, irritada da criança, chega aos meus ouvidos como se pretendesse arrebentá-los.

Presumo Isabel acariciou os cabelos da rebelada, porque pela porta entreaberta ressoam palavras imperativas: "tire as mãos de meus cabelos, saia de junto de mim, não tomo remédio nenhum" – enquanto um pezinho malcriado martela o soalho, martela-o afoitamente.

E ainda de cabeça volvida, numa insólita posição à maneira de um aleijado do pescoço, percebo Isabel deixar apressada o quarto, trazendo numa das mãos um vidro de remédio, na outra uma colher de sopa, carregando tudo isso quase correndo, como se houvesse, de verdade, visto um enorme rato peludo. E após transpor a arcada do corredor, minha mulher falou alto, pela primeira vez sentenciou desde que nos casamos há mais de oito anos.

– Você que cuide de sua filha, não suporto mais essa vida.

Não me sinto disposto de ir enxugar com um lenço as lágrimas que lhe devem salgar a boca, nem rever tampouco a nervosa palidez de sua face. Desta vez não lhe interceptarei o choro nem irei beijar-lhe a testa, outrossim tomá-la pelos ombros, abraçar-lhe o peito arfante, pedindo-lhe sufoque a emoção, esqueça-se do que Bernadete lhe fizera: "não adiantaria amofinar-se tanto, dentro de poucas semanas Bernadete estaria boa, não havia notado a sensível melhora de Bernadete nos últimos três dias?"

E terminaria afagando-lhe as costas magras, resvalando as pontas dos dedos nas saliências das omoplatas ossudas... Todavia, tenciono permanecer sentado, como se nada houvesse escutado, visto.

Faz precisamente uma hora sentei-me à cadeira mas não tencionava balançar-me, tampouco ver nas escadas de tábuas gastas e enegrecidas os morros se sucedendo lúgubres; se quisesse vê-los, vê-los-ia de qualquer janela, mesmo de qualquer parte, bastando acordar a memória; não precisaria ir à sacada para amortalhar os olhos na paisagem de uma cordilheira que se eleva e se deprime lembrando dorsos de dromedários estarrecidos nem precisaria ter-me sentado para rever uma terras que lembram túmulos, incapazes morros de transmitirem a vida a árvores de porte.

Já sei que de caatingas são as vegetações disseminadas pelas barrigas destas terras negras – terras parecendo desconhecer o sol, a chuva. Se quisesse rever estes ventres que tudo abortam, estes enormes ventres cansados, eu não teria distanciado o olhar, perdido-o num ponto vago, impreciso, e solto os braços, esparramado as pernas, enquanto abandonava o corpo preguiçosamente, como se quisesse me alhear de tudo que me cercasse, de tudo que pudesse ver e ouvir; e como se de fato desejasse permanecer tempo sem conta à espera de uma idéia salvadora que, me assaltando, apontasse-me o verdadeiro caminho da minha existência qual uma bússola, após consertada, indica a rota de um navio desgovernado, até então sem rumo, ao léu, – eu me joguei à cadeira de balanço. Se volvi a cabeça quando Bernadete tergiversava com Isabel, confesso, foi sem querer.

Isabel não poderá recriminar esta minha atitude de indiferença; Isabel palmilha a estrada que escolheu, apalpa os objetos que desejou possuir.

Não ocultei a Isabel que Bernadete era minha filha, filha ilegítima, nem a ela fiz juras de amor, porquanto o meu amor já havia sido oferto a outra que concebera Bernadete.

Disse-lhe tudo isso antes do casamento. Se percebesse a frieza de minha parte não estranhasse. Queria-a como uma companheira que lavasse minhas cuecas, meus lenços, cerzisse os rombos de minhas meias, pregasse botões às minhas camisas, soubesse temperar o feijão, conservar o sobrado sem teias de aranha; não me aborreceria se, ao levantar-me à noite para tomar um gole de água, visse ratos saindo da despensa, baratas cascudas descendo pelas paredes como enormes formigas preguiçosas.

Claro que ela dormiria no meu colchão, espichar-se-ia onde eu me espichasse, adotaria o meu sobrenome, herdaria o sobrado e as terras se eu morresse primeiro.

Mas não esperasse muito carinho de minha pessoa; sentia-me embrutecido, descrente, embora às vezes amável eu fosse sem motivo aparente.

Não sonhava em batizar filhos nem escutar, no futuro, alguém chamá-la de mãe.

Dissera-lhe tudo isso muito antes do noivado. E à véspera do casamento fui vê-la embriagado, dando-lhe mais uma oportunidade de desfazer o compromisso, libertar-se das algemas que horas depois iriam aprisionar-lhe os pulsos até a morte. Mas Isabel não tomou conhecimento do homem bêbedo nem pareceu sentir meu hálito pesado, apodrecido, além de não reparar no laço desfeito de minha gravata, nos passos oscilantes das minha pernas, cada vez mais trêmulas, nem no amarrotado de meu paletó; também pareceu não escutar pornografias emporcalhando meus lábios descorados, finos, como se houvessem sido cortados por uma afiada navalha há tempos atrás.

Isabel dava a entender conhecer-me a fundo, a mim que ela vira fazia apenas meses se entregava num amor que sempre reclamava a minha presença.

Dir-se-ia que o homem embriagado à sua frente não passara de um ator em plena função. De um ator representando um papel de uma peça vulgar, chula, incapaz de impressioná-la.

E eu teria adormecido se Isabel não houvesse gritado pelo meu nome. A pouco e pouco uma modorra me garrotearia como um laço corrediço transforma numa fácil presa um novilho atado pelos pés e pelas mãos.

Se isso acontecesse não seria pela primeira vez, pois já perdi a conta das vezes que as mãos de Isabel sacolejaram meus ombros, tentaram despertar em mim o interesse pela existência. Infelizmente não sou como os outros que lutam sabendo de antemão da derrota.

E antes de levantar-me, nessas ocasiões eu procurava os chinelos, sem baixar a cabeça, queria-os nos pés, para aquecer os meus dedos. Antes tateava às cegas nas imediações. Outro pretexto para permanecer mais algum tempo submerso numa indolência, prisioneiro de tristes lembranças de um passado hostil, pois eu descreio dos resultados de atitudes violentas.

Se minhas narinas inalassem vapores de clorof—rmio, talvez, meu espírito não se sentisse tão distante, indiferente das coisas que a ele dizem respeito nem meu coração se sentisse qual um velho, desgastado relógio.

No íntimo, Isabel deve me cobrir de opróbrios, chamando-me de preguiçoso, de desleixado, vítima de minha própria incapacidade de lutar. Que poderei eu fazer? Convencê-la do contrário? O mesmo seria pedir a um judeu que acreditasse na ressurreição de Cristo. Nem sei como cheguei a interessar-me pelo restabelecimento de Bernadete. Sinto-me esgotado de tanto ler balanços, durante todos esses oito anos de inspetor das Caixas Econômicas do Nordeste. Eu não tive sossego. Outra bofetada? Meu nome pronunciado colericamente flecha-me os ouvidos. Diabo. Desta vez terei mesmo de me travestir de policial. E afasto-me mais ainda da cadeira de balanço, carregando as feições, injetando no olhar uma passividade austera, para arrancar firme, marcial, como se de fato fosse prender alguém.

No meio do quarto, em posição de defesa, Isabel mais parece a agressora, a culpada, a ré, desfigurada pelo remorso, atônita ante a serenidade da vítima, então próxima da parede, de mãos para trás como se desejasse ocultar o nervosismo de uns dedos anêmicos. Não desconheço as manchas de Bernadete. Se desconhecesse esse fingimento que lhe beatifica as feições, enchendo-lhe de ternura os olhos, de pureza os lábios, eu seria capaz de fazer ver à minha mulher a culpabilidade sem apelação de sua brutalidade. E recriminar-lhe-ia a atitude desalmada de castigar um corpo doente, de amedrontar um alma já em conflito consigo mesma. Que se lembrasse da sua condição de madrasta, não admitiria torturas numa criança de nove anos, torturas em ninguém, máxime em um ser impúbere, assexuado, esquecido de Deus, que também se esqueceu de mim, sim, de mim mesmo quando eu vivia em hotéis de Recife, Fortaleza, São Salvador, Aracaju e Natal até ficar numa casa de praia em Maceió.

Mas nada tenho a fazer. Dou meia volta, batendo a porta com estrondo, como se retirasse de Isabel toda a razão, apesar de reconhecer a farsa de Bernadete.

Não importunar mais Bernadete com colheradas de sopa de fórmulas infrutíferas, eis a solução.

Será que Isabel se esqueceu da próxima segunda-feira, dia da chegada do médico, dia de Bernadete ir para Recife? Não foi ela mesma que abriu e primeiro leu o telegrama, lido, relido, agora amarrotado no bolso direito do meu pijama?

Casam-se os ponteiros e uma a uma, abafadas, lerdas, vão se sucedendo as pancadas, até completar uma dúzia. Nesta manhã, se o sol se levantou não foi visto por ninguém. Uma pesada e escura carapuça reveste todo o cabeção do céu. Faz horas que o frade do barômetro abriu o guarda-chuva, prenunciando trovoadas de destelhar casas de ruas inteiras, e aguaceiros capazes de romper açudes, que durante os meses de verão se crestam à maneira de faces de velhas. Entre as primeiras e últimas badaladas do relógio da igreja tudo isso aconteceu.

* * *

Renova-se fanhoso o alarma da sirena do descaroçador, leibrtando homens e mulheres que, após oito horas de trabalho, regressam silencioso, cabisbaixos, macilentos, quais bichos espancados e famintos.

Isabel começa a acender os bicos de carbureto e, à medida que a sala se vai clareando, as feições de Bernadete avolumam-se; e um riso ambíbuo, misto de trágico e zombeteiro, desabrocha-lhe os lábios.

Ficamos a nos olhar, olhos dentro dos olhos, olhos que compreendem e aceleram a compreensão de tudo; vencido, baixo os meus, e, de súbito, invade-me uma vontade de fugir, como se eu fosse um mercenário de batalha perdida.

Envergonhado, sem fitar minha filha, murmuro baixinho: – Bernadete, venha para junto de seu pai, venha.

Faço-lhe este convite sem nenhuma convicção de ser atendido. Sei que Bernadete não me atenderá, mas de novo torno a chamá-la, consciente que ela permanecerá uma face de olhos esbugalhados, além de dois ouvidos cheios de algodão.

Quando nas férias de fim de ano regressava a Santana de Ipanema, percebia os meninos de minha rua olharem-me desconfiados, jamais convidando-me a participar de seus folguedos. Tinham receio de brincar comigo.

Certamente era a farda do colégio que deles me distanciava, como se a minha infância de internado pudesse lhes amortecer a alegria. Supunha.

Bernadete, agora, olha-me como aqueles meninos me olhavam, desconfiadamente, fugindo de mim sem razão. A única diferença é que Bernadete se afasta de mim escorregando pelas paredes, sorrateira, quase espectral; sua face lembra a de um bicho que me olhasse após de castigado com a imobilidade das feras inchadas de ódio. A presença de Bernadete equivale à de um símbolo enfurecido.

Isabel ainda não acendeu a lâmpada do quarto dos santos, e as imagens se encontram na escuridão, até mesmo a minha protetora Nossa Senhora do Perpétuo Socorro está às escuras nesta hora de vésperas.

Minha vida é mais desgraçada que a de Bernadete. Incrível. Porém é a verdade. Se Isabel sentir-se infeliz, mesmo assim, eu me considerarei o mais encharcado dos três, pois comparo-me a um rio desviado de seu curso, a um poço entupido de calhaus.

Desde que subi – desta última vez – as escadas do sobrado, vivo somente imaginando coisa ruim, presa de um círculo vicioso de imagens embotadas, velhas recordações, todavia capazes de a mim sugerirem novos raciocínios. Tudo isto a castigar-me? Por quê? Serei eu o culpado de todos os pecados de minha geração? Quando tudo isto terá fim?

Parece haver dentro de minha cabeça somente lugar para tragédias. Não tomo cocaína nem outra droga capaz de suscitar revelações oníricas. Contudo, é como se eu as tomasse, porque as minhas recordações obumbram-me a consciência, tornando-me um desajustado, como se de verdade eu andasse às voltas com amplas e seringas.

Cansado o sangue deixa o meu coração, e cansado ele retorna da minha existência atormentada, que ninguém venha a saber da minha descrença atual por tudo. Todavia, se de ateu alguém me chamar, estará lançando em meu rosto uma infâmia; mentindo descaradamente. Acredito em mim mesmo.

Não desejo que ninguém desvende como empoeirado se encontra meu espírito. Já é penoso, dele, eu ter conhecimento. Apenas, eu não descubro a razão que me obriga a viver qual um paralítico ou como alguém que não soubesse se deliberar, com precisão agir quando de permeio entre determinadas questões, fúteis no entender da maioria das criaturas. Claro que a doença de Bernadete me entorpece, me aniquila, tornando-me um cego de mãos amputadas.

* * *

Fugindo do calor, atravesso a sala de visitas, trazendo Bernadete pela mão esquerda, que se debruça na varanda para me perguntar por que as estrelas não caem.

Teria satisfeito à curiosidade de minha filha, se de inopino não escutasse sons encherem a praça, vozes se elevarem em coro, despertando a sonolência das ruas e dos prédios.

Desconhecendo quem são os cantores, acalentado pela harmonia das vozes, permaneço a olhar a praça onde um harmônio e dois violinos foram entregues a seis hábeis mãos.

Portas são abertas, janelas são escancaradas, acolhendo cabeças curiosas, ouvidos que não puderam suportar o apelo desta música inesperada.

Vagabundos, aleijados levantam-se dos batentes de loja, dos cimentos das calçadas frias e também vão até a praça, cada vez mais cheia. Não exagero. É um delírio. Já não escuto os acordes do harmônio nem os maviosos sons evolados dos violinos, pois o povo que se comprime na praça da igreja entoa o coro da música com precisão, com firmeza, como se já o houvesse ensaiado e agora o expulsasse de memória, à maneira de assalariadas coristas que repetissem o que lhes ensinaram nos ensaios.

– Se você quiser, Isabel, pode também ir cantar. Eu fico aqui mesmo na varanda. Pode ir sem susto que eu tomo conta de Bernadete.

Induzi à minha mulher que fosse também cantar, ao pressentir a sua presença estarrecida ao meu lado direito, surgida sem ruído.

E enquanto Isabel pisa os degraus, desce a escada de dois lances, permaneço afagando Bernadete, passando a mão sobre seus cabelos, como se esta minha carícia tivesse o poder de curá-la, de libertá-la desta mancha que a persegue faz duas semanas. Mania de incendiar tudo, de destruir tudo, alcovitada por línguas vermelhas de um fogo voraz.

Mania que se avolumou na última semana, na manhã da última quarta-feira do mês, quando fui obrigado a injetar-lhe um centímetro cúbico de escopolamina; mas a sua mania reagiu ao entorpecente, que, apenas, lhe aveludou o rosto, imobilizou-lhe os membros durante um instável sono de recém nascido. Sono frágil, sono de quem dormiu em excesso, sono confinado e rompido quando inadvertidamente arrastei uma cadeira até as proximidades de sua cama. Tive, então, de espetar-lhe de novo a nádega. Mas não deixei que uma modorra dominasse meu corpo como era de hábito a ela entregar-me após ao almoço. Receava Bernadete acordasse inesperadamente. E se minha filha me visse de olhos cerrados, não titubearia em furtar-me a caixa de fósforos, cascavilhando-me os bolsos, apalpando-me as algibeiras com os seus dedos macios, com as suas mãos de ladra precoce.

Quantas vezes um misterioso aviso despertou-me para que eu visse Bernadete rindo com malícia, serrar-lhe os lábios uma galhofa, enquanto as cortinas estavam pegando fogo? E quando eu procurava extinguir aquelas chamas, Bernadete tocava fogo numa outra cortina; e novas labaredas começavam a corar vidros de janelas às vezes enegrecidos pela fumaça.

Felizmente, agora, Bernadete deixa-me escutar os cânticos religiosos, comportando-se como se fosse uma criança normal. Um mestre-escola dar-lhe-ia pelo comportamento nota dez. Eu dou-lhe um beijo na testa.

* * *

Embrulhada numa echarpe que lhe desce até as pernas, Isabel regressa subindo os vinte degraus, para dizer-me que os cantores são protestantes; protestantes de passagem por Santana do Ipanema, Maravilhão, Chicão, Mata Grande, até chegarem a Delmiro Gouveia. Americanos da Cachoeira de Paulo Afonso queriam um culto na cidade e os haviam mandado buscar. E desde que partiram de Maceió, os protestantes paravam em toda cidade, em cada povoado, tocando e cantando nas praças, em lugares amplos. Apeavam-se do caminhão a qualquer hora e davam uma festa semelhante a esta que eu, surpreso, presenciei de longe.

Mesmo de noite, mesmo com o Sol a pino, os protestantes retiravam do caminhão o harmônio portátil e por momentos cantavam.

Disse, também, Isabel, que em Palmeira dos Índios Monsenhor Macedo se danou, pediu garantias à Polícia, devido aos protestantes terem entoado seus cantos no largo da Matriz. E, da porta principal da igreja, Padre Macedo começou a berrar, pregando como se o momento fosse de juízo final, prometendo excomungar a todo aquele que fosse cantar com os protestantes; jurando amaldiçoar mesmo aqueles que não estivessem cantando, mas que por perto das vozes disseminadoras de garras em seus ecos se prestassem a fazer número.

Mostrou-me Isabel um livro distribuído grátis, na capa um enorme Sol irradiando chispas num céu tenebroso, escuro.

– Isto não vale nada, Isabel; é pulha. Afirmei quando devolvi-lhe o livro, tocando-lhe às mãos, pedaços de carne empedernidos, apenas constatados na gelidez de alguns cadáveres.

* * *

Antes de adormecer muita coisa ruim havia bolido comigo. Conjeturei. A solução seria largar-me pelo mundo, trocar de nome, atravessar fronteiras. Fugir como os presos de Fernando de Noronha, afrontando perigos. Mas seria preciso abandonar tudo, desfazer-me de tudo, ser um outro homem. Começar a minha vida como se houvesse nascido um dia antes. Meus pais seriam outros, meus parentes também seriam outros. Não ter pouso, família, viver navegando sem rumo numa insaciável aventura.

Lembrei-me com insistência de Bernadete. A madrugada acabava de chegar e continuava a trazer para os meus olhos um oceano que as minhas visões haviam criado.

E nelas eu me via cheio de galões, de botões dourados, dando ordens, enquanto um brigue enfunava as velas. Para onde iria o brigue? Ninguém saberia; eu também não me importava de desconhecer a sua rota. Somente o horizonte figurava como o nosso porto. E o brigue velejando, cortando sempre as águas, lentamente vencendo as ondas, um brigue que de tanto velejar lembrasse duas velhas encardidas, uma quilha, uma popa e uma proa tostadas pelo sopro de um mar sem abrolhos.

Capítulo 2

PRESUMO ISABEL SE ASSUSTE quando ouvir o que tenciono dizer-lhe. Não esperarei minha mulher entrance os cabelos nem no arame da sacada estenda a toalha que lhe enxugará o corpo após o banho.

Aguardo, apenas, Isabel destranque a porta do banheiro, surja na sala de jantar onde agora eu me encontro, para abraçá-la, beijar-lhe as faces úmidas, enlaçando-lhe a cintura num apertado golpe amoroso.

Distante dos primeiros meses de casados nos encontramos; todavia segurar-lhe-ei os braços com sofreguidão, beijando-lhe a boca com avidez, como se de verdade a nossa união fosse recente.

E enquanto o sabão espuma pelo corpo de Isabel, enquanto Isabel derrama água sobre os seus ombros brancos, enquanto Isabel é uma prisioneira voluntária da higiene, eu permaneço de mãos nos bolsos vigiando o banheiro, lutando contra a ânsia que me fermenta as vísceras.

Não tomo conhecimento da umidade que de vez em quando me arrepia as costas. Pode o vento varrer, quando bem entender, as frestas da janela, porque eu continuarei onde me encontro, numa atitude de vigia que não temesse doença pulmonar.

Uma idéia assaltou-me a imaginação quando eu me encontrava junto da cama de Bernadete, vigiando-lhe o sono. E foi devido a essa idéia, justamente por sua causa que eu procurei Isabel sem chamá-la pelo nome, procurei-a como se mudo eu fosse, saindo dos quartos sem ruído, jamais batendo uma porta ou esbarrando num móvel empenumbrado pela tristeza desta manhã cinzenta; procurei-a sem alarde, todavia apressado, embora o desejo de revelar-lhe a minha descoberta tornasse leves os meus pés.

E atarantado pela idéia que me amornava a cabeça, subi as escadas do sótão, desci-as para atravessar o corredor pela segunda vez, sempre à procura de Isabel, sempre buscando-a como se estivéssemos brincando de cabra-cega.

Apesar de sentir o coração retumbar-me o peito, não sinto nenhuma necessidade de fumar nem a de escorregar as mãos pelas faces, outrossim de retorcer os dedos num evidente gesto de impaciência.

Contudo, conservo os olhos bem abertos, abismado por me manter numa atitude considerada anormal à minha existência. Seria uma atitude contumaz se eu houvesse gritado por muitas vezes pelo nome de Isabel; e também por muitas vezes bombardeado as tábuas da porta do banheiro, esmurrando-as sem piedade, dominado por uma emoção repentina, abrupta para, sôfrego, dizer-lhe:

"Costurasse para Bernadete vestidos vermelhos, calçasse-lhe os pés de meias encarnadas, mandasse chamar o caiador para que de cor das papoulas ficassem pintadas as paredes do quarto de minha filha; mostrasse-lhe as nuvens afogueadas das tardes de verão, e jamais se esquecesse de apontar-lhe, uma por uma, as feridas das mãos, dos pés, do peito, dos joelhos do Senhor Morto quando a levasse à igreja."

"Tapetes grossos, da cor do sangue, encarregar-se-iam de abafar o peso de nossos pés; andaríamos à maneira de fantasmas, atingiríamos silenciosos o fim do corredor lembrando pássaros.

E quando Bernadete olhasse o chão ensangüentaria os olhos no entrançado rubro do estofo; e ensangüentados também eles ficariam quando navegassem pelos retângulos das janelas, pois cortinas escarlates de damasco penderiam de lá quais mantas de carne fresca. E removesse logo para o lugar mais visível da sala de visitas o quadro do Sagrado Coração de Jesus porque de seu peito esquerdo sempre estava sangrando uma ferida sempre recente". E afobado continuaria:

"Sim, Isabel, talvez o excesso de vermelho saturasse aquele desejo anormal de minha filha, enfastiasse-lhe o sinistro prazer de ver chamas, de estar sempre à procura de labaredas, e aquelas destruidoras e crepitantes línguas de fogo deixassem de ser-lhes necessárias como sempre foi o oxigênio para a química da atmosfera. Sim, Isabel, não tentasse demover de meu espírito a fé que eu depositava nessa singular terapêutica; não relutasse em cumprir todas estas minhas sugestões, porque eu tinha certeza, convicção plena, jamais Bernadete viesse pedir-me 'papai, papaizinho, acenda o cigarro, eu quero ver o foguinho dele', após ela, Isabel, a dona de casa, haver consentido que o sobrado sugerisse um departamento do inferno, tantos seriam os tons de vermelho que lhe fantasiavam dantescamente as dependências".

* * *

Porém antes das cuias de água dessaboarem o corpo de Isabel, muito antes de minha mulher estar se enxaguando, mesmo muito antes da madrasta de Bernadete ter terminado de banhar-se, eu sinto a inutilidade dessa arrojada e incrível terapêutica; e constato que ela não vai além de um mirabolante devaneio. Coisas, sim, apenas coisas de quem tem imaginação desembestada que nem cavalo doido. Então escondo as mãos nos bolsos da calça e, contrafeito, espero que a vergonha se despregue de minha cara; mas foi ainda de cara amarela que eu me volvi.

Dr. Gumercindo vinha andando, havia pedido licença lá do corredor.

Bendisse a presença do promotor que me impossibilitaria, sem delongas, de reestudar os benefícios inexeqüíveis de um tratamento desmiolado nem deixar-me-ia perder tempo em aspirar sonhos de vapores deletérios. Sim, porque eu antevia, há instantes eu jurava - que depois de uma semana de decoração do sobrado eu procuraria Isabel para beijar-lhe o cangote, afagar-lhe toda de tão feliz.

E ainda via-me usufruindo dias felizes de um futuro invejável. Futuro alicerçado em sólidas perspectivas de infindável paz que trouxesse consigo soberba bonança de ventos amenos. Há instantes eu apostaria que depois do sobrado ser uma infindável vermelhidão, Bernadete deixaria de pedir-me que fumasse, novamente eu acendesse o cigarro quando por descuido o deixava apagado, pendendo do canto da boca; não, Bernadete não iria mais à cozinha ver a lenha arder, nunca mais seria a ladra de caixa de fósforos do bolso de meu pijama. Poderíamos desferrolhar as grades de sua cama; Bernadete não a deixaria para roubar o isqueiro, antes por mim escondido na gaveta do centro de minha mesa de trabalho. E nunca mais escutar-me-ia a voz transtornada pedir-me: – "Papai, papaizinho, acenda o cigarro, eu quero ver o foguinho dele!"

Seu corpo, então, presa de uma placidez inusitada, não iria repetir cenas de maníaca, arrancar-me violentamente da boca o cigarro, aproveitar um descuido de Isabel para entrar na cozinha, retirar do fogão um tição, com o intuito de pegar às brasas. Bernadete jamais ficaria de braços queimados, nem de feridas suas mãos se encheriam; Bernadete tempo algum voltaria a atear fogo no cesto de vime, como naquela vez em que encontramo-la impassível, olhando com naturalidade labaredas cada vez maiores, fumegantes, capazes de lamberem todo o sobrado, crepitarem nas taliscas de junco.

Se eu não a houvesse jogado sobre o ombro, Bernadete permaneceria onde estava, afrontando o perigo com destemor e embevecimento.

Tudo se me afigurava houvesse o meu anjo da guarda acordado após eu ter pensado em enfeitar o sobrado todo. E eu também já começava a ver Bernadete de bolsa a tiracolo, saia branca, blusa azul, beijando-me a face antes de ir à escola Bernadete esquecida daquela mania sinistra, indiferente ao calor de qualquer chama. As brasas não lhe perturbando mais o olhar. E ainda imaginando procurava eu o corpo de Isabel, apertando-lhe os braços, abraçando-a com ardor, exaurindo-me numa felicidade ímpar. E eu persistindo prisioneiro de tal imaginação delirante custei a comprovar que em dois poços meus olhos se haviam repentinamente transformado; e que eu chorava como prisioneiro liberto sentindo-me feliz. E a Isabel eu sem cessar dizia: não precisaríamos mais pisar com cautela, às pontas dos pés, esgueirarmos furtivamente do quarto de Bernadete. Havíamos conseguido uma vitória inesperada, percorrido um caminho que, a nosso ver, não teria fim. E se o tivesse seria impossível nossas forças e paciência atingi-lo.

Desengolfo as mãos retirando dos bolsos da calça os dedos úmidos. Crendo Dr. Gumercindo houvesse desconfiado das minhas maluquices, vou logo dizendo que desde pela manhã me sinto indisposto.

– Isso mesmo, Dr. Gumercindo, o Sr. está com a razão. Até parece médico. Logo depois de tomar um prato de sopa cheio de leite com uma talhada de cuscuz, que venho sentindo as tripas embrulhadas.

E tive vontade de mandá-lo para um lugar feio. Intimamente mandei-o que fosse pra merda. E comecei a lastimar-me: logo agora que eu pensava coisas boas, era feliz devido à riqueza da minha imaginação, surgia o Promotor, estorvo diplomado. Mas não me intimidei: continuei pensando e gostando do que pensava por que via nitidamente o Promotor se desculpando, não queria ser mais um estorvo; apesar do marasmo de Santana do Ipanema ele não viria nos importunar todas as noites como de costume.

Alimentado pelas nebulosas daquele meu monólogo, naquele célebre solilóquio eu protestava: "de forma alguma estava de acordo. Continuasse Dr. Gumercindo vindo ao sobrado, não modificasse os seus hábitos, não deixaríamos de jogar pôquer por ter Bernadete se restabelecido. Motivo havia para bebermos, em vez de um, três cálices de conhaque".

Esclareço que o Promotor gostava de café forte, e jamais Isabel se melindrou de esquentar o bule. Nem das cinzas nem das baganas Isabel sentia náuseas. O cinzeiro a um metro de suas narinas e Isabel nos blefando vez por outra. Eu replicando, não Dr. Gumercindo: "continuaríamos a jogar como se vagabundos fôssemos, a jogar através das noites abafadas de Santana do Ipanema. Noites veladas pela tristeza, noites de solidão sacudidas, apenas, por esgares de notívagos embriagados, noites tão profundas que agravariam ainda mais a melancolia das criaturas desajustadas. E era durante o desamor dessas noites estéreis que eu, Isabel e o Promotor, em derredor de uma mesa circular, púnhamos à tona a ambição sepulta em nossas entranhas.

Jogávamos a dinheiro, Isabel ganhando sempre, jamais me protegendo, apesar da minha condição de marido. Não, Dr. Gumercindo, não deixasse de vir, aparecer, agora poderíamos jogar, pensando, somente, na trinca, na seqüência, no "four", no "street-flashe", em todas as fortes e vitoriosas combinações da cartas, – poderíamos embaralhar as cartas com malícia, contá-las com a solerte esperteza de dedos diabólicos; poderíamos jogar despreocupados, jogar somente pensando no jogo, pois Bernadete deixara de ser motivo de preocupações.

Desconhecíamos, no momento, aquele ruído que partisse do quarto de Bernadete.

Sim, jogaríamos tranqüilos e tranqüilos provaríamos das calorias do conhaque.

Esquecia-se Dr. Gumercindo fosse Bernadete um sono liberto, esquecia-se Dr. Gumercindo que os braços e as pernas de minha filha não estavam mais laçados por correias, adrede pregadas na madeira do estrado!

Outrora, sim, receávamos Bernadete fizesse maluquices enquanto dormíamos. Acabrunhados recorremos aquele processo; todavia, não suportaríamos mais velar o sono de uma criatura já pajeada por nós, apenas por nós dois, durante o dia inteiro.

No mínimo, arrombados ficariam os nossos pulmões. De estranhos no sobrado bastava a cozinheira, além do empregado, que, tangendo o jumento cuidava das ancoretas cheias de água.

Desumano, também, seria espetar, todas as noites, às nádegas de Bernadete, injeções de entorpecentes.

E as correia não lhe magoavam as carnes, apenas tolhiam-lhe os braços e as pernas, impediam-lhe movimentos amplos, e de fugir do colchão.

Todavia, os laços lhe possibilitavam revirar o corpo; laços acolchoados, laços como se fossem de nossas próprias mãos; pois nem uma vez Bernadete acordou com equimoses enegrecendo o branco de sua pele – que Dr. Gumercindo não duvidasse, Bernadete estava curada, nunca mais iríamos constatar suas rebeldias, ficar amofinados com suas má-criações, depois de distinguir no seu olhar aquela opacidade de vidro sujo. À vista de Bernadete havia deixado caixas de fósforos; propositadamente, também Isabel deixara aberta a porta da cozinha e Bernadete preferiu as bonecas como uma criança normal.

E se eu estava fumando é porque gostava mesmo de um cigarro forte; ninguém me pediu que eu baforasse. Agora Bernadete não se alegra mais quando eu me intoxico com tabaco. É-lhe diferente que as minhas narinas expilam ondas de fumaça acinzentada. E se o fogão é uma constante fornalha é porque gostamos de comer bem. Pode acreditar, Dr. Gumercindo, agora Bernadete está na cozinha com a mesma calma que deixa o banheiro. E todas as manhãs, vestindo blusa branca e saia azul, Bernadete é uma colegial de bolsa a tiracolo que vai à escola com passadas de criança alegre. E se à porta do sobrado eu permaneço até Bernadete desaparecer na sala da escola pública, é para vê-la banhada pela claridade destas manhãs de janeiro. Mais uma vez havia pensado tudo isso rapidamente e se não prossegui falando comigo mesmo foi porque escutei Dr. Gumercindo discordando: – "Protesto, Dr. Sigismundo. A sua cor não revela que seus intestinos se encontrem em polvorosa. Poste-se defronte a um espelho, homem de Deus! Quem já viu um jogador de xadrez aceitar um xeque-mate antes da partida ter início?"

Fui buscar o tabuleiro e outra vez mandei o Promotor pra um lugar, dessa vez, horrível.

Tachei-o de ladrão. Ele havia-me desgraçado a manhã evaporando com a sua presença os meus sonhos. Ele havia-me roubado o nirvana.

Pelo fato dele jogar bem xadrez, no pôquer blefar mal, e não haver outro enxadrista em Santana do Ipanema, não o enxotei. Senão dir-lhe-ia: "Eu não era um marido de sua marca. Não havia nascido para me conduzir como ele, Dr. Gumercindo, criatura de vida desregrada, tido pelo povo como um marido da peste ruim, chegando em casa sempre de madrugada, sempre bêbado, hábitos esses adquiridos em Maceió, quando do seu tempo de estudante a pensão da Diná era o seu colchão, e os banhos no Catolé eram os seus chuveiros. Apresentar-me-ia a Deus, quando de minha morte, como um amargurado, nunca à maneira do Promotor que recebera, em Maceió, um ofício do Presidente da Fênix, outro do Clube de Regatas, comunicando-lhe em palavras azedas a exclusão do seu nome do quadro social.

No Jaraguá Lawn Tênis Clube bateram-lhe o portão na cara. Tênis era para gente decente jogar, não para malandro de seu tipo, um pelintra de anel no dedo. Depois, sobreveio o desquite; a família da mulher do Dr. Gumercindo cavando a sua remoção para Santana do Ipanema.

Um escândalo dos seiscentos mil diabos! Os irmãos da mulher do atual Promotor, naquela época fiscal de jogos e diversões, depois de lhe surrarem, no lombo, ainda lhe juraram uma morte caprichada. Nada de tiros. Morreria espetado numa faca como um porco à véspera do Natal.

Dr. Gumercindo, de cabeça baixa, rendido, escutando todas as afrontas como um capado. A polícia cega e surda; Dr. Gumercindo abandonado por todos à maneira de um leproso, desterrado para Santana do Ipanema, onde as prostitutas sempre foram fedorentas, vaginas sem tornos para os sertanejos pai-dégua. E acrescentaria que Isabel havia relutado em recebê-lo, não desejava apertar a mão de um estróina, vê-lo ocupando uma das cadeiras do sobrado. O que diria de nós o povo de Santana do Ipanema? Teria eu coragem de manter amizade com um sujeito que estraga a vida de uma mulher honesta, prendada, filha de família?

Todavia, limitei-me a emitir grunhidos, inteligíveis para mim mesmo.

E a minha voz pesada espantou Dr. Gumercindo ao dizer-lhe que os peões brancos seriam meus vassalos. Não queria intimidades com as vestes talares dos bispos inquisitórios. Confessasse-se com eles, se defendesse com eles.

E uma bruta risada rasgou-me os lábios num grande talho; e nem uma vez, sequer, depois disso tornei a ver Bernadete sadia, nem o sobrado com cortinas vermelhas lembrando mantas enormes de carne fresca. Eu delirava sem estar com maleita.

Capítulo 3

A NOITE JÁ COBRIU O MUNDO e agora meus ouvidos ficam aturdidos com os sinos repicando freneticamente. Somente depois é que me lembro da novena de S. Sebastião. Se eu fosse até a varanda poderia ver filhas de Maria subirem as escadarias da igreja, véus cobrindo cabeças, descendo pelos ombros – mas estou diante do tabuleiro de xadrez, apenas atento quando Dr. Gumercindo diz pausadamente:

– Xeque. A rainha esta em má posição; também as torres podem ser destruídas. Procuro me reabilitar, fazendo esforço para salvar as figuras como se elas fossem eu.

– Xeque – diz outra vez Dr. Gumercindo. E solta um riso amarelo que me irrita.

Foi Dr. Gumercindo que me lembrou esse jogo e todas as noites ficamos trabalhando nestes cálculos. Às vezes descansamos na hora da janta, – quando não jogamos pôquer – mas comumente entramos noite adentro com este jogo de cavalos, peões, bispos, torres, rainha, rei – locomovendo-os à maneira de verdadeiros personagens de Estado.

Dr. Gumercindo pragueja as comidas do hotel, e diz-se alimentado esvaziando garrafas de cerveja.

A princípio relutei, não queria, mas terminei bebendo também.

– Outro xeque.

Sinto vontade de praguejar. Meus olhos passeiam sobre os quadrados do tabuleiro, analisam, fecham-se, tornam a se abrir. Para onde jogarei esta rainha, meu Deus? Outro xeque? O meu rei está avacalhado.

Ouço de repente os sinos badalar e uma evocação começa a aveludar-me o peito. No tempo de minha infância também eu ia ver São Sebastião furado por três setas venenosas, amarrado num tronco de laranjeiras, de lábios abertos como se sorrissem das setas que já o haviam furado. E eu cantava com os meninos da escola, todos nós cantávamos: "Livrai-nos da peste, São Sebastião!"

A voz do promotor me avisa asperamente: – "Xeque"– como se de sua boca não pudesse sair outra palavra.

As primeiras estrelas começam a nascer. Entra um vento seco pela janela trazendo um cheiro de papoulas e rumores que lembram tropeiros chicoteando burros que martelam os cascos nas lajes, sem cessar, aos poucos, ficam abafados.

Dr. Gumercindo apura o raciocínio e enquanto ele estuda o lance que deve ser fatal, eu me distancio, prolongo no meu mundo estas reminiscências que não me abandonam.

Há pouco soltei umas palavras que não se prendiam ao jogo e Dr. Gumercindo balançou a cabeça como quem diz – "este está perdido!" De verdade, lembrava-me naquele instante de Fabíola.

Dr. Gumercindo fez xeque outra vez. Meu rei pedirá clemência. Pelo tabuleiro as minhas figuras se dispõem como soldados encurralados, estropiados, apenas com vontade de jogar os fuzis no chão.

Dr. Gumercindo bate no meu ombro, pergunta-me sorrindo sardonicamente:

– Foi ou não foi xeque-mate?

O meu rei parece estar vestido de saias, não pode se locomover, dar o menor sinal de vida. Os cavalos de Dr. Gumercindo o ameaçam, os caminhos em diagonal estão vigiados pelos seus bispos, bem defronte de meu desarmado rei estão as janelas das suas torres, apontando lanças de morte.

– Você levou a melhor, Dr. Gumercindo.

Instintivamente a minha mão esquerda varre o tabuleiro e as figuras que vão caindo começam a rolar lembrando carretéis que corressem sobre o soalho.

Dr. Gumercindo sabe muito bem que este meu gesto não traduz brutalidade. Perdi no décimo segundo lance mas não foi por isto que a minha mão se enraiveceu. Naquele momento o meu pensamento me levava para junto de Fabíola, ao mesmo tempo que eu me sentia inteiramente abandonado como se a morte tivesse acabado todos os meus parentes e amigos de uma só vez.

Dr. Gumercindo grita pelo meu nome, balança-me fortemente os ombros; e o seu grito me desperta.

Dentro desta sala de móveis austeros, sentado nesta cadeira de sola, cravada de brochas amarelas, eu sou um homem de olhos abotoados em imagens inúteis que me fazem suar e sentir o coração preguiçosamente batendo, batendo sem ânimo como se quisesse desfalecer numas pancadas de relógio quase sem corda. Dentro do meu peito um pássaro adormece. Bem que eu o sinto.

Capítulo 4

QUEM PASSASSE PELA CALÇADA da Livraria José de Alencar poderia vê-la sentada num banco de pernas altas por detrás da caixa registradora. Não eram os olhos nem os seios, tampouco as pernas ou os braços que chamavam a atenção. Era tudo isso que se harmonizava com uns compridos cabelos, autênticos cabelos louros que Fabíola deixava soltos ao sabor do vento.

Eu retornava a Maceió, nas férias de um fim de ano quando a conheci. Conheci-a como iria encontrá-la todas as tardes, registrando as contas, meiga e impassível, tomando conta do caixa.

Mas o povo de Maceió dizia horrores, empestava o nome de Fabíola. Corriam na boca do povo histórias que lembravam lendas, aguçando a curiosidade alheia todas aquelas fantasias de cores berrantes.

– "Os usineiros de Utinga são amantes de Fabíola. Cada um deles tem o seu dia na semana. Dão tudo a ela. Foram eles quem deram fiança ao marido de Fabíola. Se não fosse eles a Livraria já havia falido".

Outros afirmavam diferente:

– "Todos os sábados Fabíola vai a Fernão Velho. O Comendador Paiva vai esperá-la na estação; já deu à Fabíola não sei quantas ações da Fábrica. Fabíola não tem nada de besta; só pega pato gordo."

Controvérsias. Uma assertiva querendo sobrepujar a outra, denegrir a contrária.

– "Amante do Leão, sim, é o que ela é. Veja só se ela deixaria Utinga por Fernão Velho? Mão aberta é o Maneco. Não sabia?"

Falavam muito desses amores, mas conheci Fabíola sem nada, sem nenhum amante, indiferente ao que diziam.

Todas as tardes eu ia ver os livros e como estivesse de férias fui-me habituando a passar horas folheando revista.

Certa tarde senti-me presa de uma paixão que me obrigou a escrever cartas, aproximar-me de Fabíola para segredar-lhe amor de viva voz.

Então, comecei a aguardar as tardes descompondo o relógio, praguejando a lentidão das horas.

E quando a tarde chegava os meus vinte anos se sentiam salvos daquele desespero.

Fabíola distante, na segunda semana Fabíola ainda sem me dar esperanças, inconsútil, alheia aos apelos de meus olhos magoados.

A imagem de Fabíola a sufocar-me. Beliscava no almoço, engolia três goles de café em vez de jantar; de unhas enormes, cabeludo, sem me incomodar que os automóveis freassem junto às minhas pernas – penei três meses em vez de aproveitar as férias de estudante de Medicina.

As minhas idéias se embaralhavam, se perdiam numa profunda incompreensão. Seria verdade tudo aquilo? Seria Fabíola amante dos usineiros de Utinga, prostituta preferida pelo Maneco Leão? Essas perguntas traziam consigo outras ainda mais absurdas e eu me esquecia que estava vivendo, ainda existiam ruas, praças, praias... Nem me lembrava das mulheres da Rua da Lama. Antes, eu dissipava qualquer preocupação deitando-me com uma delas, para ficar de corpo leve, de coração puro procurava Brizu, a Brizu de peitos enormes, autênticos ubres.

O calendário anunciando outra manhã, outras noites engravidando o céu com estrelas de dezembro, tudo se renovando, mas eu persistia no mesmo, sem querer falar a ninguém, ouvir a ninguém. Meus vinte anos se desfibrando em insônias de madrugadas compridas.

Fabíola irredutível, desconhecendo os telegramas que de Recife lhos remetia, surda aos pedidos de minhas cartas, barradas letras pelo sal de minhas lágrimas.

Semanas sem abrir um livro, sem aprender coisa alguma eu me embrutecia numa rotina de atravessar corredores, visitar pavilhões, sacando do que havia aprendido naquela vida de estéreis resultados, de nenhum progresso.

Circundava os canteiros. De cabeça baixa, os braços jogados nas costas voltava ao meu quarto, sentindo a memória fraquejar, ser-me o passado vagas sensações.

Por mais de uma vez fui um estudante que assistia às aulas empurrado, a contragosto por muitas horas fui um interno de um clínica psiquiátrica onde eu não olhava para nada, interno relaxado, malandro, aguilhoado por um indiferentismo que me amornava as palmas das mãos antes de torná-las úmidas, pegajosas, escorregadiças com rãs.

Não recordava nenhum gesto de Fabíola que me incentivasse a escrever-lhe cartas, remeter-lhe telegramas com resposta paga; tentava obtê-la de longe, conquistá-la a distância era o que eu queria. Queria o branco do corpo de Fabíola a todo custo. Capricho. Amor por Fabíola? Só se o amor viesse a ser a bestialidade de uma posse, só se ele irrompesse de minhas vísceras devido ao desinteresse da mulher do livreiro que em Maceió apenas me viu como um comprador de livros.

Sem eu saber punha à prova a resistência de minha vontade. Vontade nada de heróica, porque nunca foi de minha índole assediar mulher alguma.

Sempre quis quem também me queria. Noites que me maceravam os olhos, noites em que eu, de músculos entorpecidos, era faces tristes, sempre surdo para os gemidos dos doentes. Não me incomodava que cabeleiras desalinhadas corressem pelos corredores.

Indiferente de todo a que um professor exigisse toda a noite um imaginário colarinho do Império para dar início a um discurso, completamente nu, ao meio do quarto. As paredes ecoando aquele discurso rasgado por gritos que se confundiam com outros,. Outros gritos de choro que alguém soltava com medo do próximo amanhecer.

Eu podia aplicar injeções, tinha o dever de mandar aplicá-las, devia ordenar banhos de imersão para as agitadas, mas permanecia como se estivesse num parque onde o vento tresandasse perfumes de cravinas e de rosas abertas; num parque de tarde estival onde o rubro das boninas fosse aveludado e emoliente; num parque sob nuvens brancas fugindo à maneira de éguas indomáveis.

Daquela minha abstração os doentes tiravam proveito, fugiam para outros quartos como se estivessem à procura de uma mulher, que os recebesse a qualquer hora, sem ser prevenida. Às vezes fugindo por fugir, fugindo por tentarem desgarrarem-se das próprias inquietações naquelas fugas através de corredores sombrios, masmorras pobres de cadeados.

E numa madrugada de sábado em que o verão deixara de aquecer os frutos da jaqueira para açoitar nuvens de março, de Recife – eu vi através dos reflexos da lua, ajudado pela claridade violadora dos segredos das celas – eu vi varões de uma janela azulados pelo plenilúnio. E eu vi ainda no assoalho do quarto daquela janela uma internada, internada jovem e de pé, desabrochada de uma recente adolescência, que depois caminhou até as grades da porta e nelas apoiou as mãos. Eu observava. E a curiosidade se transformava num vulto curioso. Mas quando eu me dispunha a deixá-la naquela posição de quem aguarda algo, quando a aproximação de um doente de ombros largos, eretos qual uma espiga, reteve-me.

As grades impediam ao doente de enlaçar a menina, tocar-lhe nos seios, entediar-lhe as coxas, adormecê-la com carinho. Apesar de doidos, eles sabiam que não podiam abraçar, tocarem-se através do rendilhado de uma tela que recobria o lado externo dos varões. Embora doidos, eles sabiam quão resistentes eram os ferros, quão unidas eram as malhas; sabiam que não podiam unir, nem um aperto de mão trocar, sabiam-se vencidos mas não desanimavam. E começaram a sacolejar as dobradiças, a violentar a fechadura com empurrões, investindo contra a silenciosa sentinela das grades que lhes machucavam os joelhos, sangravam-lhe os cotovelos, esfolando-lhes as carnes. E ofegantes, prestes a desfalecer entregavam-se novamente a uma terrível fúria que lhes revigorava os pulsos. Indomáveis. Pensei eu. E uma nova investida os fazia grunhir como bichos que estivessem morrendo e ainda quisessem viver.

Nuvens desencapotando morros mostravam como branca era a lua daquela quase aurora marcada por pulsações de irrefreados ritmos.

Não dominei o louco de ombros largos. Se ele se trancafiou espontaneamente não me recordo. Deixei-o voltar à sua cela como se nada houvesse acontecido, nada de condenável eu houvesse presenciado. Mas a menina viu-me. E encarou-me. Um olhar que a minha memória nunca mais esquecerá foi o daquela jovem que suava e tremia como se um ataque de maleita a houvesse adoecido e a prostrado.

Recuperei-me dias depois sentindo vontade de trabalhar, de ser atento e deixei de ser a besta que comprava selos para remeter cartas que não tinham resposta.

Ao ensaboar-me debaixo do chuveiro aberto emporcalhava o nome de Fabíola rimando-o com indecências, e comecei a sentir-me disposto e sadio como um operado que retirasse da cicatriz os esparadrapos sem valia.

Os doentes não esperavam a minha reação naquele meu primeiro plantão depois que eu comecei a odiar Fabíola. E impus silêncio, silêncio forçado por barbitúricos nos excitados e rebeldes, e aos insones, devido às suas manias contumazes, ordenei: banho morno de imersão. E às nove da noite silêncio, silêncio de tantano, era o que eu queria. E fui explícito quanto prescrevi medicamentos: – Primeiro neste dois – e apontei ao enfermeiro-chefe a cela do louco de ombros largos, bem longe daquela onde se encontrava a menina estirada o colchão, naquele momento a mastigar frios pedaços de carne, ainda sem saber que dentro em breve tomaria injeção para dormir.

Capítulo 5

NINGUÉM ME VIU ESCREVER FABÍOLA com letras enfezadas num canto de uma folha de papel almaço. Numa caligrafia de bêbado garatujei números de divisões e somas, mas ao escrever Fabíola num papel branco, meus dedos se encresparam, com mais força apertaram a caneta e cada letra do prenome da mãe de Bernadete foi torturada pela pena. Um tempão sem a imagem da Fabíola emporcalhar-me a memória, semanas inteiras ausente da amante de pernas grossas ou quando a recordava via-a numa insignificância de gramas numa balança desferida. Contudo eu não estava impune a situações asfixiantes que se me chegavam, de raro em raro, em reminiscências deprimentes. Situações que me torturavam exauriam-me como um gato desdentado que não comesse, mas abocanhasse o rato repetidas vezes. Minutos. Às vezes segundos de intensidade de horas.

Apesar da sala de jantar se encontrar cheia de chapéus de coro, de brim de azulão ninguém soube o que eu escrevi depois das contas.

Os matutos de Santana do Ipanema me olham como se eu fosse um homem diferente, falasse uma outra língua. Esforço-me para que eles me tratem como irmãos, falando-lhes aos sorrisos, pilheriando, mas vejo que tudo é inútil. Mandei-os chamar para resolvermos, amigavelmente, umas dívidas antigas, uns arrendamentos que a seca não os deixou pagar. Propus vender a prestações os cercados, pagariam como pudessem, como bem entendessem, concordata de pai para filho, mas os matutos lembram pessoas surdas. Resmungam, consultam-se silenciosamente, uns se olhando outros de cabeça baixa cuspindo o assoalho.

– Então! O que resolvem? – solto esta pergunta. Todos me olham afundado na espreguiçadeira, o pijama deixando à vista uma amostra dos compridos e ralos cabelos do meu peito.

Vento entrando num leve sopro pelas janelas da frente, balançando as flores de papel crepom do Sagrado Coração de Jesus, trazendo o chiado de carros de boi no calçamento desigual, chiado que me lembra ser sábado, dia das mulheres da Rua do Vapor irem à feira de caras pintadas, de beiços vermelhos, vestidas nuns florões de chita berrante.

– Então! O que resolvem? – E novamente fico sem ouvir nenhuma resposta, vendo o assoalho nojento se encardindo. Repito: pagassem-me como pudessem. Nenhuma hipoteca. Mas nada ficou resolvido. Talvez se resolva qualquer coisa no próximo sábado, mas eu pressinto que os matutos nada podem fazer. Estão arruinados.

E foram-se acabrunhados, abatidos. Enquanto eles estiveram cuspindo o assoalho, enquanto as roupas de azulão fediam a suor, por não obter nenhuma resposta eu cheguei a esquecer-me de que havia gente na sala.

E aqueles segundos de silêncio me avivaram situações que pela repetição ganham corpo em minha memória, obrigando-me a ver-me há quinzes anos atrás, quando ainda não me havia esquecido dos nomes das filhas de Seu Terto, da cor que vestia Fabíola num vestido que lhe deixava os braços de fora e pescoço todo nu.

– Quer tomar umas lições de xadrez, Dr. Gumercindo? Perguntaria o Promotor caso ele surgisse nesta sala com os seus macios sapatos de borracha, então jogados aos pés da cama, sapatos lançados, fedendo a vômitos que emplastam o couro de coágulos. Fui vê-lo curtindo um porre que lhe chupou as bochechas. Mandou chamar-me. Acreditava fosse morrer sentindo as têmporas serradas por serras velocíssimas. Uma lástima este Dr. Gumercindo.

– Retiro do bolso a folha dobrada de papel almaço, transformo-a numa bolsa que minha mão esquerda sacode sem direção no telhado vizinho. Pouco importa que na feira de hoje os gêneros tenham subido, que Isabel me peça mais dinheiro para comprar quilos de carne de sol, porque eu vou dar corda no gramofone e escutar pratos e bombos de dobrados ensurdecerem-me os tímpanos como se pela primeira vez eu fosse ouvir música de pancadaria.

Música odiada por Rita ondulando nas pregas de saias de enormes babados, saias de murça, de tafetá, saias de linho pesadamente engomadas, duras. Como rendados eram aqueles punhos, aquelas golas de blusas, aqueles peitilhos; travesseiros de minha infância, algumas vezes!

Larga era a mantilha que cobria a cabeça de Rita nas sextas-feiras da paixão, sexta-feira que escurecia a cidade, convergia de todas as ruas pessoas para a morte do Cristo, a maioria delas carregando uma vela de libra, atravessando o pátio da igreja onde o ecoar da matraca se repetia sempre seco, advertindo que a noite seria de luto fechado.

A igreja cheirando a alecrim. O cheiro doce e enjoativo de clarim espalhando-se pela nave, pelo horto, adocicando os lábios daquele Cristo, encolhido de dor, repousando num colchão recoberto por belbutina franjada de ouropel.

Rita lembrando uma ave, um pássaro preto que chegasse de asas encolhidas.

Sobre um tamborete recoberto de roxo, desgastados e grosseiros moedões de cobre, do tempo do Império, levantavam montes de dinheiro. Numa bandeja de prata, aos pés do martir, podia-se tirar cravos de defunto, ramos de manjericão, pétalas secas de rosas bentas que os matutos acreditavam curassem feridas antigas, de anos.

E certa sexta-feira da Paixão, recordo-me, ainda Rita não esperou pelo ofício, não beijou o Cristo, nem deu esmolas. Apenas, curvaram-se-lhe os joelhos sobre o tapete e por instantes ela cruzou as mãos, ficou de lábios presos como se a contragosto rezasse.

Sinos de pau eram as matracas avisando, naquele entrechocar de ferros na madeira, a morte daquele Cristo que devia ser o mais feridento do mundo. Naquele Cristo não havia um membro que não sugerisse uma chaga. E todo o mundo beijava aquelas chagas, pregava os beiços naquelas simbólicas feridas como se as quisesse limpar.

A nave assemelhando-se a um cemitério de velas acesas, onde muita gente soluçava, como se aquele Cristo houvesse sido massacrado poucas horas antes. Cobrindo o horto, folhas amarelas desciam pelos galhos de catingueiras e nos lados, mandacarus de espinhos enormes eram as sentinelas. Eu comecei a sorrir vendo aqueles moedões de cobre, que se amontoavam em salvas de prata, pois inexplicavelmente transformei-os em medalhas de lenços de cigana que agitavam pandeiros multicores de fitas de seda.

Ria-me vendo os moedões de cobre quais moedas de ouro enchendo meu cofre de barro.

Não desdobrei o riso numa gargalhada porque Rita estremeceu, nervosa sua mão beliscou-me com uma dureza de alicate. E Rita tirou-me da igreja arroxicando-me os braços, levando-me para o sobrado, antes da comemoração da aleluia precisamente à meia-noite. Levou-me dando cocorotes que me amarfanharam os cabelos, cocorotes atingindo os ossos da cabeça numa violência de martelo que pregasse tábuas. E apesar do tempo dos anos difíceis, as feições de Rita não se me escapam, retratadas elas ainda estão diante de mim como se a próxima janela fosse um espelho e nele Rita estivesse a mirar-me. O gramofone ataca o dobrado com o dente rombudo de uma agulha velha.

E Veludo se espreguiça, ronrona na almofada que se empretece com a sua pele, distante das fanfarras dos clarins azinhavrados do disco, sempre alheio aos bombos da música marcial como se estivesse sonhando com uma angorá de raça.

Andorinhas pousam nos fios da luz elétrica; são pontos ligeiros quando perfuram as ogivas das torres brancas. Um carro de boi chia dolorosamente na beira do rio, sempre empobrecido pela miséria das negras que cantam lavando roupa.

Capítulo 6

SE QUEM ME CRIOU NÃO HOUVESSE MORRIDO, se Rita ainda estivesse viva, eu estaria certamente a ouvi-la como a ouvia na primeira e segunda infância, seus olhos me fitando energicamente, repreendendo-me por querer eu desfazer-me das terras. Sua voz cortante triturando as palavras.

– Se quer dinheiro vá trabalhar. Virou doido? Só doido venderia os cercados.

E a vejo de braços cruzados, os olhos quais duas brasas a ferir-me sem pena.

– Quer se desfazer de tudo? Eu não o posso impedir, ninguém pode. Você é de maior.

E cada vez mais áspera tornar-se-ia Rita borrifando perdigotos pela boca célebre, hábito seu quando se via contrariada, quando eu a contradizia: era ainda cedo para subir a ladeira do Professor Antero.

Sempre gorda, sempre uma gordura sólida, que guardasse no busto pedras em vez de seios, era Rita uma sentinela que reparava se limpas estavam minhas unhas, se as lições do Professor Antero haviam sido estudadas.

Minha mãe acompanhando meu pai que fora removido para a 2ª Vara de Juiz de Direito da Capital, escrevia-me: "Você ficará definitivamente conosco quando estiver apto para fazer os preparatórios. Santana do Ipanema para você é melhor que Maceió". E eu fiquei com Rita sempre sufocado por um mundo que somente a reclusão o habitava. Enquanto os outros brincavam eu pensava como gente madura. Nem matar besouro eu podia. Rita não queria vê-los mortos, eu deveria ter idêntico sentimento.

– "Por que você matou o besouro? Só por que ele corria nos seus cabelos? Somente por isso?"

E nas noites seguintes ao estudar as lições do Professor Antero, sentia-me derrotado com a proibição de dar petelecadas nos coleópteros de casca grossa. Distraía-me, esperava contente que um besouro pousasse no meu ombro, dardejasse-me os cabelos, como um enorme borrão sujasse a página de meu caderno, para matá-lo, espremê-lo com a unha do polegar. Aguardava-os com as mãos atentas, quase nenhuma atenção aos estudos, uma lezeira para decorar cabos, baías, penínsulas.

Mas depois de Rita chamar-me de malvado, prometer-me puxavantes, eu comecei a sentir ódio dos insetos que a luz de carbureto encandeava. Tapava os ouvidos, semicerrava os olhos para não escutá-los nem vê-los a poucos centímetros de minhas unhas. Os besouros se certificaram da minha neutralidade, odiosa neutralidade, Havia cadeiras, havia um marquesão, consolos, cerdas de um capacho vermelho e caso eles abjurassem esses objetos, tivessem medo dos bigodes dos retratos, podiam ainda aterrizar na cristaleira, nas cantoneiras, procurarem, ainda, o enorme corpo de Rita – todavia, era a mim que os besouros queriam. Queriam os meus braços, as minhas costas, e o meu pescoço, também eles queriam e até um deles quis o lóbulo de minha orelha como pouso. Chorei sobre as páginas de aritmética de Trajano ao ter certeza de que, mesmo na ausência de Rita, eu não me atrevia a matar um bicho daqueles. Ela podia aparecer de repente. Não descansava mesmo dormindo. Rita surgia numa camisola que lhe cobria os tornozelos, enxugava-me o rosto, mandava que eu me calasse, deixasse de ser bobo. Sobressaltado eu acordava pedindo socorro. Nuvens de bichos peludos nojentos me comiam, devoravam-me num instante na crueldade de sonhos prolongados. Via meu coração ser devorado da mesma forma que eu gostava de chupar mangas. Devagar, mamando o caldo por uma dentada na ponta da fruta, espremendo-a dos lados, depois da base ficar vazia. Meus rins engolidos duma só vez como insignificantes feijões. Sem valia, meus intestinos transformados subrepticiamente em puídas meias de mulher onde outros besouros acumulavam bosta. Eu desamarrado mas sem ter forças para jogar fora a máscara de clorofórmio que me anestesiava. A crueldade não se consumava porque meus berros chamavam por Rita ao ver-me prestes a ficar com o sexo devorado. Uma febre me acordava de dedos enrolados, mãos tensas dando a entender que havia acabado de lutar com alguém.

– Cale essa boca, Sigismundo, senão eu vou lá. Do quarto vizinho Rita gritava, indagando repreensiva de que eu tinha medo, qual seria o bicho que perderia tempo em me atacar.

Eu me desenvolvia, ganhava corpo apesar de ficar na varanda espiando a molecoreba subir em pau-de-sebo, derrubar balões nas festas de junho, com pedradas irritar a loucura de Agissé que só dormia debaixo da cama, com roupa e tudo ia dormir no chão. O povo me apontando quando eu passava, muita gente me tirando o chapéu quando eu subia a ladeira do Professor Antero, dando-me uma antecipada importância de chefe político.

Professor Antero saindo pelas ruas com espalhafato.

– Sigismundo é um gênio, só mesmo coisa de gênio. – E balançava as duras tiras de papel que meus dez anos descreveram a paisagem da sacada do sobrado.

Se Professor Antero não fosse aleijado galgaria os dois lances em cinco pernadas, mas venceu mesmo de muleta as escadas com afogadilho.

– É um gênio, D. Rita. Sigismundo revelou-se. E como se fossem telegramas passou às mãos de Rita aquelas duas folhas cheias de letras inclinadas e gordas.

– O Sr. Precisa se controlar; criar juízo, ser ponderado. Onde já se viu tamanho espalhafato, Professor?

E Rita entrou no quarto dos santos, indiferente ao que ouvira, sem atinar pela própria resposta tão acerbamente jogada.

Certa vez Rita me levou ao pátio da Igreja (levou-me segurando-me nervosamente pela mão), onde já se encontravam homens e mulheres gravemente silenciosos. Antes um menino vestido de coroinha passou por entre o povo com um bolsa de espórtulas e Rita tornou a avisar-me: dê o dinheiro pensando em São Roque. A procissão, depois, circundou a praça que rememora a personalidade de meu avô materno, um Coronel da Guarda Nacional que, mesmo mal alfabetizado, de batedor de sola, de sapateiro remendão, morreu como Manuel Rodrigues da Rocha, o homem mais poderoso e rico do município.

O tempo era de miséria, de doenças. Rita aventou poderia eu contrair peste-bubônica ou ficar com a cara marcada pela varíola, e só por uma vez eu escutei aquela que me criou xingar de safado o sempre ausente médico da Saúde Pública.

– Vou mandar um retrato seu para seus pais. Se o safado desse médico não vier vaciná-lo você irá para Maceió.

– Uniformizado, gorro de marinheiro, as âncoras brancas fundeadas num azul de gola passada a ferro, eu esperei o fotógrafo, que me pôs junto de uma cadeira de jacarandá. Rita inflexível discordou. Melhor ficaria eu sentado, de pernas cruzadas. Fiz pose. Começava a compreender o valor dos gestos, a dar-lhes merecimento ou demérito.

Compreendia porque Padre Bulhões prometera uma segunda procissão. Também compreendia porque a procissão parava em cada esquina, se demorava nos becos, o fogo dos archotes impregnando de alcatrão a atmosfera, as lanternas da via-sacra queimando pavios de estearina para que o corpo de Deus não ficasse nas trevas. Santana do Ipanema não enterrava nenhum variólico depois da primeira procissão bordejar o centro da cidade. Variólicos, dantes sepultados ainda de corpo quente, pilhas de colchões ardendo em fogueiras de dia, alimentadas pelos pertences das vítimas, dezenas de pustulentos sucumbidos sem assistência qualquer. Alguns enterrados na beira da estrada onde cruzes assinalavam o desespero das fugas. Rara a família que não tivesse uns ombros enluvados.

Compreendia o arrazoado de Padre Bulhões. O povo cria no poder do Verbo de Deus, na mística do Deus que absolve dando sofrimento. As vacinas? Ó! As vacinas, simples acessórios. O médico era um percevejo perante Padre Bulhões que atinando sabiamente prometeu outra procissão. Depois a minha viagem numa manhã duvidosa, Professor Antero, de guarda-chuva aberto, aguardando a partida do automóvel.

– Não se esqueça de me escrever, Sigismundo. Remeta-me os contos que você já tem na cabeça.

Mesmo naquela manhã Rita me abraçou com aqueles seus braços que desconheciam carinho e externou a sua última vontade.

– Tenha juízo, nada de bobagens.

Eu não sei por que chorava. Desconheço, ainda, quais os motivos, as razões que me obrigaram a soluçar ao abraçar Professor Antero. Saudades dos banhos no Ipanema? Saudades das cantigas de cirandas no pátio da Igreja, cirandas alegres de mãos dadas, rodando, tornando a rodar, rodando de novo ao som das próprias vozes como festivas pastoras? Saudades dos baiões das noites claras, dos xaxados evolados das sanfonas com uma contagiante alacridade? Saudades de todas essas coisas nunca provadas por mim, saudades por um mundo que eu habitava de longe, via-o de longe, escutava-o de longe, senti-o ainda mais de longe?

Não. Impossível eu sentisse saudades das grossas paredes do sobrado e dos inconstantes relâmpagos dos fogos fátuos do Morro do Cruzeiro eu viesse sentir falta. Saudades das doze estações da Via-Sacra, da molecoreba que me tomava por sabe-tudo, dos comerciantes me tirando o chapéu, curvando-se na minha presença? Saudades dos apitos do descaroçador? Das minhas jaquetas de veludo, das minhas calças curtas, dos meus cachos, certa manhã, enrodilhados num urinol mal eu acordara, mal eu atingira cinco anos? Dos móveis que me viram crescer, da mesa em que escrevi a primeira descrição sobre a corcova dos morros em caravana?

Quando o motor do automóvel começou a funcionar meu choro aumentou à maneira de criaturas sucumbidas pela incerteza. Ficavam os carros de bois atulhando ruas, as mulheres de beiços arrebentados de vermelho ficam revirando os olhos nos dias de feira, os meus desejos de cirandar também ficavam naquelas quadras da Rosa Amarela, naquela outra, a preferida pelos meus ouvidos:

Meu coração é de vidro
De melhor perfeição
Com qualquer pancada quebra
Não agüenta ingratidão

E uma outra criança ia até ao meio da roda para dizer ao seu amor que a ele só pedia uma coisa: Ternura!

Nas noites de lua iam até tarde, nas noites de lua-cheia dominavam o sono, o vento levantando as barras dos vestidos curtos

Da varanda eu não podia distinguir as fisionomias das meninas que cirandavam. A varanda era o tombadilho da minha prisão. Prisão de um prisioneiro desalgemado mas sempre presa das lições puxadas do Professor Antero, presa da solidão, presa da crueldade dos besouros, e permanentemente presa da voz de Rita, que até na hora do automóvel correr estrada afora, vergastou-me os sentidos:

– Nada de bobagens, Sigismundo. Tenha juízo.

O automóvel engolindo quilômetros guardando, amorosamente, guardando com volúpia a afirmativa do Professor Antero.

– Você vai vencer, Sigismundo.

Em Maceió, naquela mesma manhã, meu pai, que nunca me ligou, me matriculava no Colégio dos Irmãos Maristas.

Capítulo 7

NÃO HOUVE LIBERTAÇÃO. Apesar da distância, Rita me perseguia numa lembrança que me trucidava as iniciativas, aguilhoando-me a uma galé aquela Rita que havia criado minha mãe; e eu descobrindo na minha sombra uma Rita que me prometia palmadas, depois de cantar para mim uma canção, – atrozes rimas, que me enxaguavam os olhos, depois de apavorá-los. Canção dos "Brinquinhos de ouro" que levava a morte a uma criança, loura menina de cachos longos, por haver perdido os brincos da madrasta nas águas da fonte. Canção sempre prometida por Rita quando eu fincava o pé, protestava dormir tão cedo.

A vida enchendo-me de sensações, meu nome na boca dos professores, meus colegas me vendo como um estranho.

Eu sempre sozinho, sempre com o rosto colado às vidraças depois das aulas dos Irmãos Maristas, como um órfão. Reconhecia ser aquela a minha sorte e entregava-me à solidão, como se cochilasse de olhos abertos e fosse um doente de vermes. Sensações que somente um incompreendido pode sentir, jungido por um aleatório comportamento, subjugado por uma conduta de vida que mesmo depois da morte de Rita custou a ser flanqueada. Meses depois Rita morrera, soubera de sua morte antes do fim do ano, mas ela persistia em ter-me como seu porto predileto. Minhas antigas sensações travestiam Rita num marinheiro e eu sempre o via num carcomido barco, enfrentando tormentas, divisando luzes de anônimos faróis, afastando-se sabiamente de tempestades, de tufões e borrascas, desprezando o ancoradouro de barra sem alfândegas, indiferente a essa última vantagem para fundear no meu porto. Nele sempre ancorava para que eu pudesse ouvir sua voz azeda. E eu escutando no vento a voz de Rita, nas sombras dos desvãos da casa onde morávamos a figura de Rita, daquela Rita que somente muito depois eu vim a saber tratar-se de uma mulher vulgar. Puta que se havia cansado de ser puta.

As cartas do Professor Antero chegando cheias de conselho: "não faça isso, não fique no Norte. Tenho a experiência da vida, sei que o seu talento superará a todos os obstáculos."

Agora, deitado neste sebento marquesão, posso reconhecer muito bem o Professor Antero se enganou, foi imprevidente.

– "Vá para o Sul. Você triunfará mais depressa."

Era o ferrão das cartas do Professor Antero no meu lombo. E eu alicerçava ruas de palacetes fabulosos, vendo-me dono de um deles, apontado como um gênio, vestindo-me em alfaiataria chique, entrando em limousine que me levava ao trabalho.

E somente voltava à realidade depois de construir tudo isso, ao sentir-me aborrecido de imaginar tanta grandeza era que eu revertia à rotineira condição de estudante que traçava curvas de hipérbole, parábola e elipse, depois de me enfronhar nas técnicas primitivas das Guerra Púnicas. Os dias se sucedendo com aquelas visões de efeitos intempestivos para a minha vontade inabalável. Anos depois eu vi como Professor Antero havia-se enganado, como eu também havia caído no mesmo erro.

Amizade de escritores só a distância. Nenhum deles me recebeu com aqueles abraços enviados por cartas a Sigismundo da Rocha.

Receberam-me, sim, friamente, como se nunca tivessem ouvido que eu existia. Desculpavam-se. O tempo era pouco. E levavam a mão à garganta como se fossem serrá-lo. Emprego? Mesmo o de revisor servia. Eu não conhecia ninguém, eles, somente eles, poderiam salvar-me.

– "Mas como poderemos arranjar-lhe emprego se já estamos dispensando empregados de oito, nove anos?" Tratando-me cerimoniosamente, de Sr., espiando de banda para o relógio de pulso, inteligentemente me expulsando.

"Ah! Emprego: muito difícil. O Sr. traduz bem inglês, francês e castelhano? Pois, se traduz, talvez, daqui a um mês, possamos conseguir-lhe algo."

Eu, andando à-toa pelas ruas, sentindo a cabeça ensolarada devido a uma febre de falsa insolação, calor que se avolumava depois dos gerentes de fábricas suburbanas repetirem: não há vagas.

Novo alento nas carnes moídas, novo arrefecimento depois que meus ombros deixavam sem emprego armazéns de cereais, transpunham sem nenhuma esperança portões de moinhos de trigo.

Vaga em parte alguma, trabalho em nenhum recanto. A Faculdade de Medicina da Praia Vermelha já havia recusado a minha transferência. Também não havia vaga. O Reitor, em boas palavras, dissera-me: "termine seu curso em Recife. Porventura terá você algum pistolão de General, do Almirante ou de Brigadeiro?"

A transferência, no fundo da mala, amarelecia. Dormindo num salão onde se descansava a cabeça e os braços numa corda estirada, cochilando num albergue que ninguém sabia quando iria acordar, tendo pesadelos no albergue daquele português que tinha o sono da gente em suas mãos, era eu uma adolescência que perdia sem jogar, todos os dias me desfazendo de coisas sem ser estróina. Fiquei com a roupa que me vestia e com os sapatos que me calçavam, dei-me por contente. A barba crescia sobre bochechas fundas.

Naqueles dias eu não escutava Professor Antero. Errante como um proscrito eu não desistia, embora as palavras do Professor Antero nenhuma ressonância tivessem à minha memória. Cheguei a esquecer-me delas, a desconhecer a muleta em que o Professor Antero se aprumava.

As solas esburacadas, os sapatos cambados, caras de gatos lambidos. Eu me sumindo naquelas carnes que se iam consumindo. O nariz afilado, as orelhas transparentes. A idéia do suicídio me dominava. Ninguém por mim. Sozinho numa metrópole que me exauria com uma tenacidade de câncer. Meu pai morto. Minha mãe também morta. Se estivessem vivos dava no mesmo: nunca haviam me ligado. O que eu herdara eram léguas de terra que não valiam nada, latifúndios sáfaros que acompanhavam trechos de estradas do Município de Santana do Ipanema, léguas perdidas numa vingativa distância.

O suicídio escolhendo território. Poderia aceitá-lo no mar ou no agridoce da Lagoa Rodrigo de Freitas ou debaixo de um bonde ou esmagado por um trem ou jogado a distância por um ônibus; ou esperar que a fome adormecesse o meu coração que se recusava a voar de um edifício de muitos andares.

Num banco de praça eu me enlutava, mas esses pensamentos destruidores não eram os únicos que se me chegavam.

De quase-suicida, via-me, em seguida, amante de mulheres, distante daquele português do albergue que nos acordava desamarrando uma ponta de corda que, desamarrada, jogava a todos nós dos bancos como fardos, – quando não me via refletido na lâmina de um enorme espelho, roupa de grã-fino me apresentando à sociedade, condignamente.

Em Maceió me contavam coisas fabulosas: de mulheres que criavam gente de vinte e poucos anos, a rapazes davam tudo aquelas madames de corpo fornido, que tinham dinheiro no banco e conforto de casas amplas. Madames que somente existiam nas grandes cidades, madames que caçavam adolescentes viris, com avidez faziam-lhes sinais, num gesto obsceno pondo a ponta da língua entre os beiços.

A realidade me desiludia e eu comprovava que não poderia ser amante dessas madames. Aquelas caçadoras até se assustariam com a minha cara de corpo magro se escondendo na casimira surrada.

Uma tarja de sebo na gola do paletó, nos punhos dois dedos de gordura a feder-me as mangas. E para não sofrer mais negava a riqueza das madames. Tudo era boato. Se aquelas madames criavam adolescentes não precisariam jogar bilhetes, sacudi-los perto dos eleitos, encontrados e amados à primeira vista, comumente postados na Cinelândia, na calçada de uma casa de chá, onde a grã-finagem bebericava com enfado; se aquelas madames existiam não precisavam fazer a encenação que se dizia em Maceió.

O mundo cheio de prostitutas, mas no íntimo todas elas se confundindo, se anulando, se igualando às de Santana do Ipanema, semelhantes às que viviam no Japão, conhecidas como gueixas. Idêntica a soma da existência de todas elas. Diferenciavam-se na cor, confundiam-se, apenas, nos idiomas.

O frio era forte, apesar dos chuviscos que caíam no banco, na praça daquele banco em que pensei cortar as veias ou afogar-me na Lagoa Rodrigo de Freitas. Mergulharia e meu corpo seria um fardo. E nunca mais veria aqueles iates lembrando ilhas nômades, jamais distinguiria aquelas moças que fumavam, sorriam, chegavam a se parecer com artistas de cinema.

Mergulharia e como uma pedra ficaria no fundo da lagoa.

Apagar-se-iam todos os meus projetos, as águas encarregar-se-iam de me apodrecer, lambendo-me os ossos, lavando-me todo o corpo naquele fim de tarde.

Lembro-me ainda que os iates estavam de velas prenhes, e que moças de olhos vendados por óculos de vidro verde emprestavam ao leme um poder de bússola. Balançavam nos mastros adeuses avisando dos topos que o vento estava forte. As águas se dobravam, a lagoa não vomitava espumas mas se cobria de ondas. E havia um clube dentro de uma ilha. Nas quadras de tênis a bola arrancava das cordas das raquetas sons de jogo violento. A bola ia, imediatamente voltava, raquetas cepando a bola que era uma bólide através da ramagem do bambual. A bola indo e tornando a vir nuns vaivéns enérgicos.

Cheguei a comparar as raquetas a harpas. De onde estava podia perfeitamente escutar o som do jogo – tã – tã –, em seguida, tã – tã –, e vê-lo quando torcia o pescoço. Um homem trepado numa cadeira de pernas altas mandava o jogo recomeçar.

– "Play" – avisava uma voz – e a bola quando transpunha a rede lembrava um estranho pássaro que não tivesse asas.

Eu queria morrer. Mas percebi que se me atirasse às águas, certamente um daqueles iates não me deixaria afundar.

Aquela tarde não parecia querer registrar nenhum suicídio.

Amas de avental engomado, de toucas alvíssimas, vigiavam velocípedes e os velocípedes no outro lado da calçada fugiam pelas esquinas.

As crianças pedalando eram cachos e laços de fita. Achei-me ridículo desejando ser um suicida naquela tarde; um suicida embrulhado numa casimira surrada, a parte traseira da boca das calças completamente comida, no paletó pregado apenas o único botão de cima. Quis sorrir, ficar como estava aquela gente do clube, mas dentro de minhas carnes não havia músculos frouxos. Todos eles deviam assemelhar-se a cordões esticados.

As velas estourando, cheias. Moças vestidas de calças de flanela puxando a balsa, o correntão duplo, num ruído seco, escorregando nas roldanas.

A cidade se iluminava e os morros tornavam-se fardos escuros, enquanto anúncios de gás-néon manchavam o ventre dos fardos com letras sugestivas. As letras se acendiam, depois se apagavam, tornavam a acender os reflexos que ensangüentavam a lagoa.

Os refletores despejando luz pela quadra de barro, o jogo continuando a cepar a bola que ficava vermelha cruzando os clarões. Os bambus como moitas escuras, os refletores despejando cores vivas à maneira de olhos-monstros que somente acordassem à noite.

Eu continuava adiando o meu mergulho.

Depois que a noite se completasse, surgissem estrelas, nuvens escuras rastejassem sobre a lua leitosa, então eu mergulharia.

Restos do romantismo de minha infância voltavam e afastavam de mim a idéia de mergulhar, de desaparecer naquele ocaso que tangera nuvens de pingos ralos e apresentara um céu límpido, azulado.

Depois as moças e rapazes dos iates começaram a regressar, e os homens que jogavam tênis, vestindo calças curtas, também deixavam a ilha através da balsa que as correntes de ferro aprisionavam. Por um instante eu me vi como se fosse um deles, também sobraçasse uma raqueta, pilheriasse. Mas somente por um instante eu vivi aquele resto de sonho de vida quixotesca.

Caí na realidade mais uma vez. E vi-me inteiramente desconhecido por quaisquer daquelas madames que sustentavam vagabundos. Abominei-me. Nem para ser gigolô eu havia nascido, prestava. E num relance pensei no Professor Antero, evoquei a figura de Rita e abracei com saudades o sobrado, onde por nove anos me debrucei na sacada para ouvir o marulho do Ipanema, escutar as cantigas das negras lavando roupa, tratando tripas de porco, lá nas pedras e nos lajeiros do Poço dos Homens. E desejei que Professor Antero ainda estivesse vivo para ouvir como eu estava ouvindo o vento inclinar os caules, e os bambus inclinados chorarem nas hastes vergastadas e nordeste que levantava das águas da lagoa gordas maretas.

Sim, o Professor Antero, que me havia predestinado uma triunfante vida literária no Rio de Janeiro, devia estar ao meu lado, sentado num banco frio do Jardim de Alá, sentindo com eu estava sentindo o estômago enervado, bolhoso, enquanto a noite avançava e dos morros e único sinal de vida eram as feridas dos gás-néon.

De que serve a um homem o talento, a um homem que sente o talento superar a fome mas que continua com fome? Perguntaria isso a Professor Antero, se por acaso ele estivesse ao meu lado, tornaria a perguntar-lhe e antes que ele me respondesse, dir-lhe-ia: "sua profecia fracassou, Professor Antero. Sou um homem de um metro e setenta a sentir frio que me serra os ossos, me engosma a boca, me fere os beiços. O senhor deveria estar ouvindo essa música triste dos caules dos bambus, esses sons correndo sobre as águas como vozes sucumbidas. Sons e vozes que nada valem, nada significam a quem vê restaurantes e apenas pelas suas calçadas caminha. De que serviram as minhas leituras precoces se as leis promulgadas por homens não amparam o homem, chegam a dificultar a vida do homem? A denegrir o homem porque os homens que estudam as leis, vivem das leis, comumente delas ficam à deriva? Por que tantas leis, se a básica, a lei por excelência, sempre é esquecida, posta de lado como cinzas esconjuradas? Por que a lei que exige vergonha não é solicitada em todos os segundos? Por que tanto descaso pela desgraça e miséria alheia? Por que tanto fingimento?" Mas Professor Antero estava fazendo companhia a Rita, na brancura de um tumba que se transformou num canteiro de musgos ele havia sido sepultado. Eram dois mortos aos quais eu me juntava, sem reparar que estava sendo sentado num banco público, sem atinar que ainda podia viver, devia ver, agüentar toda a fome, vencer todo o arame farpado das leis dos homens.

E, depois, a face inóspita, míope, de Professor Antero, começou a aparecer ante meus olhos como se de fato o aleijado mestre-escola viesse se aproximando e se sentasse ao meu lado.

– Pode sentar-se, Professor Antero – eu dizia-lhe quando dei curso a uma conversa, a um bate-papo estribado numa linguagem de menino que muito lera, menino de adolescência visionária, que descobria poesia em toda parte, em qualquer recanto, sentia à terra das latadas de cróton, na galinha morta, no potro de cascos selvagens, no bojo de nuvens, nos sexos de estrelas acesas, na criança órfã enterrada no caixão de caridade.

As amas voltavam, os velocípedes fugiam para os edifícios. Passando por mim um guarda-civil olhou-me insolente, desconfiando.

A noite não conseguia encobrir o sebo do paletó, engraxar-me os sapatos. E eu começava a me lembrar e a sentir ódio de todos aqueles comerciantes que me cumprimentavam respeitosos, dos meus colegas que me tomavam por gênio, responsabilizando-os a todos como causadores de meu infortúnio, responsabilizando principalmente Professor Antero como o maior de todos os culpados

E mais uma vez vi-me rodeado por mulheres de vestidos decotados, subindo sempre uma escada vigiada por uma caradura de sujeito vestindo fardão-azul com botões dourados; e eu começava a escutar o silêncio da platéia ser dilacerado por afinações de músicos carecas, que conseguiam tirar dos arcos de violinos sons desconhecidos e ásperos, vagamente lembrando o roçar de lixa na madeira. Era Bidu Sayão, o soprano da Traviata era ela que insistia em cantar a xaropada de Verdi, mesmo sendo vaiada pelas galerias, metamorfoseadas em quitandas, tantas eram as laranjas, nabos, cenouras, pepinos e jilós sacudidos das torrinhas num desagravo geral. Eu não vestia mais "smoking" nem me conservava sentado numa poltrona da penúltima fila. De mangas arregaçadas, bradando num descontentamento desenfreado, eu também me via apupando a prima-dona, ora tangida por um enorme relho do maestro, que via no soprano uma vaca, com rabo e tudo, vaca turina prestes a mijar no palco já emporcalhado de esterco marrom. Somente pela madrugada, na cama de uma enfermaria, abri os olhos para ver um dos tetos do hospital. A poucos passos um homem me observava. Não o conhecia, nunca havia visto aquele homem sem gravata, de boina preta com um sorriso amplo a rasga-lhe a boca. Desmaiei outra vez sem nenhuma visão anarquista dominar-me o inconsciente.

Capítulo 8

EU HAVIA NASCIDO para vencer como os que vencem depois de muito sofrer, de muito lutar.

Mastigara pão dormido, engolira nervos do "China", perambulara por becos e docas guardando ressonâncias de portas batidas à minha cara. Pensava em matar-me mas alimentei a morte como um proibitivo repouso. Pensava afogar-me mas sempre via salva-vidas nas águas revoltas. Desanimara sem ser espoleta do desânimo. Não queria jamais perder o ânimo, pensar em matar-me, ou coisa alguma que não fosse lutar e vencer, porém naquela tarde em que eu me vi no quarto de um jóquei mandando-me dependurar o paletó num prego de parede – foi naquela tarde que eu senti todos os meus sonhos ruírem. Sonhos de esperanças concretizáveis num futuro próximo. Um suor lavando-me o corpo, suor úmido e visguento a fraquejar-me as pernas, brotando na testa que se empalidecia.

Naveguei a cabeça e encontrei a porta aberta. Wenceslau havia saído, deixando-me no quarto de um estranho quando eu queria me desabafar, soltar do peito todo o luto de meus passos, expulsar todos sortilégios que bafejavam o meu infortúnio. O jóquei nem me olhava, aquela mirrada criatura, quase nanica, nem se apercebia que eu precisava falar, falar, muito, numa torrente minha boca ir despejando as amarguras dalma, proclamar que eu não era vagabundo – dizer tudo isso a uma outra pessoa que não fosse Wenceslau, cansado de ouvir-me, de escutar as minhas lamúrias entremeadas de impropérios, de obscenidades que amarfanhavam o leito de oito dias de hospital.

Precisava de alguém que me escutasse, conhecesse a infelicidade e minha adolescência, como eu era desgraçado mesmo tendo feito tudo para vencer e saber apenas das desgraças dos romances.

Como eu havia sido traído, enganado, roubado. Como Professor Antero era um pulha. Como eu havia sido ingênuo. Como os escritores eram egoístas.

Sentado num caixão de querosene, o jóquei consertava uma blusa, pespontiando a fazenda, moroso, libertava a agulha, sempre alheio à impaciência que descontrolava os meus gestos, afinal sucumbido como se o jóquei quisesse me aporrinhar, lentamente aporrinhar-me com aquele indiferentismo que lhe animava as feições numa tessitura macabra.

Não afirmo se o jóquei me retribuiu o cumprimento. Wenceslau havia me falado, o jóquei era uma pedra, de tão silencioso lembrava um monge trapista. Não ligasse. Seu irmão era assim.

Todavia, ao tomar conhecimento daquele taciturno de pequena estatura, alimentei uma certeza de que nunca poderíamos ser amigos. Nulo eu me sentia à maneira de um isolado zero e começando a sentir o opresso daquele quarto pequeno eu tive ímpetos de agredir o jóquei, sempre lesmático numa quase estática de escultura.

Quis sair, respirar do lado de fora a tarde limpa, levantar-me do enxergão, movimentar as pernas chumbadas, deitar por terra a morrinha que me incapacitava do menor gesto.

Naquele instante podiam me esbordoar, podia um sapo mijar-me nos olhos, ver-me envolto na teia de uma aranha; nada eu poderia fazer, porque só livre eu tinha a língua que de nada valia devido as descaso do jóquei a trespassar a blusa, sempre a trespassá-la com um condenado. Wenceslau pelas ruas, sem pressa, anunciando-se nos palacetes, oferecendo-se para afinar pianos.

– Mas o piano daqui é novo, seu moço. Só tem um ano.

Wenceslau sem desanimar, perguntando na mansão de junto a mesma coisa.

– Não precisa, o piano serve de enfeite. Ninguém toca nele.

Wenceslau subindo escadas, descendo em elevadores de pavimentos altos.

– Se o Sr. tivesse aparecido na semana passada...

– Só por Cr$ 20,00, minha senhora. Faço um trabalho garantido.

– Mas não insista. O piano está novo em folha.

Wenceslau esmurrando as portas de Cascadura, escutando negativas nas vielas de Olaria, em praças de Madureira, em artérias de Campo Grande que nem meio-fio tinham.

Os pianos de Copacabana, Leblon e Gávea eram grã-finos, tão grã-finos eram os pianos da zona sul que nem eram tocados; móveis de luxo, serviam para compor um canto de sala, viviam mudos, morriam mudos na unha da traça, comida para camundongos, fartos de feltro, ratos em desabrida ao escutarem ecos de uma corda partida. Por fora, o luzidio de cores preta e marrom escondendo festins de um carnaval macabro. Roedores em bacanais irreprimíveis, imitados por Wenceslau, que os caricaturava em fuga com a agilidade das pontas dos dedos.

– Também, pra que afinar o piano? O Sr., conhece alguém que queira comprar piano? Eu vendo esse. Música, seu moço, hoje em dia é do rádio; a vida hoje é dura, o dia todo no batente cansa demais. Quem quer saber mais de escutar piano? Quem é otário?

Wenceslau ouvindo tudo aquilo como uma sentença contra si.

Os pianos viviam como restos, tidos como mortos indesejáveis. As coleções de selo, os mostruários de borboletas e besouros valiam mais. Dava-se um dinheirão por uma pataca do tempo de Dom João VI, rios de dinheiro eram o preço de um autêntica cadeira Luís XVI, as esporas de Napoleão valiam mais que todos os pianos do mundo. Raridades. Refugo era o piano. Um lenço encatarrado de Dom Pedro I não tinha preço.

Wenceslau me falou de tudo isso e ainda eu tomando soro, sentindo a coxa se avolumar com o líquido de enormes ampolas, compreendi o porquê daquela proteção, porque Wenceslau telefonou e esperou que a ambulância chegasse e levasse-me daquele banco público, onde eu perdi os sentidos e fiquei de boca aberta, queixo caído, sem guardanapo a atá-lo como um defunto.

– Essa gente é muito burra, seu menino. Também lá pelo Norte os pianos são maltratados?

Perguntou-me num tom irrisório, mas sorrir eu não pude. Morto como os pianos eu me sentia qual um desses carunchosos caixões entrançados de cordas rompidas, corroídas e denteadas eu me via. Suspirei. Limitei-me a um bocejo. Vencido como os pianos dos palacetes tornei a ver-me.

Novamente os dedos da mão direita de Wenceslau imitavam as fugas de ratos, arremedando com pressa as desabridas de peludos catitas.

Capítulo 9

CAVALOS TREINAVAM para as próximas corridas. Vento puro, mesmo doce era a brisa daquele amanhecer sombrio, escarvado na pista de areia por cavalos em treino. Sem esperar pelo sol, o jóquei montou numa égua e eu o vi acariciar crinas aparadas, tão elevado acariciar as cerdas como se de mulher fosse aquele pescoço. O vento enchia a blusa e as costas vermelhas do jóquei cheias de ar lembravam um tumor, eu enorme quisto. A égua vencendo a pista numa corrida célere, a cabeça suspensa, as pernas com o poder de hélices. Uma máquina de carne aquela perfeição de movimentos tersos.

Égua aclamada pelos cavalariços do "stud" ao surgir na curva da reta final compelindo aos empregados, debruçados nas grades, a gritarem pelo seu nome, a gritarem por Nevada à maneira de apostadores em plena aurora.

A cor dos morros se denunciava naquele amanhecer atropelado por Nevada que, de ventas abertas vencia distâncias, corria defronte das tribunas sobre grama úmida, e desaparecia resfolegante na curva do Hospital com a sua enorme cauda escovada. Cauda de compridas cerdas que, depois de dois dias daquele preparo, na primeira tarde de agosto, num domingo de tarde causticante, cobriu os três mil metros numa disparada de quem foge da morte em 186 segundos, cravados, tempo nunca atingido. Vitória ímpar. E ferraram o pescoço de Nevada com flores, já consagrado, muito antes de cruzar o olho mecânico, já ovacionado ao passar pelas gerais com oito corpos de luz para o segundo colocado. E também deram banho às ancas da égua que levantara cinco milhões de cruzeiros, tornaram a banhar a barriga daquela égua branca com champanhe, a primeira égua a desbancar garanhões no Grande Prêmio Brasil. Beijaram-na. Deram-lhe torrões de açúcar depois de repesagem, limpos deixara-lhe os cascos com vinho espumante que espocava, de garrafas francesas.

Eu vi toda a festa, a vitória daquela égua eu presenciei de perto. Naquela ocasião eu era cavalariço de uma qualificada coudelaria, não havia outro jeito, aceitava aquele emprego ou de uma vez morria de fome.

O jóquei sustentava Wenceslau, sustentava-me também, embora eu houvesse feito finca-pé, de modo algum aceitaria morar de graça, comer de graça, já era muito ter-me o jóquei conseguido aquela colocação.

Eu não estava ganhando, dinheiro eu não punha no bolso todos os sábados? Ó! Pelo menos deixasse que eu comprasse o café, pagasse o leite? Era muito? Deixasse, então, que eu saldasse todo mês a conta da "Light"?

Wenceslau me pediu, deixasse de conversa mole, eu estava chateando, a minha implicância poderia terminar em encrenca.

O jóquei era irmão dele, e queria eu ser pomo de discórdia, palmatória do mundo? Ora, bolas. E pediu-me um cigarro.

Porque eu não era agradecido, não desejava me humilhar, mas que eu recordasse os meses de miséria, dos tempos de fome eu não me esquecesse porque era bom, mesmo muito bom, que de quando em vez eu me visse no albergue daquele português para, enfim, dar melhor atenção ao colchão da minha cama turca. Que eu tivesse memória. O português do albergue era intrujão, onzenário, dono de uma casa de penhor que regateava o inválido centavo. E lembro-me que empenhei os meus contos datilografados como papéis velhos. Pior destino tivera a minha transferência para a Faculdade de Medicina da Praia Vermelha. Perdi-a de vez.

Wenceslau se assustou, acreditava eu fosse pianista, soubesse eu desembestar os dedos nas semifusas wagnerianas de um piano de cauda. Não era possível! Eu tinha mãos de "virtuose", meus dedos eram de concertista. Tinha reparado as minhas mãos, as pegado, as apalpado demoradamente enquanto meus braços sugeriam inúteis tripas naquele banco de jardim público. Claro, eu não podia ter visto. Uma enfermeira ponderou: não me cansasse, falasse comigo o menos possível. A morte adejava nas minhas olheiras, todavia indaguei aquele homem, ainda quase desconhecido, se não teria me socorrido se soubesse que eu não tocava piano. Wenceslau não me respondeu, porém ficou-lhe a fisionomia carregada por uma dor que impregnou mais uma vez as dobras de sua pele no dia em que nos dirigimos ao albergue. Ia ressecar a dívida, arrebatar os meus contos das mãos salsichosas do português ferreta.

Wenceslau meneava a cabeça, fungava, com três charutos enchendo meu bolso, claramente se denunciava como responsável moral de todo o meu infortúnio literário. E me pediu os contos para ler. Aborreci-me escutando elogios que empastava a boca de Wenceslau, a saliva borbulhando como caranguejos somente sabem fazer.

Intimamente mandei-o à merda, fosse tomar banho foi a minha resposta aquele homem que não podia mais dar oitavas com a mão esquerda, bemolizar notas de oitavas feéricas, sustenizar duas separadas notas de fá.

Uma serraria deixara-lhe apenas o polegar, um acidente de anos lhe cancelara a matrícula no meio do curso; agora ele ia ao Instituto Nacional de Música, como um curioso, e como um ouvinte mutilado ele deixava a sala de concertos.

Sorri. Wenceslau aceitasse as minhas desculpas. E gracejando pedi-lhe que tomasse banho só na manhã seguinte. Não levasse a mal, mas a minha brutalidade tinha fundamento. Procedia. O meu sofrimento junto aos escritores fora cruel, intragável, gratuita perseguição de saciadas hienas junto a um pato sem açude.

Não queira mais saber de literatura. Danassem-se os poetas, enforcassem-se os romancistas, cornos fossem todos os diretores de suplementos literários.

E argumentando num vozerio declarei que eu era um cavalariço – graças a Deus, graças a Wenceslau e ao jóquei – muito em breve promovido a prática de veterinário. Ofegava. Tornava a ver os diretores de suplementos, escutava-os numa memória recente bombardear as colinas dos meus castelos com repetidos "não". Avancei. Wenceslau atinou e freou-me a cólera, desconcertando-me com uma imprevista ironia.

– Se você rasgar os seus contos será doravante o homem mais sabido da face da terra. Se quer mesmo rasgá-los, ei-los...

E mos estendeu para que eu visse o desbotado amarelo de umas folhas pautadas, cheias de letras da máquina de escrever.

Do apartamento vizinho uma voz engrolava palavras estrangeiras e a sensibilidade do foxe foi logo superada por uma canção de samba lastimoso.

Enervara-me ao ver meus contos ainda inéditos e o correr do sangue em minhas veias adoecera-me o coração, fechara as suas janelas por onde deveria ecoar a melodia, agora brejeira num baião de toalha picante.

Não podia sentir aquela música que saía de rua afora levada por um vento morno. E eu não sentia vontade de conhecer a dona daquela voz que naquela tarde, pela primeira vez, não se cansava de se esgoelar num timbre canoro.

Os diretores dos suplementos literários, esses sim, eu os ouvia e via-os martelando os ossos de minha cabeça com um rolo, igual aquele feito com as próprias páginas de meus contos. Rolo que Wenceslau batia no couro da poltrona, a marcar sem dúvida com aquelas batidas o compasso da música da desconhecida cantora de mornÍssima canção.

Enganava-me ao repetir pela terceira vez.

– Agora sou um cavalariço.

Não deixei Wenceslau visse os meus olhos. Levei-os até a janela e fixei-os num namoro ridículo; e deixei-os chorar numa liberdade de coro livre; com o lenço no bolso da calça – deixei meus olhos arderem como se todo o meu ser chorasse pela perda da namorada, que sempre me houvesse dado as costas, e que naquele instante eu houvesse sentido que a literatura havia deveras brigado comigo, com a minha pessoa ela não queria mais nada.

Capítulo 10

O JÓQUEI SE EMBEBEDANDO e bêbedo punha as unhas de fora, comportando-se como uma mulher que lascivamente me olhasse; imitando prostitutas o jóquei dava passos e se tornava loquaz. Declamando estufava o peito e por várias vezes tentou dar-me beijos que eu recusava, enérgico, prometendo-lhe desforra dando-lhe socos e pontapés.

– Desanco-lhe os ossos, seu patife, puto infame, dizia-lhe eu.

O jóquei se encolhia, apesar de bêbedo não insistia e resmungando ia ao banheiro. Vomitava tudo, o piso escorregadio de vômitos frescos, Wenceslau dissolvendo sais num copo, levando-o a boca descarnada do anormal. Não eram freqüentes aquelas libações, o jóquei não se lhas entregava na rua nem em boates quebrava taças, espatifando-as cheias como certos milionários costumam fazer. Compelia-o uma censura a "ser-se" onde morava, era no apartamento que o jóquei misturava bebidas e embriagado vazava a podridão de sua doença repugnante. Nunca eu o vi levar homem ao apartamento nem esperar homem em qualquer parte. Por incrível levava mulheres, raramente aparecia com duas ou três mariposas, ávidas decaídas por cédulas fortes depois de farras de noites inteiras. O jóquei pagava tudo mas quem possuía as três era eu e o meu deleite naquelas ocasiões era verdadeiro. De domingo eram as noites de mulheres fáceis, noites compridas que me embalavam em modorras, depois de lutas de "rounds" intempestivo. Certa vez, uma delas quase me comeu um naco do beiço. Partiu-o, e deixou-o ferido numa indelével cicatriz, que anos depois intrigou Isabel. As segundas-feiras não eram madrugada de apronto e eu imitava o jóquei chegando ao "stud" tarde alta. Gostava daquelas mulheres que eu abraçava sem pagar, amava os prazeres gratuitos, dando-lhes todo o meu ímpeto de sertanejo. Sempre as mulheres eram renovadas, nunca as da vez anterior eram afundadas de novo por mim nos divãs.

Amortecia-se o salão e reflexos moribundos se espichavam do quebra-luz pelos ângulos das paredes. E os instintos galopavam à maneira de Nevada, que obrigada se visse a disputar páreo imprevistos em pistas cobertas pela noite.

Eu não escrevia mais contos e detestava revistas que os publicassem, tendo aversão aos suplementos literários. Eu bania qualquer evocação de minha frustrada vida literária. E vivia o tempo de horas campestres numa atividade prosaica; de bombachos, botas-sanfona, grande laço vermelho no pescoço, agauchado nas tardes de corridas, meu trabalho era dirigir o potro e fazendo-o andar na orla do picadeiro, puxando-o pelas rédeas, mostrá-lo aos turfistas.

Também eu dava banho nos parelheiros e ao lavá-los muitas vezes pensei estivesse eu enediando ancas de fêmea.

Não queria, mas sempre a imaginação me jogava nas torturas de temas literários, obrigando-me a sentir, no suor de éguas, o fartum de negras de Santana do Ipanema, a inhaca de caboclas que se me ofereceram pisando o chão com seus calcanhares duros; mulheres de pés descalços logo rejeitadas e substituídas por pernas calçadas de "nylon" de meias cor de carne; que as grã-finas usavam com chapéus de abas largas nas tardes de grandes prêmios; essas sim, eram as preferidas, as eleitas verdadeiras da minha ganância.

Queria-as; uma mulher da sociedade eu queria num futuro próximo, ter como namorada uma daquelas grã-finas maquiladas com esmero era a minha alucinação. Não me conformava de ser apenas namorado de uma milionária de cintura fina, via-me noivo de seu coração recoberto por uma bronzeada epiderme. Também me via percorrendo avenidas na vertigem da velocidade de um sedan conversível, às vezes escondido automóvel em ermos de pista, recessos propícios a beijos de minha boca a esmagar os lábios da bem-amada. Depois sempre, quase sempre o sedan em desertos de montanha, favorecendo a solidão exigida pela nossa paixão, meio de nos entretermos e entretidos ficarmos planejando um casamento sem delongas. Devido a minha ganância eu queria ser prático de veterinário, estar cada vez mais perto das filhas do proprietário do "stud", vê-las amiúde, ter oportunidade de cumprimentá-las e na repetição de cumprimentos olhá-las, enternecido, com amor demorar os olhos nos curtos cabelos de suas cabeças louras.

E havia uma, ó! Uma delas que eu vi espichada nas areias do Arpoador, uma das filhas milionário "turfman", a mais branca filha do meu patrão, a mais jovem das três, a única de orelhas sem furos para brincos, certa vez eu a vi soltar um sorriso enigmático, lendo uma revista; sorriso aleatório, mas que alentou as minhas esperanças, dando-lhes forças de raízes profundas e grossas; esperanças mescladas de ciúmes devido a um tipo que, fugindo do sol, como um lagarto doente, quase cheirava as coxas da caçula, sob a barraca de gomos coloridos. Abominei a minha condição de cavalariço e, detestando o emprego que me permitia calçar-me nas melhores lojas, comprar a prestações um relógio folheado a ouro e envergar blusões de camurça, eu senti inveja a devorar-me as entranhas. O jóquei pagando tudo, o apartamento da Rua Joaquim Nabuco me acolhendo, embalando-me com um conforto semelhante aquele usufruído por mim até os sete anos.

Gorjetas contaminando de avareza as minhas mãos. O depósito bancário crescendo na especulação semanal. Precavia-me. E espreitava para não perder a oportunidade de ser prático de veterinário. Sabia fazer sangria, cauterizar, a anatomia do corpo humano não diferia quase nada da cavalar.

E em conversa com Wenceslau eu não perdia vaza, fortalecia-lhe a sensibilidade com o adubo de uma lógica prática; até aos sete anos eu havia sido uma criança rica, não tivera culpa de minha avó ter perdido tudo num "trust" de algodão em fins de 1928. Eu não botara nada fora, nunca eu havia sido perdulário, jamais libertinagens tinham me esvaziado os bolsos. E não vivera eu sempre querendo progredir, nunca me satisfazendo com insignificâncias?

Por gosto eu teria me formado, concluído o curso médico, por gosto veria nos suplementos literários os meus contos. Culpa minha se nada disso eu havia conseguido? Ó! Wenceslau, ponderasse, visse que eu estava querendo ser o que poderia ser. Ser até muito menos do que poderia ter sido, se ma concordata não houvesse algemado a atividade comercial de minha avó e tudo que o Coronel, meu avô materno, havia deixado houvesse se extraviado e sumido como balões em noites de junho.

Não, não era soberbo, eu não tinha vergonha de circular o picadeiro puxando bridas; claro que levava agora no Rio de Janeiro uma vida que jamais esperava desfrutar, depois que os intelectuais me desconheceram os diretores dos suplementos literários me negaram talento e comecei a ver-me no albergue daquele português de olho vazado. E ponderando, tentando convencer Wenceslau em direção da geladeira minha garganta seca pedia gelo para outra dose de uísque. Wenceslau insistia em acariciar o dedão, o seu polegar, o único dedo esquerdo de sua mão horrível. Lembro-me disso muito bem.

* * *

O jóquei rico, muitas vezes milionário, bridão astuto de grandes prêmios, popularíssimo nas vozes que gritavam das "pelouses", dá-lhe Bastião, dá-lhe Bastião.

O relho do jóquei vergastando o ar, ardendo nas ancas de potrancas, estugando ainda mais a corrida de potros quando lhes visava as virilhas.

Investimentos enormes em imóveis, tinha o jóquei, e principesco era o passadio do apartamento, decorado nas cores amarela e branca de cortinas, no azul fero de largos "soumiers" ladeados pro escarlates poltronas imobilizadas sobre tapetes cinza.

"Long-plays" choravam nos saxofones em surdina e a eletrola me afogava, às vezes levando meu espírito a profundezas do mar desconhecido. Os "spirituals", os cantos dos apanhadores de algodão, os lamentos da raça negra da América do Norte, o desfalecer dos "blues" do Mississipi – eram os meus preferidos; era a voz de uma Lena Horne que eu gostava, era uma Aracy de Almeida que me obrigava a não pensar em nada quando eu ouvia as namealadas modulações de seu timbre, obrigando a esquecer-me de tudo. Eram esses discos que me embalavam nuns vaivéns de berço distante, que inoculavam no meu sangue a inquietação, o sonho de me ver em boates dançando aquelas mesmas músicas, apertando a filha caçula do meu patrão, conquistando-a, dominando-a, tendo a toda.

Lembro-me que reacendi o charuto e rumei à praia querendo ver mais uma vez as roliças pernas da filha caçula do meu patrão certo dia, à mercê daquele tipo de óculos de aros de tartaruga.

Eu recebia os alugueres prestando conta ao jóquei que me esperançava:

– Deixe o chefe voltar da Europa que é só falar. Você vai ser prático de veterinária. Dois anos de Medicina, hem? É barbada.

E mostrando-me os dentes estragados, encardidos pelo fumo, numa gargalhada rouca me inquiriu:

– Quando compra um carro? Não gasta quase nada, hem? Dinheiro no banco, hem?

Palmadinhas nas minhas costas, risos de quem recebe gratidão enlastecendo-lhe as carnes frouxas das faces.

– Quantos anos Sigismundo? Três, não? O tempo não faz "forfait" . E como corre depressa. Três anos você conosco, já considerado da família, como irmão, dedicado como bom parente, hem?

E ordenando prazeroso:

– Anime-se homem, apresse-se criatura de Deus, tá na hora. Vá, vá depressa tirar da garagem o Cadillac. Quero dar um passeio lá pelo Juá.

Capítulo 11

CERTA TARDE FOMOS a um leilão de móveis, raridades, impingidos como velharias valiosas. O jóquei queria uma pérola da gravata, a dele havia sido furtada numa festa de aniversário.

Apregoavam cadeiras, camas, guarda-casacas, consolos, o diabo do tempo da Monarquia, embora houvesse um mostruário de pedras preciosas, pequena coleção de turquesas, safiras, berilos e esmeraldas engastadas despretensiosamente que me aguçaram a volúpia. No correr do martelo nenhuma pérola de gravata. Olhávamos quadros, para não perdermos a viagem, espiávamos pintura, e uma das telas nos impressionou devido à firmeza de leves e claras tintas que se emplumavam e ganhavam esporões nas canelas de um galo. Intrigou-me aquele galo que depois do pintor estudá-lo com uma técnica soberba, aprisionou-o numa tela. Técnica de mestre, de quem sabe onde tem as ventas. O jóquei discordou. Não gostava do galo, abominava aquele óleo de cristas em roseta, mas se lho perguntassem não saberia explicar por que achava o quadro ruim. Tranqüilizei-o. Havia outros mais burros, mais bestas que ele. Não gostava do galo? Pois ficasse sabendo o que diferenciava aquele galo dos outros era o talento, o gênio, a técnica do pintor. O jóquei não se deu por vencido, mas foi indagar ao ajudante do leiloeiro quanto custava o galo. E com os olhos acompanhei o jóquei, para ver, de súbito, Fabíola, mulher do livreiro de Maceió, entrar de leilão adentro sobraçando jornais. Sozinha, aparentemente surda aos berros do pregoeiro, Fabíola caminhava, vinha sem pressa para onde eu estava.

O jóquei havia se esquecido do talão de cheque. E pedira-me que eu lhe emprestasse Cr$ 5.000,00. Achando de graça o galo apresentei Fabíola ao jóquei que estranhou a inquiri-la.

– Não, aludiu Fabíola – nunca ouvira falar em Portinari.

– Esquisito – exclamei – para quem trabalha numa libraria.

– Trabalhava – corrigiu Fabíola – Agora... e suspirou fundo como se seu coração se ressentisse, de tanto esforço se achasse cansado.

O jóquei piscou um olho para a minha cara impassível. E deu-nos suas costas raquíticas. Tachei-o de ordinário.

– O que foi que você disse? – quis Fabíola saber.

– Nada – com azedume respondi.

* * *

Fabíola não havia se largado de Maceió, deixado o marido por minha causa. Casualidade ter vindo ao leilão, queria um emprego e mostrou-me um recorte de anúncio. Não brigara, despedira-se de Álvaro da Silva, sem altercar com o marido que nem falara em desquite, embarcou num paquete. Não respondeu as minhas cartas porque elas não valiam nada. Cartas de acadêmico. Cartas de arruinado. Não as jogou no lixo. Queimava-as, uma por uma as queimava quando acendia o fogão. E iluminou o rosto com um riso que lhe entortou a boca e espremeu-lhe os olhos.

– Já se formou? – indagou sem malícia.

Eu não esperava ser confessado. Instantes de hesitação que uma baforada desfez e então, abrupto, eu sentenciei:

– Não, não era médico, não havia me formado mas vivia melhor que muito doutor.

– Desculpe. Não quis lhe ofender. Aliás estou sendo intrometida. Vejo que o seu emprego é muito bom. Basta olhar para a sua fatiota.

– Não é tão bom como você pensa mas a vida que eu levo muita gente gostaria de viver.

Eu começava a detestar Fabíola, querendo que ela se fosse, deixasse de me inquirir. Esquecera-me dela e a vira entrar de leilão adentro, desinteressado. Se ela não houvesse me procurado, apenas, vê-la-ia como uma conhecida de vista, como de vista conhecia tanta moças, como as da minha rua que nem bom dia eu dava.

Sem querer Fabíola havia me ferido. Não lhe disse qual era o meu emprego e tendo vergonha de dizer-lhe que era um insignificante cavalariço, bem alimentado, bem vestido, bem dormido, com dinheiro no banco devido ao jóquei, eu queria distância daquela mulher que me fez sofrer, nunca mais queria vê-la.

E a peste, ali junto de mim, a agarrar-me no braço como se já houvéssemos tido intimidade; a sussurrar-me que sentira prazer ao me ver, que eu estava forte, havia tomado corpo de homem, não era mais o adolescente de olhar aveludado, amoroso femeeiro sem recursos.

Desgostei o vocábulo aveludado, não era nenhum puto para aveludar o teto com olhares melosos, revirados. E encolerizei-me. Não, não era possível suportar cinismo tão afoito. E agora eu juro que a teria esbofeteado se estivéssemos sozinhos.

Fabíola não me ferira, apenas naquela sua falsidade fazia sangrar minhas ventas. E ela me perguntou se eu ainda escrevia contos, se algum editor tinha publicado libro meu. Insuportável mulher de boca cheia de interrogações.

Gritei pelo jóquei. Não ficaria no leilão, tinha um caso a resolver. E com força bati a porta do automóvel, flecha desde a Avenida Oswaldo Cruz a um bar do Leme onde esvaziei copos de chope.

O jóquei esfregava as mãos, pareceu-me durante o percurso que ele escrevera qualquer coisa numa caderneta de endereços. Eu estava danado da vida, pensava em beber e na bebida esquecer aquele encontro intragável. O Cadillac passando pelo túnel a cento e dez quilômetros por hora, e minhas mãos no volante com habilidade de corredor profissional, destemerosas garras num anoitecer e lua obesa afogando no seu leito farrapos de nuvens ensangüentadas.

* * *

Não haveria festa no aniversário do jóquei. Wenceslau de acordo, endossara o meu modo de ver como um pão-duro: para pagar coquetéis para malandros, dar de comer a cafajestes, encher de uísque tripas de pilantras? – em hipótese alguma. – Comemoraríamos o nascimento do jóquei com o nosso velho modo de quebrar a rotina. Um peru assado, evidente. E à entrada uma maionese de camarão com vinhos branco e estrangeiro; sem dúvida, o tinto maduro quando nossos dentes dilacerassem as coxas do peru. Ao champanha cantaríamos qualquer safadeza sem a ajuda da eletrola. E fumando, ruminaríamos o jantar à espera das mulheres aliciadas pelo jóquei, baforando com indolência escutaríamos música aguardando as prostitutas de Cr$ 500,00 como atuais califas.

Preestabeleci a farra com protocolo. Não era justo a festa dos anos do jóquei imitar as outras. E de blusão, quase meia-noite, quando a rua dormia o sono de calçadas desertas, eu vi Fabíola entrar no apartamento, com jeito de quem estava na vida havia muito tempo. Duas outras rameiras seguiam a mulher do livreiro Álvaro da Silva.

E Fabíola pulou ao meu pescoço, com as pernas pro ar foi-me pedindo que eu a abraçasse. E entremeando beijos com palavras melosas eu de repente me parecia com aquele Sigismundo que suspirava por Fabíola em cartas sem resposta.

Uma insignificante de cabelos marcelados atraiu o jóquei que me avisou:

– Sou seu amigo, Sigismundo. Está contente com a surpresa que lhe fiz?

Escutava rumores no quarto de Wenceslau, lenga-lenga de quem não estava se entendendo bem.

E eu me esquecia de todo das grosserias da Fabíola, daquela Fabíola que não me ligou, não escutou minhas promessas, não quis ver as olheiras do meu rosto chupado; daquela Fabíola que era caixa de uma livraria em Maceió eu não atinava viesse ser a mesma, a mesma Fabíola a se me entregar num abandono total, agora sendo toda minha, sem repulsas e evasivas se dando toda como qualquer puta de meretrício de porta aberta.

Um "soumier" nos esperava com a sua cor vermelha. E de que eu tinha um quarto não me lembrei. Foi na sala, ali mesmo... às vistas do jóquei, que somente gostava de mulher para beber com ele.

Capítulo 12

ISABEL APROXIMOU-SE de mim aos berros, agitando os braços, soluçando de permeio aos gritos que me pegaram de surpresa falando com o Promotor. Aturdido permaneci uns instantes, sem atinar como desespero que metamorfoseava as feições calmas e lívidas de Isabel.

Era-lhe o pescoço carne ingurgitada. Eram-lhe as mãos garras em busca dos próprios cabelos, que não conseguiam aprisioná-las na rede de sua armadilha.

Contristou-me o estado de Isabel ao ampará-la no ombro esquerdo. Balbuciando sons reticentes, emitindo sem constância palavras soltas que segundos antes lhe ferviam os lábios, era Isabel uma prisioneira dos nervos. Com a cabeça apoiada em meu ombro, Isabel se dizia vencida e afirmava: "Bernadete fugiu, Bernadete atravessou o Ipanema".

Eu não havia pressentido nada, nenhum prenúncio da tragédia eu sentira quando não escutara a voz de Bernadete ferindo o silêncio do sobrado enorme. E difundiu-se a notícia da fuga de Bernadete com a rapidez de uma epiderme

Comecei a receber abraços, e o sobrado se encheu. Desejavam abraçar-me, queriam dar-me pêsames antecipados. Uma romaria interminável para os meus braços de pai casmurro. A princípio as notícias eram contraditórias, mas surgiu afinal a última que eu também não dei crédito. Diziam: fugira Bernadete atrás dos protestantes; não dos primeiros que rumaram a Paulo Afonso na noite de ontem; todavia, Bernadete se largara atrás de outros adeptos da religião de Calvino que se destinavam a uma cidade de Sergipe, Própria (via Pão de Açúcar), protestantes que, também, entoavam hinos à praça ao som de um harmônio, segurando archotes acesos, quando as cidades estavam engolidas pela escuridão, como a de Santana do Ipanema com o seu dínamo sempre em conserto.

Como uma ladra Bernadete havia deixado o sobrado, diziam; e a pé, largara-se sozinha pela estrada, as vezes cantando, quando passou pela Fazenda

Cambão, ou correndo quando divisou um vaqueiro, após haver se detido para admirar o fogo do sol, lá pras bandas da Fazenda São Salvador. E insistiam em afirmar que Bernadete havia palmilhado trechos do caminho por onde se foram os protestantes, intuitivamente os seguindo como se não quisesse deixar de ouvir os imaginários versos daqueles hinos, nem deixar de ver acesos os fachos de alcatrão. E Bernadete fugindo, sempre fugindo tostada por um mormaço que tostava campos inteiros, reflexos de uma seca que inutilizava a terra, estorricando-a sem piedade.

E eu e Isabel acreditávamos Bernadete houvesse melhorado. Ainda supunha que na fuga Bernadete havia visto uma vela ardendo ao pé de uma imagem de Nossa Senhora das Caiçaras e entrara destemida no oratório de beira da estrada sem ter medo das paredes estreitas de folhas de ouricuri. Um comprador de porcos a encontrou ainda arquejando.

Minha filha não lembrava mais gente, nenhum indício de sua beleza fora respeitado pelas chamas. No lugar dos olhos duas cicatrizes remelavam na imundice pretume. A pele fina como seda velha. Esfarinhando-se. Ao menor contato se desprendendo das carnes carbonizadas. A cabeça suporejando qual ferida ruim, exalando fetidez donde outrora estavam as orelhas, brancos caracóis beijados por mim tantas vezes ?

Ao meu lado, a princípio Dr. Gumercindo teve vergonha, porém terminou puxando do lenço, chorando alto. Mais uma vez senti os olhos empedernidos e doloridos como se estivessem doentes. Mas apesar da vontade do meu coração de ser lavado por um choro copioso eu não podia chorar. As ruas se enchendo, todos querendo ver Bernadete que revertia ao sobrado numa rede branca, envolta em folhas de bananeira. Homens se revezavam naquele trabalho. Lá nos fundos do sobrado, lá da sacada eu via a rede branca chegar lentamente, gingando na haste de bambu, sempre apoiada nos ombros de dois homens.

E atrás da rede gente formando uma enorme cauda, suspendendo poeira, enterrando alpercatas de couro cru nas areias do rio.

A rede branca sugerindo um pássaro chegava agourenta, sem pressa como um corvo de asas partidas; a rede branca trazendo uma falecida, que somente pudesse voltar ao sobrado embrulhada em folhas de bananeira.

Quem me visse debruçado no parapeito da sacada, de olhos enxutos, pensaria fosse eu um indiferente. Ah! Mas como doíam-me os ouvidos escutando aqueles sinos! Como soterradoras se me afiguravam aquelas badaladas! Os sinos badalando numa sinistra monotonia, anunciando a morte de Bernadete, avisando que a rede ia entrar à cidade.

Apesar de cheias, as ruas guardavam silêncio. Disputavam aos cochilos uma beira de calçada, um peitoril de janela, a molecoreba se trepando nos galhos dos ficus-benjamin.

A rede se aproximando, chegando triunfante.

Fui esperar Bernadete na porta do sobrado. À medida que a rede se aproximava, os dois homens que a traziam presa, a uma haste de bambu, diminuíram os passos e começaram a olhar para as pedras e lajes do calçamento da rua, em verdade a não olhar nada, como se fossem eles os culpados de tudo aquilo e tendo medo, também sentissem vergonha de me fitar.

Os gomos de bambu gemendo sob o peso da rede, voltando a gemer de lá para cá, vaivéns sinistros.

Vi-me cercado num instante. Diante de mim a rede pedia um imediato destino. O povo se apertando, todos querendo ficar em derredor da rede, espremendo-me, escorchando-me em encontro a uma parede. Asfixiariam Bernadete se ela ainda pudesse respirar. Nódoas esverdeavam a rede, e onde repousava a cabeça de Bernadete se via um círculo escuro que causava nojo. A cabeça de Bernadete começava a apodrecer. Muita gente chorando com face mastigada. Os sinos repetindo os dobres. O comércio de portas cerradas. Monsenhor Bulhões também ao meu lado, de olhos vermelhos. O silêncio se aprofundava, os minutos se sucediam lentos.

Diante de mim os dois homens aguardavam que eu me decidisse. Havia Isabel se aproximado e foi ela quem primeiro abriu a rede, desembrulhou as folhas de bananeiras, foi Isabel, sim, quem primeiro viu o que restava de Bernadete. Puxei Isabel balbuciando trêmulo:

– Levem a defunta para a igreja.

Na frente de todos a rede era um bússola. E do umbral fiquei vendo a rede se sumir nave adentro, a multidão se desembestando, se coiceando, querendo subir as escadarias, penetrar todos ao mesmo tempo na igreja.

Acendi um cigarro, traguei-o uma vez e enlaçando Isabel pela cintura até atingirmos o último degrau, quis aparentar uma calma como se estivesse distante de tudo que acabava de ver.

E só fui à igreja porque Isabel insistiu. Haviam posto Bernadete num caixãozinho branco, ainda amortalhada sob as folhas de bananeira. Um lenço de linho branco cobria-lhe a face, porém divisava-se-lhe o nariz oco de carnes à maneira de uma ferida enegrecida.

Os sinos não cessavam de chorar. Isabel queria que eu também permanecesse à Igreja, todavia voltei ao sobrado ainda sem saber por que não chorara nem ficara rezando como os outros.

E a noite me encontrou estendido na espreguiçadeira, fitando as estrelas, perdendo os olhos dentro das nuvens.

Lá da varanda eu podia ver a igreja de portas abertas, podia, caso quisesse, acompanhar o velório, porém eu persistia alheio àquilo tudo.

Acendi outro cigarro, mas como se me houvesse esquecido que Bernadete estivesse morta, apaguei-o de um salto pus-me de pé, começando a chamar por Bernadete, enquanto distinguia de supetão chamas subirem pelas cortinas, devorarem metros de filó e lamberem as tábuas do assoalho, tostando-as.

Senti-me queimado nos pés, ardendo as mãos, e uma onda de calor varreu-me o peito, como se eu houvesse mesmo lutado contra chamas. Segundos após voltava-me a consciência e eu me convencia da morte de Bernadete. Nunca mais Bernadete poderia namorar a brasa do meu cigarro, queimar cortinas, tentar incendiar o sobrado.

Entretanto, inexplicavelmente, antes daquela camada de suor se evaporar de meu corpo, novas visões me garrotearam trazendo-me sempre as mesmas imagens, lavando-me o corpo um suor visguento. Por mais que eu desejasse me convencer da morte de Bernadete, aquelas visões povoavam-me os sentidos, e eu ouvia uma voz dizer: "Corra, apague as chamas, tome de Bernadete a caixa de fósforos. Corra, Sigismundo". E eu num arranco deixava a madeira, minhas pernas correndo loucas de um quarto para outro quarto, cruzando a sala, correndo ainda mais depressa no funil do corredor.

Revistava o sobrado, uma, duas, três vezes. E eu tinha medo daquelas visões; por isso olhava as estrelas, acompanhava o navegar do pêndulo, enfraquecia os olhos na impávida trajetória de nuvens, procurava, ainda, escutar o vento.

E somente em plena aurora Isabel voltou. Duvidei, mas quando Isabel pôs o espelho diante de mim, estremeci. Todo o meu corpo estigmatizado, manchas escuras, autênticas equimoses, em minha pele lembrando flores sinistras de inodoras pétalas.

Monsenhor Bulhões aventou fosse Bernadete enterrada debaixo das lajes da nave. Concordei. E nervosamente o pedreiro ia justapondo os tijolos, recobrindo-os em seguida com argamassa, enquanto o povo, trepado lá no coro, equilibrado nas escadas dos púlpitos, de pé sobre os bancos de cedro, lobrigava o primeiro sepultamento nas vizinhanças do altar-mor, via o primeiro cadáver a ser enterrado dentro da igreja.

Dr. Gumercindo compareceu numas calças listradas, envergando um paletó azul-marinho, e durante todo o cerimonial do enterro não cessou de choramingar, de assoar o nariz, involuntariamente tentando contaminar-me com a sua inexplicável emoção.

Parecia o Promotor o pai da defunta, ele que desconhecia, mesmo por fotografia, a beleza olímpica da mãe de Bernadete.

Não me avacalhei; apesar dos soluços discretos do Promotor e dos dobres de finados nenhuma lágrima salgou-me os lábios; os sinos dobrando, pedindo perdão pela estúpida morte de Bernadete. Isabel rezando, bestamente, o povo em vez de trabalhar, de cuidar da vida, olhando basbaque um acontecimento banalizado. No último tijolo, o Promotor abraçou-me : – "É isso mesmo, caro colega, todos nós passamos por essas provações".

E por instantes eu fiquei, apenas, escutando os sinos, que tendo escutar neles a voz de Bernadete a pedir-me:

– "Me dê o foguinho, papai, me dê!... Acenda o cigarro, papai, eu quero ver o foguinho dele!..."

Das minhas mãos pendiam duas coroas.

Capítulo 13

OUVIA O BARULHO que Isabel fazia embalando as roupas, as correias apertando as malas de couro cru, barulho que me lembrava o deslizar de uma roldana descendo uma corda ao fundo do poço onde eu estivesse a afogar-me; barulho bom, significando libertação para os meus sentidos.

Isabel vestida de preto, sem nenhum adorno ou broche, mesmo sem aquela pulseira a lhe dourar o branco dos braços.

O rosto de mármore, enxuto, como o de uma pessoa acostumada a sofrer. Uma autêntica face enlutada.

– Para semana será a sua viagem, não é?

E beijou-me na testa, antes do automóvel partir. Da porta eu vi a sombra do automóvel fugir perseguida pela poeira do caminho, passar como um ponto negro e veloz por trás do cemitério. Doravante Isabel seria para mim uma visão, quase um retrato amarelecido, quase uma desconhecida.

Dissera-lhe que fosse primeiro. Precisava encontrar compradores para o sobrado, para as casas do Monumento, e tanto os cercados da Anta como a Fazenda Cambão deveriam ser vendidos, não como havia eu feito com os outros, que de tão barato terminei-os dando.

No íntimo culpava Isabel pela morte de Bernadete. Não era ela que trancava as portas do sobrado antes de vestir o camisolão? As chaves não eram guardadas por ela, ela que me substituíra de livre e espontânea vontade naquela noturna rotina de vigia? E foi pela porta dos fundos, por aquela porta escancarada devido a um descuido de minha mulher, lá pela cozinha, que Bernadete fugiu como pássaro antes engaiolado. Todavia, não cogitei de amofinar Isabel com indiretas, jamais a induzindo a sentir-se culpada. E agora faz uma semana que Isabel partiu. Durante todos esses oito dias, como se meu corpo fosse um barômetro que prenunciasse chuva.

E nos poucos instantes em que me acalmo, sem querer, começo a somar cifras, para terminar me indignando, pois vendi a Fazenda Cambão por uma ninharia! Tempo de seca os açudes esturricados, a pastagem rala. Prejuízos, somente prejuízos. Negócios de doido. Uma atividade de comerciante querendo salvar uma falência.

E eu não quero continuar somando algarismos. Mas, sem me aperceber, continuo a encher de cifras folhas de papel-almaço, como se esta minha atitude pudesse remediar a situação; mas tudo está perdido, irremediavelmente perdido.

Apenas diviso encruzilhadas. Pensei em abandonar tudo, em deixar tudo apodrecendo, o cupim comendo tudo sem piedade, assinar uma escritura em favor da confraria de São Vicente de Paulo e abrir nos paus.

Mas não há coragem em meu sangue desde que Bernadete morreu.

As gavetas cheias de cartas por terminar. E todas as vezes que me disponho a terminá-las (Isabel não pensasse mais em mim) os meus dedos simulam paralisia, a minha mão lembra uma garra sem força e o meu braço direito, pesado como um saco de areia termina por aniquilar-me.

Ao mesmo tempo em que meus ouvidos se enchem de sons semelhantes aqueles de besouros encadeados por uma forte luz. E ainda como se um frasco de éter houvesse sido destampado preto de meu nariz, meu corpo se dobra para que eu fique de pescoço mole, derreado sobre a mesa, qual um embriagado.

Várias vezes isto me aconteceu. Ontem, ao abrir as gavetas, senti-me obrigado a reler cartas que eu havia escrito; cartas que não passavam de três linhas. E também me senti obrigado a rasgá-las com fúria, por ter medo que outra vez meu corpo se dobrasse, se amolecesse e mortos ficassem meus olhos fechados por pálpebras intumescidas.

Por que tanta covardia? Por que tanta depressão se Isabel será de novo minha quando eu bem entender? Só minha ela será se assim eu decidir? Por que tamanha pusilanimidade?

Isabel já me escreveu quatro cartas em oito dias de ausência. E a sua ausência não conseguiu clarear-me a memória. As cartas de Isabel continuam fechadas e eu não quero abri-las. Mas a meus olhos chega de inopino a figura de Isabel, enquanto os meus ouvidos parecem estar escutando Isabel perguntar-me "Quando voltas? Quando voltas? Quando voltas?"

Então eu minto quando atendo à minha consciência: "Amanhã, Isabel; amanhã estarei de volta".

O provável é que Isabel nunca mais me veja, nunca mais venha a saber do meu paradeiro, embora, quando de sua partida, eu houvesse lhe dito que me esperasse em breve. E pareço estar vendo Isabel aflita, ansiosa que os dias se sucedam, que eu chegue logo, Isabel debruçando-se no parapeito da mais larga janela em horas incertas de seu dia vazio. E a idéia de voltar, a idéia de ser novamente o homem de Isabel... (oh! como esta idéia é terrível) é o bastante para me adoecer de um mal jamais provado por mim. E começo a martelar a mesa com os punhos fechados imitando uma brutalidade do Delegado que desta madrugada me intimou a comparecer a um Distrito de Copacabana em tempos idos.

Capítulo 14

NÃO CONFESSEI; nada tinha a dizer ao Delegado, prenhe numa barriga que arrebentava as calças, ameaçando-me com um dedo hirsuto que desafiava o meu nariz. Surpresa a morte do jóquei, desconhecia se o jóquei se encontrava na morgue, prestes a ser retalhado. Isso mesmo, soubera que o jóquei havia se matado, pelo próprio Delegado, que começava a me interrogar idiotamente. Perguntas desqualificadas e absurdas que o escrivão fixava num depoimento de respostas bem à margem do sucedido, longe de interessar à tragédia. Os investigadores que me intimaram a comparecer ao Distrito, assentiram. Nem eu estava no apartamento e do apartamento eu me encontrava ausente desde que saíra do Hipódromo. Não jantara mas almoçara na pensão de Fabíola. Numa churrascaria comera por volta das dez da noite e nenhum receio eu teria se Fabíola fosse ouvida. O Delegado perguntara-me se eu era o macho do jóquei. Conhecia as mulheres que ultimamente, com freqüência, o jóquei levava ao apartamento. Também não sabia se o jóquei havia se regenerado. Afirmava de novo que nunca havia sido macho do jóquei. Eu gostava de mulheres, somente de mulheres.

E o Delegado riu-se. Retirou da gaveta uns papéis selados e estampando cores de selos diversos. Que eu os lesse – e mos atirou. Teria o jóquei se matado, mas antes de se enforcar me comprometido, tornando-me co-réu, sumárias mentiras de agravando, afirmando fosse eu o móvel do seu tresloucado gesto? Teria o jóquei escrito tamanhas calúnias antes do cabresto ter-lhe quebrado o pescoço, seus pés suspensos a um metro do ladrilho do banheiro? Que diriam os papéis, numa das páginas a firma do jóquei reconhecida?

Eu não atinava com nada daquilo, a haver eu nada tinha com os imóveis e terrenos do jóquei. Recuperei-me. Desabotoei-me, tornei a abotoar o paletó, mas o Delegado estragou a minha disposição, alegando: havia um outro documento que me interessava muito – e enérgico proibiu a minha saída.

Num banco, à espera de Wenceslau eu fiquei presenciando o movimento de detidos daquela madrugada, fumando cigarros e charutos. E escutava a algazarra de prostitutas detidas, cheguei a contar uma dúzia de bolos em cada mão de um ventanista, antes duma borracha aquecer-lhe as costas com lambadas. Indiferente a essas puniões quis tomar café e como resposta ouvi um palavrão, esperasse pelo irmão do enforcado sem tugir nem mugir.

Pela janela a madrugada entrando com a pureza de ventos novos, trazendo-me das ruas o silêncio de raro em raro partido por ecos de cães em sobressalto. Depois, novo ressonar de calçadas sem bêbedos, de cruzamentos sem desastres, de esquinas sem lamentos. Mas, pouco antes de Wenceslau chegar, entrou na delegacia como vestido esfarrapado, sangrando a boca pela cavidade de uns dentes quebrados, uma menor, menor seduzida e largada num capinzal, abandonada no Morro do Cantagalo depois de seviciada. Berrante coro de delito. Constatado estupro. Menor violentada pelo namorado de apenas quatro dias, quase um desconhecido, nunca se tinham falado, somente de longe se namoravam, sim, mais um "flirt". Havia sido engabelada. Não tinha costume de andar em automóvel, acreditasse o Delegado que o anormal também era o seu primeiro namorado. Dissera-lhe não chamar-se Lulu, vulgo, é óbvio; garantira-lhe não se afastar da Avenida Vieira Souto. A menor ainda sem contradizer-se. E falou onde morava, negando antes ter telefone no apartamento dos pais, que chegaram na mesma camioneta da Radiopatrulha, com os mesmos investigadores que escutaram um pranto entristecer o capinzal da favela.

Aquele rebuliço não me afetou. Encolhi-me. Num canto de banco fiquei baforando o cuspindo entre os pés, nauseando-me da mãe da menor que a esbofeteou, tachando de ridículo o pai que caluniava a filha como se calúnias pudessem sanar semelhante chaga. Intimamente eu culpava os pais, via-os como os ;únicos culpados, os verdadeiros estupradores.

O tal Lulu mero acidente. Teria sido outro a colher flor tão corada, se o Lulu da baratinha grená e conversível desprezasse a oportunidade de se alimentar com seiva tão rara.

Não se lembrava a menor da chapa da baratinha nem em que rua de Copacabana morava o conquistador. – Seria ele casado meu Deus? – Aventei.

Enquanto isso, no choro da seduzida que se defendia dos safanões que ardiam as suas orelhas, já cheia de puxavantes; a mãe parecia-me repetir, perante as autoridades, a judiação que o Morro do Cantagalo assistiu impassível na escuridão de seu capinzal desabitado.

E os cunhados da menor, da Diva em pranto, chegaram nas fardas de Capitães que o Exército condecorou para discordarem que o Lulu não havia sido o seu primeiro namorado, que Diva não mentisse mais ao Delegado, autoridade que exigia somente a verdade. A mãe humilgando Diva, o pai, atinando com as conseqüências da desgraça, jogava a filha na goela insaciável de areias movediças. Os cunhados discretos, embora enérgicos, pedindo toda a verdade, só verdades à Diva que confessou afinal com os olhos enxutos.

– O Lulu da baratinha grená e conversível não havia sido o primeiro. O primeiro era casado, tinha certeza absoluta. Conhecia até os filhos dele. Chamava-se Jarbas e ao Jarbas entregaria de novo sua virgindade caso a virgindade pudesse ser recuperada como a espiga de milho se recupera num de seus grãos que a terra acolhe. Reagira. Não queria se entregar ao Lulu que a esbofeteou, subjugou-a com bofetadas, causa de seu desmaio na touceira de capins miúdos. Não, Lulu não sabia, soubera-o quando começou a possuí-la, posse que tivera início, ainda longe do morro, na ardência de um beijo infindável. A seduzida falava como se estivesse escrevendo; embora surrada caprichava no vernáculo e punha sal nas imagens. Golpeando a mesa do Delegado jurou sortilégios a Lulu. Não cheguei a ver o conquistador nem afirmar eu posso se a rápida informação de que o Lulu já havia sido localizado numa boate, procedia.

Antes da aurora Wenceslau me decepcionou. Com os olhos vermelhos me abraçou mas eu vi muito bem que a sua boca tremia e senti muito bem o fedor da cachaça que trôpegas lhes tornava as pernas. Nós não sabíamos. Eu e Wenceslau desconhecíamos o testamento do jóquei, feito às escondidas, à revelia. Metade para Wenceslau, metade para mim como eu fosse, deveras, seu irmão.

A polícia duvidando sempre. Cretina.

O jóquei se matou pro amor, por um amor impossível, por amor à mulher do seu patrão o jóquei havia enlaçado o pescoço.

Uma carta esclarecia tudo, pormenorizava o sofrimento do jóquei a certa altura patético ao declarar: todo o seu esforço para vencer às corridas era com o fito de ver Dona Vic, a mulher do milionário seu patrão, segurar as rédeas da égua ou do alazão, depois de cada vitória. Amava Dona Vic no seu silêncio de empregado rico. E a polícia ainda exigiu perícia para a caligrafia do jóquei: Wenceslau de porre. Eu, chateado. Noite imunda.

Capítulo 15

NO APARTAMENTO Fabíola arreliava, com a cozinheira embirrando sem razão, fazendo mil e uma estrepolias na presença de Wenceslau que se via imitado, macaqueado grosseiramente. Mergulhado num mutismo Wenceslau emagrecia, todo o tempo em casa, esquecido dos pianos. Horas inteiras olhando a chibata do jóquei, dependurada na parede do quarto como troféu.

Sem fazer nada, deambulando eu vivia, aguardando as noites como esperava as manhãs numa indolência de sonhos preguiçosos.

Depois de publicada a carta do enforcado eu voltei à Delegacia, para novos esclarecimentos eu fui intimado. Agredira a um repórter, quebrara as fuças de um jornalista, perverso foca quando mandou publicar o meu retrato como sendo o do jóquei, suicida pederasta.

O jornalista não merecia só uma surra, era pouca. Três agressões seriam o ideal. Devido à reportagem eu perdera o meu emprego de cavalariço e me visto implicado num caso de morte e de amor.

Meu patrão detestava sensacionalismo.

Não desgostava do emprego, queria-o, via-o como uma alavanca que me suspenderia a uma altura de prático de veterinário. Viável a minha pretensão, todos sabiam dos meus infortúnios, o pessoal do "stud" torcendo para que eu fosse designado charlatão de cavalos.

Não se esgarçavam os meus sonhos de namorar uma jovem de sociedade, fixo o meu alento de ter uma namorada que freqüentasse recepções e na sociedade fosse estimada. As minhas pretensões com possibilidades de êxito, mormente agora, que eu era rico, herdara a metade do testamento do jóquei.

Não roeria as unhas nem cabeludo eu ficaria mais.

Mudei de alfaiate e calcei os pés com cromos importados. E resguardei os meus ombros com brancas camisas de linho, todas elas com um monograma no lado esquerdo, bem em cima do peito. Talhados para os meus ombros largos tropicais brilhantes que se encolhiam nas calças de bocas estreitas. Uma pérola furava as minhas gravatas com o seu alfinete de ouro todas as vezes que em restaurantes caros eu ia comer.

Wenceslau macambúzio, em petição de miséria, alheado numa tristeza que o tornara arredio, sonolento, incapaz de discernir. No apartamento o tempo todo, imóvel em posições absurdas, que o aprisionavam, tolhiam-no como se em verdade estivesse posando, servindo de modelo para escultor. Em vez de sentar-se, ficava na beira de uma poltrona, um tempão para abotoar os suspensórios, ao escovar os dentes retinha na boca a escova como se ela fosse uma ventosa. No fim da semana lendo, fingindo ler, o jornal do domingo, como se estivesse sofrendo um castigo de decorar noticiários e determinados anúncios.

Fabíola me ajudava a vesti-lo, e calçar-lhe as meias era um trabalho dos diabos; Wenceslau se negando a assinar documentos, dar recibos aos inquilinos de suas casas, de seus apartamentos, olhando parvamente o arrendatário de sua fazenda, lá pras bandas de Itaipava. Desaprendera. Não sabia mais escrever, esquecera-se das letras de seu nome e como assiná-lo não sabia mais. E certa vez esbofeteei Fabíola, pela primeira vez dei um murro na cara de uma mulher. E caí num pranto ao deixar Wenceslau numa casa de saúde, num sanatório que grimpava morros de Botafogo, escondia loucuras em pavilhões de diária alta.

Meus olhos inda salgados não suportavam ver Fabíola gozar a doença de Wenceslau com risos e doestos.

Sapequei-lhe mais uma tapona antes de derrubá-la com um pontapé, estocar-lhe a nádega com a ponta do sapato. Descarada. Sem-vergonha. Grandíssima puta. Não mangasse do doido meu amigo.

– Pensava que eu fosse o quê? Que eu estava contente deixando Wenceslau numa casa de doidos?

A cozinheira pediu pela minha mãe, com uma panela na mão chegou à sala suplicando que eu não batesse mais em Fabíola, então desgrenhada, sangrando pelas narinas de venta chata. Eu me recordava do testamento, de uma cláusula eu não me havia esquecido: quando Wenceslau morresse tudo seria meu. Mas eu não queria Wesceslau maluco, queria-o vivo, jamais morto nas profundezas de uma demência.

Wenceslau me salvara, havia sido Wenceslau o meu anjo da guarda, a mão forte para meus braços de náufragos.

E joguei-me em cima de Fabíola, com marteladas de punhos crispados deixei em sua pele flores escuras, que custaram a murchar, tantas haviam sido as equimoses.

Espancando Fabíola não me fatiguei. Fabíola apanhara sem gritar nem chorar como se naquele seu mutismo me pedisse clemência, implorasse-me perdão, estendida silenciosa no tapete já fosse um arrependimento de sua conduta vil, asquerosa. Levantei-a pelos cabelos qual uma égua estivesse puxando pela cauda, e encarando seus olhos vencidos fui pragmático, dava-lhe, apenas, uma oportunidade – ou respeitava Wenceslau ou fosse para onde bem quisesse, levasse o diabo.

Tranquei-me no banheiro. Minha mão escalavrada pedia curativos.

Escolhera a noite para levar Wenceslau. De nada os vizinhos deviam saber, tampouco a cozinheira despedida sem explicações, abruptamente. Negra não deve se meter em briga de branco – dizia para mim mesmo, enquanto o antisséptico fazia arder a minha mão doente.

Não abri as janelas nem senti a riqueza do luar que invadia o quarto. De papo pro ar esperava por um sono que somente muito tarde me fechou os olhos. Naquela noite, castigando-a, fiz Fabíola ficar sozinha num quarto que não era o meu e dormir na cama desforrada de Wenceslau.

Capítulo 16

FABÍOLA NÃO HAVIA se desquitado, havia me jurado, abandonara Álvaro da Silva sem escrever-lhe carta ou bilhete, embarcando num paquete. Separara-se do marido sem bulha nem matinada. Cansara-se. Simplesmente, cansara-se de dar dinheiro ao marido, corno que recebia dinheiro do usineiro de Utinga. Cansara-se de ser amante do Maneco. Mãos abertas. Álvaro da Silva recebendo dinheiro do amante de Fabíola como se procedesse de vendas de livros. Cínico.

Vestindo a mulher com saia preta de casimira e blusa branca de tricoline à maneira de uma infeliz escolar, obrigada a se submeter a patifarias. Diversão só a de registrar dinheiro. Repelente.

Quanto a conheci, Fabíola não tinha amante, era amante de Maneco Leão apenas na boca do povo, contudo não tardou que a suposição virasse verdade. Fora o próprio Álvaro da Silva o intermediário; marido, o único alcoviteiro, o autêntico sedutor havia sido o livreiro, se por acaso o marido tivesse direito de corromper a própria esposa. O Maneco relutou – contou-me ainda Fabíola –, já havia sido interpelado pela mulher, Maceió em peso vigiando-lhe os passos, tesourando-o sem pena. Se ele, Maneco, preferia a Livraria José Alencar era por hábito por encontrar à venda novelas policiais, brochuras que os outros livreiros se esqueciam de comprar ou não queriam pedir às editoras de São Paulo e do Rio de Janeiro. Maneco sabia da conversa de comadres, da fuxicaria que se afiava nos lábios de navalha das vitalinas, sentindo as costas feridas por olhares de balzaquianas inconformadas, que das janelas dos consultórios viam-no entrar na livraria. Rumores que lhe chegavam aos ouvidos, contraditórios e ferinos, não o acabrunhavam, mas o deixavam contrafeito. Os cochichos andavam brandos, anêmicos estavam os olhares, as navalhas quase cegas. E agora que tudo estava sereno seria ele (o Maneco que se via repreendido pela sociedade) a dar ensejo a novos ataques que deixariam de ser calúnias?

Álvaro da Silva riu-se.

– E se eu constituísse advogado, movendo uma ação de desquite e no processo mandasse juntar essa carta?

– Que carta?

– Uma carta que o Sr. escreveu à minha mulher, carta de amante?

– Impossível! Não me recordo de semelhante imprudência.

– Sim, disse bem: imprudência.

Um envelope sucumbiu o usineiro, um róseo de papel perfumado amareleceu o rosto do homem mais rico do Estado.

– Mas não era para a sua mulher – gaguejando.

– Coincidência. O nome da verdadeira amante do Sr. é o mesmo nome de minha mulher. Ótimo que o Sr. tenha se esquecido de escrever o sobrenome, de escrever o nome todo.

– Mas como conseguiu essa carta? – Maneco atônito.

– Não a consegui. Encontrei-a dentro de um pacote de livros, deixado ali pelo senhor.

– Me dê a carta – num enérgico tom o milionário exigia, já refeito.

– Manda quem pode, obedece quem serve, seja feita a vontade de vossa senhoria.

E blasonando Álvaro da Silva pôs a carta no bolso, guardou-a em parte deixando de propósito o envelope aparecendo de leve, numa ponta.

– Se o senhor, Doutor Maneco, me agredir será preso. A agressão do senhor será sabida em todo o Brasil: um usineiro agride a um livreiro; era o usineiro amante da mulher do agredido. Como provará o senhor que a sua amante Fabíola não seja Fabíola, a minha mulher? Ou quererá que o marido da verdadeira sua amante venha a saber? E num tom falsamente amável:

– Sejamos amigos. Tratemos de negócios. Que tal se eu e Fabíola fossemos morar na casa desalugada que o senhor acabou de reformar?

– Mas isso é uma chantagem?

– Não é nenhuma chantagem. O senhor poderá aparecer, ver Fabíola, conversar com a minha mulher, quando bem lhe aprouver tomar café em minha casa, lá na Pajuçara.

E carregou – "minha casa" como se um valor inusitado o forçasse a não perdê-la, a não negociá-la de outra maneira.

– Olhe, Doutor Maneco, Maceió é muito pequena, todo o mundo é pequeno depois que o rádio foi inventado. E não estamos a sós. Pode olhar, veja as normalistas comprando cadernos, veja o carroceiro que espera pela carga. Não adianta me agredir nem pagar alguém para me matar. Sei que o senhor não é disso.

Na caixa registradora Fabíola sabia o que se passava. Álvaro da Silva havia-a prevenido, inteirando-a da chantagem, enquanto passava as mãos na careca à maneira de enormes pentes, aguardando o usineiro na livraria, com cobiça. Álvaro da Silva, de mau humor, ao se lembrar que, às vezes o chofer substituía o patrão, aprecia com uma lista ou sem ela e adquiria as últimas novidades do gênero policial. Mau humor passageiro, fugaz desânimo para quem conhecia o hábito literário do usineiro, presente uma vez por mês na livraria, catando nas estantes a argúcia de detetives célebres que se travestiam de padres, tão bem de padres fingiam que esclareciam crimes obscuros como as suas vestes. Esperar dias ou semanas. Nunca o usineiro mandara chofer substituí-lo dois meses seguidos. E no cofre a carta foi guardada. A livraria sem "déficit", nenhuma ameaça de credores, também promissórias protestadas. Álvaro da Silva, proprietário de uma vila, casas de operários que acordavam no bairro de Bebedouro, paredes rendendo mensalidades certas, protegidas por fiança de uma fábrica de tecidos. Depósito no Banco. O prédio da livraria também próprio, com um primeiro andar onde o casal dormia e comia, sem convidar pessoa alguma, nem fazer visitas, vivendo à maneira de bichos que se contentassem com uma analfabeta preta velha como cozinheira, copeira, doceira e amiga. Álvaro da Silva não queria filhos. Obrigara-a abortar, por duas vezes Fabíola pressentiu a morte depois das curetagens. A tudo se submetera e como órfã se considerou feliz ao ver Álvaro da Silva olhá-la, voltar a olhá-la com insistência todas às vezes que ela, Fabíola, contracenava num pastoril da Casa do Pobre. Estúpida diferença de idades. Não namorou o marido; não noivou o marido, viu Álvaro da Silva poucas vezes, contando aquela do pastoril da véspera de Reis, quando o livreiro pregou no seu peito de Diana uma cédula. As Irmãs de Caridade haviam ensaiado e nos ensaios as pastoras do cordão azul e do cordão encarnado aprenderam a dançar jornadas, cantando-as em louvor do Menino-Deus, entoando-as em prol de uma justa: campanha recobrir a igreja, com telhas novas, proteger os altares, defender os fiéis de gripes, pneumonias e tuberculoses com uma nave ampla, sem correntes de ar. As órfãs de beleza agressiva se travestiram de mestra e de contramestra, e a ela, Fabíola, coubera o papel de uma pastora ambígua, vezes versejando pelo azul, vezes rimando pelo encarnado, pouquíssimas vezes surgindo no palco de tábuas de caixões de querosene, para falar de si, dizer que era a conciliadora, a água na fervura, a rosa de dois botões, o pássaro de dois ninhos. E havia um número em que Fabíola estendia os braços, mãos abertas implorava aos ouvintes que perdoassem a sua pouca graça, a ausência de beleza à sua pessoa, estampada em parte na mestra a outra metade encravada nas safiras dos olhos da contramestra. A platéia, bancos sem encosto gritando não-apoiado, e com a modéstia de Diana ela delira, fremia com a despretensão de Fabíola berrando aplausos. E a desambição da mediadora culminou e aplausos na última noite, na noite da coroação da contramestra, naquele Natal a vencedora, quando a mais baleia esfuziante pastora de braços nédios pediu ao povo pela derradeira vez, quase chorando, que esquecesse os seus poucos dotes, ignorasse doravante as suas deficiências. Seu vestido se alfinetando de notas nas metades azul e encarnado, cores que não se uniam sufocadas por cédulas lembrando cativas borboletas de precioso valor. Um Desembargador, Presidente da Casa do Pobre, beijara-lhe, depois do festejo, os tímidos quinzes anos de sua mão.

Ainda me contou: Do Juiz de Órfãos necessitava licença, o Desembargador Presidente da Casa do Pobre coçara o queixo, fizera a princípio finca-pé, mas cedera por fim. A licença para o casamento modesto veio e ela foi ser a mulher de Álvaro da Silva, com um enxoval da Legião Brasileira de Assistência Fabíola subiu sem medo as escadas do seu quarto de casada.

Mas depois nem àquele Desembargador Presidente da Casa do Pobre Fabíola podia recorrer quando os maus-tratos de Álvaro da Silva se sucediam sem nenhuma ternura de permeio. O Desembargador havia se aposentado, a compulsória obrigara-o a um descanso forçado que o jogou nos asfaltos do Rio de Janeiro e fazia-o desaparecer de Maceió anos seguidos. O Desembargador havia sido padrinho do seu casamento, homem flexível, maleável, saberia como domésticas Álvaro da Silva. Era o protetor das órfãs, pulso de malandro era aquele Desembargador sempre solícito a ajudar, a amparar necessitados. Duas caras. Chegara a Desembargador. Magistrado sem valor, medíocre. Mas capaz de amedrontar Álvaro da Silva.

Álvaro da Silva se dizendo arruinado, queixando-se dos negócios entre garfadas, empobrecido ao sorver o café, já miserável baforando um charuto preto, fumo de mendigo. Que Fabíola costurasse, a noite não fora feita para vagabundagens, o dinheiro era curto para apagar costureira. Não sabia? Aprendesse a alinhavar camisas de homem, molde de colarinhos não era coisa do outro mundo; por que cuecas tão compridas? Por que tanto feijão na panela se o quilo da carne de segunda custava mais que muitos livros? Na Casa do

Pobre ela não comia carne diariamente. Ele tinha certeza. Uma sumiticaria danada, tudo pesado nos pratos da balança de braços azinhavrados.

Fabíola de corpo desprezado, procurado raramente para posses frouxas, desenxabidas; seus seios níveos aviltados como leprosos frutos; sem carícias as suas coxas dormiam, nenhuma carícia a enternecer-lhe a pele. Fabíola sabia multiplicar, dividia titubeando, somar e diminuir eram-lhe as operações preferidas. Ensinaram-lhe as Irmãs de Caridade a trabalhar numa máquina de costura que pedalava dirigindo a agulha cega através de bainhas, de rebordos de porta-seios, de cintura de saias compridas, de alças de combinações de madapolão que também servia para confeccionar calçolas e camisas de dormir. Aprendera rudimentos de cozinha, de lavadeira praticada o suficiente para não andar fedendo. Tinha vista boa para não deixar atrás da vassoura mosaicos sujos e assoalho empoeirado. Aprendera, ainda, a recitar orações que lhe fixavam os joelhos em bancos duros, sem verniz. Mas nunca aprendera o ofício das humilhações; na Casa do Pobre as Irmãs de Caridade haviam se esquecido de lho ensinar. Eu fiquei horrorizado. Não era eu nenhum padre para escutar tanta safadeza, tanta infelicidade.

Capítulo 17

CANSAVA-ME, de não fazer nada eu me sentia exausto. Um telefonema me avisando das disposições do proprietário de Nevada em readmitir-me – não tivera fundamento. Pensei em procurar o milionário, dizer-lhe que a ociosidade me envenenava, sentia-me infeliz, mesmo tendo dinheiro, dormindo em colchão de cortiça, sonhando no macio de uma cama eu era um desajustado. Pedir-lhe-ia para voltar ao trabalho, e a ser cavalariço de bombachas azuis era o meu desejo. Esquecesse de minha antiga pretensão, perdoasse o meu atrevimento de querer ser prático de veterinário.

O testamento do jóquei me contemplara, mas eu não havia nascido para ficar nas esquinas, acompanhando com um rabo de olho pernas de moças nem outras coisas de mulher. Minha mãe não me parira para que eu carambolasse cores em bolas de sinuca nem ruminasse o almoço aguardando resultados do jogo do bicho.

Tampouco eu não iria vender coisa alguma visando capital para me meter no comércio, ramo de vida por mim ignorado. E quando voltava da casa de saúde, acompanhado por Fabíola, certa vez ao tomar o bonde, ainda de olhos molhados, feições trancadas num caradurismo de quem tem vergonha de chorar na rua – eu me imaginei falando com o milionário proprietário de Nevada, quando não estava pensando em Rita nem no Professor Antero. Eu só não queria que a minha memória me obrigasse a rever Wenceslau, não queria cansar-me revendo-o numa insólita posição, o braço direito alevantado, aberto numa mão de dedos frouxos que as exóticas pétalas; deitado, sentado ou andando Wenceslau de pulso erguido, como se bandagens lho imobilizassem e desde o antebraço houvesse gesso a enrolá-lo. Desenganado. Se Wenceslau não fosse cardíaco ficaria bom, portador de sopro não podia dormir sonos matinais do eletrochoque . Eu desconhecia Wenceslau fosse cardíaco, nunca mo havia falado, também nunca eu pensava vê-lo petrificado num braço que lembrasse um pedaço de cano.

E Fabíola me acompanhava, seu castigo era o de ver Wenceslau no sanatório, subir rampas, galgar degraus, atravessar corredores e entrar por fim num quarto onde o insano parecia ver um trem partir e estivesse sempre dando adeus. Fabíola permanecia minutos, quartos de horas vendo um mutismo selar a boca de Wenceslau, torná-lo um mudo que também fosse surdo. Um aperreio para ver-lhe as gengivas umedecidas por uvas, laranjas, limas, frutas que pudessem ser liquefeitas, espremidas. O olhar num vácuo de irrefreável vazio. Fabíola visitando comigo uma loucura de rígido comportamento, a pouco e pouco se inteirando da maneira de viver daquelas criaturas, se revoltando ao saber que as manhãs de terça e quinta-feira eram as únicas da semana, os únicos dias de dar banho nos internados como Wenceslau e em crônicos pensionistas de casos irredutíveis. Recusei-me. Ingenuidade de Fabíola; não levaria Wenceslau para outra casa de doidos, deixá-lo-ia na reclusão daquele sanatório que se trepava nos morros de Botafogo como um incrível bode de gigantescos chifres.

As casas de saúde se assemelhavam, se confundiam, se anulavam no que concernia ao material humano: melindrosas faxineiras embrulhadas em aventais de enfermeira, estúpidas vozes como telefonistas, guardas que somente garatujavam os nomes incumbidos de aplicar injeções, sujeitos fuinhas, sem escrúpulos, enredando aos médicos a conduta dos malucos. Lembrava-me que eu havia estudado Medicina, trabalhara como auxiliar-acadêmico numa casa de saúde que tratava, exclusivamente, de débeis mentais.

Cheiro de buquês nos braços de Fabíola. Flores que havíamos depositado sobre a lápide do jóquei antes de visitarmos Wenceslau, lá em cima, no pavilhão bafejado pelo sopro morno das rochas.

Por que complicar o irremediável? Por que não deixar Wenceslau onde estava, perto do cemitério, perto do jóquei que se matou por causa da gorda Dona Vic. Por que não deixar Wenceslau perto de nós? Fabíola temeu uma nova agressão, receosa de levar umas taponas quando chegássemos ao apartamento, corrigiu com brandura o equívoco.

– "Eu havia compreendido mal, não fora por mal que eu queria ver Wenceslau noutro sanatório".

Mas naquela tarde eu não podia judiar Fabíola. Mesmo que Fabíola houvesse dito o diabo de Wenceslau eu não a espancaria. Como as grávidas que se prezam, Fabíola usava um casaco que me sugeria o encardido gibão de couro dos vaqueiros. Era o feto de Bernadete.

Capítulo 18

PELA QUARTA VEZ Isabel me escreve. Há mais de uma semana perco diariamente jogando xadrez, e Dr. Gumercindo acha que eu devo tomar fosfato.

Saltando nos pulos de cavalos pretos eu escouceio imaginando ao mesmo tempo ir embora, abrir nos paus, desvencilhar-me dos fracos negócios que me garroteiam em Santana do Ipanema. Indecisões me fazem recuar quando num relampejo eu vejo tolhido, sentindo em Sidney, na Austrália, Califórnia, em Moscou ou na foz do Amazonas as mesma torturas de agora.

Por quê, então, deixar o sobrado, a minha cadeira de lona?

Por quê? Essa incerteza sempre me faz adiar a viagem que encortina meus sonhos.

Se eu quisesse me comparar a algo, comparar-me-ia a caminho torto e sempre ofuscado por reflexos de espelhos poderosos. Por isso, fico a sentir golpes de uma luta que ainda não teve fim. Impossível voltar mesmo rapidamente a Maceió, impossível também escrever qualquer coisa a Isabel. Intimamente me condeno, chamo-me de cretino, percebo que o meu procedimento não é de pessoa direita. Todas as cartas de Isabel continuam fechadas. Que notícias trarão elas? Este meu silêncio deve afligir Isabel, angustiá-la. Não duvido Isabel esteja imaginando que eu viva, agora, amigado com uma cabrocha da beira do rio, cada vez mais esquecido da minha posição social, dos meus afazeres, de que eu sou um chefe de família; Isabel me vendo passar os dias tomando cachaça, mergulhando no Ipanema, misturado com gente de cor. Esculhambado. Numa anarquia de causar pena. E pareço ver Isabel insone noites inteiras, definhando, sem querer comer, falando baixo como se estivesse se confessando. Respondendo aos seus irmãos que a minha demora não significava nada, eu voltaria logo. Se eu me demorara era porque queria me desfazer de tudo, vender os bens da minha herança e estava encontrando dificuldades, os matutos sem dinheiro, a seca, crise-eram os culpados. Isabel continuaria mentindo, e a mentir cada vez mais, numa voz sumida, ela se comportaria como se eu a houvesse contratado como advogada. Os irmãos de Isabel cercando-a de cuidados. Olheiras profundas sombreando-lhe os olhos com roxas sombras que lhe envelheciam as faces, ao morrer das tardes sempre febris, sempre mornas. Isabel mentindo como uma menina de colégio encontrada namorando num desvão, sem licença. Os meus cunhados insistindo, desconfiados importunando-a.

– Sigismundo voltará logo. Talvez chegue amanhã, talvez queira me fazer uma surpresa.

E Isabel se levantando enquanto todos dormiam, trêmula nuns calafrios que lhe percorriam o corpo à maneira de velozes víboras – levantando-se para me escrever cartas de perdão, que eu me decidisse, regressasse logo.

Isabel me dando notícias como uma prisioneira de masmorra que após escrever fica duvidando do destino de suas cartas. Envelopes bojudos que eu guardava como recebia de D. Clotilde, agente do correio. Envelopes pagando registros dispendiosos.

Repudio-me. Sinto-me um monstro, bandoleiro que não tenta se reabilitar. Isabel não mereceu tamanho castigo. Devia ter-lhe falado às claras no dia de sua partida:

– "Que me perdoasse, seu corpo não me despertava mais nenhum interesse, seus gestos lesmáticos me irritavam" . E Isabel baila ante meus olhos como uma silhueta que se tornasse da cor da púrpura devido às mentiras, as disparatadas e roxas mentiras que os seus irmãos fingem aceitar por conveniência. Noites de angústia sugando-lhe o sangue como vampirescas ventosas, Isabel convicta que eu não voltaria, nunca mais no travesseiro de sua cama repousaria a minha cabeça, nunca mais escutaria os meus

passos nem constataria a minha presença pelo chapéu de aba preta, sacudido de longe num gancho de cabide como uma argola; certa do meu esquecimento, mas sempre com uma esperança a velar-lhe o coração, fortalecê-lo com uma renúncia sem par que, alhures voltaria a escovar meu terno, dormir comigo. Seus irmãos se oferecendo a ir ter comigo. Talvez eu estivesse doente...

Isabel inabalável, numa rigidez férrea obstruindo hipóteses aventadas pela família. Isabel cerzindo as minhas meias, às minhas camisas pregando botões, esperando ver-me destrancar o portão e tomar o bonde que me levaria à Caixa Econômica.

As olheiras aumentando, o nariz morrendo em fanadas narinas. A primeira tontura prenunciando o primeiro desmaio. Depois as golfadas das súbitas hemoptises, tornando-a ainda mais frágil. Isabel escondendo tudo à família. As mãos descarnadas, os lábios dois fios mortos. Os vestidos cada vez mais frouxos, apenas os cabelos continuando a fazer inveja, fartos.

Os dias horríveis, compridos; ela a vomitar sangue no fundo do quintal do bangalô de Pajuçara. Por fim eu receberia um telegrama me avisando da sua morte, que eu voltasse incontinenti, estavam a minha espera, Isabel somente seria sepultada depois que eu me despedisse dela.

Essas conclusões foram precipitadas e a minha imaginação termina de ver o caixão de minha mulher coberto de lírios, a sua cabeça repousando sobre dois flocos de orquídeas à guisa de travesseiro; Isabel toda de branco, as mãos em cruz presas por um laço de fita, morta, vestida como uma virgem.

Sinto um frio enervar-me o corpo e um mal-estar me salga a saliva como se Isabel houvesse morrido de verdade e eu sentisse remorso.

E como se não tivesse nada a fazer eu começo a revistar todos os quartos, abrindo armários que espalham bafio de mofo, escancarando baús, abrindo enormes guardas - roupas de que somente Rita conhecia os segredos. Velhos jaquetões, casacas, uma farda de Coronel da Guarda Nacional e mais cartolas, bengalas, pares de luvas pretas enchendo os compartimentos dos móveis de jacarandá. As casacas imóveis nos cabides lembrando pessoas degoladas. E acabo descobrindo uma espada envolta em tiras de pano, e desconhecendo a pessoa que a usou, fico olhando os retratos que pendem das paredes, analisando as figuras, querendo identificar o Coronel que me olha de cenho carregado. Não é o meu avô. Não me recordo do nome desse militar que, mesmo estando sendo fotografado, continuou a cofiar os bigodes com um olhar lúbrico. Abro um outro armário e uma porção de bugigangas fere-me os olhos com suas cores desbotadas e despedaçadas pelo tempo. São maracás, chupetas de argola prateada, uma pilha de lenços de linho, já amarelecida, que eu vejo sentindo curiosidade. Penetro sutilmente em todos estes segredos e vejo tudo isto lembrando-me de Rita, como se eu estivesse a ver o corpo de Rita boiando numa solução de formol de um enorme frasco do tamanho deste sobrado. O piano conservando o brilho antigo; e levantando a capa verde de flanela meu rosto se retrata na tampa escura e eu fico um tempo enorme vendo aquele negro e fosco espelho a querer retratar-me. Se eu fosse músico jogaria os dedos sobre o teclado, acabaria certificando-me de que as cordas estariam frouxas, desafinadas, mas não ouso fazê-lo. Em todas estas coisas que os armários escondem, encontro nelas uma presença de estima por parte de Rita, mas nada me auxilia a esclarecer a identidade dos antigos donos. Quem teria usado aquela farda de Coronel da Guarda Nacional? Como se chamaria o Coronel, o militar daquela espada? A quem pertencera aquele quepe de pala platibanda? Corro lentamente os olhos pelos baús escancarados, torno a desviá-los para o corredor, mas a minha imaginação recomeça a ver quatro velas de libra, derretendo sebo, junto dos quatro ângulos do caixão que esconderá para sempre o corpo de Isabel. Estranho esses meus pensamentos, não descubro o motivo para enterrar Isabel, sempre solícita, incapaz de altear a voz, de aporrinhar-me, com impertinências azedar-me.

Estiro os braços, espreguiço-me, abrindo-os para os lados como se quisesse ser crucificado e fechando os olhos como se de olhos fechados eu pudesse pensar em coisas melhores, retorno sem querer a reconstruir a morte de minha mulher, reconstruindo devagar e demorando os pés nos degraus, como se uma dor de perna houvesse adoecido as minhas coxas.

Capítulo 19

COMIGO SERIA DIFERENTE. Antes do desquite eu mandaria às favas o cargo em comissão da Caixa Econômica e não haveria remoção, eu não sofreria o que Dr. Gumercindo sofreu. Não era um desregrado como o Promotor que chegava em casa de madrugada, sempre na bebedeira, nos banhos do Catolé, na pensão da Diná pagando cerveja para prostituta.

Os meus cunhados não me intimidariam, como Dr. Gumercindo eu não ficaria avacalhado, não precisava de nenhum deles, foi a pedido de Isabel que eu aceitei a comissão de Inspetor das Caixas Econômicas do Nordeste.

Não era um pronto como o Promotor, quando conheci Isabel não era mais um desgraçado que economizasse níqueis, comesse pratos-feitos em "mosqueiros", vestisse ternos comprados em crediários, conhecesse costureira que virasse colarinho rasgado.

Conheci Isabel quando arrefecia a minha mania de casar com moça da sociedade. Rico, eu via as milionárias de igual pra igual ou pior e, pra que novidades, novas aventuras, se em Fabíola não faltava ternura, não havia carência de beleza, se a elegância da órfã, da Casa do Pobre de Maceió era inerente a seu corpo olímpico? Pra que casar com grã-fina se como solteiro eu gozava em desquitadas afortunadas, tinha-as a meu gosto, escolhidas a dedo, selecionadas como vacas para exposições de pecuária. Desquitadas e casadas se escondendo em "rendez-vous" ermos, mulheres que se entregavam sem pedir nada, exigir coisa alguma, dando-se-me como a elas eu me dava, por mera vontade. Por que me casar, assumir pesados compromissos, manter uma delas, se no baralho nunca faltavam cartas de dama de linho?

Fabíola era pernas inchadas, quando conheci Isabel minha amante tricotava carapuças, fraldas embainhadas eram o trabalho preferido de suas mãos que me recebiam lerdas, apalpando os tecido com dedos gordos.

– Ótimo bramante. Hoje mesmo cortarei os lençóis.

E pedia-me que eu não comprasse mais nada, das lojas só trouxesse cambraia. Ela queria costurar todas as camisas, todos os babadouros, todos os sapatinhos de lã sairiam azuis de suas agulhas compridas, apunhaladoras. E eu lhe enternecia o ventre, com a mão aberta percorria a enxúndia de seu corpo rebentando de seiva. Terminava beijando-lhe os ossos da testa magra, mais uma vez sentindo o calor de suas coxas com minha boca que também não se cansava do róseo de seus seios. Numa delicadeza de gato velho, numa ternura de vento que afaga frutos, amadurece-os melhor com o morno de sua brisa, eu via Fabíola se duplicar num ventre de gêmeos. Pesadona. Uma falsa elefantíase chumbando-lhe pernas inteiriças, os sapatos de saltos alto aguardando vez, substituídos por chinelos, alpercatas, calçados sem arreata e baixos.

Disforme o peito dos pés de Fabíola que se afundava quando se lho calçava com a ponta do dedo. Os seios túrgidos, úmidos pelo colostro ralo, fedorento para meu olfato, que sentia em minha amante a presença de um animal diferente que só pudesse viver sem contrariedades, só pudesse dormir se tranqüilas fossem as horas e de paz fosse o dia.

Inúteis as meias jogadas num gavetão, meias "nylon" sugerindo enormes pedaços de intestinos brutais ao lado de "soutiens", amostras de mochilas. Sedas pulverizadas por inseticidas, imóveis combinações e vestidos em cabides enfileirados, roupa que eu comprava sem regateios, adquirindo "tailleurs" sem pechinchar, agora, esperando agora que Fabíola parisse, tivesse Bernadete. Eu tendo nojo do colostro escorrendo como leite aguado, apodrecido para minhas ventas que repugnavam os vômitos de Fabíola, pedindo lenço. Gritava pela cozinheira, ajudasse Fabíola, socorresse a mulher prenhe que botava pra fora o que tinha almoçado, vomitando tudo às golfadas, suando grosso e úmido.

Eu não tinha estômago para continuar almoçando, vendo a toalha lançada eu perdia o apetite há momentos salivando minha boca. E eu ficava enjoado, dores me rachando a cabeça, de língua azeda, assalmorada, como se houvesse sido eu o indisposto, aquele que emporcalhou o assoalho com gosmas de baba fétida.

Fabíola perseguida por uma gravidez que somente com vômitos pudesse vingar, só a termo pudesse chegar com os embrulhos de seu estômago, que rejeitava tudo, ficava limpo como se tivesse sido lavado por vomitório.

As faces chupadas estampando magreza de retirante. Olhos encovados qual órbita de sentinela. No sexto mês as pernas se desinchando, ficando dessoradas como os braços, então exangues, rugas envelhecendo-lhe a pele, precocemente enrugando-a. Enorme só a barriga, farto só o ventre. As nádegas desbastadas, diferentes daquelas que eu gostava de excitar, alisando-as nas zonas erógenas, tornando a alisá-las em áreas sensíveis e polpudas.

A gestação matando Fabíola, pondo à mostra os ossos de seus ombros, arqueados ombros numa derrota antecipada, acabando com a graça de minha amante, sugando toda a seiva de seu corpo sensual. O ventre voraz querendo tudo para si, numa ganância de banqueiro cobrando juros proibidos, extorsivos, forçando, a uma falência todos os membros, que se desagregavam num raquitismo incrível. De túmidos, os seios ficaram flácidos, mochilas que ficavam enxutas à medida que o trabalho de parto se aproximava.

O útero pedindo tudo, exigindo tudo de minha companheira. Fabíola alimentada por soro de ampolas que ficavam suspensas, lá em cima, gotejando glicose através de trocarte-enorme, ampolas dependuradas num gancho de ferro lembrando uma forca.

E engolir comprimidos Fabíola não conseguia: mastigava-os com esforço, a pulso, e tônicos alimentavam as veias de Fabíola com injeções lentas.

Prostrada, sem poder acabar novelos, utilizar toda a lã em toucas de bolotas azuis, – sem poder reagir, libertar-se dos vômitos, sempre deitada, Fabíola gemia estendida na cama que não a deixava cair quando as síncopes se sucediam.

O obstetra me garantindo Fabíola sobreviver. Eu não podia com o cheiro de Fabíola, detestando-o quanto mais me esforçava para senti-lo sem repugnância. Como se também eu ficasse doente daquela doença que fanava cruelmente Fabíola. Numa cama de solteiro eu dormia no mesmo quarto em que Fabíola esperava parir. O cheiro de Fabíola me nauseando, minha amante sentindo a minha ausência, piorando quando meus olhos não a fitavam. Querendo sempre que minhas mãos agarrassem seus dedos descorados, frustros sorrisos lhe adocicando os lábios ao ouvir chamá-la de querida, meu amor, meu bem. Gostando de palavras meigas, adorando escutar projetos acerca do futuro do nosso filho. Pedindo-me que não a abandonasse, mesmo quando a criança estivesse nascendo eu não deixasse de vê-la, sempre a seu lado, escutando sempre os gritos de suas dores até o derradeiro esgar.

De não poder suportar o cheiro de Fabíola eu tive vergonha de dizer ao obstreta, pronunciar-me a favor das duas camas. Melhor para a gestante, quanto mais sossegada mais seguro de êxito seria o parto. Nada de fornicações. Quatro meses antes de Bernadete nascer, mesmo que eu quisesse, Fabíola não poderia suportar o coito. E eu não queria, mesmo depois do antecipado colostro minguar e desaparecer, mesmo após àquele cheiro de curral se evolar, extinguir-se das carnes de Fabíola, eu não poderia possuir minha amante, tê-la inteiramente nua antes de enternecê-la e dominá-la. Eu detestava mulher grávida, sempre as vira quais bujões de vidro. Conhecia gente que adorava andar com mulher grávida e a taxava de tarada. Nunca me apeteceu dormir com prostituta de bucho. Achava um crime, um gosto depravado. Horrível esporear uma mulher já ferida por uma gestação difícil. De reprovável eu sempre via o desejo de um homem que gostasse de amar o corpo de uma mulher grávida que sofresse e vomitasse. De mim Fabíola nada reclamou; creio não sentiu falta do peso do meu hálito de fumante de charuto. E com precisão as injeções continuavam a furá-la...

Eu lembrando um assistente do obstreta, impossibilitado de me arredar da gestante, que se afinava nas pernas, outrora grossas, autênticas jarras de tão bem feitas. Sempre eu ao lado da amante que perdia o pulso e ficava de coração batendo mole se via as minhas costas desaparecerem, se por momentos eu transpunha a porta de seu quarto; silencioso coração que silenciaria de todo se fosse outrem que tentasse aclamar a angústia de seu peito com gotas de sabor amargo.

Moribundo olhar de Fabíola me pedindo quase tudo, mesmo tudo num silêncio de olhos vencidos.

Fabíola morrendo de fraqueza irrecuperável, Fabíola fugindo somente da morte com o alento de seu ventre, com as forças de sua tumorosa barriga que a matava e a recuperava. Os cabelos descendo em fios compridos, sem brilho caindo-lhe da cabeça como pêlo de ratos.

Prisioneiro de Fabíola eu me sentia, o apartamento era a minha prisão. Aguardando o parto eu vigiava Fabíola qual um gato que não gostasse de ver pássaro morto.

Manhoso eu pisava o tapete, atravessando-o com pés de pluma eu voltava a pisá-lo, tantas eram as cautelas para não ferir tão lívido ressonar.

Desacreditando do obstetra, taxava-o de ordinário, malandro useiro e vezeiro que se aproveitava de uma doente para enriquecer. Por que não confessava, não aludia à morte de Fabíola durante o parto, Fabíola pedia uma mortalha? Por que ele não recorria a uma cesariana, não dava fim a tamanho sofrimento e náusea? O obstetra se abespinhou. Que eu moderasse as minhas opiniões, não tentasse vilipendiá-lo, professor que envelhecera sem se cansar de assistir a parturientes pobres. Compreendi onde o obstetra queria chegar. Desculpasse-me: eu lho pedia.

Sentia-me desaforado, combalido, havia dias que eu não deixava o apartamento, não saía de junto de Fabíola, sempre enzebrado pelo pijama, a ver a mãe de Bernadete como chama mortiça. Ele, o obstetra, bem sabia que minha amante piorava quando eu a deixava, padecia ainda mais sem a minha companhia. Há quanto tempo eu não pisava na calçada! Não me recordava do último filme, já havia me esquecido de dar laço na gravata. Patético coreografei o meu infortúnio descendo os braços num amoroso gesto abanei as mãos, antes de guardá-las nos bolsos vazios. Que o professor reconsiderasse, não pusesse de lado o seu desvelo por Fabíola. E matreiro obtemperei: – "que tal uma cesariana amanhã?"

Secando poças de asfalto o sol clareava o dia, e enxugando a rua enxotava nuvens que batiam asas numa fuga de garças.

O professor destrancou a face, com um sorriso de mofa quis me desmoralizar me chamando de apaixonado.

– "Você é o sujeito mais besta que eu vi em toda minha vida. Nunca vi homem tão apaixonado. Já lhe disse e repito: Dona Fabíola suportará o trabalho de parto."

E dando-me duas pancadas no ombro, ainda afável imprimiu velocidade no automóvel que o esperava roncando.

Não rasguei adeuses nem retribuí, sequer, nenhum dos acenos do professor neurótico. Com os olhos não acompanhei o carro do obstetra, que visitava Fabíola com pressa. Deitei-os no cimento da calçada e a umidade da entrada do edifício me molhou os olhos, sem causa aparente me obrigou a chorar, a ficar de cara lavada.

Sem o sorriso do professor, sem os adeuses que se foram com o automóvel – eu me sentia por demais sozinho, incapaz de proporcionar à Fabíola a mais insignificante ajuda.

Não queria Fabíola morta. Morto estava o jóquei, e naquela loucura esquisita se encontrava Wenceslau, e como morto eu me sentiria se algum padre viesse a rezar missa de sétimo dia pela alma de minha amante.

E eu respirava fundo naqueles dias que eu vivia sem cueca, das tardes sem passeio das noites sem corridas de automóveis eu me esquecia, sem arredar pé de junto de Fabíola, mas durante todo aquele tempo eu não me sentia prejudicado, não constatava nenhum déficit em minha vida sem preocupação econômica, rancor algum distanciava meu espírito da órfã, ex-Diana de um natal remoto.

Não esperei pelo elevador. E antegozando a minha conduta, fui deixando pra trás os dominós do mosaico da escada, meus pés subindo com largas passadas os degraus.

Eu queria cheirar Fabíola, sentir dentro de mim o cheiro do corpo de minha amante, sem repugnância cheirar os peitos de Fabíola e depois de cheirá-los, cheirá-los muito, começar a lambê-los, a sugá-los com beijos de quem só beijando sabe e pode amar.

* * *

Não contrariei Fabíola, fiz-lhe todas as vontades, menos aquela de parir Bernadete no apartamento. Vontade besta. Fabíola não perdera o ranço da provinciana, conservava hábitos da Casa do Pobre, retinha deficiências impostas por Álvaro da Silva. Fabíola achava desperdício, não atinava que nas refeições os pratos deveriam ser suculentos, o cheiro de filés aguçando o apetite, sempre satisfeito com iguarias condimentadas. Fabíola nunca havia tomado "lunche" habituara-se a "lunchar" no apartamento, fazendo-me companhia bebia num copo de leite e mastigando biscoitos amanteigados me punha a par da sumiticaria de Álvaro da Silva.

– "O almoço era sopa, arroz, feijão e torresmos. O jantar igual ao café da manhã, café sem leite com pão e manteiga de segunda. Margarina.

Na Casa do Pobre a comida era melhor, o passadio apetecível embora sem variar. Mas havia carne três vezes por semana, no domingo as Irmãs de Caridade temperavam um cozido gordo."

Um olhar guloso refletia a sua insatisfação ao ver-me desembolsar com indiferença cédulas, pagar contas de boate sem conferi-las. E Fabíola se excusava. Mentindo ela recusava jantar em churrascaria, uma indisposição a perseguia havia horas e me abraçava com pedidos a lamuriar-lhe a voz: "também eu não fosse, ficasse com ela, o jantar estava bom, ela já o havia provado".

Eu não atinava com tamanha economia de Fabíola. Estranhava. Chegava a duvidar do amor que enciumava Fabíola sem motivo.

Fabíola receando perder o lugar, temendo ver-se substituída por uma outra de encantos novos. Prendendo-me em casa com a sua voluntária reclusão. Estranhava a conduta da órfã, que se sentia mal me vendo gastar, arreliando-me com silêncio de seu rosto contrafeito quando eu pagava o luxo de artefatos.

Não concebia fossem as amantes pão-duro, mormente uma Fabíola, que antes de viver comigo não possuía pérolas e orlando-lhe o pescoço nenhum colar de fria beleza o enfeitaria. Razão maior para Fabíola aceitar os presentes, pedi-los a mim com efusões de adolescente que se vestisse para o primeiro baile. Ainda mais razão para Fabíola ser exigente e exigindo sempre nunca se satisfazer com as pulseiras de seus braços sem mancha. O lógico seria Fabíola sempre querendo mais, sempre mais brincos Fabíola desejando, persuadindo-me sempre a comprar solitários engastados em platina. Exigindo-me bijuterias exibidas uma vez apenas, logo abandonadas no veludo de um escríneo como rebutalhos. Forçando-me todos os anos a deixar meu nome numa agência de automóveis, previamente me advertindo que eu impusesse, só comprasse linhas dinâmicas de uma carroçaria amarela de um amarelo de maionese. Seu guarda-roupa aquecido por capa de pele, que se repetia nas estolas de pêlo fulvo – ricamamente vistoso nas cores de vestidos modelos. O banheiro esverdeado por águas que não tingiam Fabíola, não manchavam o corpo de minha amante tal qual o mar. Banheira retendo perfume muito depois das águas terem dissolvido os sais; sais sempre da mesma cor, sempre verdes aqueles sais comprados por Fabíola, como se todos os dias ela quisesse ter a cor do mar lavando-lhe os sovacos e os peitos. Atitudes de gata angorá na sua indolência milionária, acordando dia alto depois de ter bocejado, se encolhido numa preguiça, debaixo de alvos lençóis de linho antes de ter reclamado o desjejum.

Acordando sozinha, não querendo que eu visse o seus cabelos em desalinho, constatasse nos seus cachos o primeiro fio branco, nem percebesse-lhes os cantos dos olhos sem pintura. Não suportaria a vida em comum, se eu insistisse em escutar o arfar de seus sonos. Certeza de que eu me enfastaria de seus favores, convicção de que eu a abandonaria, por uma outra a esqueceria, ela, Fabíola, não alimentava dúvidas.

E eu demonstrasse o meu interesse por ela dormindo em outro quarto, mas tendo-a quanto eu bem entendesse porque quando ela quisesse também iria à minha cama. Seria melhor para ambos, visse bem que nós só teríamos a lucrar.

Eu duro, não aceitando tamanha sofisticação. Em romances já havia lido que certos sujeitos da Inglaterra dormiam assim, viviam sem se divorciar dormindo em quartos separados. Todavia, eu não era inglês, não descendia de sangue azul, nada tinha a ver com a frieza de estrangeiro do reino. Não aceitava desculpas, olhasse-me para ver a raiva em toda a minha cara. Eu não havia nascido pra ser amolado por impertinências bestas. Se decidisse. Ou dormiria comigo no meu quarto todas as noites ou então rua. E eu apontava para os ferros da porta da entrada principal.

E Fabíola fazendo beiços, se lastimando num silêncio de emburrada. Lamúrias de emudecida. Após uma espera tensa eu sentindo no ombro a mão de Fabíola, vendo nesse gesto aquiescência e concórdia. Mas depois um capricho virando-a para a parede, como se ela estivesse sozinha no seu quarto, longe de mim, naquele momento valendo menos que um travesseiro.

Porém Fabíola não complicava nada. Aderia-me. Era minha amante uma mulher diferente, não explorava um pobretão que havia ficado rico, não esbanjava o meu dinheiro que já o fora do jóquei enforcado e de Wenceslau sucumbido numa alienação sem gritos. Fabíola não punha fora o que eu herdara, o que eu recebera sem esperar. Fabíola não dissipava. Eu matutava. ArgŸia-me, achando singular a conduta de Fabíola, achava-a excêntrica. E eu sentia uma vontade doida de dar à Fabíola tudo aquilo que ela não me pedia, tudo aquilo que as amantes dos outros pediam com exigência eu queria dar à minha amante, mas dar alegre, feliz no bater de meu coração tranqüilo presentear Fabíola como se todos os presentes fossem para mim mesmo.

* * *

O obstetra não estava e ninguém soubera informar-me onde o Professor Clóvis havia ido, não havia jantado em casa, que eu telefonasse para a maternidade, telefone ocupado seguidamente!

O Professor Clóvis calculara Fabíola tivesse a criança na última semana do mês, não adiantava fantasias, a gestação não se iria abreviar devido ao meu desejo de ver Fabíola de barriga murcha.

Estudara Medicina, até ao segundo ano eu fizera provas, submetera-me a exames orais, manipulara em provetas que se coloriam, e gases de tubos de ensaio tinham-me envenenado as narinas, mas eu não sabia como ajudar a quem paria, desconhecia os segredos dessa arte.

Fabíola como se berrasse pela minha boca, gritando alto, diferente daquela Fabíola minutos antes mesmo falando com esforço, cansada antes mesmo de silabar. Qual uma moribunda de vela na mão, que soprasse com um exausto sopro a derradeira chama e, apagá-la começasse a gritar, a pedir socorro por uma boca que deveria estar defunta.

Não lhe apalpei o ventre nem contei as batidas do seu pulso que fugia. Desci ao subsolo do edifícios reter na face esgares de quem está sendo torturado por instrumentos da idade média, e comprimindo o acelerador continuei escutando os berros da mofina Fabíola ao meu lado, gemendo pelas ruas onde o automóvel corria. A inquietação do parto exemplava Fabíola.

* * *

E depois de Bernadete ter nascido eu não escutava mais os ais que se escapuliam por entre os dentes de Fabíola. Não me lembrava das lamúrias de minha amante se agarrando nos ferros da cama, com mãos de náufraga procurando os meus pulsos, calhaus naquela hora para quem houvesse naufragado. Não revia a destroçada cabeleira de Fabíola cobrir-lhe as orelhas que cobertas pareciam não querer escutar aqueles seus próprios berros que se perdiam ecoando no corredor. Eu não podia ver nada porque também me sentia um destroçado que não visse praia nem esperasse divisar a luz sangrenta de um farol.

Mostraram-me Bernadete num corpo de pele vermelha momentos depois; quando ela se encontrava no berço foi que eu vi como pequenos eram-lhes os olhos e arrebitados o seu nariz, malcriado como o meu. Cumpri o que prometera a Fabíola; como auxiliar do Professor Clóvis me portei à maneira de um pai que não fumasse charutos em situações idênticas e lá sofresse a punição do nascimento de minha filha sentindo na boca travos de frutas verdes. Jamais supusera que um parto pudesse trazer consigo tanto desespero, nunca havia chamado de heroína uma mulher de buxo. Aturdido eu me sentia, mesmo não me sentindo culpado das dores que regelavam o coração de Fabíola, eu sofria e lembrava-me de seu peito a clamar pela morte como se somente a morte pudesse a paz lho dar.

Fortaleci a minha vontade jurando nunca mais vir a ser pai. Esquecia- me de acender o cigarro, que inerte entre meus dedos parecia não ter peso. Esquecia-me que estava numa sala de cirurgia, de avental e máscara, vendo sempre os olhos de Fabíola quase cerrados, os seus cabelos se enxugando sem ninguém secá-los como se meu hálito pudesse aquecê-los.

Madrugada varrida por ventos que drapejavam cortinas, agitava panos no arame e os balouçava quais velas de embarcação sem leme; madrugada judiando jaqueiras e tamarindos, fantasmas de fim de noite no pátio ermo.

Madrugada que me encontrou sem fumar, distante de tudo como se encontrava Wenceslau inda sem abrir a boca sempre formalizado em posições cansativas, recusando-se a comer como se adivinhasse da ruindade permanente dos cozinheiros.

Eu não galopara futuros anos em corridas céleres de imaginação para ver Bernadete cobiçada, desejada, amada como milionária, querida como filha de um pai abastado.

Orgulho não me carregava o sobrolho devido Bernadete haver nascido da pobreza, longe da miséria; outrossim eu não aventava viesse a ser minha filha uma inimiga que futuramente me trucidasse com falsas carícias.

Também eu não pensava em esquecer Fabíola se a sua beleza olímpica não ressurgisse de tamanha devastação.

Não me recordo se em coisa alguma eu pensava porque um amálgama de sofrimento e felicidade me encouraçava e uma armadura de proibitivo preço me dificultava a fazer o menor gesto. Eu que há quatro anos morria de fome via a minha filha nascer à casa de saúde mais cara do Rio. E um amanhecer de patos selvagens se anunciava com barras cor de cinza, despertando meu rosto com bofetadas de vento.

Capítulo 20

DESABITUEI-ME A ESCUTAR vagidos, nunca conseguindo suportá-los, embora Bernadete chorasse como criança doente. Raros os instantes que as dissonâncias do choro de minha filha não me aborreciam.

Desabituei-me a embalar Bernadete, mesmo teimando em segurá-la, minhas mãos não repetiam o que as de Fabíola faziam sem fracassar.

Gritava Fabíola, viesse ninar a criança que eu havia tirado do berço, fizes-se calar a criança que no berço silenciosa chupetava.

E esperava Fabíola com a mesma culpa que sente o ladrão ao escutar um inesperado soar de despertador.

Mas eu não desanimava, insistia em segurar Bernadete, por pouco tempo ficava querendo segurá-la, à maneira de um estranho eu queria sentir o seu peso. E imitava Fabíola, com receio recebia Bernadete nas traves de meus braços com medo que Bernadete caísse no choro eu pedia silêncio à sua inocência.

Falava com Bernadete que retinha as mãos fechadas como se estivesse dando banana e trancadas suas mãos persistiam, mostrando unhas de polegares insignificantes, unhas róseas, tão de pétalas quanto a pele de seu rosto. Todavia, bastava eu encará-la fitá-la um pouco mais, Bernadete fazia beicinho, enrugava a boca numas contrações rápidas e chorava. Chorava como se eu fosse um vampiro, quisesse alimentar-me de sua seiva para depois abandoná-la em descampados onde urubus pastavam crocitando e formigas se enfileiravam sinistramente.

Estranhava-me, dizia Fabíola, que a tornava muda sem rimar quadras de efeitos soporíferos, aquietava-a com o calor de seu corpo, aconchegando-a ao busto maternalmente.

E não houve jeito de eu me habituar aos gemidos de minha filha, que chorava mais ainda se eu surgia, tentando socorrê-la. Gritava mais forte, se forte já fosse o seu choro. Esperneava se eu tentava apresilhar pontas de sua fralda enxuta.

Desolado olhei-me nas mãos. Não eram tão brutos os meus dedos. E fui atrás de Fabíola, procurei-a no banheiro pra encontrá-la no quarto onde o jóquei dormia. Silencioso aproximei-me de minha amante, que jogava bolas de naftalina em gavetões, e agarrei-a prendendo-lhe os braços. Machucada, Fabíola se desvencilhou para de novo ser agarrada nos pulsos e ver meus olhos vermelhos e úmidos de lágrimas que não puderam rolar pelas minhas faces congestionadas.

– Está doente, o que aconteceu?

– Ela não me quer! – respondi-lhe furioso. E a juntei culpando-a. – Por que ela me estranha se eu não sou nenhum estranho, se eu sou o pai dela? Responda-me. Vamos, me responda.

Já eu a havia soltado, libertando-a com a mesma sofreguidão com que a havia agarrado. Fabíola respeitou a minha indignação, sem mofa procurou o meu pescoço, discretamente afagado pelas suas mãos. E sua voz começou a acalmar-me, numa carícia de sons, sua boca foi enternecendo meus ouvidos que não retinham os seus enlevos, nem comoviam o meu coração que principiou bater desordenado. Depois tive vergonha do que havia feito, um pejo também me impedia de falar, de dizer a Fabíola quão extrema era a minha desilusão. E ainda envergonhado retribuí o abraço de Fabíola que procurou a minha boca para beijá-la com beijos ávidos que se sucediam como se quisessem nos unir para sempre.

Fabíola não se enganara. Tivera razão ao me prometer, com amor alertar-me, que Bernadete viria a querer-me, a querer-me muito, desejando-me ouvir constantemente, ver-se em meus braços, escanchada no meu pescoço e sentada na minha perna que ritmasse galopes. Que eu tivesse paciência, não desesperasse com a inconsciente inimizade de Bernadete, não vivesse arreliado porque a criança de meses ainda não gostava que lha calçasse.

Ela, Fabíola, é quem deveria estar magoada, deveras sentida porque Bernadete recusava o seu peito, não se dava com o seu leite, refugava-o como coisa aguada, ruim. Que eu aguardasse e escutaria Bernadete bater palmas, estender-me os braços, e começar a sorrir num começo de inusitada alegria!

Ela nunca tivera filho, Bernadete era a primeira a reclamar de si todo amor, mas já havia lido, por acaso passado os olhos numa revista, quando ainda vivia em Maceió, que era raro, porém existia casos de crianças estranhando o pai ou mesmo a mãe nos primeiros meses de vida. E quem escrevera o artigo, não se lembrava do nome, aconselhava, exigia até que o pai ou a mãe posta de lado, estranhada pelo filho de dias, de semanas ou de meses, – esse pai não devia insistir, forçar um amor que espontaneamente se declararia.

E numa meiguice, num sussurro de apaixonado, Fabíola relembrou: – "Como Bernadete não gosta de você, se você a fez com tanto amor? Se eu apenas ajudei o seu amor a se completar?"

E dirigiu os olhos pra um enorme urso, que, amarelo num astracã de luxo, aguardava a sua domadora, paciente esperava por Bernadete inda no berço, inda interessada em levar à boca o pé esquerdo.

E eu não me fixei nas vermelhas contas que enfureciam os olhos do urso, porque palhaços modernos, de colarinhos justos se encontravam álacres de junto a bailarinas esgotadas, sem equilíbrio, jogadas nos braços de bonecas vestidas a caráter, que ensinariam a Bernadete quais os trajes típicos da Holanda, do México e do Oeste dos Estados Unidos da América do Norte. Bonecas que pareciam prestar atenção à mestria de um sujeito, aquecido pelo forno de um "smoking", sempre de mãos alevantadas, de dedos tersos sob o marfim de um teclado miniatura como se numas poderosas oitavas fosse dar início a um concerto, sempre protelado, sempre à espera de não sei o quê.

E havia um elefante que marchava, corria e treinava em andar com uma pata suspensa, pronta para esmigalhar o inimigo, paquiderme vizinho de um soldado que só sabia ruflar, pedir com o seu tambor investidas e cargas.

Tudo isso visto também de cima por um cão felpudo amarrado pelo pescoço no ferro do cortinado de rendas da Madeira.

Nenhum par de rodas detrás do guarda-roupa, acolchoado móvel róseo de tábuas lustrosas.

Nenhum guidom naquele recanto. Fabíola se opusera, maciamente me advertira de que era cedo, pra que comprar velocípede? Se eu insistia em trazer de uma loja carro de rodas silenciosas, trouxesse, então, um desses berços que rolam pelas calçadas, dando banho de sol em recém-nascidos. Contive-me. Prudente o raciocínio de Fabíola, acertado o pensar de minha companheira que revertera ao apartamento para encontrá-lo musicado, colorido e crespo nos cabelos de sabugo de uma boneca existencialista. Fabíola se espantou. Não pôde conter a admiração que lhe afrouxava as feições e a surpresa que eu lha havia feito, arrebatava-a. Não arrumou o que eu sentia desarrumado, respeitou a minha intuição que misturou bichos com medrosas bonecas de louça. Chegou a elogiar o meu gosto, a dizer-me que eu não me havia esquecido de nada, tinha alegrado o quarto com cores de parque e de jardim zoológico. Só faltava a grama. E zombeteira indagou-me: Sigismundo, você não tem outra filha, nunca teve filha, será Bernadete a primeira?

O telefone me impediu de responder-lhe, Fabíola após me inquirir em vão abriu a janela da área e começou a olhar os cactos como se nunca os houvesse visto. Puro era aquele sono de Bernadete, agasalhada à maneira de uma índia que exigisse da mãe a cor branca. A descoberto, apenas, o rosto que me intrigava com o dissimulado atrevimento de seu nariz.

Do que eu gostava Fabíola dava atenção, interessava-se em zelar o que me aprazia, sem servilismo caminhava por onde os meus pés haviam passado, provava gostar de mim, talvez até chegasse a amar-me deveras e sem demonstrar nutrir um alumbramento que tivesse origem na gratidão, estivesse apaixonada por mim. Era tímida apesar de olímpica, sensível embora discreta, refugando escândalos inconscientemente. Entregara-se ao Maneco Leão como se num pesadelo estivesse se dando; fora do Maneco Leão que coagido a possuíra, temeroso de rumores maiores aceitou em ajudar Álvaro da Silva se amasiando com Fabíola que recebia dinheiro, dinheiro entregue todo ao marido sem escrúpulo. Eu ainda acreditando nessa patifaria.

Manhã batida por ventos de um mês seco, esturricado pelo sol que chicoteava nuvens e as expulsava debaixo de rebenques céu afora como imprestáveis éguas.

Princípio de mês estagnado pelo calor secando, choros de fontes cada vez menos lamuriosas com os seus pingos sem força.

Dia de estupor retendo nas areias a lassidão de muita gente que esbodegada se sentia estafada mesmo antes de trabalhar.

Em manhã como aquela, quando eu trabalhava, em que me esquecia que era cavalariço, não trabalhava, aconselhado pelo próprio jóquei eu me esquecia dos cavalos que mastigavam aveia, bebiam leite, se revigoravam nas vitaminas com mais freqüência do que muitas crianças; esquecia-me das escovas de cerdas pretas enormes e duras como arame que minhas mãos passavam brutalmente nas éguas de corrida. E protegido pela barraca naquelas manhãs assolaradas eu não tinha fôlego, mal respondia às perguntas do jóquei, tal era a lassidão do meu corpo.

Nauseado e preguiçoso eu me sentia se permanecesse sozinho no apartamento, ficasse de calção espichado no colchão de molas. O jóquei coerente. Dia de tanto calor, o remédio era a praia, abandonar-me no Arpoador, ficar esperando o vento que nunca revolvia as areias; ficar bocejando, olhando coxas, pernas, tornozelos e peitos de mulher sem me enfadar. A canícula despertando os instintos, queimando meu corpo que não suava. Foi Fabíola que ponderou naquela manhã de agosto senegalesco:

– "Está gostando tanto de me ver que não vai mais à praia? Então, já se esqueceu do que me disse no automóvel, que iria tomar banho de mar e traria para o almoço polvos que o guarda do posto de salva-vidas pesca nas pedras?"

E numa meiguice de namoro novo, reclamou:

– "Traga meu bem, traga os polvos cedo porque como você bem sabe polvo antes de ir pra panela entra no cacete, toma bordoada. Já se esqueceu?"

E sem esperar pela resposta que não desselou minha boca, externou o seu pesar de não poder ir comigo, espalmando as mãos sobre o ventre, ora apertado por elásticos de uma cinta de malha.

Rabugenta durante a gravidez, depois de Bernadete nascer a beleza voltava a se insinuar nas feições de Fabíola, que se recuperava com olhos de mãe belíssima, embora ainda estivesse gorda, pesadona.

Sentado numa poltrona eu acendera um charuto e enigmático deveria eu estar, porque Fabíola não vislumbrou às minhas feições nem o descontentamento nem a dúvida que dominavam meus olhos. Com tal disposição procurei a poltrona mais próxima, e a esperei. Porém Fabíola surgindo, minha memória se aclarou e comecei a revê-la padecendo, ficando murcha, de tanto vomitar perdendo as forças quando grávida. Mas eu me havia decidido. Não iria mais à praia. Ficaria no apartamento, suportaria o calor, já me via bebendo laranjadas em vez de almoçar, achando ruim a comida, sem querer o meu desalento arrefecendo a saudável disposição de minha amante.

Via-me contando a Fabíola tudo o que soubera, com indignação insultando fulano e beltrano, a meu ver irresponsáveis. Chamando-os com nomes que se acomodam em cabeças de anormais, de tarados e de burros, principalmente de burros. Eu danado da vida. Putos. Encrenqueiros. Eram eles.

Mas a presença de Fabíola baniu de minha vontade reações sem controle e desazedou-me. Eu começava a pedir a mim mesmo que não lhe dissesse nada, daquilo que meu coração revoltado exigia. Eu me pedia que aceitasse os fatos, trouxesse para o almoço os polvos do salva-vidas.

Terminei indo à praia. Fui deixando Fabíola ignorando a morte de Wenceslau, e quando voltei do Arpoador com os polvos, Fabíola retribuiu o meu beijo sem desconfiar de nada. Eu indignado. Se eu tivesse viajado, Wenceslau teria sido enterrado de pijama. Haviam-lhe roubado as roupas, os diretores do Sanatório sabiam dessas e de outras irregularidades, mas fechavam os olhos, não queriam se amolar; eu sabia que casa de doido era assim mesmo, pagando mal aos arremedos de enfermeiros e matando a fome de incapazes que passavam por enfermeiras, os diretores do Sanatório fechavam os olhos; regime de caserna, de desaperta, quem não tem uma calça tira uma de quem tem duas, se os sapatos estão cambados, ora, por que se aperrear, se o maluco do quarto número 10 tem três pares? Se a idiota que foi internada ontem tem dinheiro, por que não lhe aliviar a carteira? E eu sabia que o sanatório de Wenceslau empregava uma ladra.

Pouco antes do carro funerário partir, eu vi uma mulher que batia calçadas, preferia o cimento da Rua Marquês de Abrantes para pegar macho. Puta disfarçada, se passando por enfermeira que somente soubesse lavar ladrilho, copeirar e furtar doentes. Ela me viu e não se deu por achada. Chegou a cumprimentar-me, encarando-me, como se eu vivesse à miséria, a minha situação financeira ainda fosse desgraçada, a mesma daquela época em que eu a conheci. Torci a cara. E fiquei embaraçado por haver andado e feito coisas feias com aquela Iolanda que falava gritando e antes de eu conhecer Wenceslau, provou a agilidade de seus dedos, furtando-me o lenço apesar de eu estar prevenido. Lenço encatarrado.

Meu rosto inchado, como eu explicaria a Fabíola a ruína de meus olhos? O que eu diria a minha amante se a verdade somente causar-lhe-ia dano? Se Fabíola soubesse que Wenceslau estava debaixo da terra, eu tinha certeza, cairia doente. Então, o que inventar, qual a mentira que pudesse convencer o meu abatimento? Qual? E atravessando última aléia, prestes a transpor o portão principal do São João Batista, eu não atinava com coisa alguma, dirigindo-me ao automóvel sem saber o que fazer.

E esperando que meu rosto se desinchasse, limpos meus olhos se tornassem, eu acelerei a marcha fugindo de Fabíola, distanciando-me do apartamento numa arrancada como se alguém me aguardasse, com impaciência quisesse ver-me e não pudesse esperar.

Numa desabrida venci a pista do Morro da Viúva, o asfalto do Flamengo foi caminho aberto, mas a velocidade não conseguiu desanuviar a cerração que me empanava os olhos; um marasmo atingindo-me o peito com o peso de águas estagnadas, afogava o meu coração. Destroçado fiz a manobra e regressei numa marcha sinistra, mal calçando o acelerador e, como se estivesse acompanhando outra vez o enterro de Wenceslau, entrei na minha rua. Não me precavi. Esqueci-me de beber uísque e iludir Fabíola com o seu hálito.

Sem nada contar à Fabíola persisti e a minha teimosia me levou para as pedras, pedras indiferentes a ondas que bramiam e ameaçavam fender a muralha que atrai ao Arpoador banhistas indolentes e pescadores de anzol. E quando voltei ao apartamento bati na porta com os nós dos dedos, com receio. Embezerrado esperei que a cozinheira a destrancasse, eu completamente esquecido de ter a chave no bolso calça. Fabíola não vira meus olhos intumescidos, dava banho em Bernadete, quando entrei no apartamento judiado por uma dor que um passeio não conseguiu amortecer; e intimamente eu sentia necessidade de dizer-lhe tudo, revelar-lhe a minha ruína de uma só vez, expondo-a sem preâmbulos, de um jacto.

– Wenceslau morreu, já foi enterrado, acabo de chegar do enterro.

Era esse o meu propósito a minha decisão. Mas. . .

E desligando o rádio, trocando de roupa procurei uma gravata preta que não existia. E se a houvesse encontrado não saberia como usá-la porque um pijama já me azulava o corpo.

E esperei. Com as mãos sob a cabeça, como se no apartamento não existisse travesseiro, eu fiquei estirado no sofá, os olhos fixos na parede onde nenhuma lagartixa me prendia a atenção engolindo mosquitos, devorando-os insaciável depois de hipnotizá-los. Oprimida pelo crepúsculo a noite se denunciava cruel. E eu o vi moribundo e depois morto encoberto por cinzas de nuvens compactas. Eu o vi antecipar a noite com pesada cor de chumbo.

E agora escutava as pancadas do carrilhão perdido nas sombras da sala deserta. Fabíola surgiu do banheiro. Trazia Bernadete empoada. Elogiava-a. Não havia chorado, durante o banho não abrira a boca num berreiro de criança manhosa. E suspendeu-a, segurando-a pela cintura voltou a soltá-la para agarrá-la novamente e Bernadete séria, carrancuda nas bochechas que perdiam o róseo da primeira semana, aceitava a chupeta sem sugá-la.

Aleguei fome, sim, tinha dor de cabeça devido a uma fome que me cortava o estômago, feriam-no com talhos de cacos de vidro. E inexplicavelmente comecei a mentir, dizendo à Fabíola que Wenceslau estava melhor, não ficava mais com o braço erguido, não puxava o invisível cordão de um imaginário apito de locomotiva. E continuei mentindo: – "Havia falado com o Professor Clóvis e ele me havia dito que você não deve subir ladeira; pelo menos tem que ficar uns dois meses de repouso."

Fabíola riu-se. E ainda rindo-se, avisou-me:

– "Ora, Sigismundo, nem pra ir a cinema eu deixarei Bernadete com a empregada. Agora, você terá de ir sozinho. Veja lá se eu iria deixar a minha filha abandonada?"

A noite se fechou com luto de defunto novo. Nem um planeta à mostra, nem uma estrela à vista com o seu piscar doente. O calor aquecendo o apartamento como se todas as janelas estivessem fechadas, calor que se revigorava na calmaria, sucumbindo árvores e enlanguescendo a rua. Mais tarde Fabíola me viu bebendo uísque puro. Espantou-se. Por que eu tomava uísque sem gelo com tanto calor? Não dei-lhe atenção, mas Fabíola, voltando a recriminar-me, perguntei-lhe o que eu fizera para ser tratado tão mal. E sem dar-lhe tempo para responder: – "Você está me matando de fome, quer também me matar de sede?" E sem pressa levei o copo à boca, embora com avidez engolisse o dragão da bebida amarela que não me curou da dor de dente. Cuspi no tapete como os matutos de Santana do Ipanema, contumazes em emporcalhar os tijolos de bodegas.

Implacável a noite matava roseiras escutando o mar endoidecer ondas enormes cheias de sargaço. Sinistra noite escutando o mar deserto.

Fabíola não estranhou me vendo beber tanto. Meu hábito de beber uísque de quando em vez não havia sido alijado, mesmo quando Fabíola padecia de intoxicação da gravidez eu esvaziava garrafas. Não chegava a ser vício porque eu escolhia um dia da semana (e era o sábado sempre o preferido) para beber, beber uísque escutando lamentos da raça negra, ligando o rádio no intervalo do prélio para me certificar das lorotas que o comentarista impingia aos ouvintes de futebol. Fabíola para me agradar torcia pelo meu clube e era ela que me avisava:

– "Sigismundo, está na hora". – E apontava com um gesto, esticando o pescoço em direção ao relógio, me obrigava a vê-lo marcando quatro e meia da tarde.

Ensinei-a a me avisar no momento preciso. Nunca o jogo começava às três e meia. E também acostumei-a a só se interessar pelos jogos de futebol em que a camisa do Botafogo corresse pelo campo com uma estrela solitária no peito esquerdo dos jogadores. Mas naquela noite eu bebi sem escutar música de discos, naquela noite que não era de sábado eu insisti em beber num desespero de quem quer se embriagar o quanto antes.

Naquela noite que não pedia bebida eu terminei ficando bêbado e como se de inverno fosse o tempo eu caí num sono de porre que se prolongou pela manhã do dia seguinte.

Novas mentiras eu dissera a Fabíola, que eu ia visitar Wenceslau, e quando eu me via na rua sentia saudades da antiga liberdade de homem sem compromisso e rico. Mas Fabíola não tinha ciúmes e isso me aborrecia, não era normal forçando-me a observá-la com desconfiança. Eu suspeitava de sua fidelidade, eu tinha dúvidas. Interrogava-me. Impossível existisse outra como a minha amante. Desacreditava que existisse outra como Fabíola, dominando-me sem exteriorizar força, obtendo tudo sem pedir nada. E duvidava, duvidava sempre da história que ela me contara. E comecei a descobrir sutilezas na personalidade da órfã da Casa do Pobre, na alma daquela Diana de um pastoril pobretão eu comecei a ver toda a astúcia de um talento invejável. Não era possível que Fabíola não me chifrasse, fosse diferente das outras amantes que chifram e exigem tudo do companheiro, como se fossem esposas de verdade. Fabíola abominava escândalos, e por isso mesmo eu me escandalizava porque tempo suficiente ainda não havia para que ela se sentisse com direitos de verdadeira esposa; ou de quase esposa que aguardasse a morte de Álvaro da Silva, a suspirar estivesse por uma viuvez, para depois exigir um casamento, forçar-me a aceitá-lo, dominando-me por completo.

Que estaria Fabíola tramando? Eu desconfiava da normalidade de nossa vida em comum, da paz que eu temia fosse mesmo desordem e anarquia, eu começava a ter medo. E assustei-me, estremecendo com a minha boa-fé. Não queria acreditar, por várias vezes me desmenti mas terminava, finalmente, compreendendo a ingenuidade do meu ser. Sim, eu era um ingênuo. Julgava-me mau, vingativo e perverso como um tigre que ataca o espelho que lho reflete, mas eu não passava de uma normal criatura. Eu era um homem que amava a verdade.

Era demais. Absoluto era o meu bom senso. Por que acreditar em Fabíola, se quando eu a quis, realmente a desejei, nenhuma atenção ela me deu, nenhum alento recebi de seu olhar sempre manso? Por que à Fabíola abri a porta com tanta bem-querença tornando-me dela quando ela bem entendeu, dando-se-me a ela como um carneiro que não foge à faca de quem sangra? Por que não havia explorado Fabíola , num "rendez-vous:" caro não a havia jogado, pedindo-lhe ainda dinheiro, da mulher que nunca me respondeu sequer uma carta? Por que eu não espanquei Fabíola, como um gigolô não lhe quebrei a cara, como um cáften, não a explorei? Por que deixei Fabíola ser mãe de uma filha que eu não esperava nem tinha pressa de gerar, criança que tanto se parecia comigo? Sozinho, eu atentava à minha conduta e defronte de banhistas que eu não via, tampouco sem escutar as ondas se despedaçando, eu começava a conhecer-me e me via enganado, miseravelmente traído por Fabíola que sabia fingir como uma atriz.

Capítulo 21

FABÍOLA NÃO DESCONFIOU que eu duvidava, insurgia-me contra a sua sonsidez, recusando-me acreditar naquela sua inverossímil história sem provas. Não dissimulei, queria que Fabíola visse a dúvida me murchando os olhos, enchendo-os de cautela, e eu não fitava mais Fabíola, erradamente pousava os olhos em seu ombro, escondia-os nos buracos dos seus ouvidos, fazia-os correr sobre os seus braços, tudo isso rápido, para que a minha amante pressentisse a ruptura, com os meus inexplicáveis gestos sentisse o meu desinteresse constatando a repulsa dos meus olhos correndo pelas suas faces, meus olhos sempre fugindo do seu olhar macio para se esconderem num bolso do seu vestido de linho.

Não baixei a cabeça nem dissimulei defronte de Fabíola; continuei a ser o mesmo amante que a escutava, sorria às vezes escutando-a, e continuava dando-lhe o que eu a havia acostumado a receber. Entretanto, seus olhos não tinham mais os meus olhos; eu a escutava como se fosse vesgo, escutava-a olhando para os lados, ofendendo-a dessa maneira, fazendo-a sofrer desse jeito. Eu sempre a vendo de esguelha, tendo-a como se eu pudesse amar a uma decapitada e, sem remorso, eu pudesse possuir um corpo de mulher que um machado decepou.

Os meus olhos acusando, silenciosos pedindo satisfação, condenando na muda linguagem de quem fere sem palavras.

Fabíola indiferente, respirando como se eu a olhasse como outrora, imperturbável como se durante toda a nossa vida em comum eu sempre houvesse detestado olhá-la de frente.

Impossível que uma criatura reagisse a tamanha punição sem se molestar, com descaso aceitasse o meu capricho de vê-la somente do pescoço aos pés, de rever-lhe somente os ouvidos, somente os cabelos, que desciam louros em fios desarrumados e bastos; de rever-lhe somente as sobrancelhas, tão próximas dos olhos, por mim então desconhecidos, como se, em verdade, Fabíola estivesse ficando cega e eu não gostasse de ver as órbitas sem vida de quem deixou de ver. Esperei. Esperando, eu tinha certeza de que Fabíola se sentia ferida, de sobreaviso seus sentidos trabalhavam, atenção era toda ela que aguardava ser inquirida a qualquer momento e se entrincheirava numa cômoda posição, permanecendo como alguém que espreita por saber que vem sendo seguido. Convicto de que Fabíola não mais duvidava eu sufocava o segredo e, para fustigar-lhe a curiosidade, retinha-o carinhosamente, tentando enfraquecê-la, esbagaçar-lhe os nervos. E certa noite acordei para vê-la movimentando os dedos como se estivessem rezando. Nenhum terço pendia-lhe das mãos. Acreditei que o tumor seria espremido naquele momento; que a inquietação de seus dedos revelassem a angústia de seu peito; que a sua insônia fosse a própria derrota de seu miserável coração. Tossi. Pigarreando, rasguei o silêncio que a escuridão alastrava. Fabíola deixou de torcer os dedos à maneira de quem, enxugando, torce pano molhado. Repousados sobre o seu ventre sugeriam-lhe as mãos luvas de dedos vazios. Nem o pendular do carrilhão eu escutava. É agora, agora nas trevas desse quarto, na madrugada que morre sem ruído, é agora sim nessa escuridão que empretece as cobertas, é agora que Fabíola me pedirá que eu a olhe, suplicando-me que eu lhe pergunte o que eu não lhe quis perguntar durante toda a tarde e toda a noite. E de manso me virei para o canto da parede. Fazia força para não falar antes de Fabíola, para não responder antes de ser interrogado eu trincava os dentes.

Dei-lhe as costas como se antes de dormir ela não tivesse sido minha, eu não me houvesse aquecido no morno de sua carnes logo depois que me espichei no colchão. Como se já houvéssemos brigado eu sentia os dedos doloridos, dedos que já houvessem batido muito, esbordoado sem pena e extravasando toda a sua cólera dando murros e bofetadas.

Se eu morasse numa casa de subúrbio, eu teria escutado o galo no quintal alertar com o seu canto a madrugada erma. Eu sabia que o sono não havia embalado Fabíola, certo eu estava de que Fabíola não havia dormido enquanto eu cochilava pesadelos sem trégua. E eu acordei como se houvesse lutado com alguém que me desafiara, exausto eu despertei à procura de fôlego, e banhando de suor como se uma febre me houvesse torturado eu levei as mãos à testa. Mármore de tão fria era toda a minha face. O meu pigarro não induziu Fabíola a me perguntar coisa alguma. Apenas, compeliu-a a aquietar as mãos, pará-las. Então comecei a esperar. Parecia-me que horas da tarde e o tempo da noite haviam sido seqüências de meses de funestos anos. Que os quartos de hora, contados desde que comecei eu a duvidar de Fabíola, eram registrados por ampulhetas sovinas e entupidas.

E continuei esperando que Fabíola falasse, dando-lhe as costas eu acreditava Fabíola abrisse a boca o quanto antes, sem gaguejar me perguntasse por que desde cedo, desde antes de almoçarmos, eu não queria ver seus olhos.

A rua sem galos era um silêncio de aurora indefinida. Tênue o amanhecer se denunciava, longínqua ainda se encontrava a claridade, e sem conseguir lavar a janela a cor da noite se esmaecia e se esgarçava como o fumo.

Era demais. Eu não tinha dúvida de que Fabíola tinha certeza da minha dúvida de amante enganado. Não me recordo se silencioso me levantei, se fazendo barulho deixei a cama.

Vi-me de cinturão na mão e (disso me lembro muito bem) à guisa de um chicote eu o segurava, rápido descendo-o sobre o corpo de Fabíola, com a mesma rapidez levantando-o para latanhar o corpo de Fabíola, descendo-o com dureza de relho improvisado. Fabíola berrou, sem pedir socorro, continuou a berrar soltando ais de mulher culpada. E aqueles seus ais de quem não estava sentindo muita dor, encolerizaram-me. Dantes eu lhe visava as nádegas, só nas nádegas descia o cinturão que em minha mão se agitava como uma corda. Somente batia nas nádegas de Fabíola que se virou, ficou de bunda pra cima depois de sentir a primeira vergastada queimar-lhe os seios.

Mas ao escutar apenas ais que não correspondiam à surra, ais brandos de quem geme por gemer, eu me enfureci. Se furioso eu havia deixado a cama, de apoplético era o coração de meu peito que arfava e se revigorando no próprio cansaço que não se cansava de açoitar Fabíola.

Eu não escolhia lugar para descer o cinturão; baixava-o em qualquer parte, na cabeça, nos pés, nas coxas, nos braços e no dorso eu sentava a pua; e até no colchão eu dei lapadas porque à medida que as chicotadas se sucediam Fabíola mudava de posição, ora cobrindo a cabeça com o travesseiro, e ora se encurvando como se encurvada menos dor sentisse.

Encurralando-a contra a parede eu vociferava e continuava agredindo-a qual uma égua bravia eu estivesse a domar.

Se ao vislumbrar a aurora um galo cantasse e o seu canto se me chegasse aos ouvidos, creio que eu teria parado de surrar a uma mulher que mesmo estando sendo surrada não me perguntou por que eu lhe batia. Chorava, apenas Fabíola soluçava ao meio de um choro que lhe entreabria a boca e como uma fonte que vai se esgotar eu escutava aquele pranto, cadenciado lamento que lhe arrancava dos olhos lágrimas esparsas e grossas. Fora uma surra para arrancar gritos, de quem queria esfolar, lanhar o couro de cima abaixo fora aquela pisa. Sem perguntar-me nada, Fabíola apanhou sabendo por que apanhava e esperou que por satisfeito eu me desse de açoitá-la, como um verdugo deixasse de puni-la. Dir-se-ia, meu braço estivesse tanto tempo repousando para açoitar Fabíola naquela madrugada; açoitá-la com um cinturão que se partiu em dois e ficou preso à minha mão à maneira de duas peles de cobra. No apartamento não havia ninguém que se interpusesse entre nós dois, abrisse os braços e de braços abertos gritasse "basta, chega".

Num canto joguei o cinturão partido.

Se de Bernadete eu houvesse me lembrado não teria arrancado Fabíola da cama, arrastando-a para o tapete, afogueando-lhe as faces com bofetadas repetidas. Fabíola respondeu-me quando a minha mão esquerda soergueu-lhe a cabeça e meus dedos enfeixaram-lhe os cabelos num único tufo. Eu a interrogara, com quem ela estava trepando, por que ela me chifrava, por que ela fingia, zombava de mim e de Bernadete, por quê? Dei-lhe um pontapé no ventre, como se estivesse esmagando uvas de cachos brancos passei por cima de seu corpo, esfarrapado nos trapos da camisa de dormir; havia escutado: "sempre o odici, sempre o traí, ontem mesmo eu o enganei. E nunca Álvaro me forçou a ser amante de Maneco Leão. Em Maceió eu tinha o homem que queria."

Eu fui para a rua, como um vagabundo que não tivesse lugar para dormir, aquele amanhecer me viu sentado numa beira de calçada, indiferente a ratos que da grelha de uma sarjeta saíam fedendo, céleres e molhados fugiam sem destino.

Capítulo 22

NO QUARTO DO JÓQUEI Fabíola se trancou. Sozinho tomei café e ainda sem ver Fabíola almocei; de tão quieto o apartamento parecia desabitado. Bernadete sem chorar, a cozinheira lavando os pratos com mãos de fada, sem ruído espanando os móveis, passando por mim como um pássaro que voasse sem ruflar. Pássaro cego, pássaro que visse tudo, mas cego quisesse sê-lo ao pressentir o meu desolado corpo afundando numa poltrona, mãos suspensas, dedos se agarrando no estofo do espaldar. Quebrei o jejum sem sentir o gosto do café, aquecendo-me com a primeira refeição animei-me a ligar o rádio e ficar escutando as primeiras notícias próximo à janela.

Permaneci de pé até as pernas ficarem chumbadas, os joelhos cansados, como se por muito tempo eu estivesse de joelhos, rezando, obrigaram-me a procurar o sofá que me acolheu como se eu fosse um gato. Antes, havia proibido terminantemente a cozinheira a não se debruçar sobre o berço de Bernadete. Deixasse-a chorar, queria ver a mãe socorrer a filha, niná-la, dar-lhe de mamar, aquecê-la com um cueiro limpo cheirando a alfazema. Queria ver os estragos das minhas bordoadas. Queria ver como Fabíola me veria depois de confessar que as minhas dúvidas não haviam sido infundadas, razão eu tivera em surrá-la visando obter uma confissão, a confissão de seu passado mentiroso, a confissão de sua existência solerte, a declaração de viva voz, de sua vida bilontra.

Pelos escritores havia eu sido vilipendiado, negado o meu talento pelos donos dos suplementos literários, desfeito o meu sonho de ser romancista devido à má-fé de críticos que me arrasaram antes do meu primeiro livro ser escrito, e muito antes de eu levá-lo a um editor eles já o haviam apedrejado.

Essa mágoa se me afigurava como se eu tivesse na garganta um osso, atravessado osso que, aos poucos fosse aferrolhando os meus pulmões com o seu cálcio.

E a ninguém mais eu poderia recorrer porque a todos os mandachuvas da literatura eu já havia tomado a bênção sem escutar resposta. Quando a vida não me valia coisa alguma, quando eu escolhia o modo de matar-me, como um peixe que escolhe iscas, fui eu encontrado e salvo por Wenceslau. E devido a uma corda que enforcou o jóquei eu havia herdado, devido a uma inesperada loucura que terminou matando Wenceslau, eu terminei ficando milionário herdeiro universal. Se minha filha pudesse raciocinar poderia ver quão ricas eram as suas bonecas.

E quem era Fabíola para soçobrar-me os cabelos, quem era minha amante para arruinar-me, toldar-me os olhos, dissipá-los do meu pensamento, agora que eu tinha dinheiro, era rico? Não seria o seu veneno que me levaria à sepultura, depenando-me como um peru que é escaldado de véspera.

Não seriam as suas mentiras que me induziriam a perdoá-la, não seria a sua confissão debaixo de porradas que me amainariam o coração, consentindo-lhe permanecer no apartamento, para em seguida eu fazer as pazes com um corpo que meus punhos machucaram com crueza e com razão. A sua beleza olímpica não me embeveceria, não perdoaria a uma boca que somente falsas vozes deixou escapar. Isso nunca.

E ainda aquecido pelo veludo do sofá marrom, sentindo nos pés a brisa da manhã refrescar-me os dedos, – eu persistia em rememorar, em querer saber o porquê de tanto sofrimento em minha vida.

Por que tantas surpresas tivera o meu viver? Por que ele não era como o dos outros? Não era ele como uma escada de degraus uniformes, estrada ascendente de um planalto fértil? Por que tantas curvas se o meu caminho não devia ser tortuoso como o rastejar de serpentes? Por que tanto alçapão se eu não era um condenado? Se eu não era um gato leproso – por que tanto pontapé?

Bernadete sem chorar, como se a sua chupeta lhe tirasse a fome, Bernadete quieta no berço à maneira de uma boneca que revirasse os olhos. Por duas vezes fui ver minha filha. E inquieto pus-me a andar pela sala, esbarrando nas cadeiras de propósito, aumentando o volume do rádio, preconcebidamente fazendo barulho. Nada de Bernadete botar a boca no mundo, nada de Bernadete gritar num choro esperneado.

Havia planejado ver Fabíola sem chamá-la, ouvi-la sem abrir a boca era a minha intenção. Bernadete que arrancasse Fabíola do quarto, a tirasse de uma vez da peça em que o jóquei sonhara vitórias de animálias azarentas.

Fabíola não desvendaria meu plano. Não a enxotaria do apartamento motivos eu tinha de sobra para pô-la na rua, todavia, seria Bernadete quem a escorraçaria; sim, seria a inocência quem expulsaria a depravada, seria o amo quem repeliria a prostituída, aquela que ainda não sabia falar faria calar uma boca cínica, sempre à espreita de uma oportunidade para morder, como uma cobra dar picada.

Quando Fabíola deixasse o quarto e quisesse ver Bernadete, eu estaria atento para impedi-la. Nem o berço eu deixaria Fabíola ver; deixá-la-ia, sim, ver a suas malas, que eu enchi as entupindo com meias, sapatos, deixando à vista uma nesga de vestido.

No guarda-roupa, conscientemente, havia deixado combinações pendendo dos cabides, e dos gavetões não retirei as calçotas que se amontoavam multicores e rendadas.

Sorri ao dar as costas aos porta-seios, suspensos nuns ganchos esmaltados lembrando gigantescos coadores de café. Pra que uma descarada vestir combinações, pra que uma perdida suspender os seus seios, se o seu corpo, toda a sua carne, vivia para ser de todo mundo, pulsava para ser de quem pudesse pagar?

E dentro de uma mala deixei duas cédulas de 200 cruzeiros. Era o símbolo do preço de seu amor venal, a exigida quantia para o seu corpo ficar desnudo; e que se fosse entregar ao primeiro macho.

E quebrei os pentes que lhe alisavam os cabelos. Joguei no lixo os batons, os rouges, as caixas de pó, vasos transparentes na penteadeira de cristais facetados.

Destroçada, Fabíola deixaria o apartamento, com os estigmas da punição que eu lhe havia imposto – Fabíola abriria a porta do elevador.

A cozinheira não podia dar-lhe café. Avisei-a. Que Fabíola tomasse-o na rua, bebesse-o num botequim para que operários e gente do povo vissem o preço de uma traição; se morrer de fome fosse a sua vontade pouco me importava, porque seriam outros, seriam sem dúvida os calouros de Medicina que veriam sua pele enodoada por equimoses gigantes exposta numa mesa de anfiteatro, como indigente. Como Fabíola se encontrasse no quarto deixaria o apartamento. E que ela se encontrava de camisola, eu tinha certeza. Nada mais tinha eu a ver com a conduta de uma mulher que havia sido minha amante. Se ela quisesse trocasse de roupa no corredor, que dá para as escadas, abrisse as malas lá fora e procurasse a capa, nela se encapotasse, escondendo as carnes machucadas como uma leprosa oculta na rua orelhas doentes sob mechas de cabelos compridos.

Eu destemia a polícia, o mais arguto dos Comissários não teria provas para culpar-me. E eu sabia que quase todo investigador tinha rabo de palha. Venais. Fosse Fabíola carpir nos pés de Delegados, implorar ao Chefe de

Polícia, dizer-lhe que eu a havia abandonado, por capricho a enxotado, poderia constituir advogado. Eu estava preparado; para tudo eu tinha uma resposta, responderia com a minha voz que um gravador captou.

Fabíola não o viu, nem eu tampouco podia vê-lo. Sabia onde ele se encontrava, fora eu mesmo quem o pusera dentro de uma gaveta, naquela noite deixada entreaberta, prudentemente escancarada na madrugada daquela surra. Um flagrante sem erros, de causar inveja a certos policiais havia sido a minha armadilha. Método infalível de reter evidências, armazená-las numa memória indestrutível, caso a mirabolante imaginação de Fabíola pretendesse incriminar-me. Sim, porque eu também tinha certeza de que Fabíola não se conformaria com a minha decisão, única e irrevogável; que Fabíola recorreria ao impossível para voltar para o apartamento, ser de novo minha amante, após dias ou mesmo horas de separação poder voltar a amamentar Bernadete.

De espírito prevenido eu não amoleceria, poderia Fabíola fazer o pior dos escândalos mas terminaria deixando o apartamento. Teria de ir embora com as malas adrede preparadas. No bolso do pijama o telefone da Rádio Patrulha. Caso Fabíola se rebelasse, de forma alguma quisesse sair do corredor, num mudo protesto se sentasse nas malas, à espera que a sua miséria me demovesse – a solução seria telefonar para a Polícia da Rádio Patrulha. E a manhã me ajudava; nenhum temporal para danificar as linhas telefônicas, o céu desenhado por nuvens brancas, céu azulado por cores lavadas, de nuanças benignas era o infinito daquela manhã, refrescado por ventos sem pressa de brisa.

Bernadete choramingava, mostrava as gengivas desdentadas num choro que lhe rasgava a boca, talhava sem sangrar os lábios de minha filha que terminou gritando berros de fome. Como se não houvesse porta no quarto de Bernadete eu escutava aqueles berros que me ensurdeciam, me ferviam os ouvidos com poder de voz adulta. Olhei o corredor que desembocava na cozinha. Preveni-me contra a empregada, cheguei a pensar em trancar a porta da copa, prender a cozinheira enquanto Bernadete se esgoelasse. Não queria discutir nem trocar palavras, nem desejava resolver coisa alguma. Tudo estava consumado, resolvido. Apenas, aquela demora de Fabíola, se me apresentava insuportável. O instante em que Bernadete começou a chorar me pareceu ser o término da farsa, a fração de segundo que arrancasse Fabíola do quarto, o poderoso minuto capaz de forçar Fabíola a procurar a filha e a procurar-me quando visse que o berço não estava ao seu alcance; que o berço se encontrava num quarto fechado, interditado para ela, Fabíola, que nunca mais tornaria a ver

Bernadete. Que punição. E esperei esfregando as mãos até suspeitar: "teria Fabíola abandonado o quarto, sem eu pressentir teria Fabíola aberto a porta principal, ganho a rua enquanto eu falava com a cozinheira?"

"Seria possível Fabíola houvesse fugido? Precisamente, no instante em que mais cauteloso eu havia sido Fabíola tivesse aberto nos paus? Ou teria Fabíola me ludibriado enquanto eu estava vendo nuvens, próximo à janela vendo a preguiça do vento, que de tão preguiçoso não varria a rua? Tivesse Fabíola ido embora?"

Incrível que uma mãe não escutasse a fome da filha e persistisse surda. Por mais miserável que fosse uma mulher, seria mãe na ocasião da filha chamá-la com um choro de fome.

E Bernadete chamava Fabíola, berrando Bernadete insistia em chamar a mãe, clamando pela mamadeira que a mãe lhe dava, era a garganta de minha filha uma ferida.

Contive-me até que meus dedos soltaram o estofo do espaldar. Queria deixar de suspeitar. Fabíola estaria no apartamento? Inenarrável o cinismo da amante que respirava perto de mim até há poucas horas antes. E meus ombros forçaram a fechadura, tombando a porta para que eu visse Fabíola bem posta, penteada como se no quarto houvesse espelho numa elegância, de quem vai a uma missa de bodas de prata, ou a um casamento na Candelária. Estarreci-me. Não atinava que uma pessoa depois de ter sido espancada, poucas horas depois de levar murros, pontapés, pudesse corrigir a palidez das faces, sepultando-as em maquilagem cuidadosa. Se Fabíola não houvesse saído do apartamento eu acreditava encontrá-la derreada, náufraga do furacão que meus braços levaram para as ondas de seus cabelos.

Trôpega eu esperava rever Fabíola, mas eu a vi puxar a rede de seu chapéu, enfiar as mãos nos dedos de luvas novas e abrir a bolsa que lhe pendia do cotovelo como se nada houvesse acontecido. Dir-se-ia Fabíola aguardasse aquele meu comportamento. E o vestido que lhe ocultava as equimoses do corpo eu não havia comprado. Ainda não sei como Fabíola o adquiriu; se havia sido presente de algum macho ainda hoje desconheço. Também eu não escutava mais a fome de Bernadete. Escutava sim o bater fundo do meu coração adoecer-me as veias com um calor de sangue grosso.

Inchado, apenas, à testa, o rosto machucado de Fabíola me desconcertava. Onde estavam as marcas de meus socos? Onde estava o sangue que se coagulou nas minhas mãos depois de correr das ventas de Fabíola, salgá-las com uma tinta imprestável para caneta? E os estigmas dos meus chutes debaixo de um vestido que eu não comprei. As meias disfarçavam-lhe as equimoses das pernas. Nada, nada mesmo Fabíola me dissera. Certamente, antevendo o perigo que, na certa, acarretaria a sua permanência, Fabíola passou por mim, sem se mostrar intimidada atingiu a sala de jantar e ainda calma, andando sem barulho como uma enfermeira de moribundo, atingiu o banheiro.

Se Fabíola houvesse pronunciado algo, dirigindo-me um gesto, por menor que ele fosse eu teria desencadeado toda a fúria que um inexplicável estupor coibira. E eu tê-la-ia espancado, com muito mais danação lhe teria procurado o corpo para deixá-lo sangrando, depois de quebrá-lo todo.

Todavia, Fabíola passou por mim como se pudesse saber meu pensamento. Calma mas sem denunciar covardia, silenciosa como se seus sapatos fossem de borracha. A fraqueza obrigou a Bernadete a calar-se. De cemitério abandonado era o silêncio do apartamento.

Não esperei por Fabíola. Antes dela deixar o banheiro abandonei o apartamento, como se fosse eu o único culpado do imprevisto sortilégio, fui até a esquina. Somente lá foi que eu me vi de pijama, e somente cruzando com transeuntes quando voltava ao edifício foi que eu comecei a ter vergonha do meu estado.

Despenteado, os dentes por escovar, arrastando os pés no cimento da calçada estambocada, era a minha pessoa o retrato de um andrajoso que nem pedir esmola soubesse. Era fim de aula no Colégio São Paulo e meninas de saia azul plissada e blusa branca deixavam as aulas, pescoços escondidos por altos colarinhos aprisionando enormes laços que destoavam da fragilidade de seus chapéus de palha amarela. A algazarra despertou-me o brio. Quis retroceder, ir até a praia e num banco sentar-me, e ficar por lá, até que as colegiais se dispersassem. Permaneceria na Avenida Vieira Souto, escondendo-me de todos, de tanta vergonha eu sentia não queria ver ninguém.

Se eu estivesse despido não teria sentido tanto pejo. Tomar-me-iam como um doido, rir-se-iam depois de um espanto lhes estupefar os olhos. Mas eu estava de pijama, não poderia correr e correndo passar pelo meio das estudantes que congestionavam a rua, como se fossem formar, para uma procissão houvessem de assalto tomado as calçadas. Seria ridículo que eu lhas acotovelasse pedindo-lhes licença. Detive-me. Um frio que não vinha do vento me obrigava a procurar uma árvore e sob folhas de amendoeira permaneci um tempão, como se estivesse esperando que um imaginário cachorro acabasse de mijar. Tinha vergonha de ser reconhecido pelas alunas tagarelas, de ser apontado por uma delas como um novo rico, de ter meu nome enxovalhado por uma indiscreta que proclamasse a ausência de chá nas mamadeiras de minha primeira infância. E eu viesse a escutar dichotes, ter as costas apontadas por indicadores: – "Vejam só, tanto dinheiro e andando de pijama como um português de botequim".

Um frio de malária desgovernava-me as articulações, arrefecia-me o peito que desejando a rua deserta acelerava o coração, num desembesto a ânsia correndo no meu sangue sem rédea alguma. Virei a cara ao divisar o automóvel do vizinho empretecer a esquina. Maldisse o jóquei por ter comprado o apartamento numa rua em que colegiais eram naquele instante motivo de apreensão para mim. Sobre a minha cabeça caiu uma amêndoa madura e uma dor de martelada eu senti nos ossos. Acidente que eu aceitei como adversidade porque até o preto do pirulito eu vi como um inimigo que quisesse me arrebentar os tímpanos com as suas rimas de vendedor.

Parecia-me a manhã convulsionada por ventos, instável a temperatura que não amedrontava nuvens.

Entrei de novo no elevador, depois de ver a calçada desimpedida, somente depois de vê-la como uma reta foi que eu me dispus a vencê-la, e esgueirando-me rente à parede atingi o edifício.

Aberta a porta do apartamento. Nenhuma das malas Fabíola havia levado, nada daquilo que eu satanicamente escolhera para humilhar Fabíola havia sido trocado. No mesmo lugar e como eu as deixara – eram as malas testemunho cruel da colérica daquela mulher que fora minha amante.

Como eu poderia desconhecê-la tanto? Que aptidão para enganar, Fabíola possuía? Como poderia ter ela adivinhado que as malas guardavam somente peças superficiais, nunca aquelas que uma mulher honesta reclama a todo instante?

Fabíola havia carregado todas as combinações, todas as calças, todos os porta-seios – tudo isso que eu não lhe quisera dar Fabíola levara consigo, além de vestidos que eu considerava imprestáveis, fora da moda.

E às avessas o quarto onde dois guarda-roupas se enfileiravam. Todos os meus ternos atirados no tapete, todas as minhas calças sacudidas pelos cantos, à maneira de trapos as minhas camisas debaixo de cadeiras tombadas.

E o espelho partido, como se eu não precisasse mais dele para dar laços de gravata.

A gaveta arrombada, com a fechadura torcida aquela gaveta da secretária onde eu guardava dinheiro. Até a caneta automática Fabíola levou como se a roubando me quisesse dizer que eu não sabia encher cheques. Nenhum níquel para telefonar caso no apartamento a "Light" não houvesse instalado telefone. Rapinagem de ladra internacional.

A cozinheira emprestou-me dinheiro para pagar o táxi. Minhas mãos se negavam em pegar no volante de meu Jaguar. Urgia eu ir ao Banco e prevenir ao gerente que sustasse o pagamento de qualquer cheque assinado por mim.

Depois do que Fabíola acabou de fazer eu jurava fosse ser ela capaz de falsificar a minha firma, com precisão falsificá-la, e criar dúvidas na argúcia de peritos.

Não cogitei de ir à Polícia, na Delegacia relatar à autoridade o logro que uma mulher a mim impusera. Ter notícias de semelhante vigarista nunca mais eu queria. E tratei de convencer a cozinheira, de uma vez por todas calar-lhe o espírito de que eu, apenas eu, havia sido a vítima. Não me enganava, havia dois prejudicados. O outro era Bernadete. Na mão esquerda da cozinheira escondi duas notas num rolo amarelo de dois mil cruzeiros. E desde aquele dia minha firma no banco vem sendo outra.

Capítulo 23

NÃO HAVIA REGISTRADO Bernadete. Devido a mais uma ingenuidade de meu caráter eu protelara de ir à Rua D. Manuel e, com duas testemunhas, declarar a um tabelião juramento que era pai daquela criança de nariz arrebitado. Sozinho eu não podia criar Bernadete, sem companheira era-me impossível dar à criança o que a sua idade exigia.

Todavia, eu relutava, não queria dizer em cartório que o nome da mãe da menina era Fabíola. Sabia que à justiça eu não podia mentir. Antevia-me às voltas com um processo se eu viesse a declarar à justiça que a mãe de Bernadete era outra mulher. E eu perderia, por mais ardiloso que fosse o meu advogado, eu terminaria ficando incurso nalgum parágrafo de artigo condenatório do código penal. E à secretaria da maternidade do Professor Clóvis, exigiram que eu declarasse ser o companheiro de Fabíola. Achei extravagante e ainda, como depósito, deixei um cheque de Cr$5000,00. E ainda havia o Professor Clóvis. Mesmo que eu conseguisse silêncio da secretaria da maternidade, de lá nenhuma confissão viesse a ser feita de que Fabíola fosse a verdadeira mãe de Bernadete, uma prova não poderia ser refutada, em hipótese alguma destruída. Não o testemunho da vizinha, nem o da empregada que eu botei pra fora, sim o exame de sangue; exame do sangue de Bernadete terminaria dando ganho de causa à miserável da Fabíola. Também eu não queria deixar minha filha na roda, abandoná-la num orfanato, perdê-la como um bicho renegado. Sabia de Ordens religiosas que viviam às custas de criar crianças de mães que evitavam complicações, responsabilidades. Sabia de instituições que velavam somente no papel crianças abandonadas, mas nada disso me satisfazia; nem minha própria mãe poderia criar a sua primeira neta como eu queria.

E voltei a gozar a morte de Rita, lembrando-me daquela severa prostituta eu senti meu queixo tremer. Nenhum parente a quem eu pudesse recorrer, a dar de criar à minha filha eu não via nenhum amigo.

E no Banco dinheiro não faltava em meu nome.

Continuei matutando.

Lembrei-me da Legião Brasileira de Assistência. Dessa instituição que nunca socorreu Fabíola eu me lembrei, e comecei a vê-la como a protetora insubstituível de minha filha. Atendeu-me uma assistente-social. Sardenta, de óculos, usando uma blusa de mangas compridas e abotoadas, pareceu-me aquela funcionária uma freira que não houvesse se dado bem nalgum convento.

Pediu-me que eu colaborasse sendo franco. Impossível auxiliar-me se eu não a ajudasse a conhecer bem o caso que me levou a um oitavo andar.

E à sardenta eu dissera tudo. Ela replicou não ter eu razão. E esclareceu-me: Devia ter eu ido antes a um cartório de registro civil. Não mentisse ao notário. O nome da mãe tinha que ser o de Fabíola. Que eu ficasse tranqüilo. A mulher que abandona o lar, a mãe que abandona a filha perde o pátrio poder.

– "Mas, minha senhora, a tal da Fabíola nunca se casou comigo. Eu sou solteiro mesmo sendo pai... Vivíamos juntos, a senhora compreende..."

– "Compreendo essas atrapalhadas tão bem que dirijo as assistentes – sociais da L.B.A. – prosseguiu a sardenta, num tom de catequese ela me visava como se eu fosse um índio – e o senhor precisa ficar sabendo que a sua filha mesmo sendo filha dessa mulher, tem o direito, herdará da mesma forma, usará o seu sobrenome. O Código Civil Brasileiro é bem claro e incisivo em assunto desse teor."

– "Mas não é só capricho como a senhora está pensando. Eu tenho é vergonha de dizer até para mim mesmo, o nome dessa mulher. A minha intenção era boa. Eu não tive culpa de ter vivido com uma indecente. Se a senhora a conhecesse também se enganaria como eu me enganei."

A técnica em assistência a infelizes, riu-se, mostrou-me os dentes quando novamente eu a chamei de senhora o vento da Avenida General Justo entrava salgado pela janela escancarada.

Deixei a sala da sardenta, mordendo os beiços, acabrunhado por haver contado a minha derradeira desgraça a uma desconhecida. Irredutível a peste da técnica. Acreditava que ela amolecesse ao ouvir a minha última desventura. E esqueci-me de perguntar àquela funcionária que destino teria Bernadete quando eu voltasse com a certidão.

Fui multado pelo tabelião, repreendido e obrigado a pagar o registro do nascimento de Bernadete como um turista que paga na Alfândega mercadorias de contrabando.

Na mesma tarde voltei à sala da vitalina. Vi-a, então de pé, equilibrada em pernas de solidez marmórea. Cintura de abelha. Busto de quem havia sido prima-dona e cuidasse da pele tomando massagem. A peste da assistente-social, despachava uma velha reumática, e de mais de quarenta anos era a sua idade. Quem gostasse de mulher sardenta adoraria aquela mulher, à primeira vista raro exemplar com os seus cabelos de fogo. E exibi-lhe o documento, dei-lhe em seguida a certidão onde selos vermelhos e verdes se enfileiravam grudados na folha de papel timbrado. Eu não queria sentar-me. Queria ficar todo o tempo de pé, resolver o caso vendo as pernas daquela funcionária, namorando-lhe os olhos castanhos, permanecer sempre perto daqueles braços que as mangas do vestido escondiam. E enquanto ela corria as lentes sobre a minha declaração reconhecida e firmada – eu a comia, com uns olhos de guloso apetite eu a devorava.

– "O senhor foi expedito, mas eu soube de coisas acerca de sua vida ainda mais depressa" – adiantou a exigente técnica que implicava comigo sem motivo. Que ela primeiro se sentasse eu esperei, mas afundei-me na poltrona sem esperanças. Vencido cruzei as pernas, certo de que a assistente-social havia sabido da surra que descadeirou Fabíola. Bernadete estava perdida, a Legião não iria socorrê-la, por culpa exclusivamente minha Bernadete não teria quem a cuidasse. Eu pensava assim e amarguradas eram as induções do meu raciocínio. A técnica:

– "O telefone supera o avião. Enquanto o senhor providenciava o que o nosso serviço exige para casos como o seu, eu mesma telefonei para um conhecido, pessoa proba que reside no mesmo edifício em que o senhor mora. Se fiz o que acabo de lhe dizer não foi por desconfiar do senhor, não foi por achar inverossímil a sua história. Apenas, quero que o senhor repita: tem parente no Rio de Janeiro, ou não tem parente em parte alguma?" – "Não, repito. Juro que eu sou um solitário. Não tenho parentes, nem parente em qualquer recanto da terra. Bernadete é toda a minha família. Apesar de rico..."

A funcionária não me deixou concluir e anuiu, balançando a cabeça, ritmando o pendular do crânio com batidas de lápis na borda da escrivaninha. Da desdita que me cravara nos músculos pregos enferrujados eu me esquecia, inda não decorridas cinqüenta horas da surra de Fabíola eu naquele instante deixei de lembrar-me de que uma mulher me enganara e de que somente ainda não estava me chifrando por causa de uma dúvida que meu coração alimentou.

Não sabia se devia sorrir, permanecendo sentado eu devia externar logo minha gratidão à assistente-social que começou a me olhar de viés, sem óculos, a ver-me obliquamente, como se seu par de lentes fosse de vidro, comum, puro enfeite. Bernadete havia sido aceita. Uma "creche" de Cr$ 2.000,00 por mês cuidaria dela.

Capítulo 24

INTENÇÃO DE ESCREVER PARA suplementos literários eu não tenho mais, todavia escrevo em páginas que o azul de uma tinta se esmaece sem mata-borrão. Ultimo um relatório para a diretoria da Caixa Econômica do Distrito Federal afirmando a insolvência de transações que o Presidente da Caixa Econômica de Maceió ainda reluta em não ver. Não peço demissão, mas dou motivo para perder a comissão, que a família de Isabel, polidamente, me obrigou a aceitar. Depois de casado, toda a família de Isabel começou a ver-me como um vagabundo.

Somente dinheiro não bastava, era preciso que eu tivesse posição social, fosse procurado, insistido para almoços que durassem horas. Foi a própria Isabel que me pediu aceitasse este emprego, pouco antes de possuí-la minha mulher chegou a exigir que eu trabalhasse, beijando-me de manso na boca, ela deixou que eu pressentisse o seu descontentamento e provável desquite se eu me obstinasse em não fazer nada, teimasse em querer viver da renda dos imóveis e dos juros mensais dos meus depósitos no Banco.

Dissera-me com a sua voz que somente uma vez ouvi grosseira: – “Não é justo que você permaneça todo o tempo em casa ou será que você desconfia de mim?”

Numa das casas de família de Isabel estávamos morando. Dei-lhe razão. Impossível um casamento perdurar se o marido fica em casa quase todo o tempo, como um espião permanece junto da mulher que se sente confusa, intimidada. Daí, a nossa mudança para Maceió onde eu fiquei durante anos como Inspetor das Caixas Econômicas do Nordeste, também onde Bernadete adoeceu. E eu tinha medo de voltar a viver sem ninguém, de rever Bernadete num orfanato, "creche" caríssima onde a sardenta assistente-social falava grosso, dava ordens impondo, dirigia a casa das órfãs como uma ditadora. Disso eu tinha pavor. Odiava a Dona Stela que somente sabia raciocinar como assistente-social.

No íntimo, Isabel tinha vergonha de mim. Amava-me mas se envergonhava do marido que nada sabia fazer, adorava-me mas repelia o marido desocupado, sempre às vistas de suas parceiras de buraco, pif-paf e canastra. De seu amor por mim Isabel me afirmou certa vez que ele era fértil e duradouro, não, não era mentira como eu estava pensando. E rindo-se, tentou imitar-se ao relembrar a véspera do casamento, rememorando aquela noite de bebedeira em que eu a procurei de barba grande, querendo me passar por um traste que somente bebendo pudesse viver – e assim Isabel a mim testemunhou a confiança que eu não queria perder, desde que a conhecia havia mais de oito anos.

Quando conheci Isabel não pensava em casar-me durante semanas a namorei como um passatempo; mas foi a convivência daqueles encontros fortuitos, foram aquelas sessões de cinema, foram aquelas tardes de corrida do Hipódromo da Gávea, foi tudo isso que me obrigou a descobrir na singela beleza de Isabel a tranqüilidade de seu temperamento.

E de uma mãe que nunca chegou a ter, Bernadete precisava. Saturado das frustrações da ronda noturna, das boates que me empanavam os olhos com as luzes mortiças, eu estava enjoado. Prostitutas apenas para o coito.

Precário o prazer físico das prostitutas que deixavam de me afoguear o coração. Ainda agora eu sofro me lembrando das loucuras de Bernadete, que minha filha tenha se matado eu ainda choro, como se houvesse sido ontem enterro de Bernadete eu provo de uma aflição e o espelho sempre me mostra uma dor que deixou o seu estigma em minhas pálpebras.

A morte de Bernadete me forçou a sentir falta da solidão. A mortalha de Bernadete se reflete no descaso que eu tenho pelas cartas de Isabel. Envelopes que eu nem chego a abrir. E eu acredito que me casei, apenas, devido à existência sem carinho de Bernadete. Mas isso não é exato, reconheço ser falsa semelhante suposição, porque minha memória chama por Isabel de vez em quando e Isabel eu a revejo como uma constante de um pensamento feliz e febril... febril muito antes do dia do nosso noivado.

Subscrito pela metade deixo o envelope que o correio deverá entregar à diretoria da Caixa Econômica do Distrito Federal. Faz dois meses que eu me encontro por aqui; longe do meu trabalho que eu abandonei lá em Maceió.

Agora, Antônio Deca pede-me socorro, o Oficial de Justiça volta a implorar-me que eu impeça o linchamento do Promotor. Não sabe explicar-me o porquê da indignação do povo de Santana do Ipanema, a causa que pede vingança à população da cidade é desconhecida por este homem que atravessou correndo o corredor.

Mal conheço este Antônio Deca que badala uma campa na porta do cartório, antes do Juiz de Direito dar por abertas as suas audiências. Nunca ele subiu as escadas do sobrado. E ao subi-las pela primeira vez é para me pedir um absurdo. Replico. Que forças tenho eu para impedir que matem Dr. Gumercindo? Serei eu o Delegado? Ou ele Antônio Deca, é péssimo fisionomista crendo que eu sou o comandante do destacamento, o Sargento Sobreira que toma porres para ficar corado? Toda Santana do Ipanema, está armada? Pior para o Dr. Gumercindo. Ah! Dr. Gumercindo fugiu para o Morro do Cachimbo Eterno? Por querer viver Dr. Gumercindo foi se esconder nas caatingas de um morro que eu posso divisar de lá da sacada? Melhor para ele, melhor para o Promotor que ficará conhecendo os mandacarus, como os cactus resistem à seca, como as palmatórias crescem sem precisar de água.

Safado com as negativas de Antônio Deca, chamo-o de mentiroso, sujeito ordinário que sabe de tudo e mo nega por negar, sem razão.

O Oficial de Justiça desvia os olhos. São os oito anos da filha da cozinheira que impedem Antônio Deca de fazer um gesto indecente. Traduzo-o. E o quis também traduzido por Antônio Deca quando a cara remelenta da menina desapareceu no outro salão.

Dr. Gumercindo havia brutalizado duas menores, filhas gêmeas do fogueteiro estavam sangrando devido a uma bebedeira do Promotor.

E o Juiz de Direito? Do lado dos linchadores? E o Padre?

Não escuto o nome da fazenda onde o representante de Cristo se encontra para casar matutos de dinheiro. Fico escutando os passos do Oficial de Justiça estalarem as tábuas do assoalho. E lembro-me logo dos cavalos do jogo de xadrez relinchando ante peões massacrados por seus cascos silenciosos. Mas não lamento ter perdido um parceiro.

Mesmo que não matem o Promotor ele não terá mais liberdade para vir tomar café e jogar xadrez no meu tabuleiro. E antes de ir debruçar-me no parapeito da sacada, de lá dos fundos do sobrado ficar vendo a caçada de um estuprador, ficar vendo um dos morros cercado e batido por homens armados de porrete, de rifle papo-amarelo, de punhais que se lhes trespassam os cinturões, punhais tão grandes pendendo dos cós de calças quais espadas – eu abro uma gaveta. E à procura de analgésico eu termino revendo as cartas intactas de Isabel.

E, agora, tamanha é a confusão que se faz em meu espírito, que eu me sinto incapacitado de poder afirmar se a cor de Isabel é branca, se grossos são os lábios de Isabel e se espelhos os olhos de Isabel sugerem. Abro as mãos. Abertas, levo-as ao rosto. E de face encoberta eu fico escutando o relógio pendular sem poder contar as batidas.

Se eu pudesse chorar estaria salvo. Mas meu coração se encontra completamente estorricado. E esta secura de meu peito se evidencia nos talhos que partem toda a minha boca. Talhos profundos, indeléveis, como se por giletes houvessem sido provocados. E pensamentos de um tamanho descomunal vêm chegando, vêm chegando ainda imagens áridas e ao mesmo tempo móveis como dunas. Não tem jeito. Sou um homem morto pelas visões. Lá vem a muleta do Professor Antero. E tudo isto é cruel porque eu estou sozinho e mesmo ainda querendo Isabel acabo de perdê-la...

Que o Promotor se dane: dizem meus azedados lábios.

OS
CATA-VENTOS
BRENO
ACCIOLY
CONTOS

Na página anterior, a capa de
Os Cata-Ventos (1962), feita por
Poty.

Os Cata-Ventos

"Na rua tanta gente estendida e por isso mesmo eu vejo tantos mortos".

Franz Kafka

RODA A FLOR enorme do cata-vento na tarde cinzenta, continua rodando sempre e mesmo de longe pode-se vê-la denteando o crepúsculo porque a sua haste é de aço, haste que se encrava à terra, haste tão alta qual uma torre de igreja.

A dona desta flor é Eudócia. Eudócia também dona dos outros cata-ventos que captam água do subsolo. Água pra irrigação das léguas de canaviais de sua usina. Dir-se-iam também espantalhos para os urubus que empestam o vento. A terra salubre às vezes se torna limosa, encharcada e a cabeleira do corpo imenso se balança com o vento que tange nuvens inclinando canaviais.

Bem no meio das terras irrigadas o bueiro vermelho da usina de Eudócia, maquinaria da Inglaterra, turbinas importadas roncando num incessante trabalho espelham de tão limpas para quem entra no chalé grandão com telhado de amianto.

Eudócia ainda tem Alagoas como horizonte de seus olhos. Nem Recife Eudócia conhece e quem lhe perguntar por que não viaja, não corre o mundo, o silêncio sempre uma esquisitice estudada será a resposta desta milionária, olhos verdes, salgado olhar que desconfia de todos e sempre fita, encara o interlocutor com força de salmoura.

Nenhum cachorro Eudócia cria. A casa-grande de janelas vermelhas, nesta tarde que morre, escuta gemidos do vento, invisíveis mãos amedrontando os canaviais que choram, soluçam como se sentissem medo, pavor dos facões e foices que decepam.

Quando não chove, sempre Eudócia fica apreciando o crepúsculo, absorta à varanda permanece até se fartar da solidão que brame no pranto das canas agitadas. Com passos firmes Eudócia entra à casa-grande janta e se deita como se tivesse de viajar de madrugada. Raramente joga pôquer e quando empalma as cartas depena a cozinheira, única parceira de seu colorido vício, agregada da casa-grande, antiga ama-de-leite pra boca de Eudócia quando ainda sem mando, no mundo dos cueiros.

O amor de Eudócia se esconde no seu próprio coração e ninguém até hoje conseguiu saber se o seu peito se magoara, abrira-se em feridas algum dia. Amor conhecido por todos Eudócia nunca o teve e até agora sua beleza tem pertencido ao colchão de sua prolongada virgindade, ao banheiro de água encanada onde Eudócia solta os cabelos...

Não recebe visitas nem toma conhecimento de missa de sétimo dia tampouco se acovarda ante fiscais do Instituto do Açúcar e do Álcool.

Detesta apadrinhamento, abomina qualquer fuxicaria, politicagem, mas carinho ela tem muito pelos cata-ventos de suas terras, cata-ventos girando sempre, puxando água, furando o subsolo com metros de canos, que afloram golfando água, molhando a terra que não fica escaldada.

Antes as canas morriam, murchavam nas contra-socas, os rizomas das primeiras plantas também fanavam como se o sol fosse uma praga que trouxesse raquitismo. Mas agora, Eudócia ri-se, galhofa num desprezo de mofa quando pensa nas outras usinas sujeitas à chuva de um clima inimigo, incerto, adverso. Também cai num deboche ao se saber milionária, não precisar depender de ninguém; Eudócia tem no banco depósito de milhões. Esbraveja à cara dos trabalhadores do campo que tentam enganá-la.

Hospital somente pra quem estivesse doente. Fossem enganar o governo que gosta de enganar, de ser enganado. Não contassem com ela pra ser madrinha de criança necessitando de fraldas. A Usina dos Cata-Ventos não era ordem de caridade. Os canos substituídos de cinco em cinco anos não deixavam a terra esturricar. As águas correndo num murmúrio inesgotável só faziam bem aos alqueires. Eudócia ganhando muito dinheiro não tem competidor no negócio de vender açúcar. O funil da maquinaria da Usina dos Cata-Ventos enchendo, endurecendo sacos do mais puro açúcar cristalino. Açúcar sem torrões, açúcar tão fino qual orvalho, mal enxuto.

E os trens da usina, apitando nas curvas, soltando bufas de suas ardentes caldeiras, pesadões e entupidos vagões rodando nos trilhos de aço continuam a levar pra longe o açúcar de Eudócia que quando quer ver mais longe põe nos olhos um binóculo e fica vendo depois de seus passeios num cavalo baio, os canaviais de suas terras se estenderem numa fertilidade de estarrecer.

Mas agora, Eudócia quer amar. Soube de mim, gostou de saber eu sei lidar com mulheres, que eu sou solteiro e não desprezo mulheres de pernas grossas, torneadas pernas de mulheres limpas, cheirosas nas bocas carnudas que a mim se entregam com beijos, demorados arrochos como se não soubessem fazer outra coisa.

E quando Eudócia quer o céu vem abaixo. Ninguém pode com os seus caprichos, alentada vontade de um coração dominador.

Eudócia procurou os meus olhos quando eu estava atentando, analisando uma negra de bunda volumosa que deveria ser contratada cozinheira do meu bangüê.

Foi Eudócia quem forçou conversa comigo pra depois me dizer: por que eu não me mudava pra casa-grande? Estranhei. Eu não estava doente dos ouvidos, mas mesmo assim não me esquivei: quis ouvir de novo o que ela dissera. Eudócia com tanta cana madura e querendo comprar toneladas, mandar buscar as canas de minhas terras, seu vizinho?

Mas Eudócia me queria mesmo. Então eu fui... E ela me enfeitiçou com os seus joelhos roliços, atraiu-me com as carnes de suas coxas, depois de se deixar enlaçar, lá na piscina de águas renovadas.

Deu-me as costas, queria-as enternecidas. Maluquices. Que eu a amasse de novo. Fazendo tudo pra me atrair, me dominar com os seus cabelos compridos, com suas pernas, suas coxas tão alisadas por minhas mãos; Eudócia também revirava os olhos, dir-se-ia fosse desmaiar. Mal ela era, apenas, uma grande fingida.

E os peitos de Eudócia? E as ancas de Eudócia que eu espremia com minhas mãos? Foi ela, foi sempre ela quem me pediu pra fazer tudo isso. Depois Eudócia vestiu o maiô e se afastou de mim pra me chamar de novo, insistindo comigo, pra que eu ficasse na casa-grande, tinha varanda, donde se podiam ver todos os cata-ventos a olho nu. Eudócia baixava os olhos num acabrunhamento de causar dó. E eu fiquei querendo Eudócia, desejando a Eudócia que falava em casamento, em filhos... Todavia quando eu entro à casa de quartos enormes meu coração se amofina, se amedronta; enquanto Eudócia troca de roupa, penteia os cabelos, borra com batom a boca de sua face de olhos verdes eu não descanso de pensar, de ficar atemorizado com tantos pensamentos encrencados que vão surgindo.

"Eudócia gosta mesmo de mim? Ou será tudo isso uma armadilha de mulher de trinta anos, madura mulher de desejo à flor da pele que somente me quer por querer; extravasando caprichos de complexada venha a terminar por me envolver num enredo insuportável?" Jogo o cigarro fora e esmago a brasa com o solado de sapatos novos.

"E se depois do casamento Eudócia se aborrecer de mim, noutra cama for se espichar, por teimosia me renegar a uma indiferença aterradora e por isso mesmo tenha eu de arrombar porta com ponta-pés e murros?"

Eudócia jura, continua de mãos postas dizendo que me adora, me quer, ainda agorinha me disse que ia se casar comigo só por amor, chegando a marcar o casamento pra tarde de amanhã e enquanto a tarde morre num crepúsculo de sangrentas nuvens eu espero que a noiva Eudócia surja num vestido de rendas brancas, olhar cabisbaixo, trêmula e sutil como toda mulher que traz buquês nas mãos e prova o vestido sem temer superstições.

Fecho o paletó, no cós das calças um punhal me fortalece, mas se em algum momento Eudócia, a usineira Eudócia da Usina dos Cata-Ventos me humilhar eu também juro que as minhas mãos fecharão seu pescoço branco num aperto de último adeus.

Há um mês se foi desta sala o juiz de direito e do meu casamento com Eudócia ainda restam rosas, resistentes rosas espinhando um vaso de cristal, cheio de água que dissolveu pó químico, farelo de indústria que não deixa as rosas murcharem.

Outras rosas vicejando num canteiro fofo se abrem em pétalas perfumadas. São rosas do túmulo de Eudócia, sepultura cavada num breu de madrugada deserta depois que um pesadelo de Eudócia me despertou.

Dormindo Eudócia falava, falava que ia me abandonar, viver com outro que eu jamais conhecera, vira. Só por implicância ia fazer isso comigo.

Era um falso pesadelo, sonhos malévolos de uma perversa, sonhos falados de mulher ruim que havia se entregue a mim horas antes. E de virgem Eudócia no casamento só tinha levado consigo as finas rendas de seu vestido branco de noiva encabulada.

Eu mesmo pus anúncio nos jornais. Eu mesmo mandei pros jornais de Maceió, de Recife, retratos da desaparecida Eudócia, milionária, lesando pelo mundo, fêmea de corpo vibrátil, desde a última semana desaparecida, perdida não sei onde, longe de mim, de seu marido, usineiro da Usina dos Cata-Ventos, tão desolado numa tristeza infinda.

E eu contratei uma mulata; faz três dias que a beleza de uma mulata sem cheiro de sovaco continua me dando o seu amor quente. Mulata doméstica, mulata que induzida por mim está gostando de ser a jardineira daquele canteiro de rosas escancaradas nas pétalas frescas, mas quentes e rubras nas manhãs de sol da minha usina que não deve a ninguém. Gracinda trabalha pra mim.

Também quando eu lidava com meu bangüê não costumava passar calote nem fui logrado.

Eudócia se não estivesse soterrada seria testemunha de que não estou contando lorotas nem inventando potocas pífias.

Quando num certo dia entrei nas suas terras foi para contratar uma cozinheira mas ao ver a negra tão gorda, tão bunduda, fiquei assuntando, imaginando se tanta banha agüentaria o rojão de forno e fogão pra ela.

Não ficasse aborrecida, tinha mudado de idéia e pra negra não ficar num banzo de morte, chorando à toa, desejando desaparecer deste mundo dei-lhe uma cédula como se estivesse pagando carícias feitas por mim nos seus peitos rotundos.

Atrás de mim, perto de meus calcanhares, Eudócia, esperava que eu me volvesse. E me convidou e eu fui pra casa-grande escutar eletrola, dessas modernas de muitos discos caindo, música pra nunca acabar mais nos long-plays.

Que eu esperasse um momento, me disse depois de saber que eu ia bem, os canaviais do meu bangüê estavam crescidos, viçosos numa doçura de primeira e ao entrar de novo na sala o seu maiô verde deixava à mostra pernas de coxas queimadas.

Nos ombros sardas, num pulso de braço a marca do relógio-pulseira.

E fomos pra piscina. Havia ganho um calção mas não lhe perguntei de quem ele era porque o namoro entre nós dois já estava no machucado dos beijos.

Eudócia me abraçava fechando os olhos, estrebuchava com os meus arrochos, suspirava como se estivesse antecipando um gozo que a desfalecesse.

Me chamava pelo nome na concha do meu ouvido, me dizendo que morreria se eu não a quisesse, foi ficando nua, mostrando os pêlos do sexo se oferecia num despudor de rameira.

Sobre a grama o maiô de Eudócia e o meu calção também se esquentando num embolado de panos coloridos.

O Sol nos enxugava, tibungávamos na piscina pulando do trampolim escondido por uma cerca viva de eucaliptos que cheiravam doce.

Engulhava, ficava enjoado com o recender da resina dos troncos de folhas agitadas e como a intimidade entre nós dois desse direito de reclamar disse a Eudócia que cheiro bom de mato verde para a piscina era o de ficus, da hera que cresce subindo nas estacas enfincadas e trescala sem provocar engulhos. Depois de aparado o muro de clorofila ficaria uma beleza, sem cheiro nenhum que embrulhasse estômago seria sempre um convite e um desejo.

Desse meu ponto de vista surgiu a primeira desavença entre nós dois, mas eu terminei ganhando com a promessa de Eudócia de mandar derrubar as agulhas dos eucaliptos, decepar todos os cones dos eucaliptos que despetalavam bem-me-quer e mal-me-quer jogando fora folhas amarelas, sem vida, muito mortas.

Eudócia deu um estouro desarrolhando o champanha e foi ainda Eudócia quem brindou o nosso noivado pois ao deixarmos a piscina escutei sempre durante o caminho promessas de muito amor.

Relembrava que me conhecia, diversas vezes tinha conversado comigo, vez por outra pensava em mim como um vizinho que não embirrava nem comprava encrenca mas me quis, começou a me querer, somente o seu coração poderia explicar isso, essa repentina paixão que lhe acelerava o ritmo do sangue. Não me fiz de rogado, escutei-lhe o coração que batia muito, todos os dois peitos num estremecimento de irrefreáveis ânsias.

Pediu-me também que a beijasse, a esquentasse num demorado abraço.

O sol fendia a terra, escaldava pedras enormes espalhadas na grama aguada, tratada por jardineiros de cócoras. E até chegarmos à casa-grande a conversa foi a mesma, juras de todos os tons e de todas as cores, que eu conheceria a felicidade quando mandasse no seu corpo todo e compreendesse o seu bucólico espírito.

Eudócia falava bonito demais, pela primeira vez escutava tão fina lábia mas não afrouxei os meus sentidos, sempre preparado para me defender de alguma falsidade deixei que ela primeiro bebesse a taça de borbulhas.

Durante o almoço – primeiro as mulheres, tenha a bondade – repeti essa gentileza com o garfo e a faca na mão toda a vez que um prato vinha pelando da cozinha. Quando chegou a vez do charuto soltei a primeira baforada ainda suspeitando das artimanhas de Eudócia e o medo de ser aniquilado por uma mulher que sempre fez o que bem quis, desde aquele dia não deixou o meu pensamento descansar; as minhas idéias, por mais que eu as quisesse abrandar, surgiam num atropelo de defesa e vingança.

Eu podia ter aberto nos paus, podia muito bem ter deixado Eudócia para não me assustar tanto, mas eu estava num jogo cuja aposta era o amor. E eu não queria perder, passar por mofino que tivesse medo de mulher de posses. E fui ficando.

"Espírito bucólico!"– e eu mandava a minha memória pra piscina de bordas relvadas, cabeleira verde aparada, tesourada grama. Eudócia gemendo no gozo, eu lhe apertando os peitos duros estava lhe dando o que ela pedira. Jamais partiria de mim semelhante afoiteza. Sabia de chicotadas na cara de um atrevido só porque ficou lhe espiando as pernas, curvas grossas nas batatas carnudas. Afronta recente, de poucos dias. Mas Eudócia me pediu e tanta foi a minha surpresa que as minhas orelhas escaldaram.

Tinha visto semelhante devassidão em prostitutas cansadas, de ponta de rua. No quarto de cama rangedeira as nádegas ficavam sempre de cima.

Juro eu não pedi pra fazer aquilo.

Foi Eudócia quem pediu, por isso minha consciência me deixa sossegado, não sou nenhum puritano mas tenho certeza de que não afobei até hoje mulher alguma. Sempre dou o que elas me pedem e o que também eu quero. Mas nada de violências, de forçar a quem deseja o prazer. Por isso tenho não sei quantos filhos por ai, já mandei registrar o Canduca, crismar o Manfredo, batizar a Elvira de olhos azuis, a mãe dela nasceu em terra de neve nos invernos de montanhas.

Nenhum deles deixou de estudar nem de crescer pra fazer figura.

O Totônio quis engordar e eu fui logo dizendo: está doente, tem de se tratar, não sou pai de filho capado.

Depois dos hormônios, Totônio campeão de remo se não levar bomba vai ser médico antes de completar os vinte e um.

Mandou-me um retrato abraçando uma namorada muito pestanuda no rosto atrevido de lábios travosos.

O amor começou a me ferver as entranhas muito cedo e tantas foram as mulheres com quem andei que até Eudócia ficou sabendo bom eu sou na coisa. Mas nunca eu fiz alarde disso. Gostar de mulher não pede oratória, é só a gente olhar. Se houve afinidade eu a convido. Quase sempre sou bem sucedido mas de quando em quando surge uma melindrosa, que não quer se despir, nem largar o uísque de copo de bar.

Namorar pra perder tempo eu achava e continuo achando besteira, porque quem somente quisera e continua a querer beber de graça só deseja mesmo ficar bêbeda, imprestável.

Então eu pretextava afazeres e ganhando a rua de céu estrelado assobiava o que me vinha à cabeça. Nunca deixei de fazer isso.

Lembro-me do mês de noivado, tomava precauções quando Eudócia implicava em ciumar.

Havia perdido o medo de noiva tão mandona mas ficava sempre de sobreaviso; divisava os cata-ventos quando bem entendia e abraçava Eudócia fora de hora, acariciava Eudócia tarde da noite; Eudócia que me esperava todas as noites com um vestido novo já dera pra chorar, reclamar da vida ingrata que levava.

Ficava imaginando que nem no noivado eu respeitava o compromisso. Mostrava-me o relógio de pulso, que eu visse as horas de parede no grandão e tirava dos seios o lenço das lágrimas.

Eu numa manhã calorenta chegara aos Cata-Ventos pra contratar empregada, depois fazer surpresa à Doriléia, minha última amante, a melhor de todas elas, podia viver comigo na casa-grande do bangüê, que Doriléia se sentasse na boléia e espiasse as suas mãos que descansariam; iria contratar gente pra trabalhar por elas, ficar no lugar delas cuidando do forno e do fogão; eu que freara o automóvel nas terras de Eudócia somente querendo dar emprego a cozinheira que também lavasse e engomasse terminei escutando declarações de amor e ainda me lembro quem me pediu em casamento foi Eudócia mesmo que escolhia palavras, ressonâncias de frases cativantes.

A cozinheira que me indicaram não prestava, embora Eudócia continuasse me tentando eu não me esquecia de Doriléia mas fui ficando na Usina dos Cata-Ventos como se estivesse enfrentando um destino adverso.

Pressentia Eudócia tentaria algum dia me confundir, me embaraçar querer me transformar num dominado marido que concordasse com tudo e terminasse lhe vendendo o meu bangüê seria mais uma de suas determinações: que também lhe vendesse os meus canaviais seria outra resolução impetuosa de sua vontade depois de Eudócia ter me comprado tudo diria então pra mim que eu não tinha nada, não valia nada, dinheiro depositado no banco dos outros só dava bobagens de juros, mixaria de lucro. E eu somente era rico às custas, desaforada Eudócia que pra despistar tanta arrogância não tinha cabelos nas ventas.

Todavia, jamais pensei quisesse Eudócia me enganar, me chifrar em tão pouco tempo. De casados contando certo havia um mês que dormíamos junto quando acordei pra escutar perfídias que também traziam cólera. Se eu não tivesse reparado direito teria me estrombicado, imaginando pro resto da vida o falatório de Eudócia ainda estaria de consciência amarga, mas eu me levantei, acendi a luz do quarto e continuei vendo e escutando Eudócia me querer mal.

Eudócia não queria as minhas terras nem os meus canaviais de alambique como eu suspeitara. Queria me chifrar mesmo, me fazer de corno só pra galhofar. Só pra mangar de mim, me ver doido, me ver atarantado atrás de advogado de desquite.

Eudócia falava de olhos fechados só pra me acordar. No instante em que o quarto ficou de luz acesa Eudócia quis fugir pelo corredor mas a minha gravata de braço a sufocava, tirava-lhe as forças, as pernas, coitadas das pernas davam uns coicinhos de rã que fosse morrer.

Trabalho eu tive muito para cavar o buraco, a sepultura de um metro de profundidade, calejavam-me as mãos de sicareta e enxada.

Mais tarde desentortei as roseiras durante a madrugada pés de rosas com raízes sobre a grama esperando acabasse eu de enterrar Eudócia de camisola, os peitos de fora, o nariz sangrando nuns coágulos...

A quentura do sol escaldava pedregulhos dos muros zumbidores. O vento girava com força todos os cata-ventos dos canaviais da usina e eu ajeitava o canteiro da morte, dava banho nas roseiras, encharcava Eudócia que ficou de perna encolhida como se ainda quisesse me dar um chute.

Estava com o mesmo calção de banho de lã azul, presente de Eudócia pra mim antes de irmos à piscina pela primeira vez, quando passou Gracinda levantando poeira, deixando atrás de si uma nuvem de pó.

– Ei, você aí venha me ajudar! – E meu rosto pingava suor, com força de lágrimas de suor caía na grama consertada do canteiro cheiroso, trescalando perfume de rosas hemorrágicas nem parecia túmulo disfarçado que voltasse a ser canteiro aguado.

Gracinda começara a trabalhar pra mim.

Quando joguei Eudócia na sepultura a madrugada era de breu, também nenhum indício deixei pra que ninguém pudesse localizar a defunta mas surgiram zunzuns de um idiota querendo ser feiticeiro. Esse maltrapilho cretino andou dizendo por ai que Eudócia virou osso queimado na fornalha, dissera ainda que adivinhava tudo mexendo na lama, bulindo com a imundície da tundra sempre fedendo no mangue da Manguaba previa o futuro e desenterrava o passado; esgaravatando a mucilagem da lagoa de muito delírio e de muita febre descobriria tudo, mas não soube prever a surra que o desconjuntou, partiu-lhe costelas, abriu-lhe a boca que urrou de dor.

De tanto apanhar e berrar o feiticeiro chegou a perder a fala; agora emite sons confusos, grunhidos de doido que não tem o que comer.

Disseram-me ele está na ponte, de cuia na mão.

Gracinda me mandou dizer que está de bucho esperando nenen. Agradeceu-me o cheque. Doriléia, a que acabou de se casar comigo anda com novidades, quer em vez de rosas no jardim, aloés e agaves que brotam com mãos de múltiplas espadas num enrijecido verde lembrando ouriço. E quer porque quer mandar remover toda a terra estrumada, substituí-la por barro vermelho onde babosa cresce numa furta-cor escarlate.

E eu não estou gostando disso.

Doriléia espirra, toda vez perto das roseiras solta atxins mas pode ser também implicância de mulher recém-casada que pra se convencer me domina quer arrasar o jardim.

Já lobriguei Doriléia trombeteando nuns espirros de arrebentar aletas bem no meio do café e nenhum galho de roseira enfeitava com rosa aberta qualquer canto da sala.

Amuada Doriléia passou uns dias mas as roseiras do jardim continuaram a me embevecer os olhos. Doriléia, anos depois, voltou com a mesma exigência, aloés e agaves, mas nem desta vez consenti fossem as roseiras transplantadas pros outeiros.

Não tardou o macaco Jesuíno tivesse velório, fosse lavado e amortalhado lembrando gente. E o macaco teve o seu enterro terminado quando um buracão do jardim voltou a ser entupido de terra. Naquele dia constatei um lençol subterrâneo murmurar nas entranhas do solo, rio profundo cachoeirado sobre os alicerces da casa-grande e fugindo sobre um leito de pedras.

De Eudócia nem sinal.

Quem abriu o buraco só ficou com a cabeça de fora.

Havia me distraído bebendo uísque, lendo jornais tomava conhecimento do mundo e quando fui ver a cova do Jesuíno, havia mandado abri-la no quintal dos gansos, tomei um susto ao ver a desgraceira do jardim.

– Me desculpe, "seu doutô", não fiz por mal, escutei errado e bicho morto sempre foi moda a gente enterrar ele de pé num meio de muita fulô.

As canelas do caboclo esgrouviado tomavam banho de rio, rio dos Cata-Ventos que palitavam a atmosfera nuns giros de roleta de jogatina eterna.

Doritéia também sacudiu terra no macaco Jesuíno e se benzeu. Também isso eu achei errado. Mas acendi um charuto, continuei fumando, entremeando baforadas com goles de uísque amarelo, esbranquiçado pelos cubos de gelo, eu recordava, muito, muito mesmo havia me aborrecido.

Izolda: Atriz Importunada

DEIXAVA O TELEFONE fora do gancho. Insuportável o tilintar do aparelho chamando, chamando sempre minha mulher. Precisava ler, descansar. Não queria viver atendendo telefonemas, ouvindo insistentes pedidos, diga-lhe isso, peça-lhe aquilo, quem está falando é um admirador, que todas as noites, vai ao teatro só pra vê-la. E o insuportável dizia isso a mim, marido de Izolda, da atriz Izolda, Izolda estrela de tragédias, que recebia de um anônimo todas as noites, uma cesta de rosas vermelhas.

O teatro cheio estrugia nos aplausos de entreatos, zoadeiras nas torrinhas, nos camarotes, nas frisas que ao se contagiarem com o entusiasmo da platéia gritavam, batendo palmas, gritavam pedindo Izolda voltasse à cena, surgisse no meio do palco mais uma vez – Izolda: tranças louras a lhe roçarem os quadris de tão compridas.

Cansar-me-ia e perderia o meu tempo se tentasse descobrir entre a assistência o anônimo das rosas, aquele que se encarapuçava num sigilo ferrenho. Cruzava as pernas, sentado à primeira fila da platéia ficava vendo minha mulher sofrer, chorar num tormento de namorada, de noiva, de mulher casada.

Os Amantes: chamava-se a peça que torturava o amor.

No terceiro ato a mulher se desquitava, liberta arranjava um amante que morria jogando bridge, à beira de uma piscina, numa manhã de domingo. A mulher que fizera uma viagem regressava pra não saber onde o haviam enterrado. Os parceiros do bridge fugiram. Não queriam ser detidos. O jogo era proibido. A mulher não se suicidava tampouco ficava doente dos nervos. Alguém lhe dizia que o seu amante seria preso se estivesse vivo. Abusara de uma menor. E indagava-lhe: não seria sua filha a quem seu amante desonrou?

E o pano de boca caía e de vermelhão fechava o palco depois de Izolda afirmar chorando, enxugando o seu choro com as tranças louras que só conhecera homens de camisas-de-vênus.

Eu batia palmas, gostavas da interpretação de Izolda que se curvava, no meio do palco se inclinava agradecendo os aplausos.

Entrava no camarim e via a cesta que me enraivecia os olhos.

De madrugada o telefone me acordava, o que gastava comprando rosas perguntava por Izolda, queria conversar com minha mulher, não achava nada demais acordar os outros, azucrinar-me; palavrões me rasgavam a boca. Se ele quisesse se encontrar comigo viesse, mencionando o calibre do meu revólver apagava o quebra-luz, deixava o telefone fora do gancho.

Izolda dormia, com os cabelos soltos. A camisola macia se enchendo de ouro de sua cabeça perfumada voltava a ser amassada por minhas mãos. Eu a abraçava e abraçado com Izolda pegava no sono beijando-lhe a nuca, sentindo a respiração de suas narinas afiladas começava a sonhar.

A empregada botava o café na mesa depois do meio-dia, eu saía pra trabalhar, Izolda me dizia quando eu regressava que o chato das rosas não havia telefonado. Chato. Chato mesmo. Só telefonava de madrugada, pra irritar, queria ver Izolda fora de horas. Depois do espetáculo a cesta num canto do camarim rebentava perfume das rosas abertas.

Entendera-me com o diretor do teatro, precisava acabar com tanta intromissão, tanto cinismo. Não dera Izolda esperanças a ninguém, quem mandava a cesta sem se identificar, queria me ver brigando com Izolda, suspeitando de Izolda que me jurara ser amante apenas à peça. O empregado da casa das flores que trazia todas as noites a cesta de rosas vermelhas explicara num fôlego desconhecer o homem que eu queria esmurrar.

A polícia havia interrogado o proprietário da casa de flores, também não sabia, dissera no distrito o que me havia contado; atendia o telefone, tomava nota do pedido de quem queria me ver separado de Izolda e logo depois alguém vinha pagar a cesta. Vivia disso. Não desejava me molestar, ver-me à justiça solicitando desquite. E começou a chorar, chorar de medo, porque eu suspeitava fosse ele; a polícia vigiava-lhe os passos, destacava investigadores pra deslindar essa encrenca, a companhia telefônica censurava as ligações do aparelho, o homem que chorava de medo à minha frente se dispunha a mandar tirar o telefone do balcão, liquidar o negócio, mudar de ramo de vida, sairia até do Rio de Janeiro se eu quisesse.

Dele a polícia suspeitava demais, não lhe dava trégua, quando ele menos esperava a radiopatrulha ia buscá-lo, no distrito o mesmo interrogatório que o emagrecia, deixando-lhe pálido, com a mente confusa, – partia do delegado, do comissário, dos investigadores que se revezavam.

Garibaldi bunda doída, durante horas sentado à cadeira, choramingava permissão de ir embora.

– Você ainda vai telefonar pra Dona Izolda de madrugada? Você ainda vai mandar rosas pra Dona Izolda? E Dona Izolda já foi sua amante? Não foi?

Então por que você é tão enxerido? Não a conhece? Então por que você quer se encontrar com ela? Você quer botar chifres nos outros, por quê?

Garibaldi se dizia perseguido. Obtivera um habeas-corpus preventivo. A polícia num ofício, explicou ao juiz o que era Garibaldi. Eu botaria um processo nele. Garibaldi iria cumprir pena, importunava telefonando de madrugada, tentava seduzir uma mulher casada enviando-lhe rosas vermelhas.

Eu e Izolda voltamos a dormir sossegados. Entrava no camarim e um certo canto de parede era um branco de cal.

Izolda agarrava as tranças no fim do terceiro ato, não podia ter filhos, os seus amantes andavam com camisas-de-vênus. A assistência delirava, Izolda era choro de ventre vazio, no meio do palco que tinha coxias douradas.

Entrávamos no automóvel, Izolda já de cabelos soltos ansiava se ver à cama, despertava o amor me beijando, excitando-me ao gozo estava esquecida, completamente esquecida, algum dia alguém tivesse começado a lhe enviar cestas de rosas vermelhas, telefonar-lhe de madrugada pra me fazer ciúmes.

O Teatro Municipal botou anúncios nas paredes, cartazes bem visíveis. Izolda seria substituída. Os jornais esclareceram, a televisão foi ao meu apartamento entrevistar Izolda, buchão que não podia ser disfarçado. Vinha representando de espartilho, a prenhez subjugada pelos elásticos que lhe diminuíam a cintura impedia por algum tempo Izolda entrançasse os cabelos, trabalhasse no elenco de Os Amantes. Inviável uma mulher prenha representasse numa peça que não tivesse personagem grávida. Salvaram-se as aparências, obstando-se um ridículo iminente concediam férias à Izolda, com essa resolução se impedia que dichotes, gracejos inevitáveis de alguns gaiatos comprometessem o bom andamento da função.

O público protestou, repórteres procuravam gente em society, estouraram flashes ao ouvirem destacados do internacional-set, que embriagados, cornificados nas boates, suplicaram a Izolda que voltasse ao palco, mesmo esperando para breve fosse dizer as suas deixas até no dia de suas dores.

Mostrei os jornais à Izolda, saquinhos de alfazema arrumados por suas mãos, ficavam cheirando dentro das caixas, do enxoval azul. Que nascesse um filho.

– Você está de acordo Izolda?

– Não estou não. Só volto ao Teatro depois – e olhou pra barriga chutada, e esvrumada no espartilho de ilhoses apertados uns aos outros que numa última tentativa de modelagem insistia em emagrecer Izolda, cada dia mais exuberante, rotunda, comilona.

Eu trabalhava, ganhava dinheiro, no apartamento meu filho certa vez me esperou aguardando um presente de chicote. Bata nos bichos. E ele batia nos bichos de pelúcia, bichos de circo, acrobatas arrojados que davam pinotes, saltos mortais no picadeiro mecanizado. Na mão de meu filho o chicote domava os bichos teleguiados, mecanizados de eletrônica numa perfeição incrível.

Fingindo domar as feras já ensinadas, estalando por estalar o chicote de brinquedo meu filho se divertia, batia palmas e gritava "bravo"(Izolda lhe ensinara a aplaudir como os adultos faziam) quando a equilibrista de sombrinha aberta do fio de arame pulava pras ancas de um cavalo que saltava obstáculos montado por um palhaço de rédeas às mãos.

Meu filho estava crescido, aprendia a ler, escrevia seu nome com tinta borrando o caderno.

Trancada no quarto Izolda decorava, aprendia o que tinha a dizer no palco, uma nova peça a confinava numa aprendizagem cansativa.

Diálogos enormes, trama de imaginação poderosa enredando os personagens numas invenções de gênio que comoviam.

O jantar está à mesa – avisava a empregada batendo à porta do quarto.

Izolda largava o livro de folhas datilografadas, via televisão, botava o meu filho pra dormir.

Quando no dia seguinte regressei ao apartamento, estrelas tremeluzindo no céu da noite profunda, meu filho jogava baralho apostando beijos com a empregada branca, bonita e sadia, tinha feito exame de sangue, tudo negativo.

Você me deve cinco beijos – dizia meu filho à empregada que fechava os olhos, apertava a boca pros lábios receberem.

E à minha frente, sem acanhamentos, abraçado com a empregada sentada no assoalho ia beijando, beijando a úmida boca que retribuía, sabia contentar.

Não me opus a isso. Mais cedo ou mais tarde teria de acontecer o que eu estava vendo. Outras vezes meu filho jogava botão numa mesa apropriada de flanela verde toda desmarcada, tal e qual um campo de futebol com traves, redes e a indispensável pelota que era de plástico. Quem perdesse ia virar cabra-cega, procurar o outro que se escondia.

Izolda decorando de quarto trancado, me olhava com fadiga de olhos sumidos. Abria as mãos, o livro de folhas datilografadas caía no chão, ficava abandonado no tapete de pé de cama. Minha mulher abria os braços, o colchão se afundava, através da janela aberta eu podia ver depois o céu de lua redonda refletir as suas estrelas, navegar as suas nuvens de algodão, mostrar-me o planeta Vênus girando no telescópio de minha imaginação.

No último andar do edifício o meu apartamento tinha janelas enormes que descampavam.

Izolda ensaiava pela manhã com o elenco, durante a tarde o palco inclinado sentia os seus pés em repetições de trechos, quem dirigia a peça ficava corrigindo-lhe os gestos, modulando-lhe o timbre, desbastando-lhe senões.

Izolda se aperfeiçoando sozinha no palco imenso voltava ao apartamento pra ainda aprimorar as suas falas, dizer melhor o que ia dizer no Lago da Mulher Afogada.

Meu filho sabia o resumo da peça, passava-o adiante no curso primário da escola pública. Os colegas de meu filho faziam roda, escutavam em silêncio o enredo do Lago da Mulher Afogada, crianças analfabetas garatujando mal, lendo aos tropeços pagavam ao meu filho, dando-lhe cédulas de ínfimo valor só assim podiam ouvir a tragédia condensada de uma cidade do interior.

Todos se acusavam na peça da mulher inchada, comida pelas carpas que lhe devastaram os olhos, roeram-lhe as mãos, os pés, rasgaram-lhe a pele que era branca, virgem.

Carpas antropófagas, sinistro cardume de bocas de ratos que roíam o corpo boiando às águas de nenúfares, águas sangrentas quando as vísceras foram disputadas, empanturraram os peixes que haviam enlouquecido.

Todos os habitantes da cidade se acusavam, uns aos outros imputavam tamanha malvadeza. A praça cercada pela cadeia, pela igreja, pelo prédio recém-pintado da câmara municipal, a praça enorme onde alicerces de sobrados sustentavam fachadas de azulejos, varandas que regurgitavam às tardes de procissão, essa praça tumultuada onde toda a população da cidade discutia, xingava com apupos, investia contra as podridões de seus conhecidos, seus semelhantes, seus parentes, essa praça, seria o fim, o enterro da cidade que iria ficar deserta, entregue ao vento, à poeira, ao redemoinho que empanaria as vidraças, entraria pelas portas entreabertas com sua espiral convulsa, sufocante, muito seca.

Os leitos abandonados, as cozinhas se tecendo às aranhas de teias medonhas, restos de comida fedendo com a imundície das baratas cascudas que depois morreriam, seriam pasto fétido de formigas escuras, vorazes num pretume de carvão, saindo do chão, de muitos buracos da terra em fileiras mandibulares trescalando o ácido fórmico.

Essa praça chamada de quatro portas aos poucos ia ficando vazia, deserta, silenciosa qual um enorme e arborizado túmulo.

Os habitantes que mutuamente se culpavam debandaram, uns fugindo dos outros procuravam outras cidades, queriam ser desconhecidos pelos seus antigos amigos, envergonhados de suas safadezas procuravam as trilhas, as veredas do esquecimento recíproco.

Tudo isso por causa da mulher afogada no lago.

Tudo isso porque depois de descobrirem a mulher afogada ninguém quis ser preso, julgado, condenado.

E no meio da praça começaram a se acusar um dizendo ao outro o que ele era, o que sabia de sua vida, a linguagem exposta numa crueza interminável, como se cada um deles quisesse destruir o outro que por sua vez o arrasava, as bocas espoucando, fervendo, como se pudessem queimar, fossem brasas.

Meu filho quis ir à estréia. Ficou foi à cama esperando o sono, sozinho no quarto escuro, separado da empregada que saía de noite, voltava tarde com dinheiro à bolsa.

Izolda no palco denegria o juiz de direito, renunciasse ao cargo, era ele não duvidava fosse ele o ladrão que roubara no hotel todo o dinheiro do usineiro, sono de bêbedo à cama alugada.

E devolvia- lhe o cartão, cartão de visitas que caíra do seu bolso, embranquecendo um retângulo de tijolo até à manhã seguinte, quando a amante do juiz de direito o apanhou, atravessou a rua, entregando-o a Izolda. Que o guardasse. Podia servir.

O usineiro tomando café ameaçava botar todo o mundo do hotel na cadeia. Defendendo-se o juiz atacava a amante que varria os quartos, espanava os móveis, tirava os penicos cheios.

– Essa empregada é louca. Só me dá de quatro pés, feito égua. Você não pode acreditar no que ela diz.

– Não chame minha afilhada de louca nem de égua – avançava Izolda como se pudesse estrangular o juiz grisalho, atônito, mãos fechadas como se estivesse preparado pra topar uma nova modalidade de queda de braço, um ajuste de forças sem se apoiar nos cotovelos.

– Eu sei o que você é. Não me esqueci, ainda a vejo vendendo bonecas de pano, tomando conta de um cesto de molambos. Não me venha com santidade. Donde tira seu marido tanto dinheiro pra lhe dar tanto conforto? Ele que ainda trabalha à feira, vive vendendo fumo de rolo? Izolda não se calava. Respondia na bucha, entupia o juiz nervoso inquieto, perdendo as estribeiras.

– O que eu tenho foi de herança de meu pai, depois que enviuvou foi ser padre, hoje bispo, magro, sem barriga, que toma rapé, assoa o nariz fazendo zoada de trombone.

E Izolda abria a bolsa, tirava uma boneca, boneca de vestido rodado, as pernas de fora, os seios guardados como os de uma virgem que fosse loura de cabelos anelados.

– Quer comprá-la? – oferecia ao juiz que abria a caixa de óculos, pra vê-la melhor acavalava a armação no nariz maquilado num tom rosáceo. – E não me chame de velha. Eu ainda faço bonecas, desde comecei a fazer bonecas um cochicho de fada afastou de meu corpo o fantasma das rugas, o aleijão da velhice.

O escrivão escafedera-se, o prefeito abrira nos paus, o coletor federal já havia ligado o motor do automóvel, consciências pesadas, embora o padre da igreja de duas torres tentasse aliviá-las com absolvições, lavá-las com as cruzes de suas mãos.

O carcereiro se sentia criminoso, roubava dos presos, chifrava os presos trepando em suas mulheres esqueléticas.

Izolda dizia tudo isso ao juiz que virava o rosto, só pensava no dinheiro escondido no forro de seu paletó. Só queria fugir, deixar Izolda falando aos ventos, sozinha no meio do palco de luzes fortíssimas, todos os refletores acesos porque era meio-dia, hora do zênite, hora máxima do calor do sol.

E antes de Izolda também partir, o teatro inteiro ouvia pragas, imprecações, vaticínios: esta cidade não será uma cidade de bruxas, de vampiros, de silêncio. De tanto silêncio que as árvores murcharão, as pedras mudarão de cor, o lago onde a mulher se afogou virará pântano, charco, lama venenosa nos trechos das areias movediças. E concluía: eu também sou culpada, não digo, não posso revelar a minha grande culpa. Sinto-me tão morta, tão despedaçada quanto a mulher afogada. Vejo-a daqui, cabelos destroçados servindo de fios pra roca de maldição das bruxas aladas. As bruxas estão sorrindo pra mim, mangando de mim com suas bocas de um único dente. Tenho de largar, ir embora. Magoado o meu coração, todo o meu ser em sofrimento, porque me desatendo, insisto em não contar pros meus ouvidos o que em certo dia me acabrunhou, me adoeceu, com remorsos me derrubou. Vejam, olhem bem, eu estou mesmo sozinha vendo o lago que apodrece.

Jogavam flores no palco, os pés de Izolda pisavam rosas, esmagavam pétalas enquanto a assistência delirava, ficava pedindo, Izolda voltasse, de novo encher de beleza, de talento, de gênio interpretativo o palco escurecido.

Entrávamos no apartamento, o cobertor azulava meu filho, parecia um anjo dormindo contente.

– Deixe, eu atendo – me disse Izolda enquanto eu desfazia o laço da gravata.

– Quem era?

– Não digo.

– Mas Izolda você não está no teatro.

– Não digo pra não aborrecê-lo.

Mas logo em seguida me disse fora Garibaldi, o louco das cestas de rosas vermelhas, convidara-a pra uma boate, jantar de madrugada com champanha e tudo. Mas Izolda também disse pra Garibaldi era ele um nome feio de bicho intragável. E com estrondo de pancada forte, o telefone da mão de Izolda voltou para o gancho.

Márcia

ESTENDIDA À CALÇADA ENCONTREI Márcia, os faróis acesos me facilitaram identificá-la.

Regressava do teatro, smoking lambuzado na lapela, contente, dos beijos de minha noiva loura quando divisei Márcia que morria envenenada, comprimidos de tóxico a lhe estragar o estômago.

Conheci-a num cabaré, gostava de prostitutas e Márcia era quem mais se deitava à minha cama onde meus braços a engolfavam. Não tinha vícios, mas de sua boca sempre pendia cigarro de marca registrada. Intrigava-me. Estranhava Márcia não queimar maconha, ser diferente das outras, não ter gigolô pra seu corpo fornido, circulando livremente no bas-fond onde eu ia encontrá-la, e vê-la sempre bebendo água mineral como se fosse doente do fígado.

Não me disse onde morava, com quem vivia, onde comia, calada e obstinada como se sua língua não soubesse mentir. Ficava emburrada. Certifiquei-me ela me queria, apenas me queria como um macho que não lhe pagava coisa alguma.

Márcia abria a bolsa, sempre com dinheiro que devia ser dela mesma, porque jamais a encontrei acompanhada, ajustando preço com ninguém à mesa dos fundos do cabaré enfumaçado.

Eu insistia. Queria saber que espécie de mulher ela era, de que vivia, por que gostava de andar comigo de graça, ser minha todas as vezes que eu quisesse, entendesse.

Márcia ria-se. Seus braços enrolando meu pescoço, pedindo-me a dominasse, a tivesse mais uma vez com despreocupado amor.

Pouco falava, de si mesma quase nada dizia, acostumando-se a me esperar no alpendre de minha casa quando se esquivava do cabaré que nunca mais me viu.

Quis dar-lhe as chaves, não quis. Esperar-me-ia entre as sombras dos crótons. Dormiria à cadeira cercada de folhas se eu me esquecesse de seus olhos com orlas de rímel. E beijava-me, beijos que pediam outros, cada vez mais pressurosos como se a boca de Márcia estivesse com fome.

Acostumei-me às extravagâncias de Márcia que me amava sem nada exigir. Transpunha o portão, subia os degraus, num canto de parede Márcia me esperando, embrulhada no casaco se a noite era fria.

Recusei convites, cinema somente de tarde, preferia ver Márcia surgir risonha, pernas torneadas avançando no cimento, aproximando-se cada vez mais de mim querendo-me naquele andar estonteante que deixava marcas no tapete, se afundava no entrelaçado da lã colorida, trabalhada.

Espichando-se na cama qual uma gata de unhas pintadas, revolta a cabeleira sedosa que enchia minhas mãos, espalhava perfume de suas orelhas furadas, brincos de ouro a pender das cartilagens. Pediu-me mandasse a empregada embora. Negou ciúmes mas tive a certeza dessa vez ela me mentia.

Queria-me em sua casa, disse-me eu vendesse a minha que desbragadamente respirava no quintal, rede armada no tronco da jaqueira quando não chovia. Fiz- lhe a primeira vontade. Quando voltei da rua espelhava limpeza com Márcia arrumando tudo, toda minha casa tão diferente, lavada, encerada e limpa como se Márcia tivesse mãos calosas, e muita prática de arrumadeira que teimasse em surpreender o patrão.

Num guarda-roupa os vestidos de Márcia enforcavam cabides, alguns com capas de peles, marrons e cinzentas, macias e peludas peles, peles novas, todas elas muito novas como se não tivessem sido usadas nem enfrentado o frio, a neve de flocos.

Eu estava noivo, uma filha única de senador deveria ser minha mulher, antes do mês terminar, Treda, a chorosa Treda às minhas ausências, deveria se vestir de branco, separar-se do pai e da mãe pra viver comigo, legalmente ser minha mulher, sem dúvida alguma ninar filhos, vendo-os dormindo no berço sentir a tentação de outra gravidez. Todavia Márcia se aboletou no meu quarto, fez-se minha amante, desde a conheci no bas-fond bebendo água mineral, escutando blue, lá no fim do salão, Márcia vem sendo minha.

Márcia sabia do meu casamento. Treda lhe ficara ressoando nos ouvidos desde uma aliança gravada, começou a lhe aguçar a curiosidade.

Contei-lhe sem minudências. Atrevimento uma mundana querer fatos, exigir de mim pormenores, devassar a minha vida como se eu lhe devesse satisfações, estivesse vivendo debaixo de tutela.

Márcia não se aborreceu. Depois de enxotá-la, fosse bisbilhotar em outra parte escutei no silêncio que se ampliou o matraquear do relógio velho e herdado, carrilhão empretecia a parede com o seu caixão.

Então, Márcia confessou ter inveja de Treda, gostaria de estar comprando enxoval, ser minha como Treda iria ser, desvirginada numa lua-de-mel... Não a mandasse mais embora, não me importunaria nunca mais, ela não criaria entrave, escândalo algum jamais arrebentaria de suas mãos. E me abraçando começou a ser minha, com mais força me abraçando quando o gozo foi chegando.

Eu me lembrasse sempre que ela tinha aonde morar, se me procurava, dormia comigo, era amante minha mesmo sabendo de Treda era porque queria viver, viver como sempre quisera, longe de encrencas, insatisfações.

E começou a me dizer também usara grinalda, numa tarde se trancara com o seu marido que não atendia telefone, esquecido do mundo num quarto de hotel ia lhe ensinando os segredos do amor.

Adormecia, mas à manhã seguinte começava a ouvir outros pedaços da vida de Márcia, vida de mulher desgarrada, infeliz, desde o usineiro a proibiu de botinar, andar pelas ruas, respirar liberta pelo meio do mundo. A manhã se abria fria. Mostrava a janela árvores molhadas, silenciosas nos galhos rugosos, cheios de limo. Vento sussurrante, soprava, agitando as folhas, resquícios de chuva às nervuras sem cair no chão.

Fiquei sabendo como se chamava o usineiro. Haviam-no arrasado ciúmes de louco. Márcia dentro de casa lembrava uma inválida, perdia a cor no andar de um quarto para outro, fatigando-se do corredor que a prendia com a porta fechada se enervava. Não podia ir a um cinema, entrar num teatro, cadeado trancando a porta da rua, correntes se enrolando numa frieza de venenosas serpentes. Márcias as divisava pelas frinchas, intoleráveis fasquias.

O usineiro mandou eletrificar o muro, defendia-se de ladrão, alegava. E ficava apreciando a brancura de Márcia, extenuada num sofá, sem forças para gradear o rosto nos retalhos das janelas carcereiras.

Quando Márcia reclamava, não havia nascido pra ser bicho, queria abandoná-lo, desquitar-se, ver-se longe de sua monstruosidade, o usineiro abrandava, ligava a televisão, acariciava Márcia lhe beijando a boca sem pintura.

Num cicio dizia-lhe, fazia tudo aquilo porque a amava, palavras se lhe escapulindo da boca que mordiam os ombros de Márcia, carne macia, branca se enchendo de manchas escuras.

Subornou os empregados. Com o dinheiro no bolso eles mangavam de Márcia, ficavam à cozinha ouvindo rádio, indiferentes aos pedidos de Márcia, desferrolhassem a porta, dessem-lhe a chave escondida.

E os empregados contavam tudo ao usineiro, à hora do jantar diziam o que Márcia lhes havia pedido. Implicante, resmungava.

Márcia a pedir socorro nuns gritos que ninguém ligava. Márcia berrando, a vizinhança se aborrecendo das súplicas da mulher do usineiro, chamassem a polícia, viessem buscá-la com a radiopatrulha de cassetete e revólver. Estava apanhando do marido, não agüentava mais. Apoplética no pescoço intumescido Márcia berrava.

O usineiro quis negar, defender-se com mentiras, os gritos não eram de surra, mas de medo, de um rato emplumando a casa numa desorientada desabrida.

Encarando Márcia o usineiro a embrutecia, tirava-lhe a voz há instantes clamorosa, decidida.

Todavia, o vestido rasgado, amarfanhado, com os puxavantes, coalhado de sangue dos talhos dos golpes, chamara a atenção dos soldados, amarelos fardados fincando pé à ordem de prisão, à delegacia o usineiro poderia esclarecer.

O usineiro prometeu um cheque, por que não aceitavam? Os soldados arrolaram testemunhas, iriam dizer ao delegado o que escutaram do usineiro desgrenhado à camisa de colarinho aberto, gravata se afrouxando num laço de seda vermelha.

Soco num olho do soldado cáqui que baixou a borracha no usineiro, empurrado pra caminhonete, cachações lhe ensinando a se sentar num banco, ficar calado, respeitar a força, aceitar a detenção.

O povo das ruas escutando o usineiro chamar Márcia, vendo o louco naqueles apelos que lhe enfureciam a boca, grossas lágrimas caindo do desvario de seus olhos.

Pagou a fiança. Mas não voltou a rever Márcia que despediu a criadagem, ficou se tratando com pensos de esparadrapos de sulfas, bebendo uísque, todas as portas abertas, janelas escancaradas como se nenhum ladrão estivesse solto nas noites do Rio de Janeiro.

Numa casa de saúde aplicaram eletrochoque no usineiro desorientado, confuso, que tentou amolecer o médico, peitar a enfermeira, brancura de avental a escutá-lo, sim, quando ele estivesse bom, não quisesse mais trancafiar mulher alguma, sairia com ele, andaria com ele, poderia até se amigar porque era livre, sempre pensara num homem rico que pudesse lhe dar conforto.

E deixou-o à cama das trevas, noite todo acordado no escuro, mergulhando em absolutas hipóteses, pensando numa liberdade imediata, evasão sem delongas.

Márcia aos poucos se esquecia do usineiro enjaulado, a se curar de um ciúme numa prisão sem sentença, sem saber quando se veria à rua, retornaria à sua usina, lá nos confins de Pernambuco. Quando o indagavam por que prendia Márcia respondia não queria ser chifrudo, Márcia bonita demais para andar sozinha, se meter com a sociedade de chá de caridade, bridge beneficente enquanto ele, ele trabalhando no escritório não podia acompanhá-la, segui-la qual um cão. Dava valor a seus negócios de vulto, lucros certos, polpudos.

Se Márcia quisesse o afeto de seu coração amesquinhado, embrutecido pelo ciúme, que ficasse em casa e recusasse convites da grã-finagem, gente que devia a ele, usineiro da Usina Coringa. Gente que só pagava quando a justiça decidia, condenando os caloteiros às custas, emolumentos vários saldados em cartório sob o olhar do tabelião.

Márcia sabia disso tudo. Prevenira-a durante o noivado. Tivesse certeza não a estava enganando.

O advogado da usina preparou o desquite, avistou-se com Márcia que assinou papéis, aceitou a partilha dos bens, prontificou-se a não fazer escândalos, amigavelmente aceitava a separação, diria ao juiz.

Ficaria com a casa de piscina, duzentos mil cruzeiros por mês, pensão de nababo.

Márcia se perdendo à noite, engolida pela noite, pela madrugada de boate, dancing, cabaré onde eu a conheci numa mesa dos fundos, sem conversar com ninguém, bebendo água mineral tranqüila, como se sofresse do fígado e nada mais quisesse a não ser o copo inofensivo borbulhando à água gelada – Márcia, essa Márcia me viu acender o charuto, seus olhos mansos me atraíram, me chamaram e eu fui conversar com ela como se fôssemos conhecidos velhos, amantes de outros encontros.

Lembro-me Márcia se enrolou à capa de peles, agasalhando um corpo que ainda não tinha sido meu. Também me lembro de sua voz tenra, agradável a me dizer pensasse dela o que bem entendesse. Se eu quisesse me acompanharia, sentia-se abandonada, não tinha satisfações para quem quer que fosse. Era de maior. Não estava peada, compromisso de espécie alguma não lhe entravava as mãos.

E me deu seu braço, aconchegou-se a mim como se eu a estivesse protegendo, livrando-a de algum perigo à madrugada chuvosa, molhada, triste.

Na manhã seguinte quando lhe quis pagar, riu-se. Riu-se abrindo a bolsa de couro preto, não era o que eu estava pensando, depois do desquite, depois da judiação do usineiro eu era o primeiro.

A solidão a maltratava, não podia se esquecer que era moça, queria divertir-se, não aceitava a cadeira de velhice precoce. Tinha apenas vinte e um anos. Suas mãos não eram para agulhas de crochê.

Erro seu aceitando aquele casamento. Obstinara-se numa recusa polida, entremeada de sorrisos, apertos de mão. Contudo o usineiro não esfriava, persistia enviando-lhe flores, procurando-a com juras de apaixonado insone.

Voou num turismo que a deixou à Europa meses de corridas de cavalo, temporadas de tênis, futebol nos domingos e nevoados quando a bola corria pelo campo de grama encharcado, qual uma redonda pedra que pudesse ser chutada, entrar no gol.

Acreditava, no desinteresse e no desengano do pretendente pegajoso, grudento. Notícias aéreas a tranqüilizavam, o usineiro desistira de telefonar, de querer saber quando ela voltava, morrera o usineiro imprudente afiançavam.

Divertisse-se. Divertisse-se sem pensar nele, antes não tendo hora para telefonar, encabulando-a com declarações. Nenhuma outra mulher podia fazê-lo esquecer Márcia que o recebia, mandava-o entrar, sentar-se nas poltronas estofadas como um amigo de seu pai, de sua mãe, de seus irmãos, de suas irmãs, de seus avós.

Todavia, Márcia voltou para receber no mesmo dia rosas, sempre as mesmas rosas que não podiam perfumar seu rosto contrafeito, rosto que um choro molhava, rosto escavado como se ela estivesse sofrendo muito.

Não suportava o usineiro que a perseguia, queria-a como se ela pudesse ser comprada, fosse um bicho que pudesse ficar acorrentado.

Se o seu pai não estava vendo o seu sofrimento, se a sua dor não o comovia, também não o veria como um pai.

Era tão ruim quanto o usineiro dos presentes de rosas que iam murchar à lata do lixo; vez por outra ele dava ordem a uma joalheria para destinar à Márcia jóias no mesmo instante devolvidas ao portador que voltava balançando a cabeça, achando maluquice da moça que recusava tudo do usineiro teimoso.

Márcia escutando do pai uma inevitável falência. Bancos lhe negando empréstimo. Desonra nunca conhecida em sua família, sempre negociando com algodão. Exportando algodão em sacas prensadas, recobertas por aniagem. Estopa grosseira. O usineiro, somente o usineiro não lhe negara dinheiro para fugir da desgraça, soerguer-se no comércio de atacado, reabilitá-lo à praça.

Depois de casada Márcia escutou do usineiro que seu pai nunca se apertara financeiramente, tudo mentira, se ela quisesse poderia comprovar a mentira de seu pai indo ao Banco do Brasil. Indagasse do gerente, ele confirmaria.

E Márcia me disse ainda que um ódio lhe envenenava o sangue quando sua memória se recordava daquele seu casamento. Por isso invejava Treda, olhando o retrato de Treda queria ser ela que ia se casar comigo.

E adormeceu num sono imperturbável, depois de me contar tudo isso caiu num pesado e inconsciente sono que nem de longe se parecia com aquele outro. Que a derrubou à calçada e a deixou ao relento, poucos dias antes do meu casamento.

Márcia também me disse o usineiro deixando a casa de saúde, descobrira seu paradeiro. E encontrando-a sozinha em minha casa obrigou-a a engolir comprimidos, bala engatilhada no revólver.

Apago a luz e começo a me esquecer de Treda. Márcia bem perto de mim ainda não sabe que entre as duas, eu a prefiro.

Marapalha

PREGOS SE ENTERRANDO nos canteiros lembra esta chuva que tomba das nuvens com força de martelos. Chuva com vento, chuva de pingos fortes, tão fortes que furam, esburacadas deixam as terras do canavial, lá na baixada.

Noite de aguaceiro que não interrompe os sonhos de Bianca, debaixo do lençol curvas de fêmea, sempre curvas de apetitosa carne sonhando de olhos fechados.

Bianca ainda não sabe que as pedras da chuva barulhenta continuam ferindo as canas, queimando as canas da Maravilha, usina de bueiro vermelho que vomita fumaça, de tão moderna funciona em surdina .

Também Bianca não sabe onde estão os ponteiros da madrugada, porque o relógio está marcando três horas da manhã e ela não vê as horas desta noite escura que começa a dar prejuízo.

Arfam nos peitos de Bianca frêmitos de quem se entrega e enquanto os sonhos de Bianca são luxúria a chuva pesada continua a maltratar os alqueires cultivados.

Bianca goza no sono de fêmea, narinas dilatadas respirando à escuridão do quarto trancado. Goza no descanso da cama de molas e sem saber que os canaviais estão morrendo, canas estão ficando estraçalhadas, imprestáveis para a usina da usineira que pôs tudo no seguro, no seguro contra incêndio, contra chuva de pedras, contra qualquer praga, numa defesa de quem vela, de quem sabe defender o que possui. O sonhar de Bianca é de abraços.

Se Bianca estivesse acordada ficaria nua debaixo de uma bica, e lá no oitão, nos fundos da casa-grande tomaria banho, banho de chuva que lavando o barro, agora racha telhas francesas.

Habituada ao jorro forte da calha, Bianca não se preocupava com sapos, rãs, cobras de venenosos olhos, autênticas rodilhas antes do bote. E pisando, pisando na grama do quintal deserto ia lavando suas coxas quentes no meio da escuridão estrugindo nos trovões, riscada pelos raios.

Sabia da sua extravagância. Reconhecia a aberração daquele seu gosto, mas nas trovoadas de noites escuras seus cabelos voltavam a ser lavados na água fria das nuvens violentamente chovendo.

A poucos passos o banheiro de mármore, as esponjas da banheira cor-de-rosa, perfumes colorindo frascos de cristal de vidros caríssimos, as toalhas de feltro, os tamancões que lhe deixavam os calcanhares de fora. E mais a música de um rádio embutido à parede. Todavia Bianca gostava da brutalidade de uma chuva sem aviso, chuva que avacalhasse barômetro e de supetão desabasse nas noites de qualquer mês. Não gostava quando o aguaceiro inundava o dia. Tinha maiô, podia colar no seu corpo o maiô de lastex azul, podia se banhar no oitão o tempo que quisesse, banhar-se com a chuva de um dia enevoado vendo bem perto a estrada de asfalto ficar marcada com a lama dos pneus imundos.

Tinha o que mostrar no seu corpo leitoso, podia exibir-se, ser para quem passasse pela estrada uma memória cruel. Sempre fora beleza de formas definidas. O espelho se adelgaçava na cintura quando Bianca se olhava e podia ver seus olhos negros tingindo-lhe o rosto de um sensualismo que se acentuava nos cantos de seus lábios grossos.

Maravalha usina de toneladas de açúcar tinha também em Bianca a sabedoria de quem soubesse negociar, continuar o negócio de seu pai, obtendo lucros, saldos de dólares, de libras esterlinas que eram invertidos à aquisição de novas turbinas, novos dínamos, novas esteiras que levassem para as moendas toneladas de cana. Bianca se precavia.

Quando quiseram impingir-lhe terras, deu as costas. Tinha-as demais. Sabia de cor as léguas que possuía, léguas cercadas por estacas, por cercas que as valorizavam quilômetros de arame farpados.

Quando o pai se ausentava Bianca soltava a língua. Não era o velho que se deixava enganar por qualquer lábia. Não ia comprar o que não precisava. Se não fosse o Instituto do Açúcar e do Álcool a Usina Maravalha abarrotaria o mercado. Maquinaria de primeira era pra isso mesmo. E soltava entre os dentes duas palavras inglesas numa pronúncia de Smith & Smith, como se houvesse aprendido a dizê-la fora de Alagoas.

Nos sacos de açúcar a marca da Usina Maravalha numa estrela azul. Estrela entulhando estrados e caminhões estrela viajando nos trens de vagões entupidos, entrando na lingüeta de Jaraguá onde navios de porões abertos fumegavam.

Desde a viagem da mãe, Bianca ficou manobrando tudo e nem queria saber da gandaia das irmãs no Rio de Janeiro. Ficassem por lá a mãe e as irmãs que somente sabiam escrever pedindo dinheiro, cartas de depravadas, exigências de viciadas no jogo de cartas, nos tóxicos da cocaína aspirados nuns pós de madrugadas do amor.

Presas de caftens, dominadas por gigolôs de smokings apareciam em colunas sociais, clichês com taças de champanha nas mãos que se fechavam.

O pensamento do pai visando desquite, a vontade do pai querendo deserdar as filhas da metrópole, quando crises de arteriosclerose lhe combaliam os dedos, muitas vezes trêmulos. Fossem explorar o diabo. Escrevessem por inferno não para ele que nem se lembrava mais da cor dos cabelos prostituídos.

Preferia as putas de Jaraguá à sua mulher de vestidos caros do Rio de Janeiro. Quando as queria era só pisar no acelerador e o Packard o deixava em Maceió para uma noite de amor com janelas abertas. No silêncio do primeiro andar da pensão o pai de Bianca amando qual um adolescente em férias depois do amor reclamava da pasmaceira.

Por que a noite não tinha ventos? Ele conhecia o pulso de Bianca, sabia Bianca não era de brincadeira. Das três filhas, a única de juízo certo era Bianca, a Bianca calculista, indomável, vivendo à Usina Maravalha sem se lembrar de chamego, agarração, lambança.

Vinte e um anos a raciocinar com segurança, atentos às inovações da técnica das máquinas, percorrendo constantemente as terras de canas grossas qual um agrônomo de curso especializado.

Teotônio poderia ficar em Maceió o tempo que quisesse, casa montada em pajuçara era um conforto de mínimos detalhes, o sol do mar da manhã tirar-lhe-ia do corpo a ressaca da véspera.

Quando Bianca não acordava cedo ele a surpreendia, batia na porta de seu quarto com os quilos de sururu que amarelecia e ao mesmo tempo empretecia o papel de embrulho de sua mãos. Gostava de trazer caranguejos. Também pitus, quando as cestas do mercado de Maceió ficavam vermelhas, cheias de longos bigodes.

Dos gostos de Bianca o usineiro não se esquecia de nenhum, gostos de boca, daquela boca comendo com avidez, engolindo os pedaços sem mastigar como se os dentes servissem apenas para serem brancos.

E nos descampados da estrada asfaltada Teotônio ia revendo cercas de terras abandonadas, terras de proprietários incapazes, donos de saberem apenas pagar impostos ao governo.

Lembrava-se de Bianca, atinando com os propósitos de Bianca sua memória se aquietava. Dava razão à filha. Correndo no Packard preto abraçava com ciúme a figura da filha que sabia ganhar dinheiro, emprestar dinheiro visando lucro certo.

Quantas vezes Bianca o dissuadira de contratos mirabolantes?

Quantas? E de cada um deles Teotônio ia se lembrando, arapucas, vigarices vislumbradas em primeiro por Bianca, pela Bianca de grossas pernas, sempre alinhada, sempre bem vestida, sempre belíssima calçando sapatos altos de bicos finos.

Houve noites Teotônio acordou e pensando nas atitudes de Bianca, resolvendo tudo com perfeição e acerto, não encontrou semelhança alguma que aproximasse Bianca de sua mulher, de suas outras filhas. Semelhança entre elas apenas na cor, na beleza que as outras também possuíam, beleza que lhes adelgaçava a cintura no corpo bem-feito, de formiga.

Falaria se não estivesse sozinho no quarto, diria a quem pudesse ouvir o quanto estranha era a sua Bianca de olhos pretos nas pupilas redondas.

As paredes brancas sem aprisionar voz alguma. Pesado o silêncio do quarto que não escutava o vento de fim de noite açoitando o canavial de vulto imenso. No colchão de molas Teotônio assustando, cada vez mais conjeturando até o sono lhe fechar os olhos, trazer-lhe sonhos aos quais ele não dava importância.

Outras vezes fixava o passado em sua mulher, Judite de Recife do bairro de Madalena, estonteante provocação de meia-sola nos sapatos da repartição pública. Pobretona.

Ouvia a voz do pai numa memória austera. Irritante o timbre de sua mãe que ao lhe falar com o dedo em riste era mais um instante de opressão para o seu coração obstinado. Teotônio queria Judite quando estudava Medicina.

Em cartas de lamúria Teotônio pedia ao pai e à mãe que consentissem.

Judite não era daquilo, eles estavam imaginando tudo ao avesso.

Depois Teotônio a responder-lhes abusado, irreverente.

Cortaram-lhe a mesada que não tinha limites. Uma firma do bairro de Santo Antônio mostrou a Teotônio um telegrama que lhe deixava de bolsos limpos, vazios.

Se quisesse dinheiro, viver à tripa forra se esquecesse de Judite, não procurasse mais a Judite de encantos suburbanos. Muitas de suas primas o queriam. Escolhesse uma. Dobrasse os joelhos somente com uma delas. A Usina Maravalha era um patrimônio.

As usinas de suas primas também não seriam retalhadas por aventureiros.

Teotônio rasgou o telegrama e da varanda da pensão fez confete das cartas. O carnaval ainda estava longe mas de porre ele ficou naquele sábado. Embriagou-se com chope do meretrício, pegou uma mulata de dente de ouro e na manhã de domingo se viu qual um mendigo que não usasse barba, maltrapilho que não tivesse ferida tampouco aleijão.

Com dinheiro emprestado da dona da pensão foi falar com a Judite de cabelos anelados. A polícia fez o casamento. Pobre desvirginada valia tanto quanto uma rica que desse com burros n'água. Lei cachorra. Era de menor mas funcionária pública. O defloramento dos dezessete anos de Judite davam cadeia. Xilindró de primário, dois anos de grade, sem sursis. Danasse-se o curso de Medicina.

Teotônio no trem que atravessava túneis rápidos apertava sua mulher de peitos duros. Quando apearam sangravam os lábios de Judite. Tarde empenumbrada. Lembrou-se do que fizera em Recife quando quis saber as horas.

Judite apertava-lhe a mão, como se tivesse medo de ficar sozinha agarrava-se a Teotônio com força. E num choro de voz sumida pediu mais uma vez a resposta de sempre, olhos úmidos, lágrimas nas pálpebras. Teotônio sem titubear, respondendo altivo: "quando minha mãe te conhecer as coisas mudarão".

Judite choramingado queria confiança, certeza de que não seria enxotada, apartada de seu marido naquele instante encarando o bueiro vermelho da Usina Maravalha. O automóvel de aluguel que devia ser pago na usina chiando nas curvas corria numa velocidade de estarrecer. Teotônio pedindo mais pressa ao chofer se lembrava do relógio empenhado.

A primeira filha tomou o nome da avó. Bianca, engatinhando de olhos pretos, nua qual uma flor onde não pousasse inseto, feito mel da casa-grande por vários anos. As outras duas, repetindo os nomes das tias também usineiras se tornaram rimas de identificações compridas que musicava Berta, valsava Beatriz, a única morena de cabelos pretos.

Corria o tempo com as travessuras da infância, rápidas foram as horas da adolescência, juventude de internato donde saíram com diplomas premiados, medalhas que os avós ainda viram.

Judite não se enfastiava com o silêncio da usina das estrelas no bucho dos sacos costurados. Maceió a um pulo, noutro pulo Judite se fixava em Recife, sobrevoava pelo avião de asas inclinadas. Levava as filhas, no campo de golfe a bola flechava com a pancada dos pulsos sadios das adolescentes calçando sapatos de tênis. Obtinham sucesso nas praias com os biquínis coloridos. A grã-finagem de Recife hospedando a antiga funcionária pública, assediando Bianca, dava em cima de Berta, de Beatriz que também gostava da malandragem dos conversíveis era amolegada, comida.

Do estudante de Medicina Teotônio conservava a obstinação de não ser amolado. Cumpria-se a sua vontade mesmo quando Judite não viajava, sorumbática permanecia à usina. Teotônio às vezes escutava insinuações, maledicências que denegriam a mulher, mãe de suas filhas.

Bianca certa vez trouxe consigo a confirmação. Não eram boatos não. Judite, Berta e Beatriz não voltariam mais à usina que marcava sacos de açúcar com estrelas de cinco pontas.

A farra do transatlântico de luxo abria a boca de todas as três, libertinava as ricaças que não escutavam o mar sendo navalhado pelos ferros da proa. Se Teotônio não quisesse mandar dinheiro pouco se lhes importava. Montão de cheques de conta bancária era herança dos avós sisudos, saudades às sepulturas de mármore.

E Bianca foi para debaixo de uma bica lavar seu corpo de peitos virgens, ficou pra dominar toda a usina com a sua nudez noturna. Ficou para deslindar problemas, mas somente depois do seu banho, somente depois que ela se fartasse da chuva, cordas-d'água caindo num jorro pela bica de telhas francesas.

Esperavam-na. Empregados graduados da Maravalha ficaram fumando, entretendo Teotônio no terraço de cortinas de lona até Bianca surgir numas calças esporte, blusa cowboy se colorindo em matizes.

Naqueles entendimentos Teotônio silenciava, dava prestígio a Bianca, lápis e papel na mão. Se Teotônio respondesse ao gerente, ouvisse o contador, escutasse o vigia estaria tirando o emprego da Bianca sagaz.

Até teatro ela fez na escola de galpão ventilado. Operário de pé no chão perdia o dia de trabalho. Sapato era pra calçar os pés deles o dia todo, pisar a terra no trabalho de plantar cana, cana, sempre mais cana para os dentes das moendas gigantes.

Locomotivas apitando na curvas de bitola larga fumegavam às orlas dos canaviais ceifados por facões de meio metro.

Abjurava a demagogia salubre das oito horas do Ministério do Trabalho. O trabalho dos operários tinha que ser feito até os caboclos, cabras e mamelucos deixarem de enxergar as touceiras de cana que se tingiam com os reflexos dos crepúsculos sangrentos do verão prolongado.

Teotônio teimava em comprar mais terra, tornar-se latifundiário, mas se lembrava de Judite, das outras filhas e por não querer contrariar Bianca pisava no acelerador do automóvel que o deixava na porta das meretrizes de Maceió.

À véspera da chuva de pedras, Teotônio falou com Bianca pela última vez.

No bolso do paletó as passagens para a Europa com os passaportes carimbados. O nome de Bianca bem legível.

Bianca recuou. Devia ser brincadeira ou Teotônio queria ela virasse uma Berta, uma Beatriz, se nivelasse à sua mãe que havia abandonado tudo pra cair numa gandaia de luxo? Acabasse com a zombaria. Mas Teotônio insistindo ela fosse com ele, provocava a discussão que descontrolou Bianca, com um acesso de cólera ficou gesticulando. Bianca gesticulando e recuando, suas costas varando a porta aberta de seu quarto num instinto animal, suas mãos querendo acabar com aquilo. Bianca recuando sempre à procura do revólver, depois de tê-lo à mão decisiva, toda resoluta Bianca não hesitou:

"Fosse prostituir sua mãe, não seria dele, que era seu pai. Estava doido?"

O tambor ficando totalmente vazio. Bianca respondendo com monossílabos, bebia uísque num silêncio de aperitivo de jantar. Eram servidos? – apenas murmurou uma vez.

Acidente: jurou o delegado caolho no rosto imperturbável. Apenas isso. Acidente de quem experimentava um revólver, querendo acertar nos vultos da noite. Depois de jurar o delegado escreveu o que bem quis nas folhas das declarações logo arquivadas.

Um Julgamento

PODIA CASAR-SE outra vez. O Diário Oficial publicara a sentença. Suspeitaram estivessem ele maluco provocando escândalo com assunto tão delicado. O Diário Oficial aberto à página da anulação deixara-o sorumbático, triste como se houvesse lido a morte da mulher que fora sua esposa por uma noite. As gesticulações de Anália dominavam-lhe a memória que se fixava no quarto de núpcias. Lembrou-se transpusera a porta escutando a mulher lhe jurar que ela mesma não sabia, tivesse piedade, não estava mentindo. Mas como ele poderia acreditar? E foi se vestindo, tratando de dar o fora, Anália de camisola transparente a implorar-lhe compaixão, não tinha culpa, nunca pensara enganá-lo era uma súplica de refrão sem nenhuma valia.

Amanhecia. A estação da estrada de ferro, lá embaixo, com o seu telhado velho, suas portas trancadas, era ainda muito cedo para o trem chegar, ficar resfolegando sobre os trilhos orvalhados – se empenumbrava num amanhecer cinzento, somente embranquecido pelas nuvens soltas.

Sentou-se à beira da calçada e cobriu os canaviais com os olhos. Uma lágrima grossa, pesada, rolou nariz abaixo. Tudo aquilo seria seu se ele tivesse "estômago", gostasse de comer sobras. Os canaviais vicejando às canas crescidas se vergavam, o vento do amanhecer era forte e brancas nuvens fugiam como se estivessem com medo do sol que começava a clarear as serras, romper a escuridão das montanhas compactas.

Defronte da casa-grande, defronte da janela onde Anália ficara o bueiro de tijolos, compridão, colossal soltava fumaça da safra que ainda não tinha terminado. A usina com as paredes revestidas de alumínio laminado subia com o bueiro, agigantava-se no meio daquela fartura, no meio daquelas terras cultivadas, solo ubérrimo, por onde a água corria numa irrigação de comportas. Se quisesse ser dono daquilo tudo era só voltar para Anália, subir o morro, dizer a Anália mulher deflorada que se casa também serve.

Esticou o pescoço e viu a casa-grande por trás de pinheiros, de esguios eucaliptos que recobriam o chão com folhas secas. Acreditou ver uma silhueta de mulher se debruçando numa janela aberta, mas ao firmar os olhos onde pensava divisar Anália viu tábuas pintadas fecharem o retângulo, continuarem a impermeabilidade das paredes. Anália o tivesse visto antes e viesse ter com ele, adulando-o tentasse convencê-lo. Se isso acontecesse iria esperar o trem à curva, mais adiante, onde o maquinista diminuía a velocidade, puxava o cordão do apito com a cabeça fora da janela da locomotiva. Ficou sentado com os ouvidos à espreita. Vez em quando a casa-grande embranquecia-lhe os olhos, por detrás das árvores aquela brancura de cal, alvenaria suntuosa descendo degraus de mármore, aproximava-se do caminho em declive com um gramado cor de limão.

Somente o vento revirava as folhas secas, desarrumava-as no chão úmido, espalhando-as com estalidos, quebrando nervuras que se partiam de tão velhas.

Mas Anália não descia, se abrira a janela foi para ver se Adriano cumpria o que lhe dissera. E pôde vê-lo sentado, debaixo das telhas da estação, a olhar os canaviais, a usina, por fim a janela de seu quarto a debruçando numa camisola de dormir, amarfanhada quando voltou ao colchão pra chorar um choro amargo, copioso.

Uma rajada se encarregou de bater as janelas. O quarto escuro a empalidecer Anália, a escorrer-lhe pelo corpo um suor frio que molhava a camisola, colada à pele convulsa, derrubada à cama por um sofrimento que a extenuava.

Adriano não a perdoaria, abandonara a casa-grande, relegara-a à noite de núpcias como se ela fosse uma mulher imprestável. Restava-lhe uma esperança. Ter engravidado. Talvez Adriano voltasse ao saber que um filho seu vivia crescendo no útero xingado. E lágrimas mais fortes arderam-lhe no rosto cansado, salgaram-lhe os lábios trêmulos, então num desespero incontrolável, como se ela tivesse desaprendido de falar, perdido a voz e soubesse apenas grunhir, grunhir e sover o seu próprio choro, engolido aos borbotões como se fosse água.

Quando escutou o apito do trem o desespero que a aniquilava tomou conta de seu coração desgovernado por uma síncope; Anália inconsciente, incapaz de escutar o relógio da penteadeira, num canto do quarto, marcar com o seu tique-taque sete horas da manhã.

Mas não estava totalmente derrotada. Voltou a debruçar-se à janela, com um safanão a escancarou projetando a sua atenção à ponte de ferro. O trem a cruzava, matraqueando as vigas de ferro que calçavam meias de cimento, lá embaixo, num precipício estreito onde o rio lambia pedras, cobrindo com águas transparentes o leito arenoso pro mar.

Viu-o, o cotovelo pra fora do vagão, apoiando-se no postigo do carro de primeira, viu-o olhando-a mais uma vez dirigir os olhos pra onde ela estava sucumbida, mal tendo forças para se manter de pé. Ele a repelira uma vez por todas, nem que ficasse prenhe com o amor de uma única noite ele não acreditaria o filho fosse seu. Ele tinha coragem. Não despregava os olhos da casa-grande, viajava vendo os trajes menores de Anália, contemplando a sua camisola, mamando com a imaginação os seios de Anália que brotavam das rendas do peitilho desabotoado, as carnes macias surgindo rosadas nos bicos cabeludos, descobertos seios quais frutas que se oferecessem e fossem brancas, tivessem casca branca numa lobrigável lonjura.

Todavia, o trem ganhando a reta ele ficou sentado como os outros, olhando a cabeça dos outros que estavam em sua frente, até se cansar de vê-las quando se interessou pelas malas alheias enchendo as prateleiras de cada lado. Guardou o bilhete picotado à fita do chapéu e perguntou ao fiscal dos carros se o restaurante estava aberto.

Anália caía no chão como se estivesse podre, com os seus quatorze anos e sua aliança de mulher casada teria se arrebentado se tivesse no meio da queda batido com a cabeça à quina de uma cadeira empalhada, de pau-marfim que compunha o estilo dos móveis.

Quando o trem se sumia no descampado da planície, quando ela o viu pela última vez desaparecer com o vagão que trepidava nos trilhos de dormentes à flor do chão, pedaços de madeira furados por grossos pregos, agarrando o aço dos trilhos como se fossem dedos de uma gigantesca mão, caminho de estrada de ferro com escasso macadame e de conversação duvidosa – quando ela viu que ele não poderia enxergá-la mais, derreou e ficou no assoalho lembrando uma mulher que gostasse de chamar a atenção.

Os seios pulando da camisola esbanguelada, os cabelos louros sobre o brilho da cera se untando de pó, se sujando no chão que fora batido com força quando ela e Adriano discutiam, não chegavam a um acordo.

– "Eu não sabia, nunca quis enganá-lo. E devo ter nascido assim. Você foi o primeiro, juro."

Anália falando e perseguindo Adriano que sabia escapulir, ficar distante da mulher que o via se vestir, abotoar-se no quarto de esquiva, singular cabra-cega. Anália qual sombra de Adriano, sempre de junto dele a gesticular, a dizer-lhe era inocente, por que ele estava fazendo aquilo, não ficava!

No meio do quarto a cama amarfanhada, as fronhas repuxadas mostrando travesseiros suados, onde ela afundou a cabeça, ficou esperando por ele numa semi-obscuridade. Repetiu aquele grito outrora verdadeiro, doloroso, e trincou os dentes rilhando uns nos outros como se o seu sofrimento esburacasse o marfim branquíssimo da sua angustiada boca. Encolheu-se, retesou as coxas, unindo-as como se quisesse sentir o calor de ambas ao mesmo tempo, transformando-as numa impenetrável defesa de seu sexo.

Mas ele soltou-lhe os ombros, separou com as mãos os troncos de carne que se obstinavam em estar juntos, gêmeos e inseparáveis.

Anália havia lhe pedido que a largasse, sofria demais, num derradeiro esforço queria esconder o seu passado, viver na cama de seu casamento, mais algum tempo, como uma virgem que temesse os primeiros prazeres do sexo. Ficou chorando de bruços, escondendo o rosto no travesseiro que ficava louro nos cabelos compridos, laços brancos nas pontas de dois feixes sugerindo borboletas de adorno.

Mas o temor que assaltava Anália era outro, era o de ter ele já desconfiado, suspeitado ela de outro já fora, o que ela estava fazendo não passava de embuste, descaramento.

Foi quando ele a revirou, disse-lhe era assim mesmo, acariciando-lhe a camisola das costas, enternecendo-lhe os braços recobertos pela fazenda transparente, macia, vaporosa, fechado tecido nos punhos por laços ternos, também brancos, perfumados.

Anália achou prudente nada dizer a Adriano. Ele que constatasse, talvez nem desse pra isso, havia bebido tanto! Se ele a amasse perdoaria o seu erro de ter noivado, marcado o casamento sem abordar o assunto que a enrubescia.

Durante o noivado, até à hora do casamento Anália se sentia confiante, segura de si, calma e feliz, apertando as mãos dos convidados que lhe beijavam as faces, a testa cingida por um diadema foi uma noiva de sorrisos.

Mas ao esperar Adriano, deitada e sozinha, um medo de perdê-lo a descontrolou, lançou-a num mundo de hipóteses, raciocínios vários e imprecisos. Jogou a culpa sobre si mesma. Devia no noivado ter-lhe contado tudo. Não, nos instantes do casamento seria melhor. Quando o juiz o interrogasse Adriano não seria capaz de deixá-la vestida de noiva, à frente de todos que iriam beber champanha, rodar nos calcanhares, numa violenta meia volta abandonar o salão, cestas de rosas, brancas e rubras rosas encostadas nas paredes da sala de visitas, a pender do teto, o lustre de cristal esquentando o fim de tarde que ventava com força e descompassadamente tilintava os pingentes das bengalas acesas com sopros, altas rajadas.

Adriano compreenderia, apertar-lhe-ia o braço assentindo com esse gesto. Tinha certeza que ele no meio de toda aquela gente, aristocracia de usineiros e políticos, amancebados depois do desquite, amigados antes de seus casamentos, quase todos falhados e escandalosos, ele Adriano, não iria se sentir inferiorizado, ficar de súbito com o coração grosso, irredutível.

Recriminava-se de sua negligência, incapacidade de tirar proveito, de não ter sabido explorar a oportunidade única de se salvar, de livrar também Adriano de contrariedades imediatas, afastá-lo das inquirições decisivas e acerbas, fatalmente levantadas, no leito de lençol de linho, sobre o colchão que ainda cheirava a depósito de casa de móveis.

Anália escutou Adriano que atravessava o corredor arrastando os chinelos. À porta do quarto com um copo de uísque à mão ele se lhe pareceu uma estátua de praça pública, bronzeada escultura que se houvesse detido para em seguida andar, andar em direção a ela que o via queimado de sol, descascado nos ombros de pele ardida, nu e erótico, como se ela já estivesse acostumada de vê-lo assim.

Assustou-se, o copo nem lhe tremia à mão em garra, decisivo, soberano invadia o quarto à maneira de um conquistador afeito ao uísque, ao champanha, ao amor durante as madrugadas.

Assomou-lhe outra oportunidade, todavia, mais uma vez Anália esmoreceu, impediu aquele ensejo atingisse a sua vontade num instante revigorando os seus pequenos e finos dedos que começaram mutuamente a se torcer. Deveria ter saído da cama, antes de Adriano ultrapassar o meio do quarto se jogar de encontro àquele que a queria, provaria assim iria amá-lo com a mais pura das posses.

E contar-lhe tudo, abraçada com ele revelar a sua aventura, dizendo-lhe dos encontros que tivera com o outro, embora suas feições ainda fossem puras, não denunciassem com indício algum as perversões de sua vida; minuciando-lhe a ruína de sua adolescência, libertaria de sua imaginação aquela permanente tortura.

Mas fora Adriano quem abraçara Anália, quem falara primeiro aquela penumbra, dominando-a com as mãos, querendo-a nua, nua sobre os travesseiros enormes, nua sobre a cama que se amarrotava no lençol. Depois, ele a viu vestindo a camisola, cobrindo-se com pudicícia arrumava os cabelos com as pontas dos dedos como se um espelho estivesse à sua frente e a ajudasse a se recompor.

– "Você quis me enganar, hein!"– e deixou-a ainda cuidando de sua aparência, recostada nos travesseiros enormes e altos a puxar uma manga, a baixar a barra da camisola que lhe chegava aos pés num manto diáfano. – "Vou-me embora, vou anular o casamento, você só serve mesmo pra amante... sabe enganar muito bem... não precisa chorar, negar o que é verdade... se você tivesse dito antes eu faria o mesmo. Fiquei sabendo que você só presta pra ser amante."

Bebeu o resto do uísque e começou a abrir a porta até se ver nos degraus de mármore onde respirou o ar dos morros recortando o horizonte.

Do outro lado, do lado do poente, numa outra casa-grande um baile pros convidados do casamento de Anália musicava o amanhecer. Numa vertente que encarava o morrer do sol a outra casa-grande transformada num clube ofegava com suas danças respeitáveis senhores, barrigudos, milionários do açúcar, políticos de prestígio, molhados nos smokings, ou suados em apertadas casacas pretas, impregnadas de cheiro de nafta.

A animação contagiava os pais de Anália, mas vez por outra eles se entreolhavam, esquecendo-se por instantes dos presentes, dos amigos, daqueles que bebiam, comiam e dançavam com mulheres decotadas, muitos deles convidados por conveniências. Sabiam os pais de Anália que a filha incorrera num erro e teimara em guardá-lo, ocultá-lo do namorado, do noivo, de Adriano, agora marido surpreso.

Vezes sem conta alertaram a filha. Ouviram respostas ásperas, contundentes, Adriano não era selvagem, iria compreender, não diria a Adriano nada do outro que a deflorara no meio do mato, desvirginara-a sobre o chão duro, silenciosa terra de folhas mortas e grama rasteira, pasto de animais quando soltavam as éguas e garanhões se afoitavam em cobri-las numa disparada que ressoava, virava eco naquela garganta plana, verdume de esparsas árvores frutíferas.

Afastava de si a responsabilidade daquela imprudência. Amaldiçoava, sim, a guerra que incendiou num vôo rasante o avião, impedindo o outro voltasse com uma condecoração no peito.

E Anália corria ao quarto, abria um escrínio que executava um concerto de cravo – abria a caixa de música para trazer, e mostrar a seu pai, exibir a sua mãe uma resposta do Estado-Maior, confidência assinada por um general do Exército que depois de citar um boletim, terminava por negar ao outro qualquer licença, quanto mais a de se casar com uma estrangeira, melhor, descendente de estrangeiros, documento onde se encontrava citado o nome de Anália, todo o nome de Anália como se o soldado graduado tivesse tomado de fato interesse pelo requerimento.

Anália concluía: se Adriano não me quiser depois de ler isto quem não presta é ele.

E voltava ao quarto, guardava o timbrado, trancava-o à chave, puxando antes a corrente de ouro que descia entre seus seios.

Não a tirou do pescoço nem mesmo quando foi se vestir de noiva, ficar toda branca naquele vestido comprido, pesado, o espartilho a minguar-lhe a cintura como se ela fosse dançar o minueto, qualquer outro dança que a obrigasse a reverenciar.

Sobre a penteadeira, debaixo do espelho que não se cansou de devolver Anália, mostrar à própria Anália quão bela era a noiva que ela via, ela mesma de branco lembrando uma boneca que não pedisse embalo, sim, Adriano, a esperá-la a rigor no terno severo, – sobre a penteadeira entulhada de frascos de perfume, esponjas de pó, esponjas de ruge nos invólucros delicados, lápis de batom nos estojos de ouro, atrás disso tudo escondida num recesso fosco e compacto ficou a caixa de música, silenciosa, trancada.

Todavia, após o casamento, o champanha ainda a fermentar alegria no seu corpo esbelto, quando ainda Anália não havia atirado o buquê num jogo de flores, alguém que Anália não conhecia, alguém que fora vê-la se casar com um convite formal, penetrara no quarto, e descobrindo, viu e quis a caixa de música.

Era também jovem, morena rasgada nuns olhos negros, tão negros que sugeriam uma noite enfurecida. Pegou a caixa de música, cabia à sua bolsa de mão, nem dava pra se notar contivesse excesso, tão pequena era a caixa que tocava música, tinha chave minúscula e só era aberta quando Anália discutia.

Uma brancura de quem estivesse gélida amortalhou-lhe o corpo, Anália olhando, olhando sempre o lugar onde a deixara. Dir-se-ia, ainda não tivesse se casado mas ralhasse com a mãe que a ajudava a despir-se, trocar de roupa.

Trancaram-se as duas. Adriano a esperar Anália que procurava em vão... Ficou sozinha rebuscando, a mãe chamando as empregadas, também procurassem com Anália, achassem logo a caixa de música, a caixa continha um presente pro marido de sua filha.

Aquela confusão de saque induzia todas elas a desarrumar, com avidez abriam gavetas, portas de guarda-roupa; botando tudo abaixo, como se estivessem pilhando e fossem fugir pro amor também se encontravam as irmãs de Anália.

Elas choravam, sabiam mui dificilmente Anália poderia se defender sem aquela declaração do general do Exército.

Sem lê-la Adriano não acreditaria desejasse o outro vestir fraque, antecipar-se a ele, ficar com Anália mesmo tivesse de largar o avião, deixar o front, sair das fileiras pra nunca mais bombardear, metralhar à guerra que começara. Sem o comprovante Adriano não poderia saber (havia à caixa de música uma notícia de morte, também expedida e assinada pelo general de Exército) que o outro tomando conhecimento do boletim, lendo-o com desatino, estraçalhando-o, rasgando-o, deixando pedaços de papel no assoalho do cassino dos oficiais, partira para o campo sem se despedir de ninguém, de nenhum dos aviadores que o viram se sentar à carlinga e subir pras nuvens num vôo de barreira de fogo.

Alguém devia destruir um ninho de artilharia. O general de Exército, escolhera o outro, ordenara-o bombardeasse, mas guardou consigo a decisão tomada de liberá-lo, reintegrá-lo à vida civil quando o inimigo se calasse com seus canhões antiaéreos numa grota profunda.

O general de Exército, ele mesmo viu, o outro inclinar o aparelho, toda a manobra à retina dos óculos de alcance se avermelhar num despejo de bombas, chuva de escarlate e cinzas à queima-roupa de grotão fumegante, labaredas de destroços arrasando tudo.

Pregada numa fita verde-amarela do documento sigiloso a medalha de bravura.

Anália podia mostrar a Adriano também isso.

A morena, no salão do casamento de Anália, mostrava às amigas a caixa de música, afirmava ter sido presente do namorado, se não houvesse se esquecido da chave... e riram, entre risadas uma delas aventou a hipótese de pedir um canivete emprestado, tão frágil a tampa de fechadura minúscula! Talvez Adriano tivesse um. E cercaram-no. Adriano se desculpando. Tinha canivete, tinha punhal, tinha revólver, tudo isso dentro das malas, e afastou-se pra limpar o suor da testa, do rosto, do pescoço suado que lhe amolecia o colarinho.

Em seguida, um garçom foi interpelado, a morena queria uma faca de mesa. Mas em seguida se desviou do assunto, esqueceu-se da impertinência, juntando-se aos outros foi pra mesa de frios e comeu, bebeu uísque aguardando o baile de orquestra.

A caixa de música escondida na bolsa de couro, as alças enfiadas no braço da morena que comentava com as amigas, comendo, bebendo, aludia os gastos advindos pela cerimônia. Sem se lembrar do que furtara, com a atenção se fixando no baile de noite inteira, a morena se impacientava, sugeria o automóvel que as deixaria à vertente.

Os planos de requinte de Anália anteviam uma lua-de-mel de casa-grande, lua-de-mel de excursão somente depois de meses à usina, quando ela e Adriano estivessem acostumados a viver sozinhos, quando ela, principalmente, não sentisse a ausência dos pais, há dias à casa da vertente, casa também grande, branca, com um zoológico gradeando duas onças soltas, macho e fêmea pintalgados que trepavam e saltavam de uma árvore como se fossem de circo.

Anália antegozava a ventura de seus dias futuros, via-se querida por Adriano, desejada por Adriano que não abordava o assunto do outro. O que Adriano iria ler chegava pra tranqüilizá-lo. E Anália antecipou às suas irmãs a sua felicidade; seria também tão feliz como elas que não tiveram problemas, foram para o casamento sem quaisquer apreensões. Mas ela, as irmãs, a mãe instigando as empregadas, continuavam botando tudo abaixo, revirando o que estava de perna pro ar se esforçavam por achar a pequena caixa de música, tê-la à mão, entregá-la à Anália.

Adriano pedia uísque, esperava a mulher bebendo no salão deserto, sob o calor do lustre aceso se via sozinho, defronte de garrafas, copos, baldes de gelo ansiava Anália surgisse de uma porta. Escutara o garçom se desculpar. Nada faltava. A mesa sortida comprovava a sua eficiência. Tudo Adriano quisesse, imaginasse querer, estava ali. Não se esquecera de nada, mas tinha que ajudar no bufete do baile de piano de cauda.

Dispersados nos automóveis que corriam pra vertente os convidados iam se reunir mais uma vez no baile que muito teria de carnaval de lança-perfume.

Sem ter com quem falar Adriano sentou-se. E sobre os estofos da cadeira de braços sentiu um pressentimento sorrateiro lhe ferir a sensibilidade, querer amargurá-lo com dúvidas. Mas reagiu aos presságios, nada de ruim com Anália estaria acontecendo, monologou com o seu íntimo. Mulher trocando de roupa demora muito, pensou, e foi botar uísque no copo, meá-lo com pedras de gelo, água de nanicas garrafas bojudas, sobre a mesa, encostadas à parede.

O carrilhão oscilando numa pêndula de cobre acabava de marcar no seu mostrador sonoro nove horas. A noite espoucando estrelas, enluarada e toda azul como se não houvesse outra cor cobria o mundo. Nenhuma nuvem estrelada, nenhuma nuvem rastejante que se esgarçasse em fiapos brancos. Apenas aquele azul intenso tomando conta da noite que ventava ventos secos, brandas aragens.

Anália desesperava-se, atônita sentia um cansaço vergar-lhe os joelhos. Mas reagia, persistia-lhe a vontade de achar, a todo custo possuir novamente a caixa de música, mais ainda os documentos remetidos pelo general de Exército. A confusão das mulheres no quarto vasculhado, desarrumado em todos os cantos, aumentava. Nenhuma delas se satisfazia em olhar, pegar nos objetos. Dominava-as uma persistência de minúcias, uma demasiada atenção, como se estivessem pesando, observando oscilações, de miligramas em balança de precisão. Todo esse excesso de cautela somente após as procuras bruscas, cansativas quando sentadas à cama, no chão, na única cadeira de pau-marfim, com os dedos emperrados, doloridos esmiuçavam os pertences de Anália. Cada uma das mulheres com um montão de coisas debaixo dos olhos que se fechavam, se abriam pra se fecharem mais uma vez, de tão exaustos.

Com o uísque, mesmo bebendo as doses num devagar sem fim, Adriano se enervara, achando prolongada demais a demora de Anália tirou o paletó, arregaçou as mangas e de camisa enrolada várias vezes sobre os punhos, olhou o carrilhão. Quase dez horas. Mais uns segundos o mostrador sonoro bateria com o seu martelo as dez notas de uma clave esdrúxula, repetidas notas de sol a ressoarem pelo salão.

O lustre aceso esquentava as paredes, iluminava as cortinas balançadas pelos ventos de sopros macios. Nos baldes o gelo se liquefazia, as poucas pedras boiavam separadas, pedras minguadas, tão pequenas que se Adriano quisesse poderia triturá-las, espatifá-las, apenas as apertando entre os dentes. Se quisesse continuar bebendo uísque teria de abrir a geladeira, munir-se de cubos de gelo, dar trabalho às mãos que se enxugariam no lenço bola de pano.

O calor aumentava com o azul intenso da noite profunda. As estrelas cintilando, cercando a luz que se arredondava, leitosa, e estatelada lua como se descansando estivesse vigiada por aias.

O carrilhão bateu apenas uma nota da clave do sol. Eram dez e meia, o prazo de Adriano pra Anália aparecer, atravessar a porta escancarada, envernizada, brilhante na maçaneta de cobre.

Abraçada com a mãe, Anália chorava, molhando-lhe um ombro se despedia. As irmãs no automóvel se calaram, o chofer não devia se inteirar da aflição de Anália, olhos avermelhados tamanho era o pranto que lhe sacudia as costas, arfando-lhe os seios duros, pequenos todavia, macio mas muito cruel era o choro de Anália.

As empregadas se interrogavam, dirigindo-se a pé pra vertente, caminhando à estrada azulada pela noite, não acertavam, erravam sempre, nenhuma delas era adivinha pra afirmar os documentos referendados pelo general do Exército foram a causa de tanto rebuliço. Sentiam-se molengas, arrastadas por um desânimo que lhes entorpecia as pernas caminhavam fatigadas, os olhos pesados de tanta atenção dir-se-iam gotas de chumbo. E tinham ainda de trabalhar, toda a noite à copa lavando copos, enxaguando pratos, num ilimitado esforço de ocupações pra que os convidados dançassem, se divertissem de bucho cheio nenhuma delas descansaria.

Anália se apegando ao acaso, agarrando-se a uma sorte que não deveria falhar (talvez Adriano fosse dormir, apenas dormir tonto de uísque), vestiu a camisola.

No quarto a penumbra do quebra-luz aceso recortava sombras nos móveis amarelos. O silêncio se acentuava, penetrava em toda a casa-grande como se quisesse amedrontá-la.

Anália preferindo Adriano embriagado começou a escutar o corredor ceder no assoalho que estremecia. Começou a perceber pela direção dos passos que Adriano vinha vê-la, atravessava o corredor de chinelos. Chinelos pisando duro às tábuas enceradas, chinelos que não eram de nenhum bêbedo.

Talvez a sua excitação a levasse a escutar com exagero. Mas a firmeza dos chinelos era a mesma, os chinelos continuavam a pisar, a vencer o corredor sem nenhum escorrego, andavam firmes, decisivos com os pés de Adriano que não tropeçavam.

Uma vez sequer Adriano se apoiou à parede, deteve-se no meio do corredor pra vomitar com boca enjoada, ficar emporcalhado no corpo de vômito nojento.

Vinha másculo, erótico, na mão o copo de uísque que o deliciava.

Bufando fumaça pelos pisões entrou o trem à plataforma da estação de Maceió. Adriano desceu do carro-restaurante, atravessou a rua, andou uma quadra ensolarada pelo verão tostante.

Tranqüila se descortinava a manhã. Nenhum conhecido, nenhum amigo às calçadas de sarjetas ainda sujas.

Um carro de praça atravessou areias de um sítio de coqueiros, a mãe de Adriano se levantando de uma cadeira de balanço, abraçando o filho que foi logo dizendo: não era...

Debatiam-se os coqueiros com o vento brusco, as cabeleiras verdes se vergavam endoidecidas nas palmas, cobrindo a praia o mar chegava violento, derrubando ondas que se arrebentavam em espumas o oceano rendilhava desenhos às areias.

No alpendre fustigado, varrido pelo nordeste, ainda abraçado com a mãe, deixando de lado o pai atônito, Adriano repetia, repetia com voz de quem quisesse se vingar: não era virgem.

Depois o pai se juntou aquele perturbador abraço e todos os três se calaram, permaneceram unidos num silêncio constrangedor.

Dir-se-ia sofressem de pé, no meio da ventania amargassem em comum a desdita insanável, num canto do alpendre, todos os três abraçados, desejassem ao mesmo tempo a desgraçada de Anália, com um escândalo que repercutisse, entulhado de provas Anália enlameada ficasse.

– Vou anular, contrato um advogado agora mesmo. – Adriano resoluto, sem deixar esfriar a decisão que lhe angulava o rosto, os malares comprimindo a pele sangüínea, cavada epiderme no lugar das bochechas, reafirmava sua impetuosidade.

Fumava o chofer até os três lotarem o assento traseiro. O pai de pijama, a mãe de peignoir não queriam o filho pagasse dívida alheia. Irromperam casa adentro do advogado como se tivessem sido esbulhados, perseguidos... "E cobre o que quiser, mas prove com a prova de meu filho que Anália não era. Meu filho não serve pra isso não." E na frente de todos os três o advogado começou a datilografar, ele mesmo, a fazer uma minuta de procuração...

Agora, Adriano chama Anália, mostra-lhe o Diário Oficial, pede-lhe leia a sentença e enquanto ela continua lendo com voz sumida, Adriano de calção de banho olha o mar, vê o mar de superfície quieta se sumir no horizonte longínquo.

Vão ao banho de mar e nem se lembram amigados estão. Adriano cruza com a mãe tomando fresca no descampado da varanda. Alisa-lhe os cabelos brancos que sugerem algodão. E antes mesmo de chegar à praia, no meio das areias dos coqueiros, volve-se e grita, num grito pede à velha que venda todos os jornais velhos.

Junto à cerca – espantando uma borboleta que quer pousar nos seus cabelos, abre as asas pra voar rodopiando perto de seus olhos – Anália se engasga com um repentina sufocação. Cuspindo a borboleta morta, um arrepio de nojo começa a se lhe delimitar na orla da boca. Sai correndo pra lavar a boca no mar, lavar a boca que lhe embrulha o estômago.

E o mar deixa Anália limpa, tão limpa que Adriano chega a pensar Anália somente flutue, fique com o rosto defunto submerso tanto tempo porque quer.

Recanto

COM AS MÃOS, dir-se-ia, modelasse o corpo da amante e quando a mulher, branca, olhos verdes lhe interrogou, a resposta de seu coração dominado pela beleza foi o silêncio. Morna, a escuridão do quarto escancarado, quieta a rua de esquinas iluminadas, caindo dos cantos da janela pesadas cortinas não podiam drapejar no abafado fim de noite. E quando de novo ela quis uma resposta somente escutou o silêncio de um sono abrupto, inabordável repouso inundar Tibúrcio, todo o rosto de Tibúrcio com relaxamento, distância, um desdém a lhe travar a boca.

Era sempre assim. Depois do amor aquele sono pesado dominava Tibúrcio e não adiantava Magda se remexer nas molas do colchão amplo, chamar Tibúrcio com boca raivosa, acender a luz do teto de estuque.

Correndo na madrugada minutos de silenciosos ponteiros, e o coração de Tibúrcio depois do amor lhe ter alimentado batia com mansidão, sem estrépito. Para escutá-lo somente com o ouvido, ouvido que Magda nunca metamorfoseou em estetoscópio.

Madrugada silenciosa, mutismo da escuridão borrando o quintal, borrando de tintas cada vez mais sujas o quintal do galo que dormia com suas penas vermelhas, galo de roseta de sangue à sua eriçada crista, galináceo de raça, dorminhoco, trepado no poleiro cilíndrico, encolhido como se estivesse chovendo, tão diferente do cachorro, enterrado com bala e tudo, adubo pras raízes do cajueiro, após um tiro de ladrão ter-lhe perfurado o couro, calado-lhe a boca pontiaguda que tinha dentes de mastim.

Noutro buldogue Tibúrcio pensou, seria uma surpresa, entrando de casa adentro com uma cara feia de um lutador de boxe enfeitaria a mão de Magda quando lhe desse uma trela machetada, argola de aço na ponta de couro, que se agarrava com um nó à coleira do cachorrão.

E comprou outro igual, do mesmo tamanho, até no rabo uma mancha assinalava a semelhança com o vitimado. Nem precisariam escolher nome. Teria o mesmo do outro, enterrado debaixo da árvore que ele tanto gostava. Saturno sempre em liberdade porque a trela seria mais um enfeite para as mãos rosadas de Magda de trinta anos.

Meses no Rio tratando de interesses de sua usina, Tibúrcio exportador de açúcar de sacos marcados, peso exato, qualidade superior, intransigente com o

Instituto se avistava com o presidente do Instituto do Açúcar e Álcool. E dirimindo dúvidas, resolvendo encrencas da burocracia se acalmava. Tibúrcio fincando o pé, evitando prejuízos se esquecia de marcar o regresso, dormir no quarto da casa-grande da Usina Recanto somente depois do presidente lhe dar um cheque, cheque de dólares, pagamento à vista das toneladas de seu açúcar branco, cheiroso e seco, já em terras estranhas, bem distante de seus canaviais irrigados, onde o adubo empenhava as raízes com força de esperma.

Mandava dizer tudo isso à mulher, tivesse paciência, se quisesse estar com ele viesse pra cá.

Três meses sem se deitar com a sua Nair, saudades de sua carne, desejo de possuí-la de novo, a última carta enviada por Tibúrcio sempre se assemelhava a todas as outras que um expresso do correio aéreo deixava em Maceió.

Avisara também a Nair a mudança do hotel, não estava mais naquele apartamento! Curtia sua solidão numa casa de amigos, entre amigos poderia melhor suportar a distância de Nair, mulher loura, pernas grossas andando no gramado do jardim nuns vaivéns nervosos. Passeios solitários. As notícias de Nair diziam-lhe isso.

Tibúrcio sabia Nair não suportava de tempos pra cá qualquer cadeira de avião, qualquer camarote de navio, enjôo de cabra encachaçada a prostrava nas viagens de tristes lembranças. Por isso sossegado, abraçava amando Magda, esguia milionária num recesso de rua sombria, sempre em sesta, tão profundo era o silêncio do asfalto.

Dir-se-ia Magda nada fosse num interrogatório de indagações porque se lhe perguntassem não saberia responder se era casada ou solteira de boates à meia-luz.

Com acerto se diria fosse Magda uma adolescente de amor escancarado que trocasse de macho quando seu coração reclamava novidade, após se enfastiar daquela fidelidade tachada de cacete, de ruim pelo seu coração arranjasse outro.

A gente de Magda, os parentes de Magda contrariados, todavia Magda não se calava. Cada um levasse a vida desejada, sonhada, pedida pelas entranhas; no corpo de Magda a manhosa luxúria lhe fremia os membros e a cativante voz com sonoridade de regato de discreto olho de rocha lhe aveludava a boca. Magda continuava alimentando as ânsias de seu peito morno; a inquietude, a angústia que lhe cravassem as carnes com apertos de garras. Gostava de enxotar amantes lamuriosos

Quando os operários dos edifícios almoçavam, Magda se coloria com dois lenços, biquíni a mostrar um corpo de olhos fechados, costas ardendo no mormaço da barraca franjada.

Nos crepúsculos jogava com baralho de linho, copos de uísque a lhe entontecer a cabeça loura, encrespadas ondas nos fios retorcidos.

Simples adorno o relógio de platina de seu pulso cheiroso. As madrugadas, Magda se deixava levar pela cadência dos blues de pistas bem perto do mar de praia abandonada, a boate das bebedeiras de Magda soluçando nas canções da orquestra era uma meia-luz caríssima a um passo do rendez-vous. Quase inaudível o conjunto de cordas. Canções de piano abafado, dedos estilizados no teclado de uma linguagem de notas feridas enlanguesciam o salão com poesia de foxe moroso. Magda constantemente disputada se deixava abraçar na dança aconchegada.

Perseguiam-na com orquídeas, cestas de rosas vermelhas ensangüentando por instantes seu quarto de dormir, cestas acompanhadas de cartões irreverentes que a convidavam numa irritante insistência.

Magda escolhendo. Ela mesma fazendo a escolha, chamando com os olhos quem ela bem queria. Dominando o escolhido com amor de mulher rica que nascesse pra amar. Soubesse amar. Desejasse sempre o amor e a ele se entregasse com lábios de polpa vermelha de boca carnuda que conhecia o amor da Europa de rios sujos, Europa somente de quartos de hotéis de luxo onde tapetes pudessem lhe acariciar os pés.

Mas Tibúrcio a dominou com amor de nortista sadio. Cada madrugada o amor deles a se repetir com força de primeira vez.

Magda se deixando convencer, esquecendo-se das danças, não sentindo vontade das bebedeiras que a deixavam acordada vendo o sol surgir. Mulher pra Tibúrcio somente pra ele. Magda também querendo o que Tibúrcio queria. Nair esquecida na Usina Recanto a responder carta, carta de Tibúrcio que escrevia como se estivesse mandando pêsames, quisesse guardar conveniências, manter, apenas, relações de amizade.

Ficasse Nair se enterrando nos sapatos de saltos altos, enjoando viagens se esquecesse de seus enjôos nos passeios de areia de seu jardim. Ele, Tibúrcio, não se sensibilizava com cartas de letra chorosa. Com pedidos da mulher, medrosa de tempo para cá, que tinha medo das viagens de avião, de navio – não tinha mais afinidade, não afinava mais. Cartas rasgadas por ele que o vento levava. Espalhados papéis de seda no silêncio dos jardins de Magda, às vezes, presenciando o gesto do amante, com indiferença. Magda sabia, tinha certeza que a outra, a das cartas, implorava em vão. Se Tibúrcio voltasse à Usina Recanto era pra dizer tudo a Nair, contar-lhe tudo, convencê-la de uma vez por todas que o seu amor havia ficado bem longe, num recesso de uma rua da Gávea, amor que se chamava Magda de beleza incomum que a sociedade do Rio não a podia ver tampouco ouvir sua voz de dentes perolados, porque ele, Tibúrcio, assim quisera.

Tempo perdido quaisquer encenações. Conformasse-se a Nair de choro fácil. Não teriam seus desmandos influência alguma quanto à sua resolução. Escândalo poderia abalar os outros não a ele que queria a tranqüilidade que lhe dava a mulher de seus desejos. Tinha certeza não estar fazendo papel feio. De sujeito ordinário.

Levá-la-ia pra onde ela quisesse. Deixá-la-ia no lugar que ela determinasse. Não a enxotaria de casa. Todavia, uma coisa ele, Tibúrcio, lhe diria mais uma vez. Queria desquite. Uma mulher o esperava no Rio. Não estava brincando. Os cabelos louros de sua Magda não poderiam dormir sozinho. Estavam acostumados com as mãos. Com a força do seu amor nas horas do gozo.

Não teria medo de enfrentar o sogro. Não era disso. Queria o desquite, porque queria Magda. Duas ao mesmo tempo só pra insatisfeito. Mineteiro ou corno. Gostava mesmo da mulher que lhe abafava o coração. Sua infância se perdera nos anos idos. Não tinha espírito de internado. De masturbador. Se Nair não o podia acompanhar depois de casado como lhe explicaria as viagens do noivado, de namoro, viagens em qualquer época do ano, viagens furando lãs de nuvens cerradas antes de tempestades brincarem de cavalo de pau com o avião molhado? Tibúrcio não se deixaria dominar pelo ambiente que a cor dos olhos de Nair apreciava. O verde, a beleza do verde do olhar de sua mulher não possuía aquela força de Magda nem o silêncio dos canaviais, quando não eram música do vento, poderia prendê-lo naquele sorumbático fim de mundo.

Tibúrcio somente voltaria à usina pra dizer a Nair tudo isso. Ë manhã seguinte estaria voando de regresso ao Rio. Confidenciou à Magda. Nem entraria no quarto, no seu antigo quarto onde o seu sono vinha sempre depois do amor que Nair lhe dava, saciando-lhe o desejo com o seu corpo de cheiro sadio. Dormiria sozinho, longe da Nair que perdera para a outra, para uma Magda de muitos havia sido, Magda enganadora de muita gente que se julgava dona do seu sexo-corre-mundo. Faria isso.

Nair, mulher de caprichos, talvez se arriscasse de passar a noite com Tibúrcio, mesmo já sabendo de Magda, só por obstinação, só pra mostrar ao marido que ela também gostava de homem, sabia cativar macho, tinha desejo de ser dominada nos lençóis de linho da cama resistente. Não seria Magda a melhor do mundo. Ela também sabia excitar o gozo do macho viril.

Tibúrcio também previu isso porque desvendou o caráter de Nair, da Nair mandona quando um boato correu pelos ouvidos da usina de bueiro vermelho dominando os canaviais com seus metros de tijolos crus.

Boato de amigação. Estaria Tibúrcio se espojando nas carnes tisnadas de uma mulata nova. Boato de cochichos, safadeza de disse-que-disse se alastrando nas terras da usina com força de praga.

Tibúrcio se lembrava Nair só faltou virar virgem, voltar a ser virgem com o seu cabaço de sangue pra agarrá-lo de vez, ter certeza, nenhuma outra o havia roubado de seus braços cheirosos, de suas brancas mãos, cheias de anéis, pulseiras e braceletes nos pulsos alvos quando dançava na Fênix. Tibúrcio negando sempre, invencionice barata – afirmava rindo e carrancudo ficava quando a impertinência tomava corpo.

Uma inocente mestiça prenhe por outrem levando surra, apanhando de chicote, levando pontapés na divisa das terras da usina. Não botasse lá mais os pés. Tivesse vergonha. Fosse conquistar gente de sua laia.

Nair às escondidas pagando com notas de mil aos cumpridores de suas leis de ciúme. Protegendo os capangas, dando-lhes apoio com sua voz de mulher que não quisera ser roubada, ficar sozinha com os seus pensamentos.

Tibúrcio sabendo de tudo isso depois do serviço feito. Conhecendo uma Nair que ele desconhecia até lhe contarem tudo, dizerem-lhe da loucura do marido da mulata que saiu mundo afora sem ter para onde ir porque nos seu cornos ele acreditava. Cornos inventados por não sei quem. Cornos altos, vermelhos cornos, sem exagero da altura do bueiro da usina, encardido pela fumaça. Cornos que o deixaram louco, a mulata enxotada, toda machucada, largada à divisa da usina, equimoses em todo seu corpo pisado, somente porque havia andado com Tibúrcio marido de Dona Nair.

Tibúrcio enfrentando a loucura do marido pra não morrer espetado. Tomando-lhe o punhal, uma chave de braço gemendo no agressor dores de ossos quebrados. Na porta da casa-grande os roncos do Oldsmobile procurando a estrada do hospício de Maceió.

Se Tibúrcio não procurasse o marido louco que o esperou várias vezes numa esquina de parede de beco, muito tocaia, teria morrido de emboscada, numa traição seu corpo ganharia feridas profundas no ataque da lâmina afiada. Tudo isso nas terras de sua usina, essa encrenca toda dentro da Usina Recanto onde Tibúrcio mandava, tinha direito de mandar porque pagava, não deixava de pagar a serpente dos operários nos dias de sábados demandando aos guichês nos fins-de-semana.

Tesouraria fazendo inveja a muita gente. Tesouraria que não dava vale.

Nair fazendo cena, ainda achando pouco sua vingança de ultrajada. Querendo de Tibúrcio mais juras, todo arrependimento pro seu coração interrogativo.

Ele se defendendo. Não trepara mulata nenhuma. Tudo isso não passava de ardil. Nair acreditasse nele. Deixasse-o de aporrinhar com teimas bestas.

O sogro chegando de Recife com outra língua de interrogações: –"O que é que há... o que é que há?"– mostrando um coldre de cabo preto, pesado revólver lhe estufando o fígado.

Recordações azedas, desprezíveis.

Tibúrcio continuando a desejar Magda, querendo ficar no Rio, junto da amante que não se alucinava com estapafúrdios de ciúme, escovava os dentes, saía pra rua com chapéu e tudo pra cuidar da vida.

Arrependia-se de ter conhecido Nair, casado-se com a pernambucana de caprichos múltiplos. Ë sua cabeça, a venda da Usina Recanto era também coisa certa . Primeiro receberia do Instituto os dólares de seu sacos de açúcar, liquidaria dívidas de compromissos antigos e deixaria de ser usineiro, o encafuado, o gozador de vilegiaturas na metrópole de praias espumosas.

Venderia a Usina Recanto sem remorsos. Pela última vez iria a Alagoas terra de Graciliano Ramos, terra do Breno Accioly.

Se Nair não quisesse o desquite pior pra ela. Continuaria amigado, Magda seria pra sempre sua amante que iria lhe mostrar o mundo, viajar com ele num gozo sem fim através de rotas de luxúria, sexo, champanha, conforto.

Tinham dinheiro pra isso. Apetite de aventuras não lhes faltava. Deixariam o Saturno II. No cilindro do poleiro o galo escarlate continuaria cantando seu absoluto canto em todas as desfalecidas madrugadas. Despediriam os empregados. Mas um deles ficaria tomando conta da casa de portas trancadas.

Os passaportes carimbados e visados os distanciavam do Brasil. Era somente Tibúrcio voltar. As malas fechadas com fechaduras à prova de roubo aguardavam o momento de ficarem pesadas, atulhadas de utensílios.

Magda ainda tinha Tibúrcio a seu lado, mas naquela noite Magda não pôde dormir, Tibúrcio ferrara no sono sem lhe responder depois do amor. Ele já lhe havia dito que voltaria, não a estava enganando. Nair não tinha mais razão de ser. Dir-se-ia a houvesse conhecido pra esquecê-la. Todavia, temerosa Magda sentia ânsias, medo de nunca mais ver Tibúrcio que dormia, tinha de acordar cedo.

Magda acordara estava a par das transações, lembrava-se dos negócios de Tibúrcio, da Usina Recanto vendida à vista antes do crepúsculo, dinheiro no bolso de Tibúrcio espremido nuns números de cheque.

Tibúrcio somente iria a Alagoas pra botar Nair pra fora de casa, dizer-lhe tudo. Tivesse vergonha. Fosse pra onde quisesse. Não tinha satisfações a dar a ninguém. Queria o desquite. Não haviam se casado com separações de bens? Ela não era filha de usineiro? Claro, tinha pra onde ir, em Recife salgasse lenços, avermelhasse o nariz com seus choros de égua empacada.

Nunca temera indagações do sogro encachaçado, mãos trêmulas de um delírio incurável. Danassem os cunhados com arrogâncias de cafajestes.

Tibúrcio queria os garços olhos de Magda pra amar melhor. Se ainda iria a Alagoas era porque era macho, queria viver com a força que lhe ditava a vida. Nair precisava saber quem mandava na vida dele. Era ele mesmo. Ninguém mais.

Magda sem poder ainda dormir na noite do dia seguinte. Lembrando-se de Tibúrcio que viajara num avião de vôo sem escalas. Avião fretado, só pra ele viajar mais depressa.

Magda a escutar o galo que cantava no poleiro mais alto, poleiro cilíndrico de metal, lá em cima dos outros a cantar e a cagar nas galinhas que batiam asas, logo mais dominadas poedeiras vermelhas cocoricando à alvorada calorenta, do galinheiro estilizado. Depois, Saturno II, latindo e encrespando o barulho com suas mandíbulas. Magda esperando por Tibúrcio numa manhã quente de sol aberto. Esperando-o à janela como se fosse uma namorada, uma amante que controlando as horas do tempo, sentisse o rosto afogueado, e limpasse o suor que lhe corria pelos braços; o calorão que lhe tostava as mãos, chegava às pontas das unhas rubras, esmaltadas rubramente.

A solidão da rua era de mormaço.

As forças da insone Magda ainda eram muitas. Tibúrcio não deixaria de vê-la no quadrado da janela branca quando saltasse do automóvel. A manhã angustiando o coração da Magda que o esperava debaixo do sol amarelão calcinador de árvores podadas. Mas uma impaciência repentina a levou ao aeroporto numa desabrida de automóvel disparado. Na escada do avião a gravata vermelha de Tibúrcio batia-lhe no rosto. O vento do mar vinha salgado, ondas revoltas se rebentavam ao largo, perto do aeroporto feito promontório.

Tibúrcio nada pudera dizer à tesuda Nair, cadavérica Nair no caixão preto. Encontrou-a de queixo amarrado como se estivesse doente dos dentes.

Na outra sala os castiçais enormes gotejando pelos lábios das velas.

Magda acreditando no amante que voltou de gravata vermelha. Tinha de acreditar. Ë Usina Recanto não se falava de outra coisa. Depois de matar Eurípedes foi Nair uma corrida de pés descalços através da lama de um canavial maciço, fechado, inteiro com pendão e tudo.

Cheio de cobras.

Nair queria fugir rompendo canas de grossos gomos depois de ter morto Eurípedes, acertando-lhe no peito um tiro surdo. Não, ele, Tibúrcio não sabia estava sendo enganado. Era corno.

Quinquim

ORELHAS ENORMES emburrecendo a cartolina que o fantasiava num castigo bizarro qualificava Quinquim de asno, burro ladrão do internato rigoroso.

– Só sai daí quando seu pai chegar.

Quinquim ficaria a vida toda de pé, braços cruzados, num canto do quadro-negro para que toda a classe o visse se o professor não estivesse exagerando. A tinta que iria punir a sua mão, obrigando-o a copiar páginas de um livro de moral à sala dos castigados, azulava a testa da cartolina animalizada com um pejorativo: ladrão.

Quinquim chorava um choro surdo que lhe enxaguava o rosto pálido, mordia os beiços como se sentisse uma dor intensa. Os pés formigando às câibras das pernas já lhe eram insensíveis. Após o café, antes mesmo de sentar à cadeira de sua carteira brunida, envernizada por ele mesmo, ouviu a condenação irrevogável do professor aturdir a classe inteira, como se todos fossem culpados, merecessem uma posição de sentido durante horas seguidas.

– Quem, eu? – e Quinquim se aproximou do indicador acusativo que lhe apontava o coração como se quisesse pará-lo.

Sobre a cátedra a palavra ladrão era relevo à cartolina de orelhas tesas.

– Mas o senhor não pode fazer isso, será demitido, enlouqueceu?

A cartolina, recortada sob medida, sem que Quinquim soubesse porque já lho encarnecia. Separava-os uma distância ínfima, quando o professor quisesse começaria a humilhação que o descarnava, embora persistisse reagindo, defendendo-se com lógica.

– Não bota isso na minha cabeça não. Não tem esse direito. Já se foi o tempo de castigo físico, aluno ser detratado por quem ensina.

As costas do professor eram largas nos ombros ossudos. Encaminharam-se em direção à porta, detiveram-se pra fechá-la, por um instante. Quinquim pensou fosse apanhar e agarrou a régua de meio metro, espada sem gume que servia pras retas dos ensinos de desenho.

A sala abafada se fechava em janelas cerradas que escureciam o ambiente. Se o professor fosse dar aula teria que acender as luzes, acontecimento raro, apenas durante os dias do aguaceiro, quando uma tromba caía das nuvens e os rugidos do céu com ribombos de trovões sangüíneos estremeciam a cidade.

– Você é ladrão de si mesmo, Quinquim, filou à prova escrita – a voz cavernosa do professor dominando toda a classe, dominando ainda mais Quinquim que a escutava, em silêncio ouvia o seu castigo deprimente, botasse ele mesmo a cartolina à cabeça, guardasse a régua, ficasse de pé com os braços cruzados e depois da última aula copiasse capítulos de um livro que ele iria receber.

O temperamento rebelde de Quinquim abriu uma boca no rosto lívido, que aos poucos foi ficando sangüíneo e com ímpeto de maxilares decisivos o castigado começou a dizer o ponto sorteado como se estivesse com o livro aberto, diante de si o compêndio escancarado num aprendizado de dicção.

Os alunos respiravam com esforço, sentados e silenciosos, acompanhavam o que Quinquim estava dizendo, como se estivessem aprendendo, pela primeira vez ouvissem explanação tão lúcida, seguiam com os olhos os gestos de Quinquim, ainda de régua à mão vitoriosa.

Todavia o professor manteve a punição, à certa Quinquim decorara tudo aquilo depois da prova escrita, decorara trancado numa privada, distante de todos, sobre a relva do recreio gramado ou durante a noite quando insone e atento numa madrugada de remorso apelou pra sua memória. Então, janelas foram novamente abertas, a porta da sala de aulas encostada à parede, com sua folha de cedro lavrado era um convite à fuga.

Mas Quinquim não fugiu, dir-se-ia um corpo humano do laboratório de ciências naturais, que tivesse recebido farda e por equívoco ostentasse à cabeça um carnavalesco trabalho manual.

Quinquim, pernas juntas, numa posição ereta que despertava câibras nos seus membros doloridos começava a chorar, mas impedia o pranto cravando no lábio inferior dentes obturados.

A zoada da classe inteira chamou a atenção do diretor que foi ver carteiras quebradas, entrou à sala quando os alunos sacudiam cadernos, jogavam livros pesados que cruzavam o recinto, livros folhudos que se despedaçavam no baque. A princípio nenhum deles quisera responder às questões. Não sabiam, tempo para estudar não lhes sobrara depois da partida de futebol.

O professor anotando zeros molhava a pena no tinteiro comum.

Durante o recreio do intervalo das aulas os alunos se agruparam, confabularam às escâncaras, vingar-se-iam do professor negando-lhe autoridade, direito de punir a quem soubera se defender, provando que sabia, não precisava de colar para ser aprovado.

O professor sorria, dava zero durante as aulas que custavam a terminar. Interrogava o seguinte sabendo com antecipação o que iria escrever à caderneta de notas mensais.

Quinquim já não o interessava, voltava-se contra a classe birrenta e a argüía com um riso que persistia até terminar de escrever o zero inevitável. Mandava outro aluno se levantar, a pena embebida, mergulhada no tinteiro que ficaria sem tinta.

Por vezes, interrompia a argüição. Estava escrevendo o relatório que não queria protelar. Dirigia-se ao ministro acusando violentamente a rebeldia dos alunos. Mas omitia, coincidentemente deixava de dizer o que Quinquim tinha à cabeça. Não se referia nem por alusão à cartolina de cabeça de burro, confeccionada por sua mulher, após o jantar do dia anterior.

Ela o obedera sentindo uma leve excitação a lhe percorrer o corpo exangue, fanado. Assustara-se antes de escrever a palavra ladrão. Mas como não o contrariava, baixou a cabeça caprichando as letras de manchete.

Quando o professor as leu a goma das orelhas já estava seca e a mulher dele, encurvada sobre o ferro de engomar aproveitava o que restava num fundo de tigela endurecendo um colarinho de camisa branca.

Não tinham filhos. Viviam pobremente numa casa alugada, telhado de goteiras que alargavam os tijolões carcomidos, quebrados. O fogo crepitava no fogão de brasas minguadas esquentando as refeições deficientes, pobres de calorias. A mulher, dele, muitas vezes chorava escondido, lastimava-se sozinha chorando intempestivamente quando se via tão abandonada e miserável. Suspirava por uma empregada que jamais contrataria.

O professor, como ela costumava chamá-lo empacara num curso primário de salários modestos. Passava o dia no internato, voltava cansado, extenuado e começava a beber a cachaça do aparador remendado com tábuas velhas, encontradas à rua em dia de feira de subúrbio esquecido, totalmente abandonada pela municipalidade. Por não poder pagar dentista perdera todos os dentes e indeciso certa vez permanecera horas inteiras pra se decidir entre uma dentadura e um terno novo. Mas vestindo pela primeira vez a casimira de jaquetão, gravata passada a ferro, num laço vistoso a manta a lhe descer do pescoço magro, sentiu que lhe rasgavam as calças vincadas. Um arco de barril enferrujado, sujo, atentava os transeuntes da rua escura.

Aquele mesmo dia a mulher do professor o enganara. Vinha recusando, se negando a aceitar o amante que lhe prometia conforto, sossego e acima de tudo um amor interminável. Não queria tanto, disse-lhe quando foi ao encontro de uma tarde inteira. Não abandonaria o marido, reafirmou depois de ter se vestido, deixado o rendez-vous pra esperar o bonde numa esquina deserta. Fora ao encontro para pedir-lhe dinheiro emprestado. Sem dizer ao professor empenhara os brincos, ouro maciço cravejado de brilhantes, herança de sua mãe. Queria-os tirar do "prego", emprestasse-lhe o dinheiro, abraçada com amante suplicava, como se já estivesse acostumada ao meretrício punha a língua de fora, numa investida lúbrica tentava conseguir que o seu coração ansiava. Dinheiro pra si mesma, pra suas necessidades, dinheiro pro marido ir ao dentista, não ficar murcho à boca arrasada.

Acertara no bicho, contara ao professor querendo saber a procedência daquele dinheiro se enrolando em si mesmo num canudo amarelo; dinheiro que lhe despertava suspeitas. Do jogo-do-bicho, ela respondeu com calma, voz equilibrada num timbre sonoro que sabia convencer, como se deveras ela houvesse arriscado dez cruzeiros no milhar do primeiro prêmio Do jogo-do-bicho, jogo a que ela nunca aventurara, despedindo sempre o empregado do bicheiro, pardavasco de tamancos batendo no vidro da janela com um toco de lápis, procurando-a todas as manhãs, exceto domingos, feriados quando não lhe dava palpites, fizesse uma "fézinha".

Isso há meses atrás, quando sua carne fresca se mostrava rosada numa nudez provocante e seu amante, seu único amante, próspero e cativante, tentava sempre arrebatá-la do professor sonhando abandonar o ensino, viver de uma profissão mais rendosa.

O professor cismava, batendo os dentes postiços soltava um ruído que ele somente podia ouvir, a casa deserta, as janelas cerradas, ela, a mulher dele, chegando atrasada com desculpas que ele fingia aceitar. Queria se convencer da honestidade da mulher, esforçava-se por admitir não estivesse sendo enganado, mas vez em quando o assaltavam dúvidas intermináveis e ele começava a refletir, de cabeça baixa engolia a cachaça do cálice de vidro.

A porta rangia às dobradiças emperradas. E ela entrava sorridente, antes de vê-lo sentado numa cadeira da sala de jantar, caminhando pelo corredor estreito e curtíssimo já lhe falava dos seus sucessos. Havia vendido tantas peças de lingerie, obtivera tanto lucro e entrava no quarto, no único quarto da casa de telhado imprestável, gotejando grosso devido ao descaso do proprietário.

Haviam brigado. O professor no dia de pagar os aluguéis ficava de mau humor, à mulher, dele, prometia mudar de residência logo terminasse de saldar dívidas antigas.

Levantava-se da cadeira de pernas empenadas, não esperava que a mulher aparecesse de vestido sobre a pele, os seios soltos dentro do tecido barato. Apressava-se em saber a "féria" do dia, qual o lucro exato dos artigos contrabandeados, vendidos à vista no perímetro da zona sul. Entrava no quarto de quebra-luz aceso, à procura do dinheiro enrolado apalpava o colchão de colcha e lençol, cerzidos-remendados, a mulher se despindo à penumbra só lhe chamava a atenção muito depois.

O professor não podia saber a mulher dele também enganava o amante. Depois do encontro no rendez-vous, onde recebia presentes de roupa íntima, ela se dirigia a Copacabana, apertava cigarras de apartamento, oferecendo o que havia ganho antes de se despedir do amante, amiudando os encontros, mostrava a fregueses transparentes nylons que lhes amaciavam as mãos.

Dizia-se intermediária de uma amiga que tinha marido trabalhando nas docas.

O professor entrechocava os dentes, enchia outro cálice de cachaça, ia dormir de boca murcha, dentro de um copo cheio de água, as dentaduras num mergulho pareciam querer morder a mão de quem as deixava molhadas todas as noites.

O amante reclamava, não compreendia por que ela não abandonava o professor medíocre, mestre-escola de crianças ricas, filhos de milionários.

– Não lhe dava tudo? onde estavam os porta-seios, as calças, as combinações, as meias, sim, as meias sem costura? – o amante com aspereza interpelava, zangava-se por não vê-la como ele queria que ela fosse.

Ela tornava a mentir, medo que o marido suspeitasse, visse-a em trajes de mulher rica, estava tudo dentro de uma mala, trancada a chave, mala se empoeirando sobre o guarda-vestidos.

O amante engolfava a mão no bolso do tropical brilhante, contava cédulas, beijava-a à boca e ela chegando em casa mais cedo ia tirar o suor do amor se esfregando no banho de chuveiro aberto. O professor que no internato corrigia os cadernos dos alunos, almoçava e jantava numa cabeceira de mesa feito um censor no refeitório de ar condicionado, abria o aparador, ainda novo, no verniz escuro.

– Arre! – Um cuspo de cachaça de garrafa caía através da janela escancarada.

Novamente sobre a mesa o dinheiro amarelo do jogo-de-bicho.

Acertei dez cruzeiros no milhar, ela afirmava, enxugando os cabelos molhados, soltos, curtos, à mostra o cangote branco empenujado que se coloria de miçangas, colar sem valor, jamais aceito por nenhuma casa de penhor, quando ela tomava o bonde, quase todos os dias.

Quando o amante viajou, ia ser cônsul, trabalhar com o seu pai, embaixador do Brasil no estrangeiro, ela começou a escutar propostas, deteve várias vezes a colher de sorvete perto da boca. Encarava o pretendente da mesa vizinha, chamava o garçom, pagava a conta e deambulava, olhando as novidades das vitrinas, entrando nos cinemas de matinê afastava de si a solidão. Não queria mais trair o marido, cansara-se de mentir, de ganhar o dinheiro que ajudava o orçamento do professor, cansara-se de ser prostituta, cansara-se de se entregar durante as tardes em rendez-vouz de luxo.

Que o marido por si mesmo melhorasse economicamente. Mudasse de profissão, arranjasse outro emprego que não lhe ferisse tanto os nervos. E saía, após almoçar escutando música de rádio, fechava a porta, começando o seu passeio inocente de bonde, abria o jornal, escolhia o filme. O professor desgostava até de resumos mas ela prosseguia o relato, com voz serena explanava pra ganhar confiança do marido jamais acreditando enganado houvesse sido.

– Eu dispenso essas satisfações, minha filha. Sei que você foi ao cinema, nunca me mentiu.

E voltava a ler, a boca cheia de dentes porque ainda faltava muito pra dormir.

Mais uma vez ela interrompia a leitura maçuda de quem estava lendo e o professor que nada lhe houvesse inquirido ficava sabendo de sua falta de sorte. O contrabandista fora preso, não conhecia mais ninguém que lhe desse artigos femininos pra vender.

Entristecia o rosto tranqüilo, começava a tirar os pratos da mesa, alta e suave, como se andasse flutuando, entrava à cozinha. Olhava a folhinha de cromo à parede velha, lembrando-se do amante no mesmo instante se recordava de suas mentiras que lhe davam dinheiro no jogo-do-bicho.

– Faço assim, dizia pro marido que sorria um sorriso casquinante, enxovalhador: e de olhos fechados metia dois dedos, um de cada mão, no calendário anual.

O professor completava:

– Você joga nesses números e ganha.

– Isso mesmo.

E ela abria a torneira, lavava a louça do jantar solitário antegozando a satisfação do marido, que ao pressenti-la chegar ia ver o rolo de dinheiro sobre a mesa e ficava crescido nos olhos com desmedido espanto.

Certa vez quando o marido a mandou jogar se convenceu haviam se dissipado os seus antigos sonhos de mudar de profissão. O professor se satisfazia com o dinheiro que ela jogava sobre a cama ou em cima da mesa, não pensava mais noutro emprego depois que se acostumara a ver notas, muitas notas de mil cruzeiros sobre a mesa forrada com toalha cerzida, muitas vezes esburacada pelas apodrecidas teias da linha.

Mas eu tenho jogado – respondeu fitando o marido que parecia mastigar algo, qualquer coisa dura – tenho jogado e tenho perdido – desconfiada do inusitado pedido do marido esclarecia com receio, escolhendo as palavras advertia ganhar sempre no jogo-do-bicho foi difícil.

– Então em vez de você, jogo eu. – E Creusa viu Juvêncio de Toledo fechar os olhos, apontar os indicadores que cobriram duas dezenas com pedaços excitados de polpa. No papel da folhinha duas incisões. Estavam grandes, grandes demais as unhas de Juvêncio.

Voltou o professor a se endividar, cortava caminho quando via o açougueiro, tomava bonde noutro ponto, distante dos credores amargurava os seus errados palpites. Adquiriu encadernações que simplificavam o emaranhado dos sonhos, pulverizavam os impactos dos pesadelos que o aturdiam com freqüência. Levantava-se, pés descalços ia apanhar o caderno e anotava as confusões de seus sonhos enquanto Creusa economizava dormindo despida. Juvêncio de Toledo se sentia doente em todos os crepúsculos, apavorava-se quando ia saber o resultado do jogo. Lívido e trêmulo Juvêncio de Toledo indagava ao pardavasco de tamancos, que o desvanecia.

– Deu vaca – e cantava os cinco primeiros milhares como se estivesse dando lição de tabuada.

Creusa dormindo de camisola, somente no inverno deixava de economizar energia elétrica, apagando mais tarde a lâmpada acesa, usando enviesado, sempre de banda e arregaçado o cabeção aplicado de rendas mostrava a Juvêncio de Toledo a seiva de seu corpo comprido, os tufos de seus sovacos, os seios mal cobertos umas belezas de mamadeiras; no momento do coito surgia o pretume sadio do seu cabeludo sexo.

– Vai dar vaca. – E acordou Creusa para dizer-lhe isso. Nos bolsos das roupas surradas de Juvêncio de Toledo a miséria de alguns níqueis.

– Vai dar vaca, Creusa, amanhã acorde cedo, venda as garrafas vazias.

E voltou outra vez a dormir esperando que o sonho acabado de sonhar arruinasse o banqueiro desconhecido por ele até no nome.

Creusa escreveu ao amante, mandasse-lhe dinheiro, suportava revoltada a pobreza de sua vida. Não podia pagar médico mas o marido precisava se tratar, havia enlouquecido, não sabia ganhar dinheiro, perdia tudo, apostando num milhar fatídico. A folhinha de cromo toda furada, de tanto levar ponta de dedo era um destroço. Não estava exagerando. E fechou a carta, beijando o selo.

Naquele dia não teve o que comer. Almoçou um almoço de copos cheios de água, enganando o estômago bebia água. Juvêncio de Toledo lhe prometera trazer um pão ou coisa melhor do internato.

Trouxe dinheiro que Quinquim lhe emprestou. Havia se esquecido da carteira, no fim da última aula antes de entrar no refeitório conversou Quinquim, iludiu-o, tapeou-o como se estivesse enganando um adulto. Culpou Creusa, devia ter sido ela, lembrava-se de ter botado a carteira no bolso, fora brincadeira de Creusa que não se lembrara de restituir o resto do dinheiro. Talvez, quisesse lhe fazer surpresa, presenteá-lo no aniversário.

E quando Creusa, numa meia volta, indagou-lhe a proveniência do dinheiro, dinheiro que lhe enchia a mão direita, cédulas de cinqüenta e cem cruzeiros deixando o bolso de sua calça numa orgia de cores, Juvêncio de Toledo deu de ombros, acendeu um cigarro e uma risada de estremecer lhe rasgou a boca que fumando tragando se enchia de fumaça.

– No bicho, minha filha, no bicho, no grupo da vaca, Repetiu. Quem a cevava desgraçou o banqueiro. Eu era um deles.

E puxou outra cadeira pra botar os pés em cima da palha esburacada, a meia-sola que não tinha sido paga deixando cair sobre os tijolos restos de barro da rua abandonada.

Sem Juvêncio de Toledo pressentir Creusa escondeu o dinheiro da luz, saldou uma parte da dívida do açougue e ao divisar a agência dos correios e telégrafos sentiu o coração disparar, fugir de seu corpo pra voltar a pulsar bem longe.

Chorava no meio da rua pensando no amante que tanto a quisera e continuando a chorar não tinha lenço, o último se despedaçara em suas mãos à tina encardida, que vazava, no chão preto do quintal sem muro. Com choro forte à engasgá-la empurrou a porta. Chorando alto procurou o marido pra contar-lhe tudo, dizer-lhe não era o que ele pensava. Todavia, Juvêncio de Toledo não pôde escutar Creusa nem ver a Creusa que enxugava o rosto salgado nos trapos da toalha de mesa.

Embriagado Juvêncio dormia sobre os tijolos da sala de jantar, piso de barro que já havia sido vermelho, cheirava a barro mesmo quando era varrido e lavado há muitos anos com pingos de água e vassoura.

Num hospital de indigentes trataram-lhe da pneumonia, deram-lhe uma semana de férias e a convalescença de Juvêncio de Toledo decorreu tranqüila, conversava com Creusa, escutava rádio, lia trechos de seus livros maçudos. E como se pudesse impedir a tosse seca que o desfigurava aproximava o dorso da mão à sua boca de gengivas descoradas.

Emagrecera, tão magro ficara, que as chapas de dentes postiços voltaram pro fundo do copo, o dia inteiro cheio de água. Tentou vezes seguidas mas as chapas não se ajustavam à boca escaveirada, cavada e chupada às bochechas flácidas. A do céu da boca caía sobre a do maxilar inferior, já solta da gengiva ferida pela febre alta. Juvêncio de Toledo desinteressara-se pelas apostas do jogo-de-bicho, vendo com descaso as brochuras que interpretavam os sonhos movimentava o beiço com desdém sintomático e voltava a ser qual um míope, apertando os olhos foscos, empanados.

Dir-se-ia envelhecera anos, muitos anos, com o delírio da doença de peito. Precisou Creusa lembrar-lhe os exames para que Juvêncio deixasse a cama, pensasse no internato, vagamente se convencesse ainda era professor.

Havia se refeito, as chapas dos dentes postiços já se encaixavam às gengivas, o colarinho fechado apertava-lhe o pescoço mas a má vontade que nutria pelo internato, abafados ressentimentos doutrora haviam se avolumado, começavam a lhe dominar as decisões. Carrancudo ordenou à Creusa que cortasse a cartolina, emburrecesse-a com orelhas enormes.

Regressara do internato pisando duro, com firmeza atravessou a casa, escancarando com violência portas e janelas denunciava o seu mau humor.

A tigela de goma das camisas brancas, perto do ferro de engomar, brasas de carvão, assopradas e abanadas por Creusa, a tigela recendendo a grumos bolorentos era um recipiente de pegajoso adesivo que untava, ia emporcalhando os dedos de uma mulher calada, de uma Creusa cabisbaixa, emudecida e queda, como se pressentisse algo de ruim, de muito ruim estivesse para acontecer nem abria os lábios de sua fechada boca.

O diretor convenceu a Creusa trabalhar no internato de meninas. Quinquim não devia ter botado nada à cabeça. Estava convencido da demência do professor. Quinquim mesmo dando golpes de régua em Juvêncio era um inocente. Devia tê-lo procurado. Era diretor porque sabia ser diretor. O professor teria sido morto, mesmo Quinquim estivesse gozando férias à usina de seu pai. Creusa refletisse. Aceitasse o emprego que ele, fundador e diretor dos dois internatos, com pesar lhe oferecia. Não ia substituir o marido. Trabalharia no almoxarifado, no prédio vizinho onde meninas de família abastadas, também aprendiam. Procuraria o proprietário da casa, pagar-lhe-ia os meses de aluguéis atrasados. Creusa acreditasse nos seus sentimentos, de modo algum consentiria ela vivesse à míngua. E, acabou por convencer à Creusa de boca arrolhada quando lhe mostrou num papel a soma ínfima de sua pensão, ridícula mensalidade, mais uma disfarçada esmola de um guichê de Instituto de Previdência .

Dias depois o carteiro batia na porta, persistia batendo numa porta de casa de subúrbio, queria o recibo assinado de uma carta expressa, expedida do estrangeiro, dentro da missiva um camuflado cheque polpudo.

Bateu de novo, lendo o nome da mulher datilografando o envelope o carteiro esperou outra vez dando três tragadas no cigarro amassado. E devagar, como se aquela correspondência fosse a última a ser entregue por ele durante aquela manhã ensolarada, o carteiro, mão trêmula com idade de aposentadoria começou a caprichar com letra de lápis: devolva-se, endereço errado.

Naquele mesmo instante Creusa debruçada numa janela prestava atenção à intriga de uma arrumadeira. De longe ficara conhecendo Quinquim, deitado na grama do campo de futebol, gozava um ócio mordendo e cuspindo talos verdes.

O cheque do cônsul era para Creusa ir viver com ele. Se Creusa quisesse ele providenciaria um casamento num país de divórcio após o desquite.

O cônsul não sabia haviam matado o professor. A carta devolvida, só dizia isso, só tratava disso. Era lacônica.

Úrsula

MALAS TRANCADAS nas fechaduras de metal são couros vermelhos se estufando quais ventres de animais dormindo. Chegaram de São Paulo, ainda nem abriram o guarda-roupa de parede inteira e já pensam à piscina, no banho frio de águas represadas.

Úrsula solta os cabelos, enfia-se no maiô que vai se molhar, nadar com o seu corpo magro até sentir fome, querer jantar, comida que não engorda, pratos de carne esquentando a mesa, sobre a toalha de linho que a empregada esticou são afrodisíacas iguarias nos picantes molhos.

Se estivesse chovendo, antes de se trancar no banheiro imenso, teria Úrsula aberto as malas, despejado em cima da cama seus vestidos de decote, suas roupas esportivas, tudo que fosse seu, chapéus, anéis, broches de brilhantes, sapatos que a tornavam elegante no andar de saltos altos. Mas o fim da tarde é de cores firmes.

O usineiro imitou Úrsula. Uísque no copo gelado lhe silenciando as feições, a boca com bigodeira bebendo sem pressa, a mão cabeluda virando o jornal, páginas do vespertino avivadas pelo quebra-luz lembrando girafa de esqueleto comercial. Depois dos mergulhos à piscina de águas verdes, leria os outros, determinou com pensamento rápido.

Berro de criança ainda não existe. Rumor somente da empregada abrindo a geladeira, ocupando-se numa rotina de serviço cansativo.

O usineiro inventara o passeio, queria uns dias de hotel, São Paulo lhe aguçando o interesse, chamando-o qual um cheque que tivesse de ser descontado. Iriam de automóvel correndo pela estrada de botequins, capota arriada gozando uma desabrida de velocidade. Procuraria o Conde, Conde de arranha-céu recoberto de mármore, italiano de ópera e champanha, difícil de dar atenção quando se encafuava no seu escritório de andar inteiro. O Conde gostava de comprar terras, plantar indústria em chão bravo, suas fábricas lembrando cogumelos que fumegassem, davam dividendos incríveis.

O usineiro enrolando a escritura, querendo passá-la ao Conde que antes de fechar qualquer negócio tirava os óculos do rosto corado e acendia charuto.

Úrsula aquiesceu. Tolice pagar imposto de léguas de terra, a mata virgem tinha de render dinheiro, dar lucro, deixar de ser uma propriedade abandonada enriquecendo o erário, todos os anos.

O usineiro escutando a mulher pensava no Conde, apegando-se aos milhões de transação qual um miserável a receber herança se comprazia. Contrataria arquitetos, edifícios se erguendo com os milhões da mata cerrada lhe garantiriam o futuro, árvores de troncos nodosos se entrelaçando as copas, lutando por uma expansão de galhos retorcidos à maneira de dedos de mãos em luta, seriam derrubadas.

Úrsula quis saber, quantos milhões à vista? Achou pouco. Não desvalorizasse terra cheia de madeiras, planície serpenteada por rio que se alargava à barriga qual uma saciada jibóia. Pedisse o dobro, três vezes mais ainda seria pechincha para quem gosta de ter fábrica perto de São Paulo, saltar do automóvel defronte da indústria, vê-la vivendo à chaminé de ferro, vomitando fumaça negra, dia e noite de qualquer mês resfolegando às máquinas, indesgastáveis à produção sistemática, precisa, cronométrica.

Dias depois o Conde escutou o preço de Úrsula atendendo telefone. Chamasse-o mais tarde. Se pudesse esperar resolveria o assunto com presteza. Tinha que falar com a Condessa.

A filha do Conde queria ser noiva. Pedia permissão ao pai telefonando no telefone de ouro.

Úrsula insistia no preço, o usineiro confirmava, cento e vinte milhões e a filha do Conde, branquíssima virgem de mãos de harpa, instrumento que lembra omoplata de cordas de concertos íntimos, no telefone de ouro, lá do palacete resguardado por porteiros de metralhadora, telefonando num nervoso pro pai, Conde do Papa, telefonando num descontrole para dizer-lhe queria ser noiva antes da noite, noiva antes da tarde morrer, disparava no seu coração uma indefinível agitação que lhe brotava nos olhos algumas lágrimas.

Cento e vinte milhões! O Conde percorrendo léguas de terra na matéria plástica de mapa caprichado. Um sinuoso risco preto era o clarão do rio comendo terra vermelha, barro de ensangüentar mãos, alagadiço pantanoso rio quando às margens vomitava excesso da enchente periódica.

Se tivessem pedido o dobro, o triplo dos cento e vinte milhões de cruzeiros, o charuto do Conde também ficaria aceso, brasa à ponta do havana importado. Os óculos em cima da mesa.

O departamento jurídico cuidaria dos papéis, voltassem ao escritório dentro de uma semana, poderiam ir gastando por conta da transação. Negócio fechado.

O Conde já havia se embrenhado nas terras de mata cerrada, amassado entre os dedos torrões, mandando amostra de tanta seiva pra uma lâmina de microscópio, sabia do lucro que estava tendo.

A brasa queimando as folhas enroladas do charuto cheiroso mamado como se um prostituído bico de peito trescalasse aroma de fumaça cinzenta.

Antes de Úrsula e o usineiro desaparecerem através da porta de maçaneta de ouro a filha do Conde chamava outra vez, insistia com o pai, viesse ao palacete, queria ser noiva do estrangeiro que escutava a sua harpa com rabo de casaca, cartola reluzindo num pretume de etiqueta num criado-mudo.

O Conde perguntou se a tocadora de harpa havia enlouquecido. Filha sua noivar de tarde sem recepção? E mandou entrar uns fazendeiros que queriam empréstimo, hipotecar fazendas de café que a geada ressecara, ferira e tostara com a sua chuva de granizo.

Novamente o charuto virando brasa, baforando a refrigeração do escritório com cheiro de mulher que gostasse de andar fazendo tudo.

Úrsula e o usineiro pisando à calçada do Conde e um chofer abrindo a porta de um Rolls-Royce, cortesia da firma, aonde queriam ir? – era prenúncio de muito passeio. E no Butantã viram peçonha de cobra pingar em cálices, que lembravam os de cachaça; serpentes imóveis à relva, dormitando fora dos iglus, espichadas por perto de um tanque que tinha repuxo, sombra de ficus, silêncio de laboratório dir-se-iam inofensivos botes de afiadas presas.

O sujeito extraindo o veneno das cobras trabalhava no jardim do inferno escancarando bocas, dominando presas, contando as gotas dos venenos como se elas fossem mercadoria, pudessem dar dinheiro, era um silencioso empregado.

Forquilha à ponta de um cabo de vassoura aprisionando cabeças de cascavéis, música à cauda de anéis cinzentos, guizos tilintando, música macabra – o sujeito com botas de montar cavalo forquilhando outros pescoços de escamas triangulares, querendo mais pingos de veneno sempre translúcidos gotejando num minar sem fim – não se perturbava. Todos os dias esgoelando venenosas, sem distinção de sexo, machos e fêmeas sendo espremidos, sufocando a glândula da morte aquele funcionário ganhava a vida.

Pulando todos os dias o fosso como se estivesse transpondo uma sebe amestrada, que não o ferisse, resguardasse pertuitos de espinhos para quem antecipadamente temesse as silenciosas rodilhas dormitando de olhos abertos, para quem com prevenção sentisse náuseas de metros coleantes policromando a grama do serpentário em socavão – defendia o salário mensal e torcia pelo Santos Futebol Clube bebendo cerveja.

Depois, Úrsula e o usineiro viram o sujeito desaparecer num pavilhão, batendo os pés no capacho, sumir-se corredor adentro com o mesmo silêncio de sua cara esquálida, como se houvesse voltado de uma farmácia, de qualquer lugar que não metesse medo, levantasse apreensões.

Úrsula dançando à boate de meia luz tristonha, divertindo-se com o usineiro à madrugada garoenta, decotando-se às costas como se sentisse calor, mostrando o rebordo dos peitos, os braços desnudos descendo brancos nos pulsos de pulseiras caríssimas era um constante sorriso, fêmea feliz.

Entrando no hotel de apartamento atapetado vendo o sol dos operários se rasgar num olho raivoso, sangrento, deitava-se à cama de diária de rico. E mandava o usineiro fechar as cortinas, queria dormir, num silêncio de trigésimo andar sonhar à penumbra, antes ser do usineiro que na falsa escuridão escovava os dentes, tomava banho e fazia a barba sem ferir nem cortar a pele do rosto. O aparelho elétrico depilando com zumbidos.

Úrsula feriando se esquecia do Rio de Janeiro.

No asfalto o Rolls-Royce fugia para voltar quando Úrsula bem entendesse, quando o usineiro cismasse.

O Conde os convidando, aceitassem um fim-de-semana numa de suas fazendas, haras de reprodução, puros-sangues lembrando galgos gigantes atropelando nas patas retesas de virilhas possantes, tinha certeza de que eles gostariam. E que Úrsula escolhesse um potro. De avião o remeteria à Usina Traipu.

Úrsula imaginando nas pistas do hipódromo da Gávea o potro às pules de vencedor, disse logo pro Conde o potro iria correr, desembestando na reta de chegada seria fotografado como um autêntico campeão. E o jóquei de rebenque seguraria as rédeas numa pose olímpica. Não se esquecesse de mandar deixar o potro no Rio de Janeiro. Compraria uma cocheira, contrataria um bridão que não tivesse medo, soubesse montar, fosse um mestre, que gostasse de ovações.

O usineiro acostumado com os rompantes da Úrsula querida, amada de súbito, desejada desde a primeira vez que ele a viu esguia numa formosura esportiva esquiando à Guanabara, atrás de uma lancha veloz, escutava em silêncio a conversa afiada.

Impossível deter o ânimo de Úrsula, refreá-lo numa condição burguesa, prendê-lo em recatos de aristocracia.

Amava o usineiro da Usina Traipu que a deixava ser dona de casa, arrumar o quarto de dormir, abrir as malas vermelhas, couros de viagem aquecidos na traseira colorida do automóvel.

E Úrsula quis somente uma empregada à casa de salas, quartos e piscinas. Também isso o usineiro consentiu, ficou do lado de Úrsula, não deu ouvidos à sua mãe que achou um desaforo o modo de viver dos recém-casados. O pai do usineiro também achando ruim, querendo saber o motivo de tanta economia, indagava pilheriando: vocês estão falidos?

Moravam num quarteirão adiante, perto do usineiro sempre querendo Úrsula desembaraçada, despojada de requintes, toda iniciativa, com suas idéias práticas, sadias, uma revolucionária.

Não estavam economizando. Gastavam muito, planejavam conhecer a Rússia depois de voltarem de São Paulo. Arranha-céus seriam os milhões de terras vendidas, terras que iriam vender ao Conde que não parava de montar fábricas.

O pai do usineiro se exaltando, passando as mãos no bigode, resmungando em seco, divergindo do turismo siberiano.

Úrsula beijava o sogro inconformado. Bebesse um uísque, nada de mais conhecer outro país, entrar em teatros, cinemas, restaurantes, trancarem-se num apartamento calafetado de hotel, provarem do amor sob cobertores espessos, palmos de lã.

Arregalando-se nuns olhos punidores a mãe do usineiro se balançava no balanço da cadeira, unindo os lábios numa compressão trágica, opinava:

– Por que impedir? – E encarou o marido, ainda beijado por Úrsula que lhe enchia os cinqüenta anos com goladas de uísque, alcoólico carinho, manifesta ternura de quem soubesse agradar, de quem quisesse mesmo a amizade do sogro.

Úrsula insistia, convidando meigo repisava: – Por que não iriam também? Ficariam os dois sozinhos no Rio fazendo o quê? – E baixando a voz soltou uma frase que trazia concupiscência, enlevo, velada luxúria.

A mãe do usineiro enrubesceu.

Há vinte e poucos anos sofrera de uma gravidez indigesta, difícil, prenhez encrencada que a compelia comer demais, constantemente. O talho da barriga lembrando o nascimento do filho, do usineiro que a derrubava com vômitos intercalados de suor frio a lhe porejar a testa, esfriando-lhe as mãos como se os dedos quisessem ser de cadáver – o talho indelével de sua barriga sempre a inquietava. Também se afligia quando o pai do usineiro se detinha no trânsito engarrafado, dentro do automóvel, buzinando alto no asfalto de beira de praias.

Úrsula fazia alusões, talvez num país frio a mãe do usineiro não enjoasse, suportasse o tumor, gostasse de ver a barriga se enchendo de pontapés, arredondando-se numa gostosura de vestido folgado. O usineiro veria a criança no berço qual um irmão, verdadeiro irmão que não quisesse herdar tudo sozinho.

Goladas de uísque queimando a goela do pai do usineiro, Úrsula no colo do sogro magro, atlético, Úrsula lembrando uma boneca que gostasse de festas, barulho alegre de intimidade persistia incentivando.

Viajaria mas de cintura fina desceria do avião. Não era boba de se matar esperando. Memórias de dores ainda lhe sobressaltavam o coração. Disse isso novamente a mãe do usineiro que também que Úrsula no colo. E entornou goladas de uísque, borrando seus lábios vermelhos que começaram a se alegrar com a imaginação de fazer compras, rever a Europa, divertir-se num turismo planejado pela nora, a mãe do usineiro dir-se-ia rejuvenescer, de tão encantada sorria fácil.

A cadeira de balanço a balançava num balanço de quem gosta da vida, de quem aprecia a natureza seja ela invernosa, tropical, mansa ou excitada, tépida ou vaporosa. Quarenta anos lembrando menos idade, querendo somente ser avó, ninar o filho que Úrsula deveria ter, querendo somente corujar os outros netos que também deveriam nascer – nascer com olhos de quem só quer dormir, boca de quem só quer mamar à mãe as de peitos de mulher parida; quarenta anos se imaginando sentada perto da luz filtrada pelo cortinado do berço alfazemado, sentada e cantando canções numa meia voz, embalando a inocência, anos depois também pai-d'égua de usina, usineiro qual o avô, qual o próprio pai que se casara com Úrsula antes de barba se cerrar, azular-lhe o rosto após a limpeza da navalha. Esses quarenta anos da mãe do usineiro fremiam.

Durante o amor a mãe do usineiro se esquecia do parto. Todavia ao levantar-se da cama amarrotada, corria ao bidê de mármore onde fazia asseio de prescrição médica, não se descuidava de defender, preservar o seu encolhido, descansado ventre. Limpava-se do suor que lhe encharcava o corpo esguio, cansado. E se lembrando do obstetra sisudão era vítima de espasmos: – "Não me responsabilizo. Outra gravidez poderá matá-la"– peremptório o obstetra de cara amarrada.

Medo, muito medo às feições da mãe do usineiro saindo do consultório como se houvesse recebido uma notícia horrível, cruel.

Contando ao marido a sentença do homem de avental num pranto de criança faminta, esquecida pelo mundo parecia fosse desfalecer. A mãe do usineiro queria parir uma menina.

Engatinhando no tapete do usineiro somente escutava o choro que não o assustava e aprendia a andar como se a tristeza de sua mãe não lhe pudesse tolher as pernas, emprerrá-las numa indecisão.

Impossível se esquecer da infância desabrochada que o lançou na escola de letras enormes, números enormes nos oleados das paredes como se ele fosse fraco da vista, tivesse de usar óculos para aprender a ler, a contar nas primeiras operações que eram quatro e facílimas.

Nem durante a adolescência quando descobriu Úrsula, levando-a à Usina Traipu numa lua-de-mel o usineiro soubera por parte de sua mãe a razão de ter crescido sozinho, brincado sozinho nas folgas de sua vida de milionário. Divertindo-se sem companhia de nenhuma irmã tampouco de irmão algum que pudesse berrar, torcer pelo cowboy dos filmes colorindo a desmontável tela de seu projetor.

E Úrsula trouxe da Usina Traipu uma mulata faceira, primeira vez cozinheira de fogão a gás que teria rádio à cabeceira de sua cama de molas, mulata mais de confiança que mesmo empregada, mulata sabendo descontar cheque, admirar avião, ver no cinema bomba atômica de cogumelo, mulata abrindo romances, desdobrando jornais, lendo e gostando de ler revistas como se a sua instrução não tivesse sido apenas a que lhe dera o grupo da Usina.

Mulata de piano à boca carnuda satisfazendo à Úrsula que não precisava se aperrear, ter dor de cabeça com a limpeza da casa, espelho nos tacos de pau-marfim.

Úrsula dona de casa, grã-fina se recordando da casa-grande, lembrando-se do cascão num sonho envolvente, capaz de vibrar-lhe o coração, aveludar-lhe o corpo inteiro, inundá-la de contentamento, combinou e o usineiro assentiu de rever todos os anos à Traipu de canas doces. Nos aniversários do casamento eles amariam à mesma cama, ficariam dias à usina de moendas de aço, dentes mastigando como se não tivessem pressa, insaciáveis à monotonia de triturar, espremer canaviais inteiros, depois açúcar de sacos pesados, escoados em vagões, trem cargueiro apitando com fumaça.

E com ternura Úrsula envolvia o usineiro, embriagando-lhe a existência com diversões sucessivas aproveitava a exuberância de seu temperamento dançando de madrugada, madrugadas de boates que lhe tonteavam a cabeça com uísque de show.

Úrsula vivia a vida liberta de um pássaro que encantasse e também encantado ficasse o dia inteiro.

Indagou certa vez do usineiro: – "Por que não vendemos as terras de São Paulo? Essas terras têm que nos dar dinheiro."

O usineiro insistia em rever o Conde numa memória de transação, lembrando-se do Conde desde criança, Conde jantando defronte de seu pai, sua mãe à cabeceira beliscando nos jantares de velas acesas, mesa rendilhada, porcelana finíssima se sumindo às mãos do mordomo empertigado, silencioso varapau, entrando à cozinha sem moscas, saindo da copa com sobremesas de sorvetes, café, conhaque – lembrando-se outra vez do Conde que foi, gostou muito do seu casamento com Úrsula, testemunha no civil com a Condessa espartilhada, prima-dona soprano de ópera, a sua memória se apegando ao Conde que lhe presenteou com faqueiro de ouro, caixas de champanha envelhecendo na adega empoeirada, o usineiro se decidia, externava à Úrsula a sua vontade de vender aquele mundão de terras.

Úrsula bateu palmas, a viagem no conversível não a estafava.

Agora Úrsula chama a mulata, entrega-lhe uma caixa, presente de chocolates, lembrança da viagem adquirida num boteco de meio de estrada. Não os aprecia, diz que engordam, estragam a pele, a voz cantada agradecendo o presente gorduroso começa a xingar o cachorro latindo demais, sem ver por que mostrando mandíbulas, agora rosnos.

A caixa de chocolate esquecida numa gaveta, cobrindo-se de poeira, ninguém querendo abri-la, rotundar-se com apetite desastroso, mesmo assim não vai ficar mofada.

Nos fundos do quintal galinhas de raça, poedeiras vermelhas ciscam o monturo com o galo de crista rubra, sultão do harém de cabidelas.

À borda piscina de mergulhos, numa noite de calor intenso, Úrsula se lembra dos chocolates, talvez apodrecidos, tanto tempo à caixa de tampa frágil. Nem valia a pena abri-la. Fedorenta. Bichada. Jogá-la-ia no pé do muro cercado de tela.

Não precisou se lembrar outra vez. Molhada do banho abriu a gaveta e correndo, lesta e ágil com a caixa à mão atravessou toda a grama do quintal.

O galo e as galinhas que bicassem, abrissem bicando a caixa que engordava. A embalagem de lança-perfume cedia, se lascava com pressão de seus dedos.

Contou em seguida ao usineiro que dissentiu. Descuido imperdoável guardar chocolates velhos, baratos numa gaveta. Poderiam estragar o móvel. Manchá-lo. Estragar pra sempre o lastro da gaveta.

E de smoking levou Úrsula a uma embaixada, recepção com números de folclore.

Úrsula acordou de madrugada sentindo pontadas, alfinetes à cabeça, talvez ressaca, mistura de bebidas.

Agora Úrsula calca e pisa à grama, pra respirar à madrugada silenciosa e enluarada se aproxima do muro e vê no galinheiro dólares, cédulas de mil dólares espalhadas no chão, furados dólares, imprestáveis papéis de cor verde. Intransacionáveis dólares. Úrsula não pôde retornar, olhar a piscina refletindo a lua.

Encontram-na fria numa morte súbita de coração subitamente doente.

O usineiro ainda desacredita, pensa num desmaio, resiste ao choro que lhe quer salgar os olhos. E sacode Úrsula nos ombros inertes, pede-lhe que acorde, batendo-lhe no rosto que não se enrubesce, não reage, sempre silencioso no travesseiro – o usineiro se desespera.

O rosto de Úrsula recoberto de sangue, coágulos lhe empretecendo o queixo que pede lenço causam náuseas.

Degolou as galinhas, degolou o galo e com as mãos vermelhas, luvas fétidas, subiu o usineiro ao dormitório, subiu ao encontro de Úrsula que não pode escutá-lo tampouco ouvir a sua incontida súplica: que Úrsula acorde logo, não eram dólares, não era nada que valesse, tivesse serventia.

E bate, com muita força bate no rosto de Úrsula, Úrsula morta numa vermelhidão de cara inchada. Fica cada vez mais maltratada.

O usineiro começa a chorar um choro de loucura que lhe abre as mãos, choro que o obriga a ver o sangue cada vez mais de perto e preto, hemoglobina e água cada vez mais insuportável, tanta é a fetidez de seus dedos manchados.

Antes de cambalear o usineiro repete, pede de novo, Úrsula acorde, veja não vale nada o que ela viu.

Balbucio de boca destravada, pedindo sempre a mesma coisa no mesmo doentio pedido, este gaguejar desfigura o usineiro apalermado, muito abilolado, nuns gestos rasgados, não passa de um descontrolado que insiste.

As mãos abertas no sangue enxuto, parecendo falsificado alcatrão, começam a se crispar.

A mulata enfiada no roupão pode ver como o usineiro padece, sofre, se amargura chorando e gritando no meio do quarto inundado de claridade.

E Úrsula começa a apodrecer no colchão de lençol emporcalhado que se empretece numas fedorentas, insuportáveis manchas de sinistros coágulos.

Teodoro

MANDOU CHAMÁ-LA. No alpendre estrelado ficou bebendo uísque, sentado na cadeira de braços de ferro dir-se-ia estivesse dormindo se de vez em quando não esticasse a mão pro copo gelado. As luzes apagadas o transformavam num vulto que vestisse pijama, calçasse chinelos e olhasse pras estrelas da noite quente brotando numa fertilidade descomunal.

Nuvens esfiapadas sugerindo retalhos brancos navegavam quais velas de destroçados barcos. O bafo do vento quente luxuriando a terra adubada vinha de muito longe, nascia antes do último canavial, compridas léguas muito além da casa-grande, plantação de cana somente atingida por horas de cavalo galopeador.

Teodoro sentia o peso da noite pojada e bebia, continuava bebendo, querendo fosse Carmelita uma mulher a transpor o portão a qualquer momento, sorvia a bebida gelada.

Se lhe perguntassem não saberia de pronto responder em que Carmelita trabalhava. Teria de recorrer ao gerente, indagá-lo, inteirar-se de pormenores que findariam no salário do caixa mensal.

Lembrava-se das pernas, dos braços, a cabeça de Carmelita se empretecendo nuns cabelos soltos, descendo em anéis até o pescoço moreno. Os olhos! Ah! Os doces castanhos olhos sempre úmidos, naturalmente úmidos nas órbitas redondas como se depois de lavar o rosto, de tomar banho, Carmelita os conservasse molhados, presas de um falso recesso de choro que teimasse em não rolar.

Certa vez perguntou a idade de Carmelita, deram-na com indiferença. Não era o que ele pensava. Carmelita muito mais moça. E uma mais afoita, companheira de Carmelita na tarde nublada de um domingo livre, gargalhou no meio da estrada, aludiu o interesse de Teodoro perguntando-lhe se já se conheciam, por que não ia atrás, Carmelita não tinha compromisso com ninguém.

Havia chegado naquele dia com um anel de médico antes da tarde se enraivecer. O usineiro o convidara, insistira com Teodoro, a sua usina lhe daria emprego, não precisaria se matar atrás de político, ficar mofando nas salas de espera de parlamentares pistolões. Ficaria à casa-grande, um quarto, já o esperava, não temesse a solidão, teria trabalho demais, o ambulatório não o deixaria de mãos abanando.

No bairro de Santo Antônio se despediu Teodoro das mulheres de Recife. Iria pra Usina do Roncador, foi logo dizendo à dona da pensão, madurona não querendo acreditar à viagem, impertinente pedia a Teodoro não se mudasse, o que lhe tinham feito, qual o aborrecimento, a chatice que o compelia a dar o fora? Teodoro achando difícil explicar tudo. A verdade se lhe parecendo inexata, impalpável, se escorregando pela língua de seu dizer qual uma notícia inverossímil. Mas ela teria que acreditar assim mesmo.

A dona da pensão implicando com as malas no corredor. Contasse a história direito, não era criança pra acreditar em potocas.

No avião Teodoro se lembrou da cena, reviu a dona da pensão, mãos nos quartos, desacreditando de seu emprego, prometendo mandar dizer a seus pais tamanha ingratidão. Tanto tempo, seis anos à melhor pensão da Rua Aurora, tivesse sentimento, não a engabelasse com lorotas de emprego de médico. Viagem a Alagoas? Pois sim! Ela sabia onde Teodoro iria morar. Mas seus pais saberiam de tudo. Que vergonha, homem formado ir viver às custas de mulher desquitada, bandear-se com armas e bagagens pra uma rua do cais do porto. Viver com uma amante, puta aposentada, dona de rendez-vouz!

A casa-grande somente uma empregada o esperava. Recebera telegrama do usineiro usando sempre chapéu-do-chile. E como se conhecesse os gosto de Teodoro deu-lhe uísque, mostrou-lhe o banheiro de água fria, deixando-o num quarto de cama de casal que se rompia em janelas, se fechava em guilhotinas de esquadrias de lei retangulando vidros inteiros, se esgueirou com se uma intrusa fosse.

A cavaleiro da usina a casa-grande dominava o sol de morte tardia. Teodoro podia vê-lo agonizar à garganta do morro quieto. Mas preferiu a cama, o colchão coberto, o sossego das sombras do teto estucado.

Escreveria à mãe, contar-lhe-ia a viagem súbita que o usineiro espigado, relógio de ouro no colete branco do terno de linho, havia traçado pra ele. Agora era médico de trinta mil cruzeiros pro mês. Juntaria dinheiro, as férias de um mês o levariam bem longe, num aeroporto da Europa seus olhos buscariam paisagens embelezadas pelas ilustrações de seus livros de colégio.

E Teodoro chorou no quarto acinzentado pelo crepúsculo. Procurou o lenço, mas o choro continuou caindo liberto, rolando faces abaixo como se a aflição que o aprisionava nunca houvesse deixado de existir em redor dele.

O usineiro lhe oferecendo emprego, sua memória destilando mágoa, apegando-se a detalhes, procurando em cada um deles a razão do oferecimento tranqüilo, sensata proposta que ele ouvira logo depois de formado, anel de pedra verde garroteando o seu dedo que não sabia o que fazer.

Conheciam-se. As ruas do Recife os aproximavam nas esquinas de bares onde o usineiro o convidava pro uísque do Grande Hotel. Muitas vezes um automóvel de capota arriada freava na sarjeta, buzinando forte o usineiro acordava o sobrado de tijolos se prateando de lua à madrugada de maré-cheia, madrugada vomitando espuma nos peitos da amurada da Rua da Aurora. Gostava de acordar Teodoro, levá-lo pras mulheres despidas de fim de noite. Era uma das extravagâncias do usineiro.

Todavia, muitas vezes Teodoro ficou escutando o escape avacalhador estrondar os ferros da ponte. Os exames forçavam-no a abrir os livros, a luz do frio elétrico descendo das ripas, dos caibros das telhas a lembrar uma inerte pera no meio do quarto. No quarto iluminado Teodoro bebia café, vencia o sono que teimava em derrubá-lo sobre os pontos de exame mimeografados.

O usineiro comemorava as aprovações de Teodoro como se fosse ele mesmo, milionário de sacas de açúcar que tivesse se submetido a provas escritas, depois de ter feito serão, escutado o carrilhão de ponteiros pretos contar as horas do Parque 13 de Maio; como se fosse ele mesmo que tivesse sabido o resultado das parciais, listas datilografadas cheias de notas, pregadas com percevejos no quadro-negro do saguão.

O diploma voltou do Rio carimbado de selos, taxado em cifrões dentro do canudo marrom de papelão grosso. Diploma que induzia Teodoro a cavilar político, sujeitar-se a promessas como se um santo fosse. Via-se sem fazer nada, acordando como se estivesse em férias, espreguiçando-se nas praias do mar ululante, aguardando o recado do político que nunca chegava. Continuando a receber mesada como se fosse começar outro curso, estudar de novo a Medicina do Derby, Teodoro se impacientava.

A namorada de Teodoro combatendo a sua casmurrice tentava espairecê-lo. Se a nomeação não saísse falaria com seu pai, tinha certeza Teodoro saberia vender automóveis, agüentaria os dois horários da agência de carros novos. Namoro de anos, encruado, amor que o levava a um alpendre onde o futuro sogro não botava os pés.

Teodoro escutando o pigarro dele se despedia de Zulmira, vigiada pela mãe fingindo cochilar. Despedia-se da filha única, pra fazer compras saía somente acompanhada, tinha Zulmira, sempre ao seu lado uma mãe que vigiava a serena, belíssima adolescência do seu corpo.

Noivado só depois do noivo empregado, ganhando dinheiro certo, o pai de Zulmira não a queria distante, depois de casados o palacete de quintal seria também deles. Zulmira dizia a Teodoro seu pai queria ser avô, queria escutar os futuros netos berrando, crescendo nas calças curtas dos brinquedos álacres, tornando-se amigos dos buldogues, durante o dia acorrentados nos troncos das mangueiras, escravos das sombras, pescoços dentro das coleiras.

Teodoro certa noite viu Zulmira se abrir nos lábios que só prometiam coisa certa. Aceitasse o que lhe davam. Não ficasse pensando como um solitário que não sabe ande ir.

E Zulmira levantou-se, dirigiu-se à sala, sempre correndo enlaçou o pai no pescoço grosso, colando selos à coleção caríssima: –" Ele quer mesmo?"– também escutara tudo.

Com os dedos gosmentos, goma-arábica resinando às mãos decisivas transpôs a porta para ver, conhecer, escutar de perto Teodoro pela primeira vez.

Não era um acinte, disse. Era um presente que ele, vendedor de automóveis, também dava à filha. E do paletó de pijama, do bolso de seda, aparentemente sem nada conter, aparentemente vazio para quem não olhasse direito, alianças de platina e ouro, outra de ouro também gravada às datas todas três surgiram num súbito de mágica.

Teodoro dormiu com a mão mais pesada. No bairro de Santo Antônio escutou gracejos, perguntaram-lhe se depois de casado ele as esqueceria. Riram-se da sisudez que não o abandonava.

– "Tão mudado porque ficou noivo?"– e gargalharam no batom do meretrício, pediram champanha, queriam comemorar o noivado de Teodoro batendo taças, espatifando-as depois de vazias.

O usineiro pagaria tudo. A despesa da noitada só custaria a Teodoro os comprimidos da ressaca.

Entretanto custou muito mais. Ë madrugada do Capibaribe oleoso, ancorando batelões carregados, vultos de quilhas e popas no rio adormecido que de leve refletia um talho de lua, olho baço de cor minguante – um estrondo de destruição pulverizava o palacete de Zulmira que morreu sem deixar vestígio, como se fosse um sonho, como se fosse um estranho vento.

Em vez dos alicerces do palacete um buraco, enorme cova, caverna de terra tostada, fumegante, ardido e escavado chão devido a uma explosão de nitroglicerina, há instantes nos engradados de um caminhão.

Destinavam-se ao Exército, num depósito de inflamáveis deveriam ficar os galões de T. N. T. , resguardados do calor, jamais topados pelas reiúnas dos vigias que não podiam fumar, transitar pelo cimento dos tambores inoxidados pelo zarcão, mesmo o marasmo das noites insuportável fosse.

Vigias, apenas vigias de paredes e portas de aço, blindagem temida os compelindo a dar sentinela numa vigilância dobrada, exaustiva. Mas esses vigias jamais receberam a última encomenda nem deixaram seus postos pra se acercarem do caminhão verde-oliva, estrela às portas da boléia, caminhão de rodas nuns pneumáticos grossos que devia andar numa lentidão de motor cauteloso, numa marcha fúnebre de engrenagem sempre distante dos trilhos do bonde, de qualquer solavanco, evitando catabis, boléia rolando sobre pneus sempre devagar no asfalto deserto.

Todavia na boléia do soldado motorista estava um louco disparando o velocímetro, calcando o acelerador, derrapando às curvas como se nitroglicerina fosse querosene, álcool ou gasolina das bombas fornecedoras.

Motorista doido antes de pegar no guidom do caminhão temido vasculhado fora da cabeça aos pés pelo psicólogo, estranha cartomante, por não querer ler mão se aferrasse aos testes.

Juraram sabotagem, descobririam o criminoso, onde estivesse seria algemado numa captura sem tréguas.

Emudecido o tempo só sabia falar à boca do vento fugindo com as nuvens de chuva no meio do mar, mar com bússola sobre as ondas orientando rota de um transatlântico que não pudera se embandeirar em Recife. Se madrugada fosse gente poderia dizer o que acontecera, mas a madrugada do caminhão de nitroglicerina só acordou com o estrondo, só estremeceu quando tudo estava destroçado, metamorfoseado em curiosidade pra guardas-noturnos, polícia de outras ruas, distantes ruas que correndo vieram apitando alarme.

Teodoro acordou vendo no silêncio do usineiro apreensão, somente desfiguramento; a ressaca de seu sono de champanha fechara-lhe os ouvidos, embotara-lhe o olfato, prostrava-o com uma náusea que lhe pesava nos olhos uma dormência de anestesia. Não escutara nada. Ainda não sabia jornais avermelhassem manchetes em edições extras, ouvidas no país inteiro nuns resumos de rádio, retransmitindo sempre o mesmo horror.

Teodoro quis esconder o choro, fazer-se de forte quando chegou ao cordão de isolamento, ser como os outros espectadores de uma cratera brutal. Repugnou-lhe o vazio que não mostrava Zulmira, nada do palacete outrora se enternecendo à cauda do piano, martelada cauda de cordas de clássico dos estudos de Zulmira, fita no cabelo, janelas abertas pra música ir mais longe, ser pássaro das águas de Debussy, ser tropel nos cavalos do Wagner compositor amantes das mulheres alheias.

Teodoro chorou, como se estivesse sozinho no mundo, no meio do povo seu choro grosso a lhe salgar o queixo, molhando-lhe o paletó de gola amarrotada pelas suas mãos trêmulas era aquele pranto um desespero. Durante a noite avermelhavam lanternas da inspetoria de trânsito orlando a catástrofe, rodearam-na toda com uma fria advertência. Eram lanternas sempre lembrando um estranho velório. Ardendo em febre Teodoro delirava mais tarde à cama da pensão. Via Zulmira lhe dando automóveis pra vender, sendo sua num casamento de automóvel vermelho que disparava numa felicidade de lua-de-mel sem fim.

As recordações de Teodoro vão se extinguindo e ele se levanta pra indagar à cozinheira por que o caminho, a estrada não mostra ninguém na escuridão incompleta. Carmelita não vem mesmo. Ë Usina Roncador mulher não se amanceba. Casa-se no duro. O livro do escrivão é um emaranhado de datas no registro solene. Disse-lhe a empregada que troça, troça mentindo e blasonando da solidão de Teodoro sorrindo mostra-lhe os dentes. Se Teodoro quiser mesmo Carmelita terá que namorá-la, pedi-la em casamento, casar-se com a operária de pernas grossas, que trabalha no campo, limpa veredas de canaviais com enxadas de cabo lustroso, usado.

A empregada chama de novo Teodoro e Teodoro vendo o jantar da mesa comprida corta o bife sangrento. Encara a mulata Aurelina, empregada da casa-grande que dorme à casa-grande. E fita com gula, apetite e desejo a mulata sebite. Domina-a com os olhos. Mais tarde irá dominá-la toda à cama de casal do seu primeiro sono sem sonhos.

– Eu também ando com o usineiro. Você é mesmo amigo dele? – Mais uma vez Aurelina escancara as coxas suadas e esclarece:– Cinqüenta cruzeiros é o preço de Carmelita. Mas não queira Carmelita não, com você eu vou de graça.

Cleonice

SANGRA-LHE A BOCA nos lábios feridos, olho fechado, hematoma da luta a empretecer-lhe o rosto que pede um bife, todavia o boxeur insiste, ele mesmo quer falar com Cleonice, dizer-lhe continua querendo-a, amando-a, não pode dormir sozinho embora seu rosto traumatizado cause espanto.

Descalçam-lhe as luvas, pretas luvas lavadas de suor. Novamente enxugam-lhe o peito martelado e de calção pisando ágil nas botinas de lona disca no telefone o número de seu amor.

No estádio, as luzes apagadas sugerem peitos adormecidos. O cimento abandonado repleto de cadeiras é uma sujeira de amendoim, pipoca, pontas de charuto que se apagaram quais olhos mortos de enormes vaga-lumes.

Nas bilheterias nenhum rumor de cédulas contadas. Apenas o porteiro espera a saída de Nick, do manager, do roupeiro que lava as mãos fazendo espuma. No resto de todo estádio um silêncio de enervar.

O telefone chama, continua chamando Cleonice que não pode escutar coisa alguma, morta sobre a cama que a luz do quarto clareia. Um robe perfurado cobre-lhe o corpo inerte, ainda morno, logo mais frio, tão frio como se um inverno a houvesse surpreendido dormindo.

Mas o calor abafa a madrugada, escancara janelas, afasta cortinas, dá sede nos farristas que se embriagam com uísques de copos gelados; calor de madrugada que faz transpirar todo mundo, exceto Cleonice que tem uma bala encravada no seu despedaçado coração.

Nick ainda não sabe Cleonice morreu de olhos abertos.

O manager cochila num trem do subúrbio que escuta serenata numa certa esquina deserta. Foi-se o roupeiro e num bar começa a contar a luta de Nick, bebendo chope se esquece de olhar as horas se arrastando no relógio elétrico da parede.

Ele tem mulata de cama de ferro, um quarto alugado lhe descansa o corpo, fá-lo sonhar entre paredes imundas que o acordam de tão frágeis logo a manhã se rompe.

A cabeça-de-porco do prédio, tabiques dividindo, subdividindo salões, salas, quartos grandes de janelas desbotadas – é barulho, descompostura da miséria amulatada, mestiça, negra e indefinida que se dispersa todo o amanhecer pro trabalho das docas, da estiva onde navios atracados fumegam sonolentos.

O roupeiro é estivador, com o emprego do estádio poderia pertencer a outro sindicato, mas é de gravata e pixaim escorrido que freqüenta a sede dos estivadores, dos que carregam sacos, caixotes, embrulhos dos porões, entulhando armazéns.

A mulata se enfeita nos brincos que se despetalam nas orelhas. Ouro contrabandeado, comprado à Praça Mauá onde camelôs enfrentam a polícia disfarçada à paisana.

Ficou com a cama de ferro do quarto barato de aluguel mensal, morar em apartamento passando fome, comendo mal seria desgraça maior. Se quisesse se desgraçar fosse sozinho, às ventas do roupeiro o dedo gorduroso da mulata a querer lhe espetar as narinas, lambuzá-las com o azeite da frigideira, entranhá-las com o cheiro do peixe a fumaçar abandonado no fogareiro de álcool.

O roupeiro deu-lhe um bofetão. Pisando duro atravessou o corredor que morria numa escada de batentes de pedra. Fez isso quando foi jantar sozinho antes da luta de Nick, e depois num canto de ringue ficou a socar com gestos um adversário, mesmo adversário que Nick enfrentava no tablado de lona.

Conheceu Nick à Academia de Boxe, letreiro luminoso à fachada do arranha-céu, gás néon ferindo o cimento armado com rasgões vermelhos. Gostou do charuto, presente de Nick, boxeur que fumava havana, bebia uísque, não fazia dieta de mulheres nem de nada. Boxeur calçando sem medo as luvas de couro, agressivo derrubava o desafiador, já vencido antes do juiz contar segundos da derrota irreparável.

O roupeiro enchendo sacos de areia, dependurando-os no salão dos treinos onde Nick quando bem entendia, os esmurrava com força que pudesse rasgá-los.

O roupeiro abrindo o chuveiro do campeão. Nick ensaboando os músculos no banheiro, fazendo a barba no espelho onde seu rosto magro ia se ver calmo, confiante, capaz de conquistas. As mulheres o admiravam, a ele se entregavam como se Nick as houvesse comprado.

Mas Nick gostava de gastar com mulheres que gostassem do amor desimpedido, violento, rápido, vivessem à prostituição. Detestava lembranças que o afogassem, instantes de vida com mal-entendidos sugeriam a Nick sufocações, pesadelos que trouxessem consigo desilusões, rusgas; tornavam-no aborrecido idéias de casamento. Preferia gastar, pegar mulher que se despia no seu apartamento e a ele se entregasse por dinheiro.

Poucos não foram os casamentos que lhe acenaram, como prêmios tentaram enlouquecê-lo enchendo-o de ilusões, mas a glória efêmera do prestígio da sociedade de smoking jamais o embeveceu.

Continuou dando socos nos sacos, socos no pushing ball, socos tremendos nos adversários que iam acordar longe do ringue recebendo curativos distante do quadrilátero que o público pagava pra ver iluminado, quadrilátero onde ele batia, sem descanso obedecendo às regras de esmurrar.

À varanda do seu apartamento olhava o mar que o encardia, tostava-o nos meses de verão. Lembrava-se de Cleonice, gostava da Cleonice, morena de lábios vermelhos, sentia-se feliz ao amar a mulher que lhe prometera discrição, enquanto não se separasse do usineiro, marido bêbedo que atendia telefone com arrotos à voz pastosa, desconhecê-lo-ia à rua, em qualquer parte, não o cumprimentaria em via pública até se livrar daquele casamento...

Tivesse paciência, saudades também ela remoía, desejo não era somente dele. Não queria estardalhaço no desquite, abandonar o lar? Não fazia isso. E todas as tardes, antes do crepúsculo lembrar cinzenta nuvem naquele verão prolongado, Cleonice era do boxeur uma amante que persistia à promessa, abandonaria de vez o usineiro quando a justiça lavrasse flagrante, testemunhasse a amigação do milionário, de seu marido que dava luxo a uma bailarina, pernas clássicas de dança do Municipal, Rosanova histérica.

Nick aceitava as ponderações, Cleonice odiava o marido, quando Nick menos esperasse tê-la-ia junto de si pro resto da vida.

O manager exigindo do boxeur mais treinamento, uma luta anunciada pelos jornais, cartazes às paredes de prédios colorindo uma pose de ataque publicitário chamava a atenção.

A resposta de Nick ao manager era mais um sono, o saco de areia como um balão de bucha apagada parecia um zonzo sparring que somente apanhar soubesse.

Lá da rouparia o preto que amava em cama de ferro charutava, o presente do boxeur lhe dando alento, enchendo-o de satisfação impelia-o a apostar à luta do dia seguinte. Gabava-se de não perder dinheiro, dava rounds de lambugem, Nick lutando ele só apostava no nocaute. Pedia dinheiro emprestado, apostando nos punhos de Nick podia até beber uísque, pensar em apartamento, abrir porta depois do elevador ter parado no andar onde ele ia morar.

Nas docas apostas de dinheiro amarrotado, pegajoso, suado pelas mãos calosas, embrutecidas, apostas altas inundavam de felicidade o roupeiro, riso embranquecido pelos dentes. Sonhando com o que iria ganhar, calculando o que deveria receber extravasava uma euforia contagiante.

O manager silencioso à repartição, não falava de boxe, do boxe de Nick que podia derrubar o americano, adormecê-lo com marteladas, sangrá-lo às ventas, deixar-lhe à cara talhos que esparadrapos deveriam esconder.

Sabia Nick não tinha medo do peso-pesado subindo à balança de setenta e oito quilos, também músculos, adestrados músculos à América do Norte onde um título lhe dera fama, direito de escolher contendor. Não duvidassem. O primeiro campeão mundial de peso-pesado da América do Sul seria Nick, antes mesmo de cruzar as luvas, esquentá-las no embate. patrocinado pela televisão de programas caríssimos, divulgado com antecedência em slides, despertando curiosidade do público – muito antes de Nick se enfiar no calção, pisar no quadrilátero calçando sapatos de lona, sapatos esfregados no breu do corner – o manager continuava a ver, via sempre a mão de Nick levantada, vencedora, à fechada luva preta.

– Querem apostar? – indagou depois de ponderar, excluir contratempos. E todos apostaram, todos aceitaram a interrogação do manager que encheu um cheque, escondendo-o num envelope, noutro envelope mil cruzeiros em dezenas de células amarelas dos outros funcionários, mangas de camisa numa baderna, mesmo depois do dinheiro, do cheque no fundo de uma gaveta se tornar cobiça.

Ligação interurbana, a mulher do manager a lhe dizer o que iria comprar depois da luta, aquilos e issos mas sobraria ainda dinheiro, dinheiro pra uma viagem, reveriam Buenos Aires, juntos gozariam férias bebendo vinho, comendo peixe, comendo carne, entrando no hotel com embrulhos da Rua Florida. Comércio requintado.

– "Ele tinha apostado mesmo? Também jogara à certa?" O manager se abespinhou, não era idiota pra perder dinheiro. Lembrasse-se não seria a primeira nem a última vez que ele lucraria com os punhos de Nick. E esclareceu: Nick num cartório fizera aposta com um capitão-de-indústria de São Paulo, aposta de todos os seus terrenos, todos os seus apartamentos foram apostados até mesmo o dele, aquele onde ia Cleonice.

O negro dos Estados Unidos agüentando rounds de pancadaria, Nick fazendo pior do que o manager dissera, previra, batendo no americano grogue, combalido, Nick querendo mesmo acabar com a luta enchia de zoadas o estádio repleto.

A multidão do estádio urrando às goelas desvairadas, pedindo mais golpes do Nick suado, luvas à cara do negro, no peito do negro, às costas do negro alquebrado que não podia mais reagir, revidar, fugir ao sono do nocaute que o juiz contou. Balbúrdia às arquibancadas, às cadeiras onde a grã-finagem delirava.

Cleonice amorenava a primeira fila de poltronas especiais. Junto dela o usineiro acompanhando os ataques de Nick, seguindo-os com olhos injetados, era raiva às sobrancelhas cerradas.

Cleonice assustada, temendo o marido que sem lhe avisar, comprou entradas, levou-a ao estádio onde jamais estivera vez em quando acendia um cigarro, tragava-o, jogava fora a brasa inacabada. Ele já sabia, ela mesma lhe dissera, durante uma briga, altercação surgida de ninharias, controvérsias contumazes. Era preciso que ele soubesse. Mas depois do jantar, ele a convidou – se ela quisesse poderiam ver a luta de boxe, ela sentada podia ver Nick, a noite estuporada não pedia outra coisa. Tentando-a os bilhetes da primeira fila. Cleonice relutou, fosse sozinho, por que não levava a bailarina?

Cleonice vendo Nick lutando, batendo no negro, posta viva à cara marombada, vendo-o como se já fosse mulher dele, nunca tivesse se casado com o usineiro, junto dela a torcer pelo negro que não podia resistir, encurralado, olhos fechados à cara inchada.

Se quisesse Cleonice nem teria voltado com o usineiro, esperaria Nick no vestiário, outro regresso a conduziria a um fim de tranqüila noite, noite de Cleonice, noite de Nick, a noite primeira de amantes a viverem juntos, acordando juntos, saciados.

Mas Cleonice pediu ao usineiro, chegou a olhá-lo com súplica, levasse-a pra casa, dormiria sozinha noutro quarto, não queria empatar a comemoração de Nick, amanhã iria embora, sabia Nick ia beber champanha, champanha de campeão mundial, farrear seus músculos, não queria ser estorvo. Que ele compreendesse.

O usineiro acompanhou Cleonice que dormiria num quarto separado, acompanhou-a como se nunca a houvesse visto antes, jamais a tivesse levado pra quarto algum; dirigindo o seu automóvel como se arrebanhasse uma prostituta que antes de se entregar, exigisse conforto, chispar no asfalto antes de ganhar dinheiro com a sua carne despida, seu corpo fornicado. E o usineiro imprimia velocidade.

Na porta do quarto separado, deixaria Cleonice. Iria dormir com a sua bailarina. Cleonice ao acordar tarde, fora de hora ver-se-ia sozinha na mesa do almoço. No jantar a bailarina seria a nova dona da casa, a mulher que ele apresentaria à sociedade, arranjaria um casamento qualquer numa embaixada de país de divórcio.

Não queria se aborrecer, ficar com a cabeça ardendo tampouco sofrer de apreensões inúteis.

Melhor, Cleonice nem estivesse mais junto dele, ela já pertencia ao boxeur, não tinha direito de transformá-lo num chofer nem sua casa num hotel de emergência.

Dirigindo calado, atento ao volante, contrafeito com tal situação, mesmo cheio de má vontade dava a Cleonice o que ela lhe pedira numa súplica.

Se não tivesse a bailarina já teria esbofeteado Cleonice, machucando-a ainda fazia pouco, o certo era matá-la, deixá-la morta num impenetrável mistério. Mas continuou dirigindo, o carro entrando no jardim, faróis acesos encandeando besouros que batiam nos vidros. Abriu a porta, deixou Cleonice, vulto desprezível, varando sozinha a casa de escadas, aproximando-se lépida do quarto separado lá em cima, quarto aberto descampado à janela, invadido quarto pela secura da noite.

Cleonice à cama como se estivesse bêbeda e não pudesse trocar de roupa, tirar a lingerie e descalçar os sapatos, tacões na colcha se enterrando, marcando o linho engomado.

E escutou o usineiro manobrar, o automóvel de novo à rua como se a bailarina estivesse sendo procurada.

O abandono lhe desesperando o coração, o seu pensamento agitado não aceitava descaso, indiferença. Mordeu o lenço, chorou lágrimas que não viu, o rosto de encontro ao colchão. Pensou em arrumar as malas, deixar o quarto, abandonar a casa que tão bem conhecia. Iria pro apartamento de Nick, esperá-lo-ia bebendo uísque à solidão da madrugada. Errara ter feito um pedido ao usineiro. Lastimou-se a meia voz.

Mas escutou alguém pisando, subindo e pisando os degraus, passos conhecidos, tantas vezes escutados, como se o usineiro a quisesse mais uma vez. Encolheu-se quando a porta se abriu. Lutaria. Não deixaria que ele a possuísse mais. Já era de Nick. Abriu a boca, mas não pôde falar. Tempo não houve. À face de Cleonice um fio se coagulava, rubro estancava sua cor numa fita de sangue, bem vermelha, descendo pescoço abaixo.

Sono

NÃO A RECONHECI. O quarto iluminado a mostrar-me a mulher despida, arfando num sono que a deixava descomposta, saciável. Apertei-lhe os pulsos, mexeu-se como se eu a estivesse machucando e resmungou abrindo os olhos, espreguiçando-se, braços pra cima da cabeça, mãos soltas, coordenadas, como se estivessem fazendo exercício, ginástica sueca, malabarismo de prestidigitadora.

– "Como vai", e disse meu nome, como se me conhecesse de verdade, tivesse intimidade comigo. Mas me parecia a estivesse vendo pela primeira vez. Em rua alguma houvesse vislumbrado as feições que me encaravam, com prazer me contemplavam caso eu houvesse ajustado um encontro, e tivesse chegado atrasado.

Me parecia mesmo a conhecesse naquele instante e de pé, à beira de minha cama eu me esforçava por reconhecê-la, abrir a boca com o seu nome à ponta da língua.

Enfim, tratava-se de uma mulher, belíssimo corpo a desprender cheiros de carne perfumada, asseadas curvas, tentadores seios. Ela sabia meu nome, continuou a dizer que me conhecia, estranhando ainda eu permanecesse a olhá-la, vê-la como uma estranha, riu-se.

Achei prolongada a brincadeira, apaguei a luz e fui dormir com o sorriso, sono de amantes esquecidos do resto do mundo.

Depois, ela me mostrou a mala de seus vestidos surrados, remendados, pobreza que eu ia vendo com repugnância, mal-estar.

O sol manchava o quarto, entrava pela janela, esquentava o espelho que incandescia. O relógio batendo horas, me alertando, teria de sair pro emprego. Dei-lhe dinheiro convencido que ao voltar não a encontraria.

À cozinha lavavam prato, faziam limpeza, a empregada vassourando as janelas assobiava uma molecagem.

À rua uma preocupação a perseguir o meu pensamento. Quando voltasse Juventina teria ido embora. Ela havia me contado tudo depois de me reavivar a memória. E como eu ainda continuasse duvidando, incrédulo, ela se levantou da cama, andou pelo quarto escuro e quis me mostrar um retrato. – "Não sou morcego. Você está doida?" Com a luz acesa eu me pude ver num retrato antigo, junto de Juventina num fundo de parque o instantâneo era de tamanho postal.

Olhei-o bem. Era eu mesmo afagando Juventina, beijando-a à boca, fotografia de intimidades, por isso mesmo mais cara, o dobro do preço comum, pretenderam isso de mim.

O fotógrafo encarquilhado com asneiras de chantagem barata, me pedindo mais dinheiro, tudo tão caro!

Juventina sorriso de voz meiga me aconselhando: – "Pague, não se aborreça, você não me tem de graça?"

O fotógrafo embolsou o preço normal, afixado numa tabela que borrava um papelão. Ainda hoje repilo explorações, vigarices miúdas, chantagens de meia-tigela, também escroquerias de milhões me repugnam.

Continuo andando, pensando em Juventina, à outra Juventina que era minha quando eu a chamava, a queria pra mim. Dizia-se casada mas quando eu a desejava ela vinha, entrava sorrindo em meu apartamento e ia logo se despindo como se sentisse muito calor. Eu abusava. Chamava-a a qualquer hora e ela se perdia em meus braços, alheia ao tempo, desgarrada de tudo, abandonando-se em meu poder. –"E o seu marido, Juventina?" Mostrava-me a boca de riso franco, debochado para me perguntar em seguida: – "Quer que eu fique mais?" Eu queria e Juventina ficava comigo o resto da noite, longe do marido que lhe dera uma aliança. – "Deixe-me ver esse ouro, Juventina?" Ela me mostrava o anel, anel incólume, sem ranhuras de gravação de iniciais. – "Foi você quem o comprou!" Juventina zombeteira contestava: – "Não foi não, ele me deu mesmo." Eu terminava achando graça com tanta falta de pudor.

O calor perdurando no lençol da cama, eu e Juventina a suar no quarto quentíssimo, a janela fechada, davam sempre festas no apartamento do edifício vizinho e naquela noite o aparelho de ar condicionado havia pifado.

Ela me desafiou – "Quer falar com ele?" O telefone emudecido, esperando eu discasse os números, chamasse o marido de Juventina dormindo sozinho. – "Ele vai convidar você pra almoçar no domingo." O telefone num halo de quebra-luz. Minhas mãos riscando fósforo, acendendo charuto, apoplética a minha apreensiva boca.– "Mas isso nunca se viu!"– "Mas ele vai convidar mesmo, ele já me disse."– "Tire isso da cabeça dele, Juventina, pode ser traição, ele me matar, você quer ficar sem mim?"

Juventina inventava muito, gostava de me ver temeroso, o assunto seu marido nunca me agradava, me indispunha com o prazer gratuito de conhecer gente sem-vergonha. E eu continuava refugando conhecer marido enganado por mim. Mesmo que o encontro não fosse de satisfações, não suscitasse arrelias, altercações sérias.

Juventina pegava no sono, acordava diferente sem falar de telefone, de almoço de domingo, do estranho convite que me deixava com boca amarga, cheia de sarro, dentes sujos, o charuto virando um pedaço imprestável de fumo. Pequeno. Caindo dos meus dedos que o largavam pra não ficarem chamuscados.

A empregada, domingo bem cedo batendo à porta de meu quarto, falando através da madeira, ia à praia, não precisavam comprar nada. – "Por quê?" – debaixo dos lençóis estremunhando de sono eu perguntara sonolento.

Juventina lhe dissera eu ia almoçar fora. Conhecer seu marido.

– "Pensa que eu sou besta, não acredite nisso não."

A empregada, se afastando pelo corredor, trauteando indecências, danada da vida. Novamente à cozinha a fazer limpeza, vendo o sol pela janela, querendo-me mal como se eu fosse culpado de sua condição.

Acordava tarde, os jornais me esperando em cima da mesa, o café quente fervendo à xícara de louça.

– "Pode ir à praia, Consuelo"– dizia para agradar a empregada de tromba, enfezada por um ódio pueril. – "Não vou mais não, o sol está muito quente"– e mostrava-me os braços mascavos, pele sedosa, cobrindo seu corpo africano.

– "Então, eu lhe pago o cinema, depois do jantar você vai à sessão das dez." Também não queria. Medo de ser agarrada, amada à força por bando de notívagos tarados. Tolices. Dormia nos fundos do apartamento, num quarto apertado onde se guardavam as vassouras, também espanadores de penas, enormes caudas.

Fazia tempo Consuelo me servia, dizia-se donzela, não queria se perder mas vivia assobiando pornografia de músicas populares, entoando rimas que não recomendavam. Gostava de Juventina, as duas numa debocheira quando eu estava ausente.

Antes do almoço Consuelo abriu a porta. Juventina entrou fazendo barulho, perguntando por mim, airosa e álacre como se ainda estivesse estudando, fosse botão a desabrochar.

– "E o seu marido, o almoço de seu marido?"– não queria estragar o meu dia mas não mudei de conversa, insisti, apertando o cerco com perguntas que a desconcertassem, deixassem-na atrapalhada, tirassem de suas faces a máscara berrante de sua constante alegria, fuzarca de mulher brincalhona, eu continuava azucrinando, vingando-me dos seus estapafúrdios convites feliz ia eu me sentindo.

– "Então por que você me mentiu, inventa tanta coisa?"– Olhos no chão como se tivesse perdido um brinco Juventina não me encarava mais.

– "Por que não escreve, não vai ser escritora, tanta imaginação?"

Os cabelos se derramando pela testa, enchendo-lhe o rosto de fios louros, finíssimas cerdas trescalando suave, o vento da janela espalhando à sala o perfume dos cabelos soltos que eu cheirava à distância.

Juventina com vergonha de me olhar, longe de mim como se eu a estivesse maltratando cerrava os olhos pintados às pestanas.

À tarde daquele domingo Juventina me assegurou como se houvesse se esquecido do que eu lhe fizera; passeava com ela à beira da praia, vendo o mar, as espumas das ondas lá da calçada pavimentada. Juventina afirmou outra vez:

– "É ele, o meu marido." – Envolvi o desgraçado com um olhar desconfiado, atento. Sozinho vinha um amigo meu solteirão, de encontro a nós, numa caminhada de desenfado. Deixei-o se aproximar, encarei-o e antes de Juventina tentar uma desnecessária apresentação perguntei-lhe se havia se casado. Resmungou desconsolado desnudando Juventina, percorrendo o corpo todo de Juventina, fitando-o rápido com olhos gulosos, admiradores.

– "Se a houvesse conhecido antes de você, claro que não titubearia em me casar com ela, em vez de você estaria eu..." – e mordeu a ponta do bigode, luxúria no tom de suas palavras pegajosas, gelatina de ostras vivas pros meus ouvidos.

Ainda não se havia perdido de vista, na calçada quilométrica da orla ele, o meu amigo solteirão, o mais alto dos transeuntes, varapau a se afastar como se gostasse da paisagem, amasse o verde do mar e não quisesse perdê-lo andando rápido, depressa, quando Juventina me garantiu apertando-me a mão.

– "Vou lhe mostrar a certidão. É ele mesmo o meu marido."– E tirou do porta-seios um papel amassado, dobrado, peguento de suor, quente, cheirando a talco. Começou a lê-lo, no fim da leitura me olhava de viés, por cima da folha que o vento balançava.

Quem passava por nós estranhava a conduta de Juventina, a dizer nomes, a citar datas de anos idos no meio do povo, numa beira de calçada de praia, perto do mar que soluçava forte. E deu-me em seguida a folha de papel, notas de compras de cebolas, uísque, queijo, salame, embrulho pesado que Consuelo trouxera do mercado, à véspera. E beijou-me, como se não estivesse numa via pública, borrando-me de batom, me pedindo em seguida o lenço pra ela mesma limpar a ferida que não doía em minha boca. Tão feliz com as suas mentiras, tão bonita, mentindo como se as suas mentiras tivessem o poder de afugentar o tédio, a depressão, o recolhimento que traz consigo as doenças.

A folha de compras à minha mão, papel feito bola inútil porque nós queríamos passear, continuar andando à calçada do mar, ver navios de cascos cinzentos furando as águas, apontando pro sul canos de canhões, disparando obuses num exercício de esquadra beligerante, fora da barra, a milhas de distância.

Joguei a bola, papel amassado, endurecido numa esfera pela minha mão a rolar pela calçada, servindo de chute para uma criança que a chutava com raiva. Escutei reclamações. Virei-me e os óculos de uma velha eram uma armação oca, naquele momento imprestável, as lentes no chão despedaçados cacos de vidro. O menino fugia, ainda chutando a bola que batia nas pernas dos outros, pulava no pavimento como se fosse de borracha.

– "Está vendo o que você fez?"– Juventina escutava os ribombos dos disparos, estrepitosos, secos, perfurando o alvo, invisível a olho nu, no meio do mar um pano branco cheio de círculos, lembrando uma enorme vela pra quem assentasse binóculo.

Pela manhã descobri-a, ao perscrutar o horizonte o meu binóculo ma mostrou intrépida, alevantada num ancoradouro de emergência que a balançava, agitava-a. O alvo firme, presa das amarras que mergulhavam, voltavam à tona com os troncos de madeira, roliças cortiças à guisa de bóias.

O crepúsculo se fechava, anunciava uma noite de estrelas, com lua leitosa no céu pojado.

Juventina durante o jantar cochichou-me: estou grávida. E é de você...

O champanha amarelecia as taças, Consuelo tirava os pratos da mesa lobrigando uma comédia de televisão.

– "Só volto aqui depois de ter."– Juventina me ameaçava com uma separação prolongada. Dizia-me não querer eu a visse barriguda, estofada. Eu perderia o amor por ela, afirmava.

Não dei importância, continuei bebendo, mas quando ela me disse ia mesmo embora, só queria saber de mim depois dos nove meses, pedi-lhe que ficasse, dormisse aquela noite comigo.

Nos dias subseqüentes Consuelo se cansou de chamar Juventina, agarrada ao telefone lhe dava recados meus. Não estava brincando, respondia. Só voltaria pra mim depois... Mudei de ofensiva. Consuelo iria buscá-la, não voltasse sozinha. A porta da casa de Juventina fechada, cerradas as janelas, uma vizinha não sabendo responder pra onde Juventina tinha ido.

Os meses se sucedendo e eu recebendo cartas, telegramas mas de Juventina apenas a saudade que castigava a minha memória, a saudade de sua ausência que nunca me deu notícia.

Continuo a andar me recordando daquele domingo longínquo, cruzando com pessoas na rua ensolarada insisto em rever uma Juventina adolescente, loura de corpo branco a me dizer estar grávida enquanto bebia champanha, comia o jantar fora de horas.

Eu sem acreditar à Juventina que só viva mentindo, inventando potocas, divertindo-se, com as próprias brincadeiras. Repetiram-se muitos nove meses, Juventina distante, afogando-se em minhas lembranças qual uma mulher que eu acreditasse em outro país zangada comigo, despeitada com o seu antigo ambiente.

Automóveis avançam o sinal aberto, espero a minha vez de poder andar pensando à Juventina que voltou mais magra, mais pobre, menos loura nos cabelos queimados. Numa Juventina que ainda não quis me dizer por onde andou, como viveu é no que eu penso enquanto desconhecidos cuidam de suas vidas movimentando-se pela artéria iluminada, coberta de sol.

Encontrarei Juventina quando voltar ou no apartamento somente Consuelo, ainda se dizendo donzelona, toda virgem vai me deixar ouvir os seus assobios de libertinagem?

O sol escalda o asfalto amolecido. As árvores de galhos quietos se murcham às folhas, amarelecem nas folhas que caem.

Juventina no meu apartamento, querendo viver comigo o resto da vida me esperou tratando das unhas. Consuelo me contou o seu choro, soluçante choro que não deixava de correr, molhar suas cavadas faces, em instantes choro intercalado, esparsos soluços quando uma tristeza a dominava. Consuelo respondeu-lhe várias vezes eu estava pra chegar. Encontrei Juventina calma, ensimesmada, diferente da outra que inventava situações, gozando encrencas por ela criadas. Primeiro me disse havia perdido o filho, enterrando-o perto do sítio de sua mãe para onde fora. Em seguida, foi soltando, minuciando toda a sua vida de ausente, perseguida ausente por um milionário que a conheceu num hotel, numa sala de estar entulhada de cadeiras de vime.

– " Isso é outra mentira!"

– “Não é não”– alisando os cabelos tostados com a escova de crina, penteando os fios compridos a lhe roçar as costas desnudas, caídos cabelos cobrindo-lhe o sexo, mas mostrando, deixando de fora os seios duros. A pele branca, macia das mamadeiras de Juventina bem perto de minha mão.

O milionário era um usineiro da Caxangá. Usina à periferia do Recife, alicerçada numas terras de demolido bangüê, fausto remoto. Insistiu com Juventina o usineiro atrevido. Sob a luz morrienta Juventina escutou declarações intempestivas, depois sussurradas amabilidades como se fossem segredo. Tinha sono e levantou-se da cadeira rangedeira nas pernas de pau enroladas por fibras pintadas que se quebravam aqui e além às fitas de junco. O usineiro a pedir-lhe logo depois abrisse a porta, esquecera-se de lhe dizer algo. Arranhando a porta como se fosse um gato, batendo à porta com os nós dos dedos, imitando o criado do hotel que lhe trouxera horas antes a encomenda de uma carteira de cigarros. Quando pulou a janela ainda escutava o usineiro mendigar, torcesse a chave, deixasse-o entrar que ele a levaria pro Recife. Na porta do hotel o automóvel com o motor ligado.

Juventina correndo, andando depois de muito correr, andando apressada quando passou pelo fim da rua, começo da estrada do sítio de sua mãe. Ainda deu tempo de deixar um bilhete pro dono do hotel. Se as despesas ultrapassassem, o dinheiro estava num buraco da parede, detrás do guarda-roupa, mandasse cobrar, o sítio não ficava longe.

Juventina com as malas na mão caindo na estrada, tropeçando nas pedras que a noite ocultava. Noite negra, silenciosa, que a deixava escutar com nitidez seus passos desequilibrados, incertos, vacilantes. Um rastejar perto de seus pés e ela se assustou com a cobra que não viu. Uma vontade de vomitar a lhe encher de saliva grossa a boca amarga, depois os lábios secos, contraídos se apertando um ao outro como se estivessem colados.

A casa do sítio de sua mãe indefinida numa luz que uma janela coava. Empurrou a cancela, deixando desprotegido um vão de cerca de arame farpado. Alarmada, não tinha certeza se a cobra lhe picara à perna, tirou num repente a meia rasgada, mas nem assim sossegou ao ver a brancura de sua perna realçar intacta à luz da vela; entre suas unhas fios de seda, a meia dilacerada jogada no chão, suja de terra. Uma intensa sede a lhe queimar a boca, um medo de morrer rígida, sufocada lhe disparava o coração minguado, diminuto batendo febril.

A mãe de Juventina ajudando à procura dos pertuitos, virasse a perna, mostrasse a sola dos pés, aí não podia ser, estava calcada, os sapatos de saltos altos abandonados no pé da cadeira.

À luz da vela a perna branca, torneada de Juventina sendo investigada, apalpada, amolegada pelas mãos que nada descobriam nem se manchavam com o sangue das gotas inexistentes.

A sede a lhe queimar a garganta resfolegante, ressecando-a, ardendo-a, a garganta em carne viva como se tivesse engolido pimenta, muito tempero com malaguetas.

– "Mas, isso é só nervoso!"– a mãe a assegurar-lhe com a vela na mão, alumiando o rosto de Juventina, detendo-se com o sebo inflamado perto da boca de Juventina que lhe pedia olhasse de novo sua perna espichada.

Disse-me ainda dormia pensando em mim, querendo voltar pra mim sabia que ia ficar feia, gordona, o buchão pra acolá como se fosse obesa. Tempos depois puxou a taramela da porteira, os pés se empoeirando à estrada abandonada. O espelho de bolsa a lhe mostrar a papada que se dobrava no seu pescoço grosso. Ficara horrível. Pesadona, numa moleza de só querer estar deitada, descansando. Fizera bem em não voltar pra mim naquele estado. Eu nem a ligaria. Tinha certeza disso.

Eu bebia uísque, olhando os seios duros de Juventina, constatando a ausência de listas brancas, de falsas lanhuras, remotos víbices nos lombos da barriga e no começo de suas coxas me convenci que ela mentia, me contava outra história arrevesada, fantasiosa.

Juventina despida, inteiramente nua, os pés às chinelas se dirigindo pros fundos do apartamento, quarto de termas onde se podia suar. Consuelo assobiando seguia atrás, ia também emagrecer, ficar com a pele luzidia trepada nos bancos de madeira, passando as mãos pelo corpo, o suor gotejante que o calor fazia brotar. Quando acabasse o uísque também abriria a porta, ficaria dentro do calor que me desintoxicava, me desidratava ainda mais quando eu me friccionava com brutalidade.

– "Não quer saber de seu filho?"– o suor lhe lavava o corpo, tornando-o pegajoso, salgado. Juventina junto de Consuelo, no outro banco defronte do meu, onde eu começava a suar muito com o calor das grelhas acesas, minudenciava:

– "O seu filho me engordou tanto que o usineiro não me reconheceu. Ficou falando comigo, no alpendre a querer saber pra onde eu me botara, queria-me tanto! Prometeu-me dinheiro se eu lhe disse onde eu estava. Eu à cara dele, debaixo de seus olhos rutilantes, pegando fogo de tanto desejo. Que eu me lembrasse, apenas lhe desse uma pista, ele me descobriria. Uma gargalhada cortou aquela aflição. Eu abria a boca pra mangar do usineiro, quando me queria deixava sempre o automóvel com o motor funcionando. O dono do hotel lhe havia dito, ensinando certo onde minha mãe morava. Debaixo de uma árvore o carro dele fugia do sol, à sombra fazia barulho com o trabalho do motor de explosão. Se eu não estivesse tão gorda, tão diferente com as feições da prenhez o usineiro teria me roubado, me levado a pulso. Por instantes o usineiro desconfiou mas eu lhe disse que era a irmã, a irmã de Juventina, não fizesse besteira, não me puxasse, eu era irmã de Juventina e iria ter o meu filho no sítio, naquela calma que ele estava vendo. E mais uma vez não o quis, fui descendo pro rio, correndo límpido com águas frescas. Dei braçadas, atravessei de uma margem à outra, as piabas me mordendo os bicos dos seios como se tivessem bocas de machos. Naquela quietude daquele dia firme, calorão brabo, escutei o automóvel partir, partir numa marcha de quem acompanha enterro, freando, roncando outra vez quando saía dos buracos da estrada, em dias de chuva cacimbas de tão fundos. A mão de minha mãe espremendo um maço de dinheiro. O usineiro a forçara a recebê-lo, dera-lhe o endereço da Usina Caxangá, quando eu aparecesse no sítio minha mãe me levasse pra casa-grande. O usineiro enxotaria a mulher, botaria os filhos pra fora, num internato de menores iriam viver. O usineiro me queria muito! Se minha mãe não pegasse no dinheiro ele jogaria o maço no chão. Estava acabado. E foi pro automóvel parecendo um raivoso bode a pular buracos da estrada completamente esburacada. Com o dinheiro minha mãe botou luz elétrica, quando você for ao sítio poderá ver a instalação que acende lâmpadas, desvenda a noite com suas velas de lâmpadas acesas."

Eu sempre escutei Juventina. Interrompê-la, seria rasgar-lhe os sonhos, deixá-los pela metade. E ainda mais: Juventina se amuava, trancava a boca e se emudecia por muito tempo depois de ter-me chamado de grosseirão quando eu cortava a sua conversa. E suas mentiras nunca foram fastidiosas, cacetes. Jamais me deram sono, me fecharam os olhos com uma reação de repulsa, com um desânimo de enfado, de tédio. Entretinham-me. Seriam verdadeiras se eu deixasse de esmiuçá-las com um raciocínio realista. E não me apegasse a detalhes, circunstâncias ínfimas.

Eu continuava querendo saber o verdadeiro motivo por que ela vivera anos distante de mim. A resposta sempre a mesma, prenhez, eu iria me desgostar dela, mulher de buchão ... e recomeçava a mesma história, contando-me a desventura de sua gordura, os malefícios que lhe trouxera o meu filho, enterrado no cemitério de Arcoverde, sepultura de mármore a esfriar-lhe os ossos.

Eu olhando os seios espigados, duros dois pães de carne... eles não eram de quem tivesse sido mãe. A barriga de Juventina sem rugas, sem aquelas roturas de tecidos que toda mulher parida tem.

Consuelo feito uma escrava que tivesse suado debaixo do sol, trabalhado no campo num serviço pesado e quisesse desistir. Não se acostumava ao calor do quarto trancado, reclamava da quentura dos graus centígrados, logo depois de ter se sentado no banco queria ir pra debaixo do chuveiro, passar sabão no corpo. Mas ia ficando, Juventina havia voltado, quando eu ia trabalhar as duas caíam num deboche, contou-me a mulher de um general do apartamento de baixo.

Consuelo se penalizou com o meu filho morto, queria comprar uma coroa, mandar enfeitar a sepultura. Meteu-se à conversa, indagando detalhes, se era branco, se tinha cabelo, se ele se parecia comigo antes de se tornar anjo.

– "Não fosse boba, tudo não passava de parolagem de Juventina"– atalhei eu, suando em bicas.– "O que eu queria saber ela escondia. Onde ela vivera esse tempo todo? Com quem? Isso ela não queria me dizer, pôr quê?

Insuportável o calor das grelhas, as paredes quentíssimas, quentíssimos também os bancos onde estendíamos toalhas molhadas, metros brancos acolchoando a dureza da madeira.

Consuelo não sabia nadar, depois de tomar banho de chuveiro, ficava à beira da piscina, encanto do apartamento, molhando os dedos dos pés, batendo às águas com os pés, enchendo a piscina de marolas, só caindo na água quando uma câmara cheia de ar, de cor verde, servia de bóia pra nudez de seu corpo de piche, cor de urubu.

– "Pegue à bóia, venha prá cá"– Juventina convidava, como se fosse dona de casa, tivesse se casado comigo, minha mulher pra todos os efeitos.

Desde voltou mais magra, mais velha, com cabelos ruços a lhe cobrir a cabeça Juventina não tem falado em me deixar. Sempre que eu lhe pergunto quando se vai, a menstruação atrasada, pode estar prenhe, Juventina me diz com meia voz de mulher desbotada nos pêlos, como se sentisse vergonha de me encarar, falando muito baixo esclarece:

– “Não estou não, não vou embora não e se estivesse ficaria com você. Amarraria a barriga, ficaria com cinta apertada até a criança nascer.”

Mas hoje ao voltar do emprego Consuelo era um susto de olhos espantados, apavorada com a presunção de Juventina ter morrido dormindo se esbugalhava nos maiores buracos do rosto. O dia todo imóvel à cama amarfanhada, sem escutar Consuelo que gritava nos seus ouvidos, sacolejando-lhe os ombros, borrifando-lhe o rosto, torcendo-lhe as orelhas pra ver se ela reagia. Agora, que eu havia chegado ia telefonar pro Pronto-Socorro, sozinha tinha medo de gente estranha no apartamento. Podiam roubar. Podiam querer deflorá-la, os jornais, não fazia muito, publicaram que uma equipe – médico, motorista, enfermeiro – havia feito misérias com uma morena. Morrera, de tanto andar com eles vestiu mortalha, a coitadinha que foi derrubada, deitada, de tanto ser trepada morreu.

Tirei-lhe o telefone da mão. Não chamasse ninguém. Juventina estava era brincando de morta, querendo fazer susto. E cheguei às ventas de Juventina um ramo de muguets, flores pequenas, cheiroso azul que lhe azulava com delicadeza a respiração mansíssima.

Juventina não podia me enganar mais. Eu já a conhecia.

Lucas

ENFERMARIA APRISIONANDO Lucas à cama de ferro recende a jardim aguado e o estrume subindo do chão com cheiro de curral entra pelas janelas, provoca náuseas às ventas de Lucas que cobre a cabeça com o lençol sujo, encardido, amarrotado há uma semana.

Quando a sede aperta o pretume da mão, às cegas, tateando a caneca faz esforço, cansa-se de procurar a quartinha de barro.

Não adianta gritar, chamar a enfermeira que tem nome de rima, Margarida torneada, pintada, sempre de boca vermelha, papoula às bochechas como se quisesse esconder a palidez de seu rosto, afugentar a tristeza de seus olhos, espantar o sono de seu plantão.

Lucas se revira, afunda a cabeça no travesseiro, mas não consegue dormir, o esterco do jardim ensopado pela chuva tem força de amoníaco. Escuta o carrilhão do corredor, monótono, pesadão, martelar as horas com música. Vislumbra a porta. Margarida, vulto de madrugada, não a transpõe, não vem fazer ronda nem lhe enxuga a testa suada, porejante.

"Se não fosse o desembesto do cavalo"... lágrimas de seu olho esquerdo como se fora um somítico conta-gotas. Geme com fraqueza, bocejos lhe afrouxando os membros como se os braços, as pernas estivessem cansados de tanto colchão. Acende um cigarro, é proibido doente fumar de noite, depois do silêncio que começa após o jantar. Pode sofrer queimaduras, provocar incêndio pegando no sono com o cigarro aceso. Fuma outro, a carteira toda, vendo animais nos desenhos das nuvens correndo através dos rasgões das janelas acaba com as mortalhas.

O sono teima nas pálpebras crescidas, atormenta Lucas que não quer ficar vendo janela aberta durante a noite.

Margarida no quarto do médico desabotoa o avental como se fosse tomar banho, ensaboar-se, a lingerie sobre a cadeira, montão de peças rendadas, cheias de bicos às costuras paga a prestação, comprada a crédito. Atende aos moribundos, a quem vai morrer e pede vela à mão. Estriba-se no regulamento, escuta lamúrias como se escutasse um choro de vento a correr pela enfermaria, fileira de camas pregadas no assoalho.

Disse-lhe o médico ninguém vai morrer e Margarida nua, volúpia e frêmito se entrega ao amor, cede mais uma vez ao médico que é casado, pai de três filhos e mora num palacete, à beira da praia do mar de Ponta Verde.

Lucas grita pela enfermeira, acorda os outros doentes que também começam a berrar como se fossem grávidas mulheres prestes a parir. Solidariedade, apenas solidariedade à insônia de Lucas, angústia nos olhos esfregados, sangrentos de tanto esperar o sono.

Lucas já contou a todo o mundo do hospital a queda do cavalo. Ouviram-no calados, embrulhados nos cobertores de uma tarde tiritante. Desconhecia a enfermeira de doentes de ossos quebrados. Pela primeira vez se misturava com pernas engessadas, braços em armaduras, pescoços imóveis na rigidez da ortopedia. Frisou a traição de Olga, cabrocha de porta e janela, enganando-o dentro de uma casa de tijolos, casa caiada, mobiliada, num outeiro descampado toda branca mesmo quando a noite era breu. Viu, muitas vezes viu o usineiro Nicanor esporeando o baio, num trote de passeio se sumir na trilha aberta à grama por cascos ferrados. Culote de mescla, camisa de xadrez passar defronte de sua casa tocando à aba do chapéu, cumprimento reservado. – Passeando - concordava Olga debruçada à janela, o sol se pondo, escurecendo os outros morros lá por detrás cordilheira agreste com espinhaço retorcido.

– Podia também ter ido caçar – aventava Lucas sentado à soleira, a brisa sem conseguir pentear seu pixaim retinto, engrolado.

– Nem pensei nisso.

– O rifle poderia ser uma garantia.

– Mais um enfeite – dizia Olga que não acreditava em emboscada, Dr. Nicanor não tem inimigos, estava mesmo dando passeio a cavalo, pernas engolidas pelas botas reluzentes.

Lucas ficava tomando fresca, descansando da subida do morro, vendo lá embaixo o bueiro da usina vomitando fumaça. Trabalhava à fornalha, chefe das máquinas onde ardia a bagaceira num calor insuportável. Observava os instrumentos, controlando os ponteiros que oscilavam nos mostradores envidraçados, distantes da caldeira incandescente. Macacão aberto no peito, cigarro na beiçola que se escancarava rouquenha quando respondia no meio do barulho enfadonho do dínamo.

O apito das sete horas ensurdecia Lucas, doía-lhe a cabeça, estremecia-lhe os ombros apertados por Olga no amor da noite comprida. Sonolento entrava no banheiro, sem pressa, como se não tivesse o que fazer deixava a porta aberta, o vento da manhã balançando a saia de Olga, arregaçando-lhe a chita das coxas. Com o gosto de café à boca palitava os dentes do pão mastigado, ladeira abaixo vencendo a distância de grama que morria perto do portão por onde ele entrava para ver, ficar vendo o dia inteiro ponteiros diversos, de tamanhos vários, marcando números, mostrando algarismos, Lucas começava a fumar.

Uma vez por semana tomava o trem, Olga chupando rolete no vagão de primeira classe, cabelos assanhados entrando no hotel, batendo calçadas de Maceió, comprando às lojas de tabuleiros de retalhos. As férias da usina eram assim. Toda a semana um dia de folga, Maceió destino certo, meia hora de trem bufando e freando, velocidade diminuta, parando à estação. Lucas saltando de braço dado com Olga que adorava cinema, também se sentava nas poltronas de Deodoro para ver teatro de companhia do Rio de Janeiro.

Lucas batia palmas no número do prestidigitador, aplaudia com força o samba de breque cantado no intervalo, cortina fechando a boca do palco com o vermelho franjado de veludo.

Tinha o vício de comprar bilhete de loteria, gasparino dobrado, escondido à carteira que se sumia no bolso do paletó, cobrindo-lhe o coração que batia, batia feliz no peito despreocupado. Podia ser premiado, a esperança lhe coloria os sonhos e projetos modestos lhe enchiam de riso a dentadura completa, areada com folhas de tabaco.

Olhava Olga e se aquietava num mutismo de negro satisfeito. Olga quase branca, mulata de cabelos espessos, bem-feita de corpo e de modos discretos era mulher dele, do negro Lucas que se esquecia de sua cor, não tinha inveja de branco, o amor de Olga afugentando de seu pensamento qualquer malquerença com a vida forçava-o a sorrir.

Apagava a luz do quarto do hotel, amava à cama de casal o corpo quente de Olga que queria um filho, ouvir choro de criança dentro de sua casa, brancura de paredes no outeiro da usina.

– Muita tristeza eu sozinha!

– Tá certo – e a força do negro Lucas fazendo o filho que se perdia todo o mês.

– Se eu mandasse chamar minha irmã?

Negro Lucas pedindo calma, talvez no mês seguinte Olga tivesse de comprar novelos, senti-los macios às suas mãos de crochê.

– Não escuto ninguém. Sozinha nesse cocuruto.

Lucas deu-lhe um rádio, ensinou Olga a procurar estações rodando dial, afugentava tristeza, nem precisava comprar jornal, tanto notícia do mundo inteiro!...

Domingo de tarde esportiva escutava transmissão de futebol, junto de Lucas que gostava dos times do Rio de Janeiro, de ouvir gols no berro do speaker. Olga às vezes revirava revistas, velhas páginas a lhe mostrar artistas de cinema, a atenção perdida em pensamentos vários.

Bom era ir ao baile de Fernão Velho, voltar de madrugada, o caminhão roncando na poeira. Tinha vestido novo pra mostrar, os pés pedindo requebro das ancas estampadas. Via-se suada no pescoço embriagado, excitado de tanta cerveja que a animava a cantar letras da orquestra de estrado.

Depois do jogo acabar ia pedir, lembrar, dizer a Lucas botasse gravata, vestisse o terno engomado. Panamá boca estreita, calças vincadas.

Acendia o cigarro, a revista no chão lambida pelo vento. Olga no alpendre escanchada à rede, descuidada, mostrando as partes pra potência do sol; a usina com seus moradores de vila, no sopé residindo e não podendo ver nada de Olga cavaqueavam.

Olga tomava banho no quintal, água de bica de cano grosso a ensopar-lhe os cabelos, descendo-lhe pelo corpo como uma mão que soubesse lavar, gostasse de acariciar mulher bem-feita. O sabão de côco espumando na pele morena, empapando de espuma uma Olga toda lírica, que cantava com trinados debaixo do jorro era uma prolongada higiene.

– "Pobre sem filho é miséria"– perfumava-se, nos cantos das orelhas, no queixo, nos bicos dos peitos, nos sovacos rapados o cheiro do frasco exalando essência que provocava Lucas, levava Lucas pra cama macia. Apetitosa se mostrando Olga aguardava. Tinha direito de ir ao baile. Era só terminar o jogo. Ia pedir.

A rede gemendo nos armadores do copiar. Vaivéns de ponta de pé, Olga pensando no filho que algum dia viria Dr. Nicanor demandar à casa-grande, esporeando o cavalo afastar-se do outeiro, rifle furando o lombo da sela, Dr. Nicanor tocando à aba do chapéu como se estivesse afugentando varejeira.

No fogão de lenha o assado amornava. Tudo limpo na cozinha onde Olga passava ferro avivando brasas de carvão com sopros de bochechas que se arredondavam e se casavam. No meio da sala o vento lambendo a revista, estalando-a como se tivesse dedos.

Tinha direito de ir ao baile. O pensamento levando Olga, empurrando Olga pra dentro de uma greve, onde Lucas não podia fazer nada, mãos abanando, encurralado à casa alugada de Bebedouro depois de correr do comício, escafeder-se da Praça dos Martírios, jardim de repuxo do Palácio do Governo. Um operário morto, estendido à calçada, sangue no peito lembrando despedaçada roxa. Faixas, cartazes abandonados no pânico da correria perseguida, dispersada por baionetas caladas, tiros de fuzil de alça de mira fazendo alvo, apontando pra matar. Que vida danada! E tragou o cigarro, baforando expelia o vício.

Já no tempo da greve Olga queria um filho, vivia pedindo um filho a Lucas que coçava a cabeça, encaramujado num silêncio de quem estivesse escondendo, não quisesse dizer à Olga que uma cuja da têxtil deixou de ficar de pé defronte dos teares os últimos três meses de sua gravidez, por causa dele, dele que estava ouvindo tudo calado, sem defender-se, assuntando um passado amoroso sob o sereno da calçada.

– "Vida de pobre sem filho é miséria!"

A mesma voz de anos atrás ferindo a noite, morrendo, alertava, prevenia.

– "Talvez no mês que vem você esteja comprando cueiros, bordando babador."

A rede da sala de visitas chorando nos punhos como se já estivesse balançando uma criança pelada, pegando no sono a escutar música do balanço mineiro. O pé de Olga no cimento da casa de Bebedouro se sujando no calcanhar, empretecendo-se. A casa às escuras. Melhor pra apreciar o luar leitoso.

Certa vez Lucas contratou um caminhão. Os cacarecos iriam para uma usina, Lucas e Olga à boléia escutando o chofer, cheio de inveja por quem ia trabalhar à usina do Dr. Nicanor. Usina Tridente montada por gringos que ficaram ensinando os caboclos, cabras de pés descalços até eles saberem como deviam moer a cana, lidar com os instrumentos de precisão. Mecanismo moderníssimo, aço alemão que não se enferrujava, ^ primeira vista, complicado, difícil.

Lucas recortara o anúncio, apresentara-se no escritório da usina, na mão de seu braço preto a caderneta. Exigiam filiação de sindicato, registro do Ministério do Trabalho.

O caminhão, radiador aberto salpicando o capuz, calçado nos pneus da frente com pedaços de pau, parando no outeiro num crepúsculo de domingo. Olga a se lembrar como se não tivesse outra coisa a fazer.

A rede onde Olga se balança num embalo de quem quer ficar tonta, e tonta ficar tentando, implicando com Lucas, com aquele balanço doido de rede, os armadores rangendo alto, irritando Lucas que escuta o jogo. A ponta dos dedos dos pés de Olga trazendo buraco, cavando o chão, Olga despenteada e malcriada espera o jogo termine.

– "Ah! Se não fosse a queda do cavalo..."modo de dizer gíria do ofício do negro Lucas que distraído encostou os dedos num fio de alta voltagem. Deitado num colchão de hospital, vendo animais exóticos no algodão das nuvens, descansando o coração numa posição de repouso. A provocar distúrbio, acordando operários fraturados que também queriam Margarida, enfermeira que se despia para o médico abraçar, esquecer-se da mulher que lhe dera três filhos... Olga não podia visitar Lucas, proibida por Dr. Nicanor de vê-lo de pijama numa enfermaria de gesso, de paciência. O coração de Lucas havia levado muito choque. Mas Olga não se amofinava ao saber Lucas a chamava de ingrata, cruel mulher que só sabe dar desgostos. Apenas uma apreensão a lhe remoer a consciência.

– " E se ele me abandonar, não quiser mais saber de mim?"

O cavalo baio do Dr. Nicanor descendo a grimpa, como se tivesse sido ensinado deixando marcas de ferraduras na trilha da grama, Olga outra vez sozinha, despenteada pelo vento a se lembrar das promessas do usineiro, das carícias do Dr. Nicanor que lhe prometia conforto, amparo, amá-la todos os dias naquela solidão imensa.

– "Não fica sozinha não ...Não fica sozinha não..."

O chapéu tocado num gesto conhecido, esperado, como se Dr. Nicanor tivesse petelecado varejeira ou qualquer inseto, chapéu surrado se sumindo dos olhos de Olga, pés descalços no terreiro bebendo cachaça, espantava a frieza do banho de bica. Olga logo mais nuinha, sabão de coco espumando em sua pele morena, o jorro de água fria lavando seu corpo, limpando-o da poeira, deixando-o bem bom pro Dr. Nicanor usineiro da Tridente, que lhe respondia:

– "Não fica sozinha não... Não fica sozinha não...

A noite se fechando num capuz azulado perfurado de estrelas.

Encostada a porta de Olga. Noite e dia encostada.

Era só o Dr. Nicanor empurrar...

Lindaura: Namoro Sutil

CANTANDO BAIXINHO debaixo do chuveiro se preparava pra ver Lindaura, namoro de semanas, mulher que gostava de beber uísque, fumando em piteira se esquecia do tempo numa mesa de bar. Não ficava tonta. Apenas, os olhos inflamados, carregados de tédio, a boca silenciosa como se não tivesse mais o que dizer. De repente a pergunta costumeira: – "Você me quer mesmo?" "Novamente a oiteira entre os dentes, fumaça de cigarro perfumado subindo pra testa, se esgarçando, se diluindo à altura dos cabelos ondulados, curtos, louros.

Não consentia que ele pegasse à sua mão. Retraía-a, brilhante no dedo que não gostava de afago. Deixasse-a beber sossegada, murmurava, olhando o mar que bramia. Ele insistia, a mão sempre fugindo, agarrando o copo, procurando os brincos das orelhas, o colar do pescoço, a bolsa que ela remexia sem tirar coisa alguma. No momento de pagar ela se antecedia, impondo mais uma vez seu caráter decisivo.

À vista dos outros, era sempre assim. Arredia, distante como se sentisse enfado de estar acompanhada, junto do namorado que ficava comendo-a, amando-a com os olhos num silêncio sem fim.

Proibiu-o de telefonar-lhe. Se continuasse a querê-la viesse ao bar, antes de conhecê-lo já se habituara a beber uísque naquele canto, sozinha.

O vestido decotado, os braços, as pernas de fora como se não suportasse o calor. Provocante. Usando rímel como se trabalhasse em teatro. Mostrando os calcanhares como se sofresse de calos.

Ele subjugado, onde estivesse a imaginação lhe trazia o perfume do corpo de Lindaura, o aroma dos seus cigarros, aquela voz macia que o interrogava: "Você me quer mesmo?"

E ele a revia se perdendo à esquina, entrando num edifício com seus quadris enxutos, colados no vestido vaporoso.

Os sonhos lhe mostrando Lindaura, quando sonhava era pra vê-la bebendo uísque, fumando em piteira, boca sensual lhe pedindo pra não telefonar.

Angustiava-se, no quarto escuro acordava molhado, suor, muito suor como se estivesse doente. Emagrecia. O rosto cavado lembrando convalescença.

Não trabalhava. Vivia com a mãe, quarentona que tinha medo de adoecer, morrer, o casarão trancado nas janelas, quentíssimo porque a mãe dele detestava lufada, qualquer vento que pudesse acamá-la com gripe. Gripe temida, apreensão de quem não quisesse desertar da vida, preocupando-a desde a morte do marido, armador que morreu num armazém do cais do porto fumando charuto.

Dir-se-ia morreu fumando quando tirava uma soneca. Recostado à cadeira retinha às faces uma cor de quem estivesse fatigado. O peito ainda quente. A boca ainda com força pra prender o charuto aceso, um fio de fumaça, vacilante, engarçado, se evolando.

Ela quis acordá-lo, chamou-o pelo nome, à barriga o filho de meses lhe deformando o corpo enxundioso, pesado. Não fez escândalo. Resignou-se com lágrimas que ensoparam um lenço. Queria o filho, ter o filho que a enchia de dores. No dia do enterro uma cama de hospital a despenteava, fazia-a sofrer, estrebuchar até lhe mostrarem uma criança berrando, simulando cegueira, mãos fechadas como se estivesse com raiva.

O pai em miniatura, disse à enfermeira que ajeitava os travesseiros, cobria-lhe os pés com um lençol. Chamar-se-á Zaco, disse pra quem quisesse ouvir e mandou a servente fechar a janela, escurecer o quarto fazendo a cortina correr.

Apegou-se à penumbra, as sombras e o silêncio enchiam-na de tranqüilidade. Ideal: o quarto quieto, quase calafetado, um pouco de ar entrando por debaixo da porta, sem ruído, delicado como se calçasse luvas.

Enervava-se recordando a confusão da morte do marido: desconhecidos invadindo o armazém, pela porta enorme se aproximando do morto, cercando-o, todos indagando ao mesmo tempo como se pudessem salvá-lo. Depois a polícia chegando, com violência dispersando os curiosos que se obstinavam a rodear o morto, pegar-lhe no pulso, encostarem no seu peito já frio um ouvido, uma orelha que nada mais podia escutar. – "Mas é o Comendador Zaco. Deve ter sido o coração"- Aventou um popular, mangas arregaçadas, suado, trabalhador das docas. – "Eu o conheço e aquela é a mulher dele"– apontando pra ela, grávida, enchapelada, no meio da multidão.

Do outro lado guindastes esvaziavam porões de navios atracados. Hora de almoço, sol causticante queimando os homens da estiva, fazendo suar a turma que almoçara mais cedo. À calçada, comentários, gente falando alto como se estivesse discutindo.

No armazém somente ela, o morto e os policiais que repeliam a hipótese de uma autópsia. Arrebentado o coração do Comendador Zaco. Ela, a viúva, encharcando um lenço pequeno, borrado às fímbrias, chorando calada, olhos abertos como se não quisesse esquecer detalhes de um colapso.

Muitas vezes contara a Zaco como morrera seu pai. Dissera-lhe, também continuava viúva porque queria, um cunhado, irmão do falecido sempre a importunava com promessas de amor até ficar marcado à cara com um bofetada de mão aberta. Sim, o tio grandalhão, todo começo de mês entrando casarão adentro pra lhe entregar pacotes de dinheiro, amarrados com barbante, exigindo-lhe assinatura sobre os selos do recibo datilografado, apanhara dela, franzina, que temia se gripar facilmente com uma lufada.

Zaco estudando em casa olhava a mãe, pulava pras coxas sempre pretas no vestido de luto e começava a beijar-lhe as faces sem nenhum adorno, às vezes cheirando a sabão de banho.

Certa tarde a professora nada teve que fazer. Zaco acompanhava a mãe, entrava num consultório onde ficou sozinho, um tempão sentado, olhando gravuras nas paredes. Todas elas de pulmão, mostrando a cavidade torácica, pulmões vermelhos como se fossem feitos de sangue. Adormeceu. Tornou a acordar, a mãe lá dentro, às voltas com o aparelho de raios X. Viu-a surgir sorrindo à boca magra. Levou-o a uma sorveteria onde sonhou com um sorvete multicor, enorme, maior que o primeiro, tão duro, tão gelado. Insistiu. As orelhas de Zaco ardendo com o puxavante enérgico. Repreendido no meio da rua. Esboçou um choro mas o engoliu, aperreado, cheio de zangas deu a mão à mãe que pisava calçadas, atravessava ruas, alegre, feliz, segurando um rolo que lhe dera o médico de avental branco, médico a lembrar açougueiro que nada a vender tivesse.

Não era doente. Não era preciso tomar remédio, encher-se de drogas como uma viciada de morfina. O rolo de chapas lhe dando a certeza tísica, não era tuberculosa que tivesse de viver longe do povo, temendo lufada, separada de Zaco que gostava de tomar sorvete, beijar-lhe o rosto após ouvir episódios da vida do Comendador Zaco, seu pai, homenzarrão musculoso, armador, bebedor de uísque, femeeiro, sempre fumando charuto, corrente de ouro atravessando o colete engomado quando saía de casa pra ganhar dinheiro.

Poderia ter se casado com o cunhado, dizia a Zaco mas resistiu-lhe às investidas, detestava desilusões, o pretendente uma pálida lembrança do falecido. Cópia esquálida, cheia de vezos, irritantes tiques. Todo fim de mês ele entregando dinheiro, muito dinheiro até Zaco poder ir pras docas, ficar no lugar do pai, tomar pé no negócio de armador. Zaco escutando a mãe, anos depois ele mesmo se convencendo podia ganhar dinheiro sem se aborrecer. Vez por outra aparecia no armazém donde saíam víveres, peças de máquinas, combustível pros navios atracados.

A sua mãe no casarão silencioso, ainda temendo as lufadas, aquele receio da tísica a prendê-la entre paredes de janelas fechadas, quando nuvens toldavam e o sol não surgia. Não era animal pra ficar molhado, tiritando de frio, ao relento. Aparteava a quem pretendesse modificar-lhe o hábito antigo, surgido após o nascimento do filho. Gostava da vida. Gostava de Zaco e o envolvia com um olhar penetrante, amoroso. Chamava-o a si e o beijava, os parentes presenciando o enlevo que interrompia a conversa. Zaco homem já feito.

Mas ela não prendia o filho aos recessos de seu amor imutável. Dava-lhe liberdade, instigava-o em plena adolescência a sentir o amor que provocasse disputas, fizesse chorar a sua namorada de tranças. Tivesse muitas. Instilasse ciúme mas o repelisse, fosse como o pai, mesmo depois de casado não se esquecera das conquistas, continuara mentindo, inventando negócios fora de hora.

Não queria o filho retraído, abobalhado com pensamentos inúteis, dominado por qualquer leitura puritana. Ela se apercebia num exagero, também mentia quando se referia ao falecido que dormia fora de casa, entregue a outros prazeres. Isso ela não toleraria. Embora franzina possuía encantos, casualidade não houvera quando o comendador a escolheu entre tantas.

Mas era preciso falar, dizer ao filho essas coisas, despertar-lhe cada vez mais o gosto pelos deleites, afastá-lo um pouco de si, dela sempre tão branca, jogá-lo no mundo onde mulheres o esperavam.

Não era doente pra ficar vigiada, cercada de cuidados, tomando o tempo dos outros. E uma convicção obrigava-a a assentir. – "Se eu ainda encontrar um homem como o seu pai me casarei com ele."

A beleza de sua mocidade ainda estampada em seu ser, desejo que não se extinguia a lhe fremir a boca, comprimindo-lhe os lábios onde a carne se delineava insubmissa à crueldade do tempo. Como se todos os relógios houvessem parado e nenhum sintoma de velhice pudesse se imiscuir em sua seiva, exterminando, em seguida, o seu eterno capricho de parecer mais jovem.

Zaco obedeceu. Ficava mais tempo à rua. Esquecendo-se da mãe, pegando prostitutas, voltando pro casarão com o lenço manchado de batom, se esbaldava. Amigou-se com uma mulata e dormindo fora mandava buscar camisa, terno engomado, cueca que vestia cantarolando, abotoando-a com mãos viris.

Quando a mulata tentou suicídio, abandonou-a. Arranjou outra com menos ciúmes, brancarrona, estupenda que usava trancelim no tornozelo. Levou-a a um fazedor de anjo, não queria ser pai de filho da puta. Brigaram. Ela às escondidas, cheirava cocaína se matava lentamente como se tivesse medo de continuar bonita, os cabelos caindo de banda, fingindo encobrir um olho que não era vazado. Deflorou uma menor mas quando foi buscá-la no dia seguinte ficou sozinho à calçada, olhando o relógio que a noite tentava escurecer. Aproximou-se de um poste, a rua sombria, ele ainda sem saber do atropelamento, logo mais nos jornais, acontecimento rotineiro, em poucas linhas a notícia infausta. Contou depois à mãe que lhe disse num gracejo: – "Por que não bota luto?"

Não podia dormir sozinho, acostumara-se ao amor que lhe dava sono tranqüilo. Abriu as janelas pra ver a madrugada estrelada, manchada de nuvens, cortada por um vento seco de verão. Deitou-se dizendo a si mesmo ser horrível um quarto que não tivesse mulher, seu pensamento se apegando aos encantos da deflorada que morrera debaixo de um lotação, pés descalços como se estivesse dançando no meio da rua.– "Por que não bota luto?" A mãe lá embaixo dormindo de camisolão, magra, corpo bem-feito, resistindo ao tempo que não a envelhecia.

Um desejo a magoar o coração de Zaco, a estreitar-lhe o peito num frêmito que o lançou contra a brancura e aconchego de um travesseiro onde ele pôde descansar, dormir.

Ao acordar encarou a mãe com vergonha. Sonhara com ela como se a houvesse encontrado em qualquer esquina, qualquer bar, onde as fáceis esperavam fumando cigarro, bebendo, contando lorotas.

Não tinha nada, não sentia nada afirmou à mãe e entrou no banheiro como se estivesse muito sujo.

A manhã inteira excitado, a provar de quando em vez de um vazio que ele combatia telefonando pro armazém, pras primas que usavam tranças, jogavam tênis e gastavam como se perdulárias sempre fossem.

Amava a deflorada, aquela carne rija empinada nos seios duros, terna quando abria a boca pra falar doce e com meiguice a ele se entregou, aquele corpo todo envolvia a sua imaginação, dominava-a, como se nenhuma outra mulher a ela pudesse se igualar, recordações o convenciam.

A mãe andando, saindo dos quartos, entrando à sala com as pernas de fora, vestido curto deixando nus os braços, o pescoço que detestava chuva, só gostava de ver sol. Lá fora o sol da manhã, enchendo com mormaço a varanda assoalhada, lavada com soda cáustica todas as semanas.

Zaco olhava o jardim aberto nas rosas, cheirando nos canteiros de grama. Se pudesse mandá-las pra alguém num buquê enorme não sentiria a solidão que o esmagava, tornando-o sorumbático, cara amarrada. As primas comprometidas, querendo noivar sem cortarem as tranças, parentes louras fêmeas que ele via raramente.

Ainda não havia conhecido Lindaura, a que gostava de namorar em silêncio, sem agarramentos, fugidia como se tivesse vidro nos braços. Zaco se aborrecia do marasmo daquela manhã, somente o ruído de sua mãe andando, abrindo gavetas, jogando no chão papéis velhos, chamando a empregada de vassoura à mão.

Iria ao armazém, ficaria às docas observando o abastecimento dos navios. Desesperava-o a inércia prolongada, a quietude atingia-lhe por demais os nervos, fazia-o sentir-se desgarrado de seus objetivos. Estalou os dedos pro buldogue que farejava o portão de ferro e ganhou a rua.

Lindaura sentada num bar de beira de praia sorriu pra Zaco que guiava o automóvel. Levou multa entrando numa rua contramão. Dispunha-se a convidá-la a um passeio, no cais do porto ficar vendo com ele os navios de porões abertos se enchendo de carga. Depois... Lindaura se negando a acompanhá-lo, se quisesse ficasse com ela bebendo uísque? E soltou fumaça de sua piteira, o garçom aparecendo com um balde de gelo, perguntando a Zaco se queria também beber.

A mãe de Zaco soube do namoro à distância, protocolar, bizarro. Namoro de poucas palavras mas com muito uísque nos copos cheios de gelo.

– "E você suporta mulher que não quer nada, senão beber?"

– "Não. Mas ela vai ser minha."

– "Tem certeza que pode convencer a uma bêbeda de que nada se compara ao amor?"

Zaco pediu a mãe desse-lhe um prazo, esperasse, talvez Lindaura fosse mesmo solteira, virgem gostando de se embebedar. E lembrou as primas com os noivos farreando, em alto mar se tostando no convés do iate, abrindo garrafas, quebrando pedras de gelo. Uma baderna. Mas nenhuma delas dado com os burros d'água não havia.

Zaco não desanimou de seu intento. Todavia impacientava-se com as escusas de Lindaura, teimosa, cheia de princípios, zangando-se quando ele insinuava uma diversão que os afastasse daquele bar, daquela mesa onde uma garrafa de uísque era consumida todos os dias. Lindaura repelindo as tentativas de Zaco, os afagos de Zaco que se amiudavam quando ela se mostrava mais alegre e começava a rir, a rir sem motivo, os efeitos da bebida a lhe congestionarem as feições. Disse-lhe naquela tarde depois de tomar banho cantando, cantando baixinho: não a procuraria mais se não saísse com ele. E levantou-se, embrutecido de tanto esperar havia ficado, nenhuma mulher podia lhe exigir tanto.

Lindaura atrás de Zaco, perdoasse-a, a voz bêbeda tropeçando no raciocínio. Ela não sabia Zaco era assim, mandão, controlado, resoluto. Não a deixasse sozinha no meio da rua, fosse com ela, ela lhe daria... andaria com ele.

Bem perto o edifício onde Lindaura entrou mostrando as nádegas coladas no vestido saliente.

Mas Zaco no apartamento de Lindaura, começou a escutar agradecimentos de um senhor, já idoso, tinha chegado de viagem, usineiro com uma usina lá no Norte, Usina Esperança, canaviais rendosos, clima saudável, enumeração cansativa pro Zaco querendo ir embora, deixar de escutar a conversa aborrecida, paulificante.

O usineiro, comovido agradecendo sempre, apertando a mão de Zaco que dizia ao usineiro não ter feito nada.

– "Ela é minha mulher. Fez muito bem em trazê-la. Bebeu demais. Como posso lhe retribuir o favor?"

Lindaura caída no sofá, quase bêbeda, às costas do usineiro fazendo sinais a Zaco, botava a outra mão no coração, desolada pelo que estava acontecendo acamava o côncavo da palma numa duna de peito.

Louras Vadias

TRANÇAS DE BORBOLETAS AZUIS nos laços de fita correm na tarde do farol e mais ainda correriam os cabelos trançados se as terras do morro não fossem escavões.

Ninguém sabe como se chamam as duas louras do faroleiro barbudo, ninguém pode afirmar se as bailarinas de saias curtas são doces no falar porque seus vultos são distantes belezas jamais encontradas na rua da ladeira empinada.

Belezas de rostos gêmeos, duplamente rosados e alegres, tão alegres que o mar conseguiu esverdear-lhes os olhos. Com sol rompe-nuvens as pernas das filhas do faroleiro se agitam e rodam, rodam correndo uma atrás da outra com ganância de aposta.

As cordas da lavadeira enchem de cor a tarde do morro, insuflada pelo vento a pobreza dos vestidos se agita, mas nem do vento nem das cores nem da miséria assuntam as irmãs de pés descalços porque primavera sãos os seus braços, movimentos de dançarinas, gestos de quem busca correndo, de quem brinca dançando.

Carlos Rocha quis mas o grupo escolar não abriu as portas pras suas filhas que chupavam caramelos. Carlos Rocha foi ao hospital mas em nenhum leito cabia sua mulher, lavadeira de chitas multicores, com uma fibroma para uma saca-rolhas de cirurgião.

Ainda quis Carlos Rocha uma promoção e em vez de dinheiro deram-lhe uma solitária obrigação: vigiar as bolas sangrentas das bóias ondulantes, olhos do mar que avisavam os pescadores, gente das lagostas navegando em demanda dos arrecifes.

Carlos Rocha fingia desistir, costas ao azar e comprou cartilha para as histórias de trancoso de suas trepidantes louras, sempre correndo, sempre pulando no cocuruto do morro deserto.

Minervina esperou, paciência de sobra, escutando a soletragem das filhas com aquele tumor de falsa gravidez a lhe estufar a barriga, esperou que a sua alma não se deformasse vendo as filhas aprenderem a ler. O peito de Carlos Rocha a guardar rancor no coração desesperado. Sua memória se lembrando de talheres, de pratos nos banquetes de copo de cristal, quando brindavam com discurseiras a usinas de seu pai.

Suas calças curtas roçavam em rabos de saia de decotadas mulheres, mulheres lhe beijando as bochechas da infância. Naqueles instantes Carlos Rocha se imaginava adulto, no seu pescoço via uma cor de gravata que seduzisse, chamasse a atenção de uma mulher mais bonita pro seu namoro. Casar-se-ia com uma morena de pernas grossas, seria também um usineiro de chapéu-do-chile, envergando roupa branca de linho brilhante.

Anel no dedo só pra dizer que universidade não molestara a sua inteligência.

Todavia, acabara na janela de Minervina, lá em Ponta Grossa onde somente dava pobreza, miséria. Casara-se no subúrbio das surras distritais, seus passeios de lua-de-mel foram às margens da Manguaba, lagoa de mucilagem preta, lama comendo gente quando a maleita se zangava.

Minervina costurava pra fora na Singer de mão, voracidade de costureira comendo carretéis. Costureira de funcionários estaduais, salários de saltos cambados que pagavam as encomendas em prestações.

Minervina sabia da desgraça de Carlos Rocha, não ia com o advogado que prometia ganhar a questão, entulhada de despropósitos. A usina que matara o pai de Carlos Rocha, nem pra lembranças de domingo, quando ela, Minervina sonecava num sono que chegava macio, dolente.

Apegava-se aos carretéis de linhas de sua Singer. Não queria sonhar com os milhões da usina, milhões do pai de Carlos Rocha, usineiro jogador viciado no pôquer, embeiçado por mulheres que bebiam champanha nas madrugadas do amor. Milhões hipotecados, a usina sob penhora podendo-se libertar dos credores somente na cabeça do advogado que falando muito boquirroto borbulhava fantasias como se num carnaval estivesse. Advogado em quem Minervina não acreditava, mesmo quando ele lhe mostrava vales de jogo de baralho, pedaços de papel garatujados pelo falecido estróina. – "Dívidas de jogo não compelem herdeiros a nenhuma obrigação." E concluía: - "A senhora vai ver. A decisão final será a meu favor. O Supremo Tribunal Federal botará abaixo o acórdão dos desembargadores daqui."

Minervina o escutava com o pensamento longe, olhando pro advogado sem ver-lhe as feições, como se estivesse escutando um impertinente o recebia. Escutando por escutar o advogado, que também não via a Singer tampouco enxergava os retalhos se emaranhando na cesta sugerirem cobras estranhas.

A folhinha da parede caía se despetalando do cromo numa tristeza monótona.

O advogado voltando no mês seguinte, prometendo a mesma surra no Tribunal de becas cor de urubu. O Supremo daria uma lição nos velhotes, além de empacados, tendenciosos.

Dessa vez Minervina atenciosa. Café pro advogado, interesse à decisão da validade das garatujas, perguntas se sucedendo visando sempre o mesmo dinheiro, os milhões da usina de bueiro vermelho, em pendência à justiça, milhões que outros queriam pro resto da vida.

Carlos Rocha empregado, depois de matutar meses seguidos, pediu um aumento de salário e ganhou o jogo de espelhos do farol como insônia que desse lucro.

O dia inteiro dormindo, sem ouvir a Singer de Minervina rodando à manivela de cabo suado. Sem escutar nem ver a agulha deixando pontos de costura nas encomendas de prestação, aceitas por sua mulher até de noite.

Carlos Rocha somente com o dinheiro dos cigarros, Minervina sabendo que o bilhar não viciava mais Carlos Rocha, jamais o derrotaria nas apostas das carambolas do pano verde, tirava do nariz pedaços de meleca.

Mudar-se-iam para a casa do Farol, não pagariam mais aluguel, o ordenado de Carlos Rocha também não seria perdido nos esporões de galos de briga.

Carlos Rocha noite inteira vendo o Farol varrendo de azul, de vermelho as águas do mar escuro com os seus fachos de compasso.

Carlos Rocha bebendo café pra abrir os olhos que se sumiam nas pálpebras cansadas. Tomando cautela. Tendo cuidado pra não adormecer durante as noites de seu silencioso emprego.

O antigo faroleiro fora demitido por causa disso. Pegaram-no roncando. O fiscal da capitania dos portos o encontrou da boca aberta nuns sonhos que não eram de âncora.

O bule de café, natureza morta de flandre, esquentando Carlos Rocha, saindo do abafador numa mágica de pobre. Minervina acordando de madrugada para ver o marido alerta. Nada de descuidos, deixar pra lá...

Carlos Rocha precisava das cédulas do emprego noturno. A sua primeira loura ia nascer. Horas depois a outra também teria cabelos dourados.

Carlos Rocha sem poder mais contar com a Singer de Minervina, empoeirada num canto de mesa, silenciosamente inútil, num adormecimento de ferros e aços.

As duas louras a berrarem à frente do pai que começava a pensar de novo no bilhar, nas apostas de rinha.

O advogado insubmisso subindo a ladeira do farol pra repetir as mesmas coisas. A sentença do Tribunal seria derrubada pelo Supremo. Não tivessem dúvida. Ele só queria a comissão estipulada pela lei. Vinte por cento. Mais nem um níquel.

Carlos Rocha lastimava as apostas miúdas perdidas nas ferroadas de seu galo vermelho. A Singer parada, as duas louras sugando Minervina qual esponjas que não tivessem poros.

O vento varrendo o morro solitário com uivos de animal ferido. Imutável o farol de cores fortes. Carlos Rocha em desespero. Uma facada no advogado resolveu a comida de um fim-de-semana.

Azuis e vermelhos os espelhos ensangüentavam o mar com suas rajadas, farol bicolor flechando o mar da noite, seqüências de luzes amestradas colorindo a escuridão.

Carlos Rocha somente a rememorar insucessos.

As duas louras crescendo pro bailado das tardes de correrias descalças, dançando o corpo nas pernas ágeis de contornos perfeitos. Alegrando o morro com gargalhadas de suas carnudas bocas.

Minervina procurou o advogado de coração sensível. Mas a protelação do Supremo lhe avacalhara o espírito, enchendo-o de descrenças; ele perorava, pornografia único vocabulário de sua jurisprudência. Ele morreria de velho e o Supremo ainda não teria julgado... – afirmava convulso, afobado.

Carlos Rocha amofinando com a fala vencida da suada Minervina.

Nunca mais voltaria à usina. Nunca mais veriam o bueiro furando nuvens que corriam baixas, perto do chão.

Mas lendo um jornal Carlos Rocha ficou sabendo da viagem do Governador. Com idéias aguçadas, ligeira sua imaginação viu à vingança o fim do seu inimigo, seu único inimigo, aquele jogador de pôquer, parceiro de seu pai, agora jogando com os destinos do Estado no Palácio do Governo.

E Carlos Rocha esperou o regresso do iate. Viu muito bem quando o barco todo de branco, pintado a óleo, ficou entre os dentes dos corais, arquipélago de pedras escuras que o mar havia limado.

Viu e não se cansou de ver a proa destroçada, esburacada sendo lambida pela maré-cheia, engolfada pelas ondas. Ondas violentas, enormes vagalhões a submergirem a proa, por fim o mastro a lembrar por instantes a serra de um espadarte que mergulhasse.

Carlos Rocha havia mudado as bóias de lugar. Bem longe dos arrecifes elas ficaram esperando à noite. Mais sete dias o Governador era uma missa.

Cinira

LEVOU-A NO CARRO DO CORSO, na boléia do carnaval levou Cinira, fantasia desbotada pelo suor da terra, pra sua usina de quartos enormes.

Conheceu-a na gandaia, o desejo de possuí-la aumentou com a bebedeira, sempre Cinira lhe fervendo o coração descompassado, aturdido à madrugada de cinzas quando rejeitou uísque.

Entenderam-se à dança, à fuzarca de um último dia de jazz-band combinaram fugir antes do automóvel ser engolido pelas estradas cinzentas.

Nada havia acontecido entre eles, mas se sentiam amantes. Abraçados no baile, se beijando com bocas esmagadas. A confiança que Cinira lhe deu, todos viram, notaram, comentaram, mas ninguém ligou porque a noite, a noite dos sambas, das marchas de carnaval era pra isso mesmo.

Lembra-se Cinira do amor de Julião. Nem um mês Julião é cova de coroas de crepe, faltam dias pra missa de preto, os olhos mastigados de Cinira ainda choram, pranto forte de hora de enterro ainda lhe salga a boca e embora vendo o desolamento que enluta Cinira, a tristeza de Cinira, o despedaçamento da Cinira de lenço molhado – embora constate a miséria da saudade aturdi-la, prostrá-la à imóvel cadeira de balanço, Timóteo a quer, mostra-lhe as alianças no estojo azul de veludo caro com insistência de doido.

Soergue a cabeça, instintivamente Cinira recompõe os cabelos amassados e afastada do espaldar tenta ouvir de novo a proposta do enteado. Timóteo não brinca, investe à semelhança de Julião que amava com ímpeto. Quer mesmo se casar com Cinira. Sua madastra tem de ser sua mulher. Timóteo continua falando, insistindo no consentimento que ainda não foi dado.

A porta trancada do corredor não deixa ninguém ouvir a conversa que minutos não registram.

A parede se escurece no retrato de Julião que não tem mãos nem braços pra afugentar moscas de seu paletó. A manhã dos canteiros, o sol das rosas vermelhas, o vento dos canaviais sem fim – nada disso entra pelas janelas, cerradas madeiras pintadas, estateladas venezianas nas dobradiças silenciosas.

Cinira enxuga a testa, assoa-se no mesmo lenço salgado e reclamando do calor, quer sair de porta afora, fugir do confinamento que a abate. Todavia,

Timóteo a contém, empurra-a pra cadeira de balanço que começa a ranger no assoalho empenumbrado.

Dir-se-ia, houvesse Timóteo previsto tudo.

Cinira continua ouvindo sem querer, se pudesse já estaria longe de Timóteo que insiste, acua Cinira, agride com palavrões a enlutada Cinira que só sabe chorar.

Estranhou a visita, surpresa ao ver Timóteo tão cedo, antes do café quisesse vê-la, mentindo a empregada arranjasse pretexto para tirá-la da cama.

Bem que a cozinheira foi à sala de visitas vezes somando três. Timóteo teimoso, tinha notícias pra Cinira, somente Cinira poderia escutar o segredo de seu peito arfante. E tinha pressa. Que ela viesse logo, se quisesse até de camisola, ele não se importava.

Arrefecendo a mulata da cozinha, mas sem medo de dizer a Timóteo o recado de Cinira, recado sempre evasivo, voltasse mais tarde, queria ainda dormir, era um desânimo que se denunciava na face cansada.

Timóteo sem querer ir embora, ia pra varanda, arredar o pé da sala de visitas, cheirando a mofo, trancado retângulo, penumbra e escuridão desde o enterro.

Que a cozinheira não o enxotasse, ele conhecia bem demais os recessos da casa-grande, não o supusesse doente, ficava à sala de visitas porque queria. Implicância não era de seu feitio. Fosse dizer de novo a Cinira o seu pretexto. Queria dizer-lhe umas coisas. Inadiáveis confidências. Não eram recados. Mas importantes notícias somente Cinira deveria ouvi-las, entendê-las.

Timóteo berrava na cara de Eulália, obedecesse-o, ela não era ninguém pra fazer-lhe ouvido de mercador. Não duvidasse dele, arrombaria a porta de peroba do corredor, quando Eulália ficasse de cara inchada nunca mais se atreveria a contrariá-lo.

Exasperava-o a Eulália fiel, no meio da sala de visitas repetindo sem medo o descaso da sonolenta Cinira, o desinteresse da viúva Cinira pelo visitante, em momento algum bem recebido em qualquer parte da usina.

Ninguém no asfalto da estrada escuta os desmandos do filho de Julião; ninguém socorre Eulália, impede Eulália escute azucrinações pois os berros de Timóteo lhe ferem os ouvidos com força de socos. Ninguém aparece. Mesmo os berros de Timóteo vencessem as paredes, atravessassem janelas, disseminassem-se as zoadas pelo jardim de canteiros rubros, mesmo os berros tivessem força para chegar no eito, os operários não deixariam os tratores, os arados que abrem sulcos, valetas nos hectares cheios de sereno. Acreditariam apenas fosse mais um desatino do filho de Julião.

Mas os operários não sabem, não podem saber Eulália está sendo esbofeteada, pisada por Timóteo, ela, Eulália que o viu pequeno pedalando um velocípede de Natal abundantemente sangra.

Suam os homens que trabalham no campo, braços mais tarde cansados de puxar alavancas, acelerar com seus músculos a engrenagem dos tratores que aplainam a terra, terra rasgada pelos arados, quilômetros de regos.

Quando os operários vêm à casa-grande, o sol se escondendo, relembram Julião, usineiro que lhes deu escola noturna, cinema, creche pros filhos de suas mulheres que incharam de tanto amor.

Mas os trabalhadores nem supor podem Eulália esteja estendida no chão, sangrando no tapete, arrebentada às resfolegantes ventas.

Por isso continuam lembrando cabeças de engenheiros que não tivessem diploma, agrônomos práticos, com aqueles chapéus brancos de cortiça, falsos espantalhos, indo, tornando a vir, indo de novo rasgar a terra, abrindo-a em valetas lá do comando de suas boléias são pardos e negros que suam, transpirando se desencharcam.

Eulália se esqueceu de tocar sereia, ligar a chave elétrica, deixar o alarma rouco avisar perigo; chamando os homens da usina com a sirene de som longínquo se tornar uma precavida mulher.

Esqueceu-se de correr, das barras de ferro também não se lembrou, reforço aos ferrolhos das janelas, antes vulneráveis no tempo de eleições.

Julião certa vez fora vítima de uma cilada.

Agora, Eulália consegue vislumbrar o camisolão de Cinira encher o corredor, aproximar-se de suas feridas, tentar soerguê-la num ímpeto que visa o sofá.

Timóteo, o enteado, limpa o rosto, como se ele fosse o agredido passa o lenço na cara intumescida, feições duras.

Cinira não teme o olhar grosseiro, enfrenta a catadura, mas depois de empurrada se arreia à cadeira de balanço e um choro convulso começa a dominá-la.

Eulália parece dormir com as suas feridas abertas. Pulsa-lhe o coração machucado, sangue quente lateja-lhe à fronte, a saia rasgada de Eulália mostrando inconscientes coxas, adormecidas pernas a descansar no sofá sombrio, os pés como se estivessem anestesiados, artelhos num tétrico furta-cor. A palidez da morte envolve o rosto de Eulália que apanhou, foi surrada, espezinhada por Timóteo que não se cansa de mostrar à Cinira as alianças, azucrinar Cinira com pedido de casamento.

Cinira continuando chorando sufoca-lhe um ódio de lágrimas ardentes, continua chorando e sentindo falta de Julião, do Julião que sabia mandar Timóteo calar a boca, enxotá-lo da usina como se o desconhecesse aumenta o berreiro.

Se Julião pegasse Timóteo num atrevimento desses, não deixaria no coldre o seu revólver preto, mataria o próprio filho, assassiná-lo-ia com perversidade.

Julião desconhecia o remorso, sua têmpera pedia intempestivas resoluções. Enojava-se ao ver Timóteo se acovardar, perder os joelhos, amofinar-se numa tremedeira de escusas, polidez amarela, se recusando a acompanhar criminosos, tomar parte de uma chacina.

Julião acoitava bandidos, protegia pistoleiros, somente empregava gente destemida à Usina Chapadão, trabalhar nos seus canaviais era ocupação de cabra. Macho de olho aceso.

Mas Julião gostava também de resolver sozinho as encrencas. Quando quiseram assassiná-lo num corpo-a-corpo, depois de tentarem escangalhar janelas, arrombar portas, mesmo quando tentaram pegá-lo desprevenido numa atormentada madrugada, véspera de eleições, Julião sozinho fez valer a sua pontaria.

A Usina Chapadão acordou muito depois com o alarma de sirene rouca. E rifles papo-amarelo seguiram cães, farejadores desacorrentados latindo na escuridão velada por lanternas vermelhas.

As botas se enterrando na terra molhada, ensopada de chuva, lameiro na baixada do açude. Os cães de coleira a farejar o pretume do chão, matilha de rabos excitados a ganir à frente dos trabalhadores armados. Cães lembrando espanadores felpudos nas caudas inquietas, logo depois acuando, acuando, descobrindo com o faro os assaltantes.

E galhos de gameleira viraram forca e os enforcados começaram a lembrar enormes folhas, folhas metamorfoseadas em gente, cadáveres botando sangue pelos olhos, pelos ouvidos, defuntos sufocados nos pescoços estrangulados.

Cinira ainda não era de Julião. A paisagem dos olhos de Cinira se perdia num chão revolto de rua pobre. O passeio de Cinira era o bonde do cinema que se partia, se quebrava na tela da matinê de preços baixos. Matinê de sábados de folga quando a Escola Normal não exigia presença de seu corpo moreno, folgado na saia e blusa, azul e branco, que contrastava com o vermelho de sua pintada boca. Cinira prendia os cabelos num laço de fita e de sapatos saltos altos se despendia do Prado, dava adeus à viuvez de sua mãe, debruçada à janela, um fardo raquítico, encarquilhado.

Voltava da sessão sem querer jantar, tomar a sopa de feijão que fumegava no prato fundo. Afastava com a mão a xícara de café. O namorado do Colégio Diocesano só sabia namorar comendo, depois do cinema levava Cinira pro bar, prometendo se casar com ela logo terminasse o curso dava outra dentada no sanduíche. Cinira iria com ele pro sertão. Planos agrestes. Casamento de muitos filhos.

Todavia, o carnaval das férias de fevereiro empurrou Cinira, jogou-a em frente de Julião, coração se abrindo num desejo irrefreável.

Um baile do povo. No pátio do Teatro Deodoro, Cinira se esbaldava na fuzarca gratuita; o lança-perfume de Julião a esguichar em Cinira, Cinira de peito ensopado, frio e entorpecedor o éter que molhava a fantasia pobre não cessava de anestesiar.

Entenderam-se com os olhos, com poucas palavras fizeram juras, fugiriam logo mais, no fim do baile que era um delírio.

Cinira ficou sabendo da desgraça de Julião. Abandonado pela mulher que se foi juntar a um violinista de bordo, músico trapaceiro a incutir-lhe chantagem, obrigando-a a pedir por carta dinheiro a Julião, pai de Timóteo ainda no ventre de Alice, gestando.

Julião quis anular o casamento. A noiva de grinalda e véu dois meses depois lhe fugindo dos braços era um pesadelo. O comportamento da fujona, em nenhum detalhe, revelava antes índole tão perversa. Falsidade tão desmedida.

Turvaram-se os olhos de Julião quando escutou Alice numa sobremesa de almoço dizer-lhe tudo. Não queria saber mais dele. Estava farta. E levantou-se pra tomar o automóvel, dirigi-lo até Recife, onde um violinista de transatlântico a esperava.

Alice iria conhecer o mundo, ouvindo música de bordo desceria as escadas do navio onde bem quisesse. Julião ficasse tranqüilo. Podia passar sem susto na testa a mão espalmada. Como poderia chifrá-lo, com os operários da usina? E com um safanão derrubou o café da xícara, mancha negra na toalha de linho.

Dir-se-ia, Alice se casara com Julião à espera do outro, se sujeitasse ser de Julião dois meses a foi por aguardar o violinista que manejando seu arco dava a volta do mundo. Conhecera-o numa loja de Maceió depois de casada. Que Julião banisse pensamentos cruéis. Ela, Alice, não se correspondia com ninguém. O músico havia sido apenas um flerte. Namoro ligeiro. Mas iria viver com ele, estrangeiro avermelhado.

Não agüentava mais a Usina Chapadão, solidão gigante. Preferia a miséria de smoking do músico esquelético. Era muito nova pra suportar os gemidos dos canaviais. Adoecia escutando o vento triste das canas-de-açúcar. Não sabia se divertir bebendo sozinha, eletrola a aborrecia, confinamento a matava. E mostrou a Julião uns olhos mastigados que a luxúria de ambos conseguia acender.

Na ponta da mesa, Julião fumava, o charuto aceso lhe baforando a cara sem pestanejo, era incessante fumaça.

Alice já não dava resposta, escutava Julião falar torcendo os bigodes pretos. Numa resoluta decisão se levantou da mesa mas não disse a Julião estava grávida.

Largou-se da Usina Chapadão sem dizer a Julião que ele iria ser pai. Pai de Timóteo, que nasceu no meio do mar, dentro de um apertado beliche, impregnado de óleo, causando náuseas.

Julião esperou Alice reconsiderasse, tirasse da cabeça a idéia de ir pro Recife , ficasse com ele à usina, verdume de canaviais triturado nas moendas de aço.

Mas Alice tomou mesmo o automóvel.

Julião podia matá-la, tão fácil, mas ficou vendo a poeira, o automóvel correndo estrada afora, desaparecendo numa intragável visão.

O retrato de Alice, montão de cabelos louros, numa moldura de parede. A olhar Julião com o azul de seus olhos grandes, rasgados nos cantos, lembrando amêndoas.

Deixasse-o lá, agarrado pela garra do prego que se fechava sobre o cordão empoeirado. A culpa somente recaía nele. Por que Alice, a órfã dos dramas de internato, por que a indigente que se vestira de noiva num dormitório de asilo? Por que a sonsa que as irmãs de caridade mandariam pra uma cozinha de gente rica?

O coração de Julião não lhe dava resposta. Reclamava, apenas, outra mulher.

Julião afogado num desgosto que contrariava seu coração magoado. Arrependido de ter se casado com Alice. Alice que nascera pra ser copeira, viver à beira do fogo, lavando roupa no tanque, estendendo nas cordas panos molhados, multicores adeuses. Por que não quisera Alice como amante de cabelos cheirosos, somente amante de seus desejos brutais?

Por que não montara uma casa, não dera somente à Alice conforto de amante de ponta de rua? Nunca aquele casamento afobado.

Mas a sua adolescência enfeitiçada por Alice se embaralhara na decisão. E tirou Alice do asilo das freiras, casou-se com Alice, filha do povo, abandonada há anos num batente de porta, tiritando de frio nos cueiros surrados, cagados, mijados de enjeitada.

Julião não se emendou. Abandonado por Alice trouxera Cinira, apartando-a do namorado estudante botou à casa-grande outra pobretona, órfã de um sargento de polícia, morena de sestro e requebros que só queria sair do Prado, esquecer a sua vida de subúrbio.

Contudo, Cinira se acomodou na casa-grande, não se amofinava com a solidão, sentia-se tranqüila no silêncio das horas, o trabalho de dona de casa a embevecia.

Julião vendo-a sempre fresca, apetecível, com disposição pra tudo que ele planejava, sugeria, impunha – mostrou-lhe as léguas da usina, ensinou-lhe a nadar na piscina, deu-lhe crédito, não precisaria ir à gerência da usina, pedisse tudo pelo telefone.

A mãe de Cinira se mudando, indo viver noutro bairro que cercava de tijolos um bangalô de quintal. Morrendo proprietária, vendo antes de sua última doença a paisagem imensa do mar. Divertindo a sua velhice nos cinemas de Maceió, andando de carro de aluguel quando lhe dava na venta, tinha veneta de chispar fazendo o que bem queria porque dinheiro não lhe faltava.

Julião socorria a mãe de Cinira, mãe que tinha tudo, podia ter tudo, menos ver Cinira, ver a filha que num último dia de carnaval não regressou ao Prado.

Cinira muitas vezes escutou a ânsia de Julião ferver-lhe a boca, descontrolar-lhe os gestos, maldizer com impropérios a ausência da Alice que não dava notícias. Ele tinha esperanças de revê-la, antes de matá-la, queria escutar de novo a conquistada pelo violinista.

Não sabia onde o músico tinha conhecido Alice. A vida inteira no asilo, ainda de cueiros fora parar à roda, sem nada que a identificasse a deixaram no cesto das crianças abandonadas.

Julião não queria procurá-la, mandar gente atrás da Alice, da Alice que ele queria arrependida, cabisbaixa, monossilábica, tão diferente daquela que enchia de risos as semanas de seu casamento.

Dar-lhe-ia uma lição. Alice precisava saber quem era ele, Julião não se esquecia daquele fim de almoço, sombria sobremesa que o estatelou, durante segundos o adoeceu, ele a torcer os bigodes...

Cinira escutando vingança, Julião se agitava quando Alice era lembrança. Não interferia, deixava Julião botar pra fora a mágoa de sua ferida antiga. Dizia-se arrependido de ter se casado com a borralheira, desprezado partidos de muita mulher rica, tão bonitas, tão brancas, tão educadas. E cardadas na lã dos cabelos aveludados, maciez de fios.

Cinira passava as mãos nos cabelos de Julião, alisando a cabeça do amante só fazia aumentar o desespero, injetar cólera no magoado usineiro.

De vez em quando a memória de Julião ia se remoer com a patifaria da Alice que rejeitou o conforto da Chapadão, adoecer se lembrando da loura, loura Alice que lhe escrevia pedindo dinheiro, mandando retratos de Timóteo. Bigotismo de mãe prostituída pelo gigolô de bordo. Velhacaria grossa.

Alice montando um cavalo acompanhava Julião e quem os visse às correrias poderia supor estivessem eles perseguindo raposa no descampado dos campos. Julião queria Cinira não se separasse dele, lembrava-se de Alice e se sentia inseguro, temeroso. Queria ter certeza que era amado, continuava a ser querido pela Cinira que não terminou o curso de professora. Durante anos, vivendo com ele, dormindo com ele, sendo apenas dele. Desejado pela Cinira que descobria fios brancos no seu cabelo negro, mostrando-os no espelho, divertindo-se ao constatá-los.

Cinira compreendia a precaução de Julião. Ele resguardava o que era seu. Temia Cinira também se aborrecesse das silenciosas e tristes noites da usina.

Alice preferiu a incerteza, a miséria, o que Alice quis foi conhecer o mundo, com a roupa em cima do corpo foi procurar o violinista que rifou o automóvel de Julião numa rua de Recife.

Desde criança Alice pensava em fugir, varrendo os corredores, lavando o assoalho, trabalhando à fumaça da cozinha estreita com seu avental de boneca – sonhava ver-se crescida, com meias compridas, admirada num vestido de mulher feita junto de um homem que a tirasse do asilo, ultrapassar horizontes desconhecidos.

Esperou esse dia com ânsias a lhe arrebentar o peito, soluçando no travesseiro grosseiro nu, sem fronha, acordava inchada no rosto magro.

Depois Julião apareceu pra adotar qualquer uma, botar no trabalho da casa-grande uma órfã qualquer.

Ela, Alice a escolhida no meio de tantas, a que iria pra usina, de braço dado com Julião que olhava o relógio, ouro de tique-taque no pulso.

Raiva lhe rasgou a boca quando uma freira lhe disse que teria de usar véu e grinalda. Sairia dos muros do orfanato para se casar. Julião havia mudado de idéia. Não a queria mais como empregada. Fosse ver a sua cama. Um vestido de cauda e buquê a esperavam. Calçasse os sapatos brancos, ficaria mais alta, também mais branca no vestido que Julião mandou. Julião não demoraria.

Todo lírio o altar da capela. Às cinco já estariam casados. A tarde descambando quente e uma noiva entrando num automóvel, sendo levada pra Usina Chapadão era uma constrangida virgindade.

Um pranto desfigurava Alice que não podia discutir, objetar a freira de chapéu engomado. A disciplina do orfanato exigia isso, a todo instante. Alice tinha somente direito de obedecer, baixar a cabeça, fazer o que lhe mandavam as freiras de terços enormes. Fora criada sob o relho do olhar monástico. Temia-o. Apavorava-a o castigo do sono com fome, quando castigada, de pé horas a fio, cara de encontro à parede numa posição de sentinela do cal, desejava a morte.

Julião chegou açoitando o jardim, com uma bengala que decepava rosas o noivo de Alice entrou pelo corredor da capela pisando duro, batendo os pés, olhar rígido à face viril. Tanto tempo! Julião contara tudo isso à Cinira que levantou os olhos, olhos mastigados, de quem não dormiu.

Agora Cinira ganha coragem e ríspida, interpela Timóteo, pretendente desgrenhado. Timóteo não tem medo de dizer que é filho de Julião. Se Cinira quiser mais prova, a mãe dele, Alice, está viva pra isso mesmo. Onde? Em Maceió, hospedada à casa do médico que constatou a gravidez de Alice com teste há muitos anos atrás. Gravidez que gerou Timóteo, ele mesmo, que quer, insiste em ser agora o homem de Cinira, casar-se com Cinira, vir a ser o dono da Usina Chapadão que vende açúcar em sacos, sacos de aniagem de sessenta quilos.

Cinira não se perturba mais porque de repente sua face estanca o choro abundante e seus olhos, mastigados olhos de quem estivesse num velório, ganham vida, brilham de súbito num ímpeto de quem sabe o que quer.

Manda Timóteo carregar Eulália, levá-la pro quarto, deixá-la no colchão largo, descansando melhor.

Cinira vai à frente, apontando o caminho, se fazendo de vela pras sombras da manhã invernosa que entristece a casa-grande.

Timóteo com Eulália nos braços resfolega, sente o peso da cozinheira que ainda sangra à face esmurrada. Por isso tem pressa, quer logo transpor a porta do quarto que Cinira abre com resolução.

E jogando à cama o fardo esbordoado, antes de se volver, de encarar Cinira que prometera se casar com ele, casar-se logo mais – Timóteo tomba nas tábuas do assoalho, já morto cai esmigalhado à cabeça que suja o tapete com espalhados miolos. E coágulos. Uma barra de ferro ensurdece o chão, encerado assoalho.

Cinira se senta à cadeira do quarto emporcalhado. Fumando cigarros espera Eulália se recupere e quando Eulália vislumbra seu agressor imóvel, esfriando nos tacos – escuta Cinira dizer: "Ele queria me roubar. Vou chamar a polícia."

Cinira não esconde a barra de ferro. E como se o que acabou de fazer ainda não a contentasse, lamenta, Cinira lamenta, deveras, Julião não esteja vivo.

"Deus o levou tão moço. Tinha completado cinqüenta" e volta a chorar olhando pro retrato de Julião que não tem braços nem mãos numa duplicata de quadro pra afugentar moscas que sinistramente zumbem no quarto dos santos de um estranho Santo Onofre lambido à perna por uma tremenda língua de girafa.

Susana

VOU BUSCAR SUSANA que me espera à porta do edifício. Todas as noites faço essa caminhada porque Susana é dama de companhia, ganha dinheiro divertindo uma milionária que detesta a solidão.

Quando Susana me mostrou o anúncio, o jornal já estava cortado, sobre a mesa a tesoura, a caneta automática, um bloco de papel com uma página escrita a mão.

Voltava logo, disse-me só iria à agência dos correios tentar a sorte com aquela carta lacrada, colorida de selos, exigindo um registrado. Mas os selos não foram carimbados. Afogueada, Susana voltou, tapando-me os olhos com as mãos como se eu me perturbasse, terminou fazendo cócegas com os polegares. No pescoço.

– "Começo amanhã. Gostou de mim."

Não pude escutar o que Susana tinha a fazer na mansão da milionária. Já devia estar à cidade, ganho a vida vendendo casas pré-fabricadas, meu principal cliente é o governo que me paga à vista. Dou-lhe vinte por cento de descontos e assim vou vivendo com Susana que anda de táxi quando o automóvel está me facilitando nos negócios.

Descrendo Susana topasse a parada, acostumasse-se a suportar uma excêntrica que paga, paga bem pra não ficar sozinha numa casa de arquitetura arrojada, projeto de um engenheiro famoso, consultei o caderno de bolso. Teria muito que fazer naquele dia.

Agora já me habituei a essa rotina noturna. Susana atravessa a rua, posta-se sob um globo de luz da iluminação pública onde eu a aguardo fumando, fumando e olhando mulheres que se debruçam e debruçadas enfeitam janelas do edifício com bocas pintadas, cabelos soltos que roçam nos ombros desnudos.

Sempre converso com Susana antes de começarmos a andar, um beijo à testa, outro à boca, aconchego que nos enlaça demoradamente.

As mulheres das janelas sentem inveja, abandonadas ficam olhando a noite insuportável do verão, brabo, lá de seus retângulos iluminados nos seguem com olhos gulosos, cada uma delas desejando substituir Susana que de braço comigo me conta como foi o dia.

Bebera uísque, respondeu em nome da milionária cartas urgentes, expondo-se ao sol nadou à piscina de mármore. Setenta e cinco mil cruzeiros por mês recebe Susana que às vezes se entedia quando a milionária se despede, vai fazer vida social e ela começa a ouvir música, mudando discos da eletrola que toca clássicos e jazz chega a adormecer no sofá do salão refrigerado.

Adverti a Susana que se precavenha. Essa milionária deve ter ficha na Interpol, a qualquer momento uma segregação a desmascarará. Susana aceita a minha intuição, prometendo-me amanhã exigir de Helga pagamento diário.

Não quero Susana sofra calote. Helga não me inspira confiança, desaparecer neste Rio de janeiro sem pagar os outros é coisa fácil.

As mulheres das janelas do edifício se interessam cada vez mais por mim. Já viram o dinheiro que Susana me entrega todas as noites, o poste de iluminação pública favorece a visibilidade das mundanas que não se atrevem importunar os transeuntes, seriam trancafiadas, espancadas no distrito por policiais que usam chapéus de feltro. Apenas ficam olhando de seus poleiros as cédulas que amarelecem minhas mãos, silenciosas e despeitadas detestam Susana, que não me larga, não se esquece de me beijar, abraçando-me como se ainda namorados fôssemos.

– "O que você fez hoje?"– indago, pondo atenção no que vou ouvir.

– "Nada, nada de nada"– a voz de Susana se perdendo na noite de alguns fregueses.

Eles sobem escadas, aprisionam-se no caixão do elevador, a escolhida não demora a escurecer o buraco por onde respira, se mostra com os braços descansando em almofadas.

Retribuo o cumprimento. Um ministro de Estado que me conhece lança-se no conforto de um carro, que dispara. A janela, então, escura se ilumina, rosto branco de louras madeixas fumando cigarro me anima com sua magra beleza. Susana endireitava a meia, a costura fora do lugar me dá liberdade de ficar espiando a mulher saciada que coça o queixo, sobe pro lábio mordido dedos pressurosos. E joga pra mim pequenos beijos.

Helga não se modifica, sempre as mesmas atitudes a lhe nortearem a existência cavilosa. Conversa com Susana recordando episódios de sua vida. O marido, os filhos devem desembarcar à próxima semana. Todos eles conhecerão o Brasil pela primeira vez. Receia não suportarem o calor, fiquem empolados, coçando-se sempre com as unhas aparadas, rente às polpas dos dedos, queiram retornar, deixá-la sozinha à mansão herdada. Sentirá demais se isso acontecer, mas não recuará, ficará por aqui, e espantada se abriu nos olhos pra Susana como se Susana, fosse toda a sua família e estivesse com pápulas nos braços, nas mãos, no rosto inturgescido.

Privações não conseguiram miná-la e em vez de desesperar procurou trabalho, as crianças sob os cuidados do marido que teimava em viver do passado, ostentando um título nobiliárquico com empáfia.

Susana chorou quando soube das surras de Helga, as crianças berrando, se agarrando nas calças, no paletó do pai embriagado que as afastava com murros, Celina, a mais velha não pode ver pelo vidro do olho esquerdo, desacordada a carregaram, o lençol da padiola se ensangüentando de sangue quente que corria da órbita lesada ainda lhe causa pavor. E com os dedos, Helga fechou os ouvidos, deixou-os fechados por muito tempo, à sala refrigerada o relógio, tique-taque austero, de modo algum poderia sugerir o alarma de sirene de ambulância.

Meses seguidos num inferno de abandono. Às quintas-feiras grades de ferro esfriavam-lhe o rosto angustiado, o marido à cela de cama de marinheiro nem se levantava, ficava fumando, olhando pro teto, pra parede onde cabeças de fósforos marcavam no cal, com traços perceptíveis, os dias reclusos de sua desgraçada vida.

Não se apagava a beleza de sua silhueta, muitos se apaixonaram pelo seu corpo resistente, seios tão perfeitos que modelava os soutiens rendados. Dar-lhe-iam o que sua boca pedisse e ao escutarem a costumeira negativa enviavam-lhe presentes, presentes pros seus filhos que a beijavam antes de dormir. Encorajavam-se e a visitavam levando uísque, litros que eles traziam nos embrulhos de queijo, de patê de fois-gras, de molho-inglês que empretecia de sabor os pratos afrodisíacos. Num canto os capotes se amontoando numa cadeira que mostrava peles de urso, de astracã nas golas indeformáveis. As bengalas lembrando porretes quando todos eles se despediam, saíam agrupados, contando-se mutuamente, sem facilitar que um deles permanecesse e usufruísse o prazer, o prazer infindo de estreitá-la num amor arrebatado. Esgotada Helga se jogava à cama. Mais uma noite a recuperá-la daquele falatório, das amabilidades dos homens de negócio, todos eles ricos e casados, todos eles sustentando amantes, glutões insaciáveis a desejar sem trégua os favores de seu corpo que acordava pra trabalhar num açougue de pesar carne, sempre carne, as mãos numas luvas enormes, a borracha folgada quais tetas nas pontas dos dedos murchos.

O avental de plástico a abraçar-lhe a cintura, outra laçada no cangote somente desfeita ao anoitecer, quando as luzes eram acesas. E à rua manchada de sombras na fileira dos prédios enfumaçados, chaminés vomitando pó de carvão, fuligem, de um bairro operário, ela sempre tapando o nariz pra não tossir segurava o corrimão das escadas do metrô.

Susana abrira as janelas, emotiva não parava de fumar, escutava Helga se esquecendo que eu a esperava. Havia telefonado, a ligação se fazia, completava-se sem que ninguém me respondesse. Insisti, tentei me comunicar com Susana seguidas vezes, até voltar pro poste, ficar sob o globo da iluminação pública. Quinze minutos a olhar as mulheres do edifício que se escureciam no apartamento de amor comprado. Por que não sobe? Eu me perguntava com impaciência, já havia escolhido a magra, a loura magra de cabelos compridos que fumava cigarro e olhava pras estrelas pra ver o céu rutilar.

Defronte, Helga entretinha Susana com as peripécias de sua vida. Reparei no portão da mansão, tudo sombrio pros meus olhos que investiam pra fachada escancarada e somente vislumbravam luz coada de abajur mortiço. Talvez, eu tivesse chegado atrasado, Susana sempre evitou discussões, atritos decorrentes de impontualidade. Eu tinha uma desculpa. O relógio que me venderam. Não me demoraria, a loura percebera o meu sinal. Susana pela primeira vez caminharia sozinha da mansão de Helga até o meu apartamento. E comecei a apertar o botão chamando o elevador que desceu e parou vazio.

Ao pagar a loura, cabelos penteados já me cobriam a cabeça, colarinho engomado envolvia limpo o meu pescoço e o lenço se escondia no bolso de minha calça com dobras irrepreensíveis. Dir-se-ia, tivesse acabado de levar ferro, ter sido passado naquele instante. Dera-me a loura uma toalha de rosto, seus fregueses, dela se despediam sem despertar suspeitas às esposas. Retirei o batom de seus beijos com água pura da torneira aberta que me lavou a boca, as mãos, as minhas mãos que dominaram a loura pelos ombros.

De baby-doll Susana me esperou.

Susana não podia desconfiar, ficar suspeitando eu andara com outra. Mostrei-lhe o pulso do relógio de ouro. Perguntei-lhe pelo dinheiro, diária que Helga lhe pagava sempre e fui dormir alisando-lhe as pernas, prometendo-lhe adquirir outro relógio que não se atrasasse.

– "Cuidado, com essa mulher, Susana, a qualquer momento a Interpol detém Helga."

Sistematicamente eu incutia em Susana essa suspeita. Pra aborrecê-la indagava – "Cadê o marido, cadê os filhos, cadê a Celina de olho de vidro?"

Voltava pro poste mais cedo, a loura assentia e o seu apartamento se escurecia: sobre um consolo de mogno o retrato do ministro de Estado ficava cego naquelas trevas. Não pagava mais a loura, vendi-lhe sem descontos uma casa pro seu sítio de verão. E antes de descontar o cheque reparei a caligrafia do ministro, letras inclinadas, legíveis escrevendo seu nome com tinta azulada. À manhã seguinte Susana foi ao Banco. Perguntei-lhe desinteressadamente: –"Cadê a Celina de olho de vidro, hein Susana?

Facilitava me debruçando à janela iluminada, a loura com os braços sobre a almofada me advertia, estava na hora de eu descer, ficar debaixo do poste de luz que encandeava besouros, iluminava a rua com luz amarela.

Contava o dinheiro, Susana endireitando a meia eu olhava pra loura, indicador no meio da boca soltando outro beijo, descolando-se da boca que o monstro mordia. Não queria outra vida. Susana luxava acompanhando Helga nos vestidos caríssimos. Os setenta e cinco cruzeiros mal cobriam os gastos das despesas sucessivas. Não estrilava, achava direito Susana esbanjar, pertencia-lhe o dinheiro, não devia ser agradável escutar Helga que se amargurava sempre, lamentações sobre queixumes induzindo Susana fumar cada vez mais na sala de janelas escancaradas, abajur aceso num canto da parede.

Agora eu me visto, abotôo a braguilha pra me encontrar com a loura que esconde o retrato do ministro; ela não quer que eu veja a fotografia sorridente do ministro posando de chapéu, cravo vermelho à lapela.

Cansando-se de esperar Helga foi buscar os filhos que o marido retém consigo, não deixa viajar. No aeroporto se abraçou com Susana e a sua última queixa, decidida lástima foi de não ter coragem pra solicitar divórcio. Talvez quem perca, agora, um olho seja a própria Helga.

Vejo o poste de luz onde costumava esperar Susana, da janela que vai se escurecer a loura me acena, me acena como se repetisse, sem saber, o adeus de Susana que me viu andando à calçada com o intuito de comprar inseticida. Susana quis mandar a empregada. Objetei com serenidade. Zumbidos de mosquitos. Vôos de moscas impertinentes tinham que ser exterminados. Por que acordar a empregada, vê-la sonolenta, escutar escusas, má vontade nas feições negróides. Vertigem no elevador atapetado. Após segundos de viagem me encontro à porta da loura, corredor fosforescente com sombra de meu corpo no piso encerado. Estrídulo o aviso da cigarra. Mal penetro no apartamento luxuoso a loura me indaga: a milionária já se foi?

– A Helga?

– Sim, a Helga, filha de um usineiro que morreu solteiro.

– Como você soube disso?

E antes do quarto ficar escuro a loura me conta, mostrando-me uma notificação da justiça. Me conta também foi aquinhoada pelo pai de Helga com umas ações de petróleo do recôncavo baiano:

– Mas você foi dele, andou com ele?

– Não podia. Nunca o conheci. Essa que você está vendo é minha mãe.

E fechou o álbum, nunca mais falando dele, dele que apenas guarda retratos do usineiro e de uma mulher, também loura e bonita que há tempos se debruçava numa janela almofadada, boca pintada, bochechas pintadas, toda papoula nas noites de estio.

Apago a luz. Outra surpresa que eu escuto comove a voz da loura. Pede-me pouse a mão sobre o seu ventre quente, crescido.

– É seu.

Até agora Susana não desconfiou de nada e já pensa noutro emprego. Que Susana o consiga.

Papo-Amarelo

ESPALHARAM PREGOS, E EU QUERO ver o automóvel estourar com os pneus furados. Na caatinga da estrada ressequida, quente onde as areias esturricaram o riacho, eu espero.

Detrás de um mandacaru posso ver as areias escaldantes embranquecerem um pedaço da estrada que continua pardacenta, pobre, sinuosa. Nenhuma valeta pras águas de trovoadas, nenhuma concavidade de córrego pra chova grossa. Somente a estrada rompendo a caatinga com um silêncio de terra maltratada.

Eles já foram embora. Depois da armadilha feita debandaram, mas antes passaram de mão em mão a garrafa de cachaça. Atingindo a primeira curva tiraram os chapéus e cabeças retintas gritaram por bocas, debochadas bocas que eu não errasse.

Agora não tenho com quem falar. É esperar sozinho neste morrer de tarde que não me intimida. Há pouco foi um rugir faminto. Não sei se vou escutá-lo de novo. Não estou aqui pra matar bicho. O que eu tenho a fazer é assassinar um usineiro, tornar-me um criminoso com este rifle, gatilho amarelo.

Sabe a minha mulher por que eu não estou em casa. Queria vir comigo, certificar-se não vou falhar, no momento preciso sei mesmo ensangüentar um peito.

Ficou chorando, um raiva danada a lhe engrossar as feições duras. A porta trancada a desesperá-la, uma revolta a agitar-lhe os nervos que insistiam com marteladas de mãos fechadas. Por muito tempo escutei os baques, a porta sacudida como se fosse ceder, tombar à calçada com estrondo. A chave no bolso da calça me tranqüiliza. Aristéia não deve ver o que eu vou fazer. Sempre é triste um homem morto.

Seguro o rifle e minha mão fica fria com o contato do cano de aço. A arma travada é uma silenciosa ameaça. Falta botar a bala à agulha mas só farei isso quando escutar o automóvel que deve vir correndo com os faróis apagados.

Melancólica agoniza a tarde mas o crepúsculo ainda não se acinzentou de todo, o sol mergulha nos grotões com lentidão. Uma pálida claridade se dissemina pelo céu carrancudo, ameaçando trovejar, cindir o espaço com relâmpagos.

Mas a chuva não se desprende das nuvens bojudas, nuvens prenhes pesadamente se arrastando com imensas barrigas, através do firmamento encapuçado.

Um vôo preto assinala um urubu que vai pousar num galho de árvore. Desde espero o usineiro esse foi o único carniceiro a enlutar os meus olhos. Preveni-me de um possível bote de fera mas fiz o rifle cuspir as balas quando deixei de escutar rugidos de fome.

Por que me impressionar se tudo é silêncio, nem tem vento que sacoleje a caatinga? A chama do fósforo deixa no charuto uma brasa bem viva, que fumega. Persisto fumando, fumando e olhando a estrada que ainda não me traz o usineiro folgazão.

Mas não tardará eu o veja no volante, numa velocidade louca se aproximar do trecho onde os pregos lembram rombudos estiletes, depois de atravessarem pedaços de ripas, adrede serrados, cortados para esse fim.

Eu vi como o serviço foi feito. Nenhum detalhe desmereceu atenção. Até a areia que soterra as lâminas de madeira foi a mais grossa, a que melhor pôde ocultar as barreiras de agulhões. O leito do riacho esturricado lembra uma sebe, um estranho espinheiro que estivesse a viver debaixo do chão. E despontasse ferino, maligno.

Se o usineiro vier com Anabela eu terei de caprichar à pontaria, pra não alvejar a minha filha meu olho aberto terá que dormir à alça de mira. Meu ombro suportará o coice do disparo sem estremecimentos. Nisso não ponho dúvidas. Todavia, um raciocínio simplório me induz a acreditar Anabela se encontre à usina, enquanto o usineiro estiver dentro do automóvel, feito um louco comendo a estrada em abandono que desemboca nos seus canaviais – minha filha esteja à casa-grande penteando os cabelos, se enfeitando pro jantar.

Asseverou-me um espião Anabela não fora à cidade, vira o usineiro bebendo uísque sozinho, olhara os assentos do automóvel como quem admira o último modelo do carro e as janelas abertas não mostraram nenhum adorno de mulher.

Paguei pela informação mas quem me disse pode estar enganado. O usineiro tem casa montada na cidade e não tolera ver a mulher dele, a minha loura e enternecedora Anabela, se mostrando, andando à rua sem motivo. Até que o ciúme do usineiro é inexistente. Sente-se por demais homem pra ficar suspeitando, alimentando dúvidas. E também não quer Anabela faça coisa alguma, nada de se cansar tomando conta de casa. Anabela pro usineiro significa amor, muito amor à cama macia, perfumada, de cheiro suave.

Sempre fui amigo do meu genro até Anabela começar a ser sacrificada. Toda vez Anabela tem que se escancarar, ficar mostrando seu sexo a um médico até o aborto ser consumado. Neste ano que se finda Anabela já fez seis, por seis vezes chorou de dor, ficou gritando no consultório como se estivesse apanhando. Quem me contou foi ela mesma e eu escutei calado, Aristéia ouviu a filha enxugando os olhos, mordendo os beiços pra conter o choro que a faria soluçar.

Não demorou aparecer o usineiro e eu fiz-lhe ver que ele estava errado, Anabela morreria cedo se os abortos persistissem. Não duvidava da amizade dos dois, do amor que ele dava todo o dia à minha filha, da fidelidade dele que nem amante tinha. E aludi comentários antigos, falatórios recentes que diziam da regeneração de meu genro, o usineiro abandonando as amantes, se afastando das prostitutas depois de se casar com a loura Anabela, que olha verde, através de órbitas pestanudas era um exemplo.

O usineiro deu-me uma desculpa besta. Não a aceitei. Pedi uma trena, queria medir as ancas de Anabela, provar com números Anabela não ser estreita de bacia, invencionice pura de quem lhe enchera a cabeça de maluquices. Reparasse Aristéia, olhasse bem, comparasse a mãe com a filha. E se lembrasse dos muitos filhos que Aristéia me deu.

Aquele entendimento nos estremecia, eu estava vendo o usineiro contrafeito, prestes a zangar-se. Ele me tomava como um intruso, não queria me ver como pai que preservasse a filha que se casou sorridente, radiante no rosto feliz.

– "Anabela não pode ser anestesiada, se o caso for de cesariana ela perecerá", – garantiu-me um especialista.

– "Diga-me o nome dele"– perguntei em cima da bucha, aturdindo-o

– "Mas o senhor, está pensando que eu estou mentindo?"

– "Mas esse especialista pode estar. Me diga desde quando Anabela sofre do coração?"

O charuto entre os dedos, o usineiro sem poder precisar a data do diagnóstico me encarava com malvadeza, meus músculos devem tê-lo obrigado a refletir, a ponderar com senso porque ele foi se acalmando, voltando às boas. Peguei-o pelo braço e fomos beber uísque. Voltei pra fazenda com a promessa do usineiro de me dar um neto. E eu ria, ria de contente, Aristéia também ria só em pensar nunca mais Anabela teria dentro do corpo uma cureta.

Olhei Aristéia, tranqüilo o seu rosto que comia poeira, ficava sujo com o pó da estrada a se estranhar às comissuras da boca madurona.

– "Eles agora devem estar fazendo um"– falei como se naquele momento minha filha estivesse mesmo sendo emprenhada.

– "Devem estar mesmo. Eu penso o mesmo." E Aristéia que sempre gostou de mim me deu um beijo à testa.

Eu dirigia e falava, contava toda a conversa à Aristéia que me interrompia pra assentir, concordar.

– "Onde já se viu um homem rico, milionário, moço e sadio não querer ter filhos? Se a pobreza o perseguisse , não pudesse ele dar conforto a Anabela eu não teria interferido."

E eu prosseguia enumerando os quartos da casa-grande, todos vazios e silenciosos, com colchões dobrados pela metade, estrados à vista com os entrançados das molas de arame.

– "E ele deve fazer uma reforma, vender todos os cacarecos, mobilar os quartos com móveis modernos mesmo não recebendo hóspedes.

Começava a citar o conforto de minha fazenda, e a via encravada num chapado vermelho, às paredes pintadas, as janelas espelhando. E também eu me lembrava da calçada de pedras, no meio da paisagem agreste, no meio daquele mundão fofo de húmus, de plantações, de currais de gado, com a irrigação se coleando, se contorcendo durante léguas inteiras num rastejar profundo de cobra que murmurasse, intermináveis fossem os seus cicios.

Todos os filhos casados, amando em outras fazendas, noutras usinas, à semana do Natal se lembrando de mim, de Aristéia, aconchegando-se a nós dois, matando saudades com a filharada que se desembesta, fustiga potros numa desabrida de corrida.

– "No ano vindouro Anabela vai precisar de um berço"– Aristéia confessa denunciando o seu êxtase. E acrescenta: – "Somente ela ainda não teve."

Mas vai ter, eu já lhe disse. Aborto só se for à mãe do usineiro."

Casquinei com a boca grossa, bigodeira sobre o lábio fino.

O automóvel corria sobre a barragem do açude, eu podia ver lá embaixo as águas piscosas, o bocão quieto do líquido parado. Meus netos tomam banho nele. Machos e fêmeas mergulham saltando do trampolim. Eu também o atravesso nadando e deito-me na grama das margens quando o sol escalda, fica furioso, deixando no meu corpo a marca do calção.

Hoje ao acordar, recebi um bilhete de Anabela. Reconheço a letra de minha filha, sei identificá-la, de todos os meus descendentes é quem melhor escreve, não põe no papel frase ambígua, nem se utiliza de palavras imprecisas, sem sentido. Deve ter puxado a mim. A mim que faço literatura, a mim que mando contos pros jornais, trágicas histórias que os suplementos publicam e mas pagam.

Anabela se queixa do Dr. Nicodemus, diz-me querer o usineiro levá-la a um cirurgião que a tornará estéril. No fim desta semana. E pede-se eu empate, impeça o marido dessa doidice.

Mostro o bilhete a Aristéia que o guarda no cofre. É mais uma prova. Até o nome do médico está sublinhado com lápis vermelho.

Dr. Nicodemus não toma jeito. Depois de me prometer Anabela seria mãe jamais uma frustrada prenhez, quer, agora, estragar Anabela, inutilizá-la, envelhecê-la antes do tempo.

Quatro cabras acabam de me procurar. Pra eles não tenho trabalho à fazenda mas lhes digo que esperem, logo irão comigo à estrada de rodagem, trabalho maneiro atravessar ripas com pregos, enterrá-las às areias do riacho. Os pregos de fora com as suas pontas de dentes.

Querem saber pra quê. Aguço-lhes o interesse ficando calado, dando-lhes as costas sem me volver, reafirmo: – "Se quiserem ganhar dinheiro vão à frente."

Eles já haviam serrado as ripas, esvaziando maços de pregos e bebiam cachaça que trouxeram dentro de um saco. Vi cinco garrafas mas devia ter mais vidros de litro no fundo do saco, encostado à parede da varanda; estopa encardida, esburacada, mostrando garrafas arrolhadas, marcas de dentes às rolhas comprimidas, sujos pedaços de cortiça se enterrando nos gargalos.

Não demorou e os mestiços se despencaram no declive, corriam na lampa como se tivessem cascos de bode, desciam a ladeira dando saltos, numa presepada entrecortada de gritos davam pulos, como se houvessem enlouquecido, frenéticos também berravam.

Só haviam levado uma garrafa de cachaça. Quis a empregada botar o saco pra dentro mas a estopa ficou à varanda, escancarada, de boca aberta como se quisesse mostrar, mostrar sempre o que possuíam àqueles indivíduos, pardos, todos os quatro amarronzados, sinistros nos cabelos grandes, empoeirados.

Foi aí que Aristéia começou a dar murros à porta trancada. As janelas abertas, encostada a porta da cozinha, as outras portas dos lados da casa somente com os ferrolhos corridos, mas Aristéia queria sair por aquela que eu havia trancado com uma volta de chave. Se Aristéia quisesse me acompanhar não teria se enchido de caprichos. Eu andava escutando Aristéia dizer numa teimosia que se repetia: abra esta porta, só quero sair por ela. Por quê? Não tinha tempo pra indagar, ficar sabendo o motivo daquela obstinação. Demorando-me, facilitaria os propósitos do Dr. Nicodemus, perderia a oportunidade de vê-lo ferido no acidente, depois morto com um tiro no peito ensangüentado. O papo-amarelo com o cano pro chão pesava à minha mão.

Avistava o riacho, os quatro acocorados jogavam bozó, os dados estralejando à areia pra dar vez ao vencedor de beber cachaça quente, repugnante. Cuspiam pros lados, só bebiam a metade do que haviam sorvido.

Levantaram-se ao me verem de pé, como quinto jogador eu fazia sombra sobre um deles, os dados marcaram duas senas, um par de seis nos cubos de osso trabalhado, pintados de preto nos buracos redondos que me olhavam com estigma de sorte.

Dir-se-ia se divertissem mais uma vez quando começaram a bater às cabeças dos pregos, cada um deles enchendo a mão com uma pedra que subia depois de acertar no prego que furava, atravessava a ripa estendida à areia; não racharam uma ripa sequer. E com as mãos foram enterrando as ripas, cobrindo-as de areia depois de cavarem com os dedos aqui e ali. Não se limparam. Receberam o dinheiro com resquícios de grãos que lhes amarelecia a pele, irritando-a. As mãos se lixando mutuamente procuravam se libertar da areia granulada, áspera. Já haviam contornado o riacho, começavam a subir a ladeira se volvendo, olhando pra mim que tinha o rifle engatilhado. Não quis saber como se chamavam nem lhes perguntei pra onde iam. Disse-lhes sim, não insistissem, tentassem se empregar noutra parte; aborrecia-me de todos os quatro, magros, crostentos, fáceis de ser identificados, cachaceiros que jogavam bozó, apavoravam com cabelos compridos e repugnavam, catingavam à distância como se água, sabão nunca tivessem visto.

Ao lhes pagar dei por fora mais dinheiro, não deviam voltar à minha fazenda. Concordaram. Acharam ter feito bom negócio, mas as cédulas lhes colorindo as mãos me disseram ter eu levado calote, com o que haviam ganho comprariam cachaça de melhor qualidade. E o mais atrevido me alertou, querendo me empombar: não era direito eu ficar com o saco de graça.

Era demais aquele desaforo. Empurrei-o com o cano do rifle, queixasse-se à polícia, entrasse em Maceió pra dizer que eu o havia enganado.

Começava o sol a se deitar, as nuvens cinzentas do entardecer antecipavam o crepúsculo, a noite seria feia com tanta ameaça de chuva.

Detrás do espigão de mandacaru eu escutava gritos, gritos que eu não errasse, diziam-me gritando iam dar parte de mim, sabiam, tinham certeza eu estava numa tocaia, eu ia ferrar um inocente, fazer desaparecer um pai de família que deixaria viúva, uma magote de filhos morrendo de fome. Eu era pior que satanás. Ladrão de saco de estopa também.

E no cocuruto da ladeira, todos os quatro, longe do alcance do meu rifle, se esgoelavam fazendo gestos obscenos, a mão fechada da banana crapulosa a se desancar com estrépitos de músculos retesos.

Mostrei-lhes os quibas. Viessem e tomariam à bunda. Embora fossem quatro estavam inferiorizados. A bala à agulha esperava que eu a detonasse. Tinha certeza de não errar se um dos quatro investisse contra mim, sacudindo pedras numa agressiva loucura quisesse me acertar. Podiam vir todos os quatro de uma vez, meu rifle tinha calibre, com ele eu acertava com facilidade.

Lambia o bigode com a ponta da língua provando um sabor de sangue que se antecipava, me enchendo a boca um gosto salobro, de líquido salgado como se eu já houvesse acabado com os capangas e me preparasse pra mijar nas feridas estanques, coaguladas.

Escutava o pisar macabro, partiam galhos secos, as alpercatas de couro cru deixando rastros à caatinga morrinhenta.

O silêncio favorecia a minha espreita. O vento que roçava o agreste, com brandura soprava as folhas de velame era um telégrafo gratuito, me dizia com o seu sopro eles se distanciavam, afastavam-se de mim cada vez mais. Em seguida uma quietude abismal, redonda e tediosa me enchendo as ventas com o imenso oxigênio que se escurecia na tarde gris.

Então, comecei esperar, apenas, Dr. Nicodemus. Destravei o rifle e as balas foram caindo, o chão cuspido de amarelo nas cápsulas intactas. Por enquanto não precisava delas, primeiro Dr. Nicodemus devia ficar emborcado, o automóvel de rodas pra cima, mostrando o lastro das ferragens, os pneumáticos nuns esperneios, furados, por fim, aquela roleta que não permitia apostas parando de girar. O sol ainda tinha pálpebra aberta quando escutei o automóvel assomar à estrada, vir pra cima dos pregos com os faróis apagados, capota arriada, se abeirando da armadilha com velocímetro imprudente. Meu genro corria sozinho, no lugar onde Anabela costumava se sentar, caixas de uísque mostravam letras que escreviam a qualidade do produto, outros caixotes empilhados no assento traseiro como se o Dr. Nicodemus fosse dar uma festa e tivesse se esquecido de me convidar.

Não me reconheceu quando lhe soergui a cabeça, seus cabelos dentro de minha mão fechada resistiam aos arrancos, eu puxava com raiva meu genro dos destroços, vendo ele morrer de olhos fechados eu me indignava, o tiro que eu ia lhe dar não teria tanto valor. Meu genro devia me ouvir, me ver escolhendo a bala. Abri-lhe os olhos e as pupilas vidradas irradiavam estrias de hemorragia recente. Dr. Nicodemus não podia ver mais coisa alguma. Apressei-lhe a morte chamuscando-lhe a camisa que se tingiu e foi ficando vermelha como se meu rifle pudesse disparar anilina.

Agora retorno à fazenda, Aristéia irá comigo buscar Anabela, a viúva Anabela que continua parível. Cães que ladram e os latidos são de animais que estão sendo castigados. Não tenho pressa, caminho devagar escutando o sofrimento dos cachorros, cachorros que eu não vejo porque venço a ladeira como se quisesse conhecer melhor a sua vegetação rasteira, maninha.

Olho pros lados, detenho-me pra me volver, ficar espiando o riacho, fogueira imensa que já explodiu. Furei o tanque de gasolina, areia se molhando, ficando manchada, pegando fogo quando eu joguei o charuto aceso, de longe, como se estivesse jogando ximbra.

Já estou me avizinhando da casa que me mostra Aristéia na iluminada varanda de pedras. Quem trabalha à minha fazenda se agrupa defronte de Aristéia que fala, gesticula e decompõe o cadáver amarrado, laço de corda a sufocá-lo. O pescoço enlaçado como se fosse o de um enforcado que já tivesse caído no alçapão. O cachorro quer fugir, mas um colono o mantém preso, segura-o com as mãos até a extremidade da corda se enrolar num nó, num nó cego que se fecha na coleira, pedaço suado de couro. Aristéia acua o cachorro, e eu pude ficar sabendo porque vinha escutando tanto latido de dor. O cachorro sente o peso, não o quer, tenta se livrar dele correndo, mas correndo e latindo vai levando, levando sempre o último cadáver dos quatro capangas.

Diz-me Aristéia três deles já estão à flor da terra, à espera que o sol de amanhã os decomponha mais depressa. À beira do monturo da fazenda onde latas, peneiras, barricas, penicos se mostram velhos, retorcidos, amassados como se de propósito os houvessem chutado.

Fico vendo o cachorro correr, correr e latir como se soubesse onde deve parar. Um colono também corre, acompanha o cachorro que arrasta o último capanga pro monturo, o chão riscado pelas pontas das alpercatas. A cabeça do morto, talhos profundos se abrindo, tropeça em saliências. A cara arranhada pelo atrito da terra se desfigura, ainda eu posso vê-la lanhada pelos gravetos, o nariz quebrado por um soco de pedra é um destroçado par de cornetos.

Aristéia continua acuando o cachorro que escuta também a algazarra, gritos intensos dos trabalhadores que urgem braços de mãos fechadas. Assusta-se ainda mais, o rabo espadanando, convulso nos quartos retesos.

Acabo de perdê-lo de vista no chapadão plano, imenso até mesmo onde o cultivo da terra enche os campos de uma policromia intensa. No monturo o colono deve estar agora desatando o nó cego.

– "Abra a porta minha nega, que eu quero te gozar."

Assim os quatro capangas começaram a pedir à Aristéia, sentada numa cadeira alinhavando um vestido, picou um dedo.

Ainda fechada a porta da frente, escutando Aristéia aquelas ousadias procurou o revólver, precisava se defender daquelas cabeleiras que se metiam pelas janelas abertas, queriam transpô-las num salto felino. O revólver fumegando, deixando-os mortos sobre as pedras da varanda empenumbrada.

Eu não podia mesmo escutar os disparos de Aristéia. Os estrondos das explosões da fogueira que eu havia feito também se repetiam, sucediam-se quais bocas de fogo.

Com um beijo acalmo Aristéia, peço-lhe troque de roupa, precisamos buscar Anabela que ainda não sabe de sua viuvez.

E enquanto Aristéia se apronta pregos se enterram pela metade à parede da sala de visitas.

O capataz devolve o martelo à cozinheira.

Trepo-me numa cadeira e o papo-amarelo num instante vira um troféu, limpo e brunido, novo e possante da coronha à alça de mira que faz menção de destambocar o forro, tábuas de cedro pintadas de branco.

Um Emprego

FUMAÇA A CHAMINÉ e um navio apitando rouco dá prolongado adeus. Afasta-se cada vez mais do cais onde guindastes gemem, guincham perto dos armazéns de tijolos crus pelo sol avermelhados.

Catarina, passageira de primeira classe, não se perturba com o cimento armado dos edifícios. Aperta a bolsa no sovaco suado e anda, passos lentos carregando a mala de seu avental. Vai se empregar. Já sabe quanto receberá por mês, pode tomar um táxi mas se senta no bonde, aço de rodas contra aço de trilhos quilométricos.

Ruas de arranha-céus, porteiros lavando calçadas, Catarina avisada pelo condutor se preparava para saltar.

Bateu palmas. Onde vivia antes de embarcar ninguém comprava canto de cigarra elétrica. Antes de conhecer os patrões, acordavam tarde, ajudou a cozinheira, como se ainda estivesse no navio desequilibrado pelo mar, navio pra lá e pra cá lambido pelas ondas de memoráveis vagas que lhe embrulhavam as vísceras, enjoava-lhe o estômago de vômitos como se estivesse esperando, engoliu aspirina, com água da torneira jorrando à pia de alumínio lhe sumiu dos dedos o comprimido. A dor saindo da cabeça de Catarina, foi pra uma pata do cachorro grunhindo à cozinha pois cacos de louça espalhados nos ladrilhos lembravam fios de navalhas, lanças de agulhas que penetravam em descalçadas carnes.

O batom ensangüentou-lhe a boca, Catarina acompanhou a cozinheira que lhe mostrar fora onde devia comprar. Catarina, vestido solto no corpo enxuto, carnes duras nos seios morenos, cabeludos nos mamelões pedrados, achou perto!

Se tivesse relógio teria marcado o tempo. Olhava o pulso sem garrote, quando recebesse compraria um de ponteiros luminosos, tique-taque igual ao de seu namorado que desaparecera, nunca mais a quisera. Pensava de menor fosse, dissera-lhe isso numa carta, acreditasse nele, quando se empregasse iria buscá-la, carta expedida de Recife, sob registro, o carteiro a lhe exigir recibo, reclamava de Maceió escaldado pelo calor.

– Ele tem medo de ser preso, de se casar a pulso.

– Quem? – quis saber a dona da pensão, quartos cheios de livros, fardas de colégio nos pregos das paredes obscuras.

– O meu namorado. Pensa que eu sou de menor.

– Mas você não é? Que história é essa? Olhe, eu já vi sua carteira de identidade!

O papagaio bicava a corrente do pé castigado, banzo, inquieto no pau da gaiola dependurada num prego da janela escancarada, falava engrolado, a língua córnea lembrando um nariz adunco e negro surgia do bico entreaberto, ferido na bivalve em forma de vírgula: me solte Dona Dadá, não me bata Dona Dadá, eu não erro mais nas compras Dona Dadá. E começava a repetir qual um disco emperrado, enervando quem o ouvia: troco certo, troco certo, troco certo.

Troçava da dona da pensão que batia numa menina descuidado, avacalhava-a rufando cores das agitadas asas, o peito de penas verdes louco pra rever seu mundo perdido desde laçado fora, como um fugitivo caçado. Enganado com migalhas entorpecidas.

Quando certa vez viu no cocho da gaiola o pão ensopado, devorou-o. Acreditava quando acordasse estivesse livre, pudesse voar, dormir coberto de estrelas, num galho prateado recuperasse energias pra um novo dia de amor. Era o único macho daquele sítio, quando chovia tinha o teto das folhagens imbricadas, gostava do rio que corria sobre os lajedos, murmurando doce as águas límpidas eram espelhos dos cascalhos.

A alegria do banho impelia-o a acrosticar, rutilavam as flechas de seus vôos, a toalha do mormaço lhe enxugando todo, deixando-o seco na galharia retorcida da árvore desnuda, atacada que fora por formigões numas fileiras vermelhas.

Fermentava a bucha do pão, sentia-se avantajado, as tripas se desdobrando em rolos violentos, prestes a romperem-se o sufocavam. Uma agonia à respiração que o esgazeava crescia sempre, mas sempre de cabeça erguida – escutava ligeiro o seu coação bater, bater num moto contínuo que ele temia pois jamais o havia escutado. Morreria acorrentado. E crendo fossem aqueles seus últimos instantes, suportando a dor que a água da caneca não aliviava começou a olhar o céu enevoado e chorou abrindo o bico, escondendo sob a asa triste sua cabeça atônita. Entorpecia-o o repasto, indigestava-o bucha afogada na tigela de leite. Mas nenhum anestésico embebia o miolo como ele pensava. Jururu o resto do dia, tristíssimo em todos os instantes mas violento quando dele se aproximavam, corupaco, papaco, meu louro me dá o pé, meu louro me dá o pé, meu louro me dá o pé.

Dona Dadá descia a mão, a menina que nunca trazia o troco certo suplicava, o papagaio não desaprendia, e arremedava a menina que fumava escondido, às noites escuras quando o deixavam à parede da cozinha. Ele a via sorrateira, às pontas dos pés, muito digitígrada se trancar no banheiro que se enfumaçava.

Dona Dadá despediu há meses a menina do prejuízo, era demais perder tanto trocado todos os dias, estava com a mão cansada, roxa de ser tanto martelo.

O papagaio insistia, chato como ele só, provocava Dona Dadá; troco certo, troco certo, troco certo.

Dona Dadá escutando Catarina aconselhou rápido: denuncie-o, sua boba, vá agora à chefatura. Perder sua vergonha, sua honra e ficar recebendo carta, carta de conquistador fujão é demais.

Catarina calçou os sapatos, voltou suada, vestido molhado que catingava se ela não tivesse botado extrato. Afogueada, abanando-se com as mãos tentava afugentar o calorão, de tão castigada a arborização das ruas enverdecidas se tostava às folhas que se amarelavam.

O papagaio queria a sua liberdade e insistia: troco certo, troco certo, troco certo. Como se tivesse enlouquecido e num desatino descambasse pra esse refrão só se calava quando bem entendia. Borrifavam-lhe a cabeça como se ele fosse outro bicho, um galo de briga. Todavia não adiantavam os salpicos. Com troco certo, troco certo, troco certo prosseguia e andando descadeirado no pau da gaiola gotejava sangue do pé acorrentado, vermelhos pingos se espalhando no aparador da tábua cagada, fedendo às fezes da tortura.

Não trouxeram de Recife o namorado de Catarina. Estava preso, mas decidira-se a casar com Jacira, por ele também seduzida, menor que tinha família, pai influente à política do governo. Não podia fazer nada, o delegado dissera à Catarina, nada mesmo até o casamento se realizar. Depois, se ela mantivesse os mesmos propósitos, quisesse de verdade desgraçá-lo mandaria buscá-lo, prendê-lo-ia durante dois anos, o código Penal aberto numa página do livro grossíssimo naquele artigo de parágrafos não possuía evasivas.

Não tivesse pressa, mandara fazer café, ficasse sentada no sofá de couro. E fechou a porta.

Dona Dadá bisbilhotava: quando chega o salafrário? Será que a polícia daqui não tem dinheiro pra pagar a passagem do seu namorado?

Risos maldosos dos estudantes de manga de camisa no jantar de mesa entulhada. Risos de inveja quando viam de suas janelas descoradas Catarina se sentar à boléia do jipe, chapa branca, o delegado à direção calcando o acelerador como se apostar, disputar corrida fosse.

– Você vai deixar o emprego, Catarina? – dona Dadá sondava a copeira, precavinha-se, com perspicácia não queria ser surpreendida.

Maceió se civilizava, difícil contratar serviçal que fosse da capital, preferiam as fábricas, mês de férias, desentendendo-se com os patrões recorriam ao Ministério do Trabalho, recebiam indenizações.

– Vou, mas não agora. Só quando o navio atracar. Já comprei a passagem.

O delegado também convencera catarina a aceitar o emprego no Rio de Janeiro. Gostava muito dela por isso não iria ao embarque. Talvez não se contivesse quando o navio começasse a apitar. Não queria fazer nenhuma cena subindo as escadas pra retirá-la do tombadilho, depois de falar com o comandante que mandaria sustar a partida, ordenando ao moço do convés de volta trouxesse a mala de camarote de Dona Catarina.

Catarina amuada no rendez-vous empenumbrado, ficou toda branca, a coberta da cabeça aos pés cobrindo-a por inteiro como se o quarto estivesse zumbindo de muriçocas. Não dava mais ao delegado. Fosse procurar outra. Carnes túmidas sob o bramante cheirando a sabão e anil. Catarina de boca sumida chorando escondida, rosto voltado mais tarde pra parede recoberta de papel multicor, acabou concordando, achava justo se casasse o delegado com uma filha de usineiro, que o futuro lhe protegendo conseguira do Governador a sonhada, desejada nomeação.

Acordou tarde no dia seguinte. Ela que trazia a gaiola do papagaio pra janela, da sala de jantar, retirava-a da parede da cozinha ainda no escuro do amanhecer sombrio, afrouxara-se num descanso de sonhos. Sonhava com o delegado lhe escrevendo arrependido, a sua mulher, de casamento, a filha de usineiro que jogava tênis se firmando em pernas musculosas, não prestava. Catarina, sim, melhor o satisfazia. Catarina voltasse, pedisse as contas, deixasse o emprego de copeira no Rio de Janeiro arranjado por ele: ^s noites sem plantão voltariam a se encontrar. Recomeçaria a esperá-la com o jipe, o rendez-vous tinha mais conforto, podiam beber uísque deitados o gelo do balde gelando a bebida que os enchia de desejo era farto.

Cara de sono, sentada no meio da cama, Catarina respondia à Dona Dadá, a mão da dona da pensão segurava chave-mestra que não podia girar no molho, ficar como as outras girando num ganzá de argola atritada.

– Por que não me avisou? Bem que eu cismava certo. Agora tenho que mandar buscar uma no interior. Não sabem fazer nada, broncas, só sabem me dar prejuízo, quebrar pratos.

Sobre a mesa de junto da cama a passagem de primeira classe debaixo do copo emborcado.

Catarina abriu a janela, vestindo-se à frente de Dona Dadá que lhe invejava o corpo carnudo, carnes flexíveis numa modelagem de pescoço comprido e ancas roliças, objetava, com voz altiva discordava. Não estava traindo ninguém. Viajaria porque o delegado impusera. Que Dona Dadá lesse a carta encostada na quartinha, bojo vermelho de barro envelhecido, quebrada moringa no gargalo sempre destampado. O delegado fizera tudo aquilo à moita. Comprara a passagem depois de receber confirmação, seus pais que moravam no Rio de Janeiro queriam mesmo uma empregada, que soubesse copeirar, de aparência boa. Ia sem querer, tinha de ir porque o delegado lhe dissera tudo. Se ficasse com ele a filha do usineiro desmancharia o noivado, noivado que lhe dera emprego à polícia, a ele reprovado tantas vezes, a ele que levou pau em todas as Faculdades de Direito do Distrito Federal, somente ingressando à de Alagoas porque colara tudo às provas escritas, sentado à primeira fila de carteiras, debruçado sobre o papel que ficava cheio, com as mesmas palavras, os mesmos parágrafos do compêndio do ponto sorteado.

No salão nobre a banca examinadora parolava, o fiscal pedia fósforo pro charuto que enegrecia as cortinas de damasco.

Não era burro, assimilava num instante o que estudava, mas preferia as mulheres, os livros esquecidos à estante fechada se empoeiravam. Somente às vésperas dos exames se esforçava mas se sabia perdido, antecipadamente derrotado, os pontos eram demais pra sua memória que tinha força de mata-borrão. Prometia aos pais se emendar, estudaria, confessava-se relapso, descuidado de seu futuro. No ano seguinte chegou em casa com outra reprovação.

Se não der pra nada, vai trabalhar, no comércio, ser caixeiro, lá na minha filial de Maceió.

Catarina modificou o timbre, Catarina que desconhecia a voz do pai do delegado acreditou tê-la imitado.

– Então, você vai trabalhar à casa do pai do seu amante, hein?

– E o que você tem com isso?

Dona Dadá se espantou, pela primeira vez Catarina lhe faltava com o respeito. Sentiu ímpeto de enxotá-la, agredi-la como fazia com a menina do prejuízo. Mas se conteve, o delegado, num bilhete pedia doravante tivesse Catarina como hóspede, noutro quarto, de preferência o que dava pra rua.

– Já acabou de ler, Dadá?

– Já Catarina – arrufada e hostil a dona da pensão bateu a porta, afastando-se do quarto, resmunguenta, azedíssima nem deu fé da gaiola vazia.

À hora do almoço os estudantes olhando o relógio pediram trégua, não podiam perder as aulas, deixasse-os comer sossegados, nenhum deles tinha libertado o "quero troco". Soltado-o da corrente que lhe feria o pé.

– Não me chamem de malvada – reagia Dona Dadá, também não tinha culpa se o bicho era rebelde, não se acostumara à prisão da gaiola de pau.

Mas alguém tinha que desembolsar, indenizar-lhe o prejuízo. Custara muito, pagara três mil cruzeiros pelo papagaio, fora a gaiola. Mentia, os estudantes comendo, Dona Dadá exagerando, querendo lucrar muito, esbulhar qualquer um deles cobrando demais era um saco de tremendos resfegos.

Catarina dormia, nua sobre o colchão forrado descansava, pela primeira vez em sua vida tinha os dias livres, sem fazer coisa alguma, nada mesmo, se preparava pra viagem. Até o vapor atracar Catarina seria uma hóspede almoçando e jantando onde bem quisesse. Nem podia ver a comida da cozinha de Dona Dadá. Se tomava café à pensão era porque acordava tarde, fora de hora entrava no banheiro pra tirar do corpo o suor do amor.

Beijando o delegado à despedida da madrugada pedia-lhe dinheiro, tudo tão caro, meu bem! E entrava no quarto, abria a janela da pensão, adeus amarelo de sua mão, ainda mais amarela debaixo do quebra-luz aceso contando as cédulas. Depois de saber quanto possuía fazia planos de comprar coisas finas, via-se sobraçando embrulhos e entrava em outras lojas escolhendo a dedo o que iria botar arrumando dentro da mala. E seu pensamento vitorioso abria um sorriso à boca carnuda. Nada fiado, nada a prestação com cobrador no fim do mês. Compraria tudo à vista, regateando, exigindo. Passava a tranca à janela e novamente nua devido ao calor que sufocava caía à cama, sonhos de um sono comprido a povoar-lhe a mente excitada, sob tensão, pesadelos nunca foram.

Deserta a sala de refeições. Catarina se levantou, peignoir entreaberto mostrando coxas de banho de mar, mas não pôde ver os estudantes. Desde se tornara hóspede só via mesmo livros nos quartos escancarados, quartos varridos e espanados pela arrumadeira que os deixava abertos, ordem de Dona Dadá, por causa do mofo. Enceravam o assoalho e o cheiro da graxa vermelha obrigou a Catarina a sustar a respiração, tapar o nariz com a manga de seda do robe cor-de-rosa.

Dona Dadá a convidou, viesse pra janela, era um favor que lhe iria pedir.

No banheiro esfregavam soda cáustica no ladrilho esmaecido. Faxina semanal que amolecia a empregada, entrevando-a com intensas dores às costas de tanto se encurvar após espalhar a cera, embora reumática a empregada limpando o banheiro desentupia as privadas. E apagando das paredes das latrinas fálus em função bestial, nuns traços de lápis se lembrava dos homens que lhe pagavam.

– Uma brincadeira de mau gosto, Catarina. Quero que a senhora fale com o delegado. Soltaram o "quero troco", todos eles negam, nenhum deles quer assumir a responsabilidade.

– Não falo não, Dadá, me desculpe, mas o certo é você ir mesmo à delegacia, dá parte. É melhor assim. Você é que era dona do papagaio. Quanto lhe custou o bicho?

– Ah! Minha filha, três mil cruzeiros, fora a gaiola, comprada à Rua do Comércio, ainda tem o preço atrás. Veja, Dona Catarina – e desceu a tábua cagada, talhos, numerosos talhos à madeira bicada, estambocada, fedorenta sob o sol que fermentava a porcaria endurecida, repelente. Nos fundos do quintal se podia ver o cocho amassado, fendido por um golpe de facão.

Recriminando prosseguiu, com acusações irrefutáveis teimava. Um deles era o culpado, jurava Dona Dadá, coçando as sobrancelhas depiladas sujava os dedos de carvão.

– Catarina, a senhora bem sabe como eles são. Já viu as paredes das privadas? Uma calamidade! Toda semana eu mando limpá-las. Mas eles sujam tudo de novo, desenhos indecentes, é que não falta por lá. E eles negam, negam sempre. E agora soltaram o "quero troco". Por quê, Catarina?

E acendeu com raiva o cigarro já borrado de batom.

Debruçada à janela Catarina feliz, cabelos soltos e secos, sentia um gozo dentro de si que aumentava, crescia enquanto a birra de Dona Dadá ia explicando, detalhando atrevimentos dos estudantes ausentes. Outrora Dona Dadá lhe falava aos berros, impondo-se brusca era uma antipatia constante. Xingava-a por somenos, espancava a menina do prejuízo, resoluta descontava todo o fim de mês o que ela, Catarina, havia quebrado sem querer.

Não, de maneira alguma intercederia pela dona da pensão, dedos sujos da maquilagem descomposta. Ela mesma fosse pedir ao seu amante, entrasse à delegacia e falasse sobre o desaparecimento do papagaio, contasse tudo à autoridade, os estudantes fazendo tudo, negando tudo, sob uma inocência fingida mudando de assunto, indiferentes ao vazio da gaiola ganharam a rua, dispersando-se sem remorso algum, desalmados, isso mesmo, iriam flanar depois das aulas.

Catarina abandonou a janela com um gosto de riso que não chegou a aflorar, entreabrir seus lábios de boca quente, ávida de carinhos. Mas com a imaginação Catarina mangava, negando-se a remover uma palha, em silêncio escarnecia Dona Dadá, já induzida a procurar o amante de Catarina, a ele fazer queixa de um deslize, de um atrevimento que ela Catarina tivera, quando dividiu num só golpe o cocho sujo depois do papagaio ficar sem corrente no pé cicatrizado, dolorido, espesso. E ruflar para voar, voar de suas mãos cheirando a uísque de madrugada.

Catarina se volveu antes de entrar no banheiro e o rosto tumefacto de Dona Dadá se contrafez ainda mais, suas orelhas furadas, atarraxadas com ouro de pingentes, adoecidas ficaram de escutar Catarina sugerir mais uma vez: jeito é ir à delegacia, Dadá papagaio falador que custou três mil cruzeiros merece esse sacrifício.

E começou a se ensaboar, chuveiro aberto lhe dando coragem pra mais uma falseta; aperrearia outra vez Dadá, uma martelada de seu pulso quebraria a gaiola já lavada com creolina, tábuas secando ao sol, como se já houvessem encomendado outro bicho para aquela prisão de corrente e cocho, estavam limpas.

A água esfriava-lhe os seios duros, Catarina de corpo cheiroso tomava banho enchendo de espuma o ralo desentupido.

Anoitecendo a mesma arenga de Dona Dadá causou mal-estar, os estudantes de cara amarrada, como se estivessem de mal não respondiam aos insultos, tinham o direito de jantar sossegados, diziam à meia voz os intrigados. Iriam namorar, outros entrariam em cinema, não podiam perder tempo se defendendo a vida toda. Não tinham sido eles, nenhum deles havia quebrado a gaiola.

Dona Dadá, enxaqueca desde o desabafo infrutífero com Catarina, dispunha-se, só então, ir à polícia. O culpado ia ver o que era uma mulher decidida. E afrontada, jantar gorduroso lhe acentuando os refegos da cintura pneumática achegou-se ao gradeado que dividia a sala, a cadeira do delegado ocupada por um investigador rangia, balançava rangendo o subalterno de mangas de camisa. Pode assinar. E Dona Dadá assinou a denúncia que fora ouvida, imediatamente datilografada pelo responsável do pernoite de ventilador ligado, plantão de sentinela fardado, coldre de revólver cano longo a lhe pesar no fígado.

– Quando quiser comer mal, apareça, já sabe onde é a minha pensão.

E saiu ao léu, olhava as vitrines, os cartazes de cinema lhe chamavam a atenção, persuadindo-a. Mas tinha que voltar, doía-lhe a cabeça, inflamavam-lhe a barriga os alimentos gordurosos. Ansiava emagrecer, todavia o apetite lhe vencia a vontade. Apetite de se empanturrar, saciar-se com frituras, massas que a deixavam ofegante no fim das refeições. Regime começara contadas vezes. Quisera satisfazer os pedidos de seu homem, usineiro casado, pai da noiva do delegado, ouvi-lo elogiá-la depois de despida, espichada à cama de lastro afundado, cedido por quilos em demasia. Todavia, não se esquecera da máxima cruel, afirmação incisiva que escutara após o último coito.

– Se você, Dadá, não der jeito nessas banhas eu lhe deixo, lhe largo mesmo.

O rosto bonito salgando grosso o corpanzil em dobras, as lágrimas pingando perto dos pés calçados.

Uma dor impertinente serrava-lhe a cabeça. Obrigava-a a caminhar mais depressa, pensar no comprimido de uma cômoda da pensão. Mas não ia ceder ao caprichos de seu homem. Se ele a abandonasse seria de outrem, outrem que não a atormentasse nem se indispusesse com a sua gordura calc‡vel, amolecida como se esmaecidos os seus membros fossem. E emagreceria, ficaria magra o resto da vida só pra tormento daquele que a ridicularizava, chamando-a de "minha porquinha" lhe transformava a índole. Não seria mais dele. Decidira-se não tolerar quem a humilhava constantemente. E pisava com força, como se quisesse acabar com os sapatos de seus pés gordos, sapatos que o debochado lhe presenteara, atravessou trechos de pedregulhos, chutando tijolos espalhados de uma construção persistia destrambelhada. E estragava os couros azuis, altos nos calcanhares de saltos altos. Remoía-se, Dona Dadá se sentia culpada de não lhe ter chutado as pernas tampouco esbofeteado-lhe a boca que lhe chupava os seios de mamão. Mas não ficara calada, chorando de ódio o chamara de bezerro que no fim virava touro. Bezerro, bezerro, seria o apelido dele, espalharia essa alcunha, como se pudesse ser vento de tempestade o destruiria, abalaria a reputação dele contando tudo.

E avistou Catarina à porta esperando o táxi.

– Vai peste, vai ser puta no Rio de Janeiro. – Falou como se alguém a acompanhasse, pudesse ouvir o seu extravasado rancor! Suspeitava de Catarina. Chegara a dizer isso ao investigador. Ainda tinha tempo de cobrar os três mil cruzeiros à Catarina, e estugou os passos. Catarina, Catarina me pague, você não deve imitar a menina que me roubava no troco.

O chofer escutando a discussão interviera pra levar tabefes, ficar sangrando no supercílio aberto das bolachas.

– O navio não espera passageiro, depois você dá parte dela – lembrou Catarina ao chofer que estancava o sangue com o lenço antes de se dirigir, mala à garra da mão, pro assento da boléia. No camarote mudaria o vestido rasgado. Pediria ao médico de bordo curativo lhe fizesse nos braços arranhados. O vestido novo, mais caro que o papagaio, rasgado de cima a baixo num rasgão de tesoura cega. Quando chegasse ao Rio de Janeiro escreveria ao delegado, não nascera pra pagar dívidas dos outros. Explicava ao outro motorista que nada tinha visto, motorista esperando Catarina acabasse de falar pra lhe perguntar aonde devia ir, pacientemente mascava fumo num hábito porco.

Agora, Catarina pede caneta, pede tinta, pede lápis que também serve. A cozinheira se escusa, só pedindo ao patrão que enche folhas de papel de linho quando escreve.

A cigarra da cozinha estrídula e abusada avisa os patrões já despertaram. Catarina se amarra no avental engomado, também se embranquece nos cabelos que acabam de ganhar uma touca rendada às bordas, dura feito pedra. Pela primeira vez atravessa a sala de jantar onde começa a escada do pavimento superior, degraus encerados com passadeira vermelha de tapete fino subindo num caracol que não tem corrimão.

Catarina ainda não conhece o pai do delegado mas imagina como ele pode ser. Catarina só vê às paredes gobelins, dependurados tapetes de bichos pois o coado sol da janela não lhe mostra nenhum retrato. Catarina vai subindo, os degraus se fechando num leque estreitíssimo são moderníssimos mármores. Subindo pé ante pé, com medo de cair se encosta sempre à parede fria de azulejos antigos. Tem de prestar atenção à bandeja sortida, pesadona e comprida. Avisou-a a cozinheira que a mãe do delegado não admite manchas de café. Como será ela? Catarina faz outra idéia e começa a temer os patrões, podem não gostar dela, serem diferentes do filho, mandarem-na embora antes do tempo, achando-a antipática despedirem-na.

Bate de leve à porta encostada e entra no quarto imenso e sombrio pra gritar, gritar de medo e dor.

A conhecer os patrões não chegou.

Eles tinham se esquecido de prender um cão amarelo, rosnento e grande, que avançava nos estranhos. Cão toda a noite no tapete felpudo, cheirando a osso, do pé da cama.

Zoraide Colhe Margaridas

TRABALHANDO PELA COMIDA, a cama onde dorme é um velho colchão que a sobressalta, tantos os percevejos da fazenda apodrecida – Zoraide que não recebe dinheiro no fim do mês tampouco nos dias de qualquer semana, acaba de abrir a torneira do gás.

Na cama do casal, marido e mulher dormem abraçados, talvez estejam sonhando enquanto os vapores do veneno atravessam as frinchas das portas. A escuridão do quarto não permite se vejam as feições do dono nem da dona da casa. Os vizinhos os conhecem de sobra, amanhã poderão facilmente identifica-los quando a polícia arrombar as portas.

O cheiro intenso enfurece o cachorro acorrentado, de propósito amarrado num tronco de árvore. O cachorro ladra, olhos esbugalhados, ladrando investe contra o inimigo que não vê, o gás se escapando sempre esfria-lhe o focinho, a língua de fora se azulando como se Zoraide tivesse acabado de pintá-la. Fraqueja nas pernas que se vergam, ajeita a cabeça sobre as patas distendidas, geladas e o chão, o chão duro onde ele se encontra enrijecido e quieto só falta ser esburacado para ficar sendo sepultura de mastim.

Zoraide mostra a carteira de identidade, recebe a chave do quarto do hotel e se deita escondendo no porta-seios o dinheiro que roubou. Ri-se pensando no bêbado, trôpego e baboso, paletó aberto mostrando a carteira de cédulas no bolso do tropical amarrotado. Apaga a luz e começa a dormir, sono que nenhum empregado do hotel deverá interromper.

A madrugada estrelada sussurra e ventos tangendo nuvens desgarram embarcações que se perdem, soçobram, afundam no mar revolto, longe do ancoradouro.

Se Zoraide tivesse se hospedado num hotel de beira de praia poderia acordar, ver a borrasca subir às calçadas, ondas enormes.

Mas Zoraide dorme, acreditando à sua prisão se cobriu com o lençol, quando se imaginava detida por assassinato um sono pesado lhe fechava os olhos cansados. A polícia que a descobrisse no hotel, não se denunciaria nem se exporia à justiça andando à rua, entrando em restaurantes, saindo de cinemas pra comprar cigarros, beber refrigerantes. Quando acordasse providenciaria uma passagem de avião, telefonaria e uma agência reservaria um lugar que seria pra Cristina, seu nome de fugitiva. A polícia teria muito trabalho pra encontrá-la. Quando fosse detida o descanso já lhe teria tranqüilizado os nervos excitados, equilibrado as atitudes de seu corpo maltratado. Precisava repousar, sentir-se dona de si mesa, começar a mandar, a exigir com energia, ela que sempre fora pisoteada, posta de lado, seviciada com crueldade.

Constatou poderia conseguir o que pretendia da vida, teve certeza disso quando não se intimidou nem correu do bêbado; aceitou a proposta, num ermo deixaria, mas pagasse adiantado. E levantou a saia só pra provocar o bêbado, mostrar-lhe que valia, valia muito mais.

– Ah! Só paga isso, ninharia que não dá pra pagar sequer um beijo?

E como se estivesse afeita a tais situações, ela que mostrara coxas de seu sexo virgem, sentiu-se prostituída, enganada e prostituída pelo bêbado que lhe estendia uma cédula.

Empurrava-o, defendia-se acertando-lhe às pernas pontapés.

À rua deserta, ela brigava com o bêbado, pela primeira vez ganhava batendo, esmurrando.

– Me queria por essa ninharia? – E se distanciava carregando a mala da beira de calçada onde começaram a se desentender.

Zoraide acorda, abre a janela e vê a tarde se tingindo no crepúsculo. Cores nítidas desenham um arco-íris de triunfo.

É preciso agir, ficar sabendo como estão as coisas. Abre um vespertino e lê a tragédia do gás escapado. Um guarda-noturno prendera o assassino que também queria morrer aspirando gás de cheiro forte. Estava junto do cachorro morto; defronte da porta da cozinha sombreada pelo abacateiro.

No distrito o assassino nega mas ninguém acredita, já lhe tiraram as impressões digitais. Querem saber por que ele assassinou por inalação o casal de velhos. Apanha por ser mentiroso.

– Quem já se viu entrar no quintal da casa dos outros só pra mijar? – E pedem-lhe a chave, onde ele a jogou? Se queria também morrer por que não ficou dentro da casa? Por que embirrara com o cachorro? Acorrentara-o pra satisfazer seus caprichos mais facilmente?

Dedo em riste o delegado suava, aturdia o bêbado que aparece no clichê sentado numa cadeira, olhar de espanto como se não atinasse com o que estava acontecendo.

Zoraide joga o jornal no chão, tranqüila se movimenta à rua congestionada, entra num táxi pra ver o casal de velhos nos esquifes do velório.

– "Zoraide, você sabe que é rica, quando eu morrer receberá muito dinheiro, seu pai também está às últimas, você é rica, Zoraide minha filha, mas tem que aprender a tomar conta de casa, ser econômica, ajuizada"– falava a velha pra filha, escutando de cabeça baixa, como se estivesse sendo castigada ouvia o sermão irritante. – "Vá arrumar a casa, ande logo, não seja relaxada." A velha se impunha, incontestável na voz que sibilava, dividia as palavras com raiva. – "Ora veja! Dessa idade e não sabe fazer nada!"

Depois do jantar o velho abria talões de cheque, no fim de cada mês repetia a mesma cena à cabeceira da mesa. Chamava Zoraide, mãos gordurosas, suor no rosto que rolava à cozinha, pingava à louça do secador de alumínio, enquanto o caldeirão fervia água pro escalda-pés da velha, do lado do velho jogando paciência com cartas de baralho ensebado, roto.

O velho economizava até a força de sua garganta. Irritava-se chamando de novo a filha distante. – Você minha filha é rica, deserdei seus irmãos desobedientes, se não a quero embonecada é pra você não sofrer quando se casar, ficar dependendo de empregada. Você já viu a lavadeira automática?

E levantava-se pra dormir, seguido pela velha que tinha morcego nos olhos, via no escuro da sala, roçando o vestido nos móveis espalhados, separados uns dos outros ia vestir o camisolão.

"Zoraide, não quero esse namoro, telefone e desmanche agora mesmo. Esse pilantra só quer o seu dinheiro. Seu pai me disse que Romualdo está pra chegar. Esse sim, é de meu agrado."E começava a contar as peças de cama, tantos lençóis, tantas cobertas engomadas, empilhando-se alvas na cadeira de forro de palha.

Um câncer à bexiga reduzia o velho a uma criança incontinente. Pensava o caso fosse de cálculos, tomava comprimidos de diuréticos pra aliviar o peso, espantar a agulhada da dor que vez em quando lhe feria as entranhas. Emagrecia, tomava o lotação à esquina olhando pernas de mulheres e sufocava os seus desejos ao se lembrar das que tivera por presente de custo.

Queixando-se a um amigo que o levou a um especialista sentiu a morte próxima apavorá-lo, ao escutar o diagnóstico pensava em Zoraide que lhe perturbava a imaginação metódica, fria. – Tenho pena de deixar Zoraide, a caçula, sim a derradeira de meus filhos. Falta-lhe muito pra ser uma perfeita dona de casa, não se deixar envolver quando casar.

E anotou o dia e a hora que deveria voltar.

Na sala vizinha aparelhagens modernísimas bombardeavam com cobalto uma mama empedernida, riscada de veias túrgidas, ferida à carne de um mamelão desfolhado, feito maligna rosa que devesse murchar.

O velho entrou em casa pra abraçar Zoraide com choro. Ele ia morrer, mas ninguém se locupletaria com dinheiro de sua amada filha. Testamento dava muito lucro ao advogado, ao escrivão. E estreitando Zoraide garantiu passar pra ela tudo o que possuía. Naquela noite não abriu os talões de cheques nem deixou a velha armar seu jogo predileto. Foi Zoraide, no quarto de paredes escalavradas, mofado no teto encardido e a sentou no colo; e de quando em quando voltava o rosto pra velha que via a filha acariciada nos cabelos, beijada às faces, como se um enorme pente fosse a mão gigante que enternecia, vez por outra um beijo como se fosse de despedida.

Depois Zoraide ocupou uma cadeira, de longe ficou vendo o pai se molhar nos olhos vermelhos. A noite avançava, pendia-lhe a cabeça num sono sorrateiro mas o velho lhe pedia ficasse mais um pouco até que se levantou apagou as luzes e entrou casmurro no seu quarto como se nada mais tivesse a dizer.

No quintal o cachorro latia, perseguia os vultos dos transeuntes que se afastavam do muro.

Meses depois o velho mostrou à filha os cifrões da conta do médico.

Se eu não tivesse dinheiro teria morrido.

O jogo sedento entretinha a velha que não cuidava do cachorro a olhá-la através da porta aberta.

Zoraide rememora dentro do carro, o passado rígido, as discussões com os irmãos deserdados, a obediência insuportável aos pais implacáveis, obstinados que a queriam trabalhando, aprendendo afazeres de empregada. Após concluir o ginásio a velha lhe deu carretéis, agulhas, sobre a mesa desforrada o tecido grosseiro pra experiência de costureira.

– "Mas mamãe nós não somos tão ricos!" A resposta da velha foi lhe entregar a tesoura, que cortasse o madapolão pregado de alfinetes nos moldes de papel.

A memória de Zoraide insiste, os episódios de sua vida se sucedem amargurando-lhe a imaginação e as recordações que lhe empalidecem o rosto vão chegando cada vez mais nítidas ásperas e precisas. Lastima não ter envenenado os velhos há mais tempo. Olha os braços e se recorda de beliscões lhe ferindo a pele, no dorso da mão uma equimose ainda persistindo é uma marca de pancada violenta.

– "Não desperdice, não lhe avisei?"

Zoraide apanhando de frigideira, os ovos quebrados no chão lhe causando náuseas escorriam rosto abaixo, sua boca emporcalhada berrando desespero alertou o velho que só soube dizer: – "Essa menina não tem juízo. Tanta comida do jantar desperdiçada..."

A morte drapeja nas cortinas pretas. Zoraide interroga um funcionário que varre o chão, empurra pra um canto pétalas murchas, de muitos dias.

Já enterraram os velhos, diz, cigarro preso no beiço, de gravata preta, camisa branca contrastando o negrume do terno puído às mangas curtas.

– Era empregada deles? – inquire sem interromper sua ocupação funérea, sempre de cabeça baixa a ver o ladrilho que espelha depois de varrido.

– Pena você não ser filha deles, poderia me dar gorjeta. Ganho tão pouco. Mas você foi cozinheira deles, não foi? Se quiser eu lhe dou o endereço de uma família que precisa de uma moça à cozinha. Você quer? Mas se quiser tem que me dar gorjeta. A família paga bem.

Zoraide pega um castiçal que fumega num cotoco de vela. Com um golpe abre a cabeça do funcionário que a fica olhando com olhos empastados. Tinto de sangue o cabo da vassoura se empapa à hemorragia abundante.

Zoraide recua, não quer os sapatos manchados, à sua mão o castiçal ainda ameaça, todavia o funcionário está bem morto e ninguém, ninguém se encaminha pra sala ornada de crepe às cortinas farfalhantes.

Zoraide novamente livre à rua de quitandas, caminha pela calçada que expõe frutas em caixotes, mulheres obesas de avental embrulham em jornais velhos pedidos de domicílios e a noite se fecha num capuz estrelado, lembrando imenso chapéu de fada ornamentado de nuvens o céu ainda mostra uma lua redonda, branca e cheia.

Aborrece-se quando a memória lhe traz o funcionário ensangüentado, estendido no ladrilho que se fendeu com o baque do castiçal. Aborrece-se com a demora da condução que tarda a vir enquanto procura manchas de sangue no vestido, nas meias de suas pernas compridas. Repara os braços bem-feitos que terminam em mãos habilidosas. Tudo limpo, como se ela tivesse acabado de tomar banho, esfregando-se com sabão que espumasse. Se tivesse sido presa dentro da morgue, apontaria a perversão do funcionário, defendera-se da astúcia de um decrépito, intermediário de marafonas. Mas não precisava mentir, desculpar-se caluniando. Ninguém vira o funcionário cair com a pancada do castiçal. Ninguém senão ela escutara as propostas que a confinariam numa cozinha qualquer – Você quer se empregar? Era cozinheira dos velhos, não era? Os velhos já foram enterrados, sabia? Se você fosse filha deles podia me dar gorjeta.

Não se conteve, escutava o que mais a atormentava, dir-se-ia o funcionário soubesse de sua desdita e a quisesse humilhar, falando, falando sempre de seu passado, com indiretas quisesse ferir, abrir mais uma vez as chagas de seu tormento.

Zoraide chegou a discordar dizendo ao funcionário que ele se enganara, olhasse-a pra se certificar com maldade estava supondo. Sem motivo a deprimia, humilhava-a propondo-lhe emprego de doméstica.

Mas o funcionário parecia surdo, varrendo o ladrilho era mesmo surdo pra Zoraide, não lhe prestava atenção, continuava indagando após dizer a Zoraide que já haviam levado os velhos. Cigarro no beiço mole, agarrada pelas mãos a vassoura que varria, empurrava pra um canto restos de flores. Encurvado, de cabeça baixa o funcionário implicava, teimava em contrariar Zoraide, insistia à oferta do emprego com audácia e afronta. Levantara a voz, possesso e irascível sentenciou mais uma vez: se você não aceitar o emprego morrerá de fome. Eu sei que você só sabe fazer isso.

Sempre dando as costas, sempre varrendo e falando como se pudesse convencer, dominar e incutir em Zoraide uma precária existência, o funcionário da morgue só faltava pedir que Zoraide o matasse. Sobre a mesa um castiçal de velas pequenas fumaçava no pavio apagado.

– Atrevido! – Zoraide se fazia ouvir com a mão cheia, agarrando o castiçal acertava à cabeça de fios ralos, pintados num amarelo sujo. Esperou, mas o funcionário não se levantou, apenas se desembocou virando a barriga pra cima como se quisesse mostrar a Zoraide, pela primeira vez, o horrível de seu rosto macerado que a olhava com olhos de morto.

Zoraide mais uma vez temeu ser presa. Um carro parara à porta da morgue pra dar passagem a uma ambulância.

Zoraide não quer se lembrar de nada, coisa alguma do passado que a moleste deve aflorar, vir à tona de sua memória, porque ela só quer tomar um táxi, afastar-se o mais depressa da morgue ensangüentada, mas uma cruel lembrança a domina, sufoca-a como se ela estivesse doente, deitada à cama, ardendo de febre.

Revê a velha que lhe mandara colher margaridas num dia de chuva. Margaridas vendidas aos molhos, os caules se transparecendo nos celofanes que também embranqueciam tábuas sobre cavaletes. Encimando o portão uma tabuleta avisava: vendem-se flores. À calçada, sentada num tamborete, Zoraide fazia troco, guardava as cédulas numa bolsa de fechadura oxidada, azinhavre que lhe sujava as mãos.

Lá de dentro, mais tarde, a velha gritava: "entre".

E Zoraide entrava sempre, esforçando-se pra não derrubar as tábuas, quebrar os cavaletes desconjuntados nos parafusos gastos. Quando as flores sobravam, Zoraide apanhava, escondia-se mas acabava no castigo que lhe calombava o corpo.

Certa vez uma visita apertou a cigarra, desgrenhada e chorona Zoraide abriu a porta: o usineiro está? – indagou quem desejava falar com o velho.

Zoraide apanhara demais, à véspera de morrer a velha ficara arfando de tanto batê-la, bolachões de mãos abertas que se fechavam pra rasgar o vestido grosseiro, deixá-la despida num frio de inverno. Ofegante a velha mandou: "agora vá costurar o que eu rasguei."

À cozinha, baldes cheios de água se floriam. Naquela tarde ninguém comprara margaridas, flores que mais se abriam no jardim de muro eletrificado onde o cachorro durante a noite não chegava, ficava de longe de tão ensinado.

O táxi demora a surgir à rua de comércio deteriorável. Zoraide se afasta das quitandas, dobra a esquina e tem que se deter porque um guarda-civil a interpela: senhorita, viu passar por aqui um tipo de terno preto, calçando botinas?

– Não, por quê?

E o guarda-civil conclui: mataram o varredor da morgue, só pode ter sido o ajudante. Sabe? Brigavam muito.

E Zoraide o viu entrar num bar, pedir o telefone enquanto sorvia, de uma vez, um duplo de cachaça que não pagou.

Busca

UNHAS SANGRANDO mostram dedos abertos. É moderno o preparado químico do esmalte, antes do pincel se passar pra unha seguinte a substância oleosa já está seca, acamando um vermelho, mas Gertrudes gosta de admirar a manicura perfeita que ela sempre foi. Mostra-me a ponta dos dedos e indaga-me com voz sibilante: vamos a um cinema?

Aperto o laço e a gravata me avermelha a boca do colarinho. Gertrudes sozinha à cama de lastro de arame se enrodilha, pede que a veja sem cabeça, travesseiros de paina a sufocá-la.

Abjuro a sua desdita de querer se suicidar porque vou pra rua.

O silêncio das escadas desce até à porta do sobrado que olha com orgulho telhados fronteiros.

Atravesso a rua, da janela de seu quarto Gertrudes me dá adeus, um lenço de fungar lembra asa de pássaro prisioneiro.

Não me esqueci de pagar Gertrudes, desta vez ela não reclama, gritos chamando meu nome. Solavancos de um bonde desengonçado à rua ensolarada, eu pisando a calçada mormacenta, no lugar das árvores que o prefeito mandou ceifar buracos redondos tapados pela metade. As casas de platibandas baixas modorram, as portas batidas, cerradas as janelas de toda esta gente que acabou de almoçar.

Surge um cego mas me vê tão bem que pára de urinar. A esquina molhada à rua de meu andar furtivo com ecos de toque-toque, batidas de bengala no cimento, o cego querendo de novo sua cegueira de mendigo.

Toque-toque... toque-toque, eu não dou esmolas e já estou bem longe dos óculos escuros, da jaqueta remendada, das calças puídas, da sebenta camisa que veste um ator de palco deserto.

Fuma um polícia às sombras da praça. Mas não me passa pela cabeça nenhum pensamento punitivo. Sinto fome, mastigando um palito de fósforo atravesso a ponte, o Capibaribe de margens lamacentas fervilha de goiamuns peludos, trescalando a mucilagem infestam de cheiro podre as águas vazantes.

Embrulha-se-me o estômago, acendo um charuto, todavia as emanações de detritos persistem a me enojar até eu entrar em casa.

Demorei-me muito com Gertrudes, encaro a mulher que vive comigo e lhe peço uísque, gelo e água de sifão. Com os pés sobre o couro das chinelas toma fresca, vestido arregaçado mostrando soberbas coxas queimadas pelo sol de Boa Viagem. Mundinha no quintal indevassável pelas copas das mangueiras pode se dar a esse luxo.

Tomou corpo, carnes macias de seu crescimento robustecem seus membros, cresceu vivendo comigo, agora seus vestidos velhos roçam-lhe os joelhos, as coxas se mostrando pra mim com vento importuno são toras atléticas. À cintura esguia os vestidos usados são bambas costuras, folgados sacos cobrem-lhe o dorso, resguardam-lhe os seios que não engordaram.

Mundinha sabe que a sua magreza roliça, enxuta não é por acaso. Fica com a boca vermelha, as talhadas de doce deixando em seus dentes resquícios de cores diversas esvaziam as compoteiras. As compoteiras recendem a frutas em caldas, querendo fazer cena Mundinha pega as tampas de Cristal mas não cobre os recipientes. Não deixo pesque o garfo melado outra rodela de abacaxi. Mundinha aquiesce, derreia-se à poltrona de braços azuis, o vento da janela a adormecer-lhe as coxas, os braços derreados, a cabeça sonhando no estofo do espaldar.

A espreguiçadeira que me acolhe de pijama eu me alheio desta tarde de Sábado sentindo nos olhos o peso do sono. Esgarça-se Mundinha numa imagem que termina por desaparecer de súbito. Devo estar roncando porque meus ouvidos escutam reclamações de quem não pode descansar, gozar uma silenciosa sesta. Semi acordada mando-a pro quarto e volto a dormir.

Sinto cócegas nos pés, puxo as pernas, os pêlos do gato me obrigam a mudar de posição. Espreguiço-me e me levanto porque o relógio me mostra as horas.

Sete em ponto. A noite estrelada me encontra de cara sonolenta, bocejo, quero acordar de todo, me refazer por inteiro tomando um banho.

Como pude dormir tanto? Mas o relógio não desmerece, parece um filhote do Big-Ben.

Emagreci mas não vou aos doces que tanto tentam Mundinha.

Estilhaço uma asa de peru, que veio inteiro da cozinha pro almoço, revigora-me o uísque, a toalha que me enxugou fica pendurada no secador de arame, que às vezes canta, trina e gorjeia com os pássaros do amanhecer.

– Mundinha!– chamo-a como se fosse escutá-la. Vou caminhando e vou chamando mas o que eu escuto é a minha própria voz apreensiva e cada vez mais temerosa à medida que eu deixo sozinho os quartos, entro à sala de visitas pra vê-la sem ninguém.

Reinicio a busca, escancarando recessos, pode Mundinha estar escondida nos guardas-roupas enormes, alto e largos como se houvessem sido fabricados pra enforcar indumentárias de gigantes.

Pode Mundinha estar se divertindo com minha aflição, se escondendo atrás das cestas de roupa suja ou à cafua do canto de parede onde o piano reluz continue sendo uma endiabrada.

Não me canso de afastar móveis pesados, olho debaixo da cama pela segunda vez. Agora, procuro Mundinha com beiços congestionados, premido o talho da boca, somente mostrarei os dentes quando vier a descobri-la. Os punhos fechados prontos para bater. Brincadeira de mau gosto essa de Mundinha! Ainda não a encontrei e meu coração sofre, se angustia, meu peito cheio de saudades parece querer arrebentar.

Tenho que tomar outro banho. Poreja-me no corpo um suor que goteja, rola à espinha dorsal e eu me arrepio: dir-se-ia uma aranha de parede tivesse se intrometido, pequena e asquerosa movesse as pernas na trilha da minha coluna vertebral.

Arranco o paletó de pijama, ensopado e quente fica no meio da sala de jantar, perto do gato mourisco, que da um salto, pula de susto e correndo se embrenha à escuridão da cozinha.

Desfaço os punhos das mãos fechadas. Quebro a promessa de falar, somente falar quando encontrasse Mundinha, e sem pressa vou fechando, trancando tudo que deixara às escâncaras.

Mundinha fugiu com o vestido novo. Não posso me queixar à polícia. Ela não roubou. Foi-se, apenas, com o vestido que eu paguei anteontem. Abandonou-me sem o adeus do bilhete fatídico. Escafedeu-se como se ainda gostasse de mim e por não querer me magoar sumisse sorrateira, me vendo dormindo ganhasse a rua às pontas dos pés.

Novamente o laço da gravata enchendo de cor firme o colarinho engomado. Desta vez, azul, azul de manta de seda importada. Tranco a porta da rua e os vizinhos de cadeiras à calçada respondem o meu boa-noite, abastados e presunçosos começam a cochichar. Matronas enredeiras escondem as bocas nos leques, fuxicam melhor assim debaixo da noite estrelada, tomando fresca às calçadas de suas residências desopilam retalhando a vida dos outros.

Já devem saber eu fiquei sozinho, fui abandonado pela Mundinha, reparo bem num sorriso debochado. Devolvo-o no mesmo instante numa imitação grosseira. Penso a respeitável se queixando eu tenha que me haver com o marido.

Diminuo os passos, estreitos o andar mas não percebendo ninguém ao meu encalço invisto noite adentro, varando a rua de Gertrudes eu quero desabafar com alguém que não seja igual à Mundinha.

Gertrudes ocupada, volto pra rua, à praça do cinema um cartaz iluminado com um enorme bueiro de usina. Programaram um natural sobre uma usina de Pernambuco, cineastas estrangeiros meses atrás ganharam fortuna preparando um filme que apresentava a vida de uma usina de açúcar, com o usineiro, mulher de usineiro, filhos de usineiro, filhas de usineiro, noras e genros do usineiro e os canaviais que depois de arrasados e espremidos nas canas mastigadas, esbagaçadas viram sacas, milhares de sacas de açúcar refinado.

A fila arrasta e o guichê a engole aos poucos. Reparo-a bem, Mundinha não esta sendo anel da jibóia paciente. Não vou assistir a este filme de casa-grande, opulência rural que sustenta o fausto de algumas famílias que residem em Recife. O cinema passou por obras, asseguram os jornais ser perfeita a aparelhagem do ar condicionado mas eu prefiro o vento gratuito da noite, a liberdade de poder andar nesta noite, ir pra onde quiser admirando vitrines, sentindo desejo ao me deparar com moças belíssimas, adolescentes da sociedade que dançam comigo nos clubes.

Descansa uma mão no meu ombro. É Mundinha, Mundinha de vestido novo, dá-me satisfações, desculpa-me com modos, fico sabendo mandou buscar o pai, alugou pra ele uma casa de platibanda baixa, bem defronte do sobrado onde Gertrudes se entrega. Não concordo, safadeza querer me engabelar. Tinha me traído, isso sim. Lembrasse do nosso primeiro encontro. Não tinha pra onde ir. Debaixo de uma marquise esperava o bonde, a chuva forte inundando a rua subia pra calçada, ela e a mala de seus trapos no batente de uma casa comercial eram dois fardos tristes.

Os limpadores do pára-brisa me davam visão, deixavam eu visse as coisas da rua, parei o carro meu convite sincero a encorajou. E agora esta história de pai, ela que não tinha ninguém, vivia apanhando de uma velha, velha anormal espancando-a durante o dia, esbordoando-a nas horas de sono porque ela não se submetia nem gostava de safismo, essa história de mulher se agarrar com outra. E fazer "roçado".

Choro estragando a pintura do rosto de Mundinha. Choro sentido, extremado que lhe freme os seios.

– Conte-me a verdade!

Mundinha se rebela, prefere morrer a me dizer aonde foi. Não me enganou, jura continua a me jurar no meio do povo que faz footing, namorados, amantes, gente casada de braços dados andando no círculo da praça agitada.

Defronte, a caixa registradora amealha pro japonês imperturbável. Taças de sorvetes se equilibram nas bandejas dos garçons suarentos. Fícus se debatem com o vento, a folhagem escurecida farfalha e eu debaixo de uma árvore violentada que uiva e geme escuto Mundinha que se defende falando com choro como se eu fosse um algoz.

– Só lhe peço que me diga pra onde foi?

– Não fui a parte alguma. Fiquei passeando, sozinha.

– Mentirosa

– Prefiro morrer a lhe dizer... mas não o enganei, acredite em mim – e juntou as mãos, piedade no gesto vulgar, de roça.

– Mundinha, eu lhe abandono, lhe deixo agora mesmo se você não me disser...– minha voz se engrossa, crespas as palavras abandonam minha boca.

Mais furioso o vento endoidece os galhos, papéis velhos, voam, sobem do chão, quem não quer perder chapéu tem que ficar com a testa estreita, ainda mais burros no entender de uma escola de cientistas gostando sempre de enxergar a doença dos outros. Felizmente deixei o meu em casa, Panamá legítimo pra determinadas ocasiões. Não posso ficar discutindo com Mundinha, embirrada se recusa a esclarecer o assunto que me interessa.

A avenida é demais, vou voltar pra casa. Mundinha não pode mais viver comigo, sinto-me enganado, quero Mundinha arrume suas coisas, vá ser falsa onde bem quiser.

Não lhe peço enxugue os olhos, pouco me importa a vizinhança toda a veja inchada nos olhos. Vou dando novamente boa-noite, chego à porta de minha casa e um moleque entregador de bilhete me estende um envelope.

Abro-o pra ler Gertrudes danada, enfezada com Mundinha que foi ao sobrado.

– Aonde está a navalha, Mundinha?

Corredor aceso, quarto se desarrumando à pressa de quem foi enxotado. Mundinha percebe, tem certeza já eu me inteirei do ocorrido. Não vai mais arrumar o que estendera sobre a cama. Amanhã a empregada terá muito o que fazer.

Mundinha se enrola no meu pescoço e os seus braços compridos, magros e nédios me passando calor são patolas de carne. Beija-me na boca, a ponta da língua alcançaria o céu da boca de minha voz se eu fosse desdentado.

O bilhete de Gertrudes no chão, pedaços de papel rasgados por mim onde um lápis de uma queixosa mão escrevendo palavrões deslizou.

Por que aborrecer Mundinha com perguntas sem razão? Não suspeito mais de coisa alguma. Entro num quarto de cama feita e ninguém pode saber o que estamos fazendo. São muitos os tijolos da parede que nos separam dos vizinhos.

Zenóbio Empresta Dinheiro

CHUVA DE NUVENS cinzentas, chuva miúda entristecendo o mundo e ajunta no galinheiro aves encolhidas, umas sobre as outras tentando mutuamente se aquecerem, chuva chorando nas vidraças, escorrendo das biqueiras das telhas amolece o barro do quintal, esta chuva que não transborda nem entope ralos de sarjetas compele a mulher de Zenóbio a se cobrir nos ombros. É um xale preto, pontos de crochê num rendilhado de esmero que a mulher de Zenóbio de quando em vez puxa, ajeita sobre os seios mirrados. Já calçou meias grossas sustentadas por ligas de elástico. Mas ainda sentindo frio lê o folhetim, reclamando a ausência do sol vai virando as páginas.

– "O tempo esta doido mesmo. Chovendo assim neste mês!"– molhando de cuspe as pontas dos dedos alcança o princípio de um novo capítulo.

O que a mulher de Zenóbio está lendo é um romance de verão, amor de uma adolescente esperando o namorado num parque de diversões, véspera de natal, enfeitada nos pinheiros afagados por um vento que canta pelos bicos dos pássaros.

A adolescente vai ser raptada por uns gangsters que saíram de Chicago pra fazer uma sujeira em São Paulo.

A mulher de Zenóbio lê devagar, por isso ainda não chegou a este capítulo, que é o da trama, instiga o leitor a ficar interessado, a comer as páginas com olhos atentos. Fecha o livro, volve-se pro indivíduo que espera Zenóbio:– quer outro? – voz ríspida que à primeira vez assusta, timbre decisivo de falsa virago, faz o indivíduo descruzar as pernas pra pegar no copo amarelo do uísque gelado.

– Você sabe atirar?

– Vivo disto – enternece os olhos, com uma expressão de inocência fica-lhe o rosto, dir-se-ia uma criança grande que estivesse fazendo uma visita à mulher de Zenóbio, mas Genaro sabe matar gente, até com pancadas.

– Tempo cabuloso. Dia safado.– O uísque amarelecendo o copo começa a lhe soltar a língua que xinga a chuva de fim de ano.

– Você sabe ler?

– Já fui professor do Colégio Militar. Quis até pedir e pedi mesmo reforma no posto de capitão porque a mulher de um general se matou. Não tive culpa desse suicídio. Ela estava com câncer. Não agüentava tanta dor. Engoliu um tubo de comprimidos bebendo ponche de maracujá. E tirando do bolso do paletó um retrato de mulher de maiô, inquiriu: vossa excelentíssima, como se chama?

– Dóris, a que ajudou Zenóbio a vencer a vida.

O relógio bate onze horas, no ladrilho da cozinha o cachorro tritura a cabeça da galinha, fazendo ruído rosna pro gato mourisco que pede miando, olha miando a cozinheira, facão agarrado pela mão, destrinchando.

– Vá agarrar, Cascavel ! – O cachorro não demorou a voltar do galinheiro com a boca cheia, penas mortas de um corpo ainda quente tresandando a pixilinga, fazem-lhe cócegas no focinho. O gato rasga os bofes, come agachado vísceras da Dengosa, poedeira preguiçosa que aceitava o galo cocoricando com espalhafato.

Genaro se lembra da voz de Zenóbio que lhe telefonando pediu não deixasse de vir. Não a esqueceu desde aquela tarde de stand de tiro ao alvo quando ele foi campeão. Zenóbio dando-lhe a taça em que beberam juntos era sotaque de fronteira, falava diferente empregando sempre "tu" ou "tua" ao interpelá-lo.

Dos pombos escorria sangue que pintalgava a relva, haviam caído com peso de pedras que há instantes pudessem voar, bater asas num arranco de semicírculo.

– Tua pontaria sempre foi boa? – a banda de música estridulava nos metais de pratos e bombo festivos. A assistência urrava aplausos e os mais frenéticos sacudiam chapéus no ar vibrante, eletrizado.

Genaro guardava as armas num saco de lona, armas descarregadas ainda quentes no seu pretume mortífero. Levantara o campeonato nacional de morte aos pombos com muitos, muitíssimos pontos acima do vice Zenóbio, do rosto o suor grosso que lhe lavava a pele rubicunda, áspera, o marido de Dóris se intrometia: – Tu queres almoçar comigo qualquer dias destes?

Genaro vestia a farda de capitão, platinas brilhantes de tão polidas e se encontrava com a mulher do general, quarenta anos mais moça, o comandante da região sem saber de nada cantava, dançava twist pra se desenferrujar.

– E se você pegar um filho?

– Eu digo que é dele! – Xênia se revirava à cama mostrando o sexo de cabelos pretos.

Xênia foi uma fêmea de ancas roliças, enxuta nas pernas, nos braços até depois de morta. Dir-se-ia dormir, cobrindo-lhe o corpo a mortalha se colava à carne, costuraram-na estreita demais.

Genaro encostado na janela secava os olhos, no cemitério deram-lhe uma pá que ele encheu de terra, jogou-a sobre o caixão enquanto espremia os beiços como se quisesse dar um beijo. O lenço molhado ensopava-lhe as mãos.

– Ela pensava esperar um filho que a maltratasse com dores freqüentes. Mas quando lhe disseram o que ela tinha, cortou um maracujá. E eu bem perto acreditando fosse por causa da sede deixei que ela abrisse a geladeira, enchesse o copo de gelo. Só me convenci que ela se matava quando eu vi os comprimidos, engolidos aos punhados, como se fossem miniaturas de sequilhos, bolos de goma. E nenhum deles foi rejeitado.

Genaro se lembrou do general que sabia do envenenamento da Xênia que não queria morrer de câncer. Naquela tarde deixou o cemitério olhando os túmulos, afugentava a crueldade da noite, que iria aprisioná-lo sozinho, todavia planejando um encontro com uma conhecida fortuita se acalmava. Quando chegasse ao apartamento telefonar-lhe-ia, não assumisse compromisso com ninguém. Havia presenteado-lhe anos atrás com uma capa de pele. Desfilava em passarela, passava-se por donzela morena que causava comentários. Vê-la já era desejá-la, possuí-la vez em quando Genaro o fazia, sacando-lhe com requinte o vestido via um manequim vivo bulir as orelhas, abrir o fecho de platina do colar com dedos quentes. Seu olhar provocava ciúmes de mulheres casadas. Espreitavam os maridos chamando o manequim de sem-vergonha. Bonita demais para estar desfilando.

– "Por que não se arranjava logo, por que não caía à vida?"

Estabanavam leques, abertos cansando mãos flácidas. Observando através de lornhons esmiuçavam detalhes, descobriam defeitos nos vestidos que Vassili apresentava.

– Por que esse nome?

– Foi idéia do costureiro. Ele é, sabe. Meu nome é Maria dos Prazeres. Mas o infeliz me disse que só me contratava se eu atendesse por Vassili. Oh! Genaro, eu cheguei até a sorrir com a besteira dele, mas cadê o catálogo de telefone? Viu como eu não lhe menti? Meu nome todo é Maria Carneiro dos Prazeres. Nasci no Norte. Pernambuco, cabra da peste, você já foi lá?

Genaro nunca desembarcou em Recife. Quando o convidaram pra matar os pombos de Iputinga estava enfaixado na mão de soco. Influência de amigos abafou o flagrante. Também por que lhe foram servir uísque adulterado, cobrando-lhe pelas doses uma extorsão a que se seguia vigarice?

Não cheguei nem a beber um uísque. Só provei. "Batizado" no duro. Ë sua frente o pires da ladroagem se iluminava à despesa de boate.

Um desencanto a solidão do apartamento que embutia taças em armários envidraçados, não poderia ficar sozinho vendo televisão à penumbra da sala. Vassili ficaria com ele, chamá-la-ia, havia uísque na mesa da copa que dois ladrões estavam bebendo. O clube patrocinador da competição lhe havia devolvido o saco mortífero deixando-o na portaria.

Quando Genaro entrou no apartamento divisou os embriagados que cantavam, batiam com ritmo à mesa atulhada. O que tentou fugir pela porta da cozinha foi morto a pauladas, estava mastigando presunto, morreu engasgado, um prenúncio de vômito emporcalhava-lhe a boca de beiçola que pedia Genaro parasse. Genaro com a escultura da mulher desnuda, acertou-o de longe, arremessando com força o bronze pesado aturdido o deixou. A perícia inocentou Genaro, mandou lavar o mosaico ensangüentado de disparos. O revólver havia sido aventado como uma transgressão que não foi confirmada. Genaro mostrando o recibo da licença de porte de arma de fogo discutia com os investigadores que teimavam em dizer balas foram gastas demais. O ladrão morrendo de tiro se esquivava da morte nuns zigue-zagues, dir-se-ia tivesse ele comparado o retângulo da copa a uma campina infinita, desmesurada onde os móveis fossem troncos dispersos, árvores de esconderijo, grossíssimos caules, verdes nas cores das toalhas.

Naquela mesma noite escreveu ao comandante de sua unidade pedindo reforma no posto de capitão. Se o reformassem no posto de major era porque aplicariam a lei das vantagens. Mas ele queria deixar o exército, razões íntimas, motivos desconhecidos por todos também por Vassili que o vira escrevendo, fechando o envelope com um murro sobre a goma-arábica, líquido amarelo tornando pegajoso o pincel minúsculo.

Xênia numa memória de rusgas lhe dissera motivo ele tinha de não querer vê-la mais. Todavia, se ele a quisesse enganaria o general, não seria o general seu marido quem destruiria o desejo de Genaro de continuar amante do seu corpo; casara-se com o general, oh!, porque não sabia perder dinheiro.

O general era um viúvo que enterrava mulheres. Viúvo seguidas vezes só se casou com uma desvirginada. Xênia foi uma de suas cobiças desde a viu à praia se desabotoando no porta-seios do biquíni, banho de sol nas costas de lagarto-fêmea.

– "Vou me casar, Genaro, depois da lua-de-mel com o velho, volto aqui, tá bem?

Genaro ensinando os outros a acertarem no alvo percebia mais que no exército, fardas caras, apetrechos dispendiosos adquiridos à cantina de crédito. Comentara com Xênia que discordou certa vez de sua resolução.

– "Se você sair do Exército eu lhe deixo. Quero-o marechal de artilharia, primeiro de sua turma, por que pedir reforma tão moço? Se é pelas fardas eu pago, pago por você"– trancava o rosto num abuso de cólera, bebia uísque como se uma estranha sede lhe esturricasse a goela rodeada por silenciosos guizos, pérolas cor-de-rosa, desbotadas boninas numa frieza de colar.

– Fica ou não fica?

– Fico. Obrigado pela sua generosidade. Devo permanecer às fileiras. Mas quanto a chegar ao posto de marechal isso é com o governo.

– Eu falo com o Ministro da Guerra, falo com o Presidente da República. Lembro a eles a medalha de ouro ganha por você as olimpíadas – pegava às mãos de Genaro, beijava-as chorando, molhava-as com lágrimas de soluços.

Emocionava-se facilmente, com ímpetos extravasava o seu amor que foi sincero, mesmo depois de um vestido de noiva lhe embranquecer a moreneza de seu corpo arrebatado, modelado em curvas estonteantes.

– Caso-me com o velho, mas gosto é de Genaro – num balbucio de meia voz antecipou-se ao juiz no instante do casamento.

Muito mal alguém escutou o que Xênia dissera. Ela era ventríloqua, no momento de se casar foi de uma indescritível sutileza. Falou consigo mesma abrindo veladamente a boca ilusionista de seu estômago.

– A senhora disse alguma coisa?

– Não, Sr. Juiz, mas vou lhe dizer que eu aceito – olhou pro velho escanhoado, marcialmente posto num uniforme da gala, apertando-lhe o braço, sorria brando, confiante o comandante intransigente quanto a disciplina naquele instante só pensava na noite de logo mais.

Xênia estava sendo a sétima, as outras tiveram insuspeitáveis atestados de óbitos, o general beirando a velhice conservava apenas um vício, a sublime tara de amar, amar como um adolescente que não se excedesse e as doenças do mundo abominasse.

– Parece-me que Deus me experimenta – dizia, vez por outra, a quem se espantava com tanta viuvez.

– Felizmente não nasci assassino – prosseguia enumerando os males súbitos; uma delas morrera no sofá, beijava-o, pulsava-lhe demais o coração. O general escutava-o batendo, batendo como se estivesse esmurrando o peito franzino, quisesse pular pra fora como se um espremido caroço fosse.

– Não era nada – afiançara o médico – devia estar à cadeia, esse que nem usou o estetoscópio, à certa ainda pensa que tem ouvido de precisão devia estar mesmo no casarão da Frei Caneca.

– Mandei dar-lhe uma surra, não me arrependo.

Denegria a burrice do cardiologista, não o perdoava quando se lembrava daquela incúria de não querer utilizar o eletrocardiograma.

– Nenhuma delas me trouxe infelicidade, todas elas me amaram mas morrer no mesmo dia que foi se consultar?

Tinha razão o general quando se lembrava de Herculana, neta de um usineiro que dançava clássico, morria no ballet do Lago dos Cisnes até conhecê-lo num dia de regatas.

O oito do Botafogo chegava à frente, os remadores levantaram os remos, deram urras saudando o mar.

Nuvens se afastavam do sol, fugiam se esgarçando, se derretendo como se fossem blocos de neve que se fragmentassem.

Genaro continua pensando, se lembrando de sua vida bebe uísque espiando Dóris; Dóris agarrada novamente com o livro aberto continua gostando da estória.

– É pro senhor – o telefone tilintara até a empregada atender, deixara a cozinha enxugando as mãos numa cortina de janela, estampado que já deveria ter sido lavado.

Vassili diz a Genaro ele foi promovido, em resposta à sua carta chegara uma resposta negativa, não lhe dariam reforma como ele desejava. Num cartão à parte dizia o comandante num tom de pilhéria Genaro tivesse juízo.

– Não, você não fez mal abrindo a correspondência. Tem mais alguma notícia? – e voltou a sentar-se, bebendo uísque que lhe aguça o apetite Genaro espera Zenóbio neste instante emprestando dinheiro a uma de sua filhas. Estourara a mesada. Afiança ao pai que ele pode descontar no próximo mês. E a filha de Zenóbio monta no cavalo da hípica, debaixo da chuva rala, buzegado fim de manhã, acicata o animal que esporeado na barriga dá um, dá dois, dá três coices de cascos ferrados. A filha de Zenóbio desconfiou de um casamento arranjado entre ela e Genaro, desconfiou certo e por isso já disse a Zenóbio almoçará no clube.

– Zenóbio o convidou pra almoçar porque quer você vá com ele matar onça em Mato Grosso – Dóris acende o cigarro se espantando com Genaro que a contradiz.

– Capitão, não, Dona Dóris, agora eu sou major.

O cinzento das nuvens prenhes se esmaece. Parece vai surgir luz e o sol melhorando este dia morriento, afugentando este frio que molesta sem que nem pra quê horas seguidas de um mês de verão não demorará a aquecer pássaros multicores.

O cuco se esgoela à parede através de uma fauna prisioneira de um artesanato de muitos anos.

– Foi presente de meu casamento – Dóris se levanta escutando Zenóbio pisar nos degraus.

– Não há tapete que chegue, faz sempre isso. Limpa os pés como se isto aqui fosse museu.

Pregados às paredes troféus empalhados, pêlos de animais selvagens colados na cal das paredes pintadas mostram fauces, presas e chifres que servem de cabide. Num deles o chapéu de Genaro é um cinzento viril.

A Menina Sardenta Pede Esmola

CHAPÉU GELO à cabeça grisalha, andando de noite como quem fazia digestão, caminhando sem pressa, olhando vitrines da rua barulhenta parou à porta do cinema de fila enorme. Greta Garbo morria tuberculosa no cartaz colorido. Acendeu o charuto, o palito de fósforo começou a ser levado pelas águas da sarjeta. Então, Aristóbulo atravessou a rua molhando as solas dos sapatos. A calçada do outro lado formava poças, havia chovido e as feridas do cimento enganando transeuntes afogavam pés inadvertidos.

Estou com fome. – E estendia a mão magra, roída às unhas, que surgiam da penumbra de uma soleira de porta trancada.

Era de idade incerta, talvez dez, doze ou tivesse apenas nove anos porque não se lhe distinguiam as feições. Apenas um molambo de vulto, de cócoras, vislumbrou Aristóbulo apesar da mão estendida segurar o debrum do seu paletó.

Estou com fome – a mão se agarrava no tropical bem-talhado, puxava-o, com impertinência chamava a atenção de Aristóbulo.

Teria que mandar o terno pra tinturaria. A menina lhe sujara também as calças, amarrotara-lhe os vincos num desespero que enervava.

Aristóbulo dera-lhe uma cédula, dinheiro verde na cor circulável, mas a menina queria ir com Aristóbulo, dela miserável, tão pobre Aristóbulo devia tomar conta, não tinha onde dormir nem podia entrar nos cafés pra comer porque seria presa. Havia fugido de um internato. O choro de boca aberta a enfurecia no rosto congestionado, horrendo. Feios não eram seus olhos azuis mas a pele contorcida do rosto que berrava causava medo, estava suja de barro, os cabelos compridos que lhe piolhavam os ombros guardavam adormecidas lêndeas à cabeça revolta.

– Como você se chama?

– Não quero meu nome. Me dê um nome novo. Quero que você tome conta de mim.

Somente viu sardas no corpo de Maria da Anunciação depois que a empregada do banheiro a trouxe de volta.

Deixá-la-ia dormir sossegada, o que decidira Anunciação saberia depois. E Aristóbulo botou pijama, calçou chinelos, entrou no quarto onde sua mulher convalescia, dormindo com as pernas de fora, o lençol pro lado como se sentisse calor.

Anunciação quinze anos gananciosos foi repreendida. Riscara com um caco de telha o muro do quintal. Passava os dias fora, voltava ao escurecer segurando a bolsa cheia de livros.

– Dr. Aristóbulo não está – atendia o telefone, coçando a perna mordida pelos mosquitos. Sentia-se adotada, era filha do Dr. Aristóbulo, atarefado ao legalizar os papéis.

– Papai e mamãe saíram – enganchava o telefone no gancho pra avermelhar os lábios que sabiam beijar.

Namorava no portão olhando as esquinas, detestava repreensões, mandando o namorado embora antes das dez nunca foi surpreendida de mãos dadas conversando ou abraçada quando beijava de boca colada, a respiração presa de ânsias, fruindo muito da sensação amorosa enrubescida ficava no empenumbrado rosto.

– Riscando o muro que eu mandei pintar? – Aristóbulo zangado mordia o charuto falava fumando olhando o estrago.

Anunciação, meias compridas às pernas grossas espremeu a cintura com as mãos pintadas às unhas e falou enternecida à voz volúvel, sensual, quente: papai, eu estou amando, amando muito – e sacudiu fora o pedaço de telha, jogando-o pro meio da rua como se quisesse ferir o vento, ajeitou o pé no sapato, ajeitou os cabelos alvoroçando os dedos e correu pra dentro de casa, trancando-se no quarto como se temesse Aristóbulo que sorria, sorria fumando olhando o muro danificado. E meteu no fofo do travesseiro o rosto alvoroçado, toda gaforinha à cabeça , sorria muito, a boca se abrindo cada vez mais escarnecia o seu passado de desventuras.

Anunciação não viu mamãe Margot, assim a sardenta a chamava, ralhar com Demetério, filho legítimo de suas entranhas.

Fazia o mesmo que Aristóbulo, levantava o dedo, Demetério assumiria a responsabilidade.

Entre os dedos da mão esquerda o cigarro importado cheirava um cheiro bom à ponta de fogo. Margot, enfurecida com o desrespeito esbofeteou Demetério, era mãe dele, tinha direito de corrigi-lo, não queria saber se ele trabalhava, ganhava dinheiro, tinha idade pra se casar.

– Desrespeitar a casa de seu pai? – e outro bofete estalou à outra face escanhoada, a violência estremecendo um rosto de bigode aparado prosseguiu nos insultos que não vieram sozinhos. Margot torceu a orelha de Demetério, a cartilagem rasgada com o torniquete de unhas compridas sujava o colarinho, com pingos de sangue o ensangüentava.

– Anunciação vai se casar vestida de noiva, ouviu, não quero que ninguém saiba disso, ouviu, desrespeitar a casa de seu pai?

O cachorro latia, saltava, fazia festas à Anunciação, pulando de um lado pra outro, floqueava a cauda eriçando os pelos amarelos. Era um cachorro, enorme, buldogue que atacava os mendigos, maltrapilhos barbudos, após crescer afagado por Anunciação se encurvando pra comprá-lo após tirá-lo de um cesto de mercado.

Que é isso Esperto, quanta barulheira Esperto, quem enfezou mamãe Margot pra ela estar falando tanto? – e com o bico do sapato empurrou o portão, caminhando elegante abriu a porta, jogou a bolsa numa cadeira e esparramando-se no sofá da sala sombria disse pro espelho que lhe devolvia a beleza: – arre, como me fatiguei comprando sozinha o meu enxoval!

O sol declinava e o crepúsculo de nuvens cinzentas não tardaria a cobrir o mundo que festejava desde a véspera um campeonato mundial de futebol ganho pelo Brasil.

Anunciação, tirava a aliança de platina, enfiava-a no anular esquerdo, experimentava-a mais uma vez como já fizera com a de ouro. O dedo a aceitava bem, prendia-a sem ficar apertado, no tapete o aro todo platina cravejado de brilhantes não cairia.

Anunciação sacudia os dedos, balançava a mão, dorso azul às veias singelas.

– Quando eu ficar grávida, tenho que usar sabão – olhando os brilhantes que faiscavam Anunciação se esquecia de torcer o comutador, iluminar a sala, deixar a sua beleza sardenta pelo espelho refletida fosse.

– "Espelho, espelho meu, dizei-me sem receio, existe mulher mais bonita do que eu?" – Anunciação no internato do governo indagava no banheiro, no dormitório, insistia com essa pergunta na sala da diretora, onde tivesse espelho ela interrogava, aguçando os ouvidos, totalmente alheia ao que se passava em volta de si era uma visionária, devaneadora com muito de nefelibata.

– "Maria da Anunciação você está me ouvindo? Por que não presta atenção ao que estou lhe dizendo?"

Dir-se-ia acordar quando tomava conhecimento da solteirona bedel que usava distintivo no peito, ainda se admirando no espelho de sua imaginação divagava. Maria da Anunciação embora encarada pelas companheiras persistia sonhando grandes sonhos de delineada grandeza, e uma esperança enorme saltitava na sua imaginação poderosa. Queria ter alguém que a quisesse, tratasse-a como filha, seus cabelo louros reclamavam carícias de mãe, de uma mulher milionária que a pudesse estreitar repetindo: minha filha, como você é bela, vou sentir saudades de você.

Um vestido de noiva, bem perto das duas, embranquecia as rendas das colcha, recobria o meio da cama com alvura de costureiras caprichosas.

O noivo, magro e alto a esperaria no salão fumando charuto, bebendo uísque, conversando com os convidados, retesando o bíceps ao dar aperto de mão seria um inteligente atleta.

Maria da Anunciação gostava dessas minúcias, sonhava acordada sonhos de perfeição, fazia planos como se fosse muito rica, conhecesse, apenas de longe muros de internato de meninas abandonadas, numa memória de seu vertiginoso automóvel. Parafusando sua cama de lastro de arame a metamorfoseava num bólido, o pano sujo de graxa era o seu par de luvas, luvas marrons, luvas pretas e amarelas, pelica pros seus dedos que iam ao encontro do amor.

– "Maria da Anunciação, por que você trata tanto de sua cama?"

A que desconhecia seus pais, depois de nascida indo parar à roda dos expostos, não precisava levantar a cabeça, perto do azul de seus olhos os sapatos brancos de diretora causavam medo no despropósito de seu tamanho. Sapatos de pés de lancha, se trabalhassem num circo seriam de palhaça. Todavia, Maria da Anunciação persistia endireitando com esmero aparafusando, dormir em casa que não rangesse era melhor, agitava-se muito dormindo quando os sonhos a engravidavam. Maria da Anunciação tinha sonhos de mulher casada e seu marido nem a deixava quando menstruada.

Levantava-se pálida, corpo doído à sua magreza repeliu a graxa do pão, bebia o café com leite queimando a boca no caneco de flandres. Aprendera a ler, enchera cadernos com as quatro operações, mas ao saber a pulso seria obrigada a ser professora de primeiras letras no internato, os testes de aptidão a indicavam pra isso, pulou o muro e a escuridão da noite a defendeu.

Andou de trem, sentou-se num lotação de vidro quebrado à noite de chuva. Pediu esmola, se sujando de barro às andanças de pé de parede começou a tiritar, nunca havia contraído sezão, mas batia o queixo, no desagasalho de seu vestido curto, ralo, cheio de remendos e puído experimentava a miséria dos inválidos.

– Estou com fome, me dê dinheiro! – pedia estendendo a mão suja, engelhada e cortada pela navalha do tempo.

Só faltava cair neve naquele frio intenso.

– Se quiser dormir comigo, eu lhe dou, quer? – um rapaz de capa de chuva, guarda-chuva aberto ficou esperando uma resposta que não veio.

Maria da Anunciação pediu a outros, mas a mão, a mão que ficava cada vez mais molhada não se coloriu até Aristóbulo distingui-la e vislumbrar de cócoras, pés juntos aquele empoleirado corpo no batente de cimento.

Agora, Demetério, acorda no escuro do quarto. Quer abraçar Anunciação, beijá-la, possuí-la no colchão macio mas só encontra o lenço quente, sobre o travesseiro usado de fronha branca um biliro é indício de abandono. Chama pela mulher que vive com ele há anos, espera Anunciação responda, volte pra cama no baby-doll de seda, finíssimo tecido trescalando suave, afrodisíaca calça curta de blusa frouxa que não tendo soutiens deixa soltos os empinados peitos, mamáveis pomas cor de leite.

Durante os dez anos de casados Demetério só se queixou da falta de senso de Anunciação. Não era ele o culpado de Anunciação mãe de filhos não ter sido.

– "O fator RH de vocês não combina. Mas o doutor é normal"– o especialista encarava Demetério que pegava Anunciação agarrando-a pela mão. Anunciação cara de choro, tirando o pé do sapato como se sentisse dor de calo indagava com vontade: – "Mas deve haver um remédio Professor, o senhor não disse que eu também sou normal?"

Demetério tirou o lenço do bolso, Anunciação chorava um choro de lágrimas imensas, ficava molhada no peito do tailleur justíssimo.

Demetério levanta-se, uma intuição desagradável perturba-lhe os movimentos. Dirige-se ao banheiro mas não se deixa levar por presságios. Tem certeza Anunciação foi embora, deixou-o sozinho sem dizer pra onde ia, com quem foi viver Anunciação abrindo nos paus ele não sabe.

Abre a porta apertando o trinco com força, como se estivesse estrangulando sente que as suas mãos se fecharam rachando a toalha úmida do cabide da parede.

Nenhum bilhete apressado sobre móvel algum é notícia. O guarda-roupa vazio, um esquecido grampo que prendia nos cabelos a peruca de Anunciação é um revoltante pretume de metal sobre o travesseiro usado. Depois de quebrá-lo com dedos danados Demétrio joga-o no assoalho de madeira amarela espelhando de brilho nos tacos uniformes.

– Ainda não nos casamos mas vou usar o seu sobrenome – Anunciação se entrega a um usineiro, num quarto de uma casa de beira de praia Anunciação suja de batom a boca do usineiro que tem sobrenome espanholado. Veja. José Martinez de La Vega.

Maria da Anunciação de La Vega, como ela acaba de dizer que vai se chamar, esta Maria sardenta de muita sorte, vai ter outra lua-de-mel viajando a jato. Anunciação quer parir mesmo e também acaba de acertar isso com o seu amante.

Os Golfos do Mar

DAS VIRILHAS AO UMBIGO ficava azul no calção de lã e carregando uma bolsa de lona, caminhava praia afora até alcançar as dunas, esverdeadas areias nos labirintos dos golfos.

Eram ramagens rasteiras, caules de cipó folhudos se imbricando sobre as areias num mais acabar, eram aqueles golfos, golfos extensos e viçosos que me despertavam o interesse de deixar à beira do mar as marcas dos meus pés.

Abria a bolsa e o litro de uísque me gelava a garganta. A garrafa térmica cheia de pedras de gelo se preservava sob as sombras dos coqueiros ululantes. Mergulhava no mar, dava adeus a navios que arribavam e partiam espumando às hélices das popas. Às vezes distinguia as suas nacionalidades pelas cores das bandeiras enfunadas. Muitos deles bordejavam, aproximavam-se por demais da costa, cargueiros, vapores mistos e de passageiros lembrando velhos cetáceos prestes a encalhar enjoavam os seus cascos a poucos metros das ondas que se quebravam violentamente se espatifavam com estrondo.

Eu sabia profundo o leito daquele mar, abismal e infestado de tubarões, mas toda vez que eu via um navio arrostar o perigo de se perder, a minha atenção se desdobrava e eu acompanhava a perícia do piloto como se o navio me pertencesse, fosse mesmo meu.

Nos dias de maré baixa Rosália chegava de automóvel. Deitada sobre a esteira de piripiri, deixando-se queimar às costas nuas gozava aquele silêncio se espreguiçando, limpando de seu corpo algum bicho de areia que a quisesse morder, enchê-la de cócegas atritava os dedos que espremiam, matavam.

Oferecia-lhe uísque no copo de matéria plástica, apertava-lhe os seios túrgidos, rosados nos bicos empinados. Reclamava, fechando os olhos como se fosse desmaiar Rosália me pedia não a machucasse.

Estudava no científico, tinha medo de engravidar e me perguntava se ficaria comigo, se quando eu me fosse ela continuaria a ser minha sombra.

Tapeava os pais lhe dizendo preferir aquela praia distante por causa das conchas, dos caramujos, olhassem as paredes de seu quarto, estrelas-do-mar picadas de formol recobrindo aqui e ali a pintura de óleo.

Rosália entrava no automóvel e ia se perder nos meus braços, debaixo de coqueiros onde as areias eram fofas, longe dos golfos, cabeleiras verdes de dunas estarrecidas. Quando eu quisesse ela deixaria a família, dizia-me com langor, queria ser minha até morrer.

E virava espuma nos mergulhos prolongados, saía do mar ensargaçada, limosa, seu corpo cheirando a maresia me engulhava.

Encharcava a esponja, o óleo de bronzear escorria-lhe às pernas, eu ficava vendo Rosália se escurecer debaixo do sol, estendida à praia, como se estivesse dormindo um sono de embriaguez. O rosto melado, os braços melados, o dorso de Rosália também melado de óleo cheiroso avermelhava a pele branca, acobreada e descascada nos ombros sardentos.

– Olhe um navio!

Rosália se levantava, invadia o mar dando braçadas de nado de crawl.

Tinha que lhe responder, se gostava mais dela que de qualquer outra, enciumava-se porque eu lhe dissera minha lua-de-mel fôra num transatlântico. Se houvesse aparelho elétrico que registrasse sem erros pensamentos ela poderia sossegar. Somente assim ficaria tranqüila quando eu envolvia um navio com olhar distante baforando o charuto aceso e em silêncio como se nada mais pudesse ver acompanhava o singrar de rota de milhas.

Interpunha-se, querendo somente eu a visse, Rosália ficava à minha frente, alta e esbelta, loura nos compridos cabelos soltos, indagava-me até eu me irritar.

– Você ainda gosta dela? Se não gosta mais dela por que gosta tanto de ver navio?

E certa vez, porque não lhe dera a resposta de sempre – "gostava mais dela, não a estava enganando"- , Rosália jogou-se mar adentro, nadando como se quisesse ser comida pelos tubarões, mal eu vislumbrava a sua cabeça no meio do mar, vagalhões enormes de um verde aterrador.

Fui buscá-la, me arriscando a não almoçar naquele dia comecei a nadar, nadando e gritando pedia Rosália voltasse, deixasse de ser besta, viesse beber uísque gelado.

Tive vontade de bater-lhe e dei-lhe uns trompaços. Depois ela me contou como tranqüilizou a sua família: escorregara de uma rocha antes de mergulhar.

Conhecia a família de Rosália, se quisesse noivar, amolegar mãos, furtar beijos, aguardar um descuido dos parentes pra investir em outras zonas tinha somente a fazer o que todos os noivos fazem.

Rosália me escutava, sentada num banco de coreto ouvia a minha proposta sussurrada, entremeada de afagos que lhe fechavam os olhos azuis. Eriçava-se-lhe a penugem, toda a penugem de seu corpo dir-se-ia excitada, quentíssima. Rosália separava os lábios pra voz escapar lasciva: – E depois?

Receava eu a abandonasse, aborrecesse-me do gozo do seu corpo, procurasse outra mulher enquanto ela, afastada da família, olhada de esguelha pelos conhecidos permanecesse acordada, vigiando a madrugada secasse os olhos, de tanto me esperar soluçasse forte.

A praça do coreto das retretas populares tinha a sua acústica, à calçada defronte uma trouxa de roupa servia de cadeira pra um menino, a mãe dele fumando cachimbo extravasou um riso da boca do sentinela de baioneta calada.

As fachadas dos prédios se iluminavam, a noite caía amena, estrelada, ventos brandos sopravam árvores, tentavam desfazer o penteado de Rosália que me dava adeus.

– Volto amanhã, me espere aqui mesmo – Rosália me assegurava, sabendo de antemão se eu quisesse me sentaria com ela num banco de bonde de duas sessões até o palacete de seu pai surgir, crescer com um minarete, onde ela se debruçava e me dava outro adeus que me enchia de febre, de mais desejos Rosália aquela minha namorada muito manhosa era, não passava mesmo de uma sonsa.

Entrava no meu quarto pra beber uísque, pedia à empregada quebrasse mais gelo, só tirasse o jantar quando eu mandasse.

Queria pensar, ficar pensando à Rosália que resistia, não queria ceder e que depois de excitada, quando eu acreditava fosse aquele o momento de sua decisão, seria minha, entregar-me-ia – eu apenas escutava nos crepúsculos de minhas seduções aquela interrogação sistemática, inquebrantável, que a levava e também a mim a tomarmos um bonde quais namorados simplórios, bem pensantes adolescentes de imaginação angelical.

– E depois?

Tinha medo do meu regresso ao Rio de Janeiro, que outra mulher a pudesse substituir, eu poderia relegá-la – era a vida! – com a sua beleza havia tantas!

Eu soltava um suspiro, apertava-lhe os braços fardados, beijava-lhe à boca que estudava vermelha nos lábios cheios de batom.

Não seria ainda daquela vez, o lugar de Rosália ainda ficaria vazio à mesa do jantar. Com feições abusadas eu modificava o meu rosto numa zanga de sobrolho cerrado. Quando eu tentava alegrá-lo Rosália já tinha me avisado da agressividade de meu olhar e eu ajeitava a gravata introduzindo o laço à forquilha do colarinho. Os paralelepípedos da rua do bonde estrepitavam com o motorneiro engrenando à curva.

Várias vezes eu vi a mulher do cachimbo de barro, acompanhada do menino que amassava a trouxa de roupa engomada, pitando o seu fumo de rolo, perto do ponto de bonde. E aquela negra era uma paciência de breu.

Rosália me despertava a atenção pra lavadeira que esperava invariavelmente o patrão chupando certa vez um canudo de taboca polida.

Relanceava a miserável fleumática, talvez contente por se encontrar distante de seu barraco e enquanto esperasse por quem devia, pudesse fumar à larga, olhando a praça de repuxos coloridos se entretesse com o espetáculo violento dos chuveiros gratuitos.

Voltava a olhar Rosália, depois de ver a lavadeira de um velho, à lapela um cravo vermelho, que a deixava esperando à calçada até regressar da repartição, meus olhos de cobiça insistiam em querer Rosália, num arrebatado impulso minhas mãos tornavam a agarrá-la, e eu detinha num abraço aquela Rosália que tornava a me alertar:

– Já está ficando tarde. Não posso me demorar mais.

O bonde freando, o bonde partindo com a lança de roldana rolando no fio de alta tensão.

Apertava Rosália, machucando-a nuns braços amarfanhava-lhes o uniforme.

Contenha-se! Não estamos sós.

No picadeiro do bonde o cobrador se desdobrava equilibrando-se nos balaústres suados.

– Repare, ele não cai porque já está acostumado.

Rosália querendo desviar a minha atenção, refrear a tentação do meu querer se apegava a essas ninharias, encetava qualquer assunto que pudesse distrair-se, por momentos arrefecer o meu fogo. Não desistia. Convencia-me Rosália apenas protelasse, surpresa não haveria quando ela me pedisse pra descer do bonde no meio do caminho.

A empregada tirando gelo das cumbucas da geladeira me lançava rabo de olho, furtivamente me lobrigando gelava o uísque de meu copo, doida por saber quem eu convidara não aparecia, soltava indiretas, maldizendo o governo que não sabia conter a extorsão do custo de vida mostrava dentes areados com pó de carvão.

– Não se estraga não. Bote à geladeira o que sobrar – contestava insatisfeito olhando a mesa forrada que continuava a esperar somente por mim.

– É pro senhor.

– Diga que eu já saí.

Era Rosália me telefonando pra me perguntar se eu ainda lhe queria bem.

Enfiava-me no paletó, calcava o acelerador e o automóvel parando, era somente freado rente às calçadas de casas suspeitas.

Música de eletrola automática chegava à porta da rua chorando borracheiras de tangos. A marafona me oferecia grogues limando as unhas dos pés deformados, mondrongos de enxúndia e certa vez sugeriu: tem uma novata aí, se chama Stela.

Quando eu ia dormir via sempre pedaços de papel sobre a escrivaninha; recados de Rosália garatujados pela empregada, Rosália mandando me dizer as mesmas coisas, que eu não me esquecesse de esperá-la no mesmo lugar da praça sussurrada por flamboyants.

A empregada perguntava quem estava falando, enchia-se de curiosidade atendendo ao telefone.

Ele já sabe quem é. Diga-lhe que me espere, quando eu sair do colégio vou-me encontrar com ele no mesmo lugar.

E eu me levantava, nos crepúsculos de segunda a sexta-feira eu deixava o banho do coreto e de pé ficava vendo Rosália descer a ladeira, certa vez, sozinha e apressada se aproximar de mim, como se tivesse se decidido a fazer algo reprovável que enchesse de vergonha a sua família.

À praia onde Rosália apanha conchas discutimos como se somente pudéssemos viver brigando. Dissera-lhe já me havia casado e isso a magoa, sempre e sempre Rosália aborda esse assunto, fazendo cenas de ciúmes que terminam por desnorteá-la fica de olhos avermelhados e chora, chorando muito procura os meus ombros pra se apoiar.

– Ela era bonita?

– Era.

– Mais do que eu?

– Não podia ser – garanto-lhe beijando a boca que tem gosto de sal.

Bordeja um navio nos recessos dos tubarões, o mar agitado continua desequilibrando o navio que espadana, fere o abismo com hélices com a quilha, com a popa, com o casco todo que é preto reluzente.

Afasto Rosália, quero ver direito a bandeira que drapeja no meio do mar. Leio, posso ler com nitidez o nome do navio que foi batizado com garrafa de champanha. Assisti a essa solenidade. Conto a Rosália , digo o nome da companhia de navegação a que este navio pertence. Este vapor deve estar carregado de açúcar, o usineiro que o mandou construir tem uma frota deste tipo, tem um estaleiro que causa inveja ao Ministério da Marinha.

Rosália me pede que lhe apalpe o ventre. Novamente se abraça comigo, começa a me dar beijos e eu não posso ver mais o navio que apita, vitoriosamente solta um grito rouco depois de ter ultrapassado a garganta das pedras, navegável profundeza, muito próxima da praia.

Lembro-me de um comandante que mandou parar as máquinas, desafiou o perigo lançando âncora àquelas voragens. Escutei muitos tiros. Matavam tubarões, desciam escalares e ferroavam e esfaqueavam os monstros mortos que boiavam, à flor das águas sangravam como se lhes houvessem extraído dentes. Navio de passageiros, transatlântico de luxo que divertia milionários com as pontarias certeiras dos homens de bordo. O comandante mandando tocar corneta como se estivesse em batalha arrancou da cabeça o quepe bordado.

– Rosália você se lembra da matança dos tubarões? – reavivo a memória de Rosália numa vertigem de corrida que corta o vento da praia larga, quilométrica, velocímetro desembestado nas areias duras da vazante. O automóvel siderando como se tivesse asas esquenta o radiador e os salpicos no capô me advertem frouxa está a tampa, a qualquer momento pode aquela parte da carroceria se desprender, estilhaçar o pára-brisa, ferir-me, abrir feridas em Rosália que vai ser pedida em casamento.

Procuro os freios, Rosália salta comigo, me dá um pedaço de estopa agarrando as minhas mãos, querendo sempre estar perto de mim Rosália revela ter muito receio.

– Se estiver não tem nada demais. Vou-me casar com você – o ventre que freme me parece vai ter criança, lúrida, muito lívida Rosália baixa a cabeça pra vomitar.

Os golfos se perdem de vista. Vislumbro-os longínquos, manchas do verde às dunas alvacentas.

– Este meu filho foi feito em colchão de sal – falo como se minha garganta não pudesse deixar de explodir.

Jogo a estopa fora. Rosália com um lenço continua limpando a boca que cheira a coisa azeda. Ainda falta muito pra preamar que se anuncia piriricando, cindindo ondas, espumando muito, despejando sargaços à orla, mas continuo fazendo o que Rosália me pediu, corro, corro cada vez mais no automóvel que deixa trilhas às areias finíssimas e desertas.

Rosália, impressionável e cada vez mais velada, não quer perder o filho, convenceu-se de que deve descansar a tarde toda, tranqüilizar-se espichada à cama, aguardar-me refeita das emoções que a empalideciam só poderá lhe fazer bem.

À noite, durante a mera formalidade do pedido eu a verei de ruge, pintada, com melhor aparência abrirá a porta pra que eu possa me entender com seu pai. E me pede eu desembeste, vença mais depressa a faixa de areia fina, branca, quantíssimos minúsculos grãos nesta manhã canicular. Os pneus expelem cheiro de borracha queimada. O vento entra com fúria pelas janelas, judia os cabelos de Rosália, bate-me no rosto como se tivesse mãos.

Em cada aniversário da perdição de Rosália, no dia em que ela foi minha pela primeira vez, voltaremos ao mar, e este mar que num certo recesso tem areias e dunas recobertas de golfos. Combinamos isto como se estivéssemos apostando com o destino, debochando da morte, galhofando das doenças, fugindo da burrice, das convenções insuportáveis.

Se vamos nos casar é porque a minha primeira mulher morreu. Mas não sou viúvo. Maria do Céu botava no dedo aliança de casada porque queria. Morreu envenenada, tomou veneno sem querer, pensando fosse bicarbonato encheu de pó branco um fundo de copo com água pra engolir uma sulfa.

Rosália sabe disso, se aborrece, queria somente eu tivesse andando com ela em toda a minha vida. E me enche de olhos, como se soubesse hipnotizar me fita, dizendo-me numa voz apagada, distante, que eu não procure mais ninguém, não chegue muito tarde da noite é uma implicante carinhosa me pedindo uma jura.

Seu pai já sabe, sua mãe, seus irmãos, também já sabem que eu vou ser um noivo de poucos dias. O pai de Rosália sabe de uma coisa, só eu não sei por que ninguém ainda me disse, mas fiquei sabendo como vim a saber depois do jantar e o que eu fiquei sabendo ninguém sabe – podia ter me dado congestão – fora Maria do Céu, uma irmã espúria, afim de Rosália, filha dele criada pela avó, vivendo com a avó desde a primeira mulher dele de amigação ficou louca e morreu louca num hospício que lembrava prisão.

Deu-me um charuto, o pai de Rosália o acendeu com fósforo de mãos decididas e exigiu de mim jamais contaria isso a ninguém. Não queria Rosália nervosa, nenhum de seu filhos deveria saber de desgraças que o acabrunhavam, com tanto sortilégio o abateram.

E perguntou-me como se quisesse experimentar o meu coração que batia, batia assustado no meu peito surpreso:

– Você quer mesmo se casar com Rosália dentro de uma semana?

A maré-cheia ribomba na praia imensa e os ruídos das ondas partidas me fazem lembrar nesta sala onde eu fumo charuto a praia dos golfos quando matavam tubarões. Naqueles instantes Rosália me pedia que eu lhe apertasse o ventre tostado, ventre de corpo nem mesmo branco no lugar das sedas do biquíni rubramente colorido que ela trazia de casa. Nua Rosália mergulhava. Nua Rosália nadava.

A Porta Encostada

CHUVEIRO NO DEDO amarelecido pelo fumo, advogado canhoto que alugara uma sala pra botar banca, defender no crime e no cível, Marcolino de Azevedo atendia os clientes abrindo compêndios, citando artigos, parágrafos que interessavam.

Recém-formado procurou um causídico, professor de Direito Penal, robe de chambre, sisudão, no escritório de sua casa ajardinada. Despediu-se quase bêbado, trôpego agradeceu ao ancião que o aceitara como auxiliar, começaria no dia seguinte, horário severo, o dia inteiro a ler processos, a fazer minutas dos autos.

O catedrático dava pareceres, só aceitava causas de vulto, cobrando honorários proibitivos desde que se impôs agarrava-se com unhas e dentes à sua merecida fama. Só aceitava auxiliares cautelosos, audazes, de raciocínio rápido, relâmpagos no cérebro. Queria saber com precisão a querela das duas partes, que esmiuçassem tudo, não deixassem rabo de gato pra ele pegar.

– Detesto mãos arranhadas – dizia a cada neófito que o procurava.

Marcolino de Azevedo jurou não brincar com gatos, levantou-se da cadeira, deu uma canelada à mesa de dois copos de uísque e se a empregada não abrisse a porta ele não aceitaria a torcer a chave; engasgou a fechadura, emperrando-a com manobras imprecisas se demorava a ganhar a rua, ficar debaixo do céu estrelado.

– O eminente mestre tem que mandar me soltar, – futucava o buraco, com teimosia pelejava se agarrando no trinco que não cedia.

Um berro do jurisconsulto alertou a empregada, cochilos de pêndulo, a cabeça querendo ser peça de carrilhão à cozinha funcional! Sentada num banco de descascar batatas, debulhar vagens, catar arroz, feijão, decepar grape-fruits, Teresa dos Anjos da Silva, abriu os olhos, enfiou os pés nos sapatos, ajeitando os cabelos negros ficava ainda mais apetecível.

– Venha cá minha nega, branca de juventude eterna, seu velho quer os seus carinhos.

As almofadas do sofá ficavam amassadas, lembravam travesseiros que dispensassem fronhas.

O Marcolino já foi embora, coitado, não sabe beber, vai trabalhar pra mim, sabe meu anjo gostoso, vai trabalhar pro seu velho, ficar míope de tanto ler processos.

Daquela idade, ainda fazia filho, alto e magro, varapau ossudo só era mesmo velho nos cabelos brancos, setentões. Dava, apenas, experiência a seus auxiliares, percebendo-os aptos à advocacia os dispensava, que fossem tentar a fortuna, tornassem-se célebres. Encorajava-os. Sua mulher também trabalhara gratuitamente pra ele até se vestir de noiva. Engravidara várias vezes, todavia seus filhos se formaram em outras universidades, dispersaram-se criando família, incutindo nos filhos admiração pelo avô, sumidade de renome internacional com vozes pausadas impunham respeito. Falecera assistindo uma partida de futebol, antes, muito antes do ponta-direita de seu clube furar o gol a mulher do causídico ficou no peito esportivo.

Teresa dos Anjos da Silva procurou dias depois dos funerais o jurisconsulto a mando de uma firma de comestíveis. O setentão ganhou a causa, deu um anel de brilhantes à Teresa que não o tirava do dedo mesmo lavando pratos, cozinhando no fogão enorme. Seu ventre se avolumava, ainda não se dava pra notar, mas estava inchando, querendo estragar a cintura fina de vestidos vaporosos.

O jurisconsulto gostava mesmo da lei, interessou-se pelos papéis, Marcolino de Azevedo ainda não sabia, mas foi ser padrinho do suntuoso casamento.

Teresa queria ficar sempre trabalhando, continuando a ser amante do velho se sentia mais protegida, desejada sem ciúmes.

– Minha filha, você vive comigo, tenho que zelar meu nome – os bigodes brancos fazendo cócegas no beijo cinematográfico.

Marcolino de Azevedo presenteava a criança desengonçada nos aniversários, Teresa recebia à soleira estendendo a mão cravejada, cintilante nos adornos grandes. Espigadão o jurisconsulto falava de turfe, amarelecia a língua com uísque, fumava charuto, o isqueiro cagando fogo, fugaz pirilampo aprisionado numa caixa de ouro.

Atualmente Marcolino de Azevedo tem tempo de sobra. Casado, pai de família, vencendo um concurso, se tornou catedrático de uma cadeira que ficou com o livre-docente durante dois anos.

Atende em parte os clientes, seus auxiliares dão duro, se aplicam no escritório, fazem o mesmo que ele já fez, aprendem trabalhando de graça.

Marcolino de Azevedo acorda tarde, mergulha à piscina, chega no escritório quando bem quer, o colete de casimira mostrando uma corrente de ouro esconde um relógio que acadêmicos reprovados lho ofereceram após os exames de segunda época. Contempla a baía de navio ilhado, navegando no meio do mar túrgido, espumando grosso.

– Belíssima tarde – diz à datilógrafa, unhas rachadas, quebradas no teclado eletrificado.

– O senhor já leu o que está à mesa?

Sobre a escrivaninha amarela, meia lua de pau-marfim, um papel datilografado pedia a Marcolino de Azevedo fosse à Av. Atlântica, edifício de luxo, um apartamento por andar, certificar-se de uma causa de milhões que Marcolino de Azevedo devia aceitar. Havia-o escolhido pela sua capacidade e se seguia a assinatura de um usineiro atacado de gripe.

Tarde de sol furioso, o vento aumentava os gemidos das árvores, o mar ululava verde no quebra-mar, cobrir com sua boca de espuma a praia que servia de colchão pra mulheres debruçadas estendidas às areias, jovens namoradeiras ficando queimadas nos corpos quase desnudos.

Marcolino de Azevedo trancou com chave a porta do automóvel que chamava a atenção, carroceria dinâmica avermelhando linhas estratosféricas todas cinabre na cor firme.

O cabineiro do elevador atapetado, iluminação indireta, comemorava o seu aniversário bebendo uísque, litro que a sua amante, cozinheira de confiança, roubara dos patrões.

– Pode beber. Beba sem susto. A festa estava assim – e juntou os dedos numa mímica de apinhado.

Quando o interruptor não o chamava com sua luz vermelha, pequeno sonante ponto de círculo com som de gongo, o cabineiro emborcava o litro, bebia goles seguidos da bebida quente, amarela. Reclamava resmungando a falta de gelo, mas não queria se arriscar de ser suspenso pelo síndico, talvez até perdesse o emprego. Não abandonou o serviço, ficou tomando conta de sua manivela, subindo, descendo, parando no meio, parando aonde ninguém o chamava pra beber sôfrego, depois do jantar quando passasse o serviço ao cabineiro da noite beberia melhor com o gelo dos outros, com a soda dos outros continuaria comemorando o seu aniversário que teria mais um litro de uísque também roubado pela sua mulata de forno e fogão.

Vermelhos estavam seus olhos no rosto magro, o litro de uísque num armário embutido de parede era de conformação diferente, não poderia ser confundido com o do leite que chegava de madrugada. Escondera-o ali, deixara-o onde somente ficava o branco humilde do alimento pasteurizado.

Respondeu ao síndico que não tinha nada nos olhos, botou a culpa no travesseiro duro, pegara no sono amassando a cara.

E abriu de novo o armário embutido, o silêncio do corredor animava-o a beber com vontade. Já havia se refeito da interpelação, quando o síndico voltasse da rua, do emprego, esquecera-se o síndico se encontrava em férias, quem estaria trabalhando não seria ele. Aquele horário era do outro, cigarro à boca o tempo todo, pra não cochilar lia jornais, ficando sabendo da imundície do mundo sujava os dedos nos pasquins que custavam menos.

Quando Marcolino de Azevedo entrou no hall do edifício o cabineiro estava descendo o elevador, lambia os beiços molhados, pegando fogo às comissuras bombardeadas, beirando a embriaguez.

O litro estava no fim. Bastava o cabineiro beber mais algumas doses o litro ficaria vazio na lixeira, fétido plano inclinado que amontoava num compartimento do rés-do-chão o imprestável dos baldes, autênticos penicos de cozinhas.

Marcolino de Azevedo subiu com o elevador se lembrando do artigo e parágrafos do código Penal que condenavam a embriaguez. O cabineiro se tornara indesejável perguntando-lhe muito. Queria Marcolino de Azevedo lhe dissesse as horas. Indagava-lhe quem ele era, o que iria fazer no apartamento do usineiro.

Marcolino de Azevedo fumando charuto importado deixava sua memória condenar o cabineiro, merecia uma sentença de grades, sem sursis, se abrisse a boca era pra explodir, esmurrar o cabineiro contando mais uma vez fazia anos, cabineiro mentiroso ao afirmar fora o síndico que lhe presenteara com uísque descaradamente mentia e mentindo reafirmava a sua insanidade.

O elevador continuava subindo, o cabineiro abria a porta, entravam crianças, gente velha, empregadas, uma família inteira se apertou, quis subir, acompanhar Marcolino de Azevedo que batia no charuto, escolhia uma nesga de espaço pra jogar a cinza.

Quando se viu no corredor decidiu-se a exigir do usineiro honorários de milhões. Falaria do cabineiro com azedume. Fizera-se de atrevido, mostrara-se um bêbedo perigoso, incauto. Irresponsável quando deixou todo mundo a esperá-lo e foi abrir o armário, trocando as pernas, colarinho aberto de gravata repuxada. Pediria ao usineiro botasse o cabineiro pra fora. E pegou no trinco apertando a cigarra.

Marcolino de Azevedo, sob a tensão de uma justíssima revolta íntima viu a porta que estava encostada se abrir rangendo às dobradiças de cobre.

– Entre, meu bem. Deixei a porta encostada porque você gosta.

O apartamento é seu quando eu venho aqui você gosta que ele lembre um rendez-vous. Não é mesmo? Só estou de camisola. Já tirei as meias. A camisola já está no chão, meu bem – e um riso de frase curta, mas significativo e provocante, alertava que ela poderia ficar até tarde da noite, dissera ao marido jantaria fora, com sua mãe.

A mulher despida no quarto continuaria falando e rindo, ao mesmo tempo chamando o amante e soltando risos, incontidos deboches, se Marcolino de Azevedo tivesse voltado do meio do salão, pisando numa reviravolta no tapete atingisse a fímbria dos arabescos nítidos da porta escancarada.

Marcolino de Azevedo atirou bem. A bala varou a cabeça da mulher se ajoelhando, pedindo-lhe perdão.

– O senhor não leve a mal se eu não lhe apertar a mão. O senhor mesmo disse por carta que está muito gripado. Por isso me pediu que eu viesse. – Marcolino de Azevedo conhecia o usineiro instantes depois de ter tomado o elevador, indagado de uma mulher grávida em que andar certo morava o Dr. Xantimpas de Zeus.

À calçada do edifício o cabineiro insultava o governo num discurso subversivo. Foi preso.

Marcolino de Azevedo não foi ao enterro de Aparecida, ficou em casa entretendo os filhos, dizendo-lhes que Deus a havia levado porque ela não prestava, era falsa, gostava de enganar a quem não devia fazê-lo.

– Vocês não façam isso nunca. Deus não perdoa mulher mentirosa. Marcolino fitava as filhas, todas de pouca idade, atinando muito mal com a ausência da mãe, pois brincavam, lanchavam, a televisão ligada a lhes prender a atenção com filmes de desenhos animados, comédias de Charles Chaplin se escorando à bengala pra melhor dar cheiros à rosa que caiu propositadamente da mão de uma mulher loura, cintura às ancas, andando de saltos altos e olhando com pega-rapaz através de um caminho de jardim.

Os filhos também não choravam, já crescidos sabiam o significado de adúltera. Lembravam-se como Aparecida era egoísta, vaidosa. Só vivia no cabeleireiro, trocava de vestido três vezes por dia, só fazia menção de dar beijo pra não estragar o batom.

– Não me chamem de mãe. Meu nome é Aparecida. Velharias pra lá, – ajeitando o vestido no corpo esguio, as mãos calçadas de luvas agarravam a bolsa, agarravam o guidom mas não puderam agarrar o amante que lhe pagou o enterro.

Trajando escuro jurava à beira da cova se vingar do assassino. Havia excluído de suas suposições o cabineiro. Estava bêbado demais fazendo besteiras à calçada cheia de curiosos.

Cremilda

VENDE ROUPA DE CAMA, trabalhando de pé atende fregueses que escolhem lençóis, fronhas, colchas brancas de linho se abrindo em metros que suas mãos dobram em embrulhos minúsculos. No fim do mês o salário de atendente, comerciária praticante, escondido numa divisão de bolsa surrada, velha, que já devia ter sido substituída, jogada fora.

Morando perto do emprego vai mesmo a pé, saltos baixos de sapatos pretos se encharcando quando a rua levou chuva, se encheu de lama. Ainda é menor, por isso ganha a metade do salário mínimo, miséria que ela odeia, a faz chorar de raiva no quarto de janela que se abre pro Largo de São Francisco.

Café com leite à hora do jantar crepuscular. Sobre a mesa restos de pão, bolas disformes de miolo que o gato fareja, bigodes desconsolados rejeitando migalhas que não levaram manteiga. Acompanha Cremilda sumir-se à esquina, perder-se no meio do povo esperando bonde de linhas suburbanas, habitantes marginais. E enrodilhado numa tábua do batente, finge dormir no rés-do-chão de um sobrado que a Prefeitura vai demolir; quando a noite é de lua o gato fica com o seu pretume de raça fazendo hora, no mesmo lugar, matando tempo até trepar nas telhas, passear nos telhados do quarteirão com suas felpudas botas, com o seu desejo de amar ao ar livre.

Cremilda, unhas quebradas, aprende datilografia numa escola de aulas-relâmpago. Todas as noites, mesmo às de sábado martelando o teclado redondo de alfabeto embaralhado, sonha com um emprego melhor, vida decente de mulher bonita. Não quer cobras às suas pernas, varizes em relevo às meias de liquidação. Estuda. Vai dormir estudando estenografia, todos aqueles símbolos, riscos céleres, abreviados sinais se repetindo à sua memória, afinal derrotada por um sono agitado, impaciente.

Quando se depara com a velha, quarentona de manias, sente náuseas, rodopia nos calcanhares, do meio do sobrado retorna ao quarto e bate fechando com força a porta como se fosse um intempestivo vento. E fica escutando a velha enlouquecida lhe pedir saia do quarto, venha conversar com ela, sentar-se numa cadeira de mesa que tem pratos fundos cheios de água como se contivessem sopa. Detesta a louca que enche de água os pratos de sopa e sentada numa cadeira de balanço fica olhando o relógio, ouvidos atentos ao menor ruído das escadas, esperando numa pose de quem espreita convidados que nunca aparecem.

Cremilda comprou uma corda, no pescoço da velha ficaria bem esticada, ninguém duvidaria do suicídio. Todavia a velha tem medo de estrondo, de qualquer pancada que seja forte, por isso nunca mais se meteu no quarto de Cremilda pra lhe dizer coisas absurdas, que é sua mãe, outras vezes sua avó quando a loucura não lhe incendeia os olhos e de mãos em gancho procurando os cabelos de Cremilda afirma aos berros que é sua irmã, irmã gêmea de Cremilda que pega uma cadeira de pés pro ar, enterra-os à mentirosa que fica rasgada, buracos no vestido de mangas compridas.

A ambulância se perdendo à escuridão sirenando agoniada, levando a louca de injeção nos quartos, inconsciente à maca que entra num hospital de doidos toda branca no lençol engomado, é um motor veloz. Cremilda, meses seguidos, emagrecendo, pintando-se de vermelho nos lábios carnudos, amando num namoro que faz descompassar seu coração meigo. Esquecendo-se da velha que quer viver somente bebendo água sorvendo colheradas de água num prato fundo de sopa, imiscuindo-se à vida de quem quer que seja, implicando, aborrecendo numa pirronice que exaspera, chateia, pede revide.

Mas no hospital de doidos a velha comendo de tudo, mansa qual uma superfície de lago é dada como curada, telefonam avisando vão mandá-la de volta, se não forem buscá-la a velha tomará um lotação, ônibus qualquer das imediações.

Cremilda escuta a conversa alisando a corda, pensando em vingança, os pêlos da fibra agastando suas mãos que querem estrangular, matar a velha num arrocho.

– "De novo a imbecil" – e sentada à cama, vendo a tarde de sábado se embranquecer de nuvens, chega à janela arrumando os cabelos que o vento despenteia.

Silencioso o Largo de São Francisco num deserto de cimento. As escadarias da Faculdade de Engenharia escaldando abandonadas, os portões de ferro vedando as salas de aula, Cremilda sem poder ver o estudante acadêmico que a namora, filho de usineiro, entrar saguão adentro com régua de cálculos, ir a uma aula procurando antes revê-la pra reavivar cada vez mais a paixão de promessas mútuas.

A maluca certa noite recebeu o filho do usineiro, vendo-o logo perguntou-lhe como se chamava, se era mesmo do Norte, em que ano seria doutor, a porta aberta mas sem entrar o quase noivo de Cremilda, atônito ao escutar o convite da desequilibrada:

– "Por que não se casa comigo? Eu sou irmã gêmea da Cremilda. Sou muito melhor que a Cremilda", mostrando os joelhos de coxas bambas.

E o intimou a tomar a água dos pratos de sopa, beijá-la à boca desdentada, apesar das escusas do filho do usineiro, desculpasse-o pelo incômodo, batera numa porta errada, tinha pressa.

A velha encanecida pela doença, falando sozinha, perseguindo o pretendente de Cremilda, saltando degraus, pulando lances de escada pra se abrir numa gargalhada em plena calçada.

Cremilda tomava banho, veio a saber do disparate da maluca quando se enfeitava, calçava luvas, mirava-se no espelho que a embevecia, mostrando-a bela, cativante, desejada. Iriam a um teatro. Sabia em que fila do Municipal se sentaria pra se aconchegar ao seu estudante que prometera torná-la mãe, encher-lhe os olhos de verde com os canaviais de uma usina.

Suspiravam com projetos imediatos. O estudante garantiu: seu pai, o usineiro não objetava nem impedia o casamento, desmanchá-lo por capricho, teimosia por quê?

E Cremilda leu a carta datilografada do usineiro, mandaria um cheque pra lua-de-mel à Europa.

Fez beiço, se o usineiro não viria ao casamento era porque ela era pobre, estava com vergonha da nora, vivendo à miséria, ganhando uma ninharia todo fim de mês como balconista de roupa de cama.

O estudante dissuadindo-a. O motivo era outro. Seu pai não se atinha a preconceitos, ficasse sabendo que ele nunca se casara com ninguém, ele mesmo era filho de uma amante já morta, de ossos em caixa de chumbo, tanto tempo lhe amarraram o queixo com lenço de defunto.

E abriu a carteira, mostrando a Cremilda mais uma vez o retrato daquela que fora sua mãe, vivera à casa-grande até morrer quando o botou no mundo.

Cremilda duvidava, alimentando suspeitas se deixava subjugar por receios que lhe tumultuavam a imaginação precavida.

– "Queria o estudante fazer o mesmo com ela? E por instantes temia ser seduzida, arrastada à prostituição depois do conquistador, envolvente manhoso, trocá-la por uma outra usando a mesma tática, o mesmo processo de atrair, subjugar.

Cismava à solidão de seu quarto alugado. Esticava às mãos o presente do estudante, via no seu pescoço outro presente reunindo pérolas num colar de feixe platinado, nos pés sapatos de cromo, luxo de vitrine, também lembrança do filho do usineiro que gostava de ver Cremilda andando elegante, pisando nervosa, mostrando as batatas das pernas, cobrindo-se com vestido que lhe apertava a cintura.

Podia pentear novamente os cabelos. Dispunha de tempo. À esquina o estudante a esperava, quando a maluca fazia escândalo ele dobrando a rua, evitava mal-entendidos, ouvidos atentos até Cremilda surgir vaporosa, cheirando suave no perfume.

Na bolsa de Cremilda os ordenados minguados, tal qual como os recebera no fim do mês, metade de salário mínimo num montão, sem render juros, cédulas mortas se enrolando numa avareza.

O estudante não deixava Cremilda gastar coisa alguma, pagava tudo, dava tudo a Cremilda que voltava das diversões machucada à boca, cabelos assanhados, dolorida pelos abraços, excitada na boléia macia, de couro vermelho.

Depois do teatro uma boate, com divertimento prolongavam a noite, num descampado comeriam frango assado, sentindo vento, vendo estrelas da madrugada quente gozariam a solidão azulada. Num balde cheio de gelo o champanha crioulo, do Rio Grande do Sul, borbulhando às taças, enchendo-as de um amarelo acre-doce.

Mostrando-a cada vez mais bonita o velho espelho de lâmina partida, quebrada numa refrega com a maluca. Não podia se demorar mais. O relógio de pulso, ouro de ponteiros minúsculos marcando certo a hora combinada matraqueava silenciosamente.

Surpreenderia o estudante com a sua resolução. Nas malas guardara tudo o que era seu. Emalara com carinho suas rendadas camisolas de dormir, dobrava sem pressas seus vestidos comprados feitos, modelos de manequins escolhidos numa tarde de folga, quando faltou ao trabalho, desculpando-se no dia seguinte com uma enxaqueca.

Certificou-se das fechaduras trancadas, olhou mais uma vez as malas e desceu as escadas poeirentas, evitando o corrimão de caracol. Entrou no automóvel como se nunca tivesse procurado emprego, aturado mau humor de fregueses, dormindo em cama estreita de pensão. Sentia-se uma usineira que vivesse longe dos partidos de cana.

Fumando charuto o estudante ouviu uma Cremilda decidida, quando ele quisesse mandasse buscar a bagagem, depois de tudo, em plena madrugada dormiria com ele no apartamento de Copacabana. Tinha confiança, não seria enganada como as outras, aventureiras, oportunistas que depois só sabiam chorar, se maldizer. Não estava brincando. Seria dele logo mais.

– "Que coisa melhor um casamento sem espalhafato, ela sem grinalda nem véu mandando o juiz entrar, a cerimônia rápida sendo mesmo um contrato, uma legalização do amor de ambos?"

E antes de entrar no automóvel, foi exigindo do estudante desconhecer toda a sua família, não querer conversa com nenhuma de suas irmãs, renegar sua própria mãe que a havia enxotado de casa, obrigando-a a morar num quarto de pensão, trabalhar num ramo amofinante sem futuro, a suportar castigo de uma condenada que pudesse ir às vezes a um cinema, tomar banho de mar e sorrir quando a tristeza tentava macerar a adolescência de seu rosto. Quanto a seu pai já havia morrido de tanto beber. E começou a buzinar, buzinar forte. No meio da rua um mendigo. Se arrastava com suas muletas, suas feridas , seus fedorentos trapos.

Verde, Verde, Verde

MERGULHA NAS ÁGUAS, uma lua, leitosa lua de redondas ancas e, tão fêmea é a lua que se banha na lagoa, tão nu é o seu banho que a noite se enche de desejo e resguarda quem se banha com um interminável silêncio.

Verdadeiros fiapos deixaram as nuvens de ser cavalos do vento e nos cabelos do canavial emudecido nenhuma aragem boceja.

Espetados na terra que já levou sereno os pés de cana não podem lembrar plantas.

Emudece no pulso do Alfredo o relógio de ponteiros parados, e tão grande é o silêncio desta noite sem cantigas que até parece serem os sapos estranhos vigias esperando acabasse a lua de tomar banho para coaxar de novo.

Alfredo, óculos de tartaruga acompanhando os arreganhos da lua que não se cansa de mostrar as partes, de cuidar delas no espelho das águas paradas. Alfredo, óculos de um reveillon, carnaval de uma só noite na Fênix distante, espia a lua, da nudez da luz não desviou os olhos até Lívia tomar conta de sua memória.

Dir-se-ia quisesse somente Alfredo ver os peitos soltos da lua e com medo que eles se fossem embora, desaparecesse aquela abundância com qualquer ruído, Alfredo, de smoking, trinta e seis anos, de peito duro, botões de ouro nos punhos lustrosos – é na cadeira de vime um silêncio que não fuma charuto, tampouco bebe uísque. Silêncio de um homem que apenas se lembrou de Lívia uma vez para vê-la se adelgaçando no vestido sem alças, seda de baile se espichando na saia que lhe aprisionava as pernas num azul colante, sedutor.

Alfredo, sem se mexer no vime da cadeira larga, não resmunga, tampouco sente frio, frio da lua esfriando a noite, embora seja de um azul forte o seu enorme capuz.

Deserta a varanda, alvados pelo plenilúnio os mosaicos contrastam com a sala de jantar escurecida pelas sombras das janelas cerradas onde cadeiras, vultos de braços fazem roda em derredor de uma enorme mesa, também sombra porque o teto é sombra, sombras são as paredes, tudo ficará manchado e sombrio até Lívia termine de ensangüentar sua boca de lábios grossos em frente a um espelho de um quarto iluminado.

Lívia de ombros desnudos é uma perfeição de braços e seus cabelos escorridos são pretos, sedosos fios cheirando a França de perfumes raros.

A lua fêmea arrancou do peito de Alfredo o cansaço de seu coração desgostoso. Deu corda no relógio e os ponteiros, tesouras miúdas, começam a cortar o tempo.

A Usina Cidália dando tudo, tirando do canavial de canas grossas um açúcar de cristais tão doces quanto os beijos de Lívia e a política do Governador de passo miúdo chamando o usineiro de provocador do regime, comunista, revolucionário de cochichos. Covarde.

E, chegando a combater a irrigação, colunas em negrito da Gazeta de Alagoas, apupava os rastros, de lagartas dos tratores, nuns vaivéns de trabalho revolvendo terras de léguas dantes mata virgem, prisão para qualquer arado que a quisesse vencer.

A Usina Cidália dando cartilha, a usina de bueiro vermelho dando saúde no hospital de três andares, maternidade gratuita, pronto-socorro de graça, farmácia sem caixa registradora porque nenhum remédio era pago tampouco negado.

Adubos emprenhando a terra que todo o ano virava mar de tão verde pra quem a olhasse de avião.

O açúcar dos canaviais calçava operário, curava impaludismo de gerações marginais, paupérrimas, molambo de gente que pitava cachimbo de barro, tremia de tanta sezão como se estivesse vendo fantasmas.

E os sueltos da Gazeta azucrinando, condenando a assistência do usineiro, de Alfredo que mandou construir casas de quintal com água encanada pros operários de barba feita, sorriso à cara, cantando, tocando violão às noites de folga.

Tópicos alertando a polícia contra a indolência de operários que escutavam rádio, bebiam água gelada e se espichavam em cadeiras de vento depois da janta pra ler jornais do Recife.

Artigos de fundo denunciando filmes de vamps do cinema que não tinha bilheteria, cinema duas vezes por semana projetando cenas lúbricas pra crianças analfabetas, em vez de dormirem servindo de companhia a irmãs, em idade de casar bolinadas à sala de projeção. Uma vergonha.

Lívia adoeceu. Adolescência de um internato não poderia suportar de pouco, dores fazendo-a sofrer, prostrando-a num invencível desânimo. Lívia tendo choro no canto da boca gostosa, se amargurando em pranto quando os olhos se rompiam num lamento salgado.

Sufocando-a os peitos arfantes, ela pedindo a Alfredo que vendesse tudo, deixasse aquele inferno sempre enxovalhado pela Gazeta. Terminou perdendo o filho. O berço vazio num canto do quarto olhado de esguelha, provocando revolta, pedindo revide.

Insiste a lua no seu banho, continuam vigias da lua sem dono sapos hipnotizados, a claridade do céu que não quer estrelas é imensa, todo aquele silêncio envolve e tranqüiliza Alfredo, todavia está na hora de abrir a porta do carro, pisar no acelerador e voar no asfalto da estrada que terminará à porta do fênix. Reveillon dos ricos. Clube distinto.

Lívia é um encanto de coito, persiste luxúria à noite de lua cheia, tudo isso poderia demover Alfredo, frear-lhe o ímpeto de ajustar contas, tirar-lhe da imaginação aquelas frases, aquelas satisfações que o Governador muito em breve irá escutar.

– "Darei dinheiro, nas próximas eleições a Usina Cidália estará do lado de V. Ex.a, pela primeira vez os meus operários votarão no candidato do Palácio dos Martírios. Todos aqueles pedidos de outrora serão satisfeitos, atendidos."

Lívia de nada sabe. Desconhece todos os planos de Alfredo nestas últimas horas de um fim de ano, fim de dezembro enluarado, poesia, amor, devassidão irrompendo do firmamento.

Alfredo continua pensando. Sem nada dizer a Lívia vê o Governador chegar à Usina Cidália dentro de poucos dias. Almoço farto à imaginação calculista, severa. Após o almoço um conhaque que o Governador estranhará a cor, escuro demais no cálice de visitas. Congestão, atestaria o médico. Nem de leve supor um envenenamento. Todos os convidados haviam bebido e comido das mesmas iguarias. O Governador estirado no sofá improvisado em câmara-ardente. Vê-lo bem morto à imaginação violenta é prazer para Alfredo que abre a porta do Buick, enlaça a cintura de Lívia e somente com uma mão começa a dirigir, sentindo no peito uma tranqüilidade de quem nunca sofreu.

Antes do ano romper o convite estava feito. Às costas de Alfredo o Governador dizia aos seus correligionários:

– "Que patife. Aquele não agüenta opressão. Rende-se logo..."

Viciado

LADRAVAM CÃES, iluminada janela denunciando vigília, ele se embrenhando na escuridão, comendo a noite com passadas que enterravam suas alpercatas no areal.

Lá embaixo o mar vomitando rouco. A casa do viciado surgindo num vulto de trepadeiras, jardins de grama, que ele atravessou depois de puxar o ferrolho, abrir o portão e esmurrar a porta como se quisesse derrubá-la.

Silêncio de abandono, ninguém respondendo, querendo saber quem estava dando murro à porta envernizada. Chamou o viciado com raiva. Ia dizendo palavrões. Não tinha virilhas frias. Sabia o que estava fazendo. Dava um minuto. E a porta tombou deixando o vento do mar trescalar maresia à sala atapetada, paredes com molduras nuns quadrados pintados se encheram de luz depois que ele torceu o comutador.

Então, um gemido lhe feriu os ouvidos, veio de um quarto um lamento de quem dormisse sufocado, estivesse lutando com um sonho cruel.

Foi acendendo as luzes, deixando a casa iluminada como num dia de festa. Não queria tropeçar, ficar com galo à testa, canela inchada depois de esbarrar num móvel. Pela primeira vez entrava à casa do viciado, nem sabia onde ela ficava, descobrira-a devido a informações, no quarteirão era a maior, paredes brancas, grossas, pesadonas, sustentando telhado vermelho. Em caso de dúvida olhasse a placa, bem em cima de fenda, rasgão no muro pro correio das cartas. Levasse a pilha de olho arrombador. Podia a lua não aparecer, tivesse cuidado, não fosse entrar em lugar errado, afobar-se, matar por engano.

O usineiro engravatado no colarinho duro, lustroso, repetia as precauções, sublinhava com voz rascante o que ele devia fazer, consumar. Dissesse-lhe um trabalhador da usina estava morrendo, botando sangue, em grave estado, tinha de ser operado. O telefone? Ah! Estava com defeito, por isso ele trazia recado, estava dizendo essas coisas de madrugada. À praia um avião o esperava, motor funcionando, hélice girando. A maré baixa transformara quilômetros de areia numa improvisada pista.

Ele escutando o usineiro, chapéu amassado, às mãos, cigarro se apagando no chão com brasa de fumo barato. Ouvindo tudo sem pestanejar, divergir, tampouco querer passar pra outro a empreitada. Trabalhava no setor de adubos químicos, galpão entupido de sacos, sacos desamarrados, desempilhados, postos pra fora quando a turma dos canaviais revolvia a terra com a força dos tratores, abrindo regos, valetas pros olhos de cana. Trabalho maneiro, de sombra onde ele fumava tragando, lia jornais de Pernambuco, histórias de quadrinhos colorindo aventuras.

O usineiro repisando, alertando-o como se fosse afeito a revanches, estivesse treinando em desforra.

– "Se o doutor se negar em atendê-lo, então espete-o, mande-o pros diabos."

E deu-lhe um punhal, lâmina afiada no frio gume do aço.

Quando ele se retirava escutou mais uma ordem, estivesse no galpão manhã bem cedo, uma noite em claro não era motivo pra ele ficar dormindo, esquecer-se de sua ocupação.

Nem foi ver a mulher que esperava criança, barriga inchada, como se estivesse com tumor, lavando roupa vendo o sol desaparecer, lavando e cantando modas de languidez, desencanto.

Meteu-se à estrada, foi pegar bigu, carona, abrindo os braços como se fosse barreira, um mata-burros.

O usineiro se esquecera de lhe dar dinheiro, falando, sempre dizendo o que ele devia fazer, triturava as palavras com boca de ódio. Meteu a mão no bolso mas foi pra tirar do paletó um punhal, fino como um estilete.

Não teve topete de alertar, dizer estava frito, tinha esquecido em casa, vila de operários, a carteira, também os níqueis, os trocados, pra aposta de porrinha com os vizinhos.

Jurava o usineiro não o perderia de vista até ele quebrar a curva, sumir-se na rodovia asfaltada. Se encontrasse um moleque podia mandar recado, afrouxar a marcha, ficar pisando curto até o dinheiro chegar correndo com a mão do bestunto. Todavia, a escola ainda era uma prisão. Ninguém atravessando o caminho, somente ele a deixar rastros, afastando-se da casa-grande onde o usineiro de pé, manga de camisa no colarinho engravatado era um lince que pudesse falar, ganhar dinheiro.

Não sabia por que o doutor tinha de morrer. O usineiro lhe dando a lâmpada de pilha, depois o punhal de bainha de couro, dizendo-lhe não sei quantas vezes o nome da rua, o número da casa onde ele devia entrar, matar o doutor e ganhar o mundo como se nada tivesse feito. Nunca se envolvera em complicações, conhecia delegacia por passar pela porta, andar pela calçada, olhando a rua num passeio. Fama de valente também não tinha. Por que o usineiro o escolhera? Roncando parado um caminhão esperava ele subisse, ficasse lá em cima, sentado no oleado da carga. O chofer relutara, não levaria ninguém de graça, se ajudasse a descarregar a mercadoria podia subir, ficar com os calungas. O caminhão disparando, ele puxando conversa com os calungas de peito aberto, nus da cintura pra cima, pretos de pixaim duro com musculatura dobrada.

Começaram a fechar mão, jogo de mão fechada valendo cinqüenta cruzeiros contra o chapéu dele. Porrinha de sorte, ele dobrando, ganhando dos pretos, sentindo o vento da noite lhe assanhar os cabelos, brisa de ar puro a lhe entrar pelas ventas, logo mais cheirando os mangues de Maceió, aspirando a fedentina dos paludes de Bebedouro, subúrbio miserável surgindo com filós, de casas de porta e janela, o querosene das bodegas derrubando às paredes de taipa lânguidas sombras, moribundos desenhos de encharcados pavios.

Um azar chateando o chofer, dando-lhe prejuízo, ele fechando a mão pra ganhar de novo. O caminhão mostrando o estrado vazio, os calungas saindo, entrando no armazém como se fossem estourar nos bíceps estofados.

Estrelas de um céu azulado, fiapos de nuvens voando sobre o mar de navios ancorados, iluminados no cais do porto, fumegando de leve. Maresia exalando forte nos trapiches carunchosos, abandonados esqueletos entrando mar adentro com estacas, mourões apodrecidos, açoitados pelas vagas, encrostados de mariscos lembrando doentes pernas.

Bebendo no gargalo da garrafa a cachaça que lhe queimava a goela, sorrindo dos bobos que haviam perdido tudo, gozando o azar do chofer, dos calungas novamente trepados no caminhão que rodava pra garagem, contou o dinheiro. Mais de mil cruzeiros num bolo amassado de cédulas velhas. No balcão do bar comeu cavala de postas assadas, com cheiro de azeite, de cebola, de pimenta.

Tempo de sobra pra procurar a casa do doutor, olhando o azul estrelado do céu pensava à mulher prenhe de muitos meses, mãe de seus filhos, recebendo recado do usineiro, não ficasse afobada, ele tinha ido definhar um caso, amanhã estaria de volta.

– "Quanto o usineiro lhe pagaria pelo serviço?" O bolo de dinheiro amassado voltando pro bolso sugeria um tufo de lenço sujo.

Suava à testa porejante. A bebida transpirava no seu corpo magro, nauseando-lhe a boca de dentes enormes, perfeitos. E suando, camisa colada à musculatura, encheu de giz a ponta do taco e começou a jogar sinuca, pontaria numa cor que rolava, batia numa outra bola colorida, caindo à caçapa lembrando touca, de entrançado grosso.

Num sobrado um rendez-vous escancarava janelas, o vento drapejando cortinas de filó chamuscado amornava encardidas telhas.

Sumiu e chamou uma magricela pra tomar cerveja. Olhou o relógio, tinha ainda muito tempo, se quisesse podia ir ao cinema, numa poltrona da sessão das dez ficar vendo o revólver do artista, herói enfeitado de cartucheira e espora, disparar contra bandidos barbudos, mal-encarados, trapaceiros. O herói montado num cavalo afoito, cavalgando sem receio, sem susto como se estivesse num balanço de cadeira, tinha num cartaz de esquina borboleta no pescoço, lenço vermelho.

Pagou a magricela, apertando-lhe a cintura de formiga prometeu procurá-la quando voltasse a Jaraguá.

Armazéns, firmas exportadoras, a maioria delas negociando com açúcar, de portas cerradas num pesado silêncio.

Divisou uma tabuleta com nome conhecido. A usina de seu patrão, Usina Triunfo, se avermelhando em letras, enchendo platibanda, metade de um quarteirão, com seu poderio.

– "O que teria feito o doutor pra morrer espetado, sangrando às feridas do punhal?" Andando e pensando em muitas hipóteses, bolhas estourando à sua imaginação fértil. Não atinava.

Ele não sabia mesmo do vício do doutor, vício de gente rica, vício perigoso, caríssimo pedindo cocaína de empolas, cocaína de pó branco, sonhos incríveis às pitadas que afunilavam e empalideciam o nariz de frêmitas aletas.

O usineiro guardara a pretensão do doutor, a de casar-se com a caçula, formosa filha estudando em Maceió, decorando lições à casa da avó, embonecando-se às festas de rigor, dançando à fênix, vendo o mar, atirando-se no verde mar, nadando de corpo bem feito nos domingos e nas manhãs de ensolarados feriados.

Não queria o doutor pedindo a mão de Marialva, abominava gente doente entrando em sua família. Namoro algum ainda não havia tumultuado os desejos de Marialva, por enquanto fazendo serão, livro aberto com quebra-luz aceso, quatorze anos se alfabetizando num ritmo ininterrupto.

Nas farras o doutor ameaçando Marialva, casar-se-ia com Marialva quando bem quisesse seria o dono da última filha do usineiro, era só querer, tomar vontade.

E mandava encher os copos, pagando nos bares rodadas de uísque era um apaixonado atrevido.

O usineiro sonha, acordado pela primeira vez escutou galos no amanhecer enfadonho, azedo. Disse pra mulher não era nada, calor bruto, teria dormido se a noite não estivesse tão pesada, insuportável num marasmo aterrador.

Não lhe doía a cabeça e saiu sem abrir o envelope do analgésico, bem no meio da mesa do café.

Quem lhe preveniu os intuitos do doutor destemia acareação, citava testemunhas, gente que de tão indignada deixou o bar, cara amarrada numa incontrolável repulsa.

Pensou no Governador, ficou-se por um momento à autoridade do chefe de Polícia, não dava certo, habeas-corpus soltaria o indesejável. E novamente nos bares, onde bem quisesse o viciado encheria a boca como se Marialva fosse fruta de polpa rara e estivesse sendo comida.

O dia inteiro mergulhado numa obsessão dominadora, o usineiro cismava matar o doutor, mandar matar o doutor, mesmo que fosse pras grades, deixasse de ver por uns tempos a sua usina de bueiro vermelho, vomitando fumaça, fuligem, enegrecendo a paisagem com rolos de fumo.

No escritório da usina ventiladores funcionando a toda, janelas escancaradas mostrando o verdume das canas maduras, o usineiro desenhava um cadáver, o lápis parando no peito, castigando-o com pontos que se enegreciam em círculos. Amassando a folha defunta, jogando-a no chão, aparando a ponta do crayon para delinear outro boneco de coração atravessado. Não se cansou da mão vingativa, sádica. Divertia-se com os traços rápidos, cruéis, pedindo quatro velas acesas pra completar o quadro sinistro à pobreza dos adornos. Não acenderia nenhuma vela no desenho. Deixá-lo-ia escuro qual uma abandonada sepultura. No chão outra bola amassada, bem perto de seus pés, de vez em quando as chutando pro canto da parede, com raiva, com força.

Bateram à porta. Viu a secretária entrar com um envelope, dilacerado à margem com um rasgão violento. Leu a carta se levantando de súbito. Escritores, membros de um congresso de folclore haviam aceito o convite, jantariam à casa-grande da usina pra depois verem o "Bumba-Meu-Boi", filmarem-no no terreiro de uma noite festiva, gravando cantigas da negrada fantasiada poderiam difundi-las através do rádio do Ministério da Educação.

Lembrou-se de Severino. Viu-o chegando de pés no chão, esfarrapado, faminto, mulher ao seu lado, alquebrada, desvalida. Severino pedindo emprego, trabalho pesado, biscate de qualquer espécie.

O convite aceito, escritores querendo ver o que já haviam visto no palco do Deodoro, o usineiro sem poder se arredar da Triunfo, matar o doutor com o punhal escondido na gaveta trancada com chave.

Acompanhou a secretária perguntando se Severino estava de folga. Perto do galpão fervendo no mormaço de meio-dia, Severino encostado à parede da porta fumava barato no cigarro tosco, se abanando com chapéu imprestável, sebento, como se repugnasse a fumaça não parava o seu improvisado leque.

O "Bumba–Meu-Boi" comentado, discutido pela gente da usina que dançava depois do folguedo, bebendo cachaça de barril, também viraria copos de cerveja gelada à poeira do terreiro de chão batido.

Severino não era figura do folclore de chifres de pano. Não cantava. Não dava marrada debaixo da fazenda colorida. Ficaria com a crioula de bucho imenso vendo os figurantes num compasso de bombo se contorcerem numa representação primitiva, singela, humilde. Encenação de curral, lenta, compassada, glosada em versos de rima, contando a morte de um abatido touro. O "Bumba-Meu-Boi" diverti-lo-ia.

Agarrados à saia da crioula compenetrada, bonita de rosto, três mesclados, fulvos, três filhos de Severino atentos à festa que tinha fama, enchia páginas de livros especializados, seriam três basbaques, três crianças de queixo caído.

A secretária falando pelo usineiro, mandando dizer o que o usineiro lhe dissera, prevenindo a usina toda da festa da noite lembrava uma espoleta, era mesmo uma boateira que não mentisse.

Severino sem suspeitar fosse chamado pelo usineiro, conversado no crepúsculo de sua mulher cantando, levando roupa pros ventos dos varais embandeirados, cordas no quintal de lavadeira prenhe. Severino sem prever tivesse naquele crepúsculo de escutar uma ordem, ordem de matar um doutor, assassinar um médico que ele nunca tinha visto, tirava de um dente, com um palito de fósforo catava um resquício de fumo de fim de cigarro.

À casa-grande as filhas casadas do usineiro, os genros de anel no dedo bebiam uísque à varanda, discutindo política, dando cocorotes nos filhos quando se arreliavam acabavam com a balbúrdia das crianças.

Marialva, numa janela, debruçada sobre o vermelhidão de rosas abertas, vez em quando sentia um espinho, beliscões nos braços desnudos. Também tinha vindo pro "Bumba-Meu-Boi", vindo pra piscina de água doce, olhos azuis de cabelos louros pulando do trampolim num salto de carne.

O usineiro a chamou, no meio das irmãs casadas, Marialva respondendo não tinha namorado, à sala de jantar da casa-grande um silêncio causando mal-estar.

O relógio batendo à parede, marcando hora.

O usineiro contando tudo, não queria filha sua desejada por anormal, viciado em drogas, médico sem compostura que só sabia se embebedar, palhaço de fundo de bar.

Marialva, inquirindo ao pai, insiste em saber o nome do médico, curiosidade que lhe enfeza o rosto, juntando-lhe as sobrancelhas numa contração raivosa.

Com um palavrão estourando a voz o nome veio à tona.

O usineiro fitando a filha, copo de uísque à mão enérgica também não queria mudar de assunto.

– E então?

– Conheço-o, mas nunca o liguei. Estou sabendo agora que esse médico me namorava – e mostrou os dentes num desafio, estatelada, permaneceu muito tempo como se estivesse sofrendo e não soubesse como desabafar.

Já todos se intrometiam no assunto convulsionado. A avó surgindo do corredor pra ficar do lado da neta, de seu filho usineiro, das outras netas casadas que chamavam os maridos, ainda à varanda, entretidos, aventou:

– Que tal uma surra?

– Já escolhi coisa melhor – o usineiro rondando a mesa, enjaulado, bebendo alto no bueiro imenso quando ele cruzava as janelas era um colosso de argamassa e aço à maquinaria lubrificada.

– Vejam vocês, conheço esse cara como minha filha o conhece.

Marialva alisando um gato, bulindo com os bigodes do gato, no seu colo como se estivesse cansado, cheio de preguiça, dizia pro felino:

– Papai já tomou uma resolução – o gato se fazendo de gente, botando as unhas de fora, se eriçou e pulou no chão. Os braços de Marialva voltaram a gesticular na arenga escrespada.

O médico já estava todo estraçalhado pela família inteira, à sala de jantar o relógio envelhecendo o dia começou a bater pancadas de muitas horas.

Começava o vento a açoitar, o jardim se inclinando sob um céu de nuvens túrgidas recendia no jasmineiro florido. Os pássaros das nuvens lembrando garças alvacentas ruflavam através dos cúmulos bojudos.

Severino almoçado prometia levar os filhos ao "Bumba-Meu-Boi". Ainda não sabiam que teria de ir a Maceió, logo mais ficar no meio da rodovia, braços abertos, pedindo bigu, ainda não sabia que iria ficar se lembrando do dinheiro no fundo do baú de flandres da crioula ofegante que via a hora de ir pra cama reservada da maternidade. Palitava sem pressa os dentes inteiros, perfeitos e fortes, afiados dentes nos caninos pontiagudos. Pegou o violão, arrochou as cordas, escutou a afinação num dedilhar e começou a tocar samba, peito aberto, camisa desabotoada, sonora sesta que lhe fechava os olhos como se ele fosse cego e não quisesse dormir.

Chegara esfarrapado, de pés no chão pedira trabalho ao usineiro que soube de sua vida, vida de biscates, incerta, hoje isso, amanhã aquilo, a crioula remendada à chita berrante, pequena, calada, torcendo as mãos numa apreensão constante. Dentro do escritório o usineiro engomado no colarinho fechado, gravata de manta colorindo a camisa branca, de seda pura, batia com o lápis à borda da mesa. Tamborilando escutava Severino. Depois a crioula engordando, voltando com choro nos braços roliços, engordando de novo pra balançar um berço, botar os peitos de fora, dar de mamar qual uma vaca que soubesse falar. Anos seguidos de barriga murcha, mandando os filhos pra escola da usina, com outras maneiras, vizinhança comendo doce nos aniversários, Dona Quitéria pros operários da vila.

Não esperava mais. Todavia, os vestidos foram se apertando à cintura grávida. Seria mesmo? Severino tocando samba no violão plangente, contente da vida, escolhia nome pro filho, tangendo e ponteando cordas do violão arrochado às cravelhas abriu um olho pra ver Quitéria que trabalharia até o instante de ter, quando escutou o seu nome, o usineiro queria-lhe falar quando o sol descambasse.

Em Maceió, um velho Comendador, proprietário, vivendo da renda de muitos, muitíssimos mil cruzeiros de aluguéis se desesperava por causa do telefone. Interrompidas as comunicações interurbanas. Vinte e quatro horas no mínimo, pra consertarem um defeito cabuloso. Era o pai do médico, do viciado, que queria dizer ao usineiro o destino de seu filho. Seria internado, ficaria numa casa de saúde até renegar a cocaína, perder o vício, deixar de inventar aventuras amorosas, ter vergonha de seus cabeludos pretextos. Tinha sabido das liberdades que o filho vinha tomando com Marialva. Ele que não tinha coração doente sentia o peito arrebentado. Um desastre pra sua velhice. A doença do filho o havia aniquilado.

Junto do telefone, de quando em quando discando pra Telefônica, numa impertinência de teimoso querendo saber se já podia falar, dizer ao usineiro o que iria fazer. Ouvindo a resposta aterradora: "comunicações interrompidas até segunda ordem" – a voz mecanizada da telefonista enchendo-o de desalento, de desânimo.

Jamais pressentiu tivesse o usineiro mandado matar seu filho. Nem sabia explicar a si mesmo por que queria o telefone funcionando, falar com o usineiro da Triunfo, dizer-lhe iria internar o viciado, o loroteiro, cretino de libertinagens. Não eram íntimos. Cumprimentavam-se com cerimônia. Todavia, a vontade de telefonar pra Triunfo não se extinguia, deixava-o sim, fumando, fumando muito perto do aparelho emudecido. Jamais considerou o avançado das horas.

Estrelas da madrugada piscavam no firmamento varrido pelo vento da noite azulada.

Comendador numa poltrona de damasco, sentado como se estivesse esperando uma visita tardia, não deixava de insistir com a telefonista imperturbável. Chamava-a de imprestável. Chegou depois a lhe prometer gorjeta se a comunicação fosse feita. A telefonista replicando, não era caso de propina, não havia má vontade, as linhas interurbanas continuavam defeituosas.

Então, o Comendador desabafou e um choro lhe salgou as rugas. Disse tudo, a telefonista escutando uma história escabrosa que merecia registro policial teve pena do velho. Podia ir dormir. Ela mesma telefonaria pro usineiro da Triunfo. Tinha memória boa. O seu plantão terminaria pela manhã, e desligou ainda escutando choro de quem sofria.

Num outro bairro Severino mandava o médico se levantar, as luzes acesas do casarão iluminado facilitavam. Cumpria à risca as determinações do usineiro. Matar o médico, matá-lo se ele recusasse o convite de ir à praia onde um avião roncava hélices. Matá-lo se ele começasse a dar desculpas, era inocente, desconhecia qualquer Marialva, não era toxicômano nem difamador como Severino estava pensando. De qualquer maneira o matasse, o usineiro não queria nem ver o difamador de sua filha, o avião era pra Severino voltar, voltar junto do piloto, ver os restos do "Bumba-Meu-Boi" enchendo de cantigas o terreiro pisado.

As portas derrubadas com pontapés violentos eram dobradiças lembrando destroçadas garras.

Severino ganhando a praia, aproximando-se do avião de punhal limpo.

Uma folha de jornal velho, carregada por ventos alísios, empapada de sangue, se afogava no mar, molhava-se toda às ondas enormes.

As Ligas de Dona Antônia

CHOVE NO SONO DA RUA e o empurram pra dentro do tintureiro atulhado de detentos. Dormia quando um tenente apontando revólver imobilizou-lhe o peito, trancando-lhe a assustada boca com uma ordem de absoluto silêncio, deu-lhe ordem de prisão.

O quarto aceso num imprevisto assustador. O quepe do tenente se enterrando à cabeça como se fosse grande demais. Trocasse a roupa à delegacia, ele de pijama, chinelos nos pés frios apanhando a calça, o paletó, dobrando a camisa fazendo embrulho dos sapatos de meia-sola com tremura às mãos, medo no coração minguado, qualquer ruído lhe parecendo o destravar da automática, o segundo que precede a detonação da misericórdia.

Sem coragem de indagar o porquê de sua detenção, afinal nem lhe haviam perguntado o nome. Com pavor de um gesto mais ousado que pudesse encolerizar o tenente, tenente que ele nunca vira, tenente abrindo a porta de seu quarto sem ele saber como.

A luz acesa no quarto da pensão revelando a miséria de sua vida, apontando detalhes de sua penúria. Secando num cordão bambo, amarrado em cabeças de prego, meias encardidas, cerzidas meias de um branco gasto, puídas nos calcanhares baratos, imóveis num canto de parede escalavrada, esquecida mão de cal se manchando de bolor, mofo de prédio velho.

A cama de colchão de capim sujando o assoalho com talos secos que se despencavam dos buracos, caíam dos buracos que não agüentavam mais trespassar de agulha, remendo algum. Um lençol estreito iludia a degradação, tapava-a, cobria-a com delicadeza de casca de ovo.

Ele sem encontrar o pente, um relance de espelho mostrando-lhe cabelos eriçados, entrelaçando-se entre si numa confusão suada.

Mas o que fazer? E dos dedos fez dentes de pente, as mãos à cabeça molhada, atemorizado suando de tanto obedecer o tenente, de pé à porta do quarto lhe apontando a automática preta, enorme, de cano raiado.

O guarda-roupa vazio manchando a parede suja com sua cor desgastada, sem brilho, amarelo pedindo óleo de peroba. Esquecera-se de tirar da mala os trastes que o agasalhavam no interior distante. O pijama molhado, aflição de quem foi acordado pra ser preso lhe vincando o rosto, empalidecendo-o, tornando-o lívido. Suor rolando em gotas asquerosas, caindo no peito, tombando no pijama que andava de um lado para outro do quarto procurando a escova de dentes jamais encontrada à maldita pressa. O corpo dele cheio de dores, moído como se antes de estar jantando coisas tivesse apanhado, levado borrachada da polícia em sentinela, retaguarda do tenente hirsuto, ladeando a passagem do corredor, vultos carrancudos por ele vislumbrados.

O tenente exigira silêncio. Rapidez no catar da indumentária surrada. Ele calado se curvando submisso, pescando peças de roupa, à delegacia podia tirar o pijama. Preso. Por quê? Suor lavando-lhe o corpo trêmulo, emporcalhando-o com cheiro azedo, de quem não tomou banho.

Mal havia pegado no sono o tenente invadindo o quarto, enchendo o corredor de soldados, pondo-o fora da cama como se ele não tivesse se demorado à portaria, pago a diária ao gerente, que morava nos fundos.

Ele sem poder falar, livrar-se da delegacia onde podia tirar o pijama, vestir o terno, abotoar a camisa, enrolar a gravata num laço de emergência depois de ter enfiado as meias, calçado os sapatos cambados. Achou depois de muito custo a cueca que seus olhos custaram a ver, embora ela estivesse bem à mão.

Se o tenente quisesse tudo se resolveria num encanto. Desdobraria os documentos, o certificado de reservista, o registro de nascimento, a carteira esverdeando a capa de identificação com retrato. Enforcaria no guarda-roupa o terno cinzento, apagaria a luz pra dormir, lembrando-se da complicação como um pesadelo. Todavia, ainda estava preso, tinha de deixar a pensão de pijama, ficar por trás das grades da delegacia que nem sabia onde ficava, como era. E esperar que lhe perguntassem como se chamava, lhe dissessem por que estava recluso, à disposição da lei.

Saindo do quarto procurou com os olhos o vigia mas encontrou, apenas soldados embalados encostados às paredes do corredor como se estivessem esperando outros hóspedes que ainda não tivessem sobraçado um embrulho igual ao seu. Embrulho de jornal, se abrindo no papel velho, impaciente o tenente não o deixara lidar com barbante, qualquer espécie de cordão.

Há poucos dias dormia na pensão, deixara a Usina Cataupava com o intuito de fazer compras, a mando do usineiro via as ruas de Recife, entrava em lojas de ferragem, escolhendo peças sobressalentes pra tratores pagáveis, sob condição pelo reembolso postal. Se fosse preciso podia demorar-se, ficar o resto do mês em Recife, anotando preços, pechinchando, escrevendo com sua letra grosseira nas folhas pautadas da caderneta usada.

Mostrá-las-ia ao tenente se ele embirrasse com o que estava escrito, nada demais ter encomendado peças novas pra tratores.

Contudo o tenente não quis saber de nenhum documento seu, parece que nem olhou a caderneta ensebada sobre o criado-mudo, sombreada pelas rosas de papel crepom, talos de arame se enterrando à areia do vaso.

Atravessando o corredor sem ser molestado, empurrado ao entrar no tintureiro porque se demorou no degrau, quis vendo a noite do mundo limpar do rosto o suor abundante.

Não era arruaceiro pra ser detido com tanto espalhafato. Nem cachaça bebia. Certa vez matou um importuno, lembrava-se do sujeito baleado, botando sangue pela boca vermelha, morrendo de hemorragia sem poder abrir os lábios, ficando frio como se estivesse coberto de gelo, debaixo da neve.

O júri de poucos minutos absolvendo-o. O promotor não queria perder tempo acusando inocente, o advogado de defesa, filho de usineiro de Cataupava, recém-formado, apenas se levantando da cadeira pra se congratular com a acusação, ele de cabeça erguida, réu absolvido, contente por ter defendido a sua vida, apertando a mão do juiz de direito, sorriso de óculos de tartaruga, cabelos ralos à cabeça grisalha todo preto no talar das vestes, deixando a sua mesa com passo empertigado.

Lembrava-se do incidente. Coisa séria. Tivera que tomar o revólver da vítima para depois matá-la, abatê-la com precisão de quem se defende. Todo o tambor vomitando fogo, impedindo apenas o morto ficasse baleado, se curasse das feridas, voltasse a agredi-lo sem quê nem pra quê, depois do sair do hospital. Se já era calado mais casmurro ficou. Temia provocações, sua índole repudiando encrencas, mal-entendidos era de secura como esguio sempre fora o seu corpo tenso nos músculos precavidos.

O usineiro de Cataupava sentindo orgulho do afilhado machão, crescendo pra ser de confiança, capataz dos canaviais imensos, derrubados à foice pra dar dinheiro, milhões de cruzeiros advindos do açúcar ensacado, vendido.

E agora andando de graça no pretume do tintureiro, sentado no banco, junto de um sujeito que veio a saber logo depois se tratar de um ladrão, arrombador de portas com pena a cumprir.

Ele que viera a Recife com dinheiro da usina, fazer compra pra usina entrando numa delegacia de luzes fortíssimas, encaminhado ao comissário de plantão como se houvesse feito besteira, estivesse condenado como o ladrão especialista em pé-de-cabra.

Ainda de pijama viu uma mulher encará-lo, balançando a cabeça, negando sempre. O comissário impertinente indagando ríspido:

– Não foi ele? Repare bem!

– Não, não foi ele. Nunca o vi. Nem se parece com o outro.

Ele tirando o pijama, numa sala vazia se enfiando nas calças, abotoando o paletó, nos pés os sapatos cambados pisando à frieza do cimento. Andando pela rua da delegacia sem saber o que o outro fizera à mulher, o outro que não se parecia com ele, o outro que o tenente estava procurando com automática, acompanhado de soldados embalados. No pescoço o nó da gravata fechando o colarinho, preservando-lhe o peito de uma possível pneumonia. Continuava suando dentro da madrugada invernosa. O pijama feito bola de pano agarrada pela mão. Podia voltar pra pensão, não havia sido ele, a mulher dissera que nem o conhecia.

Caminhando e suando sem atinar que a pensão ficava longe; por que não tomava um táxi? Quando se lembrou de fazê-lo já dobrava a esquina, já estava vendo a porta entreaberta da pensão, o vigia cochilando à cadeira de vime. Entreabriu os olhos pesados respondendo-lhe boa-noite com voz dorminhoca. Certamente pensava ele estivesse voltando de alguma farra, pois até lhe perguntou se a noitada havia sido boa. Não sabia que o haviam acordado, metido-o no tintureiro, depois sendo mostrado a uma mulher, balançando a cabeça, esperando na delegacia que o tenente e os soldados trouxessem o outro, o outro caçado como fera.

O vigia também não sabia que a polícia entrara pensão adentro, tinha dado uma escapulida, virar um grogue no botequim. Se estivesse à portaria teria intervindo, dito ao tenente que ele não era dessas coisas. E pediulhe dinheiro emprestado. Pela primeira vez o estava vendo. O vigia antigo morrera na véspera.

Negou, não emprestava coisa alguma e fechou a porta do quarto com um baque.

Dores intensas lhe serrando as têmporas, o peito sacudido por um coração violento. Suor lambuzando-lhe o corpo, injustamente prisioneiro durante minutos. Virou pro lado. O sono sem querer chegar, ele de olhos esbugalhados vendo, vendo sempre à escuridão do quarto o tenente a lhe apontar a automática, podia vestir-se à delegacia, estava preso tinha de ir de pijama. Sem lhe perguntar o nome, quem ele era.

Acendeu a luz, sempre o tenente magoando seu pensamento embrutecido, sempre a maltratá-lo uma lembrança contundente, cruel. Era demais. Não podia viver debaixo de tamanha afronta. Seu orgulho magoado, pedindo reparação. Tinha de ir pra rua, entrar num bar, beber cerveja, ver o dia nascer sentado numa cadeira de calçada, chamando garçom.

O vigia insistindo no empréstimo, ele desabafando rua afora como se fosse pegar o trem.

Cruzou com um vulto. A madrugada deixava ver bem o tenente fumando cigarro, andando sem pressa. Não fumava mas voltou pra pedir fósforo, interpelar o tenente com esse pedido banal. Deixou o tenente reconhecê-lo, então lhe perguntando como se chamava, não tivesse raiva dele, cumpria ordens, fumasse um charuto, procurando-o no bolso de dentro da túnica o fardado se tornava amável.

Ele num golpe desarmado o tenente, na sua mão a automática picotando bala, o tenente morrendo no meio da rua, caído de borco, rosto no chão como se houvesse tropeçado.

Jogou a automática no rio, águas cobertas de óleo, espesso tapete líquido. Chamou o garçom. Começou a beber uísque, rodando, rodando sempre em dois dedos de sua mão direita um vermelho par de ligas, presente que Dona Antonia, mulher dele, vai ganhar. Par de ligas de elástico plissado, rosas pra cima dos joelhos.

Clementina - Ladra Míope

NÃO DEIXOU A DENÚNCIA ser arquivada. Entrava na delegacia com freqüência, amolando o delegado que prometia, prometia sempre deter a ladra. Enfim, o dinheiro era dele. Tinha que recuperá-lo. Vê-lo de novo amarrado nos pacotes.

O automóvel parando à calçada, luzes do crepúsculo manchando a rua por onde ele dirigia todos os dias depois de sair do escritório, engalfinhar-se no rush de freios e sinais.

– "Tivesse paciência, um detetive categorizado cuidava do caso"- anuía o delegado de charutão mastigado. E certa vez apresentou ao usineiro um bigode fuinha, de rato, matreiro e audacioso que se levantou quando um riso lhe alegrou os dentes, inundando-lhe todo o rosto de uma calculada bazófia.

– "Então já descobriu, por que não a detém?" – Obteve o usineiro resposta depois do detetive, magro, febril, gestos impulsivos encará-lo com força de quem desvendar soubesse.

– "Foi uma ladra mesmo. E o senhor a conhece. Juro que ela não me fugirá."– balançando a cabeça o delegado endossava a certeza. Se quisessem prendê-la-iam minutos depois, assegurou a autoridade de mangas de camisa recebendo vento do ventilador ligado.

Protestou com argumentos irrespondíveis os dois não deviam nem podiam proteger, estavam ganhando dinheiro para punir, prender infratores. Prosseguiu falando até ficar rouco, cansado à garganta que reivindicava. Sentou-se exausto como se tivesse brigado. Pediu água, bebendo-a toda do copo gelado. Esbaforido discou pro chefe de Polícia, o telefone lhe enegrecendo a mão indignada, enlutando-lhe a boca que soterrava o delegado, denegria o detetive tachando-o de cúmplice.

O chefe de Polícia devolvendo uniformes. General de Exército com calma de comando dizendo ao usineiro que estava a par de sua queixa, a polícia sabia, já sabia mesmo quem o havia roubado.

Contou à mulher omitindo detalhes. Nervoso raciocinava aos tropeços, pulando situações que interessavam. Desatinado com a decisão da polícia que só lhe queria apontar a ladra quarenta e oito horas depois. Comeu pouco no jantar e foi dormir com peso no peito, coração castigado lhe irrigando o corpo com sangue embrutecido. Sono de trabalhador braçal. Abrupto qual o de um bicho de repentino adormecer. Acordou amargo, descompondo a copeira de desjejum variado. Estrilou com a mulher que lhe perguntou se iriam à tragédia do Teatro Russo. Se quisesse fosse sozinha, mas beijou-a, beijou-a à descorada e polpuda boca antes de abrir a porta, ganhar a rua, meter-se no escritório de sua usina.

Revia o cofre fechado, intacto, guardando um negrume assustador nos seus compartimentos vazios, limpos por uma mão que a polícia assegurava ser de mulher.

Mão enluvada, pequena, astuta, acertando no segredo do cofre como quem dá corda num relógio. Coisa fácil. Nem as apólices foram esquecidas. O cofre vazio como se fosse ser vendido, encantado à parede, ferro inútil escancarado.

Foi atrás da mulher, perguntou-lhe se havia ido ao Banco, aberto em seu nome um depósito. Trouxe-a pra constatar o prejuízo que lhe enfezava as feições, rictos inesperados às faces, chumbos nos olhos empedernidos.

O cofre num frio assustador, nada, nada mesmo no seu bojo imenso, quase da altura do usineiro, enchendo a parede qual um vencido monstro, silencioso cão que não gostasse de quintal. Encontrara-o de porta aberta, desguarnecido, sem valia, chamando atenção. Acreditou numa limpeza da mulher, talvez quisesse pintá-lo de novo, tinha jeito com pincéis, de fato a pintura esverdeada apresentava tamboques. Ela já tinha feito isso uma vez. Entrara no quarto pra ver o cofre brilhando num óleo reparador. E o dinheiro, documentos, apólices, jóias, tinham ido pro Banco. Render juros. Ficarem sob outra guarda.

Lembrava-se que discutiam. Se tinha um cofre era pra usá-lo, vê-lo útil, as pontas de seus dedos rodando a roleta da fechadura numerada. A mulher dele prometendo emendar-se, doravante também gostaria do cofre, iria enchê-lo de novo, torná-lo mais uma vez rico, entupindo-o de papéis, de dinheiro, de jóias que eram suas, de seus braços, de seu pescoço, de suas brancas orelhas furadas.

Rememorava olhando uma janela de um arranha-céu defronte, janela estampando uma funcionária de repartição pública, recobrindo as unhas com esmalte, avermelhando-as em garras polidas. Displicente. Sonhadora de cabelos louros, fartos nos cacheados, emaranhado de fios sentindo o vento da manhã que lhe refrescava a pele.

O matutino à página de futebol furando a rede com um gol violento. O vento assanhando as páginas, o mesmo vento que batia nos cabelos da loura, secava mais depressa as unhas tratadas.

Recomeçou a ler, queria se distrair no esporte, interessava-lhe o noticiário da contenda. A loura sumira da janela, logo mais viria comer sanduíche mordendo o pão com presunto, dengosa, sem sujar as mãos.

O usineiro conhecia-a, sabia até como se chamava, quanto ganhava; convidara-a a entrar no seu automóvel num dia de chuva. Cumprimentavam-se de longe, um acenando pro outro de suas janelas como se estivessem esperando um cortejo que pedisse papel picado, coloridos recortes num desperdício maluco sujando a avenida Rio Branco.

– "Se não fosse casado!"... a loura perturbando-lhe a atenção, obrigando-o a recomeçar leitura de parágrafos, o usineiro vendo-a, sempre de ombros nus no vestido de alças. Leitura encrencada, afogueando-lhe a imaginação dividida, esfacelada. Abandonava o jornal, girando à cadeira procurava a loura que não se esquentava mais à janela. Mais tarde a veria mordendo outro sanduíche, provocante, deixando-o tonto.

Num canto da mesa o retrato de sua mulher olhando-o com meiguice. Discava pro apartamento; longe, distante, a mulher dele, começava a escutá-lo todo saudoso, querendo enlevo, aconchego. Demorava-se no telefone. Reavivava o amor qual um adolescente, perguntando à mulher, se ainda o queria, se não o havia esquecido, desnecessárias indagações pra quem escutava, trinta e poucos anos de pernas roliças, carnudos braços, cativante rosto olhando azul. Mais embaixo, uma cintura espremida, elegante, gorda uma vez apenas quando Clementina estava pra nascer. Gordura que ela se lembrava com desgosto, gordura que lhe entristecia os olhos tranqüilos rasgados, num puríssimo azul, quando a sua memória via abandonado o quarto de Clementina, filha única se perdendo no mundo, quinze anos desaparecendo não sei pra onde, suicida de podridão jamais encontrada porque o mar fora a sua derradeira diversão. Às areias, a barraca esperando em vão. Numa nesga de sombra um par de sandálias, no mormaço, juntamente com uns óculos de grau, armação de ouro. Afogara-se. A maré devolvendo outros corpos, inchados, desfigurados, comidos pelos peixes, dilacerados por siris, fervilhando de caranguejos que tinham gosto por coisas mortas. Outros corpos de tétricas pescarias vindo às redes de arrasto, espantando quem estivesse à beira do mar, molhando os pés, provando a frieza das ondas espumantes.

Nunca mais Clementina foi vista saindo das ondas, enxugando-se no sol, deitada nas areias da praia de banho. Tinha mesmo se afogado. Repetia o usineiro quando lhe perguntavam pela filha que se parecia com a mãe, retinha traços do pai e se esquecia do tempo debaixo do sol, dentro d'água, mergulhando, nadando como se o mar um brinquedo fosse.

Impossível, admoestavam. Clementina não era afoita com mar brabo. Inconcebível, alguém balbuciava. Clementina sabia nadar, nadava muito bem. Tinha fôlego.

O usineiro se lembrando ter ido à praia, em vez da barraca um buraco, buraco que o vento enchia com areia quente, escaldante. Também desapareceram os óculos. Tinham roubado tudo, tudo mesmo, até as sandálias que eram vermelhas, de couro.

O usineiro almoçando com atenção à porta que não se abria, Clementina se demorando no mar, biquíni de cor se esquecendo das horas.

Acreditou durante a tarde inteira numa traquinada. Devia ter mudado de local, ido pra longe, Leblon de ondas estrondosas. Quando Clementina voltasse ia ver, olhando a mão que tinha força, sabia castigar, exigir bons modos, obediência.

Esperou Clementina bebendo uísque à varanda clorofilada, plantas de adorno verdes de seiva. Sossegava a mulher, não desesperasse e sorriu quando a cigarra cantou estridente. Entregaram-lhe o telegrama de sua usina, tinham vendido cem mil sacas de açúcar. Disse à mulher quanto havia ganho, beijou-a à boca, sentasse-se perto dele mais uns minutos e Clementina estaria chegando, queimada, tostada pelo sol que morria por detrás dos morros.

O crepúsculo furando de estrelas o céu encapuçado, prestes a tornar-se azul sem as nuvens plúmbeas que o entristeciam. Vergalhos, amarelas, mortas às calçadas.

Escutava gritos de crianças, automóveis chispando à rua iluminada, música de televisão, num concerto de Villa-Lobos bramia heróica no cair da noite.

O relógio tirando-lhe as esperanças, batendo muito, madrugada silenciosa se aproximando quando o usineiro, pai de Clementina, cochilou de roupa, gravata no colarinho como se tivesse de ir a uma festa e antes descansasse, fechasse os olhos.

A mulher proibiu qualquer escândalo. Enfiou-se no pijama e dormiu, dormiu sonhando no quarto refrigerado como se Clementina estivesse viajando, fazendo uma viagem sem o seu consentimento, numa afoiteza de aventura, longe se encontrasse.

Abraçado com a mulher que não tinha chorado, respirando perfume dos cabelos, do corpo da mãe de Clementina que também a esperou olhando o relógio, bebendo uísque, jantando, folheando revistas, o usineiro não queria a lembrança amarga.

Afogara-se. Era a resposta pros amigos, conhecidos, curiosos que começaram a falar mal do seu desinteresse.

Não era doido pra adoecer com facilidade, impressionar-se, viver dominado por falatório, encrencas.

Quando Clementina desse à praia seria enterrada. Convidá-los-ia. E entrava nos cinemas, aplaudia nos teatros, a mulher dançando com ele nos clubes, nas boates que davam shows de mulheres enfeitadas, cheias de plumas, pernas de fora como se não sentissem frio.

Tinha mesmo se afogado. E desligava o telefone como se tivessem discado número errado. Aborrecia-se com impertinentes, ávidos por uma conversa prolongada, repetida, fúnebre. – "Que queriam fizesse ele? Fosse também se afogar?" Não ia mudar de vida porque Clementina tinha desaparecido no mar imenso. E quando ia à praia com a mulher, dialogavam, pensamentos sincronizados, idênticos: Clementina não gostava deles, preferira o mar profundo, a salgada morte em vez dos estudos, do namoro, das festas, do conforto, da vida de adolescente rica. Conversando onde Clementina costumava enfincar a barraca, no mesmo lugar onde ela deixava as sandálias, os óculos de grau pra seus olhos míopes a mãe de Clementina também não perdoava. Perto o mar esverdeado vomitando espumas, ondas se quebrando numa repetição violenta, ao largo um navio fumando, chaminé de rolos de fumaça se perdendo num longínquo horizonte eram esgarçados cinzentos.

Clementina ingrata, abandonando-os sem razão, morrendo bem moça, flor que não quisesse dar perfume, botão desabrochando pra sumir como se vento fosse. Impalpável. Flor que não quisesse ser admirada, pedida em casamento, toda branca no instante da aliança à mão esquerda.

Não se lastimavam. Apenas xingavam à filha perdida no mar, feito peixe que sofresse de síncope, mordendo inchada, mãos à tona como se as águas fossem salva-vidas, borda de um bote, metros de corda lançados por não sei quem. Afundando, afundando sempre à maneira de um escafandro que não soubesse respirar, tivesse mergulhando sozinho, sem nada. Esquecido da bomba de oxigênio, de suas roupas de lona, de seus pés de ferro, de sua cabeça de vidro lembrando ogiva, periscópio.

Clementina no retrato da penteadeira de seu quarto, apenas no retrato de fotógrafo caprichoso, porque seus vestidos, seus sapatos, seus livros de romances, de contos, de poesias tinham sido vendidos, apregoados num leilão de martelo.

Venderam também os móveis, desocupado o quarto de Clementina, vazio como se fosse ser encarado, tivesse de levar sol com as janelas escancaradas.

Clementina no retrato de rosto, no álbum de família, à escuridão de uma encadernação de luxo, sempre bela, mostrando os dentes de sua carnuda boca.

O vidro, o porta-retrato também rematado por um estranho que gostava de ouro, trabalho artístico.

Clementina sendo lembrada como quem não sabe se despedir. O usineiro vez por outra fazendo essa alusão, nem ele nem ninguém tinha certeza do afogamento. Suposições. Não voltou do banho de mar. Afogada? Por isso mesmo deu contra à idéia de uma missa. O frade da paróquia querendo dinheiro pra um réquiem, ofício de paramentos negros sem badalada de sino tampouco cantorias. Missa triste, de alma penada. Provasse a morte de Clementina, o usineiro contrariando o frade que bebia uísque, sentado à cadeira, mostrando os pés às alpercatas de tiras. Vestido de marrom, jenipapo de cheiro azedo, hábito remendado, tresandando a suor. A mãe de Clementina também discordando. Inconcebível ofício de defunto pra quem não tivesse sido enterrado.

Clementina gostava de aventuras, podia ter fugido com o namorado, flertava tanto, inconstante, esportiva, desembaraçada.

O frade pediu óbolos pra igreja. O usineiro encheu um cheque, assinou-o, a nave da paróquia ia ser refrigerada, a ordem era pobre, de franciscanos que arrendaram um cinema, junto de clausura do convento. Bebeu outro uísque e a sala deixou de ser fedorenta quando a cadeira ficou vazia. – "Esse tem faro. Quem disse a ele que Clementina tinha desaparecido?"

– "Não sei não. Só se ele leu nos jornais"– falou a mulher botando gelo no copo. E chamou a empregada, não devia fuxicar, ficar falando de Clementina quando estivesse à rua, fazendo compras, esperando condução, entrando em fila de cinema. Defendeu-se negando. Gostava de Dona Clementina, a voz temerosa dando satisfações.

– "É, o frade deve ter lido nos jornais"– e o usineiro abriu uma gaveta onde um recorte de manchete culpava o mar, o mar do Arpoador, com notícia em negrito. Amassou-o, e a bola foi cair à rua, papel velho levando sol, até chegar o gari da Prefeitura.

Depois, um colunista social dizendo pela sua coluna, afirmando mesmo, Clementina tinha sido vista numa cidade de fronteira, lá pelo Sul do Brasil, de braço dado, de piteira na boca, fumando cheiroso, gozando as melodias do amor com um sujeito alto, sotaque estrangeiro.

Responderam do jornal, no dia seguinte, que o colunista tinha sido despedido, mentia muito, inventava constantemente potocas, criando situações de mal-estar entre a grã-finagem um indesejável se tornou.

O usineiro querendo saber o nome verdadeiro do alucinado, onde morava. Era Clementina quem interessava, sua filha que não voltou de um banho de mar.

O colunista se retratando, tinha ouvido dizer, não podia se lembrar direito, estava bêbedo, numa mesa de bar. E mostrou ao usineiro a carteira murcha, pior que mendigo, sem níquel algum. Não teve pena do leviano. Deu-lhe as costas, andando despreocupado começou a ver a praia, Copacabana de ondas verdes orlando de espumas as areias molhadas.

Sucederam-se anos. O usineiro ficando branco às têmporas, cabelos grisalhos que não lhe abatiam a têmpera nem lhe alteravam a disposição. Ganhando dinheiro, vendendo sacos de açúcar, amando a mulher que gostava de pintar, distrair-se com pincéis lambuzados de óleo. Não se esquecia de Clementina, abrindo o álbum, era pra ver a filha no retrato bonito. Lembrava-se da filha magra, loura de pernas grossas, sorrindo forte à boca carnuda. Os braços iguais aos da mãe, exibindo pulseira de relógio minúsculo.

O retrato mostrando um rosto alegre.

Chamava a mulher, beijava-a com força, abraçados sentavam-se no sofá, a televisão passando filmes velhos, reprise no avançado da noite. Somente o cofre os arreliava, punha-os a discutir, palavras ásperas se entrecruzando numa divergência sem fim.

O usineiro emprestava dinheiro, ganhava juros exigindo hipoteca de quem estivesse necessitado e marcado à praça. Juros altos, maiores que os de qualquer estabelecimento bancário.

A mãe de Clementina ficava receosa, medo do usineiro ir parar à cadeia, pegar pena, qualificado de usurário tivesse de ficar no presídio cumprindo sentença.

A Usina Soledade em Alagoas onde ele nunca tinha ido, agora, dele, do usineiro que emprestara milhões e vivia no Rio recebendo correspondência, informes de transação de açúcar, do antigo dono, morando à casa-grande como empregado do pai de Clementina, salário todo fim de mês, subjugado, carteira do Ministério do Trabalho com seu retrato envelhecido, decrépito.

Quando deixou o falido tomando conta da Usina Soledade, dissera-lhe: – "Pode por lá, mas se a usina não der lucro, vendo-a sem pestanejar. E você ficará em maus lençóis. Terá de pedir esmolas. Não vá fazer bobagens."

O que já vivera à opulência, cabisbaixo, feito criança que não gostasse de estudar, sendo repreendido, ameaçado, voz inaudível prometendo se emendar.

O usineiro dando-lhe uma passagem de navio, primeira classe do Lóide, tocando nos portos de Espírito Santo, Bahia de São Salvador numa morosidade de via-sacra.

Lembrava-se do empréstimo vultoso, as promissórias preenchidas com mão nervosa, o primeiro dono da Soledade mostrando-lhe os canaviais, a usina de bueiro de tijolos, inúmeras fotografias do que estava sendo hipotecado com casa-grande de varanda, quartos forrados, vila de operários e uma frota de caminhões que descarregava no porto de Maceió, o açúcar refinado, exportável.

Arrogante, elegante no terno de linho, se despediu do pai de Clementina, prometendo resgatar antes do tempo as promissórias seladas, com a sua assinatura de tinta azul que foram parar no cofre pintado de verde, já cheio de documentos, de outras hipotecas, também insolúveis pelos enforcados.

A Usina da Soledade de Alagoas tempos depois, à parede do escritório, um quadro enorme, pintura que ele mandou fazer, no meio de outras, onde edifícios de apartamentos, casas e campos em hectares cultivados eram frutos de sua esperteza, sovinice.

Gostava de ver em miniaturas de cores o que possuía. Sentia-se feliz no escritório, quando levantava os olhos e via a sua imensa riqueza naquelas pinturas de molduras pesadas, retangulares, espanadas pelo servente às manhãs de trabalho.

Filho de gente humilde, conhecera ladeira de morro, cocuruto de favela onde aprendera a ler em escola pública.

Numa tempestade de noite de choro, soube da morte do pai, da mãe, soterrados pela barreira de pedras, de lama, de barro, argamassa de velório, que soldados do Corpo de Bombeiros, tentavam remover com enxadas, com mãos de picaretas à manhã seguinte de céu límpido. Seu pai, sua mãe, no fundo da grota, enterrados naquele cemitério de toneladas, abismo de tétrica visão.

Ficou com a madrinha, num subúrbio de estrada de ferro vestiu calças compridas e começou a vender sorte grande, gasparinos que encalhavam, davam prejuízos a princípio. Teimou o camelô que lhe norteava a existência. Nas esquinas, nas ruas, nas praças do Rio de janeiro sempre oferecendo bilhetes, pedaços de papéis garantidos pelo Governo. E numa tarde de junho, foi num dia de balões e foguetes que ele enveredou pela Senador Dantas, subiu escadas, mostrando ao caixa, um bilhete inteiro, prêmio de vinte milhões de cruzeiros ao portador.

Remou pelo Botafogo, casou-se com a filha do presidente do clube, comprando salas de escritório onde passava o dia vendendo terrenos de praia, readquirindo muitos lotes quando o cliente não podia saldá-los.– trabalhava sem se esgotar. Impassível a choradeiras. Fossem reclamar à justiça. Negócio não podia ser obra de caridade! Tinham aceito condições. E mostrava as cláusulas das escrituras. Armadilhas defendidas pela lei. Cruéis. Artigos e parágrafos de estarrecer.

Clementina nascendo, crescendo, virando mulher bonita que gostava do mar, da aventura da praia, de escutar ondas chegando brancas às areias molhadas.

Clementina desaparecendo, apenas um retrato no álbum de luxo, seu quarto de dormir vazio, tomando sol, janelas abertas, pra não ficar mofado, com cheiro de sótão.

O cofre roubado, o usineiro depois de muito reclamar à polícia, aguardando um prazo de quarenta e oito horas pra reaver o seu dinheiro, seus documentos, suas apólices, ficar sabendo quem havia acertado no segredo do cofre. Intrigado com a afirmação do detetive, fora uma mulher, mordia o charuto babado.

Interrompendo no escritório a leitura da página de esportes, vislumbrava do outro lado da rua a funcionária pública de unhas pintadas, mordendo outro sanduíche, oferecendo-se como se ainda fosse virgem, lá da janela com seus ombros à mostra, alças folgadas de vestido decotado.

O chefe de Polícia dissera ao usineiro que a ladra ia ser levada à sua presença. Não era engodo. Ficaria surpreso. Sobre uma cadeira uma mala contendo o que haviam roubado do cofre. A ladra não entrara com a mala por causa do elevador, lotado. Chegaria logo, estava no hall, prenhe, com uma criança de colo, desgrenhada nos cabelos, precocemente envelhecida, entre dois investigadores. Antes de ser detida vivia com um gigolô que insistia ser inocente, cinismo de irritar nos interrogatórios. O gigolô à cadeia da Central. Seria deportado. Estrangeiro. Vagabundo. Não tinha profissão. A ladra se dizia chamar Clementina. Era míope. Cabelos louros. Branca, com instrução. Maneiras finas, educadas. Ladra que não pudera vender apólices nominais.

O detetive de bigode fuinha, dizendo tudo isso ao usineiro fumando charuto; chapéu à cabeça como se estivesse em plena rua, numa esquina a conversar.

– Conhece essa Clementina?

– Conheço-a .

A porta se abriu pra Clementina ouvir a conversa dos dois ser concluída.

– Já foi minha filha. Pode prendê-la.

Pendões

ALBA ACORDADA na madrugada quente nem vê a janela do vento quieto. Pensa, continua pensando, pensando sempre no encontro do dia seguinte. Tem jóias pra vender. O dono do cassino aceitou o negócio e por isso Alba não quer dormir, o sono não lhe fecha o pensamento sempre aberto para a transação, visando dinheiro numa insistência de quem não quer outra coisa, Alba coça o queixo.

Não é a primeira vez que Alba vende jóias. O dono do cassino já comprou de Alba braceletes, brincos, anéis que lhe enriqueciam dos dedos com as frias arestas das pedras chamejantes.

Todavia, Alba ainda não se acostumou com a emoção desse negócio apalavrado a meia voz, cochichado, com desfecho de hora marcada.

Alba acordando amanhã nem precisará abrir a janela que aberta já se encontra pro vento silencioso da madrugada sem voz. O fim da noite encontrará Alba de pijama, acesos os olhos que olham verde pro mundo são lanternas doces. Fica sempre assim. Deitada à cama, espichada no colchão toda a noite que não lhe consegue empretecer os pés tampouco os cabelos, ondas de um louro revolto no branco de seus ombros tratados, massageados, trescalando perfume.

Alba filha única de um usineiro continua embelezando o quarto que ninguém escuta. Até a manhã se levantar, até o verão de um sol sem nuvens se firmar nas horas de calor – Alba será sempre uma loura de olhos verdes à espera do negócio, à espera do café que uma empregada de linho engomado lhe servirá em bandeja de prata. Depois, o Jaguar de guidom preto levará suas mãos pra cidade numa corrida sem freios. Danassem-se os guardas de apitos de multas, ficassem anotando a vida toda o número de seu Jaguar fugindo nas pistas de asfalto escaldante. O dono do cassino mamando cachimbo de fumo perfumado trancava a porta, fechava a janela antes de ver as jóias, examinar as pedras, fortunas frias de beleza estonteante.

Silêncio de quem estivesse roubando, negócio de emudecidos que terminava em pacotes, pacotes de dinheiro contados, recontados por Alba.

Lembra-se Alba da conversa do jardim. O dono do cassino lhe daria dinheiro, pros seus braços, pras suas orelhas, pro seu pescoço, voltariam os colares, os brincos de garras encrustadas, os diamantes dos pedantifes de ouro velho. Tudo isso e mais dinheiro pra sua bolsa de fundo aveludado.

O nariz de Alba sentia o cheiro do cachimbo rico, os olhos verdes de Alba viam a boca de milhões se vergar, apoiando-se em pedidos implorava cada vez mais.

Sem querer o dono do cassino Alba perdia fortunas.

A ditadura apoiava a jogatina de imposto fiscalizado. Na Urca a roleta de lucro certo pagava sem pena shows de atrizes retumbantes. O dono do cassino queria dar tudo a Alba que somente visava o dinheiro de suas jóias, vendidas num escritório fechado, de luz baça.

Não queria se juntar a ninguém. E foram pro jardim onde Alba começou a ver o rosto do dono do cassino se contorcer em novas súplicas, avermelhar-se em impertinências, cansar-se de tanto pedir a Alba naquela manhã de enseada tranqüila.

Num molhe o tombadilho de um iate sustentava mastros embandeirados.

Daria a Alba também o iate de cabines espaçosas. Reparasse no tombadilho confortável, visse bem o timão dos passeios, olhasse a âncora, no fundo do mar depois dos cruzeiros regados a champanha.

Olhando a praia Alba era distância. Nem queria ver as espumas que teimavam embranquecer gente que o sol tostava. Alba somente queria continuar fazendo negócios com o dono do cassino. Ganhar dinheiro vendendo-lhe jóias. Ridículo ouvir declarações de um velho pançudo, boçal, grisalho, milionário de circunstâncias que bajulava o Ditador do Catete, não cobrando nada de seus parentes que se sentavam amiúde às mesas do grill. Se escutara o meloso banqueiro era porque ainda tinham muita coisa pra lhe vender. Vendia aos poucos. Nada de demonstrar ganância. Convencia-se de que o dono do cassino era uma presa de seus desejos, mamulengo de suas mãos virgens. Sabia do desejo do homem. Enquanto o dono do cassino a quisesse, insistisse em amá-la, Alba não deixaria de vender-lhe adornos. Vender-lhe por preços proibitivos, vender-lhe num câmbio negro as suas jóias, todas as jóias de sua mãe que respirava na Usina Pendões numas férias de mulher de usineiro.

Não quisera a usina por isso mesmo. Preferia ficar à Gávea, no Rio passaria o verão, verão de carnaval, de praia, de danças em boates sombrias. A mãe de Alba perguntando de lá da Pendões, cartas nuns vaivéns de correio aéreo que até enjoava. Alba sem dizer nada do dono do cassino, falando de outras coisas, sempre silenciosa quando aos negócios que lhe rendiam fortunas.

Depois de esbulhar o banqueiro ela diria tudo, contaria a trama do embuste, golpe bem-feito no velho conquistador.

Sabia-o assim. Enfeitiçado abria a burra, que corresse o dinheiro sem conta pras mãos da amada de beleza inconteste.

Alba tranqüila, sua mãe ao ver tanto dinheiro não teria chiliques. Compraria outras jóias e dinheiro ainda seriam pacotes ante seus olhos atônitos, quase sempre tranqüilos e verdes no alourado de sua face.

O pai de Alba continuava vendendo açúcar, atarefado à usina de bueiro vermelho nos tijolos de luxo, Usina Pendões de léguas de sadias canas, canas adubadas nas terras pretas de seiva forte.

Não precisaria saber de nada. Tomar conhecimento do lucro da Alba de voz macia. Poderia intervir, achar feio, tachar de desonesto o negócio aceito pelo dono do cassino apaixonado da Alba que dormia sozinha num silencioso quarto de um bairro milionário.

Se Alba quisesse nem a sua mãe precisaria ver os pacotes de mil cruzeiros, cor de laranja, cor de abóbora, cor de tomate maduro dando vida a gavetas de pau-marfim. Era só trancar o guarda-roupa, esconder as chaves da cômoda até adquirir jóias idênticas, iguais, do mesmo quilate, mesmo feitio numa joalheria de judeus. Encomendar ao judeu jóias de desenho idêntico, de idêntica cor nos quilates dos diamantes.

E o dinheiro que sobrasse não aguçaria a desconfiança de ninguém. Sempre tivera dinheiro, nascera rica, única filha do usineiro da Pendões com depósito de milhões em diversos bancos.

Desde criança seu nome figurava num cadastro bancário. No dia em que nasceu seu avô pôs em seu nome, no dela de cabo a rabo uma fortuna a juros inalienáveis. Somente Alba poderia fazer do dinheiro o que bem entendesse. Depois criando-se à casa-grande, crescendo e admirando sempre os canaviais que a fornalha engolia, interessando-se pelas turbinas de aço que davam força às máquinas possantes da usina. Maquinaria que não fazia poeira, maquinaria conservada e limpa com manchas de kaol em um rio descontente, ávido de outras margens, de outros leitos.

Alba interna em colégio de freiras falando francês pedindo em francês esmola pros santos, em francês lhe ensinavam um mundo de sutilezas. Fragmentos. Humanidades de pinceladas rápidas pagas pelo seu pai com cheques robustos, grossos de cifras. Nas férias a Usina Pendões mostrava a Alba outros verdes de canaviais vicejantes. Então Alba se esquecia do Rio, da casa da Gávea, e corria, corria e desembestava nas corridas de cavalo, com rebenque e espora apostava com o vento. Esquecia-se dos namorados, nem se lembrava dos enlevos, dos fins-de-semana, quando conversíveis à sua rua buzinavam, chamavam-na buzinando. Deixava-se bronzear pelo sol da piscina da usina, queimar-se pelo mormaço de uma Alagoas distante.

Longe de supor conhecesse um dia o dono do cassino que comprava jóias, bancava nas roletas, no pano verde; banqueiro que destemia números cercados de fichas; sem imaginar viesse algum dia a ser amada e pretendida por um velho, que intimamente se sabia enganado, quando lhe dava dez, trinta, cem vezes mais o valor das jóias, que podiam ser adquiridas por quem tivesse dinheiro em qualquer joalheria de luxo.

Alba se divertia com o coração do banqueiro. Procurava-o para atormentá-lo somente aturdi-lo com a beleza de suas pernas, de seu corpo, todo ele leveza de fêmea invulgar. Fêmea plumosa, lépida, fúlvida.

Judiava-o com as suas mãos que o procuravam sempre cheias de jóias, nem olhadas mais por ele, que somente queria amá-la, retê-la com outras promessas e outros incalculáveis presentes distribuídos pela sua magoada ânsia.

Alba ficou sabendo que o dono do cassino conhecia seu pai, da fortuna do usineiro da Pendões o banqueiro tivera conhecimento, antes, muito antes, de vê-la, pela primeira vez, quando entrou no seu escritório com uma saia e blusa de quem fosse pedir emprego.

Manhã de faxina, cadeiras de pernas pro ar no cassino de tapetes, lustres, shows de mulheres de olhos de rímel que cantavam músicas apertadas em plumas de calçolas coladas, pernas à mostra.

Acreditou numa reclamação. Objeto perdido. Chamaria o maitre. Não se aborrecesse. Era de confiança o seu testa-de-ferro, a sua casa primava pela decência. Iria ver. E o hábito não o traiu. Enumerou, citando nomes, objetos devolvidos a pessoas que perdiam coisas à pista de dança.

Alba sem pressa pra falar, ouvindo com seus olhos verdes o dono do cassino perguntar-lhe o que perdera, o que era, tinha algum indício que facilitasse o reconhecimento do objeto perdido?

Alba mostrou-lhe as jóias. Eram suas. Se as quisesse comprar não lhe perguntasse nada. Podia exigir isso. Eram suas mesmo. Se ele não se interessava, outros teriam opinião diferente. Procurara-o porque quisera. Ninguém o havia recomendado. Também não era segredo que ele comprasse jóias, pagando-as à vista.

O dono do cassino quis saber da idade de Alba. Com menor não fazia negócios. A justiça era dura nesses casos. Sentia não poder atendê-la logo. Num canto da boca o cachimbo fumava alto.

Alba mostrando documento, retrato carimbado, letras firmes escrevendo seu nome comprido à carteira de identificação da polícia.

O maitre negando, não havia encontrado nada. À pista de dança ninguém perdera coisa alguma.

Insistia o dono do cassino que Alba bebesse uísque, amarelasse a boca com a bebida forte. Fazia bem num calor daqueles. Alba assentindo, demonstrando tato, como se soubesse e pudesse querer, concordava. Achava boa a conversa do dono do cassino que a olhava com apetite, pedia-lhe o telefone, queria saber o endereço de sua rua asfaltada.

Um cheque havia fechado o negócio. Bebiam porque queriam, as janelas abertas do escritório invadidas pelo sol raivoso de dezembro, deixava o vento do mar lhe desarrumar os cabelos. Alba se comprometia a dançar no reveillon, sentar-se com o dono do casino numa mesa onde beberiam champanha, às cabeças cones coloridos de papelão festivo. Serpentinas de suas mãos cruzariam o salão quais inofensivas cobras.

À tarde daquele dia Alba ao abraçar a mãe se negou a rever a usina. Somente depois do carnaval iria galopar às terras de seu pai.

Amanhã Alba venderá jóias. Serão as últimas jóias a ser vendidas pela Alba que não consegue dormir à véspera de se encontrar com o dono do cassino que se finge homem de negócios, até adquirir os brilhantes. Depois volta a ser o mesmo conquistador que não se poupa, que se exaspera e investe porque quer agarrar Alba, porque quer se casar com a Alba de olhos verdes. Já se desculpou por lhe ter sugerido um concubinato. Perdoasse-o. Estava fora de si. Alba já ouviu isso. Amanhã escutará a súplica que a transforma numa mulher por demais necessária aos braços do potentado banqueiro.

Há semanas se repete esse jogo, há quase um mês ela procura a Urca de cassino à beira-mar, todavia amanhã um último cheque se escurecerá nos recessos de sua bolsa importada. Couro de búfalo que ruminava desatento.

Com o seu jaguar Alba não faltará ao encontro, irá ver o dono do cassino, venderá ao banqueiro que quer se casar com ela as últimas jóias de seus braços, de seu pescoço, de suas orelhas que ficarão por enquanto sem as pérolas de sua adolescência.

Entretanto se ele tentar beijá-la sairá da sala como tantas vezes já fez.

Um dia casar-se-á. Não sabe com quem. Talvez, com algum banqueiro, que tenha à roleta dos empréstimos a mesma mágica da multiplicação dos milhões.

No silêncio do quarto aceso Alba sorri. Coça o pé do pijama curto. Olha-se no espelho enorme da parede pintada e mais uma vez se convence de que o seu próximo negócio não lhe trará dissabores. Seu pai certa vez lhe disse que a usina queria envelhecê-lo. Venderá, a um milionário, especulador da bolsa a Usina Pendões com todas as suas terras de canaviais viçosos. Já sabe onde ele mora. É solteirão, alto e magro e gosta de loura nos cabelos cacheados. Abre o catálogo de telefone, sublinha as três dezenas com tinta.

O prenúncio do nascer do dia se delineia glorioso com a cor ativa de um sol tremendo que rompe, desnuda a penumbra de todo o horizonte sonolento. Alba antecipa sorrisos de quem vai realizar o que quer, na cabeça encasquetou alegria e gargalha pra si mesma no silêncio do quarto. Faz o que bem entende, faz o que bem quer. Tem consciência de suas habilidades. Ajeita o travesseiro de suas costas. Um de seus ombros, o esquerdo, não estava bem acomodado na espuma alfazemada do lastex.

Somente não atina por que não consegue dormir, fica, permanece sempre insone toda a noite à véspera de negociar. Fica acordada sem qualquer angústia mas também sem os sonhos da madrugada.

Emoção? Talvez sim... talvez não, definitivamente não – lhe convencem o sangue e o pulsar de seu coração tranqüilo, confiante.

Fortuna Crítica

Gilberto Freyre

DE BRENO ACCIOLY nunca duvidei que se tornasse um autêntico escritor e não apenas uma dessas caricaturas de escritor em que tenho visto se transformarem tantos adolescentes aliterados, dos muitos que tenho conhecido; dos vários que são para os mais velhos criaturas misteriosas e mesmo angélicas até que a mediocridade ou a vulgaridade reclama-as tirânica e definitivamente para seu domínio. É claro que me refiro à mediocridade literária ou intelectual, numerosos como são os casos de aparentes vocações para as letras, como para as artes, as ciências puras, a filosofia e o sacerdócio, que, desfeito o equívoco de adolescência, afirmam-se superiores noutras atividades; na medicina, na engenharia, na arte do teatro, no comércio, na indústria, no jornalismo, na administração pública.

De Breno Accioly, como do também alagoano Lêdo Ivo, gabo-me de ter dito sempre que com eles não havia equívoco possível: suas primeiras aventuras literárias de adolescentes eram já sinais inconfundíveis de escritores autênticos a madrugarem nos quase meninos: desses que passam pelos colégios sem serem verdadeiramente dos colégios e pelas faculdades superiores como uma espécie de almas do outro mundo entre a maior parte dos professores e colegas triunfalmente práticos e deste mundo. E é o que na verdade são aqueles adolescentes estranhos: almas do outro mundo. Por mais despretensiosos que sejam, por mais naturais que sejam, por mais naturais que pareçam ser nos seus modos, nos seus trajes, nas suas palavras, o sobrenatural do talento, da sensibilidade, da inteligência não deixa que eles passem despercebidos do maior número. E o maior número cedo começa, senão a odiá-los, a não compreendê-los bem. A não perdoar neles as diferenças ou a originalidade.

Em Breno Accioly como em Lêdo Ivo se vêm afirmando, desde os dois ainda meninos pálidos de província do Nordeste, duas das mais puras vocações literárias que já animaram as letras brasileiras: Lêdo Ivo principalmente na poesia, Breno Accioly principalmente no conto. Num conto, porém, que não deixa nunca de ser também poesia. Pois nenhum fator chega ao fim da leitura de uma produção de Breno Accioly sem se sentir num mundo que não é outro senão o poético. O que não significa que seja um mundo de irrealidade ou de supra-realidade e sim daquela realidade em certos trechos rebelde ao conhecimento puramente científico ou lógico; daquela realidade aonde só se chega pelo conhecimento poético. O mundo dos romancistas e contistas ingleses mais profundos que são também poetas a seu modo, como são também uma espécie de psicólogos da consciência e do subconsciente, capazes de dar lições até de psicanálise aos profissionais dessa especialidade científica embora ninguém encontre seus nomes de romancistas ou contistas complexos mas inacadêmicos, nem nas antologias de poetas nem nos tratados de psicologia convencional.

Breno Accioly pertence com outros brasileiros – seu grande comprovinciano Graciliano Ramos, por exemplo – a esse grupo de contistas ou romancistas complexos cujos contos ou romances nenhum de nós lê, colhendo da leitura apenas um prazer superficialmente estético ou convencionalmente literário. São contos, de seus, que quase sempre nos levam a presença de alguma coisa de pouco conhecido, de pouco confessado, de pouco revelado e até ignorado na turva condição humana. Bem que E.M. Forster aponta como um dos característicos mais salientes da literatura moderna principalmente da inglesa, sem que se deva, entretanto, esquecer o que há de revelador de regiões ignoradas ou recalcadas da natureza humana na obra de Proust e na de Gide – a exploração de zonas da personalidade ou da alma pouco penetradas pelos antigos: o subconsciente, os casos de esquizofrenia intermitente, a persistência do irracional (especialmente entre aqueles homens que se consideram mais racionais), os sonhos que sonhamos dormindo ou acordados.

Breno Accioly se junta com sua mocidade cheia de promessas e de realizações aos que, no Brasil, vêm enriquecendo, nos últimos quinze ou vinte anos, a literatura psicológica. Enriquecendo-a não com palavras apenas, nem somente com novos adjetivos à maneira dos escritores subcamilianos ou de cientistas subfreudianos, mas com uma extensão de tal modo considerável de nossas zonas de sensibilidade e de conhecimento que essa extensão importa em nos fazer – aos brasileiros – colaboradores ou auxiliares ativos, em vez dos antigos espectadores passivos, de povos mais cultos, e intelectualmente mais avançados, no esforço tão característico dos pesquisadores e escritores modernos – pelo menos dos pesquisadores e escritores modernos do Ocidente – de melhor se conhecer o homem a si mesmo não só por meio da ciência como por meio da arte. Não só por meio da história como da poesia.

José Lins do Rego

DEU-ME O JOVEM BRENO Accioly o seu livro de contos para ler, ou melhor, para reler, pois quase todos os conhecia de publicação em jornais ou revistas. E foi como se os lesse pela primeira vez, de tanta força criadora, de tão esquisita fatura, de tão intensa emoção são eles possuídos.

Neste rapaz, que conheci ainda menino em Alagoas, há uma vocação indomável para a literatura. Lembro-me dele ainda criança, de corpanzil disforme, em Sant'Anna de Ipanema, terra áspera que tanto marcou a sua personalidade.

Há nesta geração nova que vem para as letras uma forte preocupação com o destino do homem como pessoa. À geração que tomava a sociedade para tema, que trazia a tragédia dos pobres, a miséria dos campos e das cidades para o romance e a novela, que sucede esta outra que se entrega, quase que morbidamente, às dores e às preocupações da vida interior. Ao drama da classe sacrificada sucede este do homem sacrificado.

E acontece que de uma mistificação que se elaborava com demagogia se passa para outra mistificação que se processa com as deformações da personalidade, com uma desesperada procura do raro. E daí, essa absurda abundância de loucos que se explora em contos e romances, que não são loucos que se explora em contos e romances, que não são loucos, porque não são criaturas vivas. Chegam assim a uma caricatura da loucura, o que é a mais triste degradação a que se possa submeter o homem! Da literatura de gritos de revolta passa-se para outra de silêncios esquizofrênicos. Já não se sacodem os espoliados contra a ordem estabelecida na exploração. Deixa-se, então, que o homem se debata contra fantasmas, contra complexos, contra forças misteriosas. E a literatura que se alimenta de crises de personalidade quando não é verdadeira criação, como no caso de Cornélio Pena, ou de Lúcio Cardoso (às vezes Lúcio Cardoso não resiste à tentação de fazer as coisas mais negras do que são), decai para uma sombria e falsa atitude. Os criadores de doentes e fantasmas fazem tudo de tinta e papel, sem espécie alguma de sangue, ou de alma.

Breno Accioly é, no entanto, uma verdadeira força poética que se debruça sobre o homem para sondar as profundezas. Os casos de seus contos são mistura de confissão e de terríveis análises que ele pratica, quase que sem saber. Se eu fosse um técnico de psicologia profunda muito teria que sondar nestas criaturas que aparecem no seu livro. Digo que me espanta este poder tremendo de revelar o estranho da natureza que há no jovem alagoano. As próprias coisas que o rodeiam são carregadas de uma pesada forma. Há uma tristeza sinistra nas suas narrativas. É verdade que nem sempre o autor chega a nos transmitir com arte estas perversões que imagina. De quando em vez, sentem-se que as exatas palavras lhe faltam, que as palavras se diluem em frases que não chegam ao seu destino. A poesia do ambiente se projeta sobre os fatos, sobre a realidade, e o conto de Breno Accioly não se perde e nem se degrada. Comunica-se com o leitor. É como se em linguagem Morse houvesse interrupção na fita que desliza. Mais adiante o sentido da vida se liga ao que é a história e a gente atinge o âmago da tragédia. Lá está o homem na sua nudez, triste, incapaz de ação, vencido pelos males que se escondem pela doença negra.

Breno Accioly é um jovem. Há em sua frente um mundo de mistérios a explorar. Vejo e sinto que pode ele atravessar esta "selva selvagem" do poeta sem que sucumba aos perigos. É que ele, mais do que um analista, é um poeta que não teme os abismos... É homem de muita coragem, de vigorosa vontade para domar as feras que andam a uivar pela noite adentro.

Pode um crítico severo descobrir defeitos na sua composição que se desenvolve aos arrancos de quem muito corre. Mas existe uma personalidade, um temperamento original no rapaz que inventa os Joões Ursos para se revelar a tristeza e as mágoas de homens que o destino impiedosamente mutilou.

José Paulo Paes

BRENO ACCIOLY está para o conto brasileiro de hoje mais ou menos assim como Osvaldo Goeldi está para a moderna gravura do Brasil, Num e noutro, a mesma arte deliberadamente tosca criando, com uma surpreendente economia de meios, atmosfera de angústia dostoievskiana que iria servir de ponto de partida para muitos dos que, depois dele, optaram pela mesma sóbria linha de expressão.

Morto em 1966, aos 44 anos de idade, Breno Accioly deixou publicados, além de um romance, quatro volumes de contos, o primeiro de 1944, o último de 1962. Há já numerosos anos que tais volumes estão ausentes das livrarias, razão por que foi mais do que oportuna a republicação de 14 dos seus contos numa coletânea organizada por Ricardo Ramos para a Global, Os melhores contos de Breno Accioly, e que foi por ela lançada em 1984.

Nessa coletânea figuram, se não de fato os melhores, certamente alguns dos textos mais característicos da sua arte de contista. Contista que realizou, a partir da década de quarenta e no âmbito da história curta, aquilo que Graciliano Ramos, alagoano como ele, realizara com Angústia na década anterior e no terreno do romance. Todos os contos da antologia, competentemente escolhidos e prefaciada por Ricardo Ramos, se voltam introspectivamente para a sondagem das angústias, fobias e obsessões de seus protagonistas. Estes vivem em, ou procedem de Santana do Ipanema, a cidade natal do contista. Mas, a despeito desse enquadramento regional, há pouco regionalismo programático na ficção de Breno Accioly. Mesmo porque os temas a que ela se aplica – a loucura, o ciúme, a luxúria, a frustração, o ódio, a vingança – são temas que transcendem a geografia. Tanto a história de João Urso, cuja risada aterrorizava os outros meninos, e a de Poni, que perde a memória para não matar, quanto a de Bioléu, ansioso por pecar na rua dos Lampiões Apagados ou a dos dois bandos que se trucidam no cemitério (para citar apenas 4 das melhores da coletânea), poderiam ter-se passado em qualquer outra cidade que não Santana de Ipanema sem perder muito do seu áspero vigor. Isso para não falar de um conto como Condado de Green, todo ele transcorrido num país imaginário, poeticamente recriado pela nostalgia do contista numa homenagem ao Julian

Green do Leviatã, romancista por quem, no gosto do patológico e do melodramático, Breno Accioly revela inegável afinidade. O fato de nada terem de programaticamente regionalista de modo algum significa que os contos do autor de João Urso não tragam a marca da região onde se ambientam quase todos. Mas trazem-na mais por dentro do que por fora. Disse-o implicitamente Graciliano Ramos quando escreveu: "A arte de Breno Accioly me faz pensar em coisas e figuras da terra onde ele nasceu: espinhosa, não se adapta a medidas, cresce fora da lei. Tem a bárbara firmeza do cangaceiro e a resistência agreste do mandacaru".

Ao copiar esta citação de Graciliano Ramos, vem-me à lembrança o dia distante de 1947 em que tive a ocasião de conhecer pessoalmente Breno Accioly. Eu já lhe admirava os contos, tão estranhos e tão fortes, regularmente publicados no suplemento literário de A Manhã, do Rio. Quem me apresentou foi o mesmo Graciliano Ramos, em cuja companhia eu, jovem poeta estreante, de passagem pela capital federal, passei uma tarde inteira a conversar na antiga Livraria José Olympio. Esta era, naqueles anos de tanta efervescência literária e política, o centro intelectual do Rio. Lembro-me ainda hoje da aparência física de Breno. O cabelo curto cortado à escovinha, o rosto cheio, os olhos de uma fixidez perturbadora. Impressionou-me, sobretudo, o seu jeito esquivo, de quem estivesse fugindo de alguém e dos seus próprios fantasmas, que deixaram uma marca indelével na ficção brasileira, abrindo-lhe novos e insuspeitados caminhos.

Octávio de Faria

CRIADOR NO SENTIDO genuíno da palavra, o contista Breno Accioly nada pede emprestado a ninguém. O terreno que pisa é seu, absolutamente seu. Confundi-lo com o de qualquer outro seria prova de pasmosa incompreensão. Desde que surgiu, enchendo-nos de espanto e admiração naqueles turvos anos que se seguiram à última guerra, marcou o seu lugar, construindo e delimitando o mundo de seus personagens com um vigor e uma força de personalidade que talvez sejam únicos na nossa literatura moderna. Mesmo aqueles a quem a sua exuberância chocou tiveram de se inclinar ante a estranheza e a autenticidade de uma obra de criação que vive por si e não se assemelha à de nenhum outro.

Nada que se pareça com as frias análises psicológicas em que tantos que se comprazem. Nada que lembre jardins europeus, pacientemente traçados e cultivados até o limite último do possível. Nada que facilite a aceitação da vida e permita ao tranqüilo burguês dormir tranqüilamente a sua mais do que tranqüila noite. O mundo de Breno Accioly é um mundo de insegurança e exaspero, de enterros e hospícios, de paixões desencadeadas, de crimes e de mortes, mundo de uma violência atroz, incontida, tumultosa, mundo de seres que vão pacatamente vivendo a vida e de súbito se desfazem em crises, em desastres, em desatinos de toda espécie, irrompendo no nosso solo humano como aqueles cogumelos de um de seus contos que brotam sempre do chão, não obstante tudo na fazenda estivesse sendo arrastado numa febre de renovação completa. Os cogumelos tornavam a surgir, "chapéus se abrindo pegajosos, moles, agrupando-se em úmidas colônias", como um "João Urso", um "Poni", um "Frederico", um "Coriolano", um "major Tiopompo", o músico de "A valsa" ou a menina de "Cíntia" existirão eternamente na nossa triste e doentia humanidade, seres de exceção e de miséria, ao mesmo tempo vítimas e algozes, habitantes de um museu de horrores que não está longe de constituir a visão particular que tem do mundo o nosso grande "conteur".

Especialmente dotado para essas evocações do estranho e do sinistro, penetrante e preciso, vigoroso e autêntico, nem por isso deixou Breno Accioly de ter recebido os favores poéticos que a tantos prosadores ilustres foram negados. As gargalhadas de "João Urso", o encontro dos "Dois enterros", não nos devem fazer esquecer o vento que sopra através do "Condado de Green" ou nessas "Dunas" que representam sua estréia como romancista. A palheta do artista possui muitas tintas e é difícil saber qual delas é a mais vigorosa. Seja como for, resta uma certeza: o contista Breno Accioly é hoje um valor que não sofre mais contestação.

Adonias Filho

FOI PRECISAMENTE o encontro do episódio, em toda a significação de acontecimento imediato, com o poder lírico, em inteira inflexão de linguagem, que caracterizou na estréia o ficcionista Breno Accioly. No conto brasileiro, trabalhado sempre com material sólido, irrompeu o caminho que chamarei de subjetivismo mágico em conseqüência da força onírica que impôs a transfiguração das coisas e da vida. Esse conto isolado, conformado em sua dimensão própria – estranho, belo, agressivo – , prosseguiu na série de livros que hoje se articula numa espécie de dramático território povoado de singular humanidade. Breno Accioly não o cortaria, transformando-o nos valores característicos, e por isso se torna possível afirmar que sua obra, abrangendo o romance, tem raízes e duração no mesmo espaço.

A partir de João Urso até os Cata-Ventos – passando por Cogumelos e Maria Pudim, e atingindo o romance Dunas – o ficcionista como que se imobiliza para erguer ao máximo os seus recursos de narrador. Colocando-se no centro de um universo, livremente criado em admirável capacidade inventiva, em torno dele faz mover-se o que é uma só imagem em extraordinária variação episódica. Dir-se-ia o palco, tablado único, sobre o qual sangram as criaturas em problemas e sofrimentos face à permanente renovação dos cenários.

Mas, e conseqüência talvez dessa fidelidade à percepção – jogando cenas e figuras como se estivesse a arrancá-las das trevas –, é que, em Breno Accioly temos um ficcionista menos de revelação e mais de descobertas. Os quadros, na grande mobilidade, enchem-se de visões imprevistas. Os círculos, que gravitam em enorme densidade, inundam-se de cores e ruídos inesperados. No conjunto, porém, vinculados que estão pela tessitura novelística, o que efetivamente se lança é a carga emotiva como ainda a ferir os sentidos e os nervos. Não há como escapar às situações, pesadelos ou sonhos, que se por um lado lembram Gérard de Nerval, pelo outro se fundem na angústia existencial de Marcel Jouhandeau.

O que importa, já agora, é que o ficcionista – preferindo o conto – estabeleceu em fragmentos aquela percepção. Nas motivações, que perfazem os quatro livros de contos, se os aspectos são inúmeros, de preocupação regional ou de penetração psicológica, a constante se concentra em torno das personagens. E precisamente porque, sobretudo contista, Breno Accioly é um criador de tipos. Essas personagens, que compõem verdadeira galeria, em suas personalidades definidas, são homens e mulheres que crescem através da fixação. O ficcionista sabe como movê-las, gente que exige solidariedade, tão nossas em seus sofrimentos porque é a própria condição que refletem em sua humanidade.

Está claro que, com Breno Accioly, há um lado poderoso do conto brasileiro que permanece.

Críticos e Colegas

ROGER BASTIDE

"Creio que não erro falando de Breno Accioly numa crônica consagrada aos poetas, pois há infinitamente mais poesia em Condado de Green do que em muitos livros de versos".

SÉRGIO MILLIET

"Uma clara percepção da relatividade das fronteiras ente o mundo objetivo e o mundo subjetivo é que dá a seus contos essa atmosfera de verdade profunda, somente encontrável nos escritores russos ou em alguns norte-americanos modernos. O primeiro conto – João Urso – impressiona pela força poética a serviço de um realismo dolorosamente agudo e de uma revolta aberta contra a estrutura rígida da sociedade".

LÚCIO CARDOSO

"Não creio tenhamos, atualmente, nenhum contista superior a Breno Accioly. Alguns dos seus contos são pequenas obras-primas que honrariam qualquer literatura".

MÁRIO DE ANDRADE

"Breno Accioly de um nada faz um conto e acende numa vela a chama da angústia humana".

VINÍCIUS DE MORAES

"Com um grande talento para o gênero, Breno Accioly veio abrir sobre as águas claras do conto brasileiro as comportas de sua alma tumultuosa que habita nas trevas mais fundas e sórdidas do ser".

MASSAUD MOISÉS

Sua marca identificadora, que desde cedo lhe granjeou nomeada, é o estilo; à semelhança de seu conterrâneo Graciliano Ramos, e seguindo as diretrizes em voga no pós-guerra, Breno Accioly cultivou a linguagem despojada, contida, de reverberação poética, mas com um nervosismo que a inclinação machadiana do autor de Angústia ignorava. Nervosismo de um Van Gogh alucinado que recorresse à nossa língua para vazar um arraizado sentimento trágico da vida.

Os contos, mais narrados que mostrados, lançando mão de sutilezas, insinuações, meias-palavras, evidenciam, no gosto das descrições em que não é raro o traço fauve, um paisagista, um visionário. Lembra um pintor expressionista, voltado para a loucura, as disformidades, a putrefação, a morte, a patologia social (...), assim traindo o médico especialista em lepra, que era de profissão.

Álbum de Família

O Coronel da Guarda Nacional, Manuel Rodrigues da Rocha e sua esposa Dona Maria Izabel Gonçalves Rocha (Dona Sinhá Rodrigues), são os avós maternos de Breno Accioly.

A mãe de Breno Accioly, Dona Maria de Lourdes Rocha Accioly.

O Desembargador Manuel Xavier Accioly (pai de Breno Accioly).

Eudora Rocha Accioly – única irmã de Breno Accioly (já falecida).

Breno Accioly, aos 5 anos de idade.

O escritor Breno Accioly, aos 27 anos.

O escritor Breno Accioly, na década de 60, aos quarenta e três anos (com um de seus famosos charutos "Havana").

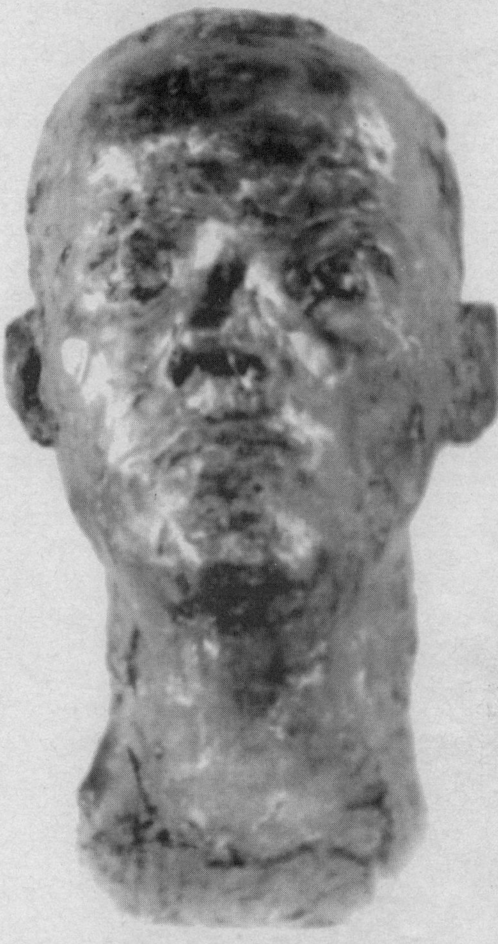

Escultura em bronze, da década de 40, feita por Bruno Giorgi.

Não encontrando este livro nas livrarias,
solicite-o diretamente à editora.

Impresso em janeiro de 2000
nas oficinas da Bartira Gráfica

Escrituras Editora e Distribuidora de Livros
R. Cubatão, 436 - cj.12 - 04013-001 - Paraíso - S. Paulo, SP
Tels: (11) 885-3677 / 887-2816 – Fax: (11) 887-2816
http://www.escrituras.com.br
e-mail: escrituras@escrituras.com.br